D0860744

L'ASSASSIN ROYAL **1**
L'apprenti assassin

ROBIN HOBB

L'ASSASSIN ROYAL **1**

L'apprenti assassin

Traduit de l'anglais (États-Unis)
par Arnaud Mousnier-Lompré

Collection dirigée par Thibaud Eliroff

Titre original :
ASSASSIN'S APPRENTICE

Pour la traduction française :
© Éditions Pygmalion, 1998

À Giles
et à la mémoire de Ralph l'orange
et de Freddie Couguar
Princes parmi les assassins
et Félins au-delà de tout reproche.

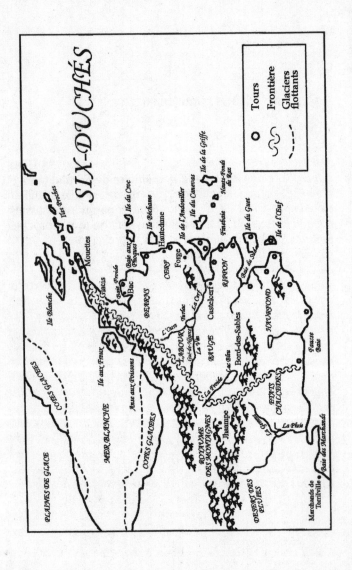

1

L'histoire des origines

L'histoire des Six-Duchés se confond nécessairement avec celle de leur famille régnante, les Loinvoyant. Un récit complet nous ramènerait à une époque bien antérieure à la fondation du premier duché et, si leurs noms étaient restés dans les mémoires, nous décrirait les Outrîliens venus de la mer assaillant une côte plus clémente et plus tempérée que les grèves glacées des îles d'Outre-mer. Mais nous ignorons les noms de ces lointains ancêtres.

Quant au premier véritable roi, il ne nous en est parvenu guère plus que son nom et quelques légendes extravagantes. Il se nommait Preneur, tout simplement, et c'est peut-être avec ce patronyme qu'est née la tradition d'octroyer aux filles et aux fils de sa lignée des noms qui devaient modeler leur vie et leur être. La croyance populaire prétend qu'on usait de magie pour en imprégner indéfectiblement le nouveau-né et que les rejetons royaux étaient incapables de trahir les vertus dont ils portaient le nom. Trempés dans la flamme, plongés dans l'eau salée et offerts aux vents de l'air, c'est ainsi que les enfants élus se voyaient imposer ces qualités. Du moins le raconte-t-on. Une belle légende, et peut-être un tel rituel a-t-il existé autrefois, mais l'histoire nous montre qu'il n'a pas toujours suffi à lier un enfant à la vertu dont il était baptisé…

*
* *

Ma plume hésite, puis échappe à ma main noueuse, laissant une bavure d'encre sur le papier de Geairepu. Encore une feuille de ce fin matériau gâchée, dans une entreprise que je soupçonne fort d'être vaine. Je me demande si je puis écrire cette histoire ou si, à chaque page, transparaîtra un peu de cette amertume que je croyais éteinte depuis longtemps. Je m'imagine guéri de tout dépit mais, quand je pose ma plume sur le papier, les blessures d'enfance saignent au rythme de l'écoulement de l'encre née de la mer, et je finis par voir une plaie rouge vif sous chaque caractère soigneusement moulé.

Geairepu et Patience manifestaient l'un comme l'autre un tel enthousiasme chaque fois que l'on parlait d'écrire l'histoire des Six-Duchés que j'ai fini par me persuader que l'effort en valait la peine. Je me suis convaincu que cet exercice détournerait mes pensées de mes souffrances et m'aiderait à passer le temps. Mais chaque événement historique que j'étudie ne fait que réveiller en moi les ombres de la solitude et du regret. Je crains de devoir abandonner cette tâche si je ne puis accepter de revenir sur tout ce qui m'a fait tel que je suis. Aussi remets-je et remets-je encore sur le métier mon ouvrage, pour m'apercevoir sans cesse que je décris mes origines plutôt que celles de notre pays. Je ne sais même pas à qui je m'efforce d'expliquer qui je suis. Toute mon existence est une toile tissée de secrets, des secrets qu'aujourd'hui encore il n'est pas sans risque de divulguer. Dois-je les coucher sur le papier, pour n'en tirer, au bout du compte, que flamme et cendre ? Peut-être.

Mes souvenirs remontent à l'époque de mes six ans. Avant cela, il n'y a rien, rien que le vide d'un gouffre qu'aucun effort de mémoire n'a pu combler. Avant ce jour à Œil de Lune, il n'y a rien. Mais à cette date, les images apparaissent soudain, avec une richesse de couleur et de détail qui me laisse pantois. Parfois, les souvenirs semblent trop complets et je me demande si ce sont réellement les miens. Proviennent-ils de mon expérience personnelle ? Ou bien de répétitions inlassables de la même histoire par des légions de filles de cuisine, des armées de marmitons et des hordes de garçons d'écurie s'expliquant mutuellement ma présence ? Peut-être ai-je entendu ce récit si souvent, de sources si nombreuses, qu'il est devenu pour moi comme un vrai souvenir ? La finesse des détails est-elle due à l'osmose sans réserve d'un enfant de six ans avec tout ce qui l'entoure ? Ou bien se peut-il que cette perfection soit le vernis brillant de l'Art, qui permet de passer sous silence les drogues que l'on prend ensuite pour maîtriser sa dépendance ? Des drogues qui induisent leurs propres souffrances et leurs effets de manque. Cette dernière hypothèse est la plus plausible, voire la plus probable. J'espère pourtant que ce n'est pas le cas.

Mes souvenirs sont presque physiques : je ressens encore la tristesse froide du jour finissant, la pluie implacable qui me trempait, les pavés glacés des rues de la ville inconnue, même la rudesse calleuse de l'énorme main qui enserrait la mienne, toute petite. Parfois je m'interroge sur cette poigne. La main était dure et rêche et elle tenait la mienne comme dans un étau. Et pourtant elle était chaude et sans méchanceté ; ferme, tout simplement. Elle m'empêchait de déraper dans les rues verglacées, mais elle m'empêchait aussi d'échapper à mon destin. Elle était aussi inflexible que la pluie grise et froide qui vitrifiait la neige et la glace piétinées de l'allée de gravier, devant les immenses portes en bois du bâtiment fortifié, citadelle dressée à l'intérieur de la ville.

Les battants de bois étaient hauts, pas seulement aux yeux d'un gamin de six ans : des géants auraient pu les franchir sans courber la tête et même le vieil homme, pourtant bien découplé, qui me dominait en paraissait rapetissé. Et elles me semblaient étranges, bien que j'aie du mal à imaginer quel type de porte ou d'édifice aurait pu me paraître familier à l'époque. Simplement, ces vantaux sculptés, maintenus par des gonds de fer noir, décorés d'une tête de cerf et d'un heurtoir en airain luisant, ces vantaux se situaient en dehors de mon expérience. Je me rappelle la neige fondue qui transperçait mes vêtements, mes pieds et mes jambes trempés, glacés ; et pourtant, encore une fois, je n'ai le souvenir d'aucun long trajet à pied au milieu des derniers assauts de l'hiver, ni qu'on m'ait porté. Non, tout commence là, juste devant les portes du fort, avec ma petite main emprisonnée dans celle du grand vieillard.

On dirait presque le début d'un spectacle de marionnettes. Oui, c'est bien cela : les rideaux s'étaient écartés et nous nous tenions devant la grande porte. Le vieil homme souleva le heurtoir d'airain et l'abattit une, deux, trois fois sur la plaque qui résonna sous les coups. Soudain, une voix s'éleva en coulisse ; non pas derrière les battants, mais derrière nous, de là d'où nous venions. « Père, je vous en prie ! » fit la voix de femme d'un ton suppliant. Je me tournai pour la regarder, mais la neige tombait à nouveau, voile de dentelle qui s'accrochait aux cils et aux manches des manteaux. Je ne me rappelle pas avoir vu personne. En tout cas, je ne fis rien pour échapper à la poigne du vieillard et je ne criai pas : « Mère ! Mère ! » Non, je ne bougeai pas plus qu'un simple spectateur, et j'entendis des bruits de bottes à l'intérieur du fort et le loquet de la porte qu'on déverrouillait.

La femme lança une dernière supplication. Les paroles en sont encore parfaitement claires à mon oreille, le désespoir d'une voix qui aujourd'hui me paraîtrait jeune. « Père, je vous en prie, par pitié ! » La main qui me tenait trembla, mais était-ce de colère ou d'une autre émotion ? Je ne le saurai jamais. Avec la vivacité d'un corbeau s'emparant d'un morceau de pain tombé par terre, le vieillard se baissa et ramassa un bloc de glace salie. Sans un mot, il le jeta avec une force et une fureur impressionnantes, et je me fis tout petit. Je ne me rappelle ni cri ni bruit de la glace contre un corps. En revanche, je revois les portes en train de pivoter vers l'extérieur, si bien que l'homme dut reculer précipitamment en me tirant à sa suite.

Et nous y fûmes. Celui qui ouvrit les portes n'était pas un serviteur, comme j'aurais pu l'imaginer si je n'avais connu cette histoire que par ouï-dire ; non, ma mémoire me montre un homme d'armes, un guerrier, un peu grisonnant et doté d'un ventre plus constitué de vieille graisse que de muscle, et pas du tout un majordome pétri de bonnes manières. Il nous toisa, le vieillard et moi-même, avec l'air soupçonneux d'un soldat aguerri, puis resta planté là, sans rien dire, en attendant que nous exposions notre cas.

Son attitude dut ébranler le vieil homme et l'inciter, non à la crainte, mais à la colère, car il lâcha brusquement ma main, me saisit au collet et me souleva à bout de bras comme un chiot devant son futur propriétaire. « Je vous ai amené le gamin », dit-il d'une voix éraillée.

Voyant que le garde continuait à le regarder d'un air inexpressif, sans même la moindre curiosité, il continua : « Ça fait six ans que je le nourris à ma table et aucune nouvelle de son père, jamais une pièce d'argent, jamais une visite, alors que d'après ma fille il sait parfaitement qu'il lui a fait un bâtard. Alors, terminé de le nourrir et de me briser l'échine à la charrue pour lui mettre des vêtements sur le dos ! Que celui qui l'a fait lui donne à manger ! J'ai assez à faire avec la femme qui prend de l'âge et la mère de celui-ci à nourrir ! Parce qu'y a pas un homme qui en veut, maintenant, pas un, avec ce morveux sur ses talons. Alors prenez-le et refilez-le à son père. » Là-dessus, il me lâcha si soudainement que je m'étalai sur le seuil de pierre aux pieds du garde. Je m'assis, pas trop meurtri pour autant que je m'en souvienne, et je levai le nez pour voir ce qui allait se passer entre les deux hommes.

Le garde baissa les yeux sur moi, les lèvres légèrement pincées, pas désapprobateur mais avec l'air de se demander dans quelle catégorie me ranger. « De qui il est ? » demanda-t-il enfin, toujours sans curiosité, comme quelqu'un qui réclame des précisions sur une situation afin de faire un rapport clair à un supérieur.

« De Chevalerie, répondit le vieil homme qui m'avait déjà tourné le dos et s'éloignait de son pas mesuré sur l'allée de gravier. Le prince Chevalerie, ajouta-t-il sans s'arrêter. Celui qu'est roi-servant. C'est de lui qu'il est. Il n'a qu'à s'occuper de lui, bien content d'avoir réussi à faire un môme quelque part. »

Le garde resta un moment à regarder le vieillard s'en aller. Puis, sans un mot, il se baissa, m'attrapa au col et m'écarta pour pouvoir fermer les portes, puis il me lâcha le temps de les verrouiller. Cela fait, il se planta devant moi et me contempla. Ses traits n'exprimaient aucune surprise particulière, seulement la résignation stoïque du soldat devant les aspects curieux de son devoir. « Debout, petit, et en avant », dit-il.

Je le suivis le long d'un couloir mal éclairé sur lequel s'ouvraient des pièces au mobilier spartiate, les fenêtres encore munies de leurs volets pour repousser les frimas de l'hiver ; on arriva enfin devant une porte en bois aux battants patinés et décorés de somptueuses gravures. Là, l'homme s'arrêta et arrangea rapidement sa tenue. Je le revois clairement s'agenouiller devant moi, tirer sur ma chemise et rectifier ma coiffure d'une ou deux tapes bourrues, mais j'ignorerai toujours si cela partait d'un bon sentiment et qu'il tenait à ce que je présente bien, ou s'il veillait simplement à ce que son paquetage ait l'air impeccable. Il se redressa et frappa une seule fois à la double porte ; puis, sans attendre de réponse, à moins que je ne l'aie pas entendue, il poussa les battants, me fit entrer et referma derrière lui.

La pièce était aussi chaude que le couloir avait été froid, aussi vivante que les autres avaient été désertes. J'ai souvenir d'une profusion de meubles, de tapis, de tentures, d'étagères couvertes de tablettes d'écriture et de manuscrits, le tout baignant dans la pagaille qui s'installe dans toute pièce confortable et souvent utilisée. Un feu brûlait dans une énorme cheminée et répandait une chaleur agréablement parfumée de résine. Une table immense était placée obliquement par rapport à la flamme, et un personnage trapu était assis derrière, les sourcils froncés, plongé dans la lecture d'une liasse de feuilles. Il ne leva pas les yeux tout de suite, ce qui me donna l'occasion d'examiner quelques instants la broussaille indisciplinée de ses cheveux noirs.

Quand enfin il interrompit sa lecture, j'eus l'impression que ses yeux noirs nous embrassaient d'un seul regard vif, le garde et moi. « Eh bien, Jason ? demanda-t-il, et malgré mon jeune âge je le sentis résigné à être dérangé. Qu'y a-t-il ? »

Le soldat me donna un léger coup à l'épaule qui me propulsa d'environ un pied vers l'homme. « C'est un vieux laboureur qui nous l'a amené, prince Vérité, messire. l'dit que c'est le bâtard au prince Chevalerie, messire. »

Pendant quelques instants, l'homme fatigué derrière le bureau continua de me dévisager, l'air un peu égaré. Puis une expression qui ressemblait fort à de l'amusement illumina ses traits et il se leva ; il contourna la table et vint se placer devant moi, les poings sur les hanches, les yeux fixés sur moi. Je ne sentis aucune menace dans son examen ; on aurait plutôt dit que quelque chose dans mon apparence lui plaisait énormément. Je levai vers lui un regard empreint de curiosité. Il arborait une courte barbe noire, aussi touffue et désordonnée que sa chevelure, et ses joues étaient tannées au-dessus. D'épais sourcils surplombaient ses yeux sombres. Sa poitrine bombait comme un tonneau et ses épaules tendaient le tissu de sa chemise. Ses poings étaient carrés et couturés de cicatrices, bien que les doigts de sa main droite fussent tachés d'encre. Il ne me quittait pas des yeux et son sourire allait s'élargissant, tant et si bien qu'il finit par éclater d'un rire qui évoquait un ébrouement.

« Sacrebleu ! s'exclama-t-il. Ce petit tient effectivement de Chev ! Féconde Éda ! Qui aurait cru ça de mon illustre frère, le très vertueux ? »

Le garde ne risqua nulle réponse ; on ne lui en demandait d'ailleurs pas. Il maintint un garde-à-vous vigilant, attentif aux ordres. Un vrai soldat.

L'autre homme cependant continuait à m'observer avec curiosité. « Quel âge a-t-il ? demanda-t-il au garde.

— Six ans, d'après le fermier. » Le soudard leva une main pour se gratter la joue, puis sembla soudain se rappeler qu'il était au rapport. « Messire », ajouta-t-il.

Son supérieur ne parut pas remarquer ce bref relâchement de discipline. Son regard noir se promenait sur moi et son sourire amusé grandissait. « Disons donc sept ans à peu près, le temps que le ventre de la mère s'arrondisse. Foutre ! Oui, c'était la première année où les Chyurda ont essayé de bloquer le col. Chevalerie est resté dans le coin trois ou quatre mois à les convaincre de le rouvrir. On dirait qu'il n'y a pas que ça qu'il ait réussi à ouvrir ! Ventrebleu ! Qui aurait cru ça de lui ? » Il se tut, puis soudain : « Qui est la mère ? »

Le garde se tortilla, mal à l'aise. « On sait pas, messire. Y avait que le vieux fermier, devant la porte, et il a juste dit que c'était le bâtard au prince Chevalerie et qu'il voulait plus le nourrir ni l'habiller. C'est celui qui l'a fait qui doit s'en occuper, il a dit. »

L'autre haussa les épaules comme si la question n'avait guère d'importance. « Il a l'air bien soigné. D'ici une semaine, quinze jours au plus, je parie que la mère se présentera en pleurnichant à la porte des cuisines parce que son gamin lui manquera. Je saurai alors qui c'est, si je ne l'ai pas appris avant. Dis-moi, petit, comment t'appelles-tu ? »

Son pourpoint était maintenu fermé par une agrafe tarabiscotée en forme de tête de cerf. Elle luisait de reflets bronze, or et rubis suivant les mouvements des flammes de l'âtre. « Petit », répondis-je. J'ignore si je ne faisais que répéter le mot dont le garde et lui se servaient pour s'adresser à moi ou si, réellement, je ne possédais pas d'autre nom. Un instant, l'homme parut surpris et une expression de pitié, peut-être, passa sur son visage. Mais elle s'effaça aussitôt et il eut seulement l'air contrarié ou légèrement agacé. Il jeta un coup d'œil à la carte qui l'attendait sur la table derrière lui.

« Bon, dit-il dans le silence de la salle. Il faut s'occuper de lui, au moins jusqu'à ce que Chev soit revenu. Jason, trouve-lui de quoi manger et un endroit où dormir, pour cette nuit en tout cas. Je réfléchirai demain à ce qu'il faut faire de lui. On ne peut pas laisser traîner des bâtards royaux dans tout le pays.

— Messire », fit Jason d'un ton qui n'indiquait ni accord ni désaccord de sa part, mais simplement la reconnaissance d'un ordre. Posant une main lourde sur mon épaule, il me fit faire demi-tour vers la porte. J'obéis un peu à contrecœur, car il faisait bon et clair dans la pièce. Mes pieds glacés avaient commencé à me picoter et je savais qu'en restant encore je parviendrais à me réchauffer tout à fait. Mais la main inexorable du garde me fit quitter le bureau tiède pour la glaciale pénombre des couloirs lugubres.

Ils me parurent encore plus sombres et interminables tandis que je m'efforçais de suivre les grandes enjambées du garde. Une plainte m'échappa peut-être, à moins qu'il ne se fût lassé de ma lenteur ; toujours est-il qu'il se retourna brusquement, m'attrapa et me hissa sur son épaule aussi négligemment que si je ne pesais rien. « T'es un petit lambin, toi », observa-t-il sans rancœur, et il me porta ainsi le long des couloirs qui tournaient, montaient, descendaient, jusqu'à ce que nous arrivions enfin dans une vaste cuisine baignée d'une lumière jaune.

Là, une demi-douzaine de gardes mangeaient et buvaient, assis à une grande table balafrée d'entailles, devant une flambée deux fois plus fournie que celle du bureau. La salle sentait la nourriture, la bière et la sueur, les vêtements de laine humide, le bois et la graisse brûlés. Tonneaux et tonnelets s'alignaient contre un mur et les blocs obscurs des quartiers de viande fumée pendaient aux poutres. Quelqu'un retira une broche du feu et le morceau de venaison goutta sur les pierres de l'âtre. Mon estomac s'agrippa soudain à mes côtes quand je sentis ce fumet somptueux. Jason me déposa sans douceur sur le coin de table le plus proche de la cheminée, en repoussant le coude d'un homme au visage dissimulé derrière une chope.

« Tiens, Burrich, dit Jason sur le ton de la conversation. À toi de t'occuper du mioche. » Et il me tourna le dos. Je le regardai avec intérêt arracher un bout de pain gros comme son poing d'une miche brun foncé, puis tirer de sa ceinture un coutelas pour couper un coin de fromage dans une roue. Il me fourra le tout dans les mains, puis il s'approcha du feu et entreprit d'enlever du quartier de venaison une portion de viande digne d'un adulte. Sans perdre de temps, je m'attaquai au pain et au fromage. À côté de moi, le nommé Burrich posa sa chope et lança vers Jason un regard dépourvu de bienveillance.

« Qu'est-ce que c'est que ça ? » demanda-t-il, avec une inflexion qui me rappela tout à fait l'homme du bureau. Comme lui, il avait les cheveux noirs et indisciplinés, mais son visage était étroit et anguleux, de la couleur tannée que donnent de fréquents séjours au grand air. Il avait les yeux plus marron que noirs et les doigts longs et habiles. Il sentait le cheval, le chien, le sang et le cuir.

« C'est à toi de le surveiller, Burrich. Ordre du prince Vérité.

— Pourquoi ?

— T'es un homme à Chevalerie, non ? Tu t'occupes de son cheval, de ses chiens et de ses faucons ?

— Et alors ?

— Alors tu t'occupes de son bâtard jusqu'à ce que Chevalerie revienne et le prenne en main. »

Jason me présenta une tranche de viande dégoulinante. Je regardai alternativement le pain et le fromage que je tenais, répugnant à lâcher l'un ou l'autre, mais alléché aussi par la venaison fumante. L'homme haussa les épaules, comprenant mon dilemme, et, avec le sens pratique et le détachement typiques du soldat, plaqua la viande sur la table à côté de moi. Je m'empiffrai de pain jusqu'à la gueule et me déplaçai pour pouvoir surveiller la suite de mon repas.

« C'est le bâtard de Chevalerie ? »

Jason haussa les épaules, affairé à se servir à son tour de pain, de viande et de fromage. « C'est ce qu'a dit le vieux fermier qui l'a amené. » Il étendit viande et fromage sur une tranche de pain, mordit une énorme bouchée de l'ensemble et poursuivit en mastiquant : « L'a dit que Chevalerie devrait être bien content d'avoir fait un môme quelque part et qu'il devait se débrouiller avec, maintenant. »

Un silence étrange tomba dans la cuisine. Les hommes se figèrent, avec leur pain, leur chope ou leur tranchoir à la main, et tournèrent leurs regards vers le nommé Burrich. Avec soin, l'intéressé posa sa chope loin du bord de la table et parla, d'une voix calme et unie, avec des mots précis. « Si mon maître n'a pas d'héritier, c'est la volonté d'Eda et pas la faute de sa virilité. Dame Patience a toujours été délicate et…

— D'accord, d'accord, acquiesça vivement Jason. Et on a devant nous la preuve que sa virilité fonctionne bien ; c'est tout ce que j'en disais, moi, rien d'autre. » Il s'essuya hâtivement la bouche sur sa manche. « En plus, i'ressemble drôlement au prince Chevalerie, son frère l'disait encore à l'instant. C'est pas la faute du prince de la Couronne si sa dame Patience porte pas sa semence à terme… »

Burrich se dressa brusquement. Jason recula précipitamment d'un pas ou deux avant de se rendre compte que c'était moi la cible de l'homme. Burrich m'agrippa les épaules et me tourna face au feu. Lorsqu'il me prit brutalement par la mâchoire et leva mon visage vers le sien, mon saisissement fut tel que je lâchai mon fromage et mon pain. Sans y prêter attention, il me fit pivoter la tête vers la cheminée et m'examina comme on étudie une carte. Mes yeux croisèrent les siens et j'y lus de la colère, comme si ce qu'il voyait sur mes traits lui était une injure personnelle. Je voulus me détourner pour échapper à ce regard mais il me retint. Je restai donc les yeux braqués sur les siens et pris l'air le plus provocant possible ; je vis alors son expression furieuse céder à regret la place à une sorte d'étonnement. Enfin, durant une seconde, il ferma les yeux comme pour les protéger d'une vision cruelle. « Voilà qui va éprouver la volonté de ma Dame jusqu'aux limites de son nom », dit-il à mi-voix.

Alors il me lâcha le menton et se baissa maladroitement pour ramasser le pain et le fromage que j'avais laissé tomber, il les épousseta et me les rendit. Je regardai fixement l'épais pansement qui, lui prenant le mollet droit, remontait jusqu'au-dessus de son genou et l'avait empêché de plier la jambe. Il se rassit, attrapa un pichet sur la table, remplit sa chope et but en m'étudiant par-dessus le bord du récipient.

« Il l'a eu de qui, Chevalerie ? » demanda un imprudent à l'autre bout de la table.

Burrich porta son regard sur l'homme tout en reposant sa chope. Il ne dit rien pendant un moment et je perçus la même intensité de silence qu'auparavant. « À mon avis, c'est les oignons de Chevalerie, de savoir qui est la mère, et pas des commères de cuisine, répondit-il enfin d'un ton posé.

— D'accord, d'accord », acquiesça brusquement l'autre, et Jason hocha la tête comme un oiseau pendant sa parade nuptiale. Malgré mon jeune âge, je m'interrogeai sur cet homme qui, une jambe bandée, parvenait d'un seul regard ou d'un seul mot à soumettre une salle remplie d'hommes aguerris.

« Ce petit, l'a pas de nom, fit Jason, rompant le silence. l'dit qu'il s'appelle "petit", c'est tout. »

Cette déclaration parut laisser tout le monde coi, Burrich compris. Le silence s'éternisa tandis que je terminais mon pain, mon fromage et ma viande et faisais descendre le tout à l'aide d'une ou deux gorgées de bière que Burrich m'offrit. Peu à peu, par groupes de deux ou trois, les gardes quittèrent la pièce, mais Burrich resta à boire et à me dévisager. Puis il dit enfin : « Bon, si je connais bien ton père, il va prendre le taureau par les cornes et il fera ce qu'il faut et ce qui est bien. Mais Eda seule sait ce qu'il considérera comme bien ! Probablement ce qui fera le plus mal. » Il m'examina encore un moment sans rien dire. « Tu as eu assez à manger ? » demanda-t-il enfin.

J'acquiesçai et il se leva raidement pour me faire descendre de la table. « Alors, viens avec moi, Fitz[1]. » Il sortit de la cuisine et s'engagea dans un nouveau couloir. Sa jambe pansée alourdissait sa démarche ; peut-être la bière y avait-elle aussi sa part. En tout cas, je n'avais aucun mal à le suivre. Nous arrivâmes enfin devant une porte massive flanquée d'un garde qui nous fit signe de passer tout en me dévorant des yeux.

Dehors, un vent glacé soufflait. La glace et la neige que le jour avait amollies s'étaient redurcies avec la nuit ; le sol craquait sous mes pas et la bise semblait se frayer un chemin sous mes vêtements par le plus petit accroc, par le moindre ajour. Le feu de la cuisine avait réchauffé mes pieds et mes jambières, mais sans les sécher tout à fait, et le froid s'en ressaisit. Je me rappelle l'obscurité, et la fatigue soudaine qui me prit, une somnolence mâtinée d'envie de pleurer qui ralentit mon pas derrière l'inconnu à la jambe bandée dans la cour noire et glacée. De hautes murailles nous entouraient, au sommet desquelles des gardes apparaissaient par intermittence, silhouettes ténébreuses que l'on discernait seulement parce qu'elles occultaient parfois les étoiles. Brûlé par le froid, j'avançais en trébuchant sur le chemin glissant ; mais quelque chose chez Burrich m'interdisait de pleurnicher ou de lui demander grâce, et je tins bon. Nous parvînmes enfin à un bâtiment dont il tira la lourde porte à lui.

Par l'ouverture s'échappa une bouffée d'air tiède aux effluves animaux, accompagnée d'une vague lumière jaune. Un garçon d'écurie se redressa dans son nid de paille, l'air ensommeillé, battant des paupières comme un oisillon ébouriffé. Sur un mot de Burrich, il se roula de nouveau

---

1. Fitz : en anglais, fils illégitime d'un prince. *(N.d.T.)*

en boule et se rendormit. Nous passâmes à côté de lui et Burrich ferma la porte derrière nous ; puis, ramassant la lanterne qui brûlait maigrement auprès, il me fit avancer.

Je pénétrai alors dans un autre monde, un univers nocturne peuplé de bruits d'animaux, déplacements, respirations, un monde où des molosses levaient la tête de sur leurs pattes croisées pour m'observer avec des yeux où la lanterne mettait des éclats verts ou dorés. Des chevaux s'agitèrent à notre passage devant leurs boxes. « Les faucons sont plus loin, tout au fond », m'annonça Burrich. Apparemment, c'était un fait qu'il me fallait savoir et j'en pris bonne note.

« Et voilà, dit-il enfin ; ça ira. Pour l'instant, en tout cas. Du diable si je sais quoi faire d'autre de toi ! S'il n'y avait pas dame Patience, je croirais que le maître fait les frais d'une bonne farce divine ! Tiens, Fouinot, pousse-toi un peu ; fais une place au gamin dans la paille. C'est ça, petit, mets-toi contre Renarde, là. Elle va te prendre sous son aile et gare à celui qui voudra te déranger ! »

Je me retrouvai face à une vaste stalle occupée par trois chiens. Bien réveillés, ils restaient néanmoins allongés et leur queue raide battait au son de la voix de Burrich. Je m'avançai d'un pas hésitant parmi eux et finis par m'étendre à côté d'une vieille chienne au museau blanchi qui arborait une oreille déchirée. L'aîné des mâles me considérait avec une certaine suspicion, mais le troisième du groupe, Fouinot, un chiot encore à mi-croissance, m'accueillit en me léchant les oreilles, en me mordillant le nez et avec force coups de patte joueurs. Je passai un bras autour de lui pour le calmer, puis me pelotonnai au milieu du groupe comme Burrich me l'avait conseillé. Il jeta sur moi une couverture épaisse qui sentait fort l'écurie. Dans la stalle voisine, un cheval d'une taille étonnante s'énerva soudain et fit résonner la cloison d'un coup de sabot, avant de passer la tête par-dessus pour voir d'où provenait toute cette agitation nocturne. Burrich l'apaisa d'une main distraite.

« On vit un peu à la dure, dans cet avant-poste. Tu verras, Castelcerf est plus hospitalier. Mais pour cette nuit, tu seras au chaud et en sécurité, ici. » Il resta à nous regarder, les chiens et moi. « Chevaux, mâtins et faucons, messire Chevalerie ; je m'occupe d'eux depuis des années pour vous, et je m'en occupe bien. Mais votre champi, alors là, je ne sais vraiment pas quoi en faire ! »

Je savais qu'il ne s'adressait pas à moi. Par-dessus l'ourlet de la couverture, je l'observai qui décrochait la lanterne de son clou et s'éloignait en marmonnant dans sa barbe. Je conserve un vif souvenir de cette nuit-là, de la chaleur des chiens, de la paille qui me picotait et même du sommeil qui m'envahit tandis que le chiot venait se musser contre moi. Sans le vouloir, je pénétrai dans son esprit et partageai ses rêves nébuleux d'une chasse sans fin à la poursuite d'une proie que je ne voyais jamais, mais dont la voie toute chaude me tirait en avant à travers éboulis, ronciers et orties.

Et avec ce songe canin, la précision du souvenir s'estompe comme les couleurs éclatantes et les contours nets d'un rêve induit par la drogue, et dont la clarté s'affaiblit au fil des jours.

Je me rappelle ces temps bruineux de fin d'hiver où j'appris le trajet qui séparait ma stalle des cuisines. J'étais libre d'y aller et d'en revenir à ma guise. Parfois, j'y trouvais un cuisinier occupé à fixer des quartiers de viande aux crochets de l'âtre, à pétrir de la pâte à pain ou à mettre un tonneau en perce ; mais le plus souvent il n'y avait personne et je récupérais les restes sur les tables, restes que je partageais généreusement avec le chiot qui devint rapidement un compagnon inséparable. Les hommes allaient, venaient, mangeaient, buvaient, et me considéraient avec une curiosité spéculative que je finis par trouver normale. Ils avaient tous un air de famille entre eux, avec leurs manteaux et leurs jambières de laine grossière, leurs corps musculeux et leurs mouvements fluides, et leur écusson représentant un cerf bondissant cousu à la place du cœur. Ma présence en mettait certains mal à l'aise. Mais je m'habituai au murmure qui s'élevait derrière moi chaque fois que je quittais la cuisine.

Burrich était constamment présent à cette époque et il me prodiguait les mêmes soins qu'aux bêtes de Chevalerie : nourriture, boisson, toilette et exercices, lesquels exercices consistaient en général à trotter sur ses talons pendant qu'il accomplissait ses autres besognes. Mais ces souvenirs sont flous et les détails, tels qu'ablutions ou changements de vêtements, se sont sans doute fondus dans le postulat serein d'un gamin de six ans pour qui ce genre de chose est parfaitement naturel. En tout cas, je me rappelle le chiot. Il avait un poil roux, luisant, court et un peu raide qui me chatouillait au travers de mes habits lorsque, la nuit, nous partagions la couverture de cheval. Ses yeux étaient verts comme du minerai de cuivre, sa truffe couleur de foie cuit et l'intérieur de sa bouche et de sa langue rose moucheté de noir. Quand nous n'étions pas en train de manger à la cuisine, nous nous battions dans la cour ou dans la paille des boxes. Tel fut mon univers pendant le temps indéterminé que je passai là. Cette période ne dut cependant pas être trop longue, car je n'ai pas souvenir que la saison ait varié. Je n'ai de réminiscences que d'un temps âpre, de violentes rafales de vent et de neige qui fondait en partie le jour mais se resolidifiait la nuit.

Je conserve une autre image d'alors, mais elle n'est pas nette ; chaude, avec des couleurs douces, on dirait une vieille tapisserie autrefois somptueuse aperçue dans une pièce mal éclairée. Je me rappelle avoir été réveillé par le chiot qui s'agitait et la lumière jaune d'une lanterne qu'on tenait au-dessus de moi. Deux hommes se penchaient sur moi, mais Burrich était planté derrière eux, très raide, et je n'eus pas peur.

« Ça y est, tu l'as réveillé, dit l'un d'eux, et c'était le prince Vérité, l'homme que j'avais vu dans la pièce chaleureusement illuminée le soir de mon arrivée.

— Et alors ? Il va se rendormir dès notre départ. Par la malemort, il a aussi les yeux de son père ! Je te le jure, j'aurais reconnu son sang n'importe où ! Personne ne pourrait dire le contraire. Mais vous n'avez donc pas plus d'esprit qu'une puce, toi et Burrich ? Bâtard ou non, on ne fait pas vivre un enfant parmi les bêtes ! Vous ne pouviez pas l'installer ailleurs ? »

L'homme qui parlait tenait de Vérité par la forme de la mâchoire et des yeux, mais là s'arrêtait la ressemblance. Tout d'abord, il était beaucoup plus jeune ; ensuite, il était glabre et sa chevelure lisse et parfumée était plus fine et plus foncée. Le froid nocturne lui avait rougi le front et les pommettes, mais c'était un phénomène passager qui n'avait rien à voir avec le hâle de Vérité, dû à une vie au grand air. De plus, ce dernier s'habillait comme ses hommes, de lainages pratiques et solides aux couleurs discrètes. Seul l'écusson sur sa poitrine tranchait par ses teintes vives et ses fils d'or et d'argent. Son cadet, lui, arborait des tons coquelicot et primevère, et le manteau qui lui tombait des épaules comptait en largeur le double du tissu nécessaire à couvrir un homme. Le pourpoint qui apparaissait en dessous avait une somptueuse teinte crème et des parements de dentelle ; l'écharpe qui lui ceignait la gorge était maintenue par une broche en or représentant un cerf bondissant, avec une pierre précieuse aux éclats d'émeraude à la place de l'œil unique. Et le tour délicat de ses phrases évoquait une chaîne en or contournée, à côté des maillons sans apprêt du parler de Vérité.

« Royal, je n'y avais pas réfléchi. Que sais-je des enfants ? J'ai confié le petit à Burrich. C'est l'homme lige de Chevalerie, et en tant que tel, il s'est occupé de…

— Je ne voulais pas manquer de respect à son sang, messire, dit Burrich avec une gêne non dissimulée. Je suis au service de sire Chevalerie et j'ai agi envers le petit avec les meilleures intentions. Je pourrais lui faire installer une paillasse dans la salle des gardes, mais je le trouve bien jeune pour vivre au milieu de ces hommes qui vont et viennent à toute heure, sans parler des bagarres, des beuveries et du bruit. » À son ton, il n'appréciait pas non plus leur compagnie, manifestement. « Ici, il dort au calme, et le chiot s'est pris d'affection pour lui. Et avec ma Renarde pour veiller sur lui la nuit, personne ne pourrait lui faire de mal sans que ma chienne prélève sa dîme à coups de crocs. Messeigneurs, je ne m'y entends guère moi-même en gamins, et j'ai cru bon…

— C'est bien, Burrich, c'est bien, l'interrompit Vérité à mi-voix. Si la situation avait exigé qu'on y réfléchisse, c'est moi qui aurais dû m'en charger. Je te l'ai abandonnée et je n'y trouve rien à redire. Son sort est bien meilleur que celui de beaucoup d'enfants du village, Eda le sait ! Étant donné les circonstances, c'est parfait.

— Il faudra que cela change lorsqu'il arrivera à Castelcerf. » Royal n'avait pas l'air content.

« Tiens, notre père souhaite qu'il nous accompagne à Castelcerf ? demanda Vérité.

— Notre père, oui. Pas ma mère.

— Ah ! » Vérité n'avait visiblement pas envie de poursuivre sur ce sujet, mais Royal fronça les sourcils et continua :

« Ma mère la reine n'apprécie nullement cette affaire. Elle a longuement discuté avec le roi, mais en vain. Mère et moi étions d'avis de mettre l'enfant… à l'écart. Ce n'est que simple bon sens. Il ne nous paraît pas utile de compliquer davantage la ligne de succession.

— Je n'y vois rien de compliqué, Royal. » Le ton de Vérité était uni. « Chevalerie, puis moi, puis toi. Et ensuite, ton cousin Auguste. Ce bâtard n'arrive que très loin derrière, en cinquième position.

— Je sais parfaitement que tu me précèdes ; ne te crois pas obligé de t'en flatter devant moi en toute occasion », fit Royal d'un ton glacial. Il me jeta un regard noir. « Je persiste à penser qu'il vaudrait mieux l'éloigner. Imaginons que dame Patience ne donne jamais d'héritier à Chevalerie ; imaginons qu'il décide de reconnaître ce… cet enfant.

Cela risquerait fort de diviser la noblesse. Pourquoi tenter le diable ? Voilà notre point de vue, à ma mère et à moi. Mais notre père le roi n'est pas homme à trancher à la hâte, nous le savons bien. Subtil agit en Subtil, comme disent les gens du commun. Il a interdit tout règlement de l'affaire dans un sens comme dans l'autre. "Royal, m'a-t-il dit de ce ton que nous connaissons bien, ne fais jamais ce que tu ne peux défaire avant d'avoir réfléchi à ce que tu ne pourras plus faire une fois que tu l'auras fait." Et il a éclaté de rire. » Royal lui-même émit un rire bref et amer. « Je suis las de son humour.

— Ah ! répéta Vérité et, toujours immobile, je me demandai s'il s'efforçait de débrouiller le sens des paroles du roi ou bien s'il se retenait de répondre à la plainte de son frère.

— On devine naturellement ses vraies raisons, reprit Royal.

— À savoir ?

— C'est toujours Chevalerie qu'il préfère malgré tout. » Royal paraissait écœuré. « Malgré son mariage ridicule et son excentrique de femme, malgré ce gâchis avec ce gosse. Et il croit maintenant que cette affaire va émouvoir le peuple, qu'elle va réchauffer les sentiments des gens pour lui. Et prouver aussi que Chevalerie est un homme, qu'il est capable d'avoir des enfants ; à moins que ça ne démontre qu'il est humain et susceptible de commettre des erreurs comme tout le monde. » Son ton indiquait clairement qu'il n'adhérait à aucune de ces possibilités.

« Et ça lui vaudrait un surcroît d'amour de la part du peuple et son soutien lors de son règne à venir ? Le fait d'avoir engrossé une quelconque campagnarde avant d'épouser sa reine ? »

Vérité semblait avoir du mal à saisir la logique du raisonnement.

La rancœur qui perçait dans la voix de Royal ne m'échappa pas. « C'est l'avis du roi, apparemment. Ne se préoccupe-t-il donc pas du déshonneur qu'encourt le trône ? Mais je subodore que Chevalerie ne sera pas d'accord pour employer son bâtard de cette façon ; surtout à cause de sa chère Patience. Néanmoins, le roi a ordonné que tu ramènes le bâtard à Castelcerf à ton retour. » Royal me regarda d'un air mécontent.

Le visage de Vérité se troubla un instant, mais il acquiesça. Sur les traits de Burrich pesait une ombre que la lanterne ne parvenait pas à lever.

« Mon maître n'a-t-il pas son mot à dire ? se risqua-t-il à protester. S'il veut accorder un dédommagement à la famille maternelle du petit pour qu'elle le garde, il me semble que, par égard pour la sensibilité de dame Patience, on devrait laisser à sa discrétion de… »

Le prince Royal le coupa d'un grognement dédaigneux. « C'est avant de culbuter la gueuse qu'il fallait faire preuve de discrétion. Dame Patience ne sera pas la première à devoir se trouver face au bâtard de son mari. Tout le monde ici est au courant de son existence, grâce à la maladresse de Vérité. Inutile désormais de chercher à le cacher. Et en ce qui concerne un bâtard royal, nul d'entre nous ne peut se permettre de faire du sentiment, Burrich. Laisser ici un enfant comme celui-ci, ce serait laisser une épée suspendue au-dessus de la tête du roi. Même un maître chien doit bien s'en rendre compte. Et si ce n'est pas le cas, ton maître s'en rendra compte, lui. »

Royal avait débité ces dernières phrases sur un ton dur et glacé qui fit reculer Burrich comme je ne l'avais jamais vu fléchir devant rien d'autre. J'en fus effrayé ; je tirai la couverture par-dessus ma tête et m'enfouis dans la paille. À côté de moi, Renarde se mit à gronder doucement du fond de la gorge. Je crois que Royal fit un pas en arrière, mais je n'en suis pas sûr. Les trois hommes sortirent peu après et, s'ils échangèrent d'autres propos, je n'en garde aucun souvenir.

Le temps passa ; deux semaines plus tard, je pense, ou peut-être trois, je me retrouvai derrière Vérité, agrippé à sa ceinture, m'efforçant d'enserrer un cheval entre mes courtes jambes, et nous quittions le village toujours sous les frimas pour entamer ce qui me parut un voyage interminable vers des régions plus clémentes. Je suppose qu'à un moment ou à un autre Chevalerie était passé voir le bâtard qu'il avait engendré et qu'il avait dû se juger à la lumière de mon existence. Mais je n'ai nul souvenir d'une rencontre avec mon père. La seule image de lui que je conserve provient de son portrait accroché à un mur de Castelcerf. Des années après, on me laissa entendre que ses talents diplomatiques avaient fait merveille à l'époque, débouchant sur un traité et une paix qui avaient duré jusqu'à mon adolescence et lui avaient valu, non seulement le respect, mais aussi l'amour des Chyurda.

En vérité, je fus son seul échec cette année-là, mais un échec monumental. Il nous précéda à Castelcerf où il renonça à ses prétentions au trône. Le temps que nous arrivions, son épouse et lui s'étaient retirés de la cour pour aller vivre à Flétribois comme dame et seigneur du lieu. Je me suis rendu à Flétribois. Le nom n'a aucun rapport avec la réalité : c'est une vallée tempérée au milieu de laquelle coule une calme rivière bordée d'une large plaine alluviale, elle-même nichée entre des piémonts peu pentus et doucement ondulés ; un terroir idéal pour y faire du raisin, du blé et de beaux enfants potelés. Une tenure aimable loin des frontières, loin de la politique de la cour, loin de tout ce qui faisait la vie de Chevalerie jusque-là. C'était un pacage écarté, une terre d'exil douce et aristocratique pour un homme qui aurait dû être roi, l'éteignoir velouté d'un guerrier de feu, le bâillon d'un diplomate au talent rare.

Et c'est ainsi que j'entrai à Castelcerf, enfant unique et bâtard d'un homme que je ne devais jamais connaître. Le prince Vérité devint roi-servant et le prince Royal monta d'un cran dans la succession. Si mon rôle s'était borné à naître et à être découvert, j'aurais déjà laissé une trace indélébile dans tout le pays, Je grandis sans père ni mère dans une cour où tous me considéraient comme un catalyseur. Ils ne se trompaient pas.

2

LE NOUVEAU

De nombreuses légendes courent sur Preneur, l'Outrîlien qui fit de Castelcerf le Premier duché et fonda la lignée royale. L'une d'elles veut que le voyage qui l'y amena fut le premier et le seul qu'il fit loin du rude climat de son île natale. On dit qu'en apercevant les fortifications de bois de Castelcerf il déclara : « Si j'y trouve un feu et un repas, je n'en repars plus. » Il les y trouva et n'en repartit plus.

*
* *

Mais la rumeur familiale affirme que c'était un piètre marin que rendaient malade les mouvements de la mer et les rations de poisson salé dont se nourrissaient les autres Outrîliens ; que son équipage et lui étaient restés plusieurs jours égarés sur les eaux et que, s'il n'avait pas réussi à s'emparer de Castelcerf, ses propres hommes l'auraient jeté par-dessus bord. Pourtant, l'antique tapisserie de la Grand-Salle le montre sous les traits d'un loup de mer musculeux, un sourire carnassier aux lèvres, installé à la proue de son navire que ses rameurs entraînent vers un Castelcerf archaïque tout en rondins et en pierres mal équarries.

À l'origine, Castelcerf était une position facile à tenir sur un cours d'eau navigable, à l'entrée d'une baie pourvue d'un excellent mouillage. Un chef local, dont le nom se perd dans les brumes de l'histoire, vit la possibilité de contrôler le commerce qui transitait par le fleuve et fit bâtir la première place forte, sous prétexte de défendre le fleuve et la baie contre les pillards outrîliens qui venaient chaque été en mettre les rives à sac. Mais c'était sans compter sur les pirates : ils infiltrèrent ses fortifications par traîtrise. Les tours et les murailles devinrent leur pied-à-terre ; ils déplacèrent leurs saccages et leur domination en amont du fleuve, dont ils rebâtirent le fort de bois en donjons et enceintes de pierre taillée, faisant de Castelcerf le cœur du Premier duché et, ultérieurement, la capitale du royaume des six.

La maison régnante des Six-Duchés, les Loinvoyant, descendait de ces Outrîliens. Plusieurs générations durant, ils avaient conservé des liens avec eux, organisé des voyages à but d'alliance dont ils revenaient avec des épouses brunes et potelées issues de leur propre peuple. Ainsi, le sang des Outrîliens demeurait vigoureux dans les lignées royales et les maisons nobles, et produisait des enfants noirs de poil, aux yeux sombres et aux membres courts et musculeux. De pair avec ces attributs allait une prédisposition à l'Art, de même qu'à tous les dangers et toutes les faiblesses que charriait un tel sang. J'ai eu ma part de cet héritage, moi aussi.

Mais ma première impression de Castelcerf n'eut rien à voir avec l'Histoire ni avec mon héritage. Je n'y vis que le point final d'un voyage, un panorama rempli de bruits, de gens, de charrettes, de chiens, de bâtiments et de rues tortueuses qui menaient à une immense forteresse de pierre dressée sur les falaises au pied desquelles se nichait la ville. La monture de Burrich était fatiguée et dérapait sur les pavés des rues, souvent glissants. Je m'accrochais opiniâtrement à Burrich, trop épuisé, trop endolori même pour me plaindre. Je tendis une fois le cou pour contempler les hautes tours grises et les murailles de la citadelle qui nous surplombait. Malgré la tiédeur, étrange pour moi, de la brise marine, elle me parut froide et rébarbative. Je laissai retomber mon front contre le dos de Burrich et me sentis mal en respirant les effluves iodés et fétides de l'immense étendue d'eau. Et c'est ainsi que j'arrivai à Castelcerf.

Les quartiers de Burrich se trouvaient derrière les étables, non loin des écuries. Ce fut là qu'il m'emmena, en même temps que les chiens et le faucon de Chevalerie. Il s'occupa d'abord du rapace, tristement dépenaillé à l'issue du voyage. Tout heureux d'être à la maison, les chiens débordaient d'une énergie sans limites, pénible à supporter pour quelqu'un d'aussi fatigué que moi. Fouinot me renversa cinq ou six fois avant que je ne parvienne à enfoncer dans son crâne épais de mâtin que j'étais éreinté, à moitié au bord de la nausée et pas du tout d'humeur folâtre. Il réagit comme n'importe quel chiot en se mettant en quête de ses anciens compagnons de portée, et se lança aussitôt avec l'un d'eux dans un combat mi-figue, mi-raisin auquel un coup de gueule de Burrich mit rapidement fin. Il était peut-être au service de Chevalerie, mais à Castelcerf, c'était le maître des chiens, des faucons et des chevaux.

Après avoir soigné ses animaux, il entreprit une tournée d'inspection des écuries, prenant note de ce qui avait ou n'avait pas été fait en son absence. Lads, palefreniers et fauconniers apparaissaient comme par magie pour défendre leurs fonctions contre toute critique. Je trottinai sur ses talons aussi longtemps que je le pus ; ce ne fut que lorsque je renonçai enfin et m'affalai, épuisé, sur un tas de paille qu'il parut remarquer ma présence. Une expression d'agacement, puis de profonde lassitude passa sur ses traits.

« Cob ! Viens voir un peu ! Emmène le petit Fitz aux cuisines, fais-lui donner à manger et ramène-le ensuite dans mes quartiers. »

Cob était un garçon de chenil courtaud, brun de peau, qui venait de se faire féliciter pour la propreté d'une litière sur laquelle une chienne avait mis bas pendant l'absence de Burrich, et qui jouissait visiblement de cette approbation ; mais alors, son sourire se fit hésitant et il me regarda d'un air dubitatif. Nous nous dévisageâmes l'un l'autre tandis que

Burrich continuait d'avancer le long des boxes, entouré d'assistants inquiets. Enfin, le garçon haussa les épaules et s'accroupit à demi devant moi. « Alors, on a faim, Fitz ? Tu veux qu'on te dégote quelque chose à grignoter ? » demanda-t-il en guise d'invitation, exactement du même ton cajoleur qu'il employait pour appeler les chiots afin de les montrer à Burrich. J'acquiesçai, soulagé qu'il n'en attende pas davantage de moi que d'un bébé chien, et je le suivis.

Il se retournait fréquemment pour s'assurer que je restais bien à sa hauteur. À peine eûmes-nous quitté les écuries que Fouinot vint me retrouver en gambadant. L'évidente affection que me portait le chien me fit monter dans l'estime de Cob et il continua de s'adresser à nous deux par phrases brèves et encourageantes, c'est par là pour manger, allons, venez, non, t'en va pas renifler ce chat, toi, allez, avancez, c'est bien, vous êtes braves.

Les écuries étaient déjà fort animées, entre les hommes de Vérité qui installaient leurs chevaux et rangeaient leur attirail et Burrich qui trouvait à redire sur tout ce qui n'avait pas été fait selon ses critères pendant qu'il avait le dos tourné ; mais, à mesure que nous nous approchions de la forteresse intérieure, la circulation piétonnière ne cessait d'augmenter. Des gens nous frôlaient constamment, occupés à toutes sortes de tâches : un garçon qui portait une énorme tranche de jambon fumé sur l'épaule, un groupe de jeunes filles qui gloussaient à qui mieux mieux, les bras chargés de roseaux et de branches de bruyère à étaler par terre, un vieil homme renfrogné qui transportait un panier de poissons tressautants, et trois jeunes femmes, en livrée de bouffon avec la coiffe à clochettes, dont les voix sonnaient aussi gaiement que leurs grelots.

Mon nez m'informa que nous approchions des cuisines, mais la circulation augmentait en proportion et, quand nous parvînmes enfin devant une certaine porte, c'était une véritable foule qui ne cessait d'entrer et sortir. Cob s'arrêta et Fouinot et moi fîmes halte derrière lui, nez et truffe au vent.

Il considéra la presse à la porte et fronça les sourcils. « C'est plein, là-dedans. Tout le monde se prépare pour le banquet d'accueil de ce soir, en l'honneur de Vérité et de Royal. Tous les grands du pays sont venus exprès à Castelcerf ; la nouvelle que Chevalerie laissait tomber le trône a pas tardé à se répandre. Tous les ducs sont là, eux ou un de leurs représentants, pour en discuter. Il paraît même que les Chyurda ont envoyé quelqu'un pour veiller à ce que les traités que Chevalerie a signés soient honorés même s'il ne veut plus de… »

Il s'interrompit, l'air gêné, mais j'ignore si c'est parce qu'il s'était rendu compte qu'il parlait de mon père au responsable de son abdication, ou qu'il s'adressait à un chien et à un gamin de six ans comme s'ils possédaient une quelconque intelligence. Il jeta un coup d'œil autour de lui comme pour réévaluer la situation. « Attendez-moi ici, dit-il enfin. Je vais me glisser là-dedans pour vous rapporter quelque chose. Je risque moins de me faire marcher dessus… ou de me faire piquer. Restez là. » Et il renforça son ordre d'un geste ferme de la main. Je me reculai contre un mur et m'accroupis à l'écart de la cohue ; Fouinot s'assit sagement à mes côtés. Sous mes yeux admiratifs, Cob s'approcha de la porte et se faufila comme une anguille entre les gens agglutinés.

Cob disparu, je reportai mon attention sur la foule. En majorité passaient devant nous des gens de maison et des cuisiniers, auxquels se mêlaient çà et là des ménestrels, des marchands et des livreurs. J'observai leurs allées et venues avec une curiosité lasse : j'en avais déjà trop vu dans la journée pour leur trouver grand intérêt. Presque plus qu'à manger, je désirais un coin tranquille, loin de tout ce remue-ménage. Je m'assis carrément par terre, adossé au mur chaud de soleil de la citadelle, et appuyai mon front sur mes genoux. Fouinot vint se coller contre moi.

La queue raide du chiot frappant le sol m'éveilla. Je levai le nez et découvris une paire de hautes bottes marron devant moi. Mes yeux remontèrent le long d'une culotte de cuir grossier, puis d'une chemise de laine rude, pour s'arrêter sur un visage orné d'une barbe poivre et sel hirsute. L'homme qui me regardait portait un tonnelet sur l'épaule.

« C'est toi le bâtard, hein ? »

J'avais assez souvent entendu le terme pour savoir qu'il me désignait, sans en saisir néanmoins tout le sens. J'acquiesçai lentement. L'intérêt illumina les traits de l'homme.

« Hé ! s'écria-t-il, s'adressant non plus à moi, mais à la cantonade. C'est l'bâtard ! L'bâtard à Chevalerie Droit-comme-un-I ! C'est qu'il y ressemble, vous trouvez pas ? C'est qui, ta mère, petit ? »

Il faut reconnaître aux passants qu'ils continuèrent leur chemin sans jeter plus qu'un regard curieux à l'enfant de six ans assis au pied du mur. Mais la question de l'homme au tonnelet était manifestement très intéressante, car plus d'une tête se tourna vers nous et plusieurs marchands qui sortaient des cuisines s'approchèrent pour entendre la réponse.

Malheureusement, je n'en avais pas. Ma mère, c'était Maman et tout ce que j'avais pu savoir d'elle s'estompait déjà. Je gardai donc le silence et me contentai de dévisager l'homme.

« Bon ! Alors, c'est quoi, ton nom ? » Et, s'adressant à l'assistance, il dit, du ton de la confidence : « Paraît qu'il en a pas. Pas de nom royal de haute volée pour le modeler, même pas un nom de ménage pour le gronder ! C'est vrai, petit ? T'as un nom ? »

La troupe de badauds croissait. Il y avait de la pitié dans les yeux de certains, mais nul ne s'interposa. Fouinot capta une partie de ce que je ressentais ; il se laissa tomber sur le flanc et exposa son ventre dans une attitude suppliante tout en battant de la queue, selon l'antique signal canin qui signifie toujours : « Je ne suis qu'un chiot ; je ne peux pas me défendre ; soyez indulgents ! » Si ces gens avaient été des chiens, ils m'auraient reniflé sur toutes les coutures, puis se seraient retirés. Mais les humains n'ont pas ce sens inné du respect. Aussi, sans réponse de ma part, l'homme s'approcha d'un pas et répéta : « T'as un nom, petit ? »

Je me levai lentement et le mur jusque-là chaud à mon dos devint un obstacle glacé qui empêchait toute retraite. À mes pieds, Fouinot se tortillait dans la poussière et poussa un gémissement implorant. « Non », dis-je à mi-voix ; quand l'homme fit mine de se pencher pour mieux m'entendre, je hurlai : « NON ! » et je le *repoussai* tout en m'éloignant comme un crabe le long de la muraille. Je vis l'homme reculer en chancelant et lâcher son tonnelet qui éclata sur le pavé. Nul dans la foule n'avait compris ce qui s'était passé ; moi non plus. Pour la plupart, les gens éclatèrent de rire au spectacle d'un homme fait lâchant pied devant un enfant. De ce moment, ma réputation de mauvais caractère et de courage fut faite, car avant le crépuscule l'histoire du bâtard qui avait tenu tête à son tourmenteur avait fait le tour de la ville. Fouinot se remit sur pattes et s'enfuit avec moi. Du coin de l'œil, j'aperçus Cob qui émergeait des cuisines, des parts de tarte à la main, et qui nous regardait nous sauver d'un air ahuri. Si ç'avait été Burrich, je me serais sans doute arrêté pour me placer sous sa protection. Mais ce n'était pas le cas et je continuai de détaler, laissant Fouinot me guider.

Nous plongeâmes dans la cohue de serviteurs, petit garçon quelconque et son chien en train de galoper dans la cour, et Fouinot m'emmena dans ce qu'il considérait à l'évidence comme le refuge le plus sûr du monde. À l'écart des cuisines et de la forteresse, Renarde avait creusé un trou sous l'angle d'une dépendance branlante où l'on stockait des sacs de pois et de haricots. C'est là que Fouinot était né, au mépris de la volonté de Burrich, et qu'elle avait réussi à cacher ses chiots pendant presque trois jours. Burrich en personne avait fini par la dénicher et son odeur était la première odeur humaine que Fouinot se rappelait. Passé l'entrée fort étroite, je me retrouvai dans un antre chaud, sec et à demi obscur. Fouinot se pelotonna contre moi et je passai mon bras autour de lui. Bien dissimulé, je sentis mon cœur se remettre de sa chamade et, de l'apaisement, nous glissâmes dans le sommeil profond et sans rêves réservé aux chauds après-midi de printemps et aux petits chiens.

Je me réveillai en frissonnant, des heures plus tard. Il faisait complètement noir et, en ce début de printemps, la vague tiédeur de la journée avait disparu. Fouinot s'éveilla aussitôt et nous nous extirpâmes tant bien que mal de notre retraite.

Un grand ciel nocturne s'étendait au-dessus de Castel-cerf, piqueté d'étoiles brillantes et froides. Les effluves de la baie étaient plus forts, comme si les odeurs diurnes des hommes, des chevaux et des cuisines n'étaient que temporaires et devaient succomber chaque soir au pouvoir de l'océan. Nous suivîmes des allées désertes, traversâmes des enclos d'entraînement et longeâmes des entrepôts à grains et des presses à vin. Rien ne bougeait, tout était silencieux. À mesure que nous nous approchions de la forteresse intérieure, pourtant, j'apercevais des torches encore allumées et distinguais des éclats de voix. Mais l'ensemble paraissait morne, derniers vestiges d'une fête qui se mourait avant que l'aube vienne illuminer les cieux. Nous contournâmes largement le bâtiment ; nous avions eu notre content de cohue.

Je me retrouvai à suivre Fouinot en direction des écuries. Arrivé non loin des portes, je me demandai comment nous allions les franchir ; mais Fouinot se mit soudain à remuer violemment la queue et même mon piètre odorat repéra le fumet de Burrich dans le noir. Il se leva de la caisse de bois sur laquelle il était assis près de la porte. « Vous voilà, dit-il d'un ton apaisant. Eh bien, venez. Suivez-moi. » Et il ouvrit les lourdes portes et nous précéda à l'intérieur.

Dans l'obscurité, nous passâmes devant des rangées de boxes, devant des palefreniers et des harnacheurs installés là pour la nuit, puis devant nos propres chevaux, nos chiens et les garçons d'écurie qui dormaient parmi eux, avant d'arriver enfin à un escalier qui montait le long du mur séparant les écuries des quartiers d'habitation attenants. Nous gravîmes les marches grinçantes et Burrich ouvrit une nouvelle porte. La faible lumière jaunâtre d'une bougie qui dégouttait sur une table m'éblouit un instant. Nous suivîmes Burrich dans une pièce mansardée où se mêlaient son odeur et celtes du cuir, des huiles, des onguents et des simples qui faisaient partie de son métier. Il rabattit fermement la porte derrière nous et, comme il passait devant nous pour allumer une nouvelle bougie à celle qui agonisait sur la table, je sentis sur lui le parfum du vin.

La lumière augmenta et Burrich s'assit sur un siège de bois près de la table. Il paraissait différent avec ses habits de tissu fin brun et jaune et sa chaînette d'argent en travers du pourpoint. Il posa une main sur son genou, la paume levée, et Fouinot vint aussitôt près de lui. Burrich lui gratta ses oreilles pendantes, puis lui tapota affectueusement les flancs, en faisant la grimace devant la poussière qui s'éleva de son pelage. « Vous faites une belle paire, tous les deux, dit-il en s'adressant davantage au chiot qu'à moi-même. Regardez-vous : crasseux comme des mendiants. Pour toi, j'ai menti à mon roi, aujourd'hui. C'est la première fois de ma vie. J'ai l'impression que la disgrâce de sire Chevalerie va me couler, moi aussi. Je lui ai dit que tu avais fait ta toilette, que ton voyage t'avait épuisé et que tu dormais. Il n'était pas content de devoir attendre pour te voir, mais heureusement pour nous il avait des affaires urgentes à régler. L'abdication de sire Chevalerie met pas mal de seigneurs dans tous leurs états. Certains y voient l'occasion de pousser leur avantage et d'autres grognent d'être privés d'un roi qu'ils admiraient. Subtil s'efforce de les calmer tous. Il fait circuler la rumeur que c'est sire Vérité qui a négocié avec les Chyurda, cette fois. On devrait enfermer ceux qui avaleront cette histoire. Mais ils sont venus regarder sire Vérité sous un nouveau jour, en se demandant si ce sera lui le prochain roi et quand, et quel genre de roi il fera. À tout plaquer comme ça pour aller habiter à Flétribois, sire Chevalerie a mis tous les duchés en émoi, pire qu'une ruche qui vient de prendre un coup de bâton ! »

Burrich leva les yeux du regard sérieux de Fouinot. « Eh bien, Fitz, je crois bien que tu en as eu un aperçu aujourd'hui ; tu sais que tu as fichu une sacrée frousse à ce pauvre Cob à te cavaler comme ça ? Maintenant, dis-moi, es-tu blessé ? Est-ce qu'on t'a maltraité ? J'aurais dû me douter qu'il y en aurait pour te faire retomber tout ce tintouin sur le dos ! Allez, viens par ici. Viens. »

Comme j'hésitais, il se dirigea vers une paillasse faite de couvertures superposées près de la cheminée et la tapota pour m'inviter à m'y installer. « Regarde. Il y a un lit tout prêt pour toi, et du pain et de la viande sur la table pour tous les deux. »

Je pris alors conscience de la présence d'une écuelle recouverte sur la table. De la viande, me confirmèrent les sens de Fouinot, et soudain plus rien d'autre ne compta que ce fumet. Burrich éclata de rire en nous voyant nous ruer sur la table et approuva sans rien dire ma façon de donner sa part à Fouinot avant de me caler les mâchoires. Nous dévorâmes tout notre soûl, car Burrich n'avait pas sous-estimé la faim qui pourrait tarauder un jeune chien et un enfant après leurs mésaventures de la journée. Et puis, malgré notre sieste de l'après-midi, les couvertures nous parurent soudain extraordinairement attirantes. Le ventre plein, nous nous roulâmes en boule et nous endormîmes, le dos cuit par les flammes.

À notre réveil le lendemain, le soleil était haut dans le ciel et Burrich déjà parti. Fouinot et moi finîmes le talon du pain de la veille et nettoyâmes les os de la moindre parcelle de viande avant de quitter les quartiers de Burrich. Personne ne nous interpella ni ne parut nous remarquer.

Au-dehors, une nouvelle journée d'agitation avait commencé. La forteresse était, si la chose est possible, encore plus bondée qu'avant. La foule soulevait la poussière et les voix mêlées couvraient le bruissement du vent et le murmure plus lointain des vagues. Fouinot s'imbibait de l'atmosphère, de chaque odeur, de chaque spectacle, de chaque bruit. Les sensations de Fouinot passaient en moi et, jointes aux miennes, me faisaient tourner la tête. Tout en me promenant, je captai des bribes de conversations et finis par comprendre que notre arrivée avait coïncidé avec un rite printanier de rassemblement et de réjouissances. L'abdication de Chevalerie demeurait le principal sujet de bavardage, mais cela n'empêchait pas les marionnettistes et les jongleurs de faire de chaque recoin une scène pour leurs bouffonneries. Un spectacle au moins de marionnettes avait intégré la disgrâce de Chevalerie à une comédie paillarde et, spectateur anonyme, je me creusai la cervelle pour décrypter un dialogue où il était question de semer dans les champs des voisins, ce qui faisait hurler de rire les grandes personnes.

Mais bien vite la cohue et le brouhaha nous devinrent insupportables et je fis comprendre à Fouinot que je souhaitais m'en éloigner. Nous quittâmes donc la forteresse par la porte ouverte dans l'épaisse muraille, devant les gardes occupés à conter fleurette aux fêtardes qui passaient ; à leurs yeux, un petit garçon et son chien s'en allant à la suite d'une famille de poissonniers n'offraient aucun intérêt. Sans meilleur sujet de distraction en vue, nous suivîmes la famille par les rues sinueuses en direction de Bourg-de-Castelcerf. Nous nous laissâmes peu à peu distancer, car chaque nouvelle odeur exigeait de la part de Fouinot un examen puis un jet d'urine au coin de la rue, et nous finîmes par nous retrouver seuls à errer dans la ville.

Il faisait froid et venteux à Castelcerf, alors. Le pavé des rues escarpées et tortueuses branlait et se déchaussait sous le poids des charrois. Le vent cinglait mes narines d'enfant étranger ; effluves d'algues échouées et tripes de poisson, tandis que les lamentations des mouettes et autres oiseaux de mer enveloppaient d'une mélodie surnaturelle le susurrement cadencé des vagues. Agrippé aux falaises de roc noir, le bourg évoquait les arapèdes et les bernacles accrochés aux piles et aux quais qui s'avançaient dans la baie. Les maisons étaient en pierre et en bois ; les plus élaborées de ces dernières s'élevaient plus haut et s'enfonçaient plus loin dans la face rocheuse.

La ville était relativement silencieuse comparée au fort, au-dessus, plein du tintamarre de la foule en liesse. Ni Fouinot ni moi n'avions assez de jugeote ni d'expérience pour savoir que la ville portuaire n'était pas un lieu de promenade idéal pour un gamin de six ans et un petit chien. Nous explorions avec ardeur, descendant la rue des Boulangers, la narine palpitante, traversant un marché quasi désert pour enfin longer les entrepôts et les hangars à bateau qui signalaient le niveau le plus bas du bourg. L'eau était tout près et nous foulâmes le bois des jetées autant que le sable et la pierre. Les affaires se poursuivaient là comme d'habitude, insensibles ou presque à l'ambiance carnavalesque qui régnait au fort. Les navires appontent et déchargent selon le bon vouloir des marées, et ceux qui pêchent pour vivre obéissent aux horaires des créatures à nageoires, non à ceux des hommes.

Nous rencontrâmes bientôt des enfants, certains occupés aux menues tâches du métier de leurs parents, mais d'autres désœuvrés comme nous. Je fis aisément connaissance avec eux, avec un minimum de présentations et autres politesses propres aux adultes. La plupart étaient plus grands que moi, mais quelques-uns avaient mon âge ou moins. Aucun ne parut trouver curieux de me voir ainsi errer tout seul. On me montra les points intéressants de la ville, y compris le cadavre gonflé d'une vache rejeté par la dernière marée. Nous allâmes voir des bateaux de pêche en cours de construction dans un bassin parsemé de copeaux tirebouchonnés et de bavures de poix à l'odeur entêtante. Un fumoir à poisson étourdiment laissé sans surveillance fournit le repas de midi à la demi-douzaine que nous étions. Si les enfants que j'accompagnais étaient plus dépenaillés et turbulents que ceux que nous croisions, attelés à leurs tâches, je n'y pris pas garde. Et si l'on m'avait dit que je déambulais aux côtés de petits mendiants interdits d'accès à la forteresse à cause de leurs doigts trop vagabonds, j'aurais été scandalisé. Tout ce que je savais à ce moment, c'est que je jouissais enfin d'une journée agréable et animée, pleine d'endroits à visiter et de choses à faire.

Certains parmi les enfants, plus grands et plus chahuteurs que les autres, seraient volontiers tombés sur le dos du nouveau venu si Fouinot n'avait pas été là et n'avait pas montré les dents à la première bousculade un peu agressive. Mais comme je ne manifestais aucune envie de défier leur autorité, ils m'autorisèrent à les suivre. Je fus impressionné comme il convient par tous leurs secrets et j'oserais dire qu'à la fin de ce long après-midi je connaissais mieux le quartier déshérité de la ville que bien des gens qui avaient grandi juste au-dessus.

On ne me demanda pas comment je m'appelais ; on me baptisa tout bonnement le Nouveau. Les autres portaient des noms simples, tels Dirk ou Kerry, ou plus descriptifs, comme Pique-Filet ou Brise-Pif. La propriétaire de ce dernier aurait pu être une jolie petite fille en d'autres circonstances. D'un an ou deux plus âgée que moi, elle avait son franc-parler et l'esprit vif. Devant moi, elle eut une dispute avec un grand de douze ans, mais ne montra aucune crainte de ses poings et ses sarcasmes acérés eurent tôt fait de mettre les rieurs de son côté. Elle prit sa victoire avec grand calme et sa force de caractère me laissa plein de révérence. Mais son visage et ses bras maigres s'ornaient d'ecchymoses aux teintes violettes, bleues et jaunes, tandis qu'une croûte de sang séché sous une oreille démentait son surnom. N'importe, Brise-Pif était pleine de vie, avec une voix plus aiguë que le cri des mouettes qui tournoyaient au-dessus de nous. La fin d'après-midi nous trouva, Kerry Brise-Pif et moi, assis sur une grève de galets par-delà les étendoirs des repriseurs de filets, et Brise-Pif m'enseignait à fureter dans les rochers pour trouver les lustrons qui s'y cramponnaient. Elle les décrochait habilement à l'aide d'un bâton taillé en pointe et me montrait comment extirper de leur coquille les résidents fort agréables à mâcher lorsqu'une autre fille nous appela.

Avec son manteau bleu tout propre que le vent soulevait et ses chaussures en cuir, elle n'était manifestement pas du même milieu que mes compagnons. Elle ne se joignit d'ailleurs pas à notre récolte et s'approcha seulement pour crier : « Molly, Molly ! Il te cherche partout ! Il s'est réveillé presque dessoûlé il y a une heure et il s'est mis à te traiter de tous les noms en voyant que tu avais disparu et que le feu était éteint ! »

Une expression de défi mêlé de peur passa sur les traits de Brise-Pif. « Sauve-toi, Kittne, mais emporte mes remerciements avec toi ! Je ne t'oublierai pas la prochaine fois que la marée découvrira les bancs de crabes d'algue ! »

Kittne inclina brièvement la tête et fit aussitôt demi-tour d'un pas vif.

« Tu as des ennuis ? demandai-je à Brise-Pif en voyant qu'elle ne reprenait pas la récolte des lustrons.

— Des ennuis ? » Elle fit une moue dédaigneuse. « Ça dépend. Si mon père arrive à ne rien boire avant de me mettre la main dessus, je risque d'en avoir quelques-uns. Mais il y a toutes les chances qu'il soit tellement bourré ce soir qu'il ne pourra même plus viser. Toutes les chances ! » répéta-t-elle fermement pour faire taire les doutes que Kerry s'apprêtait à émettre. Et là-dessus, elle revint à la plage de galets et à notre chasse au lustron.

Nous étions accroupis à observer une créature grisâtre et polypode que nous avions trouvée coincée dans une flaque laissée par la marée, quand le crissement de grosses bottes sur les galets incrustés de bernacles nous fit lever la tête. Avec un cri, Kerry prit la fuite sans même se retourner ; Fouinot et moi bondîmes en arrière, et le chiot se colla contre moi, montrant bravement les crocs mais le ventre lâchement caressé par le bout de sa queue. Quant à Molly Brise-Pif, ou bien elle manqua de vivacité, ou bien elle s'était déjà résignée à ce qui allait suivre. Quoi qu'il en fût, un grand escogriffe lui appliqua une taloche sur le côté du crâne. Le nez rougeoyant, il était maigre comme un clou, si bien que son poing était comme un nœud au bout de son bras décharné, mais la force du coup suffit néanmoins à envoyer Molly s'étaler à plat ventre. Les bernacles entaillèrent ses genoux rougis par le vent et, lorsqu'elle s'écarta à quatre pattes pour éviter un coup de pied maladroit, je fis la grimace en voyant ses coupures toutes fraîches pleines de sable salé.

« Espèce de petit serpent perfide ! Est-ce que je ne t'avais pas dit de t'occuper du trempage ? Et je te retrouve en train de farfouiller sur la plage, avec tout le suif figé dans la marmite ! On va nous demander d'autres bougies à la forteresse, ce soir ! Et qu'est-ce que je vais leur vendre, moi, hein ?

— Les trois douzaines que j'ai préparées ce matin. C'est tout ce que j'ai pu faire avec ce que tu m'avais laissé comme mèche, vieil ivrogne ! » Molly se releva et fit bravement front, malgré ses yeux brillants de larmes. « Qu'est-ce que tu voulais que je fasse ? Que je brûle tout le bois pour empêcher le suif de figer ? On n'aurait plus rien eu pour chauffer la bouilloire quand tu m'aurais enfin donné de la mèche ! »

L'homme tituba sous une rafale de vent qui nous apporta une bouffée de son fumet. Sueur et bière, m'informa prudemment Fouinot. Un instant, l'homme eut une expression de regret, mais son estomac instable et sa migraine l'endurcirent à nouveau. Il se pencha soudain et s'empara d'une branche blanchie par son séjour dans la mer. « Je t'interdis de me parler sur ce ton, petite mal élevée ! Ah, je te trouve sur la plage avec tes petits clochards, à faire El sait quoi ! Encore à voler dans les fumoirs, je parie, et à me faire honte ! Essaie seulement de te sauver et t'en auras deux fois plus quand je t'aurai attrapée ! »

Elle dut le croire, car elle ne fit que se replier sur elle-même quand il s'avança vers elle, ses bras maigres levés pour se protéger la tête ; puis, comme si elle se ravisait, elle se cacha seulement le visage dans les mains. Je restai pétrifié d'horreur tandis que Fouinot, percevant ma terreur, se mettait à glapir en urinant sous lui. J'entendis le sifflement du bout de bois qui s'abattait. Mon cœur fit un bond dans ma poitrine et je *poussai* l'homme ; curieusement, je sentis la force jaillir de mon ventre.

Il tomba comme était tombé l'homme au tonnelet la veille. Mais celui-là s'effondra en s'agrippant le cœur et son arme s'envola en tournoyant, inoffensive. Il chut sur le sable, fut pris d'un spasme qui lui convulsa tout le corps, puis demeura inerte.

Un instant plus tard, Molly rouvrit les yeux, toujours recroquevillée dans l'attente du coup. Elle vit son père affalé sur la grève rocheuse et la stupéfaction se peignit sur ses traits. D'un bond, elle fut auprès de lui et cria : « Papa, Papa, tu vas bien ? Je t'en prie, ne meurs pas, je regrette d'avoir été méchante ! Ne meurs pas ! Je serai sage, je te le promets ! Je me conduirai comme il faut ! » Sans se préoccuper de ses plaies, elle s'agenouilla, lui tourna le visage afin de lui dégager la bouche du sable, puis essaya vainement de le redresser.

« Il allait te tuer ! lui dis-je en essayant de comprendre ce qui se passait.

— Non ! Il me tape quelquefois quand je suis méchante, mais il ne me tuerait jamais ! Et quand il n'a pas bu et qu'il n'est pas malade, il en pleure et il me supplie de ne pas être trop méchante pour ne pas le mettre en colère ! Oh, le Nouveau, je crois bien qu'il est mort ! »

Personnellement, je l'ignorais, mais un instant plus tard il poussait un gémissement à fendre l'âme et il entrouvrit les yeux. La crise semblait passée. Hagard, il écouta les reproches que s'adressa Molly, puis accepta son aide empressée, ainsi que la mienne, moins spontanée. Il s'appuya sur nous pour remonter la grève aux galets inégaux. Fouinot nous suivit en aboyant et en décrivant des cercles autour de nous.

Les rares passants qui nous croisèrent ne nous prêtèrent aucune attention. Je supposai que le spectacle de Molly ramenant son papa à la maison n'avait rien d'original à leurs yeux. Avec Molly qui se répandait en excuses entrecoupées de reniflements à chaque pas, je les accompagnai jusqu'à la porte d'une petite chandellerie. Je les laissai là, et Fouinot et moi rebroussâmes chemin par les rues venteuses et la route pentue jusqu'à la forteresse, la tête pleine de questions sur les bizarreries des gens.

Ayant découvert la ville et, les petits vagabonds, je me sentis chaque jour attiré par eux comme par un aimant. Les journées de Burrich étaient tout entières occupées par ses diverses tâches et ses soirées par les beuveries et les réjouissances de la fête du Printemps. Il ne se souciait guère de mes allées et venues du moment qu'il me retrouvait chaque soir sur ma paillasse devant l'âtre. Pour être franc, je crois qu'il ne savait pas très bien quoi faire de moi, en dehors de veiller à ce que je mange bien pour m'assurer une bonne croissance et à ce que, la nuit, je dorme en sécurité derrière les portes. Ce devait être une période difficile pour lui. Il était au service de Chevalerie, et maintenant que ce dernier s'était disgracié lui-même, qu'allait-il devenir ? Il devait en être obsédé. Et puis il y avait sa jambe ; malgré son savoir en matière de cataplasmes et d'emplâtres, il n'arrivait apparemment pas à obtenir sur lui-même la guérison qu'il procurait si facilement à ses bêtes. Une fois ou deux, j'aperçus sa blessure découverte et frémis en voyant l'entaille déchiquetée qui refusait de cicatriser et demeurait suppurante et boursouflée. Au début, Burrich la maudissait franchement, puis, les dents serrées, le visage fermé, il la nettoyait et refaisait son pansement ; mais, les jours passant, son visage n'exprima plus qu'un désespoir dégoûté. La plaie finit tout de même par se refermer, mais la cicatrice noueuse qu'il en garda lui déforma la jambe et alourdit sa démarche. Pas étonnant, dans ces conditions, qu'il n'eût guère la tête à s'occuper d'un petit bâtard confié à sa garde.

Je courais donc librement, comme seuls peuvent le faire les petits enfants, passant inaperçu la plupart du temps. À la fin de la fête du Printemps, les gardes en faction à la porte d'entrée s'étaient habitués à me voir aller et venir quotidiennement. Ils me prenaient sans doute pour un coursier, car la forteresse en employait beaucoup, à peine plus âgés que moi. J'appris à chaparder dans les cuisines dès l'aube et en quantité suffisante pour nous assurer, à Fouinot et à moi, de copieux petits déjeuners. Je passais un certain temps chaque jour à grappiller à droite et à gauche – quignons brûlés chez les boulangers, lustrons et algues sur la plage, poisson fumé dans les séchoirs laissés sans surveillance. Le plus souvent, Molly Brise-Pif m'accompagnait. Je vis rarement son père la battre après cette première fois ; la plupart du temps, il était trop soûl pour l'attraper, ou, dans le cas contraire, pour mettre ses menaces à exécution. Je ne repensai guère à ce que j'avais fait ce jour-là, sinon pour me féliciter que Molly ne se fût pas rendu compte de ma responsabilité.

Pour moi, la ville devint le monde entier et la forteresse un simple logement où dormir. C'était l'été, saison merveilleuse dans un port. Où que j'aille régnait une activité bourdonnante. Des marchandises arrivaient des duchés de l'intérieur par le fleuve Cerf, sur des chalands manœuvrés par des bateliers en nage. En hommes de métier, ils parlaient de hauts-fonds, de barres de sable, de repères, des crues et décrues des eaux du fleuve. Leurs cargaisons étaient transportées dans des boutiques ou des entrepôts du bourg avant de redescendre sur les quais pour y être chargées dans les cales des navires maritimes. Les marins qui les équipaient avaient toujours le juron à la bouche et se moquaient des bateliers et de leurs façons de l'intérieur. Ils parlaient de marées, de tempêtes et de nuits où même les étoiles ne pouvaient montrer le bout de leur nez pour les guider. Les pêcheurs aussi s'amarraient aux quais de Castelcerf et c'étaient les plus sympathiques de tous. Du moins quand le poisson ne manquait pas.

Kerry m'enseigna les quais et les tavernes, et comment, en ayant le pied agile, on pouvait se faire trois ou même cinq sous par jour en portant des messages par les rues escarpées de la ville. Nous nous trouvions très malins et hardis de couper ainsi l'herbe sous le pied aux garçons plus âgés qui demandaient deux sous, voire davantage, pour une seule course. Je ne crois pas avoir jamais fait preuve de plus de courage qu'à cette époque. En fermant les yeux, je sens encore les odeurs de ces jours épiques : étoupe, goudron et copeaux de bois des cales sèches où les charpentiers maniaient planes et maillets, fumet suave du poisson tout frais pêché, odeur méphitique de la marée qui attend depuis trop longtemps par une journée torride ; les stères de bois au soleil ajoutaient leur note particulière au parfum des tonneaux de chêne remplis d'eau-de-vie moelleuse de Bord-du-Sable. Des gerbes de foin fébrifuge attendant d'assainir un coqueron mêlaient leurs senteurs à celles qu'exhalaient des cageots de melons durs. Et toutes ces fragrances tournoyaient dans le vent venu de la baie, assaisonné de sel et d'iode. Avec son flair aigu qui battait à plate couture mes sens rudimentaires, Fouinot attirait mon attention surtout ce qu'il reniflait.

On nous envoyait souvent, Kerry et moi, chercher un navigateur parti dire au revoir à son épouse, ou porter un échantillon d'épices à tel ou tel acheteur. L'officier de port nous dépêchait parfois pour prévenir un équipage qu'un imbécile avait fixé les amarres de travers et que la marée allait laisser le navire sur le sec. Mais les courses que je préférais, c'étaient celles qui nous emmenaient dans des tavernes. C'est là que les conteurs et les colporteurs de ragots exerçaient leur art. Les premiers racontaient des histoires classiques, voyages d'exploration, équipages qui bravaient de terribles tempêtes, capitaines insensés qui menaient leurs navires et tous leurs hommes à leur perte ; j'appris par cœur nombre de ces récits traditionnels, mais ceux qui me touchaient le plus, je les entendais non pas de la bouche des conteurs professionnels, mais des marins eux-mêmes. Là, il ne s'agissait plus d'histoires narrées au coin du feu pour le bénéfice de tous, mais de mises en garde et de nouvelles que les hommes s'échangeaient entre équipages autour d'une bouteille d'eau-de-vie ou d'une miche de pain de pollen jaune.

Ils parlaient des prises qu'ils avaient faites, de filets si pleins qu'ils menaçaient de couler le bateau ou de créatures et de poissons fabuleux entrevus seulement dans le reflet de la pleine lune lorsqu'il coupe le sillage du navire ; il y avait des récits de villages mis à sac par les Outrîliens, sur la côte autant que sur les îles éloignées de notre duché, et des histoires de pirates, de combats en mer et de vaisseaux réduits de l'intérieur par des marins infiltrés. Les plus passionnantes portaient sur les Pirates rouges, des Outrîliens qui se livraient à la fois au pillage sur terre et à la piraterie sur mer, qui attaquaient non seulement nos bateaux et nos cités, mais également d'autres bâtiments outrîliens. Certains haussaient les épaules à l'évocation des navires à la quille écarlate et se moquaient de ceux qui parlaient de pirates outrîliens s'en prenant à d'autres pirates.

Mais Kerry, Fouinot et moi nous installions sous les tables, adossés aux pieds, et nous écoutions, les yeux écarquillés, tout en grignotant des petits pains sucrés à un sou, les histoires de navires à la quille rouge aux vergues desquels pendaient une dizaine de corps, pas des cadavres, non : des hommes ligotés qui se balançaient en hurlant lorsque les mouettes venaient les lacérer à coups de bec. Nous buvions ces récits délicieusement terrifiants jusqu'à ce que même les tavernes les plus étouffantes nous paraissent glacées, et alors nous retournions en courant sur les quais pour gagner un nouveau sou.

Une fois, Kerry, Molly et moi construisîmes un radeau en bois flotté, puis nous nous promenâmes sous les quais en le dirigeant à l'aide de perches. Nous le laissâmes amarré là et, lorsque la marée monta, il défonça toute une section de ponton et endommagea deux embarcations ; pendant des jours, nous tremblâmes qu'on découvrît en nous les coupables. Un autre jour, le patron d'une taverne flanqua une taloche à Kerry en nous accusant tous deux de vol. Notre vengeance consista à coincer un hareng bien avancé sous les supports de ses dessus-de-table. Le poisson pourrit, se mit à puer et engendra des mouches pendant des jours avant qu'il ne mette la main dessus.

J'acquis les rudiments de quelques métiers durant mes errances : comment acheter le poisson, réparer les filets, construire un bateau et flâner. J'en appris davantage encore sur la nature humaine. Je devins prompt à juger qui paierait le sou promis pour la délivrance d'un message et qui me rirait au nez quand je viendrais réclamer ma récompense. Je savais auprès de quel boulanger aller mendier et quelles boutiques étaient les plus propices au chapardage. Et Fouinot partageait toutes mes expériences, si lié à moi désormais que je séparais rarement tout à fait mon esprit du sien. Je me servais de son nez, de ses yeux et de ses mâchoires aussi spontanément que des miens et jamais je n'y vis la moindre étrangeté.

Ainsi s'écoula la plus grande partie de l'été. Mais un jour où le soleil flottait dans un ciel plus bleu que la mer, ma bonne fortune finit par s'évanouir. Molly Kerry et moi venions de chiper sur un fumoir un beau chapelet de saucisses de foie et nous nous enfuyions dans la rue, le propriétaire légitime à nos trousses. Fouinot nous suivait, comme toujours. Les autres enfants avaient fini par l'accepter comme une extension de moi-même. Je ne crois pas qu'il leur fût jamais venu à l'idée de s'étonner de notre unicité d'esprit. Nous étions le Nouveau et Fouinot, et ils ne voyaient sans doute qu'un truc très commode dans le fait que Fouinot sût toujours où se placer avant même que je lui balance une bonne prise. Nous étions donc quatre à détaler dans la rue et à faire voyager les saucisses de nos mains douteuses à nos mâchoires affamées, tandis que le charcutier beuglant s'essoufflait derrière nous en une vaine poursuite.

C'est alors que Burrich sortit d'une échoppe.

Je me dirigeais droit sur lui. Nous nous reconnûmes, effarés l'un et l'autre. L'expression sinistre qui apparut ensuite sur ses traits ne me laissa aucun doute sur la conduite à tenir. Sauve-toi ! me dis-je, éperdu, et j'esquivai ses mains tendues, pour m'apercevoir aussitôt, sidéré, que je m'étais jeté dans ses bras.

Je n'aime pas me rappeler la suite. Je reçus une solide volée de taloches, non seulement de Burrich, mais aussi du propriétaire des saucisses hors de lui. À part Fouinot, mes camarades voleurs s'étaient tous évaporés dans les recoins sombres de la rue. Le chiot offrit son ventre à Burrich pour se faire battre et gronder. Au martyre, je regardai Burrich sortir des pièces de sa bourse pour payer le charcutier. Lorsque ce dernier fut parti et que la petite foule venue assister à ma déconfiture se fut dispersée, il me lâcha enfin. Je m'étonnai du regard dégoûté qu'il posait sur moi. Avec une dernière claque sur l'arrière du crâne, il m'ordonna : « À la maison ! Tout de suite ! »

Nous rentrâmes donc, Fouinot et moi, et plus rapidement que jamais. Nous retrouvâmes notre paillasse devant l'âtre et attendîmes là, le cœur en émoi. Et l'attente dura, dura, tout le long après-midi et le début de la soirée. Nous avions faim tous les deux, mais nous nous gardâmes bien de bouger. Il y avait dans l'expression de Burrich quelque chose de plus effrayant encore que la colère du papa de Molly.

Quand il arriva enfin, la nuit était tombée depuis longtemps. Nous entendîmes ses pas dans l'escalier et je n'eus pas besoin des sens affûtés de Fouinot pour savoir qu'il avait bu. Nous nous fîmes tout petits lorsqu'il pénétra dans la chambre ombreuse. Il avait la respiration lourde et il mit plus de temps que d'habitude pour allumer plusieurs bougies à la première qu'il avait embrasée. Cela fait, il se laissa tomber sur un banc et nous regarda tous les deux. Fouinot se mit à geindre et chut sur le flanc dans une pose suppliante. Je mourais d'envie de l'imiter, mais me contentai de lever vers Burrich des yeux angoissés. Au bout d'un moment, il parla.

« Fitz, qu'est-ce que tu vas devenir ? Qu'est-ce qu'on va devenir ? Le sang des rois coule dans tes veines et tu vas courir les rues avec des mendiants et des voleurs ! Tu vis en meute, comme un animal ! »

Je restai muet.

« Et je suis aussi coupable que toi, j'imagine. Allons, viens ici. Viens, mon garçon. »

Je me risquai à faire un pas ou deux. Je n'osai pas davantage.

Mon attitude circonspecte lui fit froncer les sourcils.

« Tu as mal quelque part ? »

Je fis non de la tête.

« Alors, viens ici. »

J'hésitai et Fouinot se mit à gémir, dans les affres de l'indécision.

Burrich lui jeta un regard perplexe : Je percevais presque les rouages de son esprit qui tournaient dans une brume alcoolique. Ses yeux allèrent du chiot à moi, puis une expression révoltée se répandit sur ses traits. Il secoua la tête. Lentement, il se leva et s'éloigna de la table en ménageant sa jambe malade. Dans un coin, un assortiment d'objets poussiéreux s'alignait sur des étagères. Burrich leva lourdement un bras et en saisit un, fait de bois et de cuir raidi par le manque d'usage. Il l'agita et la courte lanière claqua sur sa cuisse. « Tu sais ce que c'est, petit ? » demanda-t-il doucement, d'un ton affable.

Je fis non de la tête, sans rien dire.

« Un fouet à chiens. »

Je le regardai, l'œil inexpressif. Rien dans mon expérience ni dans celle de Fouinot ne me disait comment réagir à cette déclaration. Il dut percevoir mon désarroi. Il sourit d'un air engageant et son ton demeura bienveillant, mais je perçus une dissimulation, quelque chose qui attendait, tapi sous ses manières aimables.

« C'est un outil, Fitz. Un instrument d'éducation. Quand tu tombes sur un chiot qui n'écoute pas – quand tu lui dis : "Viens ici" et qu'il refuse de venir –, eh bien, après quelques bonnes cinglures de ce truc, il apprend à écouter et à obéir du premier coup. Rien de tel que quelques petites balafres pour apprendre à un chiot à faire attention. » Sans quitter son ton dégagé, il abaissa le fouet et fit danser légèrement la mèche sur le sol. Ni Fouinot ni moi ne pouvions en détourner les yeux, et lorsque Burrich jeta brusquement l'objet en direction de Fouinot, le chiot recula d'un bond avec un glapissement de terreur et courut se pelotonner derrière moi.

Alors Burrich se laissa lentement retomber sur le banc et se couvrit les yeux, plié en deux devant le feu. « Oh, Eda ! murmura-t-il entre juron et prière. Je le soupçonnais, je le devinais en vous voyant courir ensemble comme ça, mais maudits soient les yeux d'El, je voulais me tromper, je voulais me tromper ! Je n'ai jamais touché un chiot de toute ma vie avec cette saloperie ! Fouinot n'avait aucune raison d'en avoir peur. Sauf si vous partagiez votre esprit ! »

Quel qu'eût été le danger, je sentis qu'il était passé. Je m'assis à côté de Fouinot qui s'installa à croupetons sur mes genoux et me donna des coups de museau inquiets dans les joues. Je le calmai en lui conseillant d'attendre simplement la suite. Petit garçon et petit chien ensemble, nous restâmes donc à contempler Burrich toujours immobile. Quand il releva enfin le visage, je fus abasourdi : on aurait dit qu'il venait de pleurer ! Comme ma mère, pensai-je, mais, bizarrement, je suis aujourd'hui incapable de me la rappeler en train de verser des larmes. Je ne revois que le visage ravagé de Burrich.

« Fitz, mon garçon… Viens », dit-il à mi-voix et cette fois il y avait quelque chose dans sa voix qui m'interdit de lui désobéir. Je me levai et m'approchai, Fouinot sur mes talons.

« Non », ordonna-t-il au chiot en montrant du doigt le sol près de sa botte ; mais moi, il m'installa sur le banc à côté de lui.

« Fitz », fit-il, puis il s'interrompit. Il inspira profondément et recommença : « Fitz, ce n'est pas bien. C'est mal, très mal, ce que tu fais avec ce chien. C'est contre nature. C'est pire que voler ou mentir. Ça rabaisse un homme en dessous de son rang d'homme. Tu comprends ? »

Je lui adressai un regard déconcerté. Il soupira et essaya de nouveau.

« Petit, tu es de sang royal. Bâtard ou pas, tu es le fils de Chevalerie, de l'ancienne lignée. Et ça, ce que tu fais, c'est mal. Ce n'est pas digne de toi. Tu comprends ? »

Je fis non de la tête.

« Tiens, voilà : tu ne dis plus rien. Parle-moi. Qui t'a appris à faire ça ? »

Je fis un effort. « À faire quoi ? » Ma voix me parut rauque et grinçante.

Burrich écarquilla les yeux. Je perçus l'énergie qu'il mit à se contrôler. « Tu sais de quoi je parle. Qui t'a appris à être avec ce chien, dans son esprit, à voir par ses yeux, à le laisser voir par les tiens, à vous raconter des trucs ? »

Je réfléchis un moment. Oui, c'était bien ce qui se passait. « Personne, répondis-je enfin. Ça s'est trouvé comme ça. On est souvent ensemble », ajoutai-je en guise d'explication.

Burrich me regarda d'un air grave. « Tu ne parles pas comme un gosse, observa-t-il soudain. Mais il paraît que c'était toujours comme ça, pour ceux qui avaient le Vif d'autrefois ; que dès le début ce n'étaient jamais vraiment des gosses. Ils en savaient toujours trop et en grandissant ils en apprenaient encore plus. C'est pour ça que, dans l'ancien temps, ce n'était pas un crime de les chasser et de les brûler. Tu comprends ce que je dis, Fitz ? »

Je fis signe que non et, comme il fronçait les sourcils devant mon silence, me forçai à ajouter : « Mais j'essaie. C'est quoi, le Vif d'autrefois ? »

Le visage de Burrich exprima l'incrédulité, puis la suspicion. « Dis donc, petit ! » s'exclama-t-il d'un ton menaçant ; mais je continuai à le regarder d'un air interrogateur. Au bout d'un moment, il accepta la sincérité de mon ignorance.

« Le Vif d'autrefois… » fit-il d'une voix lente. Son visage s'assombrit et il baissa les yeux sur ses mains comme si un péché lointain lui revenait en mémoire. « C'est le pouvoir du sang animal, comme l'Art provient de la lignée des rois. Ça se présente comme un don, au début, qui permet de comprendre le langage des bêtes. Mais d'un seul coup, ça t'attrape et ça t'attire vers le bas, ça te transforme en bête, et finalement il ne reste plus une parcelle d'humanité en toi ; tu cours, tu donnes de la voix et tu goûtes le sang, comme si tu n'avais jamais rien connu d'autre que la meute. À la fin, quand on te voit, on ne peut même plus imaginer que tu aies été un homme. » À mesure qu'il parlait, sa voix n'avait cessé de baisser ; il ne m'avait pas regardé une seule fois, tourné vers le feu dont il contemplait les flammes dansantes. « Il y en a qui disent qu'on prend une forme animale, à ce moment, mais qu'on tue avec la passion d'un homme et non avec la simple faim d'une bête. On tue pour tuer…

« C'est ça que tu veux, Fitz ? Prendre le sang royal que tu portes et le noyer dans le sang de la curée ? Être une bête parmi les bêtes, uniquement pour les connaissances que ça t'apporte ? Et pire encore, pense à ce qui t'attend avant : est-ce que tu as envie que l'odeur du sang te fasse chavirer l'humeur ? Que la vue d'une proie ferme la porte de ta raison ? » Sa voix avait encore baissé et j'y perçus l'écœurement qu'il ressentait à me poser ces questions. « Est-ce que tu veux te réveiller en sueur et fiévreux parce qu'une chienne du coin est en chaleur et que ton compagnon l'a senti ? C'est le genre de savoir que tu as envie d'apporter dans le lit de ta dame ? »

Je me fis tout petit. « Je ne sais pas », dis-je à mi-voix.

Il se tourna vers moi, outré. « Tu ne sais pas ? gronda-t-il. Je t'explique où ça va te mener, et tu dis que tu ne sais pas ? »

J'avais la langue sèche et Fouinot tremblait à mes pieds. « Mais je ne sais pas ! protestai-je. Comment est-ce que je peux savoir ce que je vais faire tant que je ne l'ai pas fait ? Comment ?

— Eh bien, si tu ne le sais pas, je vais te le dire, moi ! rugit-il, et je perçus alors clairement le contrôle qu'il avait jusque-là exercé sur sa colère, et aussi tout ce qu'il avait bu ce soir-là. Le chien dégage et toi tu restes ! Tu restes ici, sous ma garde, pour que je puisse te tenir à l'œil ! Si messire Chevalerie ne veut pas de moi près de lui, c'est bien le moins que je puisse faire pour lui ! Je veillerai à ce que son fils devienne un homme et pas un loup ! Même si on doit en crever tous les deux ! »

Titubant, il quitta le banc pour saisir Fouinot par la peau du cou. Telle était du moins son intention, mais le chiot et moi l'évitâmes d'un bond. Nous nous ruâmes ensemble vers la porte, mais le verrou était mis et avant que j'aie pu le déclencher, Burrich fut sur nous. De la botte, il écarta Fouinot ; moi, il m'attrapa par l'épaule et me propulsa loin de la porte. « Viens ici, Fouinot », ordonna-t-il, mais le chiot se réfugia près de moi. Le souffle court, debout près de la porte, Burrich nous regardait d'un œil noir et je captai le grondement du courant profond de ses pensées, la fureur qui l'incitait à nous pulvériser tous les deux pour en finir une fois pour toutes. Une couche de sang-froid recouvrait ce courant, mais ce bref contact suffit à me terrifier ; et lorsqu'il bondit sur nous, je le *repoussai* de toute la puissance de ma peur.

Il tomba aussi abruptement qu'un oiseau cueilli en plein vol par une pierre et resta un instant assis par terre sans bouger. Je ramassai Fouinot et le serrai contre moi. Burrich secoua lentement la tête comme pour s'ébrouer. Il se releva, nous dominant de toute sa taille. « Il a ça dans le sang, l'entendis-je marmotter. C'est sa maudite mère ; pas de quoi s'étonner. Mais il faut dresser ce gamin. » Puis, les yeux plantés dans les miens : « Fitz, ne me refais plus jamais ça. Plus jamais. Maintenant, donne-moi ce chien. »

Et il marcha de nouveau sur nous. En percevant le clapotement de sa fureur rentrée, je ne pus pas me contenir. Je le *repoussai* encore une fois. Mais là, ma défense se heurta à un mur qui me la renvoya violemment, si bien que je trébuchai et m'écroulai, au bord de l'évanouissement, l'esprit écrasé par les ténèbres. Burrich se pencha sur moi. « Je t'avais prévenu », dit-il d'une voix basse qui ressemblait au grondement d'un loup. Puis, pour la dernière fois, je sentis ses doigts saisir Fouinot par la peau du cou. Il souleva le chiot et l'emporta sans brutalité vers la porte. Il ouvrit rapidement le verrou qui m'avait fait obstacle et, quelques instants plus tard, j'entendis son pas lourd s'éloigner dans l'escalier.

En quelques secondes, je fus remis et me jetai contre la porte. Mais Burrich avait dû la verrouiller de l'extérieur, car c'est en vain que je m'acharnai sur le loquet. Mon contact avec Fouinot se fit plus ténu à mesure qu'il s'en allait loin de moi, ne laissant en moi qu'une atroce solitude. Je gémis, puis hurlai en griffant la porte et en m'évertuant à le percevoir à nouveau. Il y eut un brusque éclair de douleur écarlate et Fouinot disparut. Sentant ses perceptions canines se diluer, je me mis à crier et à pleurer comme n'importe quel enfant de six ans en martelant vainement de mes poings les planches épaisses de la porte.

Il me sembla que des heures avaient passé quand Burrich revint. J'entendis son pas et je relevai le front du sol sur lequel j'étais étendu, pantelant, épuisé. Il ouvrit la porte et m'attrapa adroitement par le dos de ma chemise quand j'essayai de me faufiler dehors. Il me jeta au milieu de la pièce, puis claqua le battant et le reverrouilla. Sans un mot, je me précipitai contre le panneau de bois et un gémissement me monta dans la gorge. Burrich s'assit d'un air las.

« Laisse tomber, mon garçon, me conseilla-t-il comme s'il était au courant de mes plans échevelés pour la prochaine fois où il me laisserait sortir. Il n'est plus là. Il n'est plus là, et c'est bien dommage, parce qu'il était de bon sang. Sa lignée était presque aussi longue que la tienne. Mais je préfère perdre un mâtin qu'un homme. » Voyant que je ne réagissais pas, il ajouta, presque tendrement : « Cesse de penser à lui. Ça fait moins mal, comme ça. »

Mais je ne cessai pas ; d'ailleurs, au ton qu'il avait employé, il ne l'espérait pas vraiment. Avec un soupir, il se prépara à se coucher. Sans ajouter un mot, il éteignit la lampe et s'allongea. Mais il ne dormit pas et c'est bien avant l'aube qu'il me souleva du sol et m'installa dans le creux chaud que son corps avait laissé dans ses couvertures. Puis il sortit et ne revint que quelques heures plus tard.

Pour ma part, je demeurai éploré et fiévreux pendant plusieurs jours. Burrich, ce me semble, prétendit que je souffrais d'une maladie infantile et on me laissa tranquille. Des jours se passèrent encore avant qu'il m'autorise à quitter la chambre, et uniquement accompagné.

Après cet épisode, Burrich veilla soigneusement à ce que je n'aie jamais l'occasion de me lier à un autre animal. Il crut avoir réussi, j'en suis convaincu, et ce fut vrai dans une certaine mesure, en ce sens que je ne tissai jamais un lien exclusif avec aucun chien ni aucun cheval. Cependant, je ne me sentais pas protégé, mais confiné. Il était le gardien qui assurait mon isolement avec une ferveur fanatique. C'est à cette époque que la graine de la solitude absolue fut plantée en moi, et elle enfonça de profondes racines dans mon être.

3

LE PACTE

L'origine de l'Art demeurera sans doute toujours dissimulée dans les brumes du mystère. Assurément, la famille royale y a une grande prédisposition, pourtant il n'est pas limité à la seule maison du roi. Il semble y avoir une part de vérité dans le dicton populaire : « Quand le sang de la mer coule avec le sang des plaines, l'Art fleurit. » Il est intéressant de noter que les Outrîliens paraissent dépourvus du moindre don pour l'Art, de même que les purs descendants des habitants originaux des Six-Duchés.

*
* *

Est-il dans la nature du monde que toute chose aspire à un rythme, et dans ce rythme à une sorte de paix ? C'est en tout cas ce qu'il m'a toujours semblé. Tous les événements, aussi cataclysmiques ou bizarres soient-ils, se diluent au bout de quelques instants dans les habitudes de la vie quotidienne. Les hommes qui arpentent un champ de bataille à la recherche de survivants s'arrêtent pour tousser, pour se moucher, pour regarder le V d'un vol d'oies sauvages. J'ai vu des fermiers imperturbables labourer et semer pendant que des armées s'entrechoquaient à quelques milles de là.

Il en fut de même pour moi. Je ne puis que m'étonner en repensant à cette période de ma vie : arraché à ma mère, précipité dans une ville inconnue sous un ciel nouveau, abandonné par mon père à la garde de son serviteur, et enfin dépouillé de mon ami chiot, je me levai pourtant un beau matin et repris mon existence de petit garçon. C'est-à-dire que je sortais du lit lorsque Burrich me réveillait et je l'accompagnais aux cuisines, où je déjeunais à ses côtés. Ensuite, je le suivais comme son ombre. Il était bien rare qu'il me laisse m'éloigner hors de sa vue. Toujours sur ses talons, je le regardais travailler et, au bout d'un certain temps, je l'aidai de diverses petites façons. Le soir, nous mangions côte à côte sur un banc et il surveillait mes manières d'un œil acéré. Puis nous montions dans sa chambre, où je passais le reste de la soirée tantôt à contempler le feu pendant qu'il buvait, tantôt à contempler le feu en attendant qu'il rentre. Tout en buvant, il travaillait, soit qu'il répare ou fabrique un harnais, soit qu'il compose un onguent ou clarifie un remède pour un cheval. Il travaillait et moi j'apprenais en l'observant, même si, autant qu'il m'en souvienne, nous n'échangions que peu de paroles. Il est curieux de songer que deux années et une bonne partie d'une troisième passèrent ainsi.

J'appris aussi à faire comme Molly, à voler des moments de liberté lorsque Burrich était appelé au loin pour une chasse ou pour assister une jument qui mettait bas. En de très rares occasions, je m'enhardissais à m'éclipser quand il avait bu plus qu'il ne le supportait, mais c'étaient là des sorties périlleuses. Libre, je me mettais vivement en quête de mes jeunes compagnons de la ville et j'errais avec eux tant que mon audace m'y autorisait. Fouinot me manquait de façon aussi lancinante qu'un membre dont Burrich m'aurait amputé. Mais nous n'en parlions jamais ni l'un ni l'autre.

Je pense rétrospectivement qu'il était aussi seul que moi. Chevalerie ne lui avait pas permis de le suivre en exil et il se retrouvait avec la garde d'un bâtard sans nom qui avait, pour couronner le tout, un don pour ce qu'il considérait comme une perversion ! Et une fois que sa jambe eut guéri, il comprit que plus jamais il ne monterait à cheval ; jamais

60

plus il ne chasserait ni même ne marcherait comme avant ; pour un homme comme Burrich, cette avalanche de coups du sort devait être très dure à vivre. Il ne s'en plaignit jamais devant personne, que je sache ; mais encore une fois, rétrospectivement, je ne vois pas à qui il aurait pu s'en ouvrir. Nous étions tous deux enfermés dans nos solitudes personnelles et, assis face à face chaque soir, chacun de nous avait devant soi le responsable de sa situation.

Cependant, tout finit par passer, le temps surtout, et les mois s'écoulant, puis les années, j'en vins lentement à trouver une place dans l'existence. Je secondais Burrich, j'allais chercher le matériel dont il avait besoin avant qu'il l'eût demandé, je nettoyais derrière lui après ses soins aux animaux, je veillais à ce que les faucons eussent toujours de l'eau claire et j'ôtais les tiques des chiens de retour de la chasse. Les gens s'habituèrent à ma présence et cessèrent de me dévisager. Certains même semblaient ne pas me voir du tout. Peu à peu, Burrich relâcha sa surveillance. Je pus aller et venir plus librement, mais je continuai à prendre garde qu'il ne sût rien de mes virées en ville.

Il y avait d'autres enfants dans la forteresse, et beaucoup de mon âge. Certains m'étaient apparentés, cousins au deuxième ou au troisième degré. Pourtant, je ne me liai jamais vraiment à aucun. Les plus jeunes restaient auprès de leur mère ou de leur tuteur, les plus grands s'occupaient de leurs diverses tâches et corvées. La plupart n'étaient pas méchants envers moi ; simplement, j'étais extérieur à leurs cercles. Ainsi, bien que je pusse rester des mois sans voir Dirk, Kerry ou Molly, ils demeuraient mes amis les plus proches. Lors de mes explorations de la forteresse et des soirées d'hiver où tout le monde se rassemblait dans la Grand-Salle pour écouter les ménestrels, assister aux spectacles de marionnettes ou jouer à des jeux d'intérieur, j'appris rapidement à savoir où j'étais le bienvenu et où je ne l'étais pas.

J'évitais la reine car, chaque fois qu'elle m'apercevait, elle trouvait à redire à mon attitude et le blâme en retombait sur

Burrich. Royal aussi était source de danger. Il avait presque sa taille d'homme, mais n'éprouvait nul scrupule à m'écarter brutalement de son chemin ou à piétiner, l'air de rien, ce avec quoi j'étais en train de jouer. Il faisait preuve d'un esprit mesquin et rancunier que je n'avais jamais observé chez Vérité. Ce n'est pas pour autant que Vérité s'occupait de moi, d'ailleurs, mais nos rencontres fortuites n'étaient jamais déplaisantes. S'il me remarquait, il m'ébouriffait les cheveux ou m'offrait un sou. Un jour, un serviteur apporta chez Burrich quelques jouets en bois, des soldats, des chevaux et une carriole à la peinture fort abîmée, accompagnés d'un message de Vérité disant qu'il les avait trouvés dans un coin de son coffre à vêtements et que j'en tirerais peut-être plaisir. À ma connaissance, je n'ai jamais accordé autant de prix à aucune autre possession.

Avec Cob, les écuries constituaient une autre zone dangereuse. Lorsque Burrich était dans les parages, Cob me parlait et me traitait correctement, mais le reste du temps je lui étais visiblement antipathique. Il me fit comprendre que je n'avais pas à traîner dans ses jambes quand il travaillait. Je finis par découvrir qu'il était jaloux de moi ; il avait l'impression que ma garde avait remplacé l'intérêt que Burrich lui portait autrefois. Il ne se montrait jamais ouvertement cruel, il ne me frappait jamais ni ne me réprimandait gratuitement. Mais je percevais son aversion et je l'évitais.

En revanche, tous les hommes d'armes manifestaient une grande tolérance à mon égard. Après les gosses des rues de Bourg-de-Castelcerf, c'était sans doute ce qui se rapprochait le plus d'amis. Mais aussi tolérants que soient des soldats envers un enfant de neuf ou dix ans, ils n'ont tout de même pas grand-chose en commun avec lui. Je les regardais jouer aux osselets et j'écoutais leurs histoires, mais pour chaque heure passée en leur compagnie, des journées s'écoulaient sans que je les voie. Et bien que Burrich ne m'interdît jamais la salle des gardes, il voyait évidemment d'un mauvais œil les séjours que j'y faisais.

J'étais donc membre de la communauté de la forteresse, tout en ne l'étant pas. Je fuyais les uns, j'observais les autres et j'obéissais à certains. Mais je ne me sentais de lien avec personne.

Un matin – j'allais sur mes dix ans –, je jouais sous les tables de la Grand-Salle à me rouler par terre avec des chiots et à les taquiner. Il était très tôt. Une fête avait été donnée la veille et le banquet avait duré toute la journée et une bonne partie de la nuit. Burrich s'était enivré abominablement ; presque tout le monde, nobles comme serviteurs, était encore au lit, et ce matin-là les cuisines n'avaient pas rapporté grand-chose à mes errances affamées. Mais sur les tables de la Grand-Salle trônaient des trésors : pâtisseries entamées et plats de viande. J'avais aussi découvert des coupes pleines de pommes et des tranches de fromage ; bref, un rêve de pillage pour un petit garçon. Les grands chiens s'étaient déjà emparés des meilleurs os et retirés dans les coins de la pièce, en laissant les menus morceaux aux chiots. Je m'étais attribué un gros pâté en croûte et je le partageais sous la table avec mes chiots préférés. Depuis Fouinot, j'avais pris garde que Burrich ne me voie jamais en trop grande affinité avec aucun d'entre eux. Je ne comprenais toujours pas pourquoi il s'opposait à mon intimité avec un chien, mais je ne tenais pas à risquer la vie d'un chiot pour en débattre avec lui. Trois bébés chiens et moi-même étions donc en train de manger chacun à notre tour quand j'entendis des pas lents faire bruisser les roseaux qui jonchaient le sol. Deux hommes discutaient à voix basse.

Je les pris pour des employés de cuisine venus débarrasser et je sortis de sous la table afin de récupérer encore quelques reliefs de choix avant leur départ.

Ce ne fut pas un serviteur qui sursauta devant ma soudaine apparition, mais le vieux roi, mon grand-père lui-même. À côté de lui, un peu en retrait, se trouvait Royal. Son regard larmoyant et son pourpoint froissé attestaient de sa participation à la bacchanale de la veille. Le nouveau bouffon du roi, fraîchement acquis, trottinait derrière eux, avec ses pâles yeux globuleux et son visage crayeux. C'était une créature si étrange, avec son teint de papier mâché et sa livrée noir et blanc, que j'osai à peine le regarder. Contrastant avec eux, le roi Subtil avait l'œil clair, la barbe et les cheveux peignés de frais, et des habits immaculés. Un instant, il eut l'air surpris, puis il observa : « Tu vois, Royal, c'est ce que je te disais. Une occasion se présente et quelqu'un la saisit ; quelqu'un de jeune, en général, ou quelqu'un qu'animent les énergies et les appétits de la jeunesse. La royauté ne peut pas se permettre de laisser passer ces occasions-là, ni de les abandonner à d'autres. »

Le roi continua son chemin tout en poursuivant sur le sujet, tandis que les yeux injectés de sang de Royal me transperçaient d'un regard sinistre. D'un geste méprisant de la main, il me fit signe de disparaître. J'accusai réception du message d'un bref hochement de tête, mais fonçai d'abord vers la table ; je fourrai deux pommes sous mon justaucorps et m'emparais d'une tarte aux groseilles à peine entamée lorsque le roi fit soudain demi-tour et me montra du doigt. Le bouffon l'imita. Je me pétrifiai.

« Regarde-le », ordonna le vieux roi.

Royal me dévisagea d'un œil noir, mais je n'osai pas bouger.

« Que vas-tu faire de lui ? »

Royal eut l'air perplexe. « De lui ? C'est le Fitz ; le bâtard de Chevalerie. Encore à voler et à espionner le monde, comme d'habitude.

— Fou ! » Le roi Subtil sourit, mais ses yeux restèrent durs. Le fou, croyant qu'on l'appelait, eut un sourire suave. « As-tu de la cire dans les oreilles ? N'entends-tu rien de ce que je dis ? Je ne t'ai pas demandé : "Que penses-tu de lui ?", mais : "Que vas-tu faire de lui ?" Le voici devant toi, jeune, fort et plein de ressources. Son ascendance est aussi royale que la tienne, bien qu'il soit né du mauvais côté des draps. Alors, que vas-tu faire de lui ? un instrument ? une arme ? un camarade ? un adversaire ? Ou bien comptes-tu t'en désintéresser et le laisser traîner, au risque que quelqu'un s'en empare et s'en serve contre toi ? »

Royal me jeta un coup d'œil louche, puis porta son regard derrière moi et enfin, ne trouvant personne d'autre dans la salle, revint à moi, l'air un peu égaré. À mes pieds, un chiot geignit pour me rappeler le repas que nous partagions. Je lui fis signe de se taire.

« Le bâtard ? Mais ce n'est qu'un gosse ! »

Le vieux roi soupira. « Aujourd'hui, oui. Ce matin, en ce moment, c'est un gosse. Mais à peine auras-tu tourné le dos qu'il sera devenu adolescent, ou pire, adulte, et alors il sera trop tard pour en faire quoi que ce soit. Par contre, prends-le aujourd'hui, Royal, façonne-le et d'ici dix ans tu commanderas sa loyauté. Au lieu d'un bâtard insatisfait qui ne demandera qu'à se laisser persuader de prétendre au trône, tu auras un homme de confiance uni à la famille par l'esprit autant que par le sang. Un bâtard, Royal, c'est une créature unique. Passe-lui une chevalière au doigt, envoie-le en mission, et tu as un diplomate qu'aucun souverain étranger n'osera refuser. On peut le mandater là où l'on ne peut risquer un prince du sang. Imagine tous les usages d'un homme qui est de la lignée royale et qui, en même temps, n'en est pas ! Échange d'otages, alliances maritales, missions discrètes, diplomatie du poignard, etc. ! »

Aux dernières paroles du roi, Royal écarquilla les yeux. Il y eut un silence durant lequel chacun demeura muet en dévisageant les autres. Quand Royal répondit, on eût dit qu'il avait un bout de pain sec coincé dans la gorge. « Vous parlez de ces choses-là devant lui ? De l'utiliser comme instrument, comme arme ? Vous croyez qu'il ne s'en souviendra pas une fois adulte ? »

Le roi Subtil éclata de rire et son rire se répercuta sur les murs de pierre de la Grand-Salle. « Bien sûr que si ! J'y compte bien ! Regarde ses yeux, Royal. On y lit l'intelligence et peut-être un Art potentiel. Il faudrait que je sois idiot pour lui mentir et encore plus pour entamer sa formation et son éducation sans rien lui expliquer ; car cela laisserait son esprit libre, ouvert aux graines que d'autres pourraient vouloir y semer. N'est-ce pas, mon garçon ? »

Il me dévisageait sans ciller et je pris soudain conscience que je lui rendais son regard. Durant tout son discours nos yeux ne s'étaient pas quittés, chacun déchiffrant l'autre. Dans ceux de l'homme qui était mon grand-père, il y avait de l'honnêteté, une honnêteté abrupte, sèche. Elle n'avait rien de rassurant, mais je savais que je la trouverais toujours là. J'acquiesçai lentement.

« Viens ici. »

Je m'avançai avec circonspection. Une fois que je fus devant lui, il tomba sur un genou pour se mettre à ma hauteur. Le fou s'agenouilla solennellement à côté de nous et nous regarda tour à tour d'un air grave. Royal embrassait la scène d'un œil furibond. À l'époque, je ne me rendis pas compte de l'ironie de la situation : le roi à genoux devant son bâtard de petit-fils ! Je gardai donc une attitude digne lorsqu'il me prit la tarte des mains et la jeta aux jeunes chiens qui m'avaient suivi. Il tira une épingle des replis de soie de son col et, d'un geste auguste, la piqua dans l'humble laine de ma chemise.

« À présent, tu m'appartiens, dit-il, rendant ainsi sa prétention sur ma personne plus importante que tous les liens du sang qui nous unissaient. Dorénavant, tu ne seras plus obligé de manger les restes de personne. Je m'occuperai de toi, et je m'en occuperai bien. Si un homme ou une femme cherche à te retourner contre moi en t'offrant plus que je ne te donne, viens me voir, expose-moi l'offre et je la surpasserai. Jamais tu ne trouveras en moi un ladre et jamais tu ne pourras alléguer de ma part un mauvais emploi de tes talents comme prétexte à me trahir. Me crois-tu, mon enfant ? »

Je hochai la tête, à la manière muette qui était encore la mienne, mais ses yeux bruns qui ne cillaient pas exigeaient davantage.

« Oui, Sire.

— Bien. Je vais donner quelques ordres te concernant. Veille à t'y conformer. Si l'un ou l'autre te paraît étrange, parles-en à Burrich. Ou à moi. Tu n'auras qu'à te présenter à ma porte et à montrer cette épingle. On te laissera entrer. »

Je jetai un coup d'œil à la pierre rouge qui étincelait dans un nid d'argent et je parvins à répéter : « Oui, Sire.

— Ah ! » dit-il à mi-voix ; je sentis une ombre de regret dans sa voix et m'en demandai la raison. Il me libéra de l'emprise de son regard et je repris soudain conscience de ce qui m'entourait, des chiots, de la Grand-Salle, de Royal qui me considérait avec une répulsion nouvelle et du fou qui hochait la tête avec enthousiasme malgré son expression toujours vide. Le roi se releva. Lorsqu'il me tourna le dos, le froid m'envahit comme si je venais de me dépouiller d'un manteau. C'était ma première expérience de l'Art manié par un maître.

« Ça ne te plaît pas, n'est-ce pas, Royal ? fit le roi sur le ton de la conversation.

— Mon roi agit comme il l'entend. » Il était maussade.

Le roi Subtil soupira. « Ce n'est pas ce que je te demandais.

— Ma mère, la reine, ne vous approuvera sûrement pas. En choyant ce gamin, vous allez donner l'impression que vous le reconnaissez. Ça va lui donner des idées, ainsi qu'à d'autres.

— Peuh ! » Le roi gloussa comme s'il était amusé.

Royal monta aussitôt sur ses grands chevaux. « Ma mère, la reine, ne sera pas d'accord avec vous et elle sera mécontente. Ma mère…

— … n'est plus d'accord avec moi et elle est chroniquement mécontente depuis quelques années déjà. Je n'y fais plus attention, Royal. Elle va brasser de l'air, criailler encore une fois qu'elle ferait mieux de retourner à Bauge pour y être duchesse et toi duc à sa succession. Et si elle est très en colère, elle brandira la menace que, dans ce cas, Labour et Bauge se révolteront et s'instaureront en un royaume autonome dont elle sera la reine.

— Et moi le roi à sa suite ! » ajouta Royal d'un air de défi.

Subtil hocha la tête. « Oui, je pensais bien qu'elle avait semé les graines corruptrices de la trahison dans ton esprit. Écoute-moi, mon garçon : elle peut gronder tant qu'elle veut, jeter la vaisselle à la tête des serviteurs, ça n'ira jamais plus loin, parce qu'elle sait qu'il vaut mieux être reine d'un royaume en paix que duchesse d'un duché en rébellion. Par ailleurs, Bauge n'a aucune raison de se dresser contre moi, sauf celles que ta mère invente dans sa tête. Ses ambitions ont toujours excédé ses capacités. » Il s'interrompit et regarda Royal dans les yeux. « En matière de royauté, c'est une faiblesse des plus déplorables. »

Je perçus le raz de marée de fureur que Royal réprima, les yeux baissés au sol.

« Allons, viens », dit le roi et Royal trotta derrière lui, obéissant comme un chien. Mais le dernier coup d'œil qu'il me jeta était venimeux.

Sans bouger, je regardai le vieux roi quitter la salle. Un sentiment de perte se répercuta en moi. Curieux homme ! Tout bâtard que je fusse, il aurait pu se déclarer mon grand-père et obtenir gratuitement ce que, pourtant, il avait décidé d'acheter. À la porte, le fou au teint blême s'arrêta ; l'espace d'un instant, il me dévisagea, puis il fit un geste incompréhensible de ses longues et maigres mains. Insulte ou bénédiction ? Ou peut-être seulement le volettement des mains d'un fou ? Il sourit, me tira la langue, puis se hâta de rattraper le roi.

Malgré les promesses du roi, je bourrai le devant de mon justaucorps de gâteaux. Les chiots et moi nous les partageâmes à l'ombre derrière les écuries. Ce fut pour nous tous un petit déjeuner plus copieux que d'habitude et, par la suite, mon estomac émit des murmures mécontents pendant plusieurs heures. Les chiots se roulèrent en boule et s'endormirent, mais pour ma part mon cœur balançait entre l'angoisse et le plaisir par anticipation. J'en étais presque à souhaiter que rien ne se passe, que le roi oublie ce qu'il m'avait dit. Mais ce ne fut pas le cas.

Tard dans la soirée, je finis par gravir l'escalier de Burrich et pénétrai dans sa chambre. J'avais passé la journée à me demander quelles conséquences les paroles prononcées le matin pouvaient avoir pour moi. J'aurais pu m'épargner cette peine. À mon arrivée, Burrich posa la pièce de harnais qu'il réparait et concentra toute son attention sur moi ; il me dévisagea un moment en silence et je lui rendis son regard. Quelque chose avait changé et cela me faisait peur. Depuis que Burrich avait fait disparaître Fouinot, j'étais convaincu qu'il possédait le pouvoir de vie et de mort sur moi aussi ; qu'on pouvait se débarrasser d'un bâtard aussi aisément que d'un bébé chien. Cela ne m'avait d'ailleurs pas empêché, le temps passant, de me sentir de plus en plus proche de lui ; la dépendance n'exige pas l'amour. L'impression de pouvoir compter sur Burrich était le seul élément stable de mon existence, et cette impression tremblait à présent sur ses bases.

« Bon. » Il parlait enfin, et son ton avait quelque chose de péremptoire. « Alors, il a fallu que tu ailles te coller sous son nez, hein ? Il fallait que tu fasses ton intéressant. Eh bien, il a décidé de ton sort. » Il soupira et son silence changea de qualité ; un bref instant, j'eus presque le sentiment qu'il avait pitié de moi. Mais il reprit :

« Je dois te choisir un cheval pour demain. Il voulait un jeune, pour que je vous forme tous les deux ensemble. Mais j'ai réussi à le convaincre de te faire commencer par une bête plus vieille et plus calme. Un élève à la fois, je lui ai dit. Mais j'avais mes raisons pour te mettre avec un animal moins… moins impressionnable. Tu as intérêt à te tenir comme il faut ; si tu fais l'imbécile, je le saurai. Nous nous comprenons bien ? »

Je hochai brièvement la tête.

« Réponds, Fitz. Il faudra bien que tu te serves de ta langue, si tu dois étudier avec des maîtres et des précepteurs.

— Oui, messire. »

C'était bien de lui. À ses yeux, le cheval qu'il allait me confier passait avant tout ; maintenant que la question était réglée, il m'annonça le reste comme si c'était sans importance.

« Dorénavant, tu te lèveras avec le soleil, mon garçon. Le matin, tu étudieras avec moi comment soigner un cheval et t'imposer à lui ; et aussi comment faire chasser tes chiens comme il faut et t'en faire obéir. Comment un homme commande aux animaux, voilà ce que je vais t'apprendre. » Il insista lourdement sur la dernière phrase, puis se tut pour s'assurer que j'avais bien compris. Mon cœur se serra, mais je hochai la tête, en ajoutant précipitamment : « Oui, messire !

— L'après-midi, tu suivras d'autres cours ; les armes et tout le bataclan. L'Art aussi, sans doute, un jour ou l'autre. En hiver, ce sera en intérieur : langues, signes, écriture, lecture, chiffres, sûrement. Les histoires, aussi. Ce que tu feras de tout ça, je n'en sais rien, mais apprends-le bien, que le roi soit satisfait. C'est un homme qu'il vaut mieux ne pas mécontenter, et encore moins contrarier. Le plus avisé, ç'aurait encore été de ne pas attirer son attention. Mais je ne t'avais pas prévenu et maintenant il est trop tard. »

Il se racla soudain la gorge, puis prit sa respiration. « Il y a encore autre chose qui doit changer. » Il s'empara du bout de cuir sur lequel il travaillait à mon entrée et se pencha dessus. On aurait dit qu'il parlait à ses doigts. « Tu auras une chambre à toi, à partir de maintenant. En haut de la forteresse, là où dorment ceux de sang noble. Tu y dormirais déjà, si tu avais pris la peine de rentrer plus tôt.

— Comment ? Je ne comprends pas ! Une chambre ?

— Ah, tiens, tu sais répondre rapidement quand ça te chante ? Tu m'as entendu, petit. Tu as une chambre à toi, en haut de la forteresse. » Il se tut, puis reprit d'un ton enjoué :

« Je vais enfin retrouver mon intimité. Ah ! On prendra aussi tes mesures demain pour t'habiller. Et te faire des bottes. Encore que je ne voie pas bien l'intérêt de mettre une botte à un pied qui n'a pas fini de grandir, mais enfin…

— Je ne veux pas d'une chambre là-haut ! » Aussi oppressante qu'ait pu devenir la vie avec Burrich, je la trouvais soudain préférable à l'inconnu. Je m'imaginais une vaste chambre de pierre, glacée, avec des ombres tapies dans les coins.

« Eh bien, tu en auras quand même une, déclara Burrich, impitoyable. Il est grand temps, et plus que temps. Tu es le fils de Chevalerie, même si tu n'es pas légitime, et te faire vivre ici, dans les écuries, ce n'est pas convenable.

— Mais je m'en fiche ! » m'écriai-je, désespéré.

Burrich leva les yeux sur moi et me dévisagea, le visage fermé. « Eh bien, eh bien ! On a la langue bien pendue, ce soir, hein ? »

Je baissai les yeux. « Toi, tu habites bien ici, observai-je d'un ton maussade. Tu n'es pourtant pas un chien errant.

— Je ne suis pas non plus le bâtard d'un prince, répondit-il sèchement. À partir de maintenant, tu vas coucher à la forteresse, Fitz, un point, c'est tout.

— J'aimerais mieux être un chien errant », m'enhardis-je à rétorquer. Et soudain, toutes mes angoisses me cassèrent la voix quand j'ajoutai : « Tu ne laisserais pas faire ça à un chien errant, tout changer d'un seul coup ! Quand on a donné le petit limier au seigneur Grimbsy tu lui as donné ta vieille chemise pour qu'il sente un objet de chez lui, le temps qu'il s'habitue.

— Ma foi, dit-il, je ne… Viens ici, Fitz. Viens, mon garçon. »

Et, comme un jeune chien, je m'approchai de lui, le seul maître que j'avais, et il me tapota le dos et me passa la main sur la tête comme il l'aurait fait à un chien.

« Allons, n'aie pas peur. Tu n'as pas à t'inquiéter. Et puis (et je sentis qu'il cédait), on nous a seulement dit que tu devais avoir une chambre à la forteresse. Personne n'a jamais prétendu que tu devais y dormir toutes les nuits. Certains soirs, si tu trouves ta chambre trop calme, tu peux toujours faire un tour par ici. Hein, Fitz ? Ça te va, comme ça ?

— Il faut bien », marmonnai-je.

*
* *

Les quinze jours suivants furent un furieux tourbillon de nouveautés. Burrich me réveilla à l'aube le lendemain, me fit prendre un bain, me récura, me coupa les cheveux qui me tombaient dans les yeux et m'attacha le reste dans le dos en une tresse comme celle des doyens de la forteresse. Il m'intima l'ordre d'enfiler mes plus beaux habits, puis fit claquer sa langue en voyant qu'ils étaient devenus trop petits pour moi. Enfin, il haussa les épaules en disant qu'il faudrait bien que ça aille.

Ensuite, il m'emmena aux écuries, où il me présenta la jument qui était désormais la mienne. Elle était grise avec une ombre de pommelage. Elle avait la crinière, la queue, les naseaux et les paturons noirs comme si elle s'était promenée dans de la suie. C'était d'ailleurs son nom : Suie. C'était une bête placide, bien découplée et bien soignée. Il aurait été difficile d'imaginer monture moins intimidante. Comme n'importe quel petit garçon, j'avais espéré au minimum un hongre enjoué ; mais non : c'était Suie, ma monture. Je m'efforçai de dissimuler ma déception, mais Burrich dut la percevoir. « Elle ne vaut pas grand-chose, c'est ça que tu penses ? Dis-moi, Fitz, quel superbe destrier est-ce que tu avais hier, pour tordre le nez aujourd'hui devant une bête gentille et en bonne santé comme Suie ? Elle attend un poulain de ce sale caractère d'étalon bai, celui du seigneur Tempérance, alors veille à la traiter avec douceur. C'est Cob qui la dressait jusqu'à maintenant ; il voulait en faire une jument de chasse, mais j'estime qu'elle te conviendra mieux. Il l'a un

72

peu mauvaise, mais je lui ai promis qu'il pourrait recommencer avec le poulain. »

Burrich avait adapté une vieille selle à mon usage en jurant que, quoi qu'en dise le roi, il ne m'en ferait pas faire une nouvelle tant que je n'aurais pas fait mes preuves à cheval. La jument avançait souplement et répondait sans hésitation aux rênes et à mes genoux. Cob avait fait de l'excellent travail. Le caractère et les réactions de Suie m'évoquaient une mare tranquille ; si elle nourrissait des pensées, elles ne portaient pas sur ce que nous étions en train de faire, et Burrich me surveillait de trop près pour que je me risque à scruter son esprit. Je la menai donc à l'aveuglette, en ne communiquant avec elle que par les genoux, les rênes et les déplacements de mon corps. L'effort physique exigé m'épuisa bien avant la fin de la leçon et Burrich s'en rendit compte. Mais je n'évitai pas pour autant d'étriller la jument et de lui donnera manger, puis de nettoyer ma selle et tout mon fourbi. Il n'y avait plus un nœud dans la crinière de Suie et les vieux cuirs luisaient d'huile lorsque j'eus enfin l'autorisation de me rendre aux cuisines et de me restaurer moi-même.

Mais alors que je fonçais vers la porte de service, Burrich m'attrapa par l'épaule.

« Ça, c'est terminé pour toi, me dit-il d'un ton ferme. C'est bon pour les hommes d'armes, les jardiniers et compagnie ; il y a une salle pour les gens de la noblesse et leurs serviteurs personnels. C'est là que tu vas manger. »

Et, là-dessus, il me propulsa dans une pièce sombre occupée par une longue table, avec, à sa tête, une autre table, plus haute. Toutes sortes de plats y étaient disposés, et des gens étaient installés autour, à différents stades de leur repas ; car lorsque le roi et la reine étaient absents de la haute table, comme c'était le cas aujourd'hui, personne ne se montrait à cheval sur l'étiquette.

Burrich me poussa vers une place sur la gauche, un peu au-dessus du milieu de la table, mais pas de beaucoup.

Lui-même s'assit du même côté, mais plus bas. J'étais affamé et, comme nul ne me dévisageait au point de me faire perdre mes moyens, je fis rapidement son affaire à un repas plus que copieux. La nourriture que je chapardais en cuisine était plus chaude et moins desséchée, mais ce genre de considérations ne comptent guère pour un enfant en pleine croissance et je dévorai pour compenser l'absence de petit déjeuner.

L'estomac plein, je songeais à certaine digue chauffée par le soleil et criblée de terriers de lapin, où les chiots et moi passions souvent de somnolents après-midi. Je voulus me lever de table, mais aussitôt un jeune garçon apparut derrière moi : « Maître ? »

Je promenai mon regard sur mes voisins pour voir à qui il s'adressait, mais tout le monde était occupé à jouer du tranchoir. Il était plus grand que moi et plus âgé de plusieurs étés, si bien que je levai des yeux ahuris sur lui lorsqu'il me répéta bien en face : « Maître ? Avez-vous fini de manger ? »

Je hochai la tête, trop étonné pour parler.

« Alors, il faut m'accompagner. C'est Hod qui m'envoie. Vous devez vous entraîner aux armes cet après-midi sur le terrain. Si Burrich en a terminé avec vous, du moins. »

Burrich surgit soudain à côté de moi et m'abasourdit en se laissant tomber sur un genou. Il tira sur mon justaucorps pour le redresser et me lissa les cheveux en disant :

« J'en ai terminé, et pour un moment, sans doute. Allons, n'aie pas l'air si surpris, Fitz ! Tu croyais que le roi n'était pas homme de parole ? Essuie-toi la bouche et en route ! Hod est un maître plus strict que moi ; pas question d'être en retard sur le terrain d'exercice. Allez, va vite avec Brant ! »

J'obéis, le cœur serré. En quittant la salle sur les talons du garçon, j'essayai d'imaginer un maître plus strict que Burrich : le résultat était effrayant.

Une fois dehors, mon guide laissa rapidement tomber ses manières raffinées. « Comment tu t'appelles ? » me demanda-t-il en s'engageant sur l'allée de gravier qui menait à l'armurerie et aux terrains d'exercice en face.

Je haussai les épaules et détournai le regard, feignant un intérêt subit pour les arbustes qui bordaient le chemin.

Brant renifla d'un air entendu. « Allez, il faut bien que t'aies un nom ! Comment est-ce qu'il t'appelle, ce vieux traîne-la-patte de Burrich ? »

Le dédain manifeste du garçon envers Burrich me stupéfia tant que je bredouillai sans le vouloir : « Fitz ! Il m'appelle Fitz.

— Fitz ? » Il émit un petit ricanement. « Ouais, ça m'étonne pas ! Il a son franc-parler, le vieux bancroche !

— C'est un sanglier qui lui a ouvert la jambe », expliquai-je. À l'entendre, on aurait cru que la claudication de Burrich n'était qu'une façon de faire l'intéressant. J'ignore pourquoi, mais ses moqueries me piquaient au vif.

« Je sais ! » Il fit une moue de dédain. « Jusqu'à l'os ! Un grand vieux mâle qui aurait éventré Chev si Burrich s'en était pas mêlé ! À la place, il a croché Burrich et une demi-douzaine de chiens, à ce qu'on m'a dit. » Nous franchîmes une ouverture dans un mur couvert de lierre et les terrains d'exercice se déployèrent soudain devant nous. « Chev s'était approché, croyant devoir seulement achever la bête, mais le cochon s'est relevé d'un bond et lui a couru dessus. Paraît qu'il a cassé la lance du prince comme une brindille. »

Pendu à ses lèvres, je ne le lâchais pas d'une semelle quand il se tourna d'un bloc vers moi. Saisi, je faillis tomber et me rattrapai tant bien que mal en reculant. Mon aîné éclata de rire. « On dirait que Burrich a endossé tous les revers de fortune de Chevalerie, cette année, hein ? C'est ce que disent les hommes, en tout cas. Que Burrich a capturé la mort de Chevalerie et qu'il l'a transformée en jambe boiteuse sur lui-même, et puis qu'il a pris le bâtard de Chev et qu'il en a fait son chouchou. Mais moi, ce que je voudrais savoir, c'est comment ça se fait que tu dois apprendre les armes, d'un seul coup ? Et il paraît que t'as un cheval, aussi ? »

Il y avait davantage que de la jalousie dans son ton. J'ai compris, depuis, lors, que bien des gens considèrent la bonne fortune des autres comme un affront personnel. Je sentis son hostilité monter comme si j'avais pénétré sur le territoire d'un chien sans me faire annoncer ; seulement, avec un chien, j'aurais pu établir un contact mental et le rassurer sur mes intentions. Dans le cas de Brant, il n'y avait que l'hostilité, comme un orage qui se lève. Je me demandai s'il allait me frapper et s'il espérait que je me battrais ou que je m'enfuirais. J'avais presque pris la décision de me sauver quand une silhouette imposante tout de gris vêtue apparut derrière Brant et lui saisit la nuque d'une main ferme.

« J'ai entendu dire que le roi a ordonné qu'on lui enseigne les armes, en effet, et qu'on lui donne un cheval pour apprendre à monter. Ça me suffit, et ça devrait être plus que suffisant pour toi, Brant. Et j'ai aussi entendu dire que tu devais l'amener ici et ensuite aller te présenter à maître Tullume, qui a des courses à te confier. Ce n'est pas ce que tu avais entendu ?

— Si, m'dame. » Brant hocha la tête d'un air soumis, son humeur belliqueuse soudain évanouie.

« Et puisque tu "entends dire" toutes ces choses vitales, j'en profite pour te faire remarquer qu'un sage ne révèle pas tout ce qu'il sait ; et aussi que celui qui colporte des histoires n'a pas grand-chose d'autre dans la tête. Est-ce clair, Brant ?

— Je crois, m'dame.

— Tu crois seulement ? Alors, je vais être plus directe : arrête de fourrer ton nez partout et de jacasser et occupe-toi de ton service. Montre-toi diligent, toujours prêt à bien faire, et peut-être qu'une rumeur finira par dire que tu es mon "chouchou" ! Je te préviens : ce n'est pas le travail qui manque pour t'empêcher de blagasser.

— Oui, m'dame.

— À nous, petit. » Brant courait déjà dans l'allée lorsqu'elle se retourna vers moi. « Suis-moi. »

La vieille femme n'attendit pas de voir si j'obéissais. D'un pas ferme qui m'obligea à prendre le trot, elle se mit en route à travers les terrains d'exercice. Le soleil qui durcissait encore la terre battue me tapait sur les épaules. Je fus en nage presque d'emblée. Mais la femme ne paraissait nullement gênée par son pas rapide.

Elle était vêtue tout de gris : une longue surtunique gris sombre, des jambières plus claires et, recouvrant le tout, un tablier de cuir gris qui lui descendait presque jusqu'aux genoux. Une jardinière quelconque, supposai-je, tout en m'interrogeant néanmoins sur ses souples bottes grises.

« On m'envoie prendre des leçons… avec Hod », articulai-je, le souffle court.

Elle hocha brièvement la tête. Nous pénétrâmes dans l'armurerie ombreuse et mes yeux, soulagés après l'éclat des terrains à l'air libre, purent se rouvrir normalement.

« Je dois apprendre les armes et leur maniement », dis-je, au cas où elle aurait mal compris la première fois.

Elle acquiesça encore une fois et poussa une porte du bâtiment aux allures de grange qui formait l'armurerie extérieure. C'était là, je le savais, qu'on rangeait les armes d'exercice ; celles en bon fer et en bel acier se trouvaient dans la forteresse proprement dite. Dans l'armurerie régnaient la pénombre et une légère fraîcheur, ainsi qu'un parfum de bois, de sueur et de roseaux nouvellement répandus au sol. Elle n'hésita pas et je la suivis devant un casier qui contenait une réserve de bâtons.

« Choisis-en un, dit-elle, ses premiers mots depuis qu'elle m'avait ordonné de l'accompagner.

— Il ne vaudrait pas mieux attendre Hod ? hasardai-je timidement.

— C'est moi, Hod, répondit-elle avec impatience. Prends-toi un bâton, mon garçon. Je veux passer un moment seule avec toi avant que les autres arrivent pour me rendre compte de quel bois tu es fait et de ce que tu sais. »

Il ne lui fallut guère de temps pour établir que je ne savais pratiquement rien et que je me décourageais facilement. Quelques coups et parades de sa canne marron et elle fit sauter la mienne de mes mains meurtries.

« Hum », fit-elle sans hargne, mais sans amabilité non plus ; le raclement de gorge du jardinier devant un plant de pomme de terre victime d'un début de brunissure. Je tendis mon esprit vers elle et y trouvai la même quiétude que chez ma jument. J'y aurais en vain cherché la circonspection que Burrich manifestait envers moi. Ce fut, je crois, la première fois où je m'aperçus que certaines personnes, à l'instar de certains animaux, étaient totalement inconscients de mon contact. J'aurais pu m'enfoncer davantage dans son esprit, mais j'étais si soulagé de n'y découvrir nulle hostilité que je redoutai de la susciter par mon intrusion. Je préférai donc m'abstenir et supportai sans bouger son examen.

« Comment t'appelles-tu, petit ? » demanda-t-elle brusquement.

Encore ! « Fitz », répondis-je à mi-voix.

Elle fronça les sourcils. Je redressai les épaules et, d'une voix plus forte : « Fitz ; c'est comme ça que Burrich m'appelle. »

Elle tressaillit légèrement. « Ça ne m'étonne pas ; il appelle une chienne une chienne, et un bâtard un bâtard ! Bon… Je crois comprendre ses raisons. Tu te nommes donc Fitz, et c'est comme ça que je t'appellerai aussi. Bien ; maintenant, je vais t'expliquer pourquoi le bâton que tu avais pris était trop long pour toi et trop épais. Ensuite, tu en choisiras un autre. »

Ainsi fut fait, et elle me mena lentement par les phases d'un exercice qui me parut alors infiniment complexe mais qui, à la fin de la semaine, ne me semblait pas plus difficile que de tresser la crinière de ma jument. Nous finissions lorsque le reste des élèves arriva. Ils étaient quatre, tous plus ou moins du même âge que moi, mais plus avancés, ce qui régla un problème, car le nombre d'élèves était désormais impair et aucun n'avait particulièrement envie du nouveau comme partenaire.

Par miracle, je survécus à cette première journée, bien que le comment de la chose se fonde aujourd'hui dans un oubli miséricordieux. Je me rappelle mes muscles douloureux lorsque Hod nous congédia enfin, puis mes compagnons remontant l'allée au pas de course en direction de la forteresse, tandis que je me traînais d'un air lugubre loin derrière eux en me fustigeant intérieurement d'avoir attiré l'œil du roi. La montée jusqu'à la forteresse était longue et la salle à manger bruyante et bondée. J'étais trop exténué pour avoir beaucoup d'appétit. Une assiette de ragoût et un peu de pain constituèrent, me semble-t-il, tout mon repas et je me dirigeais vers la porte en claudiquant, n'aspirant qu'à la chaleur et au calme des écuries, lorsque Brant m'accosta de nouveau.

« Ta chambre est prête », se contenta-t-il de dire.

J'adressai un regard désespéré à Burrich, mais il était en pleine conversation avec son voisin de table et ne perçut pas ma supplication muette. Aussi me retrouvai-je de nouveau à suivre Brant, cette fois à l'assaut d'une vaste volée de marches en pierre qui menaient dans une partie de la forteresse que je n'avais jamais explorée.

Nous fîmes halte à un palier où Brant prit un candélabre posé sur une table et l'alluma. « C'est la famille royale qui habite dans cette aile, m'informa-t-il, désinvolte. Le roi a une chambre à coucher grande comme l'écurie au bout de ce couloir. » Je hochai la tête, croyant aveuglément à tout ce qu'il me racontait, mais je devais apprendre par la suite qu'un coursier comme Brant ne pénétrait jamais dans l'aile royale. C'était réservé à des laquais plus importants. Il me fit encore monter un escalier, puis nous nous arrêtâmes de nouveau. « Ici, c'est les chambres des visiteurs, dit-il en agitant son candélabre, si bien que la flamme des bougies se coucha comme une bannière au vent. Des visiteurs de marque, je veux dire. »

Et nous suivîmes à nouveau l'escalier, dont la largeur allait diminuant, visiblement ; en levant les yeux, j'aperçus avec effroi un autre escalier encore plus étroit et encore plus raide. Mais Brant ne m'y conduisit pas ; nous nous enfonçâmes dans la nouvelle aile. Passé trois portes, il fit coulisser le loquet d'une porte en planches qu'il poussa de l'épaule. Elle s'ouvrit pesamment et non sans heurt. « Ça fait un moment que la chambre est plus occupée, observa-t-il d'un ton enjoué. Mais elle est à toi maintenant ; bienvenue chez toi. » Et là-dessus il posa le candélabre sur un coffre, en extirpa une bougie et s'en fut. Il referma la lourde porte derrière lui et je me retrouvai seul dans la semi-obscurité d'une vaste chambre inconnue.

J'ignore comment je parvins à me retenir de lui courir après ou seulement d'ouvrir la porte. Me saisissant du candélabre, j'allumai les flambeaux muraux ; deux nouveaux jeux de bougies refoulèrent les ombres menaçantes dans les angles. Il y avait une cheminée où crachotait un feu ridicule. Je l'attisai un peu, plus pour en obtenir de la lumière que de la chaleur, puis j'entrepris d'explorer mes quartiers.

La pièce était un simple cube avec une seule fenêtre. Les murs de pierre, de la même pierre que j'avais sous les pieds, n'étaient adoucis que par une tapisserie pendue sur l'un d'eux. Je levai ma bougie pour l'examiner, mais ne pus en éclairer qu'une petite surface à la fois. Je distinguai une créature luisante et ailée et, devant elle, un personnage aristocratique dans une attitude suppliante. On m'informa plus tard qu'il s'agissait du roi Sagesse auquel les Anciens apportaient leur aide. Sur le moment, la scène me parut plutôt inquiétante et je m'en détournai.

Un effort superficiel avait été fait pour donner un air propre à la pièce. Des herbes et des roseaux frais avaient été répandus par terre et, à son aspect gonflé, le lit de plume avait été récemment secoué. Les deux couvertures étaient de bonne laine. Les rideaux de lit étaient ouverts et l'on avait époussseté le coffre et le banc, seuls autres meubles de la chambre. À mes yeux naïfs, c'était un décor splendide : un vrai lit, avec ciel et tentures, un banc muni d'un coussin et un coffre où ranger mes affaires ! C'était davantage de meubles que je n'en avais jamais eu. Le fait qu'ils soient à mon usage exclusif les grandissait encore. Il y avait aussi l'âtre, auquel j'ajoutai hardiment une bûche, et la fenêtre, avec un fauteuil en chêne devant, les volets fermés pour empêcher l'air nocturne d'entrer, mais qui donnait sans doute sur la mer.

Le coffre était tout simple, avec des coins de bronze. Foncé à l'extérieur, il était fait à l'intérieur d'un bois clair qui dégageait un agréable parfum, comme je le découvris en l'ouvrant. J'y trouvai ma garde-robe limitée qu'on avait montée des écuries. Deux chemises de nuit y avaient été ajoutées, ainsi qu'une couverture de laine roulée dans un angle. C'était tout. Je pris une des chemises et refermai le coffre.

J'étalai le vêtement sur le lit et y grimpai moi-même. Il était un peu tôt pour songer à dormir, mais j'avais mal partout et je ne voyais pas quoi faire d'autre. Dans sa chambre au-dessus des écuries, Burrich devait être occupé à quelque tâche, à boire ou réparer un harnais. Un feu crépitait dans l'âtre et le bruit étouffé des chevaux qui bougeaient montait des écuries, en dessous. La pièce était imprégnée de l'odeur du cuir, de l'huile et de Burrich lui-même ; elle ne sentait pas la pierre humide ni la poussière. J'enfilai la chemise de nuit, repoussai mes habits au pied de mon lit et me pelotonnai au creux du matelas de plume ; il était froid et ma peau se hérissa. Mais, peu à peu, la chaleur de mon corps le réchauffa et je commençai à me détendre. J'avais eu une journée bien remplie et exténuante ; chacun de mes muscles me paraissait à la fois douloureux et fatigué. J'aurais dû me relever pour éteindre les bougies, mais je n'en trouvai pas l'énergie ; je n'aurais d'ailleurs pas eu le courage de plonger la pièce dans les ténèbres. Aussi somnolai-je, les yeux mi-clos sur les flammes vacillantes du petit feu. Bien inutilement, j'aspirais à autre chose, à une situation où mon choix ne se limiterait pas à cette chambre lugubre ou à l'atmosphère tendue de celle de Burrich ; à une tranquillité que j'avais peut-être connue ailleurs mais que je n'arrivais plus à me rappeler. Et c'est dans cet état d'esprit que je sombrai dans le sommeil.

4

Apprentissage

On raconte une histoire à propos du roi Vainqueur, le conquérant de l'île qui devint ultérieurement le Duché de Bauge. Très peu de temps après avoir annexé les terres de Bord-du-Sable, il fit mander la femme qui, ne se fût-il pas emparé de son pays, eût été la reine de Bord-du-Sable. Elle se rendit à Castelcerf en proie à un grand émoi, redoutant le voyage, mais redoutant plus encore les conséquences qu'auraient à subir les gens de son peuple si elle leur demandait de la cacher. À son arrivée, elle apprit avec un mélange de stupéfaction et de vague dépit que Vainqueur comptait l'employer, non comme servante, mais comme préceptrice pour ses enfants, afin qu'ils apprissent la langue et les coutumes de son pays. Quand elle lui demanda pourquoi il leur faisait enseigner la vie des siens, il répondit : « Un souverain doit être de tout son peuple, car on ne peut diriger que ce que l'on connaît. » Plus tard, elle épousa de son plein gré son fils aîné et prit le nom de reine Bienveillance à son couronnement.

*
* *

Le soleil dans mes yeux me réveilla. Quelqu'un était entré dans ma chambre et avait ouvert mes volets. On avait laissé une cuvette, un linge et une cruche d'eau sur le coffre. Je m'en réjouis, mais même la toilette ne parvint pas à me ragaillardir. J'étais encore abruti de sommeil et je me rappelle mon malaise à l'idée qu'on pût pénétrer ainsi dans ma chambre et s'y déplacer sans me réveiller.

Comme je l'avais deviné, la fenêtre donnait sur la mer, mais je n'eus guère le temps d'apprécier la vue. Un coup d'œil au soleil m'apprit que j'étais en retard. Je m'habillai à la diable et me précipitai aux écuries sans m'arrêter pour manger.

Mais Burrich avait peu de temps à m'accorder ce matin. « Remonte, me dit-il. Maîtresse Pressée a déjà envoyé Brant te chercher ici. Elle doit prendre tes mesures pour t'habiller. Tu as intérêt à la rejoindre en vitesse ; elle n'a pas volé son nom et elle n'appréciera pas que tu chamboules son programme de la matinée. »

Revenir au trot sur mes pas réveilla toutes mes courbatures de la veille. Tout inquiet que je fusse à l'idée de rencontrer cette maîtresse Pressée et de me faire prendre mes mesures pour des habits dont je n'avais pas besoin, j'en étais convaincu, je fus soulagé de n'avoir pas à remonter à cheval ce matin-là.

Après m'être enquis de mon chemin au sortir des cuisines, je trouvai enfin maîtresse Pressée dans une pièce un peu au-delà de ma chambre, dans le même couloir. J'hésitai devant la porte, puis jetai un coup d'œil à l'intérieur. Accompagné d'une douce brise marine, le soleil entrait à flots par trois hautes fenêtres ; des paniers de fil et de laine teintée s'empilaient le long d'un mur, tandis que sur une grande étagère appuyée à un autre se déployait un arc-en-ciel d'étoffes. Deux jeunes femmes bavardaient au-dessus d'un métier à tisser et, dans un coin, un garçon pas beaucoup plus vieux que moi se balançait au rythme lent d'un rouet. Je ne doutai pas que la femme dont je ne voyais que le large dos fût maîtresse Pressée.

Les deux jeunes bavardes me remarquèrent et s'interrompirent. Maîtresse Pressée suivit leur regard et l'instant d'après j'étais entre ses griffes. Elle ne perdit pas de temps en présentations ni en explications. En un tournemain, je me retrouvai debout sur un tabouret et, en fredonnant, elle me fit pivoter sur moi-même, prit mes mesures, le tout sans la moindre considération pour ma dignité, ni même pour ma qualité d'humain. S'adressant aux jeunes femmes, elle dénigra mes vêtements, observa très calmement que je lui rappelais tout à fait Chevalerie enfant et que mes mesures et mon teint se rapprochaient des siens au même âge. Elle leur demanda ensuite leur opinion tout en tenant devant moi divers coupons de tissu.

« Celui-ci, dit une des tisseuses. Ce bleu flatte son teint sombre. Ç'aurait bien été à son père. Encore une chance que Patience ne doive jamais voir cet enfant ; il porte si clairement sur son visage l'empreinte de Chevalerie que son orgueil ne s'en serait jamais relevé. »

Et c'est ainsi que, debout, drapé de lainages, j'appris ce que tout le monde à Castelcerf savait à part moi. Les tisseuses se racontèrent avec force détails l'arrivée de la rumeur de mon existence à la forteresse et aux oreilles de Patience, bien avant que mon père pût la lui révéler lui-même, et la profonde angoisse qu'elle en avait conçu. Car Patience n'avait pas d'enfants et, bien que Chevalerie n'eût jamais eu un mot pour lui jeter la pierre, chacun imaginait bien à quel point il devait être difficile pour l'héritier de la couronne de ne point avoir de fils à qui transmettre un jour le titre. Patience prit mon apparition comme le reproche suprême et sa santé, déjà vacillante à force de fausses couches, s'effondra en même temps que son âme. Pour son bien autant que par rectitude de caractère, Chevalerie avait renoncé au trône et ramené son épouse valétudinaire dans les terres et le climat accueillants de sa province d'origine. L'on disait qu'ils y menaient une existence douce et confortable, que la santé de Patience se remettait lentement et que Chevalerie, sensiblement plus posé qu'autrefois, apprenait peu à peu à gérer sa vallée aux vignes abondantes. Il était bien triste que Patience condamnât aussi Burrich pour l'écart de conduite de son époux et eût déclaré ne plus pouvoir supporter sa vue ; car entre sa blessure à la jambe et l'abandon de Chevalerie, le vieux Burrich n'était plus l'homme qu'il avait été. Il y avait eu un temps où les femmes de la forteresse ne pressaient pas le pas en le croisant ; attirer son regard, c'était susciter la jalousie de tout ce qui portait jupon. Mais aujourd'hui ? On l'appelait le vieux Burrich, alors qu'il était encore dans la force de l'âge ! C'était une criante injustice ; comme si un serviteur avait son mot à dire sur les actes de son maître ! Mais, finalement, tout était pour le mieux, concluaient les tisseuses ; après tout, Vérité ne faisait-il pas un roi-servant bien meilleur que Chevalerie ? Ce dernier était si rigoureusement aristocratique qu'en sa présence chacun se sentait mesquin et débraillé ; il ne se permettait jamais le moindre écart de justice et, bien qu'il fût trop courtois pour dénigrer ceux qui ne l'imitaient pas, on avait toujours le sentiment que sa conduite parfaite était un reproche muet adressé aux misérables dotés d'une discipline plus relâchée. Mais, soudain, voilà que le bâtard était arrivé après tant d'années et, ma foi, c'était bien la preuve qu'il n'avait pas toujours été l'homme qu'il prétendait. Ah, Vérité, ça, c'était un homme parmi les hommes, un roi en qui le peuple reconnaissait la royauté. Il n'avait pas peur de monter à cheval, il maniait les armes aux côtés de ses hommes et s'il lui était arrivé de s'enivrer ou de se montrer chahuteur, eh bien, il le reconnaissait sincèrement, bien digne du nom qu'il portait. Le peuple pouvait comprendre un tel homme et lui obéir.

Tout cela, je l'écoutais avidement, sans mot dire, tandis qu'on essayait divers tissus sur moi, qu'on les discutait et qu'on les choisissait. Je compris du coup beaucoup mieux pourquoi les enfants de la forteresse me laissaient hors de leurs jeux. Si ces femmes envisagèrent que je puisse nourrir des pensées ou des sentiments particuliers sur leur conversation, elles ne le manifestèrent pas. La seule remarque que me fit maîtresse Pressée, autant que je m'en souvienne, portait sur le fait que je devais mieux me nettoyer le cou ; après quoi, elle me chassa de la pièce comme un poulet agaçant, et je me retrouvai dans le couloir, en route pour les cuisines dans l'espoir de trouver quelque chose à manger.

L'après-midi, j'eus de nouveau cours avec Hod et m'exerçai tant et si longtemps que j'eus la conviction que mon bâton avait mystérieusement doublé de poids. Puis la table et le lit, puis à nouveau le réveil au petit matin et le retour sous la tutelle de Burrich. Mon apprentissage dévorait mes journées et les rares moments libres que je me trouvais étaient engloutis sous les corvées associées à mon enseignement, travaux de sellerie pour Burrich ou nettoyage et rangement de l'armurerie pour Hod. À la date prévue, je découvris un après-midi, rangés sur mon lit, non pas un, ni deux, mais trois costumes, les bas compris. Deux étaient en tissu très ordinaire, de la teinte marron que la plupart des enfants de mon âge paraissaient porter, mais le troisième était en fin tissu bleu et présentait sur la poitrine une tête de cerf brodée en fil d'argent. Burrich et les autres hommes d'armes arboraient un cerf bondissant comme emblème. Je n'avais jamais vu la tête seule que sur le pourpoint de Royal et de Vérité. Je considérai donc le dessin d'un œil émerveillé, mais non sans m'interroger sur la zébrure de fil rouge qui le barrait en diagonale.

« Ça veut dire que tu es un bâtard, me répondit abruptement Burrich lorsque je le questionnai. On te reconnaît de sang royal, mais bâtard quand même. C'est tout. C'est simplement une façon rapide de montrer que tu es de sang royal, mais pas de pure lignée. Si ça ne te plaît pas, tu peux changer d'emblème. Je suis sûr que le roi te l'accorderait. Un nom et un écusson à toi.

— Un nom ?

— Bien sûr ! C'est une requête assez banale. Les bâtards sont rares dans les maisons nobles, et surtout dans celle du roi, mais pas inconnus. » Sous prétexte de m'enseigner l'art de bien traiter une selle, il m'entraînait dans la sellerie et passait en revue toutes les vieilles pièces de harnachement inutilisées. Entretenir et récupérer les vieux harnais était une des obsessions les plus curieuses de Burrich. « Invente-toi un nom et des armoiries, et ensuite demande au roi…

— Quel genre de nom ?

— Je ne sais, pas, celui qui te plaira. Ce harnais-ci m'a l'air en mauvais état. On l'a rangé humide et il s'est piqué. Enfin, on va voir ce qu'on peut en faire.

— Je n'aurais pas l'impression que c'est pour de vrai.

— Quoi ? » Il me tendait une brassée de cuir à l'odeur âcre. Je la pris.

« Un nom que je me donnerais moi-même. Je n'aurais pas l'impression que c'est vraiment le mien.

— Qu'est-ce que tu comptes faire, alors ? »

Je pris une inspiration. « C'est le roi qui devrait me nommer. Ou toi. » Je rassemblai mon courage. « Ou mon père. Tu ne crois pas ? »

Burrich fronça les sourcils. « Tu as des idées drôlement bizarres. Réfléchis-y un peu tout seul. Tu trouveras bien un nom qui te conviendra, fils.

— Fitz, fis-je, ironique, et je vis les mâchoires de Burrich se crisper.

— Bon, si on remettait ce cuir en état ? » proposa-t-il d'un ton calme.

Nous transportâmes le travail sur l'établi et nous mîmes au nettoyage. « Ce n'est pas si rare que ça, les bâtards, observai-je. Et dans la ville, leurs parents leur donnent un nom.

— Dans la ville, les bâtards ne sont pas si rares, oui, acquiesça Burrich au bout d'un moment. Les soldats et les marins courent la gueuse ; c'est fréquent chez les gens du commun. Mais pas chez les rois. Ni chez personne qui ait un tant soit peu de fierté. Qu'est-ce que tu aurais pensé de moi, quand tu étais plus petit, si j'étais parti le soir courir la prétentaine ou si j'avais ramené des femmes dans la chambre ? Comment est-ce que tu considérerais les femmes, maintenant ? Et les hommes ? C'est très bien de tomber amoureux, Fitz, et personne n'interdit un baiser par-ci par-là à un jeune homme ou une jeune femme. Mais j'ai vu comment ça se passe à Terrilville ; des marchands amènent de jolies gamines ou des jeunes femmes bien tournées au marché comme si c'étaient des poulets ou des pommes de terre. Et les enfants qu'elles finissent par avoir ont peut-être un nom, mais ils n'ont pas grand-chose d'autre. Et même quand elles se marient, elles n'en conservent pas moins leurs… habitudes. Si jamais je tombe sur la femme qu'il me faut, je tiendrai à ce qu'elle sache que je n'en regarderai jamais une autre. Et je voudrai avoir l'assurance que tous mes enfants sont de moi. » Le ton de Burrich était presque passionné.

Je levai vers lui des yeux malheureux. « Alors qu'est-ce qui s'est passé, avec mon père ? »

Il eut soudain l'air fatigué. « Je ne sais pas, petit. Je ne sais pas. Il était jeune, une vingtaine d'années à peine. Il était loin de chez lui et il essayait de porter un fardeau bien lourd. Ça n'explique rien et ça ne l'excuse pas ; mais c'est tout ce que toi ou moi en saurons jamais. »

Il n'ajouta rien de plus.

Mon existence se poursuivit selon la même routine. Certains soirs, je demeurais en compagnie de Burrich, et, plus rarement, je restais dans la Grand-Salle lorsque s'y produisait un ménestrel ou un montreur de marionnettes. À de très longs intervalles, je parvenais à me faufiler en ville pour une soirée que je payais immanquablement le lendemain en tombant de sommeil. Mes après-midi, je les passais automatiquement avec un précepteur ou un maître enseignant. Je finis par comprendre qu'il s'agissait là de cours d'été et qu'en hiver je ferais connaissance avec un enseignement centré sur les plumes et les lettres. J'étais plus occupé que je ne l'avais jamais été de toute ma courte vie. Et pourtant, la plupart du temps, malgré ce programme chargé, j'étais seul.

La solitude !

Elle venait me rejoindre chaque soir alors que j'essayais en vain de trouver un petit coin douillet dans mon grand lit. À l'époque où je couchais dans les quartiers de Burrich, au-dessus des écuries, mes nuits étaient brumeuses, mes rêves mouchetés du contentement confortable et las des animaux bien employés qui bougeaient dans leur sommeil et heurtaient les cloisons en dessous de moi. Les chevaux et les chiens rêvent, comme le sait quiconque a observé un molosse en train de japper et de tressaillir au cours d'une chasse au pays des songes. Leurs rêves étaient pour moi comme les effluves odorants de la cuisson du bon pain. Mais désormais, isolé dans une pièce aux murailles de pierre, j'avais tout le temps de m'immerger dans ces cauchemars dévorants, douloureux, qui sont le lot des humains. Disparu, le barrage douillet derrière lequel me protéger, disparus, mes frères, mes parents que je sentais sous mes pieds. Je restais éveillé dans mon lit à m'interroger sur mon père et ma mère, et sur la facilité avec laquelle ils m'avaient effacé de leur vie. J'entendais les propos que d'autres échangeaient devant moi sans y prendre garde, et j'interprétais leurs commentaires à ma propre façon, terrifiante. Je me demandais ce qu'il allait advenir de moi quand je serais grand et le roi Subtil décédé. Parfois aussi, je me demandais si je manquais à Molly Brise-Pif et à Kerry, ou bien s'ils avaient accepté ma soudaine disparition avec autant d'aisance qu'ils avaient accepté mon arrivée. Mais c'était la solitude dont je souffrais le plus, car dans toute l'immense forteresse, il n'était personne que je perçoive comme un ami. Personne à part les animaux, avec lesquels Burrich m'avait interdit d'avoir la moindre intimité.

Un soir, je m'étais couché, éreinté, mais le sommeil ne m'avait emporté, bien à contrecœur, qu'après que mes inquiétudes m'eurent longuement tourmenté. La lumière me réveilla, mais je décelai aussitôt une anomalie : je n'avais pas dormi assez longtemps et la lumière était d'un jaune vacillant très différent de l'éclat blanc du soleil qui se déversait habituellement par ma fenêtre. J'émergeai de mauvaise grâce et ouvris les yeux.

Il se tenait au pied de mon lit, une lampe à la main. En soi, l'objet constituait déjà une rareté à Castelcerf où les bougies étaient plus courantes, mais ce ne fut pas seulement la lueur jaunâtre de la lampe qui retint mon attention : l'homme en lui-même était étrange. Sa robe avait la couleur de la laine brute qui a été lavée, mais par intermittence et pas récemment. Ses cheveux et sa barbe étaient à peu près dans les mêmes tons et leur aspect hirsute donnait la même impression de négligence. Malgré la couleur de sa chevelure, je fus incapable de lui donner un âge. Il y a certaines véroles qui marquent leur passage ; mais je n'avais jamais vu de visage aussi grêlé que celui-là, couvert de dizaines et de dizaines de minuscules cicatrices rondes, d'un rose et d'un rouge agressifs, telles de petites brûlures, sur une peau livide même dans l'éclat jaune de la lampe. Il avait des mains osseuses aux tendons saillants, recouvertes d'une peau blanche qui ressemblait à du parchemin. Il me dévisagea et, malgré la piètre lumière de la lampe, je vis qu'il avait les yeux verts, les plus perçants que j'eusse jamais observés. On eût dit ceux d'un chat lorsqu'il chasse et son regard exprimait le même mélange de plaisir et de férocité. Je ramenai ma courtepointe jusque sous mon menton.

« Tu es réveillé, dit-il. Tant mieux. Lève-toi et suis-moi. »

Il fit brusquement demi-tour et s'éloigna de la porte vers un angle de ma chambre obscurci d'ombre, entre l'âtre et le mur. Il me jeta un coup d'œil et leva plus haut sa lampe. « Dépêche-toi, mon garçon ! » fit-il d'un ton irrité, en faisant sonner contre le montant de mon lit le bâton sur lequel il s'appuyait.

Je m'extirpai de mes draps et grimaçai au contact du sol froid sous mes pieds nus. Je voulus prendre mes habits et mes chaussures, mais il ne m'attendait pas. Il regarda une fois pardessus son épaule pour voir ce qui me retardait, et son coup d'œil perçant suffit à me faire lâcher mes vêtements en tremblant.

Je le suivis donc sans un mot, en chemise de nuit, sans pouvoir m'expliquer pourquoi. Sauf qu'il me l'avait ordonné. À sa suite, j'arrivai devant une porte qui n'avait jamais existé à cet endroit, puis montai un étroit escalier en colimaçon seulement éclairé parla lampe qu'il tenait au-dessus de sa tête. Je me trouvais dans son ombre portée, si bien que je tâtonnais du pied dans des ténèbres mouvantes pour ne pas rater les marches. Elles étaient froides, usées, lisses et remarquablement régulières ; et elles montaient et montaient sans cesse, au point que j'eus l'impression au bout d'un moment d'avoir dépassé la plus haute tour que possédât la forteresse. Un courant d'air glacé s'élevait le long de l'escalier et s'infiltrait par le bas de ma chemise, mais ce n'était pas seulement à cause du froid que je me recroquevillais. L'ascension continua, et enfin mon guide poussa une porte qui, pour être massive, n'en pivota pas moins sans bruit et sans difficulté. Nous pénétrâmes dans une pièce.

Une chaude lumière tombait de plusieurs lampes suspendues par de fines chaînes à un plafond invisible. La pièce était vaste, facilement trois fois plus que la mienne. Une de ses extrémités m'attira tout de suite, dominée par un énorme lit de bois doté d'un matelas de plume et de coussins épais. Des tapis se chevauchaient sur le sol, entremêlant leurs rouges écarlates, leurs verts vifs et leurs bleus profonds ou pastel. Sur une table au bois couleur de miel sauvage trônait un saladier rempli de fruits si parfaitement mûrs que je sentis leurs parfums de là où je me trouvais. Des grimoires et des rouleaux gisaient un peu partout, comme si leur rareté ne présentait aucun intérêt. Trois des murs étaient tendus de tapisseries représentant un paysage vallonné avec, au loin, des piémonts boisés. Je voulus m'approcher, mais…

« Par ici », dit mon guide sans s'arrêter et il me conduisit à l'autre bout de la chambre.

Là, le spectacle était différent. Une table dont une plaque de pierre formait le plateau occupait la scène ; la surface en était fort roussie et tachée, et divers instruments y étaient posés, récipients, ustensiles, balance, mortier, pilon, et bien d'autres dont j'ignorais le nom. Une fine couche de poussière s'étendait sur la plupart, comme si certains projets s'étaient vu abandonner à mi-chemin des mois, voire des années plus tôt. Derrière la table, une étagère abritait une pagaille de rouleaux, certains bordés de bleu ou de dorure. Il se dégageait de la pièce une odeur à la fois piquante et aromatique ; des paquets d'herbes séchaient sur une autre étagère. J'entendis un bruissement et aperçus un vague mouvement dans un angle éloigné, mais l'homme ne me laissa pas le loisir de pousser mes recherches. La cheminée qui aurait dû réchauffer la partie de la chambre où nous nous trouvions béait, noire et glacée. Les cendres qu'elle contenait semblaient humides et mortes. Cessant d'examiner la chambre, je regardai mon guide. Mon air effaré parut le surprendre ; il détourna les yeux pour les promener lentement sur la chambre ; après qu'il l'eut étudiée un moment, je perçus en lui un agacement gêné.

« C'est un peu en désordre. Plus qu'en désordre, même. Mais, bast, ça fait déjà un moment ; et même un bon moment. Enfin, tout ça se réglera bientôt. Mais d'abord, les présentations. Il fait un peu frisquet pour se balader avec seulement une chemise de nuit sur le dos, j'imagine ? Par ici, mon garçon. »

Je le suivis à l'autre bout de la salle, plus accueillant. Il prit place dans un fauteuil en bois délabré drapé de couvertures ; quant à moi, j'enfonçai avec délices mes orteils nus dans les poils d'un tapis de laine. Je restai debout devant lui cependant que ses yeux de fauve me parcouraient de la tête aux pieds. Le silence se prolongea quelques minutes ; enfin, il parla.

« Tout d'abord, permets-moi de te présenter à toi-même. Tes origines sont visibles au premier coup d'œil. Subtil a préféré les reconnaître, car aucun démenti de sa part n'aurait convaincu qui que ce soit. » Il se tut un instant et sourit, comme amusé. « Dommage que Galen refuse de t'apprendre l'Art. Il y a des années, on en a restreint l'enseignement de peur d'en faire un instrument trop couramment employé. Je parie que si le vieux Galen essayait, il découvrirait que tu es doué. Mais nous n'avons pas le temps de nous inquiéter de ce qui n'arrivera pas. » Il soupira d'un air songeur et resta un moment silencieux ; soudain, il reprit : « Burrich t'a appris à la fois à travailler et à obéir, deux domaines dans lesquels il excelle lui-même. Tu n'es pas particulièrement fort, ni rapide, ni brillant ; ne te fais donc pas d'illusions. Mais tu acquerras la ténacité nécessaire pour abattre à l'usure ceux qui seront plus forts, plus rapides ou plus brillants que toi. Et cela représente davantage un danger pour toi que pour les autres. Mais, en ce qui te concerne pour l'instant, ce n'est pas le plus important.

« Tu es désormais l'homme lige du roi. Et tu dois dès maintenant te mettre dans la tête qu'il n'y a rien de plus important pour toi. Il te nourrit, t'habille, veille à ton éducation, et tout ce qu'il demande en retour, pour le moment, c'est ta loyauté. Plus tard, il requerra tes services. Telles sont les conditions selon lesquelles je serai ton professeur : ton état d'homme lige du roi et ton absolue loyauté envers lui. Car si tel n'était pas le cas, il serait trop dangereux de t'enseigner mon art. » Il se tut et, pendant un long moment, nous restâmes ainsi, simplement à nous regarder. « Acceptes-tu ? demanda-t-il enfin, et ce n'était pas une question de pure forme : c'était la ratification d'un marché.

— Oui », répondis-je ; puis, voyant qu'il attendait autre chose : « Je vous donne ma parole.

— Parfait ! » Et il mit toute sa sincérité dans ce mot. « Autre chose, à présent : m'as-tu déjà vu ?

— Non. » Je pris soudain conscience de la bizarrerie de la chose ; car, bien qu'il y eût souvent des étrangers de passage à la forteresse, cet homme y vivait manifestement depuis très longtemps ; et je connaissais de vue, sinon de nom, tous les résidents.

« Sais-tu qui je suis, mon garçon ? Et ce que tu fais ici ? »

Je fis non de la tête en réponse aux deux questions. « Eh bien, personne d'autre n'en sait rien non plus. Tu devras faire en sorte que cela ne change pas. Qu'il n'y ait pas le moindre doute dans ton esprit là-dessus : tu ne dois parler à personne de ce que nous faisons ici ni de ce que tu y apprends. Tu m'as bien compris ? »

Mon acquiescement muet dut le satisfaire, car il se détendit dans son fauteuil. À travers sa robe de laine, ses mains osseuses agrippèrent ses genoux. « Bien, bien ! Allons, tu peux m'appeler Umbre ; et moi, je t'appellerai… ? » Il se tut, mais devant mon mutisme, il acheva lui-même : « … mon garçon. Ce ne sont nos noms ni à l'un ni à l'autre, mais ça ira pour le temps que nous passerons ensemble. Je suis donc Umbre, et je suis un nouveau professeur – oui, encore un ! – que Subtil t'a dégoté. Il lui a fallu du temps pour se rappeler que j'étais ici, et de l'espace pour se donner le courage de me demander ce service. De mon côté, il m'a fallu encore plus longtemps pour accepter de t'enseigner. Mais c'est du passé. Quant à ce que je dois t'apprendre… voyons… »

Il se leva et s'approcha du feu. Il y plongea le regard, la tête penchée de côté, puis se baissa pour attraper le tisonnier et remua les braises pour activer les flammes. « Il s'agit de t'enseigner le meurtre, plus ou moins. À tuer les gens. L'art raffiné de l'assassinat diplomatique ; ou bien comment rendre aveugle ou sourd ; ou encore comment affaiblir les membres, provoquer une paralysie, une impuissance ou une toux débilitantes ; ou déclencher une sénilité précoce, ou la folie, ou… mais peu importe. Tout cela, c'est mon métier. Et ce sera le tien, si tu l'acceptes. Sache à priori que je vais t'apprendre à tuer des gens. Pour ton roi. Pas à la façon spectaculaire que t'enseigne Hod, pas sur le champ de bataille, sous les yeux et les acclamations de tes camarades. Non : je vais t'apprendre la manière furtive, sournoise, polie de tuer les gens. Tu y prendras peut-être goût, ou peut-être pas. Ce n'est pas de mon ressort. Mais ce à quoi je veillerai, c'est que tu sois efficace. Et aussi à une autre chose, car c'est la condition que j'ai posée au roi Subtil : que tu saches ce que tu apprends, ce qui n'était pas mon cas à ton âge. Bien ! Je dois donc t'enseigner à devenir un assassin. Cela te convient-il, mon garçon ? »

Je hochai à nouveau la tête, avec hésitation, ne sachant que faire d'autre.

Il me décocha un regard perçant. « Tu sais parler, n'est-ce pas ? Tu es déjà bâtard, tu n'es pas muet en plus, non ? »

J'avalai ma salive. « Non, messire. Je sais parler.

— Eh bien, parle, alors ! Ne reste pas là à hocher la tête. Dis-moi ce que tu penses de tout cela, de moi et de ce que je viens de te proposer. »

Invité à parler, je demeurai pourtant muet. Je ne parvenais pas à détacher mes yeux du visage grêlé, des mains parcheminées, et je sentais le regard vert posé sur moi. Ma langue s'agitait dans ma bouche, mais n'y trouvait que silence. Les manières de l'homme m'encourageaient à parler, mais sa figure était plus terrifiante que tout ce que j'avais imaginé.

« Mon garçon (et, saisi par son ton doux, je croisai son regard), je peux t'apprendre ce que je sais même si tu me hais, ou même si tu méprises les leçons. Je peux t'enseigner mon art, que cela t'ennuie, que tu sois paresseux ou stupide. Mais je ne peux rien faire si tu as peur de me parler ; du moins, si je veux travailler comme je l'entends. Et je ne peux rien t'apprendre si tu ne veux pas l'apprendre. Mais il faut me le dire. Tu as pris l'habitude de si bien murer tes pensées que tu as presque peur de les connaître toi-même. Mais essaie de me les exposer à haute voix, là, maintenant. Tu ne seras pas puni.

— Ça ne me plaît pas beaucoup de tuer des gens, dis-je soudain, involontairement.

— Ah ! » Un silence. Puis : « Moi non plus, ça ne m'a pas plu, quand je me suis trouvé au pied du mur. Et ça ne me plaît toujours pas. » Il poussa brusquement un profond soupir. « Tu en jugeras au coup par coup. La première fois sera la plus dure. Mais, pour l'instant, dis-toi que cette heure est encore à bien des années devant toi. Et en attendant tu as beaucoup à apprendre. » Il eut une hésitation. « Voilà, mon garçon. Rappelle-toi ce que je vais te dire en toute occasion, pas seulement en ce qui concerne la situation présente : apprendre n'est jamais mauvais ; même apprendre à tuer n'est pas mauvais. Ni bien, d'ailleurs. C'est seulement un élément d'apprentissage, un savoir que je puis t'enseigner. C'est tout. Pour le présent, penses-tu pouvoir l'apprendre et reporter à plus tard la décision de l'utiliser ou non ? »

Rude question pour un petit garçon ! Pourtant, quelque chose en moi se hérissa et renifla l'idée avec méfiance, mais, jeune comme je l'étais, je ne vis aucune objection à élever. Et puis la curiosité m'aiguillonnait.

« Je peux apprendre.

— Parfait. » Il sourit, mais il avait les traits tirés et il ne paraissait pas aussi content qu'il aurait pu l'être. « Alors, ça ira. Ça ira. » Il jeta un coup d'œil sur la pièce. « Autant nous y mettre tout de suite. Commençons par ranger un peu. Il y a un balai par là. Ah, mais d'abord, enlève ta chemise de nuit et enfile… tiens, voilà une vieille robe dépenaillée, là-bas ! Ça ira pour cette fois. Il ne faudrait pas que les lingères se demandent pourquoi tes chemises de nuit sentent le camphre et le liniment, hein ? Allez, tu passes le balai pendant que je range quelques bricoles. »

Et ainsi s'écoulèrent les heures suivantes. Je balayai, puis lavai le pavage ; sous sa direction, je dégageai la grande table du bric-à-brac qui l'encombrait ; je retournai les simples qui séchaient sur leur étagère ; je nourris les trois lézards encagés qu'il gardait dans un coin, en coupant un vieux morceau de viande collant en petits bouts qu'ils avalèrent tout rond ; je dépoussiérai quantité de marmites et de bols et les rangeai proprement. Pendant ce temps, Umbre travaillait à mes côtés, apparemment très content de m'avoir auprès de lui, et jacassait comme si nous étions aussi vieux l'un que l'autre. Ou aussi jeunes.

« Tu n'as pas encore appris les lettres ? Ni le calcul ? Bagrache ! Mais que fait-il, ce vieil empoté ? Ne t'inquiète pas, je vais veiller à ce qu'on y remédie rapidement ! Tu as le front de ton père, mon garçon, et la même façon de le plisser que lui. On te l'a déjà dit ? Ah, te voilà, Rôdeur, bandit que tu es ? Quel mauvais coup as-tu encore fait ? »

Une belette brune sortit de derrière une tapisserie et nous fûmes présentés l'un à l'autre. Umbre me permit de lui donner des œufs de caille qui traînaient dans un bol sur la table, et il éclata de rire en voyant la petite bête, baptisée Rôdeur, quémander un supplément en me suivant partout. Il me fit cadeau d'un bracelet de cuivre que je trouvai sous la table, en m'avertissant qu'il risquait de me verdir le poignet et en me recommandant, si quelqu'un m'interrogeait, de prétendre l'avoir découvert derrière les écuries.

Finalement, nous nous arrêtâmes pour manger des friandises au miel et boire du vin chaud épicé. Attablé avec Umbre sur des tapis placés devant la cheminée, je regardais la lueur des flammes danser sur son visage grêlé en me demandant pourquoi il m'avait paru si effrayant. Il remarqua que je l'observais et un sourire détendit ses traits. « Elle te dit quelque chose, hein, mon garçon ? Ma figure, je veux dire. »

Elle ne me disait rien ; c'étaient ses horribles cicatrices sur fond de peau crayeuse qui me fascinaient. Je ne comprenais pas de quoi il pariait et je lui jetai un regard interrogateur.

« Ne t'en fais pas pour ça, mon garçon. Ça nous laisse des traces à tous, et tôt ou tard tu comprendras. Mais pour le moment… » Il se leva, s'étira, découvrant ses mollets blancs et décharnés. « Pour le moment, il est surtout tard. Ou tôt, suivant la partie de la journée que tu préfères. Il est temps que tu regagnes ton lit. Allons, tu n'oublies pas qu'il s'agit d'un très grand secret, hein ? Pas seulement cette pièce et moi, mais tout, les réveils en pleine nuit, les leçons sur la façon de tuer les gens, et tout le reste.

— Je n'oublierai pas », dis-je, puis, sentant que cela aurait de l'importance pour lui, j'ajoutai : « Je vous en donne ma parole. »

Il rit dans sa barbe, puis hocha la tête d'un air presque triste. Je remis ma chemise de nuit et il me raccompagna jusque dans ma chambre. Là, il m'éclaira pendant que je grimpais dans mon lit, après quoi il tira les couvertures sur moi comme personne ne l'avait fait depuis mon départ des quartiers de Burrich. Je crois bien que je m'endormis avant même qu'il eût quitté mon chevet.

Il fallut envoyer Brant me réveiller tant je tardais à me lever. J'émergeai complètement abruti, avec une migraine qui me martelait la tête. Mais dès que Brant fut sorti, je bondis de mon lit et me précipitai dans le coin de ma chambre. J'essayai de pousser le mur, mais je ne sentis que la pierre glacée sous mes mains et je ne vis nulle fissure dans le mortier ni dans les moellons trahissant la présence d'une porte secrète ; pourtant, elle était là, j'en étais convaincu ! Pas un instant je n'envisageai qu'Umbre pût être un rêve, et même y eussé-je songé, le bracelet en cuivre à mon poignet m'eût prouvé le contraire.

Je m'habillai en hâte et fis un crochet par les cuisines pour m'emparer d'un bout de pain et de fromage ; je finissais de les dévorer quand j'arrivai aux écuries. Burrich était hors de lui et il trouva des défauts à tout ce que je faisais, dans ma façon de monter à cheval comme de m'occuper des écuries. J'ai encore ses réprimandes dans les oreilles : « Ne va pas t'imaginer que, parce que tu as une chambre au château et un écusson sur ton pourpoint, tu peux jouer à ces feignants qui ronflent dans leur lit jusqu'à des pas d'heures et qui ne se lèvent que pour retaper leur jolie coiffure ! Pas de ça avec moi ! Tu es peut-être un bâtard, mais tu es celui de Chevalerie, et je compte bien faire de toi un homme dont il sera fier ! »

Je m'interrompis dans mon travail, les brosses en l'air. « Tu parles de Royal, c'est ça ? »

L'insolite de ma question le prit par surprise. « Quoi ?

— Quand tu parles des feignants qui font la grasse matinée et qui ne s'occupent que de leur coiffure et de leurs habits, tu parles de Royal, non ? »

Burrich ouvrit la bouche, puis la referma. Ses pommettes déjà rougies par le vent devinrent cramoisies. « Ni toi ni moi, marmonna-t-il enfin, ne sommes en position de critiquer un prince. Je parlais en général : faire la grasse matinée n'est pas le fait d'un homme, et encore moins d'un enfant.

— Et jamais d'un prince. » Je me tus soudain en me demandant d'où m'était venue cette idée.

« Et jamais d'un prince », acquiesça Burrich d'un air sombre. Il était dans le box à côté du mien, occupé à soigner un hongre enflé d'une patte. L'animal tressaillit et j'entendis Burrich grogner en s'efforçant de le maintenir en place. « Ton père ne dormait jamais au-delà de midi sous prétexte qu'il avait bu la veille au soir. D'accord, il tenait le vin comme personne, mais c'était aussi affaire de discipline. Il n'avait pas non plus d'ordonnance pour le réveiller ; il se sortait tout seul du lit et il attendait la même attitude de la part de ses subordonnés. Ça ne le rendait pas toujours populaire, mais ses soldats le respectaient. Les hommes apprécient ça chez un chef, qu'il exige autant de lui-même que d'eux. Et je vais te dire encore autre chose : ton père ne perdait pas son temps et son argent à s'attifer comme un paon. Tiens, un soir – il était jeune alors, c'était avant son mariage avec dame Patience – il dînait à l'une des forteresses mineures. On m'avait installé pas très loin de lui à table (c'était un grand honneur), et j'ai entendu une partie de sa conversation avec la fille du seigneur, placée à côté du roi-servant dans un espoir bien précis. Elle s'était enquise de ce qu'il pensait des émeraudes qu'elle portait et il lui en avait fait compliment. "Je me demandais, messire, si vous aimiez les joyaux, car vous n'en portez aucun, ce soir", elle a dit en minaudant. Alors, il a répondu d'un air très sérieux que ses joyaux à lui étaient beaucoup plus gros et tout aussi brillants que les siens. "Ah, et où cachez-vous de telles pierres ? J'aimerais beaucoup les voir ! – Eh bien, il a dit, je serais heureux de vous les montrer plus tard dans la soirée, quand il fera plus sombre." J'ai vu la gamine rougir, s'imaginant déjà un rendez-vous galant. Et, en effet, il l'a invitée plus tard à l'accompagner sur les remparts, mais il a embarqué aussi la moitié des convives. Là, il a indiqué du doigt les lumières des tours de guet côtières qui brillaient dans le noir, et il a dit à la gamine qu'il les considérait comme ses joyaux les plus beaux et les plus chers, et qu'il utilisait l'argent des impôts que versait son père à les maintenir toujours brillants. Ensuite, il a montré aux invités les lumières scintillantes des hommes de guet de leur hôte sur les fortifications du château même qui les recevait, et il leur a dit que lorsqu'ils regardaient leur duc, ils devaient considérer ces lumières comme des joyaux qui ornaient son front. C'était un beau compliment qu'il faisait au duc et à la duchesse, et les autres nobles en ont pris bonne note. Cet été-là, les Outrîliens ont connu bien peu de succès dans leurs raids. C'est ainsi que Chevalerie gouvernait : par l'exemple et par la grâce de ses paroles. Et c'est ainsi que doit faire un vrai prince.

— Je ne suis pas un vrai prince. Je suis un bâtard. » Il sonnait bizarrement dans ma bouche, ce mot que j'entendais si souvent et prononçais si rarement.

Burrich soupira discrètement. « Sois de ton sang, fils, et ne t'occupe pas de ce que les autres pensent de toi.

— Il y a des moments où j'en ai marre de faire le travail le plus dur.

— Moi aussi. »

Je ruminai cette réponse pendant quelque temps tout en brossant l'épaule de Suie. Burrich, toujours accroupi près du hongre, reprit soudain la parole. « Je ne t'en demande pas plus que je n'en exige de moi-même. Tu sais que c'est vrai.

— Oui, répondis-je, surpris qu'il continue sur ce sujet.

— Je veux faire de mon mieux avec toi, c'est tout. »

C'était pour moi une toute nouvelle idée. Au bout d'un moment, je demandai ; « Parce que si tu arrivais à rendre Chevalerie fier de moi, de ce que tu as fait de moi, il reviendrait peut-être ? »

Le bruit rythmé des mains de Burrich en train de frictionner la patte du hongre avec du liniment ralentit, puis cessa brusquement. Mais il resta accroupi et répondit à mi-voix à travers la cloison : « Non. Ce n'est pas ça. Je crois que rien ne le fera revenir. Et même s'il revenait (sa voix baissa encore), il ne serait plus ce qu'il était. Ce qu'il était avant, je veux dire.

— C'est ma faute s'il est parti, hein ? » Les propos des tisseuses résonnèrent dans ma tête. *Sans le petit, il serait encore sur les rangs pour être roi.*

Burrich demeura longtemps sans rien dire. « Ce n'est sans doute la faute de personne s'il est né… » Il soupira et il parut avoir du mal à prononcer les paroles suivantes. « En tout cas, ce qui est sûr, c'est qu'un enfant n'est pas coupable d'être bâtard. Non. Chevalerie s'est attiré tout seul sa disgrâce, même si ça m'arrache le cœur de le reconnaître. » J'entendis ses mains se remettre au travail sur la patte du cheval.

« Et ta disgrâce à toi aussi », murmurai-je contre l'épaule de Suie, sans imaginer qu'il pût m'entendre.

Mais un instant plus tard, je perçus un grommellement : « Je ne me débrouille pas trop mal, Fitz. Je ne me débrouille pas trop mal. »

Il acheva sa friction et pénétra dans le box de Suie.

« Ta langue s'agite comme celle d'une commère de village, aujourd'hui. Qu'est-ce qui t'arrive ? »

Ce fut mon tour de me taire et de m'interroger. C'est à cause d'Umbre, estimai-je enfin ; j'ai rencontré quelqu'un qui veut que je comprenne ce que j'apprends et que j'aie mon mot à en dire ; ça m'a délié la langue et je peux enfin poser les questions que je traîne depuis des années. Mais comme il m'était impossible d'en parler, je haussai les épaules et répondis en toute sincérité : « Ce sont des trucs qui me tracassent depuis pas mal de temps. »

Burrich accepta mon explication avec un grognement. « Bon. Si tu poses des questions, c'est déjà une amélioration, même si je ne te promets pas d'y répondre à tous les coups. Ça me fait plaisir de t'entendre parler comme un homme. Je m'inquiète moins que tu te laisses embarquer par les bêtes. » Avec ces mots, il m'adressa un coup d'œil de mise en garde, puis il s'éloigna en boitant. Tout en l'observant qui s'en allait, je me remémorai le premier soir où je l'avais rencontré et la façon dont il avait d'un seul regard réduit au silence une salle pleine d'hommes. Il n'était plus le même. Ce n'était pas sa claudication seule qui avait modifié son comportement et la manière dont les hommes le considéraient ; il restait le maître incontesté des écuries et personne n'y mettait en doute son autorité. Mais ce n'était plus le bras droit du roi-servant. En dehors de ma garde, il n'était plus au service de Chevalerie. Pas étonnant qu'il ne pût me voir sans rancœur. Ce bâtard qui avait provoqué sa chute, ce n'était pas lui qui l'avait engendré ! Pour la première fois depuis que je le connaissais, ma circonspection vis-à-vis de lui se teinta de pitié.

5

Loyautés

Dans certains royaumes et nations, la coutume accorde aux enfants mâles la préséance sur les filles en matière de succession. Ce n'a jamais été le cas dans les Six-Duchés ; les titres ne s'y transmettent que par ordre de naissance.

Qui hérite d'un titre ne doit rien y voir d'autre qu'une charge d'intendance. Si un seigneur ou une dame pousse l'incompétence jusqu'à faire abattre trop de surface boisée d'un seul coup, à négliger les vignobles ou à laisser la qualité du bétail s'appauvrir par trop de croisements consanguins, le peuple de ce Duché peut se soulever et requérir la justice du roi. Cela s'est déjà produit et tous les nobles savent que cela peut se reproduire. Le bien-être du peuple appartient au peuple et il a le droit de protester si son duc le gère mal.

Lorsque le seigneur en titre se marie, il doit garder ces notions présentes à l'esprit. Le conjoint choisi doit lui aussi accepter d'être un intendant. Pour cette raison, le conjoint détenteur d'un titre moindre doit le transmettre à son plus proche cadet. On ne peut être l'intendant que d'une seule terre. De temps en temps, ce système a mené à des divisions. Le roi Subtil épousa dame Désir, qui eût été duchesse de Bauge si elle n'avait préféré accepter son offre et devenir reine. On dit qu'elle finit par regretter sa décision et se convainquit qu'en restant duchesse, elle eût disposé d'un plus grand pouvoir. Elle avait épousé Subtil en sachant pertinemment qu'elle était la seconde reine et que la première

*avait déjà donné deux héritiers au roi. Elle ne cacha jamais
son dédain pour les deux princes aînés et faisait souvent
observer qu'étant de bien plus haute naissance que la première reine de Subtil, elle considérait son fils, Royal, comme
de meilleur lignage que ses deux demi-frères. Elle tenta de
faire partager ce point de vue par le choix du nom de son
fils ; malheureusement pour elle, la plupart des gens ne virent
dans cet artifice qu'une preuve de mauvais goût. Certains la
surnommèrent même plaisamment « la reine de l'Intérieur »,
car, sous l'emprise de l'alcool, elle affirmait sans diplomatie
avoir assez d'influence politique pour réunir Bauge et Labour
en un seul royaume, un royaume qui n'attendrait que son
ordre pour se débarrasser du joug du roi Subtil. Mais on
mettait généralement ses prétentions sur le compte de son
penchant pour les drogues, tant alcooliques que galéniques.
Il n'en demeure pas moins vrai qu'avant de succomber aux
effets de sa dépendance, elle contribua à creuser le fossé
entre les duchés de l'intérieur et ceux des côtes.*

**
* **

Le temps passant, j'en vins à jouir à l'avance de mes
rendez-vous nocturnes avec Umbre. Ils ne suivaient jamais
aucun plan, aucun schéma discernable. Il pouvait parfois
s'écouler une semaine, voire deux, entre nos rencontres, et
d'autres fois j'étais convoqué toutes les nuits pendant une
semaine, au bout de laquelle je n'accomplissais plus mes
tâches diurnes qu'en titubant. Quelquefois il m'appelait dès
que le château s'était endormi ; en d'autres occasions, il ne
me faisait venir chez lui qu'à potron-minet. C'étaient des
horaires exténuants pour un enfant en pleine croissance, et
pourtant jamais je ne songeai à m'en plaindre ni à refuser
de répondre à une convocation. Il n'eut jamais l'idée non
plus, je crois, que ces leçons nocturnes pussent présenter
la moindre difficulté pour moi. Nocturne lui-même, il devait

trouver tout naturel de donner des cours à ces moments-là. Et l'enseignement que je recevais convenait étrangement aux heures ténébreuses du monde.

Ses leçons portaient sur une gamme impressionnante de sujets. Je pouvais passer toute une soirée à l'étude laborieuse des illustrations d'un grand herbier qu'il possédait, à charge pour moi, le lendemain, de mettre la main sur six spécimens correspondant aux images. Jamais il ne jugea utile de m'indiquer où je devais les chercher, dans le potager de la cuisine ou dans les recoins les plus sombres de la forêt, mais je finis toujours par les trouver et, en chemin, mes observations m'apportèrent beaucoup.

Nous nous livrions aussi à certains jeux. Par exemple, il m'annonçait que je devais aller voir Sara la cuisinière le lendemain pour lui demander si le lard de l'année était plus maigre que celui de l'année précédente. Ensuite, je devais rapporter le soir même toute la conversation à Umbre, mot à mot si possible, puis répondre à une dizaine de questions : comment Sara se tenait, si elle était gauchère, si elle paraissait dure d'oreille et ce qu'elle cuisinait. Ma timidité et ma réserve naturelles n'étant pas considérées comme des excuses valables en cas d'échec de la mission, je rencontrai et finis par connaître pas mal des petites gens de la forteresse. Mes questions m'étaient certes inspirées par Umbre, mais chacun appréciait mon intérêt et se montrait empressé de partager son savoir-faire. Sans l'avoir voulu, je commençai à bénéficier d'une réputation de « gamin éveillé » et de « bon petit ». Bien des années plus tard, je compris que cette leçon n'était pas seulement un exercice de mémoire, mais un apprentissage sur la façon de lier connaissance avec les gens du peuple et de savoir ce qu'ils pensent. Depuis, c'est bien souvent qu'avec un sourire, un compliment sur les bons soins qu'a reçus mon cheval et une question promptement posée, j'obtiens d'un garçon d'écurie des renseignements que tous les pots-de-vin du royaume ne lui auraient pas arrachés.

D'autres jeux avaient pour but de m'endurcir les nerfs autant que d'aiguiser mes capacités d'observation. Un jour, Umbre me montra un écheveau de fil et m'ordonna de découvrir, sans le demander à maîtresse Pressée, où elle conservait la réserve de ce fil particulier et quelles plantes avaient servi à le teindre. Trois jours plus tard, je reçus l'ordre de dérober à la couturière ses meilleurs ciseaux, de les cacher trois heures durant derrière certain casier à bouteilles de la cave à vin, puis de les remettre à leur place, le tout sans me faire repérer ni par elle ni par quiconque. À l'époque, ce genre d'exercices excitait l'espièglerie naturelle de l'enfant que j'étais et j'y échouais rarement. Lorsque cela m'arrivait, j'en supportais entièrement les conséquences. Umbre m'avait prévenu qu'il ne me protégerait contre l'ire de personne et m'avait suggéré d'avoir toujours une histoire toute prête et qui tienne debout, afin d'expliquer ma présence là où je ne devais pas me trouver ou la découverte en ma possession d'un objet que je n'avais pas lieu d'avoir sur moi. J'appris ainsi à mentir de façon très convaincante, et je ne pense pas qu'on me l'enseigna par hasard.

Telles furent mes premières leçons d'assassinat. Il y en eut d'autres : la prestidigitation, l'art de se déplacer sans bruit, l'endroit où frapper un homme pour le rendre inconscient, pour qu'il meure sans crier ou sans répandre trop de sang. Tout cela, je l'acquis rapidement, encouragé par la satisfaction que marquait Umbre devant mon esprit éveillé.

Bientôt, il employa mes services pour de petites besognes dans la forteresse. Il ne me disait jamais à l'avance s'il s'agissait d'éprouver mes talents ou de me faire exécuter un vrai travail. Pour moi, cela ne faisait pas de différence ; j'accomplissais tout avec une dévotion immuable pour Umbre et ses ordres. Au printemps de cette année-là, je trafiquai le vin des coupes d'une délégation de négociants venus de Terrilville, qui s'en trouvèrent beaucoup plus ivres qu'ils ne l'avaient escompté. Plus tard, au cours du même mois, je dérobai un pantin à un marionnettiste de passage, si bien qu'il dut jouer l'*Incidence des Coupes Jumelles*, une petite badinerie populaire, au lieu de l'interminable tragédie historique qu'il avait prévue pour la soirée. Au banquet du Plein-Été, l'après-midi, j'ajoutai une certaine herbe dans la théière d'une servante, laquelle fut prise, en même temps que trois amies, de diarrhées telles qu'elles ne purent servir à table ce soir-là. En automne, je nouai un fil autour du fanon d'un cheval appartenant à un noble en visite, afin d'imposer une claudication momentanée à l'animal et convaincre ainsi son maître de rester à Castelcerf deux jours de plus que prévu. Je ne sus jamais les raisons profondes des tâches dont Umbre me chargeait. À l'âge que j'avais, je m'intéressais au comment des choses plutôt qu'à leur pourquoi. Et cela aussi, je pense, faisait partie de ce que je devais apprendre : obéir sans poser de questions.

J'eus une fois une mission qui me ravit positivement. Malgré mon âge, j'avais tout de suite compris qu'il ne s'agissait pas d'un simple caprice de la part d'Ombre. Il me fit venir chez lui aux derniers instants d'obscurité avant l'aube. « Le seigneur Jessup et dame Dahlia sont à la forteresse depuis deux semaines. Tu les connais de vue : lui, il a une très longue moustache et elle, elle n'arrête pas d'arranger sa coiffure, même à table. Tu vois de qui je parle ? »

Je fronçai les sourcils. Un certain nombre de nobles s'étaient réunis en conseil à Castelcerf pour débattre des raids de plus en plus fréquents des Outrîliens. D'après mes informations, les duchés côtiers désiraient davantage de navires de guerre, tandis que ceux de l'intérieur refusaient de puiser dans leurs impôts pour ce qu'ils considéraient comme un problème, purement côtier. Le seigneur Jessup et dame Dahlia étaient de l'intérieur. Jessup et sa moustache semblaient dotés d'un caractère emporté et constamment exalté ; dame Dahlia, en revanche, paraissait se désintéresser complètement du conseil et passait ses journées à explorer Castelcerf.

« Elle porte toujours des fleurs dans les cheveux ? Qui tombent tout le temps ?

— C'est elle, répondit Umbre en hochant énergiquement la tête. Parfait, tu la connais donc. Alors, voici ta mission, et je n'ai pas le loisir d'en mettre les détails au point avec toi : aujourd'hui, à un moment ou à un autre, elle enverra un page dans la chambre du prince Royal. Il y déposera quelque chose, un billet, une fleur, bref, un objet quelconque. Tu devras t'en emparer avant que le prince ne le voie. Tu comprends ? »

J'acquiesçai et m'apprêtais à parler, mais Umbre se leva brusquement et me mit quasiment à la porte. « Nous n'avons pas le temps ; l'aube est presque là ! » dit-il.

Je me débrouillai pour me trouver dans la chambre de Royal, bien dissimulé, lorsque le page – une jeune fille – y pénétra. À ses manières furtives, je me convainquis qu'elle n'en était pas à sa première mission. Elle posa un petit rouleau de papier et un bouton de fleur sur l'oreiller de Royal, puis s'éclipsa. L'instant d'après, manuscrit et bouton se trouvaient dans mon pourpoint et, plus tard, sous mon propre oreiller. Le plus difficile de l'affaire fut, je crois, de me retenir d'ouvrir la missive. La nuit même, je remis les deux objets à Umbre.

Les jours suivants, j'attendis, certain qu'un tumulte ne manquerait pas de se déclencher, avec au cœur l'espoir de voir Royal complètement déconfit. Mais, à ma grande surprise, rien de tout cela n'eut lieu. Royal ne changea pas, sinon qu'il se montra encore plus tranchant que d'habitude et qu'il courtisa encore plus immodérément toutes les dames du château. Quant à dame Dahlia, elle se prit tout à coup d'intérêt pour les débats du conseil et abasourdit son époux en se posant en ardent défenseur des impôts pour les navires de guerre. La reine manifesta son mécontentement devant ce renversement d'alliance en excluant dame Dahlia d'une dégustation de vins dans ses appartements. Tout cela me laissa perplexe, mais quand je m'en ouvris enfin à Umbre, il me sermonna :

« N'oublie pas que tu sers le roi. On te confie une mission, tu l'exécutes. Et sois heureux de l'avoir menée à bien ; c'est tout ce que tu dois savoir. Seul Subtil est habilité à prévoir les coups et à organiser son jeu. Toi et moi, nous sommes des pions, si tu veux. Mais aussi ses meilleurs pointeurs, sois-en assuré. »

Peu de temps après, pourtant, Umbre découvrit les limites de mon obéissance. Pour faire boiter un cheval, il suggéra que je lui tranche la fourchette d'un sabot. Pour moi, c'était inconcevable ; je l'informai, fort du savoir de celui qui a grandi au milieu des animaux, qu'il existe de nombreux moyens de rendre un cheval boiteux sans lui faire de mal et qu'il devait s'en remettre à moi pour choisir le plus approprié. Aujourd'hui encore, j'ignore comment il prit mon refus. Il n'eut pas un mot pour le condamner ni pour l'approuver. Sur ceci comme sur bien d'autres choses, il garda le silence.

À peu près tous les trimestres, le roi Subtil me convoquait dans ses appartements, en général très tôt le matin. Je me plantais devant lui, souvent alors qu'il était dans son bain, qu'il se faisait natter les cheveux en une queue entremêlée de fil d'or, coiffure réservée au souverain, ou que son valet sortait ses habits. Le rituel ne variait jamais : le roi m'examinait soigneusement, vérifiant ma taille et ma tenue comme si j'étais un cheval qu'il envisageait d'acheter ; il me posait une ou deux questions, d'habitude sur mes progrès en monte ou en maniement d'armes, puis écoutait gravement mes courtes réponses. Alors, il s'enquérait, presque solennellement : « Et considères-tu que je tienne la part du marché que j'ai passé avec toi ?

— Oui, Sire, répliquais-je invariablement.

— Dans ce cas, veille à tenir la tienne, toi aussi. » Telle était toujours sa formule de conclusion, par laquelle il me congédiait. Et le serviteur présent à ce moment-là pour s'occuper de lui et m'ouvrir la porte à mon entrée et à ma sortie, ce serviteur, quel qu'il fût, ne paraissait jamais prêter la moindre attention à ma présence ni aux paroles du roi.

En fin d'automne de cette année-là, à la lisière de l'hiver, je me vis confier ma mission la plus difficile. J'avais à peine soufflé ma bougie qu'Umbre m'appela dans ses appartements. Assis devant sa cheminée, nous partagions des friandises et un peu de vin aux épices ; il venait de me prodiguer ses compliments sur ma dernière escapade, qui m'avait fait retourner comme peaux de lapin toutes les chemises suspendues aux fils à linge de la cour sans me faire prendre. Ç'avait été délicat, le plus dur étant de me retenir d'éclater de rire et de trahir ma présence dans la cuve à teinture lorsque deux des plus jeunes garçons de blanchisserie avaient attribué ma farce aux fées de l'eau et refusé de laver quoi que ce soit de toute la journée. Comme toujours, Umbre était au courant de toute l'histoire avant même que je la lui narre. Il m'enchanta en m'apprenant le décret que maître Lou des blanchisseurs avait pris : on accrocherait de l'herbe de Sinjon aux quatre coins de la cour et on en festonnerait tous les puits pour écarter les fées de la lessive du lendemain.

« Tu es doué, mon garçon. » Umbre rit doucement et m'ébouriffa les cheveux. « J'en serais presque à croire qu'aucune mission n'est hors de ta portée. »

Il était assis dans son fauteuil à dossier droit devant le feu, et j'étais installé par terre près de lui, appuyé contre sa jambe. Il me tapota la tête comme Burrich aurait fait à un jeune chien qui viendrait de lui donner satisfaction, puis il se pencha en avant pour murmurer : « Mais j'ai un défi pour toi.

— Qu'est-ce que c'est ? demandai-je avec ardeur.

— Ce ne sera pas facile, même pour quelqu'un aux doigts aussi agiles que les tiens.

— Mettez-moi à l'épreuve ! rétorquai-je d'un ton provocant.

— Oh non, pas avant un mois ou deux, lorsque tu en sauras un peu plus. Cette nuit, j'ai un jeu à t'enseigner qui t'aiguisera l'œil et la mémoire. » Il plongea la main dans une bourse et la retira pleine ; il l'ouvrit un instant sous mes yeux : des cailloux de couleur. La main se referma. « Y en avait-il des jaunes ?

— Oui. Umbre, en quoi consiste ce défi ?

— Combien ?

— J'en ai vu deux. Umbre, je parie que je peux le faire dès maintenant.

— Aurait-il pu y en avoir plus de deux ?

— Peut-être, si certaines étaient cachées en dessous. Ça m'étonnerait. Umbre, c'est quoi, ce défi ? »

Il ouvrit sa vieille main osseuse et fouilla parmi les pierres de son long index. « Tu avais raison. Deux jaunes seulement. Veux-tu recommencer ?

— Umbre, je peux y arriver !

— Crois-tu ? Tiens, regarde encore, voici les cailloux. Un, deux, trois, et passez muscade ! Y en avait-il de rouges ?

— Oui. Umbre, quelle est cette mission ?

— Y avait-il plus de rouges que de bleus ? Me rapporter un objet personnel de la table de nuit du roi.

— Comment ?

— Y avait-il plus de rouges que de bleus ?

— Non, je veux dire, quelle mission avez-vous dit ?

— Raté, mon garçon ! » s'exclama joyeusement Umbre. Il ouvrit la main. « Tu vois, trois rouges et trois bleus. Exactement le même nombre. Il va falloir que tu aies l'œil plus vif si tu veux relever le défi.

— Et sept verts. Je le savais, Umbre. Mais… vous voulez que je vole quelque chose au roi ? » Je n'en croyais toujours pas mes oreilles.

« Pas lui voler, lui emprunter, simplement. Comme pour les ciseaux de maîtresse Pressée. Ça n'a rien de méchant, n'est-ce pas ?

— Rien, sauf que, si je me fais prendre, j'aurai droit au fouet. Ou pire.

— Et tu as peur de te faire prendre. Tu vois, je te l'ai dit : il vaut mieux attendre un mois ou deux, le temps que tu progresses encore.

— Ce n'est pas la punition. C'est que si on m'attrape… le roi et moi… avons passé un marché… » Le reste de la phrase mourut sur mes lèvres. Je restai les yeux dans le vague, l'esprit confus. L'enseignement d'Umbre faisait partie du contrat que Subtil et moi avions signé. À chacun de nos rendez-vous nocturnes, avant de commencer la leçon, il me le rappelait solennellement. J'avais donné ma parole à Umbre comme au roi d'être loyal ; il devait bien comprendre qu'en agissant contre le roi, j'enfreindrais ma promesse.

« C'est un jeu, mon garçon, dit Umbre d'un ton patient. C'est tout ; une petite espièglerie ; rien d'aussi sérieux que tu as l'air de le croire. Si j'ai choisi cette mission, c'est uniquement parce que la chambre du roi et ce qu'elle contient sont étroitement surveillés. N'importe qui peut s'emparer des ciseaux d'une couturière ; mais là, il s'agirait d'être parfaitement invisible pour entrer dans les appartements privés du roi et prendre un objet qui lui appartient. Si tu y arrivais, j'aurais le sentiment de ne pas avoir perdu mon temps avec toi, que tu t'intéresses à ce que je t'apprends.

— Je m'y intéresse, vous le savez bien ! » répondis-je vivement. Ce n'était pas du tout le problème. Apparemment, Umbre ne comprenait pas ce que je voulais dire. « J'aurais l'impression de… de trahir. De me servir de ce que vous m'avez appris pour piéger le roi. Presque de me moquer de lui.

— Ah ! » Umbre se renfonça dans son fauteuil, un sourire sur les lèvres. « Ne te tracasse pas pour ça, mon garçon ! Le roi Subtil sait apprécier une bonne farce. Ce que tu lui prendras, je le lui rapporterai. Ce sera la preuve pour lui que j'ai été bon professeur et toi bon élève. Chipe un objet sans valeur, si ça t'inquiète tant ; pas la peine de lui retirer la couronne de la tête ni la bague du doigt ! Ramasse sa brosse à cheveux, simplement, ou une feuille de papier qui traîne – même son gant ou sa ceinture conviendrait. Rien de grande valeur : un objet témoin, c'est tout. »

Je voulus réfléchir à la question, mais je sus aussitôt que c'était inutile. « Je ne peux pas. Enfin, je ne veux pas, plutôt. Pas le roi Subtil. Désignez-moi n'importe qui d'autre, n'importe quelle autre chambre et j'en fais mon affaire. Vous vous rappelez quand j'ai pris le manuscrit chez Royal ? Vous verrez, je peux m'introduire n'importe où et…

— Mon garçon ? » La voix d'Umbre était lente, son ton perplexe. « Tu ne me fais donc pas confiance ? Je te dis qu'il n'y a pas de problème ; il s'agit d'un défi, pas de haute trahison. Et cette fois, si tu te fais prendre, je te promets de venir en personne éclaircir la situation. Il n'y aura pas de punition.

— Ce n'est pas ça ! » dis-je avec angoisse. Je sentais la perplexité grandissante d'Umbre devant mon refus. Je me creusai la tête pour trouver le moyen de lui expliquer. « J'ai promis à Subtil d'être loyal. Et cette mission…

— Il n'y a rien de déloyal là-dedans ! » me coupa Umbre d'un ton tranchant. Je levai les yeux et vis la colère étinceler dans les siens. Saisi, je reculai. Jamais je ne lui avais connu un regard aussi noir. « Qu'est-ce que tu racontes, mon garçon ? Que je te demande de trahir le roi ? Ne joue pas les imbéciles ! Il s'agit d'une simple petite épreuve pour me permettre de t'évaluer et de montrer tes progrès à Subtil, et toi, tu te dérobes ! Et en plus tu dissimules ta lâcheté sous de beaux discours sur la loyauté ! Tu me fais honte ! Je te croyais davantage de cran, sans quoi jamais je ne t'aurais pris comme élève !

— Umbre ! » J'étais horrifié. Ses paroles me bouleversaient. Il s'écarta de moi et je sentis mon petit monde trembler sur ses bases tandis qu'il poursuivait d'un ton glacé :

« Mieux vaut que tu retournes au lit, petit geignard. Et pense à l'injure que tu m'as faite : insinuer que je puisse vouloir trahir notre roi ! Va-t'en la tête basse, poltron que tu es ! Et la prochaine fois que je t'appellerai… ha ! si jamais je t'appelle encore, présente-toi prêt à m'obéir. Ou ne te présente pas du tout. Et maintenant, du vent ! »

Jamais Umbre ne m'avait parlé ainsi. Je ne me rappelais même pas qu'il eût seulement haussé le ton devant moi. Presque sans comprendre, je regardai le bras maigre et grêlé qui sortait de la manche de sa robe, le long index pointé dédaigneusement sur la porte et l'escalier. En me levant, je fus pris de nausée. Je vacillai et dus me rattraper à un fauteuil ; mais je continuai de marcher, soumis, incapable d'imaginer de faire autre chose. Umbre, qui était devenu le pilier central de mon univers, qui m'avait convaincu de ma valeur, Umbre me dépouillait de tout. Pas seulement de ses compliments, mais du temps passé ensemble, de l'espoir de pouvoir faire un jour quelque chose de ma vie.

Je descendis l'escalier en trébuchant. Jamais il ne m'avait paru si long ni si froid. La porte du bas se referma derrière moi avec un raclement et je me retrouvai dans le noir absolu. Je trouvai mon lit à tâtons, mais les couvertures ne parvinrent pas à me réchauffer et le sommeil me fuit toute la nuit. Je me tournai et me retournai, malheureux comme les pierres. Le pire était que je ne décelais nulle trace d'équivoque en moi. J'étais incapable de faire ce que me demandait Umbre ; par conséquent, je devais le perdre. Sans son enseignement, je ne serais d'aucune valeur pour le roi. Mais ce n'était pas là le cœur de mon tourment ; l'origine, c'était qu'Umbre avait disparu de mon existence. Je n'arrivais pas à comprendre comment je me débrouillais avant, alors que j'étais si seul. Retourner à la monotonie de la vie quotidienne, à l'ennui mortel des corvées journalières me paraissait impossible.

Éperdument, j'essayai d'imaginer une ligne de conduite. Mais il ne semblait pas y avoir de solution. Je pouvais aller chez Subtil en personne, montrer l'épingle qui m'ouvrirait sa porte et lui exposer mon dilemme. Mais quelle serait sa réaction ? Me considérerait-il comme un petit sot ? Dirait-il que je devais obéir à Umbre ? Pire, dirait-il que j'avais eu raison de lui désobéir et se fâcherait-il contre lui ? Autant de questions bien compliquées pour un jeune garçon, auxquelles je ne trouvai nulle réponse satisfaisante.

Le matin enfin venu, je me traînai hors de mon lit et me présentai à Burrich comme d'habitude. Je vaquai à mes tâches dans une indifférence maussade qui me valut d'abord les réprimandes de Burrich, puis ses questions sur l'état de mon ventre. Je lui répondis simplement que j'avais mal dormi et j'évitai ainsi l'affreux remontant proposé. Je ne me débrouillai pas mieux au maniement d'armes. Ma distraction était telle que je ne pus empêcher un adversaire bien plus jeune que moi de m'assener un solide coup sur le crâne. Hod nous morigéna tous les deux pour notre manque d'attention et m'ordonna de m'asseoir un moment.

Une migraine me martelait la tête et mes jambes tremblaient lorsque je regagnai la forteresse. Je montai directement à ma chambre, car je n'avais aucun appétit pour le déjeuner ni pour les conversations bruyantes qui l'accompagnaient. Je m'étendis et fermai les yeux, pour quelques minutes ; c'est du moins ce que je crus, mais je sombrai dans un profond sommeil. J'en émergeai en milieu d'après-midi et songeai aussitôt aux remontrances que j'encourais pour avoir manqué mes cours. Ce fut néanmoins insuffisant pour m'obliger à me lever et je me rendormis, pour être réveillé à l'heure du dîner par une jeune servante venue aux renseignements sur l'ordre de Burrich. Je m'en débarrassai en lui racontant que j'avais la colique et me mettais à la diète en attendant que ça passe. Après son départ, je somnolai mais ne parvins pas à retrouver le sommeil. La nuit s'épaissit dans ma chambre sans lumière et j'entendis le reste du château s'apprêter pour la nuit. Allongé dans le noir et le silence, j'attendis une convocation à laquelle je n'oserais pas me rendre. Que se passerait-il si la porte s'ouvrait ? Je ne pourrais rejoindre Umbre car je ne pourrais pas lui obéir. Qu'est-ce qui serait le pire : qu'il ne m'appelle pas ou qu'il m'ouvre sa porte mais que je n'ose pas la franchir ? J'attendis ainsi, dans les affres de l'angoisse, et aux premières lueurs de l'aube grise j'avais la réponse : il ne s'était même pas soucié de m'appeler.

Aujourd'hui encore, je n'aime pas me rappeler les jours qui suivirent. Je les traversai le dos voûté, le cœur si lourd que j'étais incapable de manger ou de me reposer convenablement. Je n'arrivais à me concentrer sur aucun travail et les sermons de mes professeurs ne rencontraient en moi qu'une soumission hébétée. Il me vint une migraine permanente et j'avais l'estomac tellement crispé que les repas ne m'attiraient plus. Rien que l'idée d'avaler quelque chose m'épuisait. Burrich supporta mon état pendant deux jours, puis il me coinça et m'obligea à ingurgiter un vermifuge et un reconstituant du sang. Le mélange des deux me fit vomir le peu que j'avais mangé ce jour-là. Ensuite, il me fit me rincer la bouche avec du vin de prune et, de ce jour, je ne puis plus en boire sans être pris de haut-le-cœur. Puis, à ma vague stupéfaction, il me traîna jusque dans sa chambre et m'ordonna d'un ton bourru de m'y reposer le reste de la journée. Le soir, il me fit regagner le château sans me lâcher d'une semelle et, sous son œil vigilant, je dus avaler un bol de bouillon clairet et un morceau de pain. Il m'aurait ramené à ses quartiers si je n'avais pas affirmé préférer mon propre lit. En réalité, il fallait que je reste dans ma chambre. Je devais savoir si Umbre essaierait au moins de m'appeler et si je serais capable ou non d'y répondre. Encore une fois, je passai une nuit blanche les yeux fixés sur un certain angle obscur de la pièce.

Mais il ne vint pas.

Le matin grisaillait à ma fenêtre. Je me retournai et restai au lit. L'hébétude dont j'étais la proie était trop compacte pour être combattue. Tous les choix qui s'offraient à moi menaient à des culs-de-sac opaques ; me lever me semblait d'une infinie futilité. Une espèce de somnolence migraineuse m'aspirait ; le moindre bruit me paraissait trop fort et j'avais ou trop chaud ou trop froid, de quelque manière que j'arrange mes couvertures. Je fermais les yeux, mais même mes rêves avaient des couleurs trop vives qui me blessaient ; j'entendais comme une dispute, aussi clairement que si elle se déroulait dans mon lit, et d'autant plus énervante qu'elle semblait se tenir entre un homme et lui-même et qu'il jouât alternativement les deux points de vue. « Brise-le comme tu as brisé l'autre ! » murmurait-il d'un ton coléreux. « Toi et tes tests imbéciles ! » Puis : « Il faut être très prudent. On ne peut pas faire confiance à n'importe qui. Bon sang ne saurait mentir ; il faut vérifier de quel métal il est fait, c'est tout » « De quel métal ! Si c'est une épée sans cervelle que tu veux, fabrique-t'en une toi-même ! Aplatis-la à coups de marteau ! » Et, plus doucement : « Je n'ai pas le cœur de continuer. Je ne veux plus qu'on se serve de moi. Si tu voulais mettre ma résistance à l'épreuve, c'est fait. » Puis : « Ne viens pas me parler de liens du sang ni de famille. N'oublie pas qui je suis par rapport à toi ! Ce n'est pas pour sa loyauté qu'elle s'inquiète, ni pour la mienne. »

Les voix irritées se brouillèrent, se fondirent, se muèrent en une autre dispute, au ton plus strident. J'entrouvris les paupières. Ma chambre était le théâtre d'une bataille miniature. Une altercation vigoureuse se déroulait entre Burrich et maîtresse Pressée pour déterminer sous la juridiction de qui je tombais. Un panier d'osier pendait au bras de la couturière, d'où pointaient les goulots de plusieurs bouteilles. Une odeur de sinapisme à la moutarde et de camomille imprégnait l'air, si forte que j'eus envie de vomir. Burrich restait stoïquement dressé entre la femme et mon lit. Il se tenait les bras croisés sur la poitrine et Renarde était assise à ses pieds. Les paroles de maîtresse Pressée résonnaient dans ma tête comme des averses de cailloux : « Dans le château... ces linges propres... les petits garçons, ça me connaît... ce chien puant... » Autant que je m'en souvienne, Burrich ne desserrait pas les dents. Il se contentait de ne pas bouger d'un pouce, si massif et inébranlable que je sentais sa présence les yeux fermés.

118

Plus tard, je m'aperçus qu'il était parti, tandis que Renarde se trouvait sur le lit, à côté de moi, pas à mes pieds, haletante mais refusant d'aller se coucher sur le pavage pourtant plus frais. Encore plus tard, je rouvris les yeux et le crépuscule approchait. Burrich avait pris mon oreiller, l'avait un peu secoué, et me le remettait maladroitement sous la tête, le côté frais en l'air. Il s'assit lourdement sur le lit.

Il s'éclaircit la gorge. « Fitz, je ne sais pas ce que tu as, mais je n'ai jamais rien vu de pareil. En tout cas, tu n'as rien au ventre ni dans le sang. Si tu étais un peu plus vieux, je dirais que tu as des problèmes de femmes. Tu as l'air d'un soldat qui se tire une cuite de trois jours, mais sans la bibine. Fiston, qu'est-ce qui t'arrive ? »

Il me regardait avec une inquiétude non feinte. C'était le regard qu'il avait quand il craignait une fausse couche chez une jument ou quand les chasseurs ramenaient des chiens malmenés par les sangliers. Il approcha la main de mon front et, sans le vouloir, je tendis mon esprit vers le sien. Comme toujours, le mur était là, mais Renarde geignit doucement et me colla son museau contre la joue. Je m'efforçai d'exprimer ce que j'avais sur le cœur sans trahir Umbre : « C'est que je suis tout seul, maintenant, m'entendis-je dire, et même à mes oreilles c'était une explication plutôt faible.

— Tout seul ? » Le front de Burrich se plissa. « Fitz, je suis là, devant toi. Et tu te crois tout seul ? »

Nous restâmes à nous regarder en chiens de faïence, incompréhensifs, et la conversation en resta là. Plus tard, il m'apporta un repas, mais n'insista pas pour que je l'avale. Et il me laissa Renarde pour la nuit. Une part de moi-même se demandait comment elle réagirait si la porte s'ouvrait, mais une autre, bien plus grande, savait que je n'avais pas à m'en inquiéter. Cette porte ne se rouvrirait plus jamais.

Le matin revint. Renarde me donnait des coups de museau et gémissait pour sortir. Trop anéanti pour me soucier que Burrich me surprenne, je tendis mon esprit vers elle. Faim, soif et la vessie pleine à éclater. Sa gêne physique fut soudain la mienne. J'enfilai une tunique, emmenai la chienne dehors, puis dans les cuisines pour lui donner à manger. Mijote fut plus contente de me voir que je n'aurais imaginé qu'on pût l'être. Elle offrit à Renarde une généreuse portion du ragoût de la veille et insista pour me préparer six tranches épaisses de lard sur la croûte chaude du pain de la première fournée. Le flair et l'appétit aiguisés de Renarde éveillèrent mes sens et je me surpris à dévorer, non avec mon appétit normal mais avec la fringale sensorielle d'un jeune animal pour la nourriture.

Ensuite, la chienne me conduisit aux écuries ; je me retirai de son esprit avant d'entrer, mais ce contact m'avait un peu revigoré. Burrich interrompit son travail et se redressa, m'examina de la tête aux pieds, lança un coup d'œil à Renarde, émit un grognement mi-figue mi-raisin, et enfin me tendit un biberon muni d'une mèche. « Dans la tête d'un homme, déclara-t-il, tout peut se soigner par le travail et en s'occupant des autres. La chienne ratière a mis bas il y a quelques jours et un des petits est trop faible pour se battre contre les autres. Vois si tu arrives à l'empêcher de mourir. »

Avec sa peau rosâtre qui transparaissait sous ses poils tachetés, il n'était pas beau, ce chiot. Il avait encore les yeux fermés et la peau qu'il remplirait peu à peu en grandissant s'empilait pour l'instant en multiples plis sur son museau. Sa petite queue maigrelette évoquait tout à fait celle d'un rat et je me demandai si sa mère ne harcelait pas ses propres petits jusqu'à les faire mourir, uniquement pour faire coïncider leur apparence et le nom de leur race. Il était faible et passif, mais je l'asticotai avec le biberon jusqu'à ce qu'il se mette vaguement à téter et qu'il soit tellement barbouillé de lait que sa mère se décide à le lécher. Je l'installai ensuite à une mamelle à la place d'une de ses sœurs, plus vigoureuse que lui et qui, le ventre rond et bien plein, ne continuait à téter que par pure obstination. Elle serait blanche avec une tache noire sur un œil. Elle m'attrapa le petit doigt et se mit à le téter, et je sentis alors la terrible puissance qu'auraient un jour ses mâchoires. Burrich m'avait raconté des histoires sur des ratiers qui saisissaient un taureau par le mufle et refusaient de lâcher prise quoi qu'en eût la bête. Il ne voyait pas l'intérêt de dresser un chien à cela, mais il ne pouvait cacher son respect pour le courage d'un chien capable de s'en prendre à un taureau. Nous réservions nos ratiers à la chasse au rat et leur faisions faire régulièrement la tournée des silos de maïs et des greniers.

Je passai toute la matinée à cette tâche et je m'en allai à midi avec la gratification d'avoir vu le petit ventre du chiot bien rond et plein de lait. L'après-midi fut consacré au nettoyage des boxes. Burrich ne me laissa pas une seconde de répit, trouvant une nouvelle corvée dès que j'en avais fini une, sans m'accorder d'autre loisir que celui de travailler. Il ne me parlait pas, ne posait aucune question, mais il ne s'activait jamais à plus de dix pas de moi. On eût dit qu'il m'avait pris au pied de la lettre quand je m'étais plaint de solitude et qu'il avait résolu de toujours se trouver dans mon champ visuel. Je terminai la journée en compagnie du chiot, nettement plus robuste que le matin. Je le nichai contre ma poitrine et il grimpa en rampant sous mon menton où il chercha une mamelle de son petit museau carré. Cela chatouillait. Je le fis redescendre et l'observai. Il aurait la truffe rose. On disait que les ratiers au mufle rose étaient les plus féroces au combat ; mais dans sa petite tête, il n'y avait pour l'instant qu'une sensation confuse de sécurité douillette, une envie de lait et de l'affection pour mon odeur. Je l'enveloppai dans ma protection, le complimentai sur sa vigueur nouvelle ; il se tortillait entre mes doigts. Soudain, Burrich se pencha par-dessus la cloison de la stalle et me donna un coup sur la tête, les phalanges repliées, nous arrachant, au chiot et à moi, un glapissement simultané.

« Ça suffit ! dit-il durement. Un homme ne joue pas à ça. Et ça ne résoudra pas ce qui te ronge l'âme. Rends tout de suite ce chiot à sa mère. »

J'obéis, mais à contrecœur et pas du tout persuadé que le lien avec un chien ne résoudrait rien, quoi qu'en dise Burrich. Je regrettais déjà son petit monde chaud plein de paille, de frères et de sœurs, de lait et de présence maternelle. À cet instant, j'étais incapable d'en imaginer de meilleur.

Burrich et moi allâmes manger. Il m'emmena au réfectoire des soldats, où les manières étaient celles de chacun et où l'on n'était pas obligé de faire la conversation. C'était un soulagement de n'attirer aucun regard, de voir les plats passer au-dessus de ma tête sans être l'objet d'une prévenance particulière. Burrich veilla néanmoins à ce que je me nourrisse, après quoi nous nous installâmes dehors, près de la porte de service des cuisines, pour boire. J'avais déjà tâté de la bière, brune et blonde, et du vin, mais jamais je n'avais bu avec la détermination dont Burrich me donna l'exemple ce soir-là. Lorsque Mijote se risqua à sortir et à lui reprocher de donner de l'alcool à un enfant, il lui adressa un de ces regards silencieux qui me rappelaient la première fois que je l'avais vu et où il avait fait taire une salle remplie de soldats rien que par la grâce du nom de Chevalerie. Et Mijote fit demi-tour.

Il me raccompagna lui-même à ma chambre, me fit passer ma tunique par-dessus la tête cependant que j'essayais de conserver mon équilibre, puis il me balança comme un paquet dans mon lit et jeta une couverture sur moi. « Maintenant, tu vas dormir, déclara-t-il d'une voix pâteuse. Et demain on recommencera. Et ce sera tous les jours comme ça jusqu'à ce que tu t'aperçoives un matin que t'en es pas mort, finalement, de ce qui te ronge. »

Il souffla ma bougie et sortit. J'avais la tête qui tournait et le corps endolori d'avoir travaillé toute la journée. Mais je ne trouvai pas le sommeil : je m'étais mis à pleurer. L'alcool avait défait le nœud qui assurait mon sang-froid et je versais des larmes. Mais pas dans le calme : je sanglotais, je hoquetais, je hurlais, la mâchoire tremblante. J'avais la gorge prise comme dans un étau, mon nez coulait et je pleurais si fort que je n'arrivais plus à reprendre mon souffle. Je crois que je versai toutes les larmes que j'avais retenues depuis le jour où mon grand-père avait obligé ma mère à m'abandonner. « Maman ! » m'entendis-je crier, et soudain des bras se refermèrent sur moi et me serrèrent.

Umbre m'avait pris contre lui et il me berçait comme un tout petit enfant. Malgré l'obscurité, je reconnus ses membres maigres et son odeur, mélange d'herbes et de poussière. Sans parvenir à y croire, je m'agrippai à lui et pleurai à m'enrouer la voix et à me dessécher la gorge au point que plus un son ne pût en sortir. « Tu avais raison, me dit-il, la bouche dans mes cheveux, à mi-voix, d'un ton apaisant. Tu avais raison. Je te demandais quelque chose de mal et tu avais raison de refuser. Tu n'auras plus jamais à subir ce genre d'épreuve. Pas de ma part. » Et quand je me fus enfin détendu, il me laissa un instant et revint avec une chope pleine d'un breuvage tiède et presque sans goût, mais qui n'était pas de l'eau. Il porta la chope à mes lèvres et je la vidai sans poser de questions. Puis je me rallongeai, pris d'une somnolence si soudaine que je ne me rappelle même pas timbre quittant ma chambre.

Je me réveillai vers l'aube et me présentai à Burrich après un copieux petit déjeuner. Rapide dans les corvées, attentif dans les devoirs, je ne comprenais pas pourquoi Burrich était si grognon et mal fichu ce matin. À un moment, il marmonna quelque chose comme : « Il tient l'alcool aussi bien que son père », et enfin il me congédia en me disant que, si je tenais absolument à siffloter, j'aille le faire ailleurs.

Trois jours plus tard, le roi Subtil me convoqua au petit matin. Il était déjà habillé et il y avait un plateau sur sa table avec de quoi manger pour plus d'une personne. À mon arrivée, il renvoya son valet et m'ordonna de m'asseoir. J'allai prendre une chaise à la petite table de sa chambre et, sans me demander si j'avais faim, il me servit lui-même, puis s'installa en face de moi pour attaquer son repas. Son geste ne m'avait pas échappé, mais j'eus beau me forcer, je ne pus avaler grand-chose. Il ne parla que du repas, sans un mot à propos d'engagements, de loyauté ni de parole tenue. Lorsqu'il vit que j'avais fini de manger, il repoussa son assiette, puis s'agita sur sa chaise, l'air mal à l'aise.

« C'était mon idée, dit-il soudain, presque agressivement. Pas la sienne. Il n'était pas d'accord. J'ai insisté. Quand tu seras plus vieux, tu comprendras. Je ne peux courir aucun risque, avec personne. Mais je lui ai promis que tu le saurais de ma bouche. Cette idée était de moi seul. Et je ne lui demanderai plus jamais d'éprouver ton courage de cette façon. Tu as la parole du roi. »

Et du geste, il me congédia. Je me levai, mais en même temps je pris sur le plateau un petit couteau d'argent entièrement gravé dont il s'était servi pour découper un fruit. Sans cesser de le regarder, sans me cacher, je glissai l'objet dans ma manche. Le roi Subtil écarquilla les yeux, mais ne dit mot.

Deux nuits plus tard, lorsque Umbre m'appela, nos leçons reprirent comme si elles n'avaient connu aucune interruption. Il parla, j'écoutai, je me pliai à son jeu des cailloux sans commettre une seule erreur. Il me confia une mission, et nous nous livrâmes ensemble à de petites plaisanteries. Il m'apprit à faire danser Rôdeur la belette en l'appâtant avec une saucisse. Tout allait de nouveau bien entre nous. Mais avant de quitter ses appartements cette nuit-là, je m'approchai de la cheminée. Sans rien dire, je plaçai le couteau au milieu du manteau. Ou plutôt, je l'enfonçai, la lame la première, dans le bois du manteau. Puis je sortis sans un mot et sans croiser le regard d'Umbre. Nous n'en avons jamais parlé.

Je crois que le couteau n'a pas bougé depuis.

6

L'ombre de Chevalerie

Il existe deux traditions concernant la coutume de donner aux enfants royaux des noms évocateurs de vertus ou de talents. La plus courante veut que, par quelque principe, ces noms exercent une contrainte ; que, lorsqu'un tel nom est attaché à un enfant qui sera plus tard formé à l'Art, ledit Art agrège le nom à l'enfant qui ne peut plus, à mesure qu'il grandit, que tendre à pratiquer la vertu dont il a été baptisé. Les plus fervents adeptes de cette première tradition sont aussi les plus prompts à se découvrir devant un membre de la petite noblesse.

Une tradition plus ancienne attribue l'usage de ces noms à un accident, du moins à l'origine. On dit que les rois Preneur et Souverain, les deux premiers Outîliens à régner sur ce qui devait devenir les Six-Duchés, ne portaient pas du tout ces noms-là dans leur langue maternelle, mais que, dans celle des Duchés, ils ressemblaient beaucoup à ces mots ; ce serait ainsi que ces deux hommes auraient fini par être plus connus sous leurs noms homophones que sous leurs vrais noms. Mais pour la bonne marche de la royauté, il est préférable que le peuple reste persuadé qu'un enfant baptisé d'un nom noble aura une noble nature.

*
* *

« Mon garçon ! »

Je levai la tête. Parmi les cinq ou six autres garçons qui paressaient devant le feu, pas un n'eut seulement le moindre tressaillement. Les filles ne réagirent pas davantage lorsque j'allai prendre ma place de l'autre côté de la table basse devant laquelle maître Geairepu était agenouillé. Il avait mis au point une technique d'inflexion qui permettait à tous de savoir quand *mon garçon* signifiait « mon garçon » et quand cela signifiait « le bâtard ».

Je me coinçai les genoux sous la table, m'assis les fesses sur les talons et donnai ma feuille de moelle d'arbre à Geairepu. Puis, tandis qu'il parcourait mes colonnes de lettres soigneusement tracées, je laissai mon attention s'égarer.

L'hiver nous avait moissonnés et engrangés ici, dans la Grand-Salle. Dehors, une tempête se déchaînait contre les murailles de la forteresse et les vagues martelaient les falaises avec une violence telle que nous sentions de temps en temps le dallage frémir sous nos pieds. Le mauvais temps nous dépouillait des quelques heures de jour glauque que nous avait laissées l'hiver. J'avais l'impression que les ténèbres s'étendaient sur nous comme un brouillard, tant à l'extérieur qu'à l'intérieur. Les yeux inondés de pénombre, je me sentais somnolent sans être fatigué. Un bref instant, j'étendis mes sens et perçus la léthargie hivernale des chiens qui dormaient dans les coins, agités de tressautements. Même là, je ne pus trouver ni pensée ni image qui éveillât mon intérêt.

Le feu brûlait dans les trois vastes cheminées et différents groupes s'étaient rassemblés devant chacune. L'un d'eux s'activait à fabriquer des flèches au cas où le temps serait assez clair le lendemain pour autoriser une chasse. Je regrettais de ne pas en être, car la voix enjouée de Cherfe montait et descendait au gré de l'histoire qu'elle racontait, souvent interrompue par les rires appréciateurs de ses auditeurs. Près de l'âtre du fond, des enfants chantaient en chœur de leur voix haut perchée ; je reconnus le Chant du berger, une chanson pour apprendre à compter. Attentives, quelques mères battaient la mesure du bout du pied tout en faisant des frivolités de dentelle, tandis que, de ses vieux doigts flétris posés sur sa harpe, Jerdon s'évertuait à maintenir les enfants dans le ton.

À ma cheminée, les enfants assez grands pour savoir se tenir tranquilles apprenaient les lettres ; Geairepu s'en occupait. Rien n'échappait à son regard bleu acéré. « Tiens, me dit-il. Tu as oublié de croiser les queues, ici. Rappelle-toi, je t'ai montré comment faire. Justice, ouvre les yeux et remets-toi à la plume. Si je te reprends à t'endormir, c'est toi qui iras chercher la prochaine bûche pour le feu. Charité, tu iras l'aider si tu continues à sourire comme ça ! Bon, à part ça – il reporta soudain son attention sur mon travail – ta calligraphie s'est nettement améliorée, en ce qui concerne non seulement les caractères ducaux, mais aussi les runes outrîliennes. Évidemment, avec un aussi mauvais papier, on ne peut pas peindre des runes convenablement. Il est trop poreux et il boit trop l'encre. De bonnes feuilles d'écorce battue, voilà ce qu'il faut pour les runes. » Il effleura d'un doigt appréciateur le parchemin sur lequel il travaillait. « Continue à travailler comme ça et avant la fin de l'hiver je te permettrai de faire une copie des *Remèdes de la reine Florissante*. Qu'en dis-tu ? »

Je m'efforçai de sourire et de prendre l'air flatté. On ne confiait pas les travaux de copie aux élèves, en général ; le bon papier était trop rare et un coup de pinceau inconséquent pouvait gâcher toute une feuille. Les *Remèdes*, je le savais, étaient une compilation de prophéties et d'études sur les propriétés des simples qui n'avait rien de compliqué, mais tout travail de copie était en soi un honneur. Geairepu me donna une nouvelle feuille de moelle d'arbre. Comme je me levais pour regagner ma place, il m'arrêta de la main. « Mon garçon ? »

Je m'immobilisai.

Geairepu prit l'air gêné. « Je ne sais pas à qui le demander à part toi. En temps normal, j'en parlerais à tes parents, mais… » La phrase mourut miséricordieusement sur ses lèvres. Songeur, il se gratta la barbe de ses doigts tachés d'encre. « L'hiver va bientôt finir et je vais reprendre ma route. Sais-tu ce que je fais en été, mon garçon ? Je me balade dans les Six-Duchés, à recueillir des herbes, des baies et des racines pour mes encres et à faire provision des papiers dont j'ai besoin. C'est une existence agréable d'arpenter librement les routes en été et de se faire inviter à la forteresse pour l'hiver. Le métier de scribe a beaucoup d'avantages. » Il me regarda, pensif. Je lui rendis son regard en me demandant où il voulait en venir.

« Tous les deux ou trois ans, je prends un apprenti. Certains réussissent et s'engagent comme scribes pour les forteresses mineures ; d'autres n'arrivent à rien, soit qu'ils n'aient pas la patience du détail, soient qu'ils n'aient pas la mémoire des encres. Je crois que tu as ces qualités. Que dirais-tu de devenir scribe ? »

La question me prit complètement au dépourvu et je restai à le dévisager sans dire un mot. Ce n'était pas seulement le projet d'être scribe qui me laissait médusé ; c'était l'idée même que Geairepu pût vouloir de moi comme apprenti, avoir envie de m'emmener avec lui et de m'enseigner les secrets de son métier. Plusieurs années s'étaient écoulées depuis que j'avais passé mon marché avec le vieux roi. À part Umbre, avec qui je partageais certaines nuits, et Molly et Kerry qui m'accompagnaient lors de mes après-midi volés, je n'avais jamais imaginé que quelqu'un pût trouver plaisir à ma société, et encore moins voir en moi un apprenti potentiel. La proposition de Geairepu me laissait sans voix. Il dut percevoir mon trouble, car il m'adressa son fameux sourire, à la fois jeune et vieux, et toujours bienveillant.

« Allons, réfléchis-y, mon garçon ; scribe, c'est un bon métier ; et, de toute manière, qu'as-tu d'autre comme perspective ? Entre nous, je crois qu'un petit voyage loin de Castelcerf te ferait le plus grand bien.

— Loin de Castelcerf ? » répétai-je, abasourdi. J'eus l'impression qu'on ouvrait un rideau. Je n'y avais jamais pensé. Soudain, les routes qui partaient de Castelcerf se mirent à briller dans ma tête et les cartes assommantes que j'avais été obligé d'étudier se remplirent de lieux vivants où je pouvais me rendre. J'en restai confondu.

« Oui, répondit Geairepu à mi-voix. Quitte Castelcerf. À mesure que tu grandiras, l'ombre de Chevalerie se fera plus floue. Elle ne te protégera pas toujours. Mieux vaut que tu apprennes à devenir ton propre maître, avec ta vie à toi et un métier pour subvenir à tes besoins, avant que sa protection ne te fasse entièrement défaut. Mais tu n'es pas obligé de me donner tout de suite ta réponse. Réfléchis-y ; discutes-en avec Burrich, peut-être. »

Là-dessus, il me donna ma feuille de moelle d'arbre et me renvoya à ma place. Je réfléchis en effet à ses paroles, mais ce ne fut pas à Burrich que je les rapportai. Aux heures obscures d'une nouvelle journée, Umbre et moi étions accroupis, tête contre tête, au-dessus des tessons rouges d'une cruche brisée par les soins de Rôdeur ; je ramassais les éclats tandis qu'Umbre récupérait les minuscules graines noires qui s'étaient éparpillées au sol. Rôdeur, accroché tout en haut d'une tapisserie affaissée, couinait des excuses, mais je percevais son amusement.

« Elles viennent de Kalibar, ces graines ! Ça en fait, du chemin, espèce de petite descente de lit décharnée ! gronda Umbre.

— Kalibar, répétai-je en fouillant ma mémoire ; à une journée de voyage après notre frontière avec Bord-du-Sable.

— C'est ça, mon garçon, marmonna Umbre.

— Vous y avez déjà été ?

— Moi ? Oh non ! Ces graines en proviennent, mais j'ai dû les faire acheter à Roitelet. Il y a un grand marché, là-bas, qui attire des marchands des Six-Duchés et aussi de pas mal de nos voisins.

— Ah oui, Roitelet ! Vous y avez été ? »

Umbre réfléchit. « Une fois ou deux, quand j'étais plus jeune. Je me rappelle surtout le bruit et la chaleur. Les villes de l'intérieur sont comme ça : il y fait trop sec et trop chaud. J'ai été content de retrouver Castelcerf.

— Connaissez-vous une ville que vous avez préférée à Castelcerf ? »

Umbre se redressa prudemment, ses mains pâles pleines de minuscules graines noires. « Pose-moi franchement ta question, au lieu de tourner autour du pot. »

Je lui exposai donc la proposition de Geairepu et aussi ma brutale prise de conscience que les cartes n'étaient pas que de jolis dessins en couleurs, qu'elles représentaient des lieux et des possibilités réels, que je pouvais m'en aller ailleurs, devenir quelqu'un d'autre, me faire scribe ou…

« Non. » Le ton d'Umbre était posé mais tranchant. « Où que tu ailles, tu resteras le bâtard de Chevalerie. Geairepu est plus perspicace que je ne le croyais, mais il ne comprend quand même pas. Il ne voit qu'une partie du tableau ; il a bien vu qu'ici, à la cour, tu seras toujours un bâtard, une espèce de paria ; mais ce qu'il ne perçoit pas, c'est qu'ici, bénéficiant des bontés de Subtil, poursuivant ton éducation sous ses yeux, tu n'es pas une menace pour le roi. Effectivement, tu es sous l'ombre de Chevalerie, ici ; effectivement, elle te protège. Mais en t'en allant de Castelcerf, loin de ne plus avoir besoin de cette protection, tu deviendrais un danger pour le roi Subtil et un risque encore plus grand pour ses héritiers, après sa mort. Ne va pas t'imaginer menant l'existence simple et sans entrave de scribe itinérant. Pour toi, ce serait plutôt la gorge tranchée dans ton lit ou une flèche dans le cœur au détour d'une route. »

Un frisson glacé me parcourut. « Mais pourquoi ? » demandai-je à voix basse.

Umbre soupira. Il versa les graines dans un plat et s'épousseta légèrement les mains pour en faire tomber les dernières. « Parce que tu es un bâtard royal et l'otage de ta propre lignée. Pour le moment, comme je te le disais, tu ne représentes aucune menace pour Subtil ; tu es trop jeune et, par ailleurs, il a fait en sorte de toujours pouvoir garder un œil sur toi. Mais il réfléchit à long terme – et tu devrais en faire autant. Nous vivons une époque troublée ; les raids des Outrîliens sont de plus en plus audacieux ; les gens de la côte commencent à grommeler, en disant qu'il nous faut davantage de navires de patrouille, voire, selon certains, des navires de guerre pour exercer des représailles. Mais les duchés de l'intérieur ne veulent pas mettre la main à la bourse, surtout pour des bateaux de combat qui risqueraient de nous précipiter dans une guerre générale. Ils accusent le roi de ne s'intéresser qu'à la côte, sans se préoccuper de leur agriculture ; les Montagnards accordent de plus en plus chichement le droit d'emprunter leurs cols ; les taxes sur les marchandises s'envolent tous les mois un peu plus. Du coup, les négociants maugréent et murmurent entre eux. Au sud, à Bord-du-Sable et plus loin, c'est la sécheresse et les temps sont durs ; là-bas, tout le monde se plaint ouvertement, comme si le roi et Vérité étaient responsables de leur situation. Tant qu'il s'agit de boire une chope, Vérité s'en tire très bien, mais ce n'est pas le soldat ni le diplomate qu'était Chevalerie. Il préfère chasser le daim d'hiver ou écouter un ménestrel au coin du feu qu'arpenter les routes au cœur des frimas, par un temps glacial, rien que pour maintenir le contact avec les autres duchés. Tôt ou tard, si la situation ne s'améliore pas, les gens vont commencer à se dire : "Après tout, un bâtard, il n'y a pas de quoi en faire tout un plat. C'est Chevalerie qui aurait dû monter sur le trône ; il mettrait bien vite de l'ordre dans tout ça. Il était peut-être un peu strict sur le protocole, mais au moins, avec lui, le travail était fait et il ne laissait pas les étrangers nous marcher sur les pieds."

— Alors Chevalerie pourrait encore devenir roi ? » En posant cette question, je sentis un curieux frémissement me parcourir. Instantanément, j'imaginai son retour triomphal à Castelcerf, notre rencontre, enfin, et… et puis quoi ?

Umbre parut avoir déchiffré mon expression. « Non, mon garçon. Il n'y a aucune chance. Même si le peuple tout entier le voulait, je doute qu'il aille à l'encontre du destin qu'il s'est forgé ou des désirs du roi. Mais cela n'irait pas sans mécontentements et sans murmures, qui pourraient déboucher sur des émeutes et des échauffourées, bref, sur un climat beaucoup trop dégradé pour laisser un bâtard courir en liberté. Il faudrait régler ton sort d'une façon ou d'une autre. En faisant de toi un cadavre ou l'instrument du roi.

— L'instrument du roi. Je vois. » Une sensation d'oppression m'envahit. Ma brève vision de ciels bleus au-dessus de routes ocre que je suivais, monté sur Suie, cette vision disparut brutalement. À la place, je vis les molosses dans leurs chenils, et les faucons, encapuchonnés, enchaînés par des courroies au poignet du roi et qu'on ne libérait que pour accomplir sa volonté.

« Ce n'est pas obligatoirement affreux, fit Umbre doucement. Nous nous fabriquons souvent nous-mêmes nos propres prisons. Mais on peut aussi créer sa propre liberté.

— Je n'irai jamais nulle part, c'est ça ? » Malgré la nouveauté de l'idée, voyager me paraissait soudain extrêmement important.

« Je n'irais pas jusque-là. » Umbre cherchait un couvercle pour le plat rempli de graines, et il se contenta finalement d'y mettre une assiette à l'envers. « Tu te déplaceras beaucoup. Discrètement, et lorsque les intérêts de la famille l'exigeront. Mais ce n'est pas très différent de ce que fait un prince du sang. Crois-tu que Chevalerie avait le libre choix de ses destinations pour ses missions diplomatiques ? Penses-tu que Vérité apprécie d'aller visiter des villes mises à sac par les Outrîliens, d'écouter les habitants se plaindre que, si leur ville avait été mieux fortifiée ou mieux garnie en hommes, rien ne serait arrivé ? Un vrai prince dispose d'une liberté limitée en ce qui concerne ses déplacements et ses activités. Chevalerie en a sans doute davantage aujourd'hui que jamais auparavant.

— Sauf qu'il ne peut plus revenir à Castelcerf. » Cette idée m'apparut en un éclair et je me pétrifiai, les mains pleines d'éclats de poterie.

« Sauf qu'il ne peut plus revenir à Castelcerf. Les visites d'un ancien roi-servant créeraient des remous dans la population ; mieux vaut qu'il s'efface discrètement. »

Je jetai les tessons dans l'âtre. « Au moins, il peut voyager, marmonnai-je. Moi, je ne peux même pas aller en ville…

— Ça te tient donc tant à cœur ? D'aller te promener dans un petit port aussi plein de crasse et de graisse que Bourg-de-Castelcerf ?

— Il y a d'autres gens, là-bas… » J'hésitai. Umbre lui-même ignorait tout de mes amis de la ville. Je me jetai à l'eau. « Ils m'appellent le Nouveau ; ils ne pensent pas "Tiens, le bâtard !" chaque fois qu'ils me voient. » Je ne l'avais jamais exprimé si clairement, mais soudain l'appel de la ville se fit très net en moi.

« Ah », fit Umbre et il eut un mouvement d'épaules qui évoquait un soupir, bien qu'il n'émît pas un bruit. L'instant d'après, il m'expliquait comment on peut rendre un homme malade rien qu'en lui faisant manger de la rhubarbe et des épinards au cours du même repas, au point même de le tuer si les quantités étaient suffisantes, le tout sans qu'aucun poison n'apparaisse sur la table. Je lui demandai comment empêcher que les autres convives ne s'intoxiquent et la conversation se poursuivit sur ce thème. Ce n'est que plus tard que ses paroles concernant Chevalerie m'apparurent presque prophétiques.

Deux jours après, j'eus la surprise d'apprendre que Geairepu avait requis mes services l'espace d'une journée. Mon étonnement grandit encore lorsqu'il me remit une liste de fournitures à chercher en ville et des pièces d'argent pour les payer, plus deux de cuivre pour moi-même. Je retins mon souffle, certain que Burrich ou l'un de mes maîtres allait opposer son veto, mais on me dit au contraire de me dépêcher de me mettre en route. Je franchis donc les portes un panier au bras et la tête me tournant de cette subite liberté. En comptant les mois écoulés depuis ma dernière escapade, je m'aperçus avec un choc qu'elle remontait à plus d'un an ! Je résolus aussitôt de refaire connaissance avec la ville. Personne ne m'avait fixé d'heure de retour et je ne doutais pas de pouvoir dérober une heure ou deux sur mes emplettes sans que cela se sache.

La diversité de la liste de Geairepu m'emmena par tout le bourg. J'ignorais quel usage un scribe pouvait avoir de cheveux de sirène séchés ou d'un quart de boisseau de noix de forestier ; peut-être s'en servait-il pour fabriquer ses encres de couleur, me dis-je finalement, et, constatant que je n'en trouvais pas dans les boutiques habituelles, je descendis au bazar du port, où il suffisait de posséder une couverture et quelque chose à vendre pour se déclarer marchand. Je mis assez vite la main sur l'algue et appris que c'était un ingrédient habituel de la soupe de poisson. Il me fallut plus longtemps pour les noix, car c'était un produit de l'intérieur, non de la mer, et il y avait moins d'étals pour ce genre d'articles.

Je les trouvai néanmoins, au milieu de paniers remplis de piquants de porc-épic, de perles de bois sculptées, de cônes d'avelinier et de tissu d'écorce martelée. La propriétaire était une vieille femme aux cheveux plus argentés que blancs ou gris ; elle avait le nez fort et droit et les pommettes hautes et osseuses. Cet héritage racial m'était à la fois étranger et curieusement familier, et un frisson me parcourut l'échine lorsque je compris soudain qu'elle venait des Montagnes.

« Keppet », dit la femme de l'étal d'à côté alors que j'achevais mes achats. Je lui jetai un coup d'œil, croyant qu'elle s'adressait à celle que je venais de payer. Mais c'était moi qu'elle regardait. « Keppet », répéta-t-elle d'un ton insistant et je me demandai quel sens ce mot avait dans sa langue. Elle paraissait réclamer quelque chose, mais comme l'autre vendeuse, impassible, gardait les yeux fixés sur la rue, je haussai les épaules en guise d'excuse et me détournai en déposant les noix dans mon panier.

Je n'avais pas fait dix pas que je l'entendis hurler « Keppet ! » à nouveau. Je me retournai et vis les deux femmes en pleine bagarre ; la plus vieille tenait les poignets de l'autre qui se débattait à coups de poing et de pied pour se libérer. Autour, les marchands s'étaient dressés, l'air inquiet, et remballaient leur matériel pour le mettre à l'abri. Je me serais peut-être avancé pour mieux voir si un autre visage plus familier n'avait pas accroché mon regard.

« Brise-Pif ! » m'exclamai-je.

Elle se tourna face à moi et, l'espace d'un instant, je crus m'être trompé. Je ne l'avais pas vue depuis un an ; comment pouvait-on changer à ce point ? Ses cheveux noirs, autrefois sagement tressés derrière ses oreilles, lui tombaient à présent en dessous des épaules ; et elle était vêtue, non plus d'un pourpoint et de chausses flottantes, mais d'un corsage et d'une jupe. Cette tenue d'adulte me laissa pantois. Je m'apprêtais à faire semblant d'avoir interpellé quelqu'un d'autre quand, m'arrêtant de ses yeux noirs, elle répéta d'un ton glacial : « Brise-Pif ? »

Je ne me laissai pas abattre. « Vous n'êtes pas Molly Brise-Pif ? »

Elle leva la main pour écarter une mèche de cheveux de sa joue. « Je m'appelle Molly Chandelière. » Je vis dans son regard que je lui rappelais quelque chose, mais c'est d'une voix froide qu'elle ajouta : « Je ne suis pas sûre de vous connaître. Votre nom, monsieur ? »

Troublé, je réagis sans réfléchir. Je tendis l'esprit vers elle, découvris son inquiétude et m'étonnai de ses craintes. Par la voix et la pensée, je m'efforçai de l'apaiser. « Moi, c'est le Nouveau », dis-je sans hésiter.

Elle écarquilla les yeux, puis éclata de rire comme devant une excellente plaisanterie. La barrière qu'elle avait dressée entre nous disparut comme une bulle de savon et soudain je retrouvai la Molly d'autrefois, la même impression de fraternité chaleureuse qui m'évoquait irrésistiblement Fouinot. Toute gêne s'évanouit entre nous. Une foule se formait autour des deux femmes qui continuaient à se battre ; nous la laissâmes derrière nous pour remonter la rue pavée. Je fis compliment à Molly de sa jupe et elle m'informa calmement qu'elle en portait depuis plusieurs mois et qu'elle les préférait de beaucoup aux chausses. Celle-ci avait appartenu à sa mère ; on ne trouvait plus aujourd'hui, lui avait-on dit, de laine aussi finement cardée, ni de teinture d'un rouge aussi vif. À son tour, elle admira mes vêtements et je pris conscience tout à coup que mon aspect lui semblait peut-être aussi insolite que son apparence m'avait déconcerté. Je portais ma plus belle chemise, mes chausses avaient été nettoyées quelques jours plus tôt et j'arborais des bottes de la qualité de celles des hommes d'armes, bien que Burrich ronchonnât en voyant à quelle allure elles devenaient trop petites pour moi. Elle s'enquit des raisons de ma présence et je lui répondis que je faisais des courses pour le maître d'écriture de la forteresse ; j'ajoutai qu'il avait besoin de deux cierges en cire d'abeille, pure invention de ma part mais qui me permettait de l'accompagner par les rues sinueuses. Elle bavardait et nos coudes se touchaient amicalement. Elle aussi portait un panier au bras ; il contenait plusieurs paquets et des bottes de plantes, pour les bougies parfumées, m'expliqua-t-elle. La cire d'abeille absorbait les odeurs beaucoup mieux que le suif, à son avis. Elle fabriquait les meilleures bougies parfumées de Castelcerf ; même les deux autres chandeliers de la ville le reconnaissaient. Tiens, que je mette mon nez là-dessus, c'était de la lavande ; adorable, non ? C'était le préféré de sa mère et le sien également. Ceci, c'était du douxbéguin, et ça du baume d'abeille. Ça, c'était de la racine de vanneur ; il y avait plus agréable, selon Molly, mais certains disaient qu'on en faisait de bonnes bougies pour guérir les maux de tête et la mélancolie de l'hiver. D'après Mavis Coupefil, la mère de Molly avait créé, en mélangeant cette racine à d'autres plantes, une bougie merveilleuse, propre à calmer même un bébé coliqueux ; du coup, Molly avait décidé de retrouver par l'expérimentation les herbes nécessaires et de recréer la recette de sa mère.

Devant cet étalage serein de son savoir et de ses talents, je brûlais de me distinguer à ses yeux. « Je connais la racine de vanneur, lui dis-je. Elle sert aussi à fabriquer une pommade pour les douleurs dans les épaules et le dos. C'est de là qu'elle tire son nom. Mais si on en distille une teinture et qu'on la coupe de vin, son goût est indétectable et elle peut faire dormir un homme adulte deux jours et une nuit, ou faire mourir un bébé dans son sommeil. »

Pendant que je parlais, les yeux de Molly s'étaient écarquillés, et, à mes derniers mots, une expression d'horreur envahit ses traits. Je me tus en sentant la tension de début renaître entre nous. « Comment sais-tu tout ça ? demanda-t-elle, le souffle court.

— J'ai... j'ai entendu une vieille sage-femme itinérante en discuter avec notre sage-femme du château, improvisai-je. Elle racontait l'histoire d'un blessé à qui on en avait donné pour l'aider à se reposer, mais son enfant en avait bu aussi. C'était une histoire très, très triste. » Le visage de ma compagne s'adoucit et je sentis sa confiance me revenir. « Je t'en parle seulement pour que tu fasses attention avec cette racine. N'en laisse pas traîner à portée d'un gosse.

— Merci ; c'est promis. Tu t'intéresses aux plantes et aux racines ? Je ne savais pas qu'un scribe s'occupait de ce genre de choses. »

Je compris subitement qu'elle me prenait pour l'assistant du scribe et je ne vis aucune raison de la détromper. « Oh, Geairepu se sert de beaucoup de produits pour ses colorants et ses encres. Certaines de ses copies sont toutes simples, mais d'autres sont plus décorées, avec des oiseaux, des chats, des tortues et des poissons ; il m'a montré un herbier, une fois, dont les bords de chaque page étaient enluminés avec le feuillage et les fleurs de la plante représentée.

— Comme j'aimerais voir ça ! s'exclama-t-elle d'un ton si sincère que je me mis aussitôt à imaginer diverses façons d'emprunter l'ouvrage pour quelques jours.

— Je pourrais peut-être t'en procurer un exemplaire à lire… pas pour le garder, mais pour l'étudier deux ou trois jours », proposai-je, hésitant.

Elle éclata de rire, mais avec un soupçon d'amertume. « Comme si je savais lire ! Ah, mais je suppose que tu as appris quelques lettres, à faire les courses du scribe ?

— Oui, quelques-unes », répondis-je, et je fus surpris de la jalousie que je vis dans ses yeux lorsque je lui montrai ma liste en lui avouant être capable de lire les sept mots inscrits dessus.

Son attitude se fit soudain plus réservée. Elle ralentit le pas et je compris que nous approchions de la chandellerie. Son père la battait-il toujours ? Je n'osais pas poser la question, mais son visage n'en portait en tout cas nulle trace. Nous nous arrêtâmes à la porte du magasin. Elle dut subitement prendre une décision, car elle posa la main sur ma manche, prit son souffle et me demanda : « Tu crois que tu pourrais me lire quelque chose ? Même une partie seulement ?

— Je peux essayer.

— Quand j'ai… Maintenant que je porte des jupes, mon père m'a donné les affaires de ma mère. Elle a été aide-chambrière auprès d'une dame du château quand j'étais petite et elle a appris les lettres. J'ai retrouvé des tablettes qu'elle a écrites. J'aimerais savoir ce qu'elles racontent.

— Je peux essayer, répétai-je.

— Mon père est à la boutique. » Elle n'en dit pas davantage, mais la façon dont sa conscience résonna contre la mienne me suffit.

« Il faut que je rapporte deux cierges en cire d'abeille au scribe Geairepu, lui rappelai-je. Je n'oserai pas rentrer au château sans eux.

— Ne montre pas trop que tu me connais », m'avertit-elle, puis elle poussa la porte.

Je la suivis lentement, comme si le hasard seul nous amenait ensemble au magasin ; mais ma prudence se révéla bien superflue : son père dormait à poings fermés dans un fauteuil au coin du feu. Je fus bouleversé des changements que je vis en lui. De maigre, il était devenu squelettique ; la peau de son visage m'évoqua une pâte à tarte mal cuite étendue sur un moule bosselé. Umbre n'avait pas perdu son temps avec moi ; je regardai les ongles et les lèvres de l'homme et je sus, malgré la distance qui nous séparait, qu'il n'en avait plus pour longtemps à vivre. S'il ne battait plus Molly, c'était peut-être qu'il n'en avait plus la force. Elle me fit signe de ne pas faire de bruit. Elle disparut derrière les rideaux qui cachaient la partie habitée et me laissa seul à explorer la boutique.

Sans être spacieuse, elle était agréable avec son plafond plus haut que dans la plupart des autres échoppes et bâtiments de Bourg-de-Castelcerf. C'était sans doute grâce à la diligence de Molly qu'elle demeurait propre et bien rangée. Les fragrances délicates et la douce lumière de son industrie emplissaient la pièce. Accrochées par leur mèche commune, ses chandelles pendaient par paires à de longues chevilles plantées dans un support. À côté, de moindre qualité, de grosses bougies destinées à la marine remplissaient une étagère ; on trouvait même exposées trois lampes en céramique pour les clients capables de s'offrir de tels articles. Je découvris qu'outre les chandelles, Molly vendait aussi du miel, produit naturel des ruches qu'elle entretenait derrière la boutique et qui lui fournissait la cire de ses denrées de luxe.

Elle réapparut et, du doigt, me fit signe de venir la rejoindre. Elle déposa un portant de cierges et une pile de tablettes sur un établi ; puis elle se recula, les lèvres pincées, l'air de se demander si elle agissait sagement.

Les tablettes avaient été préparées à l'ancienne : de simples plaquettes de bois taillées dans le sens du fil et poncées au sable. Les lettres avaient été soigneusement dessinées au pinceau, puis fixées à l'aide d'une couche de colophane jaune. Il y avait là cinq tablettes, excellemment calligraphiées. Quatre d'entre elles portaient des descriptions d'une précision scrupuleuse de préparations à base de plantes pour des bougies curatives. Tout en les lisant à mi-voix, je voyais Molly faire des efforts pour les graver dans sa mémoire. À la cinquième tablette, j'hésitai. « Ce n'est pas une recette, dis-je.

— Eh bien, qu'est-ce que c'est, alors ? » demanda-t-elle dans un souffle.

Je haussai les épaules et me mis à lire : « *Ce jour est née ma Molly Brin-d'If, jolie comme une brassée de fleurs. Pour le travail de son accouchement, j'ai brûlé deux cierges à la baie de laurier et deux lumignons parfumés avec deux poignées des petites violettes qui poussent près du moulin de Douelle et une de sanguinaire coupée très fin. Puisse-t-elle faire de même lorsque son tour viendra de mettre un enfant au monde, et ses couches seront aussi aisées que les miennes et leur fruit aussi parfait. C'est ce que je crois.* »

C'était tout ; quand j'eus fini de lire, le silence grandit et s'épanouit ; Molly me prit la tablette et la tint à deux mains devant son visage, comme si elle lisait dans les lettres quelque chose que je n'y avais pas vu. Je déplaçai mes pieds sous la table et le bruit lui rappela ma présence. Sans un mot, elle rassembla les plaquettes et les remporta.

À son retour, elle se dirigea vivement vers le support à chevilles et en décrocha deux grands cierges en cire d'abeille, puis vers une étagère où elle choisit deux grosses chandelles roses.

« Il ne me faut que…

— Chut ! Tout ça est gratuit. Celles à la fleur de doucebaie te procureront des rêves calmes. Je les aime beaucoup et je crois qu'elles te plairont aussi. » Elle parlait d'un ton amical tout en fourrant ses cadeaux dans mon panier, mais je sentis qu'elle souhaitait mon départ. Néanmoins, elle m'accompagna jusqu'à la porte et l'ouvrit doucement pour ne pas éveiller son père. « Au revoir, le Nouveau, dit-elle, et elle me fit un vrai sourire. Brin-d'If… Je ne savais pas qu'elle m'appelait comme ça. Dans la rue, on m'appelle Brise-Pif.

Les plus vieux qui connaissaient mon vrai nom avaient dû trouver ça drôle ; et, au bout d'un moment, ils ont sans doute oublié que ce n'était qu'un surnom. Enfin… peu importe. J'ai un nom, maintenant ; celui que m'a donné ma mère.

— Il te va bien », lâchai-je dans un brusque accès de galanterie ; puis, devant son regard surpris, le rouge me monta aux joues et je m'en allai rapidement. À mon grand étonnement, c'était déjà la fin de l'après-midi, presque le soir. Je me dépêchai de terminer mes courses, allant jusqu'à supplier un marchand à travers les volets fermés de sa boutique de me vendre une peau de belette. Il finit par m'ouvrir sa porte en maugréant qu'il aimait manger son souper chaud, mais je le remerciai avec tant d'effusion qu'il dut me croire un peu dérangé.

Je remontais d'un pas vif la partie la plus pentue de la route qui menait à la forteresse quand j'entendis avec étonnement des bruits de sabots derrière moi. Les chevaux arrivaient du quartier des quais et leurs cavaliers ne les ménageaient pas. C'était ridicule : personne n'utilisait de chevaux en ville, car les rues étaient trop escarpées et les pavés trop inégaux. En outre, le bourg s'étendait sur un territoire si réduit que s'y déplacer à cheval relevait plus de la vanité que du sens pratique. Ceux-ci devaient donc provenir des écuries du château. Je m'écartai du milieu de la route et attendis, curieux de voir qui acceptait d'encourir la colère de Burrich à mener des chevaux si vite sur un pavage irrégulier, glissant et mal éclairé.

Saisi, je reconnus Royal et Vérité, montés sur les deux chevaux noirs appareillés qui faisaient l'orgueil de Burrich. Vérité tenait un bâton empanaché tel qu'en portaient les messagers de la forteresse lorsqu'ils avaient à délivrer des nouvelles capitales. En m'apercevant sur le bord de la route, ils tirèrent les rênes si violemment que la monture de Royal dérapa de côté et faillit tomber à genoux.

« Burrich va faire une attaque si vous lui cassez les pattes ! » m'écriai-je, consterné, en me précipitant vers lui.

Royal poussa un cri et, une demi-seconde plus tard, Vérité s'exclama d'une voix moqueuse mais tremblante : « Tu l'as pris pour un fantôme, comme moi ! Ouf, mon gars, tu nous as fichu une belle frousse, à nous apparaître comme ça, sans rien dire ! Et avec cette ressemblance… Hein, Royal ?

— Vérité, tu es un imbécile. Tiens ta langue. » Royal tira méchamment sur le mors de sa bête, puis effaça les plis de son pourpoint. « Que fais-tu si tard sur cette route, bâtard ? Qu'est-ce que tu manigances, à sortir en douce du château à cette heure-ci ? »

J'étais accoutumé au mépris de Royal ; en revanche, ces avanies cinglantes étaient une nouveauté. D'habitude, il se contentait de m'éviter ou de s'écarter de moi comme d'un tas de fumier frais. Sous le coup de la surprise, je répondis précipitamment : « Je remonte, messire, je ne descends pas. J'ai fait des courses pour Geairepu. » Et je levai mon panier.

« Naturellement ! » Il ricana. « Comme c'est vraisemblable ! Je trouve la coïncidence un peu forcée, bâtard ! » Toujours ce ton mordant.

Je dus avoir l'air à la fois ahuri et blessé, car Vérité grogna et me dit à sa manière abrupte : « Ne t'occupe pas de lui, petit ; tu nous as un peu effrayés. Un bateau est arrivé du fleuve tout à l'heure et il arborait le pavillon qui annonce un message spécial. Quand Royal et moi sommes descendus le prendre, imagine-toi qu'il était de Patience, pour nous apprendre la mort de Chevalerie. Par là-dessus, alors que nous remontons au château, qu'est-ce que nous voyons sur le bord de la route ? Le portrait tout craché de Chevalerie enfant qui nous regarde sans rien dire ! Dans l'état d'esprit où nous étions et…

— Tu es vraiment un crétin, Vérité ! cracha Royal. Tu devrais le crier sur tous les toits, pendant que tu y es, avant même que le roi ne soit au courant ! Et ne va pas fourrer dans la tête de ce bâtard qu'il ressemble à Chevalerie ! À ce que je sais, elle est déjà farcie d'idées malsaines grâce à notre cher père. Allons ! Nous avons un message à délivrer ! »

À nouveau, il releva brutalement la tête de son cheval, puis donna de l'éperon. Je le regardai s'en aller et, l'espace d'un instant, je jure que je n'eus d'autre idée que de me rendre aux écuries une fois rentré pour examiner la pauvre bête et les meurtrissures qu'elle devait porter à la bouche. Mais, je ne sais pourquoi, je me tournai vers le prince Vérité et dis : « Mon père est mort. »

Il resta sans bouger sur sa monture. Plus grand et plus corpulent que Royal, il conservait pourtant toujours une meilleure assiette. C'était son côté soldat, j'imagine. Il me dévisagea un moment en silence. Puis : « Oui, dit-il. Mon frère est mort. » Il m'accorda cet instant de parenté, mon oncle, et je crois que cela changea pour toujours ma vision de lui. « Grimpe derrière moi ; petit ; je te ramène au château, proposa-t-il.

— Non merci. S'il nous voit à deux sur un cheval par une route pareille, Burrich va m'écorcher vif.

— Ça, c'est sûr, mon garçon », acquiesça Vérité avec douceur. Puis : « Je suis navré de t'avoir appris la nouvelle comme ça. Je n'ai pas réfléchi. Mais je n'arrive pas à y croire moi-même. »

J'entr'aperçus une douleur sincère sur son visage, puis il se pencha pour parler à l'oreille de son cheval, qui bondit en avant. Je me retrouvai de nouveau seul sur la route.

Le crachin se mit à tomber, les dernières lueurs du jour s'éteignirent, mais je ne bougeai pas. Je levai les yeux vers la forteresse, masse noire sur le fond du ciel, piquetée çà et là de petites lumières clignotantes. En un éclair, je me vis poser mon panier et m'enfuir, me sauver dans l'obscurité pour ne jamais revenir. Quelqu'un s'inquiéterait-il de moi ? Mais au lieu de cela je changeai mon panier de bras et entamai la longue et lente remontée jusqu'au château.

7

MISSION

*Au décès de la reine Désir, des rumeurs d'empoisonne-
ment circulèrent. J'ai donc décidé de mettre par écrit ce que
je sais être la vérité pleine et entière. Désir est bel et bien
morte empoisonnée, mais de sa propre main, sur une longue
période de temps et sans que son roi y ait quelque part que ce
soit. Il avait fréquemment cherché à la dissuader de s'intoxi-
quer aussi libéralement qu'elle le faisait. Il avait consulté des
médecins et des guérisseurs, mais à peine l'avait-il convaincue d'abandonner une drogue qu'elle en trouvait une autre
à essayer.*

*Vers la fin du dernier été de sa vie, elle se montra toujours
plus imprudente, expérimentant plusieurs produits simulta-
nément sans plus faire le moindre effort pour dissimuler ses
penchants. Son comportement était une rude épreuve pour
Subtil car, sous l'influence de l'alcool ou de mélanges à fumer,
elle portait des accusations échevelées et se laissait aller à des
déclarations enflammées sans se préoccuper des personnages
présents ni des circonstances. On pourrait croire que les excès
de la fin de son existence auraient ouvert les yeux de ses
partisans ; mais non. Au contraire, ils affirmèrent que Subtil
l'avait poussée au suicide, voire qu'il l'avait empoisonnée de
sa main. Mais je puis dire avec la plus complète assurance
que sa mort ne fut pas le fait du roi.*

* *

Pour le deuil de Chevalerie, Burrich me coupa les cheveux. Il ne m'en laissa qu'une épaisseur de doigt. Il se rasa
ensuite le crâne, la barbe et les sourcils pour montrer son
chagrin. Les zones pâles de son visage contrastaient violemment avec le teint brique de ses joues et de son nez ; cela
lui donnait un air étrange, davantage même que les hommes
des forêts qui venaient en ville les cheveux tombants, collés
à la poix, et les dents teintes en rouge et noir. Les enfants
les regardaient bouche bée puis échangeaient des murmures
dans leur dos, mais ils restaient cois et se faisaient tout petits
devant Burrich. Je pense que c'était à cause de ses yeux.
J'ai vu des crânes dont les orbites vides recelaient plus de
vie que les yeux de Burrich à cette période.

Royal envoya un de ses serviteurs le réprimander de s'être
rasé et de m'avoir coupé les cheveux, manifestations de
deuil réservées à un roi couronné, non à un homme qui a
refusé le trône. Burrich regarda l'envoyé sans ciller jusqu'à
ce qu'il s'en retourne. Vérité se tailla la barbe et les cheveux
d'une largeur de main, comme il convenait pour pleurer un
frère disparu ; certains gardes du château amputèrent leur
natte à des longueurs diverses, selon l'usage des guerriers
en l'honneur d'un camarade tombé. Mais ce que Burrich
nous avait imposé, à lui et à moi, était extrême. On nous
dévisageait. Je voulus lui demander pourquoi je devais porter le deuil d'un père que je n'avais jamais vu et qui n'était
jamais venu me voir, mais un seul regard sur ses yeux et
ses lèvres de pierre m'en dissuada. Royal ne sut jamais rien
de la mèche de deuil que Burrich préleva sur la crinière
de chaque cheval ni sur le feu nauséabond qui consuma
tous les poils et cheveux sacrificiels ; cela signifiait, avais-je
vaguement compris, que Burrich envoyait une partie de
notre esprit accompagner celui de Chevalerie ; il s'agissait
d'une coutume du peuple dont sa grand-mère était issue.

145

On aurait dit qu'il était mort. Une énergie froide animait son corps et il accomplissait ses devoirs sans erreur, mais sans chaleur ni satisfaction. Les sous-fifres qui autrefois rivalisaient entre eux pour le moindre signe d'éloge de sa part se détournaient aujourd'hui de son regard, comme s'ils avaient honte pour lui. Seule Renarde ne le rejetait pas ; la vieille chienne le suivait partout furtivement, jamais récompensée par le plus petit coup d'œil ni la plus légère caresse, mais toujours près de lui. Une fois, je la serrai contre moi par compassion et me risquai même à tendre mon esprit vers elle, mais je ne rencontrai qu'une torpeur effrayante. Elle pleurait avec son maître.

Les tempêtes d'hiver cinglaient les falaises en grondant. Les journées étaient empreintes d'un froid sans vie qui interdisait tout espoir de printemps. Chevalerie fut inhumé à Flétribois ; on décréta un jeûne de deuil à la forteresse, mais il fut bref et discret. Il s'agissait davantage d'observer les formes que d'imposer un véritable deuil. Ceux qui pleuraient sincèrement Chevalerie étaient regardés comme faisant preuve de mauvais goût ; sa vie publique aurait dû s'achever avec son abdication anticipée ; attirer l'attention sur lui en mourant constituait une indélicatesse impardonnable.

Une semaine après la mort de mon père, le courant d'air familier et la lumière jaune venus de l'escalier secret me réveillèrent. Je me levai et me hâtai de grimper dans ma retraite bien-aimée. Quel soulagement ce serait d'oublier l'atmosphère étrange du château, de recommencer à mélanger des plantes et de produire des fumées bizarres en compagnie d'Umbre ! Je n'en pouvais plus de cette impression d'être privé d'identité que je ressentais depuis le décès de Chevalerie.

Cependant, l'extrémité de la salle où se trouvait le bureau était sombre et l'âtre éteint. Umbre était assis devant l'autre cheminée ; il me fit signe de m'installer à côté de son fauteuil. J'obéis et le regardai, mais ses yeux étaient fixés sur le feu. Il posa sa main couturée de cicatrices sur le chaume qui me couvrait le crâne et nous restâmes ainsi un moment à contempler les flammes.

« Eh bien, voilà, mon garçon », fit-il enfin ; il n'ajouta rien, comme s'il avait exprimé tout ce qu'il avait à dire. Il fit courir sa main dans mes cheveux courts.

« Burrich me les a coupés, déclarai-je soudain.

— C'est ce que je constate.

— J'ai horreur de ça. Ça me pique sur l'oreiller et je n'arrive pas à dormir. Ma capuche n'arrête pas de tomber. Et j'ai l'air idiot.

— Tu as l'air d'un enfant qui pleure son père. »

Je me tus un instant. J'avais vu dans ma coiffure une version un peu plus longue de la coupe extrême de Burrich. Mais Umbre avait raison. C'était la longueur de cheveux classique de l'enfant qui porte le deuil de son père, non celle du sujet qui pleure un roi. Cela ne fit qu'accroître ma colère.

« Mais pourquoi est-ce que je dois porter son deuil ? demandai-je à Umbre, comme je n'avais pas osé le faire à Burrich. Je ne le connaissais même pas !

— C'était ton père.

— Il m'a fait avec une femme de rencontre ! Et quand il a appris que j'existais, il s'est défilé ! Ça, un père ? Il ne s'est jamais intéressé à moi ! » Je jetai ces derniers mots d'un ton provocant. Le chagrin profond et violent de Burrich, et maintenant la tristesse voilée d'Umbre, me mettaient en rage.

« Tu n'en sais rien. Tu ne le connais que par les commérages. Tu es trop jeune pour comprendre certaines choses ; tu n'as jamais vu un oiseau faire semblant d'être blessé pour détourner les prédateurs de ses petits.

— Je n'en crois pas un mot. » Mais je me sentais soudain moins assuré. « Il n'a jamais rien fait qui me donne à penser qu'il s'intéressait à moi. »

Umbre tourna son visage vers moi ; il avait les yeux rouges, enfoncés et le regard d'un vieillard. « Si tu avais su qu'il s'intéressait à toi, d'autres l'auraient su aussi. Quand tu seras adulte, peut-être comprendras-tu ce qu'il lui en a coûté de ne pas te reconnaître afin de te protéger, afin de détourner ses ennemis de toi.

— Eh bien, moi non plus, je ne le reconnaîtrai pas de toute ma vie », dis-je, bouderur.

Umbre soupira. « Et ta vie sera beaucoup plus longue que s'il t'avait reconnu comme héritier. » Il se tut, puis demanda d'un ton circonspect : « Que désires-tu apprendre sur lui, mon garçon ?

— Tout. Mais qu'est-ce que vous pouvez savoir de lui ? » Plus Umbre se montrait conciliant, plus ma hargne montait.

« Je le connaissais depuis toujours. J'ai… travaillé avec lui. À de nombreuses reprises. Nous étions comme le gant et la main, selon le proverbe.

— Et vous étiez quoi ? Le gant ou la main ? »

J'étais volontairement insolent, mais Umbre refusait de se mettre en colère. « La main, dit-il après un instant de réflexion. La main qui agit, invisible, dissimulée sous le gant de velours de la diplomatie.

— Comment ça ? » J'étais intrigué malgré moi.

« On peut faire des choses… » Umbre s'éclaircit la gorge. « Des choses peuvent arriver qui facilitent la tâche du diplomate. Ou qui incitent une délégation à négocier. Il peut se passer des choses… »

Le monde chavira. La réalité m'éclata au visage avec la soudaineté d'une vision, la réalité de ce qu'était Umbre et de ce que j'allais devenir. « Vous voulez dire qu'un homme peut mourir et qu'à cause de sa mort son successeur se montrera plus enclin à négocier, c'est ça ? Mieux disposé envers nos arguments, par peur ou par…

— Par gratitude. C'est ça. »

Les pièces du puzzle tombèrent soudain en place et un frisson d'horreur glacée me parcourut. Toutes ces leçons, tout cet enseignement soigneusement dispensé, pour en arriver là ! Je voulus me lever, mais Umbre m'agrippa brusquement l'épaule.

« Un homme peut aussi continuer à vivre, deux ans, cinq ans ou une décennie de plus qu'on ne l'aurait cru pour insuffler la sagesse et la tolérance de la vieillesse dans une négociation. Ou un bébé peut se voir guéri d'une toux suffocante et la mère reconnaissante se rendre brusquement compte que ce que nous proposons peut être au bénéfice de toutes les parties. La main ne donne pas toujours la mort, mon garçon. Pas toujours.

— Souvent quand même.

— Je ne te l'ai jamais caché. » Je perçus deux émotions dans la voix d'Umbre que je n'y avais encore jamais senties : de la défiance et de la peine. Mais la jeunesse est impitoyable.

« Je n'ai plus envie de suivre votre enseignement. Je crois que je vais aller chez Subtil et lui dire de trouver quelqu'un d'autre pour assassiner les gens.

— C'est ton droit. Mais je te conseille de t'en abstenir pour le moment. »

Son calme me prit au dépourvu. « Pourquoi ?

— Parce que ce serait réduire à néant tout ce que Chevalerie a tenté de faire pour toi. Ton geste attirerait l'attention sur toi. Et, à l'heure qu'il est, ce n'est pas une bonne idée. » Il parlait d'un ton grave ; c'était la vérité qu'il m'exposait.

« Pourquoi ? murmurai-je à ma propre surprise.

— Parce que certains voudront mettre un point final et définitif à l'histoire de Chevalerie ; et le meilleur moyen d'y parvenir serait de t'éliminer. Ces gens-là observeront tes réactions face à la mort de ton père ; te donne-t-elle des idées, te montres-tu impatient ? Vas-tu jouer les empêcheurs de tourner en rond comme ton père ?

— Pardon ?

— Mon garçon (il m'attira contre lui ; pour la première fois, je perçus comme un accent d'affection dans sa voix), pour l'heure, tu dois te montrer discret et prudent. Je comprends pourquoi Burrich t'a coupé les cheveux, mais en vérité j'aurais préféré qu'il n'en fasse rien. De ce fait, certains ont dû se rappeler que Chevalerie était ton père et je le regrette. Tu n'es encore qu'un enfant... Mais écoute-moi : pour le moment, ne change aucune de tes habitudes. Attends six mois ou un an ; ensuite, prends ta décision. Mais pour l'instant...

— Comment mon père est-il mort ? »

Umbre scruta mon visage. « Ne t'a-t-on pas dit qu'il était tombé de cheval ?

— Si. Et j'ai entendu Burrich sonner les cloches à l'homme qui l'a rapporté ; il a dit que Chevalerie ne serait jamais tombé et que son cheval ne l'aurait jamais jeté à terre.

— Burrich aurait intérêt à surveiller ses paroles.

— Alors, comment mon père est-il mort ?

— Je l'ignore. Mais, comme Burrich, je ne crois pas qu'il ait eu un accident de cheval. » Umbre se tut. Je m'assis près de ses pieds osseux et contemplai les flammes.

« Est-ce qu'on va me tuer, moi aussi ? »

Il demeura un long moment sans répondre. « Je n'en sais rien. Si je peux l'empêcher, non. À mon avis, il faudra d'abord convaincre le roi Subtil que c'est nécessaire. Et si on l'approche dans ce sens, je le saurai.

— Vous pensez donc que le danger vient de l'intérieur du château.

— Oui. » Umbre attendit longtemps, mais je gardai obstinément le silence. Il finit par répondre tout de même à la question que je ne me résolvais pas à poser. « J'ignorais tout de l'affaire ; je n'y ai eu aucune part. On n'a même pas cherché à me sonder. Sans doute parce qu'on sait que j'aurais fait davantage que refuser : j'aurais veillé à ce que rien ne se produise.

— Ah ! » Je me détendis un peu. Mais il m'avait trop bien formé au mode de pensée de la cour. « Donc, on ne vous préviendra pas si la décision est prise de se débarrasser de moi. On craindra que vous ne me mettiez en garde. »

Il me prit par le menton et tourna mon visage vers lui pour plonger ses yeux dans les miens. « La mort de ton père devrait te suffire, comme mise en garde, aujourd'hui et pour l'avenir. Tu es un bâtard, mon garçon. Nous sommes toujours en danger et vulnérables ; nous sommes toujours bons à sacrifier, sauf quand nous représentons une nécessité absolue pour la sécurité des autres. Je t'ai appris pas mal de choses, ces dernières années ; mais cette leçon-ci, retiens-la précieusement et garde-la toujours présente à l'esprit : si jamais, par malheur, tu te débrouilles pour qu'on n'ait plus besoin de toi, on te tuera. »

J'écarquillai les yeux. « Mais je suis inutile, actuellement !

— Crois-tu ? Je me fais vieux. Tu es jeune, docile, et tu as les traits et le port d'un membre de la famille royale. Tant que tu ne manifesteras pas d'ambitions inopportunes, tout ira bien pour toi. » Il s'interrompit, puis reprit en insistant sur les mots : « Nous appartenons au roi, mon garçon ; à lui exclusivement, d'une façon à laquelle tu n'as peut-être pas encore réfléchi. Nul n'est au courant de mes activités et tout le monde ou presque a oublié qui je suis. Ou qui j'étais. Si quelqu'un a vent de nos agissements, ce ne peut être que par le roi. »

J'entrepris prudemment de rassembler les divers éléments. « Alors... vous avez dit que ça venait de l'intérieur du château. Mais si on n'a pas utilisé vos services, l'ordre n'émanait pas du roi... La reine ! » m'exclamai-je, plein d'une subite certitude.

Les yeux d'Umbre n'exprimaient rien. « Voilà une hypothèse périlleuse à émettre. Et d'autant plus périlleuse si tu penses devoir te fonder dessus pour agir.

— Pourquoi ? »

Umbre soupira. « Quand une idée te vient brusquement et que tu estimes que c'est la vérité sans te fonder sur aucune preuve, tu te rends aveugle aux autres possibilités. Envisage-les toutes, mon garçon : c'était peut-être un accident ; peut-être Chevalerie s'est-il fait tuer par quelqu'un qu'il avait offensé à Flétribois ; peut-être sa mort n'a-t-elle rien à voir avec son statut de prince ; ou encore, peut-être le roi possède-t-il un autre assassin dont j'ignore tout et, dans ce cas, c'est la main du roi qui s'est portée contre son fils.

— Vous ne croyez à aucune de ces conjectures, déclarai-je avec assurance.

— Non, en effet. Parce que je ne dispose d'aucune preuve pour affirmer que c'est la vérité. Pas plus que je n'en ai de la culpabilité de la reine. »

C'est tout ce que je me rappelle de notre conversation. Mais, j'en suis convaincu, Umbre avait fait exprès de m'induire à me demander qui était le responsable du décès de mon père, pour m'instiller une plus grande circonspection à l'égard de la reine. Je ne perdis plus cette idée de vue, et pas seulement au cours des jours suivants. Je continuai à m'acquitter de mes tâches journalières, mes cheveux repoussèrent lentement et lorsque l'été commença pour de bon, tout paraissait redevenu normal. Tous les quinze jours ou trois semaines, je recevais l'ordre de faire des courses en ville ; je m'aperçus bientôt que, quel que fût celui qui me donnait l'ordre, je retrouvais toujours un ou deux articles de mes listes dans les quartiers d'Umbre et je devinai qui se cachait derrière mes petits moments de liberté. Je ne parvenais pas à passer du temps avec Molly chaque fois que je descendais en ville, mais je m'arrangeais pour me planter devant sa vitrine jusqu'à ce qu'elle me remarque ; elle me faisait un petit signe de la tête et cela me suffisait. Un jour, j'entendis quelqu'un au marché louer la qualité de ses bougies parfumées en disant que nul n'avait fabriqué de chandelles aussi parfaites et revigorantes depuis la mort de sa mère. Je souris, heureux pour elle.

L'été revint et nos côtes virent le retour d'un temps plus clément, mais aussi des Outrîliens. Certains débarquèrent en honnêtes commerçants venus échanger leurs produits des régions froides – fourrures, ambre, ivoire et tonneaux d'huile – et partager des récits épiques, de ceux qui me faisaient encore dresser les poils sur la nuque comme quand j'étais petit. Nos marins se méfiaient d'eux et les traitaient d'espions ou pire. Mais leurs marchandises étaient belles et bonnes, l'or avec lequel ils achetaient nos vins et notre grain était lourd et massif, et nos négociants l'acceptaient sans rechigner.

D'autres Outrîliens rendirent aussi visite à nos côtes, sans trop s'approcher de la forteresse de Castelcerf, toutefois. Ils se présentèrent avec des poignards, des torches, des arcs et des béliers pour ravager et mettre à sac les mêmes villages qu'ils razziaient depuis des années. D'un certain point de vue, la situation pouvait avoir des allures de compétition sanglante et subtile : les pirates cherchaient les villages les moins bien préparés ou les moins bien armés tandis que nous tentions de les attirer sur des cibles apparemment vulnérables pour les massacrer. Mais s'il s'agissait d'une compétition, elle tourna très mal pour nous cet été-là. Chaque fois que je descendais en ville, on ne parlait que de destructions et la colère grondait.

Au château, le sentiment dominant des hommes d'armes – sentiment que je partageais – était qu'on nous faisait passer pour des imbéciles. Les Outrîliens évitaient sans mal nos navires de patrouille et ne tombaient jamais dans nos pièges. Ils frappaient là où les soldats faisaient défaut et où nous nous y attendions le moins. De tous, Vérité était le plus embarrassé, car c'est sur lui qu'était retombée la mission de défendre le royaume après le retrait de Chevalerie. Depuis qu'il ne bénéficiait plus des conseils de son frère, murmurait-on dans les tavernes, tout allait de travers. Nul encore ne dénigrait ouvertement Vérité ; mais il était inquiétant de constater que personne ne le soutenait franchement non plus.

À mes yeux d'enfant, les raids demeuraient des événements qui ne me concernaient pas. Certes, ces attaques étaient affreuses et je ressentais une vague compassion pour les villageois dont on avait incendié ou saccagé les maisons. Mais, bien à l'abri à Castelcerf, je comprenais mal la crainte et l'état d'alerte constants dans lesquels vivaient les autres

153

ports, pas davantage que les souffrances des villageois qui ne reconstruisaient chaque année que pour voir le fruit de leurs efforts réduit en cendres la suivante. Cependant, je ne devais pas conserver longtemps ma candide ignorance.

Un matin, je descendis chez Burrich prendre ma « leçon », pendant laquelle je passais en général autant de temps à soigner les bêtes et à entraîner poulains et pouliches qu'à réellement apprendre. J'avais en grande partie remplacé Cob, entré au service de Royal en tant que palefrenier et garçon de chenil. Mais ce jour-là, à ma grande surprise, Burrich m'emmena dans ses quartiers et me fit prendre place à sa table. Je me préparais à une matinée fastidieuse à réparer des harnais lorsqu'il m'annonça de but en blanc :

« Aujourd'hui, je vais t'apprendre les bonnes manières. » Il parlait d'un ton dubitatif, apparemment sceptique quant à mes potentialités dans ce domaine.

« Avec les chevaux ? demandai-je, incrédule.

— Non. Celles-là, tu les possèdes déjà. Avec les gens. À table, et après, lorsqu'on s'assoit pour causer. Ces manières-là.

— Pour quoi faire ? »

Il fronça les sourcils. « Parce que, pour des motifs que je ne comprends pas, tu dois accompagner Vérité lorsqu'il ira voir le duc Kelvar de Rippon à Finebaie. Le seigneur Kelvar n'a pas coopéré avec le seigneur Shemshy pour équiper en hommes les tours côtières. Shemshy l'accuse de laisser les tours sans guetteurs, ce qui permet aux Outîliens de les passer et même de s'ancrer devant l'île du Guet, et, de là, de piller les villages du duché de Haurfond, qui dépendent de Shemshy. Le prince doit s'entretenir avec Kelvar au sujet de ces allégations. »

Je saisissais parfaitement la situation. On ne parlait que de cela à Bourg-de-Castelcerf. Le seigneur Kelvar du duché de Rippon avait trois tours de guet sous sa responsabilité ; les deux qui encadraient Finebaie étaient toujours équipées d'un bon contingent d'hommes, car elles protégeaient le meilleur port du duché. Mais celle de l'île du Guet ne défendait rien qui présentât grande valeur aux yeux du seigneur Kelvar ; la haute côte rocheuse de Rippon ne cachait que de rares villages et les pillards éventuels auraient eu bien du mal à garder leurs navires des récifs pendant leurs opérations. Quant à la côte sud, elle ne les attirait guère. L'île du Guet n'abritait que des mouettes, quelques chèvres et une solide colonie de palourdes. Pourtant, cette tour était cruciale pour la défense avancée d'Anse-du-Sud, dans le duché de Haurfond. Elle commandait la vue sur les chenaux tant intérieurs qu'extérieurs et se trouvait placée sur une éminence naturelle qui permettait à ses feux de balise d'être visibles du continent. Certes, Shemshy possédait une tour de guet sur l'île de l'Œuf, mais cette île n'était qu'un tas de sable qui dépassait à peine des vagues à marée haute ; quant à la tour, elle ne donnait aucun point de vue valable sur la mer et exigeait des réparations constantes à cause des déplacements du sable sous ses fondations et des marées de tempête qui la submergeaient de temps en temps ; mais de son sommet on pouvait apercevoir un feu d'alerte allumé sur l'île du Guet et le transmettre au continent… à condition qu'il y eût quelqu'un dans la tour de l'île du Guet pour envoyer le signal.

Par tradition, les zones de pêche et les grèves à palourdes de l'île du Guet appartenaient au duché de Rippon et, par conséquent, il lui incombait aussi d'équiper la tour de guet en hommes. Mais y entretenir une garnison impliquait d'y transporter soldats et victuailles, de fournir bois et huile pour les feux d'alarme et de maintenir en état la tour elle-même contre les violentes tempêtes océanes qui s'abattaient sur cet îlot désertique. C'était un poste impopulaire chez les hommes d'armes et, d'après la rumeur, on y mutait en manière de sanction subtile les garnisons indisciplinées ou mal orientées politiquement. À plusieurs reprises, sous l'emprise de la boisson, Kelvar avait déclaré que, si le duché de Haurfond attachait tant d'importance à ce que la tour soit habitée, il n'avait qu'à s'en occuper lui-même. Ce qui ne signifiait pas que le duché de Rippon fût prêt à se défaire des zones de pêche ni des prolifiques bancs de coquillages attenants à l'île.

Aussi, lorsque des villages de Haurfond avaient été mis à sac en début de printemps, au cours d'une attaque surprise qui avait réduit à néant tout espoir d'ensemencer les champs à temps et où la plupart des brebis gravides s'étaient fait massacrer, voler ou s'étaient égaillées, le seigneur Shemshy s'était plaint à grands cris au roi que Kelvar s'était montré négligent dans sa façon de garnir sa tour. Kelvar avait démenti en affirmant que le petit corps qu'il y avait détaché suffisait à un poste qui n'avait que rarement besoin de défense. « Ce sont des guetteurs et non des soldats qu'il faut à l'île du Guet », avait-il déclaré. Et dans cette optique il avait recruté un certain nombre de vieillards, hommes et femmes, pour équiper la tour ; une poignée d'entre eux avaient été soldats, mais la plupart étaient des réfugiés de Finebaie ; endettés, voleurs à la tire et putains vieillissantes, disaient certains, citoyens d'âge respectable à la recherche d'un emploi sûr, rétorquaient les partisans de Kelvar.

Tout cela, je le savais mieux par les potins de taverne et les dissertations politiques d'Umbre que Burrich ne l'imaginait. Mais je me tus et prêtai une oreille attentive à ses explications détaillées et pesantes. Comme je l'avais souvent remarqué, il me considérait comme un peu lent d'esprit. Il prenait mes silences pour un défaut d'intelligence alors que je n'éprouvais tout bonnement pas le besoin de parler.

Laborieusement, Burrich entreprit donc de m'enseigner les manières que, me dit-il, la plupart de mes congénères acquéraient simplement en côtoyant leurs aînés. Je devais saluer les gens lorsque je les rencontrais pour la première fois de la journée ou si je pénétrais dans une pièce et la trouvais occupée ; je devais appeler chacun par son nom et, s'il s'agissait d'une personne plus âgée que moi ou d'une situation politique supérieure à la mienne (ce qui serait le cas, me rappela-t-il, de presque tous ceux à qui j'aurais affaire durant le voyage), je devais également lui donner son titre. Il me submergea ensuite sous un déluge de considérations protocolaires : qui pouvait me précéder au sortir d'une pièce et dans quelles circonstances (presque tout le monde avait la préséance sur moi, et ce dans presque tous les cas). Puis ce fut la façon de se tenir à table ; savoir quelle place m'était allouée ; vérifier qui présidait et régler l'allure de mon repas sur la sienne ; porter un toast, voire plusieurs d'affilée, sans boire plus que de raison, et aussi converser agréablement avec mon voisin ou ma voisine de table, ou, cas plus probable, lui prêter une oreille attentive, et caetera, au point que je me mis à rêver avec envie d'une éternité que je passerais à nettoyer des harnais.

Burrich me ramena à la réalité d'un coup sec dans les côtes. « Ça non plus, tu ne dois pas le faire ! Tu as l'air d'un crétin à hocher la tête avec le regard vide ! Ne t'imagine pas que ça ne se voit pas ; et ne fais pas cette tête furibonde quand on te reprend ! Redresse-toi et prends l'air avenant. Je n'ai pas dit un sourire idiot, lourdaud que tu es ! Ah, Fitz, mais qu'est-ce que je vais faire de toi ? Comment te protéger alors que tu fais tout pour t'attirer des ennuis ? Et puis pourquoi veut-on t'éloigner de moi, à la fin ? »

Ces deux dernières questions, qu'il se posait à lui-même, trahissaient son véritable souci. J'étais peut-être un peu stupide de ne pas l'avoir compris plus tôt. Burrich vivait depuis assez longtemps à la lisière de la cour pour faire preuve de prudence : d'abord, pour la première fois depuis qu'on lui avait confié ma garde, on me soustrayait à sa surveillance ; et ensuite, il n'y avait pas si longtemps que mon père était dans la tombe. À partir de là, il se demandait sans oser le dire tout haut s'il me reverrait un jour ou bien si quelqu'un était en train de créer de toutes pièces les circonstances nécessaires pour se débarrasser discrètement de moi. Je pris soudain conscience du coup qui serait porté à son orgueil et à sa réputation si je devais « disparaître ». Je soupirai intérieurement et déclarai, l'air de ne pas y toucher, qu'on avait peut-être besoin d'une personne en plus pour s'occuper des chevaux et des chiens. Vérité ne se déplaçait jamais sans Léon, son chien de loup ; à peine deux jours plus tôt, il m'avait complimenté sur ma façon de m'y prendre avec lui. Je répétai ses paroles à Burrich et ce fut un bonheur de voir ce petit subterfuge si bien fonctionner : une expression de soulagement détendit aussitôt ses traits, suivie de la fierté de m'avoir bien formé. La leçon dévia promptement sur les soins particuliers qu'exigeait un chien de loup. Si la péroraison sur les bonnes manières m'avait ennuyé, je trouvai le rabâchage sur la science canine d'une monotonie presque physiquement douloureuse. Lorsqu'il me libéra enfin pour mes autres cours, c'est avec des ailes aux talons que je m'en allai.

Je passai le reste de la journée dans un brouillard distrait qui me valut, de la part de Hod, d'être menacé du fouet si je n'étais pas plus attentif. Puis elle secoua la tête, soupira et me dit d'aller me promener et de revenir quand j'aurais les yeux en face des trous. Je ne fus que trop heureux de lui obéir. J'étais obnubilé par l'idée que j'allais quitter Castelcerf et voyager jusqu'à Finebaie, voyager pour de bon ! J'aurais dû me demander pourquoi j'étais invité, je le savais, mais je ne doutais pas qu'Umbre m'éclairerait sur ce point. Irions-nous par la terre ou par la mer ? Je regrettais de n'avoir pas posé la question à Burrich ; les routes qui menaient à Finebaie n'étaient pas des plus carrossables, à ce que j'avais entendu dire, mais peu m'importait. Suie et moi n'avions jamais fait de long déplacement ensemble. Cependant, une traversée en bateau, sur un vrai navire…

Je pris le chemin des écoliers pour regagner le château, par un sentier qui traversait un bois clairsemé le long d'une pente rocheuse. Des bouleaux à papier poussaient tant bien que mal aux côtés de quelques aulnes, mais la végétation consistait surtout en broussailles mal définies. Le soleil et une brise légère jouaient ensemble dans les plus hautes branches, teignant l'air de tachetures surnaturelles. Je levai les yeux pour regarder les rais éblouissants du soleil à travers les feuilles de bouleau et, quand je les abaissai, le fou du roi se tenait devant moi.

Je m'arrêtai net, abasourdi. Par réflexe, je cherchai le roi des yeux, tout en sachant qu'il serait absurde qu'il se trouvât là. Le fou était seul. Et dehors, en plein jour ! Cette idée me fit dresser les poils sur les bras et la nuque. Il était de notoriété publique au château que le fou du roi ne supportait pas la lumière du jour. Notoriété publique, mon œil ! Malgré qu'en ait la sagesse des pages et des filles de cuisine, le fou était bel et bien devant moi, ses cheveux incolores flottant dans la brise légère. Mais ses yeux ne paraissaient pas aussi pâles que dans les couloirs sombres de la forteresse. Tandis qu'ils me regardaient d'une distance de quelques pieds à peine en pleine lumière, je leur découvris une nuance bleutée, infime, comme une goutte de cire bleu opalin qui serait tombée dans une assiette blanche. La lactescence de sa peau s'avérait aussi une illusion, car dans les mouchetures du soleil, je vis qu'une ombre rosée la colorait de l'intérieur. Son sang ! me dis-je soudain en défaillant. Son sang rouge qui transparaissait sous sa peau !

Le fou ne prêta nulle attention au murmure qui m'échappa. Il leva un doigt, comme pour arrêter non seulement mes pensées mais le jour lui-même. Mon attention n'aurait pas pu être plus complète ; une fois qu'il en fut convaincu, le fou sourit, découvrant de petites dents blanches et écartées, comme un sourire de bébé dans un visage d'adolescent.

« Fitz ! s'exclama-t-il d'une voix flûtée. Fitz dbouchlabouch dubichon. Dubeuressabich. » Il se tut brusquement, puis me refit le même sourire. Je ne le quittais pas des yeux, perplexe, muet, immobile.

À nouveau, il leva le doigt et, cette fois, il le brandit vers moi. « Fitz ! Fitz dbouch labouch dubichon ! Dubeur essabich ! » Il pencha la tête de côté en me regardant et le mouvement projeta sa chevelure en aigrette de pissenlit dans ma direction.

La crainte qu'il m'inspirait commençait à se dissiper. « Fitz, articulai-je avec soin en me tapotant la poitrine de l'index. C'est moi, Fitz, oui. Je m'appelle Fitz. Tu es perdu ? » Je m'efforçais de prendre un ton doux et rassurant pour ne pas affoler ce pauvre être qui s'était certainement égaré loin du château, ce qui expliquait sa joie devant un visage familier.

Il inspira profondément par le nez, puis secoua violemment la tête, au point d'avoir les cheveux dressés tout autour du crâne comme la flamme d'une bougie ballottée par le vent. « Fitz ! répéta-t-il énergiquement, d'une voix légèrement fêlée. Fitz débouch labouch du bichon. Dubeurre et sabiche !

— Du calme », répondis-je d'un ton apaisant. Je pliai légèrement les genoux, bien qu'en réalité je ne fusse guère plus grand que le fou. Sans brusquerie, la main ouverte, je lui fis signe d'approcher. « Allons, viens ; viens. Je vais te montrer comment rentrer. D'accord ? N'aie pas peur. »

Le fou laissa soudain ses mains retomber le long de son corps ; puis il haussa le menton et leva les yeux au ciel. Enfin il braqua son regard sur moi et avança les lèvres comme s'il allait cracher.

« Allez, viens. » Je lui fis signe à nouveau.

« Non, répondit-il d'une voix claire où perçait l'agacement. Écoute-moi, idiot ! Fitz débouche la bouche dubichon. Dubeurressabich !

— Pardon ? demandai-je, surpris.

— J'ai dit, articula-t-il soigneusement : Fitz débouche la bouche du bichon. Du beurre et ça biche. » Il s'inclina, fit demi-tour et s'en alla sur le sentier.

« Attends ! » m'écriai-je. L'embarras me rougissait les oreilles. Comment expliquer poliment à quelqu'un qu'on le prend depuis des années pour un fou doublé d'un simple d'esprit ? Impossible. Aussi : « Qu'est-ce que c'est que cette histoire de beurre et de bichon ? Tu te moques de moi ?

— Loin de moi cette idée. » Il se tut le temps de se retourner et reprit : « Fitz débouche la bouche du bichon. Du beurre et ça biche. C'est un message, j'ai l'impression. Qui t'incite à un acte important. Comme tu es la seule personne de ma connaissance qui supporte de se faire appeler Fitz, je pense qu'il t'est destiné. Quant à ce qu'il signifie, que veux-tu que j'en sache ? Je suis bouffon, je n'interprète pas les songes. Bonne journée ! » Encore une fois, il me tourna le dos, mais au lieu de suivre le chemin, il s'enfonça dans un fourré de cerfbuis. Je me précipitai, mais, quand j'arrivai au buisson, il avait disparu. Sans bouger, je scrutai le sous-bois bien dégagé, moucheté de soleil, à la recherche d'une branche ou d'un hallier qui frémirait encore de son passage, pensant apercevoir sa livrée de fou. Mais je ne vis nulle trace de lui.

Pas plus que de sens à son message ridicule. Tout le long du chemin qui me ramenait à la forteresse, je repensai à notre étrange rencontre, et finis par la classer comme un incident bizarre à mettre au compte du simple hasard.

La nuit du lendemain, Umbre m'appela. Dévoré de curiosité, je montai l'escalier quatre à quatre. Mais, en haut, je compris que mes questions devraient attendre : Umbre était installé à la table de pierre, Rôdeur sur les épaules, un manuscrit récent à demi déroulé devant lui. Un verre de vin en guise de presse-papiers, il parcourait lentement de son doigt crochu une sorte de liste. J'y jetai un coup d'œil en passant : des noms de villages et des dates ; sous chaque village apparaissait un inventaire – tant de soldats, tant de marchands, tant de moutons, de tonneaux de bière, de mesures de grain, etc. Je m'assis en face de lui sans un mot. J'avais appris à ne pas l'interrompre.

« Mon garçon, dit-il à mi-voix, sans lever les yeux du manuscrit, que ferais-tu si un brigand s'approchait de toi par-derrière pour te cogner sur la tête ? Mais seulement lorsque tu aurais le dos tourné ? Comment t'y prendrais-tu ? »

Je réfléchis rapidement. « Je ferais semblant de regarder ailleurs ; mais je me serais muni d'un gros bâton et, quand il essaierait de me taper dessus, je me retournerais et je lui casserais la tête.

— Hmm. Oui. Nous avons essayé cette tactique ; mais nous avons beau prendre l'air dégagé, les Outrîliens semblent toujours être au courant du piège et ils n'attaquent jamais. Nous avons certes trompé un ou deux corsaires ordinaires, mais jamais les Pirates rouges. Et ce sont eux que nous voulons frapper.

— Pourquoi ?

— Parce que ce sont eux qui nous portent les coups les plus rudes. Vois-tu, mon garçon, notre peuple s'est habitué à se faire attaquer ; on pourrait presque dire qu'il s'y est adapté. On plante un hectare en plus, on tisse une coupe de toile en plus, on élève un bouvillon de plus ; nos fermiers et nos villageois essaient toujours de mettre un petit quelque chose de côté, et lorsqu'une grange ou un entrepôt brûlent au cours d'un raid, tout le monde s'unit pour relever les poutres. Mais les Pirates rouges ne se contentent pas de piller en provoquant quelques destructions accidentelles : ils saccagent tout et, quand ils emportent quelque chose, on a l'impression que c'est par inadvertance. » Umbre se tut, les yeux fixés sur le mur comme s'il pouvait voir à travers.

« Ça n'a pas de sens, reprit-il d'une voix troublée, s'adressant davantage à lui-même qu'à moi. En tout cas, aucun que je sois capable de discerner. C'est comme abattre une vache qui donne chaque année un veau de bonne race. Les Pirates rouges mettent le feu aux récoltes de céréales et de fourrage encore sur pied ; ils massacrent le bétail qu'ils ne peuvent emporter ; il y a trois semaines, à Torcebie, ils ont incendié le moulin après avoir éventré les sacs de grain et de farine qui s'y trouvaient. Quel profit en tirent-ils ? Pourquoi risquent-ils leur vie pour semer simplement la destruction ? Jamais ils n'ont cherché à s'emparer d'un territoire ni à le conserver ; jamais ils n'ont exprimé le moindre grief

162

contre nous. Un voleur, on peut s'en protéger, mais nous avons affaire à des tueurs et des destructeurs qui frappent au hasard. Torcebie ne sera pas rebâtie ; les survivants n'en ont ni la volonté ni les ressources. Ils s'en sont allés, certains chez des parents dans une autre ville, d'autres pour mendier dans nos cités. C'est un schéma trop souvent répété. »

Il soupira, puis secoua la tête pour s'éclaircir les idées. Lorsqu'il releva les yeux, toute son attention était concentrée sur moi. Umbre avait cette faculté particulière d'écarter un problème si complètement de ses pensées qu'on aurait juré qu'il l'avait oublié. « Tu vas accompagner Vérité à Finebaie lorsqu'il ira essayer de faire entendre raison au seigneur Kelvar, déclara-t-il comme s'il n'avait pas d'autre souci en tête.

— C'est ce que Burrich m'a dit. Mais il ne comprenait pas et moi non plus : pourquoi ? »

Umbre eut l'air perplexe. « Ne te plaignais-tu pas, il y a quelques mois, d'en avoir assez de Castelcerf et de vouloir connaître les Six-Duchés de plus près ?

— Si, bien sûr. Mais je doute fort que ce soit pour ça que Vérité m'emmène. »

Umbre haussa les épaules. « Comme si Vérité s'occupait de savoir qui fait partie de sa suite ! Il n'a aucun intérêt pour les détails ; et par conséquent il n'a pas le génie de Chevalerie pour manier les gens. Pourtant, c'est un bon soldat et à long terme cela s'avérera peut-être bénéfique. Non, tu as raison : Vérité ne sait absolument pas pourquoi tu l'accompagnes… pas encore. Subtil va lui révéler que tu suis une formation d'espion. Et ce sera tout, pour l'instant. Nous en avons discuté, lui et moi. Es-tu prêt à lui rembourser tout ce qu'il a fait pour toi ? Es-tu prêt à prendre ton service pour la famille ? »

Il parlait avec un tel calme et me regardait avec une telle franchise que c'est presque avec flegme que je pus demander : « Devrai-je tuer quelqu'un ? »

— Peut-être. » Il changea de position dans son fauteuil. « Ce sera à toi d'en décider. Décider et ensuite exécuter…

ce n'est pas la même chose que s'entendre simplement ordonner : "Voici l'homme en question et voici ce qu'il faut faire." C'est beaucoup plus difficile et je ne suis pas du tout certain que tu y sois prêt.

— Le serai-je jamais ? » Je voulus sourire, mais n'obtins qu'un rictus qui ressemblait à un spasme musculaire. J'essayai en vain de l'effacer. Un tremblement bizarre me parcourut.

« Sans doute pas. » Umbre se tut, puis parut estimer que j'avais accepté la mission. « Tu iras en tant que serviteur d'une vieille dame de la noblesse qui profite du voyage pour rendre visite à des parents à Finebaie. Ce ne sera pas trop dur : elle est très âgée et sa santé n'est pas bonne. Dame Thym se déplace en litière fermée ; tu chevaucheras à ses côtés pour veiller à ce qu'elle ne soit pas trop secouée, pour lui apporter à boire si elle te le demande, bref, pour répondre à toutes ses petites requêtes.

— Ce ne sera pas très différent de s'occuper du chien de loup de Vérité, apparemment. »

Umbre ne répondit pas tout de suite et sourit. « Excellent ! Tu auras cette responsabilité aussi. Rends-toi indispensable à tout le monde au cours de ce voyage ; ainsi, tu auras de bonnes raisons d'aller partout et de tout entendre sans que personne s'étonne de ta présence.

— Et mon vrai travail ?

— Écouter et apprendre. Subtil et moi trouvons les Pirates rouges trop bien renseignés sur nos stratégies et nos forces. Non sans rechigner, Kelvar a récemment fourni des fonds pour garnir la tour de l'île du Guet de façon convenable. Par deux fois, il a négligé son devoir et par deux fois les villages du duché de Haurfond ont payé pour sa négligence. A-t-il franchi la limite entre l'incurie et la trahison ? Kelvar complote-t-il avec l'ennemi pour son propre profit ? Nous voulons que tu fouines un peu pour voir quel lièvre tu peux lever. Si tu ne décèles qu'innocence ou si tu n'as que de fortes présomptions, reviens nous en faire part. Mais si tu

164

découvres une trahison et qu'il n'y ait pas de doute possible, plus tôt nous en serons débarrassés, mieux cela vaudra.

— Et les moyens ? » J'eus du mal à me reconnaître dans ce ton prosaïque, retenu.

« J'ai préparé une poudre indécelable dans la nourriture et invisible dans le vin. Pour son emploi, nous nous fions à ta discrétion et à ton ingéniosité. » Il ôta le couvercle d'un plat en terre cuite ; je vis un paquet enveloppé de papier fin, plus mince et plus fin que tout ce que m'avait montré Geairepu. Bizarrement, ma première pensée fut que mon maître scribe serait ravi de travailler avec un tel papier. Le paquet contenait une poudre blanche infiniment ténue ; elle s'accrochait au papier et flottait dans l'air. Umbre s'appliqua un tissu sur le nez et la bouche pour en verser une mesure soigneusement dosée dans une papillote en papier huilé, qu'il me tendit ensuite. Je recueillis la mort dans le creux de ma main.

« Et quel en est l'effet ?

— Cette poudre n'agit pas trop vite. Il ne tombera pas raide mort à table, si c'est ce que tu veux savoir. Mais s'il vide sa coupe, il se sentira mal ; connaissant Kelvar, je pense qu'il ira se coucher, le ventre gargouillant, et il ne se réveillera pas au matin. »

Je glissai la papillote au fond de ma poche. « Vérité est-il au courant ? »

Umbre réfléchit. « Vérité porte bien son nom. Il serait incapable de s'asseoir sans se trahir à la table d'un homme qu'il va empoisonner. Non, dans cette mission, le secret nous servira davantage que la vérité. » Il planta ses yeux dans les miens. « Tu agiras seul, sans autre avis que le tien.

— Je vois. » Je changeai de position sur mon haut tabouret de bois. « Umbre ?

— Oui ?

— Ç'a été pareil pour vous ? Votre première fois ? »

Il baissa les yeux sur ses mains et promena un moment le bout de ses doigts sur les cicatrices d'un rouge enflammé qui parsemaient le dos de sa main gauche. Le silence s'éternisait, mais j'attendis patiemment.

« J'avais un an de plus que toi, dit-il enfin. Et je devais simplement exécuter un ordre ; je n'avais rien à décider. Ça te suffit ? »

Je me sentis soudain gêné sans savoir pourquoi. « Je crois, bredouillai-je.

— Tant mieux. Je sais que tu n'y voyais pas malice, mon garçon, mais les hommes ne parlent pas des heures qu'ils passent au milieu des oreillers avec une dame ; et les assassins ne discutent pas de… de leur travail.

— Même pas de professeur à élève ? »

Umbre détourna le regard vers un coin obscur, près du plafond. « Non. » Il ajouta au bout d'un moment : « D'ici deux semaines, tu comprendras peut-être pourquoi. »

Et nous ne revînmes jamais sur le sujet.

D'après mes calculs, j'avais treize ans.

8

DAME THYM

Une histoire des Six-Duchés, c'est d'abord une étude de leur géographie. Le scribe de la cour du roi Subtil, un certain Geai-repu, affectionnait cet aphorisme. Je ne puis pas dire l'avoir jamais pris en défaut. Peut-être tous les traités d'histoire ne sont-ils jamais qu'un décompte de frontières naturelles. Les mers et les glaces qui s'étendaient entre nous et les Outîliens faisaient de nous des peuples séparés ; les gras herbages et les fertiles prairies des Duchés créaient les richesses qui faisaient de nous des ennemis ; peut-être cela devrait-il constituer le premier chapitre d'une histoire des Duchés. Les rivières de l'Ours et du Vin sont à l'origine des vignes et des vergers prolifiques de Bauge, aussi sûrement que les monts des Crêtes Peintes qui dominent Bord-du-Sable protégeaient et isolaient à la fois les gens qui vivaient à leur pied et les ont rendus vulnérables à nos armées organisées.

*
* *

Je me réveillai en sursaut avant que la lune eût renoncé à son règne sur la nuit, ahuri d'avoir réussi à m'endormir. Burrich avait contrôlé mes préparatifs de voyage avec tant de minutie la veille au soir que, si cela n'avait dépendu que de moi, je me serais mis en route à peine avalée la dernière cuillerée de mon gruau matinal.

Mais les choses ne se passent pas ainsi lorsque c'est de tout un groupe qu'il s'agit. Le soleil était bien au-dessus de l'horizon quand tout le monde fut enfin rassemblé et prêt à partir. « La royauté, m'avait prévenu Umbre, ne voyage jamais léger, Vérité se lance dans ce voyage appuyé par tout le poids de l'épée de Subtil. Tous ceux qui le verront passer en seront convaincus sans qu'on ait besoin de le leur expliquer. La nouvelle de son déplacement doit arriver en avance aux oreilles de Kelvar et de Shemshy. Le bras impérial s'apprête à trancher leur différend. Il faut qu'ils regrettent tous deux d'en avoir un ; c'est en cela que réside le secret d'un bon gouvernement : il doit inspirer aux gens le désir de vivre de façon à ne pas l'obliger à intervenir. »

Vérité voyageait donc avec une pompe qui agaçait manifestement le soldat qu'il était. Son escorte, triée sur le volet, arborait ses couleurs en même temps que l'écusson frappé au cerf des Loinvoyant et chevauchait devant les troupes régulières. À mes jeunes yeux, le spectacle était impressionnant ; mais, afin d'éviter un effet trop martial, Vérité emmenait des compagnons de la noblesse pour dispenser conversation et distraction aux haltes du soir ; faucons et chiens avec leurs dresseurs, musiciens et bardes, un marionnettiste, servantes et serviteurs pour répondre au moindre désir des seigneurs et des dames, pour s'occuper des habits, des cheveux, des petits plats préférés de chacun, animaux de bât, tous suivaient derrière les nobles aux montures confortables et formaient l'arrière-garde de notre procession.

Ma place se trouvait à peu près au milieu du cortège. Monté sur une Suie nerveuse, je chevauchais à côté d'une litière décorée portée par deux placides hongres gris. Pognes, un des garçons d'écurie les plus éveillés, s'était vu confier un poney et la responsabilité des chevaux en question. J'avais pour ma part la charge de notre mule de bât et de l'occupante de la litière. Il s'agissait de la très vieille dame Thym, que je ne connaissais pas. Quand elle s'était enfin présentée pour monter dans sa litière, elle était si emmitouflée sous une accumulation de capes, de voiles et d'écharpes que je n'en avais retiré qu'une impression de maigreur plutôt que de corpulence ; son parfum avait fait éternuer Suie. Elle s'installa au milieu d'un nid de coussins, de couvertures, de fourrures et de châles, puis ordonna aussitôt qu'on tire les rideaux et qu'on les attache malgré le beau temps. Les deux petites soubrettes qui l'avaient accompagnée se sauvèrent avec soulagement et je me retrouvai son seul serviteur. Mon cœur se serra. J'avais espéré qu'au moins l'une des jeunes filles partagerait sa litière ; qui allait s'occuper de ses besoins personnels une fois son pavillon dressé ? J'ignorais tout de la façon de servir une femme, surtout très âgée. Je résolus de suivre le conseil de Burrich sur la manière dont un jeune homme doit traiter ses aînées : se montrer attentif et poli, plein d'allant et agréable. Les vieilles femmes se laissaient facilement séduire par un jeune homme bien fait de sa personne, disait Burrich. Je me rapprochai de la litière.

« Dame Thym ? Êtes-vous à votre aise ? » demandai-je. Un long moment passa sans réponse. Elle était peut-être dure d'oreille. « Êtes-vous à votre aise ? répétai-je plus fort.

— Cessez de m'importuner, jeune homme ! me fut-il répondu avec une véhémence inattendue. Si j'ai besoin de vous, je vous le dirai !

— Je vous demande pardon, m'excusai-je vivement.

— Cessez de m'importuner, vous ai-je dit ! » caqueta-t-elle, indignée. Puis, à mi-voix : « Rustre imbécile ! »

J'eus le bon sens de me taire, bien que plongé dans un abîme de consternation. Adieu, voyage frais et joyeux ! Enfin, j'entendis les trompes sonner et vis l'oriflamme de Vérité se dresser loin devant. Le nuage de poussière qui dériva vers nous m'indiqua que notre avant-garde s'était mise en marche. De longues minutes s'écoulèrent avant que les chevaux qui nous précédaient ne s'ébranlent. Pognes fit avancer les hongres de la litière et je claquai de la langue à l'attention de Suie. Elle obéit avec empressement et la mule suivit, résignée.

Je me rappelle bien cette journée. Je me souviens de l'épais nuage de poussière au milieu duquel nous nous déplacions, soulevé par ceux qui nous précédaient, et de nos conversations, à Pognes et moi ; que nous tenions à mi-voix car, à notre premier éclat de rire, dame Thym s'était écriée : « Cessez ce vacarme ! » Je revois aussi le ciel bleu vif qui s'étendait de colline en colline tandis que nous suivions les douces ondulations de la route côtière ; des sommets, on avait sur la mer une vue à couper le souffle, et, dans les creux, l'air calme était lourd du parfum des fleurs. Il y eut aussi les bergères, assises côte à côte sur un mur de pierre, qui nous montraient du doigt en pouffant de rire et en rougissant. Leurs troupeaux floconneux mouchetaient la butte derrière elles et Pognes et moi étouffâmes une exclamation en nous apercevant qu'elles avaient noué leurs jupes aux couleurs vives sur le côté, laissant leurs genoux et leurs jambes nus, exposés au soleil et au vent. Suie était nerveuse, agacée par la lenteur de notre allure, tandis que le pauvre Pognes était constamment obligé de donner du talon à son poney pour le maintenir à ma hauteur.

Par deux fois, nous fîmes halte pour laisser les cavaliers se détendre les jambes et les chevaux se désaltérer. Dame Thym ne quitta pas sa litière, mais me fit observer d'un ton revêche que j'aurais déjà dû lui apporter de l'eau. Me retenant de répondre, j'allai lui chercher à boire. Ce fut ce qui se rapprocha le plus d'une conversation entre nous.

Nous nous arrêtâmes pour bivouaquer alors que le soleil était encore au-dessus de l'horizon. Pognes et moi dressâmes le petit pavillon de dame Thym pendant qu'elle dînait dans sa litière de viande froide, de fromage et de vin qu'elle avait eu la prévoyance d'emporter à son usage personnel dans son panier d'osier. Pognes et moi fîmes moins bonne chère : rations militaires de pain dur, de fromage plus dur encore et de viande boucanée. Au milieu de mon repas, dame Thym demanda sur un ton péremptoire que je l'escorte de sa litière à son pavillon. Elle apparut emmitouflée comme pour affronter une tempête de neige. Ses atours étaient de couleurs variées et de divers degrés d'ancienneté, mais, en un autre temps, tous avaient dû être à la fois onéreux et bien coupés. Comme elle marchait d'un pas hésitant à mes côtés, lourdement appuyée sur moi, je flairai un mélange repoussant de poussière, de moisi et de parfum, avec une odeur sous-jacente d'urine. À l'entrée de sa tente, elle me congédia d'un ton aigre en me prévenant qu'elle possédait un couteau et qu'elle l'emploierait si je tentais de pénétrer chez elle pour l'importuner de quelque façon. « Et je sais très bien m'en servir, jeune homme ! » me dit-elle d'un ton menaçant.

Pour le matériel de couchage aussi, nous étions à la même enseigne que les soldats : le sol et nos manteaux. Mais la nuit était claire et nous fîmes un petit feu. Pognes m'asticota en pouffant sur la prétendue concupiscence que m'inspirait dame Thym et sur le couteau qui m'attendait si j'essayais d'y céder ; la bagarre qui s'ensuivit fut interrompue par les menaces suraiguës de dame Thym que nous empêchions de dormir. Baissant le ton, Pognes m'apprit que personne n'enviait ma position ; tous ceux qui l'avaient accompagnée en déplacement l'évitaient depuis. Il m'avertit aussi que ma pire corvée était encore à venir, mais refusa obstinément, avec des larmes de rire au bord des yeux, de m'en dire davantage. Je m'endormis pourtant sans mal car, enfant que j'étais encore, j'avais écarté ma vraie mission de mes pensées en attendant d'être au pied du mur.

Au matin, je m'éveillai au milieu du gazouillis des oiseaux et de l'épouvantable puanteur d'un pot de chambre plein à ras bord posé devant le pavillon de dame Thym. J'avais l'estomac endurci à force de nettoyer les étables et les chenils, mais j'eus le plus grand mal à me contraindre à le vider et à le nettoyer avant de le rendre à sa propriétaire, qui se mit aussitôt à se plaindre, derrière le tissu de la tente, que je ne lui avais pas encore apporté d'eau, ni chaude ni froide, ni préparé sa bouillie d'avoine dont elle m'avait fourni tous les ingrédients. Pognes s'était éclipsé pour partager le feu et les rations de la troupe, me laissant me débrouiller avec mon tyran. Le temps que je lui serve son repas sur un plateau qu'elle jugea mal arrangé, que je fasse sa vaisselle et la lui rende propre, la caravane était presque prête à repartir. Mais dame Thym exigea d'être installée dans sa litière avant qu'on démonte son pavillon ; nous terminâmes de ranger le matériel en toute hâte et je me retrouvai finalement à cheval le ventre vide.

Après le travail que j'avais abattu, j'avais une faim de loup. Pognes considéra mon expression lugubre avec sympathie et me fit signe de m'approcher. Il se pencha vers moi.

« À part nous, tout le monde a entendu parler d'elle. » Cela avec un hochement de tête discret en direction de la litière de dame Thym. « Sa puanteur du matin est devenue légendaire. D'après Boucleblanche, elle accompagnait souvent Chevalerie en voyage… Elle a des parents partout dans les Six-Duchés et pas grand-chose à faire qu'aller leur rendre visite. Tous les gars de la troupe ont appris depuis longtemps à mettre du champ entre elle et eux, sinon elle leur demande tout un tas de services inutiles. Ah oui, ça, c'est de la part de Boucleblanche. Il te fait dire de ne pas espérer t'asseoir pour avaler quelque chose tant que tu t'occuperas d'elle ; mais il essaiera de te mettre un petit quelque chose de côté tous les matins. »

Pognes me tendit un quignon de pain de bivouac fourré de trois tranches de lard froid. Ç'avait un goût merveilleux et j'en engloutis voracement quelques bouchées.

« Rustaud ! stridula la voix de dame Thym. Que faites-vous là-bas ? Occupé à débiner vos supérieurs, je gage ! Reprenez votre poste ! Comment voulez-vous veiller à mes besoins si vous courez par monts et par vaux ? »

Je tirai promptement les rênes de Suie et me laissai rattraper par la litière. J'avalai tout rond un énorme morceau de pain et de lard et réussis à demander : « Votre seigneurie désire-t-elle quelque chose ?

— Ne parlez pas la bouche pleine, fit-elle d'un ton cassant. Et cessez de m'importuner, rustre ridicule ! »

172

Et le voyage se poursuivit ainsi. La route longeait la côte et, à notre lente allure, il nous faudrait cinq journées pleines pour arriver à Finebaie. À part deux villages que nous traversâmes, le décor se résumait à des falaises balayées par les vents que survolaient des mouettes, à des prairies et, çà et là, à quelques bosquets d'arbres tourmentés et rabougris. Pourtant, à mes yeux, il ne recelait qu'émerveillement et beauté, car derrière chaque tournant m'attendait un paysage que je n'avais encore jamais vu.

Au fur et à mesure que le voyage se déroulait, dame Thym devenait plus tyrannique. Le quatrième jour, elle me noya sous un déluge incessant de plaintes auxquelles je ne pouvais rien, pour la plupart : le tangage de sa litière la rendait malade ; l'eau que je lui rapportais du ruisseau était trop froide, celle de mes propres outres trop chaude ; les hommes et les chevaux qui nous précédaient soulevaient trop de poussière ; ils le faisaient exprès, elle en était sûre ; et que j'aille leur dire d'arrêter de chanter ces chansons obscènes ! Ainsi encombré d'elle, je n'avais pas le temps de réfléchir à l'assassinat éventuel du seigneur Kelvar, quand bien même l'eussé-je voulu.

Le matin du cinquième jour, on aperçut les fumées de Finebaie ; à midi, on distinguait les édifices principaux et la tour de guet sur les falaises qui dominaient la ville. La région avait un aspect bien plus accueillant que celle de Castelcerf. Notre route descendait au creux d'une large vallée ; les eaux bleues de Finebaie proprement dite s'étendaient devant nous ; les plages étaient sablonneuses et la flotte de pêche uniquement formée de bateaux à fond plat et à faible tirant d'eau ou de petits doris intrépides qui volaient sur les vagues comme des goélands. À la différence de Castelcerf, Finebaie ne possédait pas de mouillage profond ; ce n'était donc pas un port d'embarquement ni de commerce comme le nôtre, mais il devait quand même y faire bon vivre, me sembla-t-il.

Kelvar avait envoyé une garde d'honneur à notre rencontre et nous dûmes patienter pendant qu'elle échangeait des formalités avec les troupes de Vérité. « Comme deux chiens qui se reniflent le cul », observa Pognes, morose. En me dressant sur mes étriers, je pus distinguer, à l'avant de la procession, les poses et les gesticulations officielles, et j'acquiesçai sombrement. Enfin, nous nous remîmes en route et nous fûmes bientôt dans les rues de Finebaie.

La caravane se dirigeait vers le château de Kelvar, mais Pognes et moi dûmes escorter dame Thym au fil de diverses ruelles jusqu'à l'auberge où elle exigeait de résider. D'après l'expression de la servante, ce n'était pas la première fois qu'elle y prenait chambre. Pognes conduisit les chevaux et la litière aux écuries, mais la vieille dame s'appuya lourdement sur moi et m'ordonna de l'accompagner jusque chez elle. Je me demandai quel plat pestilentiel elle avait pu manger pour éprouver à ce point mon odorat à chacune de ses expirations. À la porte, elle me congédia en me menaçant de mille punitions si je n'étais pas ponctuellement de retour sept jours plus tard. En m'en allant, je compatis au sort de la servante, car dame Thym avait entamé d'une voix sonore une longue tirade sur les femmes de chambre malhonnêtes qu'elle avait rencontrées par le passé, entremêlée de ses exigences sur la façon d'arranger sa literie.

C'est d'un cœur léger que j'enfourchai Suie et criai à Pognes de se dépêcher. Nous enfilâmes au petit galop les rues de Finebaie et parvînmes à rejoindre la queue de la caravane de Vérité à l'instant où elle pénétrait dans le château de Kelvar. Gardebaie avait été bâti sur un terrain plat qui offrait peu de protection naturelle, mais renforcé par une succession d'enceintes et de fossés que l'ennemi devait franchir avant d'affronter les solides murailles de pierre de la forteresse. Pognes déclara que jamais des attaquants n'étaient parvenus à dépasser le second fossé, ce que je crus volontiers. Des ouvriers affectés à l'entretien des enceintes et des fossés interrompirent leur travail pour regarder d'un œil rond le roi-servant pénétrer dans Gardebaie.

Une fois les portes du château refermées derrière nous, ce fut à nouveau une interminable cérémonie de bienvenue. Hommes, chevaux et compagnie, nous dûmes tous rester plantés sous le soleil de midi pendant que Kelvar et Garde-baie accueillaient Vérité. Des trompes sonnèrent et le murmure des voix officielles fut étouffé par le bruit des chevaux et des hommes qui s'agitaient nerveusement. Mais enfin les civilités s'achevèrent, comme nous l'apprit un mouvement général et soudain des soldats et de leurs montures au moment où les formations en avant de nous se défirent.

Alors, les hommes mirent pied à terre et nous nous retrouvâmes subitement entourés de gens d'écurie qui nous indiquaient où désaltérer nos bêtes, où nous installer pour la nuit, et, le plus important pour un soldat, où se débarbouiller et trouver à manger. Avec Pognes et son poney, je menai Suie aux écuries, mais je me retournai en entendant quelqu'un crier mon nom, et j'aperçus Sig de Castelcerf qui me désignait à un homme aux couleurs de Kelvar.

« C'est lui, là, le Fitz. Ho, Fitz ! Bienassis ici présent dit qu'on te demande. Vérité t'attend dans ses appartements ; Léon est malade. Pognes, occupe-toi de Suie. »

J'eus l'impression qu'on m'arrachait mon repas de la bouche. Mais, inspirant profondément, je présentai un visage avenant à Bienassis, comme Burrich me l'avait recommandé. Avec son air sévère, il ne dut même pas le remarquer ; pour lui, je n'étais qu'un embarras de plus dans une journée de fou. Il me conduisit à la chambre de Vérité et me planta là, visiblement soulagé de regagner ses écuries. Je frappai doucement et le serviteur de Vérité m'ouvrit aussitôt.

« Ah ! Eda merci, c'est toi ! Entre vite, la bête refuse de manger et Vérité croit que c'est grave. Dépêche-toi, Fitz ! »

L'homme portait l'emblème de Vérité, mais je ne me rappelais pas l'avoir jamais rencontré. J'étais parfois déconcerté du nombre de personnes qui me connaissaient alors que j'ignorais leur identité. Dans une pièce voisine, Vérité faisait ses ablutions tout en indiquant à quelqu'un quels habits il voulait pour la soirée. Mais je n'étais pas là pour cela. J'étais là pour Léon.

Je tendis mon esprit vers lui, sans aucun scrupule en l'absence de Burrich. Léon leva sa tête anguleuse et me lança un regard malheureux. Couché sur une chemise imbibée de la sueur de Vérité au coin d'un âtre éteint, il avait trop chaud, il s'ennuyait et, s'il n'était pas question d'aller chasser, il préférait rentrer à la maison.

Ostensiblement, je le palpai sur tout le corps, lui retroussai les babines pour lui examiner les gencives, puis lui appuyai fermement sur le ventre. Je terminai en le grattant derrière les oreilles, puis j'annonçai au serviteur : « Il n'a rien ; il n'a pas faim, tout bêtement. Donnons-lui un bol d'eau fraîche et attendons ; quand il voudra manger, il nous le fera comprendre. Et qu'on enlève tout ça avant que ça se gâte et qu'il l'avale quand même ; c'est pour le coup qu'il tomberait vraiment malade. » Je parlais d'une assiette débordante de morceaux de pâtisserie, reliefs d'un plateau disposé pour Vérité. Pour un chien, c'était contre-indiqué, mais, pour ma part, j'avais si faim que j'en aurais volontiers fait mon dîner ; mon estomac grondait devant ce spectacle. « Il y aurait peut-être un os de bœuf frais pour lui aux cuisines ; il a davantage besoin de s'amuser que de manger, pour l'instant…

— Fitz ? C'est toi ? Par ici, mon garçon ! Qu'est-ce qui incommode mon Léon ?

— Je m'occupe de chercher l'os », m'assura le serviteur, et je me dirigeai vers la pièce d'à côté.

Dégoulinant, Vérité sortait de son bain ; il prit la serviette que lui tendait son serviteur, se frictionna vivement les cheveux, puis répéta en se séchant : « Qu'a donc Léon ? »

C'était bien de Vérité. Nous ne nous étions pas vus depuis des semaines, mais il ne s'embarrassait pas de m'accueillir. Umbre disait que c'était un défaut chez lui de ne pas savoir donner à ses hommes l'impression d'être importants pour lui. Il pensait, je suppose, que s'il m'était arrivé quelque chose de grave, on l'aurait prévenu. Sa cordialité bourrue me plaisait, et cette certitude que tout devait aller bien, sans quoi on l'en aurait averti.

« Pas grand-chose, messire. Il est un peu retourné à cause de la chaleur et du voyage. Une bonne nuit de sommeil au frais le ravigotera ; mais, avec ce temps, évitez de lui donner de la pâtisserie et des aliments trop gras.

— Bon. » Il se pencha pour se sécher les jambes. « Tu as sans doute raison, mon garçon. D'après Burrich, tu t'y entends, avec les chiens, et je vais suivre ton conseil. Mais il avait l'air complètement dans la lune, et puis d'habitude il avale n'importe quoi, surtout si ça vient de mon assiette. » Il avait l'air tout confus, comme si je l'avais surpris à cajoler un bébé. Je ne savais plus quoi dire.

« Si c'est tout, messire, dois-je retourner aux écuries ? »

Il me jeta un coup d'œil incertain par-dessus son épaule. « Ce serait perdre ton temps, je trouve. Pognes s'occupera de ta monture, non ? Il faut que tu te baignes et que tu t'habilles si tu veux être prêt pour le dîner. Charim ? Tu as de l'eau pour lui ? »

L'homme qui disposait les vêtements de Vérité sur le lit se redressa. « Tout de suite, messire. Et je lui préparerai aussi ses habits. »

En l'espace d'une heure, j'eus l'impression que ma place dans le monde faisait une culbute complète. J'aurais pourtant dû m'y attendre ; l'un comme l'autre, Burrich et Umbre avaient essayé de m'y préparer. Mais être brusquement propulsé du rôle de parasité à Castelcerf à celui de membre officiel de l'entourage de Vérité avait quelque chose d'un peu effrayant, d'autant que tous ceux qui m'entouraient semblaient croire que je savais ce qui m'arrivait.

Vérité s'était vêtu et avait quitté la pièce avant même que je fusse entré dans le baquet. Charim m'informa qu'il était allé discuter avec son capitaine des gardes. J'accueillis avec plaisir les commérages de Charim ; à ses yeux, je n'étais pas d'un rang assez élevé pour qu'il s'interdît de bavarder et de se plaindre devant moi.

« Je vais vous installer une paillasse ici pour la nuit. Vous ne devriez pas avoir froid. Vérité veut qu'on vous loge près de lui, et pas seulement pour vous occuper du chien, à ce qu'il a dit. Il a d'autres tâches à vous confier ? »

Charim se tut et attendit, plein d'espoir. Je me dérobai en me plongeant la tête dans l'eau tiède, puis en me savonnant les cheveux pour en éliminer sueur et poussière. J'émergeai au bout d'un moment pour reprendre mon souffle.

Il soupira. « Je vais préparer vos vêtements. Laissez-moi les sales ; je vous les nettoierai. »

Cela me faisait un effet très étrange qu'on s'occupe de moi pendant que je me lavais, et plus étrange encore qu'on surveille ma façon de m'habiller. Charim insista pour tirer sur les coutures de mon pourpoint et pour que les manches disproportionnées de ma nouvelle chemise flottent à leur plus grande longueur – et à mon plus grand ennui. Mes cheveux avaient bien repoussé et des nœuds s'y étaient formés, que Charim défit prestement et à coups de peigne, à mon grand dam. Pour un garçon habitué à se vêtir tout seul, tout ce pomponnage et ces examens semblaient ne jamais devoir finir.

« Bon sang ne saurait mentir », dit une voix d'un ton abasourdi. Je me retournai et vis Vérité qui me contemplait avec un mélange de peine et d'amusement.

« C'est le portrait de Chevalerie au même âge, ne trouvez-vous pas, mon seigneur ? » Charim paraissait extrêmement content de lui.

« Si. » Vérité se racla la gorge. « Nul ne peut plus ignorer qui t'a engendré, Fitz. Je me demande ce que mon père avait derrière la tête quand il m'a commandé de t'apprêter comme il faut. Subtil est son nom et subtil il est ; j'aimerais savoir ce qu'il espère y gagner. Enfin, bref ! » Il soupira. « C'est sa façon d'être roi et je la lui laisse. Ma tâche à moi, c'est simplement de m'enquérir auprès d'un vieillard trop préoccupé de sa toilette pourquoi ses tours de guet ne sont pas convenablement fournies en hommes. Viens, mon garçon. Il est temps de descendre. »

Et il ressortit sans m'attendre. Comme j'allais me précipiter à sa suite, Charim me saisit le bras. « Trois pas derrière lui et sur sa gauche. N'oubliez pas. » J'obéis. À mesure que nous avancions dans le couloir, d'autres membres de notre entourage quittèrent leur chambre et emboîtèrent le pas au prince. Chacun avait revêtu ses plus beaux atours pour profiter le plus possible de cette occasion d'être vu et jalousé en dehors de Castelcerf. La longueur de mes manches était tout à fait raisonnable à côté de ce que certains arboraient. Au moins, mes chaussures n'étaient pas garnies de petits grelots ni de perles d'ambre cliquetantes.

Vérité fit halte en haut d'un escalier et le silence tomba sur la foule réunie en contrebas. J'observai les visages levés et j'eus le temps d'y déchiffrer toutes les émotions connues de l'espèce humaine. Certaines femmes faisaient des mines tandis que d'autres avaient l'air moqueuses ; des jeunes gens prenaient des poses pour mettre leur accoutrement en valeur, d'autres, vêtus plus simplement, se tenaient droit comme à la revue. Je lus l'envie, l'amour, le dédain, la peur, et, sur quelques visages, la haine. Mais c'est à peine si Vérité leur accorda un regard avant de descendre les marches. La foule s'ouvrit devant nous pour laisser paraître le seigneur Kelvar en personne qui attendait de nous conduire à la salle du dîner.

Kelvar n'était pas du tout comme je l'imaginais. Vérité le disait vaniteux, mais je voyais un homme rapidement gagné par l'âge, maigre et tourmenté, qui portait ses vêtements extravagants comme une armure contre le temps. Ses cheveux grisonnants étaient tirés en arrière en une mince queue de cheval comme s'il était encore homme d'armes, et il avait la démarche particulière des excellents bretteurs.

Je l'observai à la manière qu'Umbre m'avait enseignée et je pensai avoir assez bien compris sa personnalité avant même qu'il ne se fût assis. Mais ce ne fut qu'après avoir pris place à table (et, à ma grande surprise, mon siège ne se trouvait pas si loin de la noblesse) que j'eus un véritable aperçu de son âme. Cela non pas à cause d'un geste de sa part, mais à travers l'attitude de son épouse lorsqu'elle vint se joindre au banquet.

Je ne pense pas que dame Grâce de Kelvar fût beaucoup plus âgée que moi, et elle était accoutrée comme le nid d'une pie : je n'avais jamais vu d'atours qui évoquent de façon aussi criante à la fois la fortune et l'absence de goût. Elle s'assit avec une débauche de grands gestes élégants qui me firent penser à un oiseau en pleine parade nuptiale. Son parfum dévala sur moi comme une déferlante et lui aussi sentait davantage l'argent que les fleurs. Elle avait apporté un chien de manchon tout en fourrure soyeuse et aux grands yeux ; elle l'installa sur ses genoux en lui roucoulant des douceurs à l'oreille et le petit animal se pelotonna contre elle avant de poser le menton sur le bord de la table. Pendant tout ce temps, elle n'avait pas quitté le prince Vérité des yeux, s'efforçant de voir s'il l'avait remarquée et s'il avait l'air impressionné. Pour ma part, j'observai Kelvar qui la regardait minauder à l'adresse du prince et je me dis : Plus de la moitié des problèmes avec les tours de guet viennent de là.

Le dîner fut un supplice pour moi. J'avais une faim de loup, mais l'étiquette m'interdisait de le montrer. Je mangeai comme on me l'avait appris, en prenant ma cuiller lorsque Vérité prenait la sienne et en repoussant les plats quand lui-même s'en désintéressait. Je rêvais d'une bonne assiettée de viande bien chaude, avec du pain pour éponger la sauce, mais on nous proposa de minuscules bouchées de viande étrangement épicée, des compotes de fruits exotiques, du pain pâlot et des légumes blanchis à l'eau, puis assaisonnés. C'était un incroyable étalage de bonne nourriture gâchée au nom de la dernière mode culinaire. Je voyais bien que Vérité faisait preuve d'un enthousiasme aussi modéré que le mien et me demandai si tout le monde se rendait compte qu'il n'était nullement ébloui.

Umbre m'avait mieux formé que je ne m'en doutais. Je sus acquiescer poliment au bavardage de ma voisine de table, une jeune femme couverte de taches de rousseur, qui m'expliquait la difficulté à se procurer de la bonne toile de

Rippon, mais je n'en laissai pas moins traîner mes oreilles pour relever les propos importants dans les conversations environnantes. Rien ne portait sur l'affaire qui motivait notre déplacement ; le seigneur Kelvar et Vérité en discuteraient le lendemain en privé. Mais une bonne part de ce que j'entendis touchait à l'équipement en hommes de la tour de l'île du Guet et jetait sur la question de singuliers éclairages.

Je surpris des murmures sur le mauvais entretien actuel des routes ; une dame exprima son soulagement qu'on ait repris la réparation des fortifications de Gardebaie ; un homme se plaignit de la prolifération des voleurs dans les terres, au point de ne plus pouvoir compter sur l'arrivée que des deux tiers à peine de ses marchandises en provenance de Sillon. Le même problème semblait à la base du manque de bonne toile que déplorait ma voisine. J'observai le seigneur Kelvar et l'adoration avec laquelle il regardait le moindre geste de sa jeune épouse, et j'entendis Umbre aussi clairement que s'il me parlait à l'oreille : « Voici un duc qui n'a pas en tête le gouvernement de son duché. » Je suspectai dame Grâce d'arborer sur sa personne le prix des réparations des routes et le salaire des soldats qui auraient dû surveiller les voies commerciales du pays. Peut-être les bijoux qui pendaient à ses oreilles devaient-ils à l'origine payer la garnison des tours de l'île du Guet.

Le dîner s'acheva enfin. J'avais l'estomac plein mais l'appétit insatisfait tant le repas avait été insubstantiel. Deux ménestrels et un poète se présentèrent pour nous divertir, mais je prêtai davantage attention aux bavardages du public qu'au phrasé raffiné du poète ou aux ballades des musiciens. Kelvar était installé à droite du prince, sa dame à gauche, son chien de manchon partageant son siège.

Grâce se repaissait de la présence du prince. Ses mains s'égaraient souvent à toucher une boucle d'oreille ou un bracelet ; elle n'était pas habituée à porter tant de bijoux. Je la soupçonnais d'être de simple extraction et de se sentir écrasée par sa propre position. Un ménestrel chanta « Rose belle parmi le trèfle » sans la quitter des yeux et se vit récompensé par le rouge qui monta aux joues de la duchesse. Mais à mesure que la soirée s'avançait et que la lassitude me gagnait, je la vis s'éteindre peu à peu ; une fois, elle leva la main, mais trop tard, pour dissimuler un bâillement. Son petit chien s'était endormi sur ses genoux et couinait parfois en tressaillant, pris dans les rêves qui peuplaient sa cervelle exiguë. À deux reprises, elle piqua du nez ; je la vis se pincer subrepticement les poignets dans un effort pour se réveiller. Son soulagement fut visible lorsque Kelvar fit approcher les ménestrels et le poète pour les féliciter. Elle prit le bras de son seigneur pour le suivre dans leurs appartements, sans lâcher le chien qu'elle tenait au creux de son bras.

C'est avec non moins de soulagement que je regagnai l'antichambre de Vérité. Charim m'avait trouvé un lit de plume et des couvertures, et ma paillasse était largement aussi confortable que mon lit habituel. J'avais envie de dormir, mais Charim me fit signe d'entrer chez Vérité. En bon soldat, le prince n'avait nul besoin de laquais à ses ordres pour lui retirer ses bottes ; Charim et moi suffisions. Avec des murmures et des claquements de langue désapprobateurs, le serviteur suivait Vérité pour ramasser et lisser les vêtements que son maître laissait négligemment tomber. Il emporta les bottes dans un coin et se mit à les cirer avec diligence. Vérité enfila une chemise de nuit, puis se tourna vers moi.

« Alors ? Qu'as-tu à me raconter ? » Et je lui fis mon compte rendu comme je le faisais à Umbre ; je lui rapportai tout ce que j'avais entendu, le plus textuellement possible, en signalant qui avait parlé et à qui. Pour finir, j'ajoutai mes propres suppositions sur la signification de l'ensemble. « Kelvar est un homme qui a pris une jeune épouse, laquelle se laisse aisément impressionner par la fortune et les cadeaux, résumai-je. Elle ignore tout des responsabilités de sa propre position et encore plus de celle de son mari. Kelvar emploie tout son argent, tout son temps et toutes ses pensées à la séduire. S'il n'était pas irrespectueux de parler ainsi, je dirais que sa virilité lui fait défaut et qu'en remplacement il cherche à satisfaire sa jeune épouse avec des présents. »

Vérité poussa un profond soupir. Il s'était jeté sur le lit pendant la dernière moitié de mon rapport. Il tapotait un oreiller trop mou et le plia en deux pour donner un meilleur appui à sa nuque. « Satané Chevalerie ! dit-il d'un air absent. Ce genre de panier de crabes, ça lui convenait mieux qu'à moi. Fitz, tu as la voix de ton père. Et s'il était ici, il trouverait un moyen subtil de régler toute la question. Avec Chev, tout aurait déjà été résolu avec un de ses sourires et un baiser sur la main d'une dame. Mais ce n'est pas ma façon de faire et je ne vais pas jouer la comédie. » Il s'agita nerveusement sur son lit, comme s'il attendait que je soulève un argument sur la nature de son devoir. « Kelvar est homme et duc, et il a une responsabilité. Il doit placer des hommes valables dans cette tour. Ce n'est pas compliqué, et j'ai bien l'intention de le lui dire carrément. Postez des soldats dans cette tour, maintenez-les-y, et faites en sorte qu'ils soient satisfaits de leur travail. Je ne vois rien de plus simple ; en tout cas, qu'on ne compte pas sur moi pour enrober ça avec des ronds de jambe. »

Il changea pesamment de position, puis me tourna soudain le dos. « Éteins la lumière, Charim. » Le serviteur obéit si prestement que je me retrouvai planté dans le noir et que je dus regagner ma paillasse à tâtons. En m'allongeant, je réfléchis à la vision étroite que Vérité avait de la situation. Certes, il pouvait obliger Kelvar à placer des hommes dans la tour, mais il ne pouvait le forcer à y employer ses meilleurs guetteurs ni à en tirer fierté. La diplomatie devait intervenir. Il ne s'intéressait pas non plus à l'entretien des routes, des fortifications, ni au problème des brigands. Il fallait y remédier sans attendre, et de manière à préserver l'orgueil de Kelvar et à corriger tout en la raffermissant sa position vis-à-vis du seigneur Shemshy. De plus, quelqu'un devait s'occuper d'enseigner à dame Grâce ses responsabilités. Que de problèmes ! Mais ma tête avait à peine touché l'oreiller que je m'endormis.

9

DU BEURRE ET ÇA BICHE

Le fou s'en vint à Castelcerf durant la dix-septième année du règne du roi Subtil. C'est l'une des rares certitudes que l'on ait à son, sujet. Cadeau des marchands de Terrilville, a-t-on dit, le fou et son origine ne peuvent donner lieu qu'à des conjectures. On a raconté sur lui bien des histoires ; l'une d'elles prétend qu'il était prisonnier des Pirates rouges et que les marchands de Terrilville le leur arrachèrent ; une autre, qu'il fut trouvé tout bébé dans un petit bateau, abrité du soleil par un parasol en peau de requin et protégé des bancs de nage par un berceau de bruyère et de lavande. Mais tout cela peut être écarté comme pures chimères, et nous n'avons nulle connaissance réelle de la vie du fou avant son arrivée à la cour du roi Subtil.

Le fou est probablement né de l'espèce humaine, mais pas d'ascendance purement humaine. Les légendes qui le disent issu de l'Autre Peuple sont presque sûrement fausses, car ses doigts et ses orteils ne sont pas palmés et il n'a jamais manifesté la moindre peur des chats. Les caractéristiques physiques inhabituelles du fou (l'absence de pigmentation de la peau, par exemple) semblent des traits appartenant à son autre ascendance plutôt qu'une aberration individuelle, bien qu'en ceci je puisse me tromper lourdement.

Lorsque l'on parle du fou, ce que nous ignorons est presque plus significatif que ce que nous savons. Son âge à l'époque de son arrivée à Castelcerf reste du domaine de l'hypothèse.

D'expérience personnelle, je puis témoigner que le fou parais-
sait alors beaucoup plus jeune et, en tous domaines, plus
juvénile qu'aujourd'hui. Mais comme il présente peu de signes
de vieillissement, il se peut qu'il n'ait pas été alors aussi jeune
qu'il le paraissait, mais plutôt qu'il parvînt au terme d'une
enfance prolongée.

On a beaucoup débattu du sexe du fou. Quand, plus jeune
et plus direct que je ne le suis aujourd'hui, je l'interrogeai sur
la question, il me répondit que cela ne regardait personne
d'autre que lui-même. Ce dont je conviens.

Quant à sa prescience et aux formes fâcheusement vagues
qu'elle prend, il n'existe pas de consensus pour dire s'il s'agit
d'un talent racial ou individuel. Certains croient qu'il devine
tout à l'avance ; et quand on parle de lui quelque part, il
le saurait aussi ; d'autres affirment qu'il adore simplement
s'écrier : « Je vous l'avais bien dit ! » et que, dans ce but, il
reprend ses déclarations les plus obscures et les transforme,
à force de contorsions, en prophéties. Ce fut peut-être vrai
dans certains cas, mais dans de nombreux autres il a prédit,
devant témoins et de façon certes plus ou moins absconse,
des événements qui se sont réalisés par la suite.

*
*   *

La faim me réveilla peu après minuit. Je restai allongé à écouter mon estomac gronder ; je refermai les yeux, mais j'étais si affamé que j'en avais la nausée. Finalement, je me levai et m'approchai à tâtons de la table où s'était trouvé le plateau de pâtisseries, mais les serviteurs l'avaient emporté. Je délibérai avec moi-même et mon estomac l'emporta sur ma raison.

J'ouvris donc sans bruit la porte de la chambre et sortis dans la pénombre du couloir. Les deux hommes que Vérité y avait postés me jetèrent un regard interrogateur. « Je meurs de faim, expliquai-je. Vous avez repéré les cuisines ? »

185

Je n'ai jamais connu de soldat qui ne sût pas où se trouvaient les cuisines. Je les remerciai en promettant de leur rapporter quelque chose, puis m'enfonçai dans l'ombre du couloir. Dans l'escalier, j'éprouvai une curieuse impression à sentir du bois sous mes pieds et non de la pierre. Je me déplaçais comme Umbre me l'avait enseigné, en marchant sans bruit, uniquement dans les parties les plus sombres des couloirs, et en rasant les murs, là où les lattes risquaient moins de craquer. Et tout cela me paraissait naturel.

Le château dormait apparemment à poings fermés. Les rares gardes que je croisai somnolaient presque tous ; aucun ne m'interpella. Sur le moment, je mis cela sur le compte de ma discrétion ; aujourd'hui, je pense qu'un garçon maigrichon aux cheveux ébouriffés ne constituait pas une menace suffisante pour qu'ils s'y intéressent.

Je découvris les cuisines sans difficulté. C'était une vaste salle, avec un sol et des murs de pierre pour éviter les risques d'incendie, et trois grandes cheminées dont les feux étaient couverts pour la nuit. Malgré l'heure tardive, ou matinale, selon le point de vue, la pièce était bien éclairée ; les cuisines d'un château ne sont jamais complètement endormies.

Je vis les casseroles couvertes et sentis l'odeur du pain en train de lever ; une grosse marmite de ragoût chauffait au coin d'un des âtres. Soulevant le couvercle, je constatai que la disparition d'un bol ou deux de son contenu passerait inaperçue. Je touillai dedans, puis me servis ; je coupai l'entame d'une miche de pain enveloppée dans un linge sur une étagère et découvris dans un autre coin de la salle un bac de beurre mis au frais dans un grand tonneau plein d'eau. Dieu merci, plus de fantaisie, mais de la nourriture simple et consistante comme j'en avais rêvé toute la journée !

Je terminais mon second bol lorsque j'entendis des pas légers. Je levai les yeux avec mon sourire le plus désarmant en espérant que la cuisinière aurait le cœur aussi tendre que celle de Castelcerf. Mais c'était une servante en chemise de nuit, une couverture sur les épaules et son bébé dans les bras. Elle pleurait. Je détournai le regard, gêné.

Mais c'est à peine si elle m'accorda un coup d'œil. Elle déposa son enfant enveloppé de tissu sur la table et alla chercher un bol qu'elle emplit d'eau fraîche sans cesser de murmurer. Elle se pencha sur l'enfant. « Tiens, mon mignon, mon agneau. Tiens, mon chéri. Ça va te faire du bien. Bois un peu. Oh, mon amour, tu ne peux même pas laper ? Ouvre la bouche, alors. Allons, ouvre la bouche. »

Je ne pus m'empêcher de regarder. D'une main, elle s'efforçait maladroitement de porter le bol contre les lèvres du bébé ; de l'autre, elle essayait de lui ouvrir la bouche, en y mettant plus de force que je n'avais jamais vu une mère en employer avec son enfant. Elle souleva le bol et l'eau déborda. J'entendis un gargouillis étranglé, puis un hoquet annonciateur de vomissement. Comme je bondissais pour protester, une petite tête de chien émergea du tissu.

« Ah, il recommence à s'étouffer ! Il est en train de mourir ! Mon petit Bichonnet est à l'agonie et personne ne s'en inquiète que moi ! Il râle en respirant et je ne sais pas quoi faire ! Il est en train de mourir ! »

Elle serrait contre elle le chien qui hoquetait en s'étranglant. Il secoua violemment la tête puis retomba inerte. Si je n'avais pas entendu sa respiration laborieuse, j'aurais juré qu'il venait de mourir. Ses yeux noirs et globuleux croisèrent les miens et je sentis tout l'affolement et toute la douleur de la petite bête.

Du calme. « Allons, m'entendis-je dire, vous ne lui faites pas de bien en le tenant serré comme ça. Il peut à peine respirer. Posez-le, enlevez-lui toutes ces couvertures. Laissez-le décider dans quelle position il est le plus à l'aise. Tout emmitouflé comme ça, il a trop chaud, alors il halète et il s'étrangle du même coup. Posez-le. »

Elle avait une tête de plus que moi et je crus un instant devoir le lui arracher de force. Mais elle me laissa lui prendre le chien et lui ôter plusieurs épaisseurs de tissu. Je l'installai sur la table.

Le petit animal était dans la détresse la plus totale. Il resta debout, la tête lui pendant entre les pattes avant ; il avait le museau et le poitrail luisants de salive, le ventre distendu et dur. Il se remit à essayer de vomir ; ses petites mâchoires s'ouvrirent grand, ses lèvres se retroussèrent, découvrant ses minuscules dents pointues. La rougeur de sa langue attestait de la violence de ses efforts. La jeune fille poussa un cri et se précipita, mais je la repoussai rudement. « Ne le touchez pas, fis-je d'un ton impatient. Il essaie de se débarrasser de quelque chose et il n'y arrivera pas si vous lui écrasez le ventre. »

Elle s'immobilisa. « Il essaie de se débarrasser de quelque chose ?

— À son air et à ses réactions, on dirait qu'il a quelque chose de coincé dans le gosier. Est-ce qu'il aurait pu avaler des os ou des plumes ? »

Elle prit l'air affligé. « Il y avait des arêtes dans le poisson. Mais toutes petites.

— Du poisson ? Mais qui est l'imbécile qui lui a laissé manger du poisson ? Était-il frais ou pourri ? » À la période du frai, j'avais vu ce qu'un saumon pourri trouvé sur la berge d'une rivière pouvait faire à un chien. Si c'était ce que cette bestiole avait ingurgité, elle était fichue.

« Il était frais et bien cuit. La même truite que celle que j'ai eue au dîner.

— Bon, au moins, il y a peu de chances qu'il s'empoisonne. C'est donc une arête. Mais s'il l'avale complètement, il en mourra sans doute. »

Elle émit un hoquet d'horreur. « Non, ce n'est pas possible ! Il ne doit pas mourir ! Ça va aller, il a seulement mal au ventre ! Je lui ai donné trop à manger, c'est tout ! Il va s'en remettre ! Qu'est-ce que vous y connaissez, de toute façon, vous, un marmiton ? »

Je regardai son chien essayer à nouveau de vomir ; il en était presque convulsé, mais rien ne sortit que de la bile jaunâtre. « Je ne suis pas marmiton. Je suis garçon de chenil ; je m'occupe du molosse de Vérité, si vous voulez tout savoir. Et si on n'aide pas cet animal, il va mourir. Très bientôt. »

Je saisis fermement son chien tandis que sur son visage se peignait un mélange de respect et d'horreur. *J'essaie de t'aider.* Il ne me crut pas. Je lui écartai les mâchoires de force et lui introduisis deux doigts dans la gorge. Les haut-le-cœur devinrent plus violents encore et l'animal se mit à pédaler frénétiquement des pattes de devant. Il aurait bien eu besoin de se faire raccourcir les griffes. Du bout des doigts, je tâtai l'arête ; je la sentis bouger, mais elle était enfoncée de biais dans l'œsophage. Le chien poussa un hurlement étranglé et se débattit furieusement dans mes bras ; je le lâchai. « Bon, eh bien il ne s'en débarrassera pas sans un coup de main », fis-je.

Je laissai la servante pleurnicher sur son animal. Au moins, elle s'était retenue de le reprendre contre elle. J'allai pêcher une poignée de beurre dans le tonneau et la déposai dans mon bol à ragoût ; à présent, il me fallait un objet crochu ou plié selon un angle très fermé, mais pas trop grand. Je fouillai coffres et huches et mis finalement la main sur un crochet de métal muni d'une poignée, qui servait peut-être à retirer les marmites brûlantes du feu.

« Asseyez-vous », ordonnai-je à la servante.

Elle me regarda bouche bée, puis s'installa d'un air soumis sur le banc que je lui désignais.

« Maintenant, tenez-le fermement entre vos genoux. Et ne le lâchez sous aucun prétexte, qu'il se débatte, qu'il griffe ou qu'il glapisse. Et coincez-lui les pattes avant, qu'il ne me mette pas les bras en lambeaux pendant que je travaille. Compris ? »

Elle inspira profondément, déglutit et fit oui de la tête. Son visage ruisselait de larmes. Je lui installai le chien sur les genoux, puis, lui prenant les mains, les posai sur l'animal.

« Tenez-le solidement », lui recommandai-je. Je m'emparai d'un gros morceau de beurre. « Ça va me servir à lui graisser la gorge. Ensuite, je vais lui ouvrir la gueule, crocher l'arête et l'extraire. Vous êtes prête ? »

Elle acquiesça. Elle avait cessé de pleurer et ses lèvres avaient un pli résolu. Je fus soulagé de lui découvrir un peu de volonté et je hochai la tête.

Introduire le beurre ne posa pas de problème ; mais la substance obstrua la gorge du chien dont la panique s'accrut ; les vagues de terreur qu'il émettait mirent à mal mon sang-froid. Sans douceur, je lui ouvris les mâchoires et lui enfonçai le crochet dans le gosier. J'espérais ne pas lui déchirer les chairs ; sinon, eh bien, il était condamné de toute façon. Pendant que je faisais tourner l'ustensile au fond de sa gorge, il se mit à se tortiller, à glapir et à inonder sa maîtresse d'urine. Le crochet agrippa enfin l'arête et je la tirai vers moi sans à-coups et d'un mouvement ferme.

Elle sortit accompagnée d'un mélange de salive, de bile et de sang. Ce n'était pas une arête, mais un méchant petit os, un bout de bréchet de petit oiseau. Je le jetai sur la table. « Il ne faut pas non plus lui donner d'os de volaille », dis-je d'un ton sévère.

Je crois que la jeune fille ne m'entendit même pas. Son chien respirait en sifflant, mais l'air soulagé, sur ses genoux. Je pris l'assiette d'eau et la lui tendis ; il la renifla, lapa un peu, puis se roula en boule, épuisé. Elle le souleva et le serra contre elle, la tête penchée sur lui.

« Je voudrais vous demander quelque chose, fis-je.

— Tout ce que vous voulez. » La fourrure du chien étouffait ses paroles. « Vous n'avez qu'à demander.

— D'abord, ne lui donnez plus ce que vous mangez vous-même. Donnez-lui de la viande rouge et du grain bouilli, pour commencer ; et pour un chien de sa taille, pas plus que ce que peut contenir votre main. Ensuite, cessez de le prendre tout le temps dans vos bras ; faites-le courir pour qu'il se muscle et qu'il s'use les griffes. Enfin, baignez-le ; il pue du poil et de la gueule parce qu'il a une nourriture trop riche. Sinon, je ne lui donne pas plus d'un an ou deux à vivre. »

Elle me regarda, effarée, et porta une main à sa bouche. Et quelque chose dans son geste, si semblable à sa façon maladroite de toucher ses bijoux pendant le dîner, me fit soudain comprendre qui j'étais en train de rabrouer : dame Grâce ! Et j'avais fait pisser son chien sur sa chemise de nuit !

Mon visage dut me trahir, car elle eut un sourire ravi et serra davantage son animal contre elle. « Je suivrai vos conseils, mon garçon. Mais pour vous-même ? Ne souhaitez-vous rien en récompense ? »

Elle s'attendait que je demande de l'argent, voire une place dans sa domesticité. Mais je la regardai d'un air aussi posé que possible et déclarai : « S'il vous plaît, dame Grâce, je vous prie de demander à votre seigneur de garnir la tour de l'île du Guet avec ses meilleurs hommes, afin de mettre un terme à la discorde entre les duchés de Rippon et de Haurfond.

— Quoi ? »

Ce simple mot en disait long sur elle. Ce n'était pas dame Grâce qui avait appris cet accent et cette inflexion.

« Demandez à votre seigneur de bien équiper ses tours en hommes. Je vous en prie.

— Pourquoi un garçon de chenil s'intéresserait-il à ce genre de choses ? »

La question était par trop brutale. J'ignorais où Kelvar avait trouvé sa femme, mais elle n'était pas de haute naissance ni de grande fortune. Son air enchanté quand je l'avais reconnue, le fait d'avoir amené son chien dans le confort familier des cuisines, toute seule, drapée dans sa couverture, tout cela dénonçait la fille du commun élevée trop vite et trop au-dessus de sa condition d'origine. Elle était seule, irrésolue, et nul ne lui avait enseigné ce que l'on attendait d'elle ; pis, elle se savait ignorante et ce savoir la rongeait, teintait de peur tous ses plaisirs. Si elle n'apprenait pas à se conduire en duchesse avant l'extinction de sa jeunesse et de sa beauté, elle se préparait de longues années de solitude et de moquerie. Il lui fallait un mentor, un précepteur secret comme Umbre ; elle avait besoin des conseils que je pouvais lui donner, et sans perdre de temps ; mais je devais avancer avec prudence, car elle n'accepterait pas les conseils d'un garçon de chenil. Seule une fille du commun les écouterait et, si elle était sûre de quelque chose, c'est qu'elle n'était plus une fille du commun, mais une duchesse.

« J'ai fait un rêve, dis-je, pris d'une inspiration subite. Très clair, comme une vision, ou un avertissement. Ça m'a réveillé et j'ai senti que je devais descendre aux cuisines. » Mon regard se fit lointain ; ses yeux s'agrandirent. Je la tenais. « J'ai rêvé d'une femme qui prononçait de sages paroles et transformait trois jeunes hommes en un mur uni que les Pirates rouges ne pouvaient rompre. Elle se tenait devant eux, des bijoux dans les mains, et elle leur disait : "Que les tours de guet brillent plus fort que les pierres de ces bagues. Que les hommes qui les occupent entourent nos côtes comme ces perles entouraient mon cou. Que les forteresses retrouvent une force nouvelle contre ceux qui menacent notre peuple. Car je serais fière de marcher sans ornement devant le roi et les gens du commun, sachant que les défenses qui protègent notre peuple sont les joyaux de notre terre." Et le roi et ses ducs sont restés stupéfaits devant la sagesse de son cœur et la noblesse de ses actes. Mais son peuple ne lui en a porté que davantage d'affection, car il savait qu'elle l'aimait plus que l'or ou l'argent. »

C'était un discours maladroit, beaucoup moins habile que je ne l'aurais voulu ; mais il toucha l'imagination de mon auditrice. Elle se voyait déjà dressée, altière, devant le roi-servant et le laissant foudroyé d'étonnement par son sacrifice. Je sentis en elle le désir brûlant de se distinguer, de susciter l'admiration du peuple dont elle était issue. Elle était peut-être autrefois fille de laiterie ou de cuisine et demeurait telle aux yeux de ceux qui l'avaient connue alors ; ce geste leur montrerait qu'elle n'était désormais plus seulement duchesse par le titre. Le seigneur Shemsy et sa suite rapporteraient son acte de noblesse jusque dans le duché de Haurfond ; les chansons des ménestrels célébreraient ses paroles ; et pour une fois elle surprendrait son époux. Qu'il la considère dorénavant comme quelqu'un qui se préoccupait de sa terre et de son peuple et plus comme un joli petit animal capturé grâce à son rang, J'avais presque l'impression de voir les pensées défiler dans sa tête. Son regard s'était fait distant et un sourire absent jouait sur ses lèvres.

« Bonne nuit, jeune homme », dit-elle à mi-voix et elle quitta la cuisine d'un pas rêveur, son chien pelotonné contre son sein. Elle portait la couverture qui lui protégeait les épaules comme un manteau d'hermine ; demain, elle jouerait son rôle à la perfection. Je souris brusquement en me demandant si je n'avais pas mené ma mission à bien en me passant de poison. Certes, je n'avais pas vérifié si Kelvar était ou non coupable de trahison ; mais, à mon sentiment, j'avais tranché la racine du problème. J'étais prêt à parier que les tours de guet seraient équipées convenablement avant la fin de la semaine.

Et je regagnai mon lit. Avant de partir, j'avais chipé une miche de pain frais ; je l'offris aux gardes qui me laissèrent rentrer chez Vérité. Quelque part à l'autre bout de Garde-baie, quelqu'un annonça l'heure à pleins poumons. Je n'y prêtai guère attention. Je m'enfouis sous mes couvertures, le ventre en paix et la tête déjà pleine du spectacle qu'offrirait dame Grâce le lendemain. Tout en m'assoupissant, je pariai qu'elle porterait quelque chose de simple, une robe droite et blanche, et que ses cheveux seraient défaits.

Je ne devais jamais le vérifier. Je dormais depuis quelques instants à peine, me sembla-t-il, lorsqu'on me secoua l'épaule. J'ouvris les yeux pour découvrir Charim penché sur moi. La pâle lumière d'une bougie créait des ombres démesurées sur les murs de la chambre. « Réveillez-vous, Fitz, chuchota-t-il d'une voix rauque. Un coursier vient d'arriver au château, envoyé par dame Thym. Elle réclame votre présence immédiatement. On est en train de préparer votre cheval.

— Moi ? fis-je bêtement.

— Naturellement ! Je vous ai sorti des vêtements. Habillez-vous sans bruit. Vérité dort encore.

— Qu'est-ce qu'elle me veut ?

— Mais je n'en sais rien, moi ! Le message ne le disait pas. Elle est peut-être malade. Le coursier a seulement dit qu'elle a besoin de vous tout de suite. On vous éclairera quand vous y serez, je suppose. »

Maigre consolation. Mais cela suffit à exciter ma curiosité et, quoi qu'il en fût, je devais obéir. Je ne savais pas exactement quel rapport dame Thym avait avec le roi, mais elle se trouvait bien au-dessus de moi en importance et je n'osai pas braver son ordre. Je me vêtis donc rapidement à la lumière de la bougie et quittai ma chambre pour la seconde fois de la nuit. Pognes m'avait sellé Suie et m'accueillit avec quelques plaisanteries grivoises sur mes convocations nocturnes. Je lui suggérai une distraction qui pourrait l'occuper le restant de la nuit et m'en allai. Les gardes, avertis de mon passage, me firent sortir sans encombre du château, puis des fortifications.

Par deux fois, je me trompai de direction dans la ville. Tout semblait différent, de nuit, et je n'avais guère fait attention au chemin à l'aller. Enfin, je tombai sur la cour de l'auberge. La propriétaire, inquiète, était debout et une lumière brillait à sa fenêtre. « Ça fait presque une heure qu'elle se plaint et qu'elle demande après vous, messire, me dit-elle d'un ton angoissé. J'ai peur que ce ne soit grave, mais elle ne veut voir personne que vous. »

En hâte, je suivis le couloir jusqu'à la chambre de la vieille dame. Je frappai doucement, m'attendant à demi à l'entendre m'ordonner d'une voix stridente de m'en aller et de cesser de l'importuner. Mais non ; c'est une voix chevrotante qui répondit : « Ah, Fitz, c'est vous enfin ? Entrez vite, mon garçon. J'ai besoin de vous. »

Je pris une grande inspiration et soulevai le loquet. Je pénétrai dans la semi-obscurité et l'air confiné de la chambre en essayant d'éviter les divers effluves qui assaillirent mes narines, et je me dis que la puanteur de la mort ne devait guère être pire.

La seule source de lumière était une bougie qui gouttait dans sa bobèche. Je m'en saisis et m'aventurai vers le lit fermé de lourdes tentures. « Dame Thym ? fis-je doucement. Qu'avez-vous ?

— Mon garçon. » La voix provenait d'un angle de la chambre plongé dans l'obscurité.

« Umbre ! m'exclamai-je en me sentant soudain plus bête que je n'aime à me le rappeler.

— Je n'ai pas le temps de t'expliquer le pourquoi et le comment. Ne te fais pas de reproches, mon garçon. Dame Thym en a trompé plus d'un en son temps et elle continuera encore longtemps. Du moins je l'espère. Allons, fais-moi confiance et ne pose pas de questions ; contente-toi de faire ce que je te dirai. D'abord, va trouver l'aubergiste ; dis-lui que dame Thym a eu une nouvelle attaque et qu'elle doit se reposer quelques jours ; qu'on ne la dérange sous aucun prétexte. Son arrière-petite-fille viendra s'occuper d'elle…

— Qui…

— C'est déjà arrangé. Son arrière-petite-fille lui apportera de quoi manger et tout ce dont elle a besoin. Insiste bien sur le fait que le repos et la solitude lui sont absolument nécessaires. Vas-y tout de suite.

J'y allai et je fus très convaincant, car de fait j'étais encore sous le choc. L'aubergiste me promit de ne permettre à personne fût-ce de frapper à une porte chez elle, car elle regretterait fort de perdre la bonne opinion de dame Thym sur son établissement et son commerce. D'où je déduisis que dame Thym la payait grassement.

Je rentrai discrètement dans la chambre en refermant sans bruit la porte derrière moi. Umbre tira le verrou et alluma une bougie à la flamme mourante de la première. Puis il étala une petite carte sur la table. Je notai qu'il était vêtu comme pour voyager – manteau, bottes et pourpoint noirs. Il paraissait soudain changé, plein de santé et d'énergie ; et je me demandai si le vieillard à la robe usée était aussi un rôle qu'il jouait. Il leva les yeux vers moi et je jure que l'espace d'un instant j'eus l'impression d'avoir Vérité, le soldat, devant moi. Mais il ne me laissa pas le temps de rêvasser.

« Les choses iront comme elles iront entre Kelvar et Vérité. D'autres affaires nous appellent. J'ai reçu un message ce soir : les Pirates rouges ont frappé chez nous, à Forge ; si près de Castelcerf que ce n'est plus seulement une insulte, mais une véritable menace. Et ce pendant que Vérité se trouve à Finebaie. Ils le savaient ici, loin de Castelcerf, et qu'on ne me dise pas le contraire ! Mais ce n'est pas tout : ils ont pris des otages et les ont emmenés à bord de leurs navires. Et ils ont dépêché un messager à Castelcerf, au roi Subtil lui-même. Ils exigent de l'or, beaucoup d'or, sans quoi ils renverront les otages dans leur village.

— Ils les exécuteront, vous voulez dire, non ?

— Non. » Umbre secoua la tête d'un air irrité, comme un ours importuné par des abeilles. « Non, le message était parfaitement clair : si l'or leur est livré, ils les tueront ; sinon, ils les relâcheront. L'homme était de Forge, sa femme et son fils avaient été enlevés. Telle était bien la menace, il a bien insisté.

— Je ne vois pas où est le problème, dans ce cas, fis-je d'un ton dédaigneux.

— Au premier abord, moi non plus. Mais l'homme qui a porté le message à Subtil tremblait encore de frayeur, malgré sa longue chevauchée. Il était incapable d'expliquer pourquoi, ni même s'il fallait ou non payer la rançon ; il ne savait que répéter que le capitaine souriait en lui remettant l'ultimatum et que les autres pirates riaient sans pouvoir s'arrêter.

« Nous allons donc enquêter sur place, toi et moi. À l'instant, avant toute réponse officielle du roi, avant même que

Vérité ne soit mis au courant. À présent, sois attentif. Voici la route par laquelle nous sommes venus ; tu vois comme elle suit la courbe de la côte ? Et voici la piste que nous allons prendre ; elle est plus directe, mais plus escarpée, et marécageuse par endroits, si bien que les chariots ne l'empruntent jamais. Mais elle est plus rapide pour des hommes à cheval. Là, une embarcation nous attend ; en traversant la baie, nous nous épargnerons pas mal de milles et d'heures de voyage. Nous aborderons ici, et ensuite on file sur Forge. »

J'étudiai la carte. Forge se trouvait au nord de Castelcerf ; quel délai avait-il fallu à notre messager pour parvenir jusqu'à nous et, le temps que nous arrivions sur place, la menace des Pirates rouges n'aurait-elle pas déjà été mise à exécution ? Mais il était inutile de perdre son temps en questions oiseuses.

« Avez-vous un cheval ?

— C'est arrangé. Par celui qui m'a livré le message ; il y a un bai dehors, avec trois pattes blanches. Il est pour moi. Le messager fournira également une arrière-petite-fille à dame Thym, et le bateau nous attend. Allons.

— Une dernière chose, dis-je en feignant de ne pas voir le froncement de sourcils d'Umbre. Il faut que je sache, Umbre : vous trouvez-vous ici parce que vous ne me faites pas confiance ?

— C'est de bonne guerre, je reconnais. Non. J'étais ici pour laisser traîner mes oreilles dans la ville, pour écouter les commérages, comme toi au château. Les bonnetières et les mercières peuvent en savoir plus long que le grand conseiller du roi, sans même en avoir conscience. Bien. Partons-nous, à présent ? »

Nous partîmes. Le cheval bai nous attendait à la porte de service que nous empruntâmes ; Suie ne l'estimait guère, mais elle n'oublia pas ses bonnes manières. Je sentais l'impatience d'Umbre, cependant il nous imposa une allure posée tant que nous n'eûmes pas laissé les rues pavées de Finebaie derrière nous. Une fois dépassées les lumières des dernières maisons, nous lançâmes les chevaux au petit galop. Umbre me précédait et je m'émerveillais de sa qualité de cavalier et de son talent à se repérer sans effort dans le noir. Suie n'appréciait pas cette course dans la nuit ; sans la lune presque pleine, je crois que je n'aurais pas pu la persuader de rester à la hauteur du bai.

Je n'oublierai jamais cette randonnée nocturne. Non parce que c'était une chevauchée effrénée pour secourir les habitants de Forge, mais justement parce que ce n'en était pas une. Umbre nous guidait et traitait les chevaux comme s'il s'agissait de pions sur un échiquier. Il ne jouait pas vite, il jouait pour gagner ; et c'est pourquoi, par moments, nous ramenions nos montures au pas pour les laisser reprendre souffle et, par endroits, nous mettions pied à terre et les conduisions à la main pour leur faire franchir certaines zones dangereuses.

L'aube grisaillait l'atmosphère quand nous fîmes halte pour manger des provisions tirées des fontes d'Umbre. Nous étions au sommet d'une colline si boisée qu'on distinguait à peine le ciel ; j'entendais, le bruit de l'océan, j'en sentais l'odeur, mais j'étais incapable de l'apercevoir. Notre piste était devenue moins qu'un chemin sinueux, tout juste une sente de cerf à travers bois. Maintenant que nous ne nous déplacions plus, j'éprouvais par l'ouïe et l'odorat la vie qui nous entourait, le chant des oiseaux, le mouvement des petits animaux dans les taillis et dans les branches qui nous surplombaient. Après s'être étiré, Umbre s'était laissé choir sur une plaque de mousse épaisse, le dos contre un arbre. Il but un long trait d'une outre d'eau, puis un autre, plus court, d'une flasque d'eau-de-vie. Il paraissait fatigué et la lumière du jour accusait son âge plus cruellement que celle des lampes. Je me demandai s'il tiendrait jusqu'au bout du voyage.

« Ça ira, dit-il en surprenant mon regard. J'ai accompli des missions plus ardues en dormant moins ; par ailleurs, nous aurons cinq ou six bonnes heures pour nous reposer sur le bateau, si l'eau est calme, et donc notre content de sommeil. Remettons-nous en route, mon garçon. »

Deux heures plus tard, notre chemin se divisa et, encore une fois, nous prîmes le plus touffu ; très vite, je me retrouvai presque couché sur l'encolure de Suie pour éviter les basses branches. Il faisait chaud et humide sous les arbres et des myriades de petites mouches piqueuses nous harcelaient, tourmentaient les chevaux et s'infiltraient sous nos vêtements pour se repaître de notre chair. Elles étaient si nombreuses que, lorsque je rassemblai assez de courage pour demander à Umbre si nous ne nous étions pas égarés, j'en eus aussitôt la bouche pleine au point de m'étouffer.

Vers midi, nous débouchâmes sur un coteau venteux et plus dégagé, et je revis l'océan. Le vent rafraîchit les chevaux en sueur et chassa les insectes. Quel plaisir de pouvoir se tenir à nouveau droit dans sa selle ! La largeur de la piste me permettait de marcher de front avec Umbre ; ses marques livides ressortaient durement sur son teint pâle, le faisant paraître encore plus exsangue que le fou ; des cernes sombres soulignaient ses yeux. Il surprit mon regard et fronça les sourcils.

« Fais-moi ton rapport, au lieu de me dévisager comme un simple d'esprit ! » m'ordonna-t-il d'un ton sévère, et je m'exécutai.

J'avais du mal à surveiller à la fois la piste et son visage, mais la seconde fois qu'il grogna, je lui jetai un coup d'œil et lui vis un sourire à la fois amer et amusé. J'achevai mon rapport et il hocha la tête.

« Toujours la chance ! Cette même chance qu'avait ton père ! Ta diplomatie de cuisine suffira peut-être à retourner la situation, si elle se résume à ça. Les potins que j'ai entendus allaient dans le même sens. Ma foi, Kelvar était un bon duc avant de se marier et, apparemment, tout provient de ce que sa jeune épousée lui est montée à la tête. » Brusquement, il soupira. « Néanmoins, la conjonction d'événements est malheureuse, avec d'un côté Vérité qui va réprimander un homme parce qu'il s'occupe mal de ses tours, et de l'autre une attaque sur une ville de Castelcerf ! Sacrebleu ! Il y a tant d'éléments que nous ignorons ! Comment les pirates ont-ils pu passer nos tours sans se faire repérer ? Comment savaient-ils Vérité absent de Castelcerf ? Et le savaient-ils vraiment ? Était-ce un simple coup de chance en leur faveur ? Et que signifie cet étrange ultimatum ? Est-ce une menace ou une raillerie ? » Il se tut un moment.

« J'aimerais être au courant des mesures que Subtil aura prises. Quand il m'a envoyé le messager, il n'avait pas encore décidé. Si ça se trouve, tout aura été réglé lorsque nous arriverons à Forge. Et j'aimerais aussi savoir le message exact qu'il a artisé à Vérité. Autrefois, dit-on, lorsque nombreux étaient ceux qu'on formait à l'Art, un homme était capable de percevoir ce que son chef pensait rien qu'en se taisant et en écoutant attentivement ; mais ce n'est peut-être qu'une légende. Aujourd'hui, rares sont ceux à qui on enseigne l'Art, et c'est au roi Bonté qu'on le doit, je crois : si l'Art demeure un secret, l'instrument d'une élite, il prend davantage de valeur ; tel était son raisonnement. Je ne l'ai jamais bien compris : qu'adviendrait-il si l'on en disait autant des bons archers, ou des bons navigateurs ? Cependant, l'aura du mystère peut accroître le statut d'un chef, ce n'est pas faux… Quant à un homme comme Subtil, savoir que ses subalternes se demandent s'il est réellement capable de lire leurs pensées sans qu'ils disent mot, voilà qui lui plairait. Oui, voilà qui lui plairait fort ! »

Je crus d'abord Umbre inquiet, voire en colère. Jamais je ne l'avais entendu traiter d'un sujet d'une manière aussi décousue. Mais quand son cheval fit un écart devant un écureuil qui croisait son chemin, il manqua d'un cheveu de tomber de sa selle. Je m'emparai de ses rênes. « Vous allez bien ? Que vous arrive-t-il ? »

Il secoua lentement la tête. « Rien. Une fois au bateau, ça ira. Continuons ; ce n'est plus très loin. » De pâle, il était devenu grisâtre, et à chaque pas de son cheval il chancelait sur sa selle.

« Reposons-nous un peu, proposai-je.

— La marée n'attend pas ; quant à me reposer, cela ne servirait à rien si je passais mon temps à imaginer notre embarcation se fracassant sur les rochers. Non. Il faut continuer. » Et il ajouta : « Fais-moi confiance, mon garçon. Je connais mes limites et je n'aurai pas la bêtise de m'aventurer au-delà. »

Nous poursuivîmes donc notre route. Il n'y avait guère d'autre choix. Mais je restai à la hauteur de la tête de sa monture, d'où je pourrais saisir ses rênes en cas de besoin. Le bruissement de l'océan devenait plus fort et le chemin plus escarpé. Je me retrouvai bientôt à ouvrir la marche, bien involontairement.

Quittant les taillis, nous débouchâmes sur une falaise qui surplombait une plage sablonneuse. « Eda merci, ils sont là », murmura Umbre dans mon dos et j'aperçus alors l'embarcation à faible tirant d'eau près de la pointe, à la limite de l'échouage. L'homme de garde nous héla en agitant son bonnet. Je levai le bras pour lui retourner son salut.

Nous descendîmes avec force glissades et Umbre embarqua aussitôt. Je me retrouvai seul pour me débrouiller avec les chevaux ; ni l'un ni l'autre ne manifestait d'empressement à s'avancer dans les vagues et encore moins à se hisser sur le pont par-dessus le bastingage surbaissé. J'essayai de tendre mon esprit vers eux pour leur faire comprendre ce que je voulais, mais pour la première fois de ma vie je me rendis compte que j'étais trop épuisé. Je ne parvenais pas à la concentration nécessaire. C'est donc seulement après avoir bu deux fois la tasse, et avec l'aide de trois matelots sacrant à qui mieux mieux, que je parvins à faire monter les bêtes à bord. Le moindre bout de cuir, la moindre boucle de leurs harnais étaient trempés d'eau de mer ; comment allais-je expliquer ça à Burrich ? Je n'arrivais pas à penser à autre chose tandis qu'installé à la proue je regardais les rameurs courbés sur leurs avirons nous propulser en eau plus profonde.

10

RÉVÉLATIONS

Temps et marées n'attendent personne. C'est un adage vieux comme le monde. Pour les marins et les pêcheurs, il signifie simplement que les horaires d'un bateau se plient à la volonté de l'océan et non à la convenance des hommes. Mais parfois je m'étends, le pire de la douleur apaisé par le thé, et je m'interroge. Les marées n'attendent personne, cela est vrai, je le sais ; mais le temps ? L'époque où j'ai vu le jour attendait-elle ma naissance ? Les événements se sont-ils enclenchés comme les dents de bois des monstrueux rouages de l'horloge de Sayntanns, s'engrenant avec ma conception pour guider ensuite mon existence ? Je ne prétends pas à une place prépondérante dans l'Histoire ; cependant, si je n'étais pas venu au monde, si mes parents n'avaient pas cédé à une brève poussée de désir charnel, tant de choses seraient différentes. Tant de choses ! Meilleures ? Je ne crois pas. Et puis je cligne les yeux, je m'efforce de clarifier ma vision et je me demande si ces pensées me sont propres ou si elles proviennent de la drogue qui court dans mes veines. J'aimerais pouvoir prendre conseil auprès d'Umbre, une dernière fois.

*
* *

Le soleil indiquait la fin de l'après-midi lorsqu'on me réveilla d'une tape sur l'épaule. « Ton maître a besoin de toi », me dit-on laconiquement et je sursautai. Les grands cercles des mouettes dans le ciel, l'air frais et salin et le dandinement plein de dignité du bateau me rappelèrent où je me trouvais. Je me levai, honteux de m'être endormi sans même m'assurer qu'Umbre était bien installé, et je gagnai en hâte le rouf, à l'arrière.

J'y découvris Umbre, qui s'était visiblement approprié la petite table de la coquerie, absorbé dans l'étude d'une carte ; mais c'est une vaste jatte pleine de soupe de poisson qui retint mon attention. Umbre me fit signe de me servir sans lever les yeux de sa carte et je m'empressai de lui obéir. Il y avait des biscuits et du vin rouge piqué en accompagnement ; devant la nourriture, je me découvris un appétit de loup. Je finissais de nettoyer mon assiette avec un bout de biscuit quand Umbre me demanda : « Ça va mieux ?

— Oui, beaucoup. Et vous ?

— Mieux aussi. » Il posa sur moi ce regard de faucon que je connaissais bien. À mon grand soulagement, il paraissait complètement remis. Il écarta mon couvert et posa la carte devant moi. « Ce soir, dit-il, nous serons ici. Le débarquement sera plus épineux que l'embarquement ; avec de la chance, le vent sera au rendez-vous ; sinon, nous manquerons le meilleur de la marée et le courant sera fort. Nous serons peut-être obligés de faire nager les chevaux jusqu'à la côte en les menant à bord du doris. J'espère que non, mais tiens-toi prêt, à tout hasard. Une fois à terre…

— Vous sentez la graine de carris. » J'avais du mal à y croire ; pourtant j'avais indiscutablement perçu l'odeur suave de la graine et de l'huile dans son haleine. Comme tout le monde, j'avais mangé des gâteaux au carris à la Fête du printemps et je me rappelais l'énergie étourdissante que pouvait procurer un simple saupoudrage de cette graine sur une pâtisserie. On célébrait toujours ainsi l'Orée du printemps ; une fois par an, quel mal cela pouvait-il faire ? Mais, par ailleurs, Burrich m'avait toujours averti de ne pas acheter un cheval qui sentait la graine de carris ; pire encore, disait-il, s'il surprenait quelqu'un à mettre de l'huile de carris dans le grain d'une de nos bêtes, il le tuerait. À mains nues.

« Ah ? Curieux ! Écoute, si tu dois faire accoster les chevaux à la nage, je te conseille de placer ta chemise et ton manteau dans un sac en toile huilée et de me les confier sur le doris. Ainsi, tu auras au moins quelque chose de sec à te mettre une fois à terre. À partir de la côte, la route sera…

— Burrich dit que lorsqu'on en a donné une fois à un animal, il n'est plus jamais le même. Ça change les chevaux. Il dit qu'on peut s'en servir pour gagner une course ou pour forcer un cerf, mais qu'après la bête ne sera plus jamais comme avant. Il dit que des maquignons malhonnêtes l'emploient pour donner bonne apparence à un animal lors d'une vente ; ça lui donne de la vigueur et ça lui fait briller les yeux, mais ça passe rapidement. Burrich dit que les chevaux ne sentent plus leur fatigue, si bien qu'ils continuent bien au-delà de la limite où ils auraient dû tomber d'épuisement. Il m'a raconté que parfois, quand l'effet de la graine de carris s'arrête, le cheval s'écroule comme une masse. » Les mots jaillissaient de moi comme de l'eau froide sur des pierres.

Umbre leva les yeux de la carte et me regarda avec douceur. « J'ignorais que Burrich en savait si long sur la graine de carris. Tu l'as écouté attentivement, c'est bien. Maintenant, peut-être aurais-tu la bonté d'accorder la même attention à la prochaine étape de notre voyage ?

— Mais, Umbre… »

Il me pétrifia d'un regard. « Burrich est un excellent maître de chevaux ; enfant déjà, il y montrait de grandes dispositions. Il se trompe rarement… en matière de chevaux. À présent, écoute-moi bien. Nous aurons besoin d'une lanterne pour aller de la plage jusqu'aux falaises au-dessus. Le sentier est très mauvais ; il faudra peut-être y mener les bêtes l'une après l'autre. Mais il paraît que c'est faisable. Ensuite, nous allons directement à Forge en coupant à travers la campagne ; il n'existe pas de route qui nous y conduise tout droit. Le terrain est montueux, mais dépourvu de forêts, et comme nous nous déplacerons de nuit, c'est le ciel étoilé qui sera notre carte. Je compte atteindre Forge en milieu d'après-midi. Nous nous ferons passer pour de simples voyageurs, toi et moi. Je n'ai pas prévu plus loin ; après, il faudra improviser. »

Et le moment où j'aurais pu lui demander comment il pouvait consommer de la graine sans en mourir, ce moment passa, écarté par l'exposé de ses plans soigneusement établis. Pendant encore une demi-heure, il m'entretint de divers détails, puis il me congédia, disant avoir d'autres préparatifs à terminer, et me recommanda de jeter un coup d'œil aux chevaux avant de me reposer tant que je le pouvais.

Les montures se trouvaient à l'avant dans un enclos matérialisé par des cordes tendues sur le pont. Un lit de paille protégeait le bois de leurs sabots et de leurs déjections ; un matelot à la mine revêche réparait une section du bastingage gauchie par un coup de sabot de Suie pendant l'embarquement. Comme il ne paraissait pas disposé à bavarder et que les chevaux étaient aussi calmes et bien installés que les circonstances le permettaient, je fis un tour rapide du bateau ; nous nous trouvions sur un petit bâtiment marchand dans un état passable, plus large que profond, et qui faisait le commerce interîles. Son faible tirant d'eau lui permettait de remonter les fleuves ou de s'échouer sur les plages sans dommage, mais son comportement plus au large laissait beaucoup à désirer. Il avançait de guingois avec force plongeons et révérences, telle une fermière chargée de paquets se frayant un chemin dans la foule d'un marché. Nous constituions apparemment sa seule cargaison. Un matelot me donna quelques pommes partager avec les chevaux, mais se montra peu enclin à engager la conversation ; aussi, après avoir distribué les fruits, je m'installai sur la paille, près des bêtes, et suivis le conseil d'Umbre.

Les vents nous furent propices et le capitaine nous amena plus près des hautes falaises que je ne l'aurais cru possible, mais débarquer les chevaux n'en fut pas moins une tâche pénible. Tous les discours et les avertissements d'Umbre ne m'avaient pas préparé à la noirceur de la nuit sur l'eau ; les lanternes du pont donnaient une piètre lumière, plus trompeuse qu'utile à cause des ombres dansantes qu'elles projetaient. Finalement, un matelot conduisit Umbre à terre à bord du doris ; pour ma part, j'accompagnai les chevaux récalcitrants à l'eau, sachant que Suie se débattrait, au risque de couler la barque, si on essayait de la guider au bout d'une corde. Je m'accrochai à ma jument et l'exhortai à nager en me fiant à son bon sens pour se diriger vers l'éclat sourd de la lanterne sur la plage. Je tenais la monture d'Umbre au bout d'une longue ligne, car je n'avais pas envie qu'il baratte l'eau trop près de nous. La mer était froide, la nuit obscure, et si j'avais eu pour deux sous de jugeote j'aurais prié tous les dieux pour me trouver ailleurs ; mais l'adolescence a la particularité de transformer les obstacles et les contrariétés en aventures et en défis personnels.

Je sortis des vagues gelé, dégoulinant et absolument ravi. Je tenais Suie par les rênes et encourageais à grands compliments le cheval d'Umbre à nous rejoindre. Le temps que je l'aie bien en main, Umbre était à mes côtés, lanterne levée, un sourire exultant aux lèvres. Le marin était déjà reparti et souquait pour rallier le bateau. Umbre me rendit mes affaires sèches, mais, enfilées par-dessus des vêtements trempés, elles n'améliorèrent ma situation que fort relativement. « Où est le chemin ? » demandai-je d'une voix chevrotante.

Umbre émit un grognement ironique. « Le chemin ? Je suis allé y jeter un coup d'œil pendant que tu tirais mon cheval de l'eau : ce n'est pas un chemin, c'est tout juste le tracé de l'eau de pluie quand elle dévale la falaise. Mais il faudra s'en contenter. »

La montée s'avéra un peu moins difficile que prévu, mais pas de beaucoup. La coulée, étroite et raide, était parsemée de graviers qui roulaient sous le pied. Umbre ouvrait la marche avec la lanterne et je le suivais avec les deux bêtes.

À un moment, le bai d'Umbre refusa soudain d'avancer et se mit à tirer en arrière, me déséquilibrant et jetant presque Suie à genoux alors qu'elle s'efforçait de continuer à monter. J'avais le cœur au bord des lèvres en arrivant au sommet de la falaise.

Là, la nuit et le versant herbu s'ouvrirent devant nous sous la lune et le ciel piqueté d'étoiles, et l'esprit du défi me saisit à nouveau. Peut-être était-ce une réaction à l'attitude d'Umbre : sous l'effet de la graine de carris, il avait les yeux plus grands et plus brillants, même à la lumière de la lanterne, et l'énergie qu'il manifestait, pour artificielle qu'elle fût, était contagieuse. Même les chevaux en paraissaient affectés : ils ne cessaient de s'ébrouer et d'encenser. Umbre et moi, nous nous prîmes à rire comme des fous en ajustant les harnais, puis en nous mettant en selle ; mon compagnon porta son regard vers les étoiles avant de l'abaisser sur le coteau qui dévalait devant nous. Avec une désinvolture dédaigneuse, il jeta la lanterne au loin.

« En avant ! » cria-t-il à la nuit et il talonna son bai qui bondit. Suie n'avait pas l'intention de se laisser distancer, aussi me retrouvai-je à oser ce que je n'avais jamais fait jusque-là : galoper de nuit sur un terrain inconnu. C'est un miracle que nous ne nous soyons pas rompu le cou ; pourtant le fait est là. Parfois la chance sourit aux enfants et aux fous. Et cette nuit-là, j'avais le sentiment que nous étions les deux.

Umbre courait en tête. Lors de cette chevauchée, je compris un nouvel élément de l'énigme que Burrich constituait à mes yeux ; car il y a une sérénité très étrange à s'en remettre à quelqu'un d'autre, à lui dire : « Tu mènes la danse, moi, je te suis, et je te fais entièrement confiance pour ne pas m'exposer à la mort ni au danger. » Cette nuit-là, tandis que, sans répit, nous pressions nos montures et qu'Umbre se repérait aux seules constellations, je ne m'inquiétai pas une seconde de notre sort au cas où nous nous égarerions ou si un cheval se blessait à la suite d'un faux pas ; je ne me sentais plus aucune responsabilité ; tout était subitement simple et clair.

Je me contentais d'obéir aux ordres d'Umbre et je m'en remettais à lui pour nous mener à bon port. Transporté, je me tenais sur l'extrême crête d'une vague de confiance et une pensée me vint soudain : c'est cela que Burrich vivait auprès de Chevalerie, et c'est cela qui lui manque si cruellement !

Nous chevauchâmes ainsi jusqu'à l'aube. De temps en temps, Umbre laissait souffler les chevaux, mais pas aussi fréquemment que l'aurait fait Burrich ; il s'arrêtait aussi quelquefois pour scruter le ciel, puis l'horizon, afin de s'assurer de notre direction. « Tu vois cette colline qui se découpe là-bas sur les étoiles ? On ne la distingue pas bien, mais je la connais ; de jour, elle ressemble à la coiffe d'une marchande de beurre. On l'appelle la butte de Kiffachau. Nous devons la laisser à l'ouest. Allons-y. »

Une autre fois, il fit halte au sommet d'une éminence. Je tirai les rênes près de lui. Il était immobile, très grand et très droit ; on l'aurait dit sculpté dans la pierre. Soudain, il tendit le bras. Sa main tremblait légèrement. « Tu vois ce ravin, en bas ? Nous avons un peu dévié vers l'est. Il faudra corriger le cap en route. »

Entaille noire dans le paysage à peine moins obscur qui s'étendait sous les étoiles, le ravin m'était quasiment invisible. Je me demandai comment Umbre le savait là. Environ une demi-heure plus tard, il indiqua une ondulation de terrain au sommet de laquelle brillait un point de lumière. « Quelqu'un est réveillé à Surgemas, remarqua-t-il. Sans doute le boulanger qui met les petits pains du matin à lever. » Il se tourna dans sa selle à demi et je sentis son sourire plus que je ne le vis. « Je suis né à moins d'un mille d'ici. Allons, mon garçon, en route. Je n'aime pas savoir des pirates si près de Surgemas. »

Et nous nous engageâmes dans une descente si escarpée que je perçus la contraction des muscles de Suie qui baissait la croupe pour se retenir lors de ses nombreuses glissades.

Le petit jour grisaillait déjà le ciel lorsque je flairai à nouveau l'odeur de l'océan, et il était encore tôt quand, passé le sommet d'une colline, nous vîmes s'étendre en contrebas le petit village de Forge. Par bien des côtés, le bourg n'avait guère d'intérêt ; le mouillage n'y était possible qu'à certaines marées ; le reste du temps, les navires devaient s'ancrer plus au large et laisser de petites embarcations assurer les transbordements. Tout ce qui empêchait Forge de disparaître des cartes, c'était ses mines de fer. Je ne m'attendais donc pas à une cité débordante d'animation ; mais je n'étais pas non plus préparé à ces tourbillons de fumée qui s'échappaient des bâtiments noircis et des toits effondrés. Quelque part, une vache meuglait, les mamelles pleines. Quelques bateaux sabordés gisaient le long de la grève, leurs mâts pointés vers le ciel tels des arbres morts.

Le matin se levait sur des rues désertes. « Mais où sont les habitants ? m'étonnai-je tout haut.

— Morts, emmenés en otages ou encore cachés dans les collines. » La voix tendue d'Umbre m'obligea à le regarder. La souffrance que je lus sur ses traits me stupéfia. Il surprit mon expression et haussa les épaules. « Le sentiment que ces gens ne font qu'un avec toi, que leur catastrophe est ton échec personnel... tout ça te viendra les années passant. C'est dans le sang. » Et, me laissant ruminer ses paroles, il fit avancer au pas sa monture fatiguée. Au bas de la colline, nous pénétrâmes dans la ville.

La seule précaution que parut prendre Umbre fut de ralentir encore l'allure. Nous n'étions pourtant que deux, désarmés, montés sur des animaux épuisés, au milieu d'un village où...

« Le navire est parti, mon garçon. Un bateau pirate ne peut se déplacer sans un équipage complet de rameurs, en tout cas pas dans le courant qui longe la côte d'ici. Ce qui pose de nouvelles questions : comment connaissaient-ils nos marées et nos courants pour réussir un raid ici ? Et d'abord, pourquoi un raid ici ? Pour voler du minerai de fer ? Il est beaucoup plus facile de s'en emparer en attaquant un navire marchand. Ça n'a aucun sens, mon garçon. Absolument aucun sens. »

La rosée s'était abondamment déposée durant la nuit. La ville exhalait une âcre odeur de bois humide et carbonisé. Çà et là, le feu couvait encore dans les mines. La rue devant certaines maisons était jonchée d'objets domestiques, mais les habitants avaient-ils tenté de sauver quelques-uns de leurs biens ou les pirates avaient-ils commencé à piller avant de changer d'avis, je l'ignorais. Une boîte à sel sans son couvercle, plusieurs aunes de lainage vert, une chaussure, un fauteuil brisé : symboles éloquents d'une vie douillette et sans danger, tous ces objets gisaient désormais dans la boue, disloqués, piétinés. Un sentiment d'horreur m'envahit.

« Nous arrivons trop tard », dit Umbre d'une voix sourde. Il tira les rênes et Suie s'arrêta près de lui.

« Comment ? demandai-je bêtement, brutalement sorti de mes réflexions.

— Les otages. Ils les ont renvoyés.

— Où ça ? »

Umbre m'adressa un regard incrédule, comme si j'étais fou ou extraordinairement stupide. « Là ! Dans ces ruines. »

Il est difficile d'expliquer ce qui m'arriva dans les instants qui suivirent, tant il se produisit d'événements simultanés. Je distinguai un groupe de personnes de tout âge et de tout sexe dans les décombres calcinés d'une sorte d'entrepôt ; ces gens fouillaient les ruines en marmottant, dépenaillés mais apparemment oublieux de leur état. Deux femmes s'emparèrent ensemble d'une grosse bouilloire et se mirent aussitôt à s'échanger des gifles, chacune s'efforçant de chasser l'autre pour s'approprier le butin. Elles m'évoquaient deux corbeaux se disputant une croûte de fromage ; elles poussaient des cris rauques, se griffaient et s'insultaient tout en tirant sur l'anse chacune de son côté. Sans leur prêter la moindre attention, les autres poursuivaient leur pillage.

210

De la part de villageois, c'était là une singulière conduite ; j'avais toujours entendu dire qu'après une attaque les gens s'unissaient pour nettoyer et rendre habitables les bâtiments encore debout, puis s'entraidaient pour récupérer les biens les plus précieux qu'ils mettaient en commun afin de survivre en attendant la reconstruction des logis et des entrepôts. Mais ces gens-ci ne paraissaient pas se soucier d'avoir presque tout perdu, possessions, famille et amis, dans l'attaque ; s'ils s'étaient réunis, c'était pour mieux se disputer ce qui restait.

C'était un spectacle horrifiant.

Mais surtout je ne percevais pas leur esprit.

Je ne les avais ni vus ni entendus avant qu'Umbre ne me les désigne du doigt. Sans lui, je serais passé devant eux sans les remarquer. C'est alors que j'eus une écrasante révélation : j'étais différent de tous les gens que je connaissais. Imaginons un enfant voyant qui grandit dans un village d'aveugles dont aucun n'imaginerait seulement ce qu'est la vue ; l'enfant n'aurait pas de mots pour décrire les couleurs ni les degrés de luminosité et les autres n'auraient aucune idée de la façon dont il perçoit le monde. Ce fut l'impression que j'eus en cet instant où je contemplais les villageois ; car Umbre s'interrogea tout haut, d'une voix empreinte de détresse : « Qu'ont donc ces gens ? Que leur est-il arrivé ? »

Et moi, je le savais.

Tous les liens qui courent entre les individus, qui rattachent la mère à l'enfant, l'homme à la femme, le sentiment d'union qu'ils tissent avec la famille et les voisins, avec les animaux de compagnie, les troupeaux, et même avec les poissons de la mer et les oiseaux du ciel – tous ces liens avaient disparu.

Toute ma vie, sans même en avoir conscience, je m'étais reposé sur ces filaments d'émotion pour m'avertir de la proximité de créatures vivantes. Les chiens, les chevaux, même les poulets en étaient dotés, tout comme les humains : C'est pourquoi je levais les yeux vers une porte avant que Burrich ne l'ouvre et je savais qu'il y avait un nouveau chiot dans l'écurie, enfoui sous la paille. C'est pourquoi je m'éveillais quand Umbre ouvrait l'escalier : je percevais les gens. Et c'était ce sens qui me mettait toujours en garde le premier, qui m'avertissait de me servir de mes yeux, de mes oreilles et de mon nez pour voir ce qui se passait.

Mais aucune émotion n'émanait de ces gens-là.

Imaginez de l'eau sans poids et qui ne mouillerait pas ; c'est l'impression que j'avais. Ces gens n'avaient plus rien de ce qui les rendait non seulement humains, mais même vivants, tout simplement. Pour moi, c'était comme si je voyais des pierres se lever et se mettre à se quereller. Une petite fille avait trouvé un pot de confiture et se léchait la main qu'elle y avait enfoncée. Un homme se détourna du tas de tissu roussi dans lequel il fourrageait et s'approcha d'elle ; il saisit le bocal et repoussa brutalement la gamine sans prêter attention à ses cris de colère.

Personne ne fit mine d'intervenir.

Je m'emparai des rênes d'Umbre à l'instant où il s'apprêtait à mettre pied à terre, puis je poussai un cri mental à l'adresse de Suie. Bien qu'épuisée, la jument tira de ma peur des forces nouvelles ; elle bondit en avant et, d'une saccade sur sa bride, j'entraînai le bai d'Umbre à notre suite. Presque désarçonné, mon mentor s'accrocha à sa selle et je nous fis sortir du village au grand galop. J'entendais des hurlements derrière nous, plus glaçants que la voix des loups, froids comme le vent de la tempête qui s'engouffre dans les cheminées, mais nous étions à cheval et j'étais terrifié. Je me refusai à ralentir et à rendre ses rênes à Umbre tant que nous n'aurions pas laissé les maisons loin en arrière. La route vira et, le long d'un petit bois, je m'arrêtai enfin. C'est à ce moment seulement, je crois, que j'entendis Umbre me demander des explications d'un ton furieux.

Elles ne furent guère cohérentes. Je me penchai sur l'encolure de Suie et me serrai contre elle. Je perçus à la fois sa fatigue et les tremblements qui agitaient mon corps.

Vaguement, je sentis qu'elle partageait mon angoisse. Je repensai aux humains vides de Forge et, des genoux, je la fis avancer. Elle se mit en route d'un pas fourbu et Umbre suivit à notre hauteur en exigeant de savoir ce qui m'avait pris. J'avais la bouche sèche et la voix chevrotante. Sans le regarder, je lui exposai tant bien que mal, le souffle haché par la peur, ce que j'avais ressenti.

Quand je me tus, les chevaux continuèrent à suivre la route de terre battue. Je finis par rassembler assez de courage pour regarder Umbre en face. Il me dévisageait comme s'il m'était poussé des andouillers sur le front. Le nouveau sens que je venais de me découvrir s'imposait désormais à moi et je sentis le scepticisme du vieillard ; mais je perçus aussi la distance qu'il établissait avec moi, le léger recul qu'il opérait comme pour se protéger d'un proche soudain devenu un peu étranger. Cela me fit d'autant plus mal qu'il n'avait pas eu cette réaction devant les gens de Forge, pourtant cent fois plus incompréhensibles que moi.

« On aurait dit des marionnettes, expliquai-je, des pantins de bois qui auraient pris vie et qui jouaient une pièce monstrueuse. Et s'ils nous avaient vus, ils n'auraient pas hésité à nous tuer pour nous voler nos chevaux, nos manteaux ou un bout de pain. Ils… » Je cherchai mes mots. « Ce ne sont même pas des animaux. Il n'émane rien d'eux. Rien. Ils sont comme des objets sans lien entre eux, comme des livres sur une étagère, ou des pierres, ou… »

Umbre m'interrompit d'une voix où se mêlaient la douceur et l'agacement :

« Allons, mon garçon, reprends-toi. Nous avons voyagé toute la nuit et tu es épuisé. À rester trop longtemps sans dormir, l'esprit se met à jouer des tours, on rêve tout éveillé et…

— Non ! » Je voulais le convaincre à tout prix. « Ce n'est pas ça ! Ce n'est pas la fatigue !

— Nous allons y retourner », dit-il d'un ton raisonnable. La brise matinale faisait tourbillonner son manteau, spectacle si familier que je sentis mon cœur sur le point d'éclater. Comment pouvait-il se trouver dans le même monde une brise si ordinaire et des êtres comme ceux du village ? Et Umbre, qui parlait de façon si calme et si simple ? « Ces gens sont des gens normaux, mon garçon, mais ils sont passés par des épreuves affreuses, et c'est ce qui explique leur comportement bizarre. J'ai connu une jeune fille qui avait vu son père se faire tuer par un ours ; eh bien, elle est restée comme ça, les yeux dans le vague, à ne s'exprimer que par grognements, à peine capable de s'occuper d'elle-même, pendant plus d'un mois. Ces gens se remettront en retrouvant leur existence habituelle.

— Il y a du monde devant ! » m'écriai-je. Sans rien voir ni entendre, j'avais senti un tiraillement sur la toile d'araignée de cette faculté dont je venais de prendre conscience. Et de fait, plus loin sur la route, apparaissait la queue d'une procession d'individus en haillons. Certains menaient des animaux bâtés, d'autres tiraient ou poussaient des carrioles où s'entassait un méli-mélo d'objets hétéroclites. Ils nous jetèrent des coups d'œil par-dessus l'épaule comme si nous étions des démons surgis de la terre et lancés à leurs trousses.

« Le Grêlé ! » cria un homme en fin de convoi, en pointant le doigt sur nous. Son visage creusé par la fatigue était blanc de terreur. Sa voix se brisa lorsqu'il poursuivit : « Les légendes se réalisent ! » Ses voisins s'arrêtèrent pour nous regarder d'un air craintif. « Des fantômes sans pitié rôdent parmi les ruines de notre village dans des corps d'emprunt et le Grêlé au manteau noir répand ses maux sur nous ! Les anciens dieux nous punissent de nos vies trop douillettes ! Notre prospérité sera notre perte !

— Ah, zut ! Je ne voulais pas qu'on me voie ainsi ! » murmura Umbre. Il prit ses rênes dans ses mains pâles et fit volter son bai. « Suis-moi, mon garçon. » Sans un regard pour l'homme au doigt toujours tendu, il dirigea sa monture vers un coteau herbu à l'écart de la route, le tout avec des gestes lents, comme amortis ; Burrich avait cette même façon apaisante de se déplacer lorsqu'il avait affaire à un cheval ou un chien méfiant. Fatiguée, sa bête ne quitta la piste plane qu'à regret. Umbre se dirigea vers un bosquet de bouleaux au sommet de la colline ; je le regardai s'en aller sans comprendre. « Suis-moi, mon garçon, répéta-t-il par-dessus son épaule en voyant que je ne bougeais pas. Tu as envie de te faire lapider ? Ce n'est pas expérience agréable. »

Prudemment, je détournai Suie de la route comme si je n'avais pas vu la foule angoissée devant nous. Les réfugiés balançaient entre la colère et la peur ; je percevais leurs émotions comme une tache rouge-noir maculant l'éclat du jour. Je vis une femme se baisser, un homme se détourner de sa brouette.

« Ils approchent ! » criai-je à Umbre à l'instant même où ils s'élançaient vers nous. Certains avaient des pierres à la main, d'autres des bâtons de bois vert arrachés dans la forêt. Tous avaient l'aspect dépenaillé propre aux gens de la ville contraints de vivre à la belle étoile ; c'était le reste de la population de Forge, celle qui n'avait pas été prise en otage par les Pirates. Toutes ces pensées me fusèrent à l'esprit entre la seconde où je talonnai Suie et celle où elle bondit mollement en avant. Nos chevaux étaient éreintés et c'est à regret qu'ils prirent le galop, malgré la grêle de cailloux qui heurtait le sol dans notre sillage. Si les villageois avaient été plus dispos ou moins effrayés, ils nous auraient rattrapés sans mal ; mais je crois qu'ils étaient surtout soulagés de nous voir fuir. Ils s'inquiétaient davantage des créatures qui hantaient leur village que de deux inconnus qui se sauvaient devant eux, si menaçants qu'ils parussent.

Ils s'arrêtèrent de courir, mais continuèrent à crier en brandissant leurs gourdins jusqu'à ce que nous soyons au milieu des arbres. Umbre dirigeait notre course et je le suivis sans poser de questions sur un chemin parallèle à la route, hors de vue des sinistrés qui abandonnaient Forge. Les chevaux avaient repris le pas et traînaient le sabot. Je bénis les ondulations de terrain et les boqueteaux qui nous protégeaient de toute poursuite. J'avisai un ruisseau qui scintillait et l'indiquai à Umbre sans un mot ; en silence, nous fîmes boire les chevaux, puis nous leur donnâmes de l'avoine tirée des provisions d'Umbre. Je desserrai leurs harnais et nettoyai la boue qui maculait leur robe avec des poignées d'herbe. Pour les cavaliers, le repas se réduisit à l'eau glacée du ru et à du pain de voyage grossier, mais je soignai les bêtes du mieux que je pus. Umbre semblait perdu dans ses pensées et, un long moment, je respectai son intimité. Mais ma curiosité finit par l'emporter et je posai la question qui me brûlait les lèvres :

« C'est vrai que vous êtes le Grêlé ? »

Il sursauta, puis me dévisagea. Stupéfaction et tristesse se mêlaient également dans son regard. « Le Grêlé ? L'homme légendaire qui annonce maladies et désastres ? Oh, allons, mon garçon, tu n'es pas naïf à ce point ! Cette légende court depuis des siècles ! Tu ne me crois quand même pas si vieux ! »

Je haussai les épaules. J'avais envie de répliquer : « Vous êtes couvert de marques et vous apportez la mort », mais je me retins. Parfois, il me paraissait très âgé et en d'autres occasions si débordant de vitalité qu'on eût dit un tout jeune homme dans un corps de vieillard.

« Non, je ne suis pas le Grêlé, poursuivit-il, davantage pour lui-même qu'à mon intention. Mais, à partir de maintenant, il va s'en répandre des rumeurs comme pollen au vent dans les Six-Duchés. On va parler de maladies, de pestilences et de punitions divines pour des méfaits imaginaires. Je regrette qu'on m'ait vu sous cet aspect. Les habitants du royaume ont déjà bien assez de sujets d'inquiétude. Mais nous avons des soucis plus pressants que la crédulité des gens. J'ignore comment tu l'as su, mais tu avais raison. J'ai réfléchi très soigneusement à tout ce que nous avons vu à Forge ; je me suis rappelé les paroles des villageois qui voulaient nous lapider, et aussi l'expression de leur visage. Je les ai connus par le passé, ces gens de Forge ; de vaillants gaillards, pas du genre à se laisser chasser de chez eux par pure superstition. Et c'est pourtant ce que font ceux que nous avons vus sur la route : ils quittent Forge pour toujours, ou du moins telle est leur intention, avec ce qu'ils peuvent transporter des biens qui leur restent. Ils abandonnent les maisons où sont nés leurs aïeux et ils abandonnent aussi leurs proches qui vaquent et fouillent parmi les ruines comme des simples d'esprit.

« L'ultimatum des Pirates rouges n'était pas une simple rodomontade. Je ne peux m'empêcher de frémir en pensant à ces gens. Il y a là quelque chose de monstrueux et je redoute la suite ; car si les Pirates peuvent capturer nos compatriotes, puis exiger rançon pour les tuer, sous menace de nous les renvoyer comme ceux-ci… quel sinistre choix ! Et une fois encore ils ont frappé là où nous étions le plus désarmés. » Il se tourna vers moi comme pour ajouter un mot et chancela soudain. Il s'assit lourdement, le teint cireux, puis courba la tête et se couvrit le visage de ses mains.

« Umbre ! » m'exclamai-je, éperdu, en bondissant à ses côtés ; mais il se détourna de moi.

« La graine de carris, me dit-il d'une voix étouffée. C'est son terrible défaut : son effet s'arrête brutalement. Burrich a eu raison de te mettre en garde contre elle, mon garçon. Mais parfois, les seuls choix possibles sont tous mauvais ; parfois, en de tristes époques comme la nôtre. »

Il releva le visage : il avait les yeux éteints, les lèvres presque molles. « Il faut que je me repose », dit-il d'un air aussi piteux qu'un enfant pris de nausée. Je le rattrapai alors qu'il s'effondrait et je l'allongeai par terre ; je lui calai mes fontes sous la nuque, puis j'étendis nos manteaux sur lui. Le pouls lent et la respiration laborieuse, il ne bougea pas jusqu'au lendemain après-midi. Cette nuit-là, je dormis collé à son dos dans l'espoir de lui tenir chaud et, au matin, je lui donnai à manger ce qui nous restait de vivres.

Le soir, un peu remis, il put remonter à cheval et ce fut le début d'un voyage monotone. Nous nous déplacions lentement, de nuit ; Umbre choisissait le chemin, mais c'était moi qui menais et la plupart du temps il n'était qu'une charge sur le dos de son cheval. Il nous fallut deux jours pour refaire en sens inverse le trajet accompli en une nuit de folle chevauchée. Nos provisions étaient maigres, les échanges davantage encore ; le simple fait de penser semblait épuiser Umbre et, quelles que fussent ses réflexions, il les jugeait trop lugubres pour les exprimer.

Il m'indiqua où allumer le feu destiné à signaler notre présence au bateau. Un doris vint nous chercher et il y embarqua sans un mot. Rompu, il se déchargeait sur moi d'amener nos montures fatiguées à bord du bateau ; aiguillonné par l'amour-propre, je menai la tâche à bien, puis, une fois sur le pont, je dormis comme cela ne m'était plus arrivé depuis plusieurs jours. Après quoi nous débarquâmes et nous nous traînâmes jusqu'à Finebaie. Au petit matin, dame Thym reprit résidence à l'auberge.

Le lendemain après-midi, je pus annoncer à l'aubergiste qu'elle se sentait beaucoup mieux et apprécierait qu'on lui monte un plateau des cuisines. Umbre paraissait en effet en meilleure forme, bien qu'il eût encore des accès de transpi-ration profuse et qu'il émanât alors de lui une âcre odeur de graine de carris. Il avalait des repas gargantuesques et buvait d'incroyables quantités d'eau. Et au bout de deux jours il m'envoya prévenir l'aubergiste que dame Thym partait le lendemain matin.

Récupérant plus vite, j'avais disposé de plusieurs après-midi pour me promener dans Finebaie et jouer les badauds devant échoppes et camelots tout en écoutant les potins dont Umbre était si friand. Nous apprîmes ainsi ce que nous avions prévu les efforts diplomatiques de Vérité avaient porté leurs fruits et dame Grâce était désormais l'idole de la ville ; je constatais déjà un renouveau des travaux sur les routes et les fortifications. La tour de l'île du Guet était à présent occupée par les meilleurs hommes de Kelvar et le peuple l'avait rebaptisée « tour de Grâce ». Mais le même peuple parlait aussi des Pirates rouges qui avaient passé les propres tours de Vérité et des étranges événements de

Forge ; j'entendis plus d'une fois dire qu'on avait aperçu le Grêlé ; et les histoires qu'on racontait autour de la cheminée de l'auberge sur les nouveaux habitants de Forge me donnaient des cauchemars.

Ceux qui avaient fui le village rapportaient des récits à fendre l'âme sur des parents transformés en créatures froides et sans cœur ; elles vivaient toujours là-bas comme si elles étaient encore humaines, mais leurs proches n'étaient pas dupes : ces êtres faisaient ouvertement ce que personne n'avait jamais osé faire dans le duché de Cerf. Les horreurs que l'on narrait dépassaient mon imagination. Plus aucun bateau ne mouillait à Forge ; on se procurerait désormais ailleurs le minerai de fer. On disait même que nul ne voulait accueillir ceux qui s'étaient sauvés de Forge, car qui savait de quelle infection ils étaient atteints ? Après tout, le Grêlé leur était apparu ! Mais il était plus cruel encore d'entendre des gens ordinaires affirmer que tout serait bientôt réglé, que les créatures de Forge finiraient par s'entre-tuer, le ciel en soit remercié. Le bon peuple de Finebaie souhaitait la mort de ceux qui avaient formé le bon peuple de Forge comme le seul bien qui pût leur advenir. Et ce n'était pas faux.

Lorsque je m'éveillai, la veille du jour où dame Thym et moi devions rallier la suite de Vérité pour regagner Castelcerf, je découvris une chandelle allumée et Umbre assis, le dos droit, les yeux tournés vers le mur. Avant que je n'eusse ouvert la bouche, il porta le regard vers moi. « Tu dois apprendre l'Art, mon garçon, me dit-il comme si ç'avait été une décision douloureuse à prendre. Nous vivons des temps funestes qui vont encore durer longtemps ; en ces occasions, les hommes de bonne volonté doivent s'armer comme ils peuvent. Je vais retourner voir Subtil et cette fois je ne demanderai plus : j'exigerai. Des heures difficiles nous attendent, mon garçon. Et j'ignore si elles auront une fin. »

Je devais souvent me poser la même question au cours des années qui suivirent.

11

Forgisations

Le Grêlé est un personnage célèbre de la tradition et du théâtre des Six-Duchés. Bien piètre est la troupe de marionnettistes qui ne possède pas son Grêlé, non seulement pour son rôle classique, mais aussi pour son utilité en tant qu'annonciateur de désastres dans les productions originales. Parfois, la marionnette du Grêlé reste simplement plantée à l'arrière-plan de la scène pour donner une note inquiétante à une pièce. Dans les Six-Duchés, c'est un symbole universel.

Le fondement de cette légende remonterait au début du peuplement des duchés, c'est-à-dire, non pas à leur conquête par les Loinvoyant des îles d'outre-mer, mais aux tout premiers immigrants des origines. Même les Outrîliens possèdent une version de la légende de base. Il s'agit d'un récit de mise en garde qui conte le courroux que conçut El, le dieu de la mer, à se voir abandonné.

Quand la mer était jeune, El, le premier Aîné, avait foi dans le peuple des îles. Il lui fit don de sa mer, de tout ce qui y nageait et de toutes les terres qu'elle bordait Bien des années durant, les gens de ce peuple l'en remercièrent. Ils pêchaient, vivaient au bord de la mer partout où ils le désiraient et attaquaient ceux qui osaient prendre résidence là où El leur avait donné domination. De la même façon, ceux qui avaient l'audace de sillonner leur mer devenaient leurs proies légitimes. Le peuple prospéra, devint endurant et fort, car la mer d'El le passait à son crible. La vie était dure et dangereuse, mais elle faisait des

220

hommes robustes et des femmes sans peur tant au foyer que sur le pont. Ils respectaient El, lui offraient leurs louanges et ne juraient que par lui. Et El tirait fierté de son peuple.

Mais dans sa générosité, il leur dispensa trop de faveurs. Trop peu d'entre eux mouraient des rigueurs de l'hiver et les tempêtes qu'il leur envoyait n'étaient pas assez violentes pour leurs talents de marins. Ainsi le peuple crût en nombre. Ainsi crûrent aussi leurs bêtes et leurs troupeaux. Les années grasses, les enfants chétifs ne périrent plus mais grandirent, demeurèrent à terre et labourèrent le sol afin de nourrir le surcroît de bétail, de volailles et de malingres comme eux. Les gratteurs de poussière ne remerciaient pas El pour ses vents violents et ses courants propices aux attaques ; non, leurs louanges et leurs serments n'étaient qu'au nom d'Eda, qui est l'Aînée de ceux qui labourent, plantent et s'occupent des bêtes. Aussi Eda favorisa-t-elle ses chétifs d'une profusion de plantes et d'animaux. Cela ne plaisait pas à El, mais il n'intervint pas car il avait encore pour lui le peuple hardi des navires et des vagues. Les siens bénissaient en son nom et maudissaient en son nom, et pour les endurcir davantage il leur envoyait des tempêtes et de noirs hivers.

Mais avec le temps ses fidèles se firent plus rares. Les femmelettes de la terre séduisirent les marins et leur donnèrent des enfants tout juste bons à gratter le sol. Et le peuple abandonna les rivages hivernaux, les pâtures glacées et migra vers le sud, vers les pays amollissants où poussent le raisin et le grain. Chaque année ils étaient moins nombreux à labourer les vagues et à moissonner le poisson qu'El leur donnait. El entendait de plus en plus rarement son nom prononcé pour bénir ou maudire. Le jour vint où il n'en subsista qu'un pour bénir ou maudire au nom d'El. Et c'était un vieil homme décharné, trop âgé pour la mer, dolent et enflé des articulations, et presque édenté. Ses bénédictions et ses malédictions étaient choses débiles qui insultaient plus qu'elles ne réjouissaient El, lequel n'avait guère d'affection pour les vieillards décrépits.

Enfin se leva une tempête qui aurait dû achever le vieil homme et son petit bateau. Mais quand les vagues glacées se refermèrent sur lui, il s'agrippa aux restes de son embarcation et eut la témérité d'implorer la pitié d'El, dont chacun sait pourtant que la compassion lui est inconnue. À ce blasphème, El fut saisi d'une telle fureur qu'il refusa de recevoir le vieillard au sein de l'onde, mais, au contraire, le rejeta sur la grève en fulminant une malédiction : jamais il ne pourrait reprendre la mer, mais jamais non plus il ne mourrait. Et quand, rampant, l'homme sortit des vagues amères, son visage et son corps étaient grêlés comme si des bernacles s'y étaient enracinées ; il se releva en chancelant et s'en fut vers les régions clémentes. Et où qu'il se rendît, il ne voyait que les pusillanimes gratteurs de poussière. Il les mettait en garde contre leur folie, leur disant qu'El susciterait un nouveau peuple plus courageux auquel il donnerait leur héritage. Mais les gens ne l'écoutaient pas, devenus trop mous et trop habitués à leur existence paisible. Cependant, partout, la maladie suivait le sillage du vieillard. Et c'étaient les varioles qu'il répandait, affections qui ne se préoccupent pas qu'un homme soit fort ou faible et qui emportent tout ce qu'elles touchent, humains et animaux. Et il en était comme il devait en être, car chacun sait que les varioles montent des mauvaises terres et se disséminent par le labourage.

*
* *

Le retour de Vérité à Castelcerf fut douloureusement assombri par les événements de Forge. Le prince, toujours pragmatique, avait quitté Gardebaie dès que les ducs Kelvar et Shemshy s'étaient montrés d'accord sur la question de l'île du Guet. De fait, lui et son escorte d'élite s'étaient mis en route avant même qu'Umbre et moi n'eussions regagné l'auberge. Du coup, notre propre retour baigna dans une atmosphère de frustration. Le jour et le soir autour des feux, les gens ne parlaient que de Forge, et même dans notre caravane, les rumeurs ne cessaient de se multiplier, avec toujours plus de détails inventés.

Pour moi, le voyage fut encore gâché par le fait qu'Umbre réendossa son rôle criard de vieille dame acariâtre. Je dus me plier à ses caprices jusqu'au moment où ses domestiques de Castelcerf firent leur apparition pour l'escorter dans ses appartements. « Elle » habitait dans l'aile des femmes et j'eus beau, les jours suivants, faire des pieds et des mains pour recueillir tous les potins la concernant, je n'appris rien sinon qu'elle vivait en recluse et avait un caractère difficile. Je n'ai jamais pu découvrir comment Umbre avait fait pour créer ce personnage et entretenir son existence fictive.

En notre absence, Castelcerf paraissait avoir subi un déluge de nouveaux événements, si bien que j'eus l'impression d'être parti non pas quelques semaines mais une bonne dizaine d'années. Même Forge ne parvenait pas à éclipser complètement l'acte d'éclat de dame Grâce. Les ménestrels narraient l'épisode à l'envi les uns des autres afin de voir quelle version l'emporterait. On disait que le duc Kelvar s'était agenouillé et lui avait baisé le bout des doigts après qu'elle eut déclaré, et avec quelle éloquence ! vouloir faire des tours les joyaux les plus précieux de son pays. Quelqu'un me raconta même que le seigneur Shemshy, avait personnellement remercié la dame et souvent cherché à danser avec elle ce soir-là, menant les deux duchés au bord d'un nouveau conflit aux racines bien différentes du premier !

J'étais heureux que dame Grâce eût réussi. J'entendis même murmurer à plusieurs reprises que le prince Vérité devrait bien se trouver une dame au cœur aussi noble. À le voir si souvent parti, fût-ce pour régler des affaires intérieures ou pour chasser les pirates, le peuple commençait à ressentir le besoin d'un homme à poigne sur le trône. Subtil, le vieux roi, restait nominalement notre souverain, mais, comme me le faisait observer Burrich, le peuple se projette volontiers dans l'avenir. « Et, ajoutait-il, les gens aiment savoir qu'un lit bien chaud attend le roi-servant quand il rentre. Ça leur permet de laisser libre cours à leur imagination. Bien peu connaissent de véritable idylle dans leur existence, alors ils rêvent tout ce qu'ils peuvent pour leur roi. Ou leur prince. »

Cependant, Vérité lui-même, je le savais, n'avait guère le temps de se préoccuper de lits bien chauds, ni de lits tout court, d'ailleurs. Forge avait été à la fois un exemple et une menace. Trois autres cas furent signalés, en rapide succession. Apparemment, Clos, petit village du nord dans les îles Proches, avait été « forgisé », comme on avait baptisé ces attaques, quelques semaines plus tôt. La nouvelle fut longue à venir des côtes glaciales, mais quand elle arriva, elle était sinistre. Des habitants de Clos avaient eux aussi été pris en otages ; le conseil de ville avait été, comme Subtil, pris au dépourvu par l'ultimatum des Pirates le sommant de payer rançon sous peine de se voir renvoyer les otages. Le conseil n'avait pas payé ; et, comme dans le cas de Forge, les prisonniers étaient revenus, pour la plupart sains de corps, mais dépouillés de toute émotion humaine. On murmurait que la réaction des villageois indemnes avait été plus violente que celle de Forge ; la rudesse des îles Proches façonne les habitants à son image, et tirer le fer contre leurs propres frères déshumanisés leur était apparu comme une mesure de miséricorde.

Deux autres villages furent attaqués après Forge. À Pert-de-Roc, les habitants avaient payé la somme demandée ; le lendemain, la marée avait laissé des tronçons de cadavres sur la grève et le village s'était réuni pour les inhumer. La nouvelle parvint à Castelcerf sans commentaire, avec seulement le grief implicite que si le roi s'était montré plus vigilant, Pert-de-Roc aurait au moins pu être averti de l'assaut.

Bourberobin releva bravement le défi. Les villageois refusèrent de payer, mais, les rumeurs effrayantes de Forge circulant dans le pays, ils se préparèrent. Et ils accueillirent les otages qu'on leur renvoya avec des cordes et des fers, les ramenèrent au village après en avoir assommé certains, puis les entravèrent et les rendirent à leurs familles respectives. D'un commun accord, il avait été décidé de tenter de leur faire retrouver leur personnalité de naguère. Les récits de Bourberobin étaient parmi ceux qu'on racontait le plus souvent : celui de cette mère qui avait essayé de mordre un nourrisson qu'on lui avait donné à allaiter, déclarant qu'elle n'avait rien à faire de cette créature geignarde et bavante ; celui de cet enfant qui pleurait et criait qu'on le détache, pour se jeter, une lardoire au poing, sur son propre père qui, le cœur brisé, venait de le libérer. Certains se débattaient, lançaient malédictions et crachats sur leur famille ; d'autres s'installaient dans une existence de captivité et de croupissement et avalaient la nourriture et la bière qu'on déposait devant eux sans un mot de remerciement ni d'affection. Libres d'entraves, ceux-ci n'attaquaient pas leur famille, mais ils ne travaillaient pas non plus et ne participaient à rien, pas même aux passe-temps des soirées. Ils volaient sans remords, même à leurs enfants, gaspillaient l'argent et dévoraient comme quatre. Ils ne causaient nulle joie, n'avaient jamais un mot gentil ; mais on disait de Bourberobin que les gens de là-bas entendaient persévérer jusqu'à ce que le « mal des Pirates » soit passé. Cette nouvelle rendit un peu d'espoir aux nobles de Castelcerf ; ils parlaient avec admiration des villageois et jurèrent de les imiter s'il arrivait que certains de leurs parents fussent forgisés.

Bourberobin et ses courageux habitants devinrent le centre d'attention des Six-Duchés ; le roi Subtil leva de nouveaux impôts en leur nom ; certains leur envoyèrent des chargements de grain pour subvenir aux besoins de ceux qui, trop occupés à soigner leurs frères enchaînés, n'avaient pas le temps de reconstituer leurs troupeaux décimés ou de ressemer leurs champs incendiés. D'autres firent bâtir de nouveaux navires et engager des hommes supplémentaires pour patrouiller le long des côtes.

Tout d'abord, le peuple s'enorgueillit de sa propre capacité de réaction. Ceux qui vivaient sur les falaises surplombant la mer s'organisèrent spontanément en équipes de surveillance, des systèmes de coursiers, de pigeons voyageurs et de feux d'alerte furent mis en place. Quelques villages firent parvenir des moutons et des vivres à Bourberobin afin d'aider ceux qui en avaient le plus besoin. Mais, les semaines s'écoulant sans aucun signe d'amélioration chez les anciens otages, l'espoir et les sacrifices consentis commencèrent à paraître plus pitoyables que généreux. Les plus ardents à soutenir ces tentatives en vinrent à déclarer que, s'ils étaient pris en otages, ils préféreraient se faire hacher menu et jeter à la mer plutôt qu'imposer à leur famille l'épreuve d'un tel crève-cœur.

Le pire à cette époque, je crois, était que le trône lui-même ne savait que faire. Si un édit royal avait été publié, disant qu'il fallait ou ne fallait pas payer la rançon exigée, peu importe, la situation en eût été améliorée. Dans l'un et l'autre cas, il se serait trouvé des gens pour ne pas être d'accord ; mais au moins le roi aurait pris position et le peuple aurait eu le sentiment que la menace ne restait pas sans réponse. Or, bien au contraire, les patrouilles et la surveillance accrues donnaient seulement l'impression que Castelcerf tremblait devant le nouveau danger, démuni de stratégie pour y faire face. En l'absence d'un édit royal, les villages côtiers prirent eux-mêmes les choses en main ; les conseils se réunirent pour décider de la conduite à tenir en cas de forgisation. Certains votèrent dans un sens, d'autres dans l'autre.

« Mais dans les deux cas, me dit Umbre d'un ton las, leur choix affaiblit leur loyauté envers le royaume. Qu'on leur paie rançon ou non, les Pirates peuvent se moquer de nous ; car, en prenant leur décision, nos villageois pensent, non pas "Si nous nous faisons forgiser", mais "Quand nous nous ferons forgiser". Et ainsi, ils sont déjà meurtris dans leur esprit, sinon dans leur chair. Ils regardent leurs proches, la mère son enfant, l'homme ses parents, et ils les voient déjà condamnés à mort ou à la forgisation. Et le royaume défaille, car chaque bourg devant décider seul, il se sépare du tout. Nous allons éclater en milliers de petites villes indépendantes, chacune ne s'inquiétant que de ce qu'elle fera pour elle-même en cas d'attaque. Si Subtil et Vérité ne réagissent pas très vite, le royaume va devenir une entité qui n'existera plus que par son nom et seulement dans l'esprit de ses anciens gouvernants.

— Mais que peuvent-ils faire ? demandai-je, angoissé. Quel que soit l'édit qu'ils publient, ce sera un mauvais choix ! » Je pris les pincettes et poussai un peu plus loin dans les flammes le creuset que je surveillais.

« Parfois, grommela Umbre, mieux vaut relever un défi et se tromper que garder le silence. Écoute, mon garçon, si toi, un simple adolescent, tu te rends compte que toutes les options sont mauvaises, à plus forte raison le peuple tout entier. Mais au moins un tel édit nous permettrait de réagir en commun ; les villages n'en seraient plus réduits à lécher leurs propres blessures dans leur coin. Et, en plus d'un édit, il faudrait que Subtil et Vérité prennent d'autres mesures. » Il se pencha pour examiner le liquide bouillonnant. « Augmente la chaleur », fit-il.

Je m'emparai d'un petit soufflet et l'actionnai avec douceur. « Quel genre de mesures ?

— Organiser des expéditions punitives chez les Outrîliens, fournir des vaisseaux et des vivres aux volontaires pour ces représailles, interdire de faire paître les troupeaux de façon aussi tentante sur les prés côtiers, donner davantage d'armes aux villages si l'on ne peut installer dans chacun une garnison pour le défendre. Par la charrue d'Eda, qu'on les pourvoie en pastilles de carris et d'ombrenuit à porter sur soi dans une bourse accrochée au poignet, de façon que, s'ils se font capturer, ils puissent se suicider ! N'importe quoi, mon garçon ! Tout ce que le roi pourrait faire dans la situation présente vaudrait mieux que cette satanée indécision ! »

J'étais bouche bée. Jamais je ne l'avais entendu parler si violemment, ni critiquer Subtil si ouvertement. J'en étais choqué. Je retins ma respiration, espérant qu'il poursuivrait tout en le redoutant. Il ne parut pas remarquer ma réaction. « Pousse le creuset encore un peu plus loin. Mais sois prudent : s'il explose, le roi Subtil risque de se retrouver avec deux grêlés au lieu d'un. » Il me jeta un coup d'œil. « Eh oui, c'est comme ça que j'ai eu ces marques. Mais ç'aurait aussi bien pu être la variole, pour ce que Subtil m'écoute ces derniers temps. "Tu n'as que mauvais présages, avertissements et mises en garde à la bouche ! me dit-il. Mais si tu veux qu'on forme le petit à l'Art, je crois que c'est parce que tu ne l'as pas été toi-même. C'est une mauvaise ambition, Umbre. Débarrasse-t'en." C'est ainsi que le spectre de la reine parle par les lèvres du roi. »

Sa rancœur me laissa pétrifié.

« Chevalerie ! Voilà celui qu'il nous faudrait ! reprit-il au bout d'un moment. Subtil hésite et quant à Vérité, c'est un bon soldat, mais il prête trop l'oreille à son père. Il a été élevé pour être le second, pas le premier. Il ne prend pas l'initiative. Nous avons besoin d'un Chevalerie ; lui, il se rendrait dans toutes ces villes pour parler à ceux dont les proches ont été forgisés. Il parlerait même aux forgisés, crénom !

— Croyez-vous que ça changerait quelque chose ? » demandai-je doucement. J'osais à peine bouger. Je sentais qu'Umbre s'adressait davantage à lui-même qu'à moi.

« Ça ne résoudrait pas le problème, non. Mais le peuple aurait le sentiment que ceux qui le gouvernent partagent son fardeau. Quelquefois, il n'en faut pas plus, mon garçon. Mais Vérité ne fait que promener ses petits soldats de-ci, de-là, en essayant d'inventer des stratégies ; quant à Subtil, il le regarde faire et il ne pense pas à son peuple, mais seulement à s'assurer que Royal, ne risque rien et qu'il est prêt à prendre le pouvoir au cas où Vérité viendrait à se faire tuer.

— Royal ? » bafouillai-je, sidéré. Royal, avec ses beaux habits et ses airs de jeune coq ? Certes, il ne quittait pas Subtil d'une semelle, mais jamais je n'avais vu en lui un vrai prince. Entendre son nom surgir dans une telle discussion me donna un choc.

« C'est devenu le favori de son père, grommela Umbre. Subtil n'a fait que le gâter depuis la mort de la reine. Il cherche à s'acheter le cœur du prince à coups de cadeaux, maintenant que sa mère n'est plus là pour assurer son allégeance. Et Royal en profite copieusement ; il ne dit à son père que ce que celui-ci a envie d'entendre, et Subtil lui laisse beaucoup trop la bride sur le cou. Il lui permet de voyager où il le désire, de gaspiller l'argent en visites inutiles à Labour et à Bauge, où la famille de sa mère lui monte le bourrichon sur sa propre importance. Il faudrait interdire à ce gosse de quitter Castelcerf et l'obliger à répondre de la façon dont il occupe son temps. Et dont il dépense l'argent du royaume : avec les sommes qu'il a jetées par les fenêtres à courir la prétentaine, on aurait armé un navire de guerre ! » Puis, soudain agacé : « C'est trop chaud ! Tu vas le perdre, sors-le vite du feu ! »

Trop tard : le creuset se fendit avec un bruit de débâcle et son contenu emplit la chambre d'une fumée âcre qui mit un point final aux leçons et aux discussions pour cette nuit-là.

Le temps s'écoula sans qu'Umbre me rappelât. Mes autres cours se poursuivaient, mais les semaines passaient, Umbre me manquait et son invitation ne venait pas. Je savais qu'il n'était pas en colère contre moi, mais seulement préoccupé. Un jour où je n'étais pas débordé, je tendis mon esprit vers lui, mais je ne perçus que dissimulation et sentiment de désaccord. Et une taloche à l'arrière du crâne quand Burrich me surprit.

« Cesse ! » siffla-t-il sans s'émouvoir de mon expression étudiée d'innocence outragée. Il promena le regard dans le box dont je nettoyais le fumier comme s'il s'attendait à y trouver un chien ou un chat.

« Mais il n'y a rien ici ! s'exclama-t-il.

— De la paille et du crottin, c'est tout, acquiesçai-je en me frottant l'occiput.

— Mais qu'est-ce que tu faisais ?

— Je rêvassais, grommelai-je. Rien d'autre.

— N'essaie pas de me rouler, Fitz, gronda-t-il. Et ne joue pas à ça dans mes écuries. Je t'interdis de pervertir mes bêtes. Et de dégrader le sang de Chevalerie. N'oublie pas ce que je te dis ! »

Je serrai les dents, baissai les yeux et me remis au travail. Au bout d'un moment, je l'entendis soupirer, puis s'éloigner. Bouillonnant de colère, je continuai à râteler le sol et résolus de ne plus jamais laisser Burrich me prendre au dépourvu.

Le reste de l'été se passa dans un tel tourbillon d'événements que j'ai du mal à m'en rappeler l'ordre. Du jour au lendemain, l'atmosphère parut se modifier ; en ville, on ne parlait que de fortifications et de se tenir sur le pied de guerre. Seules deux nouvelles villes furent forgisées cet été-là, mais on les eût crues une centaine tant les récits les concernant s'enflèrent à force de répétitions.

« C'est à croire que les gens n'ont plus d'autre sujet de conversation », se plaignit un jour Molly.

Nous nous promenions sur Longue-plage au coucher du soleil d'été. Le vent du large apportait une fraîcheur bienvenue après la touffeur de la journée. Burrich avait été appelé à Bouc-de-Font pour résoudre le mystère du bétail qui présentait d'énormes ulcères cutanés. Du coup, plus de leçons du matin pour moi, mais un considérable surcroît de travail auprès des chevaux et des chiens, d'autant plus que Cob avait accompagné Royal à Turlac pour une partie de chasse, afin de s'occuper de ses montures et de ses mâtins.

L'avantage, c'est que, mes soirées étant moins étroitement surveillées, je disposais de plus de temps pour aller en ville.

Mes promenades vespérales en compagnie de Molly étaient presque devenues un rite. La santé de son père chancelait et c'est à peine s'il avait besoin de boire désormais pour sombrer dès le début de la soirée dans un profond sommeil. Molly nous préparait du fromage et des saucisses, ou bien un bout de pain et du poisson fumé, mettait le paquet dans un panier avec une bouteille de vin bon marché et nous descendions sur la grève jusqu'aux brisants. Là, nous nous installions sur les rochers encore chauds, Molly me racontait sa journée, les derniers potins, et moi j'écoutais. Parfois nos coudes se heurtaient lorsque nous marchions.

« Sara, la fille du boucher, m'a dit qu'elle n'avait qu'une hâte : que l'hiver arrive. Les vents et la glace obligeront les Pirates à rester chez eux pendant quelque temps, à ce qu'elle prétend, et nous, nous pourrons nous tranquilliser un peu ; mais Kelty a répondu qu'on aura beau ne plus craindre de nouvelles forgisations, n'empêche qu'on a du souci à se faire avec les forgisés qui se promènent dans le pays. On raconte que certains des anciens otages ont quitté Forge maintenant qu'il n'y a plus rien à y piller et qu'ils attaquent les voyageurs sur les routes.

— Ça m'étonnerait. Ce sont plus probablement de vrais voleurs qui agissent, en se faisant passer pour des forgisés afin de détourner les représailles. Les forgisés n'ont plus assez le sens de la solidarité pour s'organiser en bandes. » Je parlais d'un ton indolent. Je contemplais l'étendue de la baie, les yeux presque clos pour me protéger du reflet du soleil sur l'eau. Je n'avais pas besoin de regarde Molly pour la sentir près de moi. J'avais une piquante impression de tension entre nous, que je ne comprenais pas très bien. Elle avait seize ans, moi presque quatorze, et ces deux années se dressaient entre nous comme une muraille infranchissable. Pourtant, elle trouvait toujours du temps à m'accorder et paraissait apprécier ma compagnie. Elle semblait aussi consciente de ma présence que moi de la sienne ; mais si je tendais l'esprit vers elle, elle se reculait, s'arrêtait de marcher pour ôter un caillou de sa chaussure ou se mettait soudain à parler de la mauvaise santé de son père qui avait absolument besoin d'elle. D'un autre côté, si j'écartais ma perception de cette tension, elle devenait hésitante, son discours était moins assuré et elle me cherchait du regard pour déchiffrer mon expression. Je ne comprenais pas, mais j'avais l'impression d'un fil tendu entre nous. Cependant, en la circonstance, je sentis un soupçon d'agacement dans sa voix.

« Ah oui ? Et naturellement tu en sais long sur les forgisés ? Plus que ceux qu'ils ont attaqués et dépouillés ? »

Ses paroles acides me prirent au dépourvu et je restai un moment sans pouvoir dire un mot. Molly ignorait tout d'Umbre et à plus forte raison de notre voyage jusqu'à Forge. Pour elle, j'étais coursier au château et je travaillais pour le maître d'écuries lorsque je ne faisais pas les commissions du scribe. Impossible de lui révéler que je connaissais le problème de près et surtout la façon dont je percevais les forgisés !

« J'ai entendu les gardes en parler, le soir, près des écuries et des cuisines. Des soldats comme eux, ils ont vu toute sorte de gens et ce sont eux qui disent que les forgisés n'ont plus le sens de l'amitié, de la famille ni de l'affection. Mais enfin, si l'un d'eux se mettait à dépouiller les voyageurs, peut-être que les autres l'imiteraient, et ce serait l'équivalent d'une bande de voleurs.

— Peut-être. » Son ton parut s'adoucir. « Tiens, si on grimpait là-haut pour manger ? »

« Là-haut », c'était une corniche accrochée à la falaise, au-dessus des brisants. Je hochai la tête et nous passâmes les minutes suivantes à nous y transporter, nous et le panier. L'escalade fut plus ardue que nos sorties précédentes ; je me surpris à observer comment Molly se débrouillait avec ses jupes et à saisir toutes les occasions de lui attraper le bras pour l'aider à garder l'équilibre ou à prendre sa main lors d'un passage difficile tandis qu'elle tenait le panier de l'autre. Je compris tout à coup que sa proposition de monter à la corniche n'avait pas d'autre but. Enfin parvenus au surplomb, nous nous assîmes, le panier entre nous, les yeux perdus à l'horizon, et je savourai le plaisir de la sentir près de moi et de savoir qu'elle partageait ce sentiment. La situation m'évoquait les jongleurs, à la Fête du Printemps, qui se renvoient mutuellement leurs massues, sans interruption, toujours plus nombreuses et de plus en plus rapidement. Le silence s'éternisa au point d'en devenir gênant. Je la regardai, mais elle détourna les yeux. Voyant la bouteille, elle dit : « Tiens, du vin de pissenlit ? Je croyais qu'on ne pouvait le boire qu'après la mi-hiver ?

— Celui-ci est de l'année dernière… Il a eu tout un hiver pour vieillir », répondis-je et je m'emparai de la bouteille pour la déboucher à l'aide de mon couteau. Elle observa un moment mes vains efforts, puis, me prenant la flasque des mains, tira un couteau fin de son étui et l'enfonça dans le bouchon qu'elle extirpa d'un coup de poignet expert. Je l'enviai.

Elle surprit mon regard et haussa les épaules. « Je débouche les bouteilles pour mon père depuis toujours. Avant, c'était parce qu'il était trop soûl pour y arriver ; maintenant, c'est parce qu'il n'a plus de force dans les mains, même à jeun. » Chagrin et rancune se mêlaient dans sa voix.

« Ah ! » Je cherchai désespérément un sujet de conversation plus plaisant. « Regarde, la *Fille-de-la-Pluie* ! » Du doigt, je désignai un navire à la coque élancée qui entrait au port à l'aviron. « Pour moi, c'est le plus beau bateau de tous.

— Il revient de patrouille. Les marchands de tissu ont fait une collecte et presque toutes les boutiques de la ville ont participé ; moi aussi, même si je n'ai pu donner que des bougies pour les lanternes. C'est un équipage de soldats qui est à bord et qui escorte les navires entre ici et Haute-dunes ; après, c'est l'*Embrun-Vert* qui prend la relève pour la suite de la côte.

— Je ne savais pas tout ça. » Et je m'étonnais de ne pas en avoir entendu parler au château. Mon cœur se serra : même Bourg-de-Castelcerf prenait des mesures sans attendre l'avis ni l'agrément du roi. Je fis part de mes pensées à Molly.

« Ma foi, il faut bien se prendre en main si le roi Subtil se contente de froncer les sourcils sans rien faire d'autre. Ça ne lui coûte pas cher de nous exhorter à nous montrer courageux alors qu'il est bien à l'abri dans sa forteresse. Ce n'est pas son frère ni sa petite fille qui risquent de se faire forgiser. »

À ma grande honte, je ne trouvai rien à répondre pour la défense du roi ; et ma honte me poussa à déclarer : « Enfin, tu es presque aussi en sécurité que le roi lui-même, au pied du château. »

Molly m'adressa un regard qui ne cillait pas. « J'avais un cousin qui faisait son apprentissage à Forge. » Elle se tut, puis reprit d'une voix lente : « Est-ce que tu me jugeras sans cœur si je te dis que nous avons tous été soulagés d'apprendre qu'il a seulement été tué ? Pendant une semaine ou deux, nous n'avons pas su ce qu'il était devenu, et puis nous l'avons appris par quelqu'un qui l'avait vu mourir. Et mon père et moi en avons été bien soulagés. Au moins, nous pouvions le pleurer, en sachant que sa vie était simplement terminée et qu'il nous manquerait. Fini de se demander s'il était toujours vivant et s'il se conduisait comme une bête, à rendre les autres malheureux et à s'humilier lui-même. »

Je restai un moment silencieux. Puis je dis enfin : « Je suis navré. » C'était insuffisant et je tendis la main pour serrer la sienne, immobile. L'espace d'une seconde, j'eus l'impression de ne plus percevoir sa présence, comme si le chagrin lui avait paralysé l'esprit au même titre qu'un forgisé. Mais alors elle poussa un soupir et je la sentis à nouveau près de moi. « Tu sais, fis-je, hésitant, peut-être que le roi lui-même ne sait pas non plus quoi faire. Peut-être que, comme nous, il cherche une solution et n'en trouve pas.

— Mais enfin, c'est le roi ! protesta Molly. Et on l'a baptisé Subtil pour qu'il soit subtil ! On prétend maintenant que s'il ne réagit pas, c'est pour garder serrés les cordons de sa bourse. Pourquoi taper dans son magot alors que les marchands, à bout de ressources, engagent des mercenaires avec leur propre argent ? Mais assez… » et elle leva la main pour m'interdire de répondre. « Nous ne sommes pas ici, au calme et au frais, pour parler de politique et de soucis. Raconte-moi plutôt ce que tu fais en ce moment. Est-ce que la chienne tachetée a eu ses petits ? »

Et nous causâmes donc d'autre chose, des chiots de Bigarrette, de la jument en chaleur qui s'était fait saillir par l'étalon qu'il ne fallait pas, et elle me parla des cônes verts qu'elle récoltait pour parfumer ses chandelles, de sa façon de trier les baies noires, du travail qu'elle aurait par-dessus la tête la semaine d'après à faire des conserves de baies noires pour l'hiver tout en s'occupant de la boutique et en fabriquant des bougies.

Et nous bavardions, mangions et buvions en regardant le soleil de fin d'été s'attarder au-dessus de l'horizon, presque couché mais pas tout à fait. Je sentais la tension entre nous comme un lien agréable, étonnant, comme si nous étions en état de suspension. J'y voyais une extension de mes étranges et nouvelles perceptions, et j'étais surpris que Molly parût y réagir elle aussi. J'avais envie de lui en parler, de lui demander si elle éprouvait la présence d'autrui de la même façon que moi ; mais je craignais, de ce fait, de me dévoiler comme je m'étais révélé à Umbre ou qu'elle en ressente du dégoût comme Burrich. Aussi, masquant mes pensées derrière un sourire anodin, je continuai à bavarder de tout et de rien.

Je la raccompagnai chez elle par les rues silencieuses et lui souhaitai bonne nuit à la porte de la chandellerie. Elle hésita un instant, comme si elle venait de penser à quelque chose qu'elle voulait me dire, mais elle se contenta de me lancer un regard bizarre et de murmurer : « Bonne nuit, le Nouveau. »

Je regagnai la forteresse sous un firmament bleu sombre piqueté d'étoiles brillantes, dépassai les sentinelles absorbées dans leur éternel jeu de dés et grimpai aux écuries. Je fis rapidement le tour des boxes, mais tout était calme et normal malgré les chiots nouveau-nés. Je remarquai dans l'un des prés deux chevaux que je ne connaissais pas et, nouvellement installé dans l'écurie, le palefroi d'une dame. Sans doute une noble dame en visite à la cour, songeai-je. Je me demandai ce qui pouvait bien l'amener chez nous à la fin de l'été, tout en admirant la qualité de ses montures. Enfin, je me dirigeai vers la forteresse.

Machinalement, je pris par les cuisines. Mijote savait l'appétit qui tenaillait les garçons d'écurie et les hommes d'armes et n'ignorait pas que les repas réguliers ne suffisaient pas toujours à les rassasier. Ces derniers temps, en particulier, j'étais pris de fringale à toute heure et maîtresse Pressée avait récemment déclaré que, si je ne cessais pas de grandir aussi vite, je serais bientôt obligé de me vêtir de tissu d'écorce comme un homme des bois, car elle ne voyait pas comment faire pour que mes vêtements m'aillent d'une semaine sur l'autre. En entrant dans les cuisines, j'imaginais déjà l'énorme saladier en terre cuite recouvert d'un linge dont Mijote veillait toujours à ce qu'il soit plein de biscuits moelleux, et aussi certaine meule de fromage très piquant, en me disant que les deux iraient très bien avec une chope de bière.

Une femme était assise à une table. Elle mangeait une pomme avec du fromage, mais à ma vue elle se leva d'un bond et porta la main à son cœur comme si elle me prenait pour le Grêlé en personne. Je m'immobilisai. « Je ne voulais pas vous faire peur, ma dame. J'avais faim et j'ai eu envie de me trouver de quoi manger. Cela vous dérange-t-il si je reste ? »

La dame se rassit lentement. À part moi, je m'étonnai : que faisait une personne de son rang toute seule, la nuit, dans la cuisine ? Car ni sa robe crème toute simple ni l'expression lasse de son visage ne parvenaient à dissimuler sa haute extraction. Sans nul doute, c'était la propriétaire du palefroi aperçu aux écuries et non une quelconque chambrière. Si les tiraillements de la faim l'avaient sortie du sommeil, pourquoi n'avoir pas réveillé un serviteur pour qu'il aille lui quérir à manger ?

De sa poitrine, sa main se porta jusqu'à ses lèvres comme pour apaiser sa respiration irrégulière. Lorsqu'elle parla, ce fut d'une voix bien modulée, presque musicale. « Je ne voudrais pas vous empêcher de vous servir. J'ai seulement été un peu surprise. Vous… vous êtes entré si brusquement…

— Je vous remercie, ma dame. »

Je fis le tour de la cuisine, du tonneau de bière au pain en passant par le fromage, mais où que j'aille, ses yeux ne me quittaient pas. Son en-cas restait intact sur la table, là où il était tombé. Après m'être rempli une chope, je me retournai et croisai ses yeux écarquillés ; aussitôt, elle baissa le regard. Ses lèvres remuèrent, mais je n'entendis rien.

« Puis-je vous être utile ? demandai-je poliment. Vous aider à trouver quelque chose ? Désirez-vous un peu de bière ?

— Oui, s'il vous plaît. » Elle parlait à mi-voix. Je lui apportai la chope que je venais de remplir et la déposai devant elle. Elle se recula comme si j'étais atteint d'un mal contagieux. Peut-être l'odeur des écuries collait-elle à mes vêtements ? Non, Molly me l'aurait sûrement fait remarquer ; elle avait son franc-parler pour ce genre de détails.

Je me tirai une nouvelle chope, puis, après avoir promené mon regard sur la cuisine, estimai préférable d'emporter mon repas dans ma chambre : tout dans l'attitude de la dame exprimait sa gêne à me sentir présent. Mais, tandis que je m'efforçais de tenir à la fois la chope, les biscuits et le fromage, elle indiqua le banc en face d'elle. « Installez-vous, dit-elle comme si elle avait lu dans mes pensées. Je n'ai pas à vous empêcher de manger ici. »

Ni ordre ni invitation, le ton se situait entre les deux. Je m'approchai de la place désignée et renversai un peu de bière en déposant mes affaires. Je m'assis, ses yeux toujours sur moi. Elle n'avait pas touché à son propre repas. Je courbai le cou pour éviter ce regard et mangeai en vitesse, furtif comme un rat qui pressent le chat derrière la porte.

Elle me dévisageait ouvertement, sans aucune grossièreté ; mais son examen finit par rendre mes gestes maladroits et je m'aperçus au bout d'un moment, avec un profond embarras, que je venais inconsidérément de m'essuyer la bouche avec ma manche.

Je ne trouvais rien à dire pour meubler le silence, ce silence qui me lançait pourtant comme un coup de poignard. Le biscuit, soudain sec comme de la cendre, me fit tousser et je m'étouffai sur la gorgée de bière que j'avalai pour le faire descendre. Ses sourcils se levèrent, sa bouche prit un pli plus ferme. Les yeux baissés sur mon assiette, je sentais néanmoins son regard posé sur moi. J'expédiai mon repas avec une seule idée en tête : échapper à ces yeux noisette et à ces lèvres immobiles d'où ne sortait aucun son. Je me fourrai les derniers morceaux de biscuit et de fromage dans la bouche, puis me dressai avec tant de hâte que je me cognai dans la table et faillis renverser mon banc. Alors que je me dirigeais vers la porte, je me rappelai les instructions de Burrich sur la façon de prendre congé d'une dame. J'avalai ma bouchée à demi mâchée.

« Bonne nuit, ma dame », bafouillai-je ; l'expression me parut mal appropriée, mais aucune autre ne m'était venue à l'esprit. Et je me dirigeai vers la porte, la démarche oblique.

« Attendez, dit-elle ; je m'arrêtai et elle reprit : Logez-vous au château ou aux écuries ?

— Aux deux. Quelquefois... L'un et l'autre, je veux dire... Enfin, bonne nuit, ma dame. » Sur quoi je fis demi-tour et c'est tout juste si je ne m'enfuis pas en courant. J'étais déjà dans les escaliers lorsque l'étrangeté de sa question me frappa, et j'allais me déshabiller quand je m'aperçus que j'avais toujours ma chope vide à la main. Je me couchai avec le sentiment d'être un idiot, sans savoir pourquoi.

12

PATIENCE

Les Pirates rouges faisaient la détresse et l'affliction de leur propre peuple bien avant de venir troubler les côtes des Six-Duchés. Secte obscure à l'origine, ils parvinrent au pouvoir, tant religieux que politique, en s'appuyant sur une tactique implacable. Les chefs et les dirigeants qui refusaient d'adhérer à leurs croyances finissaient souvent par découvrir leurs épouses et leurs enfants victimes de ce que nous appelons la forgisation, en souvenir du triste sort du village de Forge. Si cruels et impitoyables que nous puissions considérer les Outîliens, l'honneur charpente puissamment leur tradition et réserve d'atroces sanctions à celui qui enfreint les lois des siens. Imaginez les affres d'un père outîlien dont le fils a été forgisé : il doit dissimuler les crimes de son fils lorsque celui-ci lui ment, le vole ou viole les femmes de la maison, ou bien le voir écorcher vif pour prix de ses infractions et endurer lui-même à la fois la perte de son héritier et du respect des autres maisons. La menace de la forgisation constituait donc une arme de dissuasion redoutable contre les opposants au régime des Pirates rouges.

À l'époque où ils entreprirent de s'attaquer sérieusement à nos côtes, ils avaient écrasé presque toute résistance dans les îles d'Outre-mer. Ceux qui se dressaient ouvertement contre eux étaient mis à mort ou s'exilaient. D'autres payaient tribut de mauvaise grâce et serraient les dents devant l'indignité de ceux qui présidaient au culte. Mais beaucoup rejoignaient leurs rangs et peignaient en rouge la coque de leurs bateaux pirates sans s'interroger sur la justesse de leur conduite. La grande masse de ces convertis, on peut le penser, était issue des maisons mineures qui n'avaient jamais eu l'occasion d'acquérir de l'influence. Mais celui qui commandait les Pirates rouges ne se souciait du lignage de personne tant qu'il pouvait compter sur l'inébranlable loyauté de chacun.

*
* *

J'eus encore affaire à la dame à deux reprises avant d'apprendre qui elle était. La seconde fois, ce fut la nuit suivante, approximativement à la même heure. Molly occupée à la préparation de ses baies, j'avais passé la soirée dans une taverne à écouter de la musique avec Kerry et Dirk, et j'avais peut-être bu une ou deux chopes de trop. En rentrant, ni fin soûl ni malade, je regardais néanmoins où je mettais les pieds, car j'avais déjà trébuché dans un nid-de-poule.

À côté de la cour des cuisines avec ses pavés poussiéreux et ses quais de déchargement, se trouve un espace clos par une haie, nettement séparé mais contigu ; on l'appelle communément le Jardin des femmes, non que ce soit leur domaine réservé, mais parce que ce sont elles qui le soignent et savent ce qui y pousse. C'est un petit coin agréable, avec un bassin au centre, de nombreux parterres de simples au milieu de plantes à fleurs, de pieds de vigne et d'allées aux pierres verdies de mousse. Je m'étais bien gardé d'aller directement me coucher dans l'état où j'étais : si j'essayais de dormir tout de suite, mon lit allait se mettre à tournoyer, à tanguer, et avant une heure je vomirais tripes et boyaux. J'avais passé une plaisante soirée et il aurait été dommage de la terminer ainsi ; aussi me rendis-je dans le Jardin des femmes plutôt que dans ma chambre.

Dans un coin du jardin, entre un mur que chauffe le soleil et un petit bassin, poussent sept variétés de thym. Par une journée caniculaire, leur parfum peut être entêtant, mais ce soir-là, avec la nuit presque tombée, j'eus l'impression que leurs fragrances mêlées me désembrumaient le cerveau. Penché sur le bassin, je m'aspergeai le visage, puis je m'assis par terre, le dos contre le mur encore tiède. Des grenouilles coassaient et je regardais fixement la surface lisse de l'eau pour m'éviter d'avoir le tournis.

Un bruit de pas. Puis une voix de femme qui demanda sans aménité : « Êtes-vous ivre ?

— Pas complètement, répondis-je d'un ton affable, croyant m'adresser à Tilly, la fille du verger. Pas assez de temps ni d'argent, ajoutai-je en plaisantant.

— J'imagine que c'est Burrich qui vous a enseigné cette pratique. Cet homme est un ivrogne et un débauché et il a cultivé en vous de semblables traits. Il ravale toujours ceux qui l'entourent à son niveau. »

La rancœur que je perçus dans cette voix me fit lever les yeux. Je louchai dans la pénombre pour distinguer sa propriétaire. C'était la dame de la veille. Debout au milieu de l'allée, vêtue d'une simple robe, elle avait l'allure d'une adolescente ; mince et déliée, elle était cependant moins grande que moi, qui n'étais pas d'une taille excessive pour mes quatorze ans. Mais ses traits étaient ceux d'une femme et, en cet instant, sa bouche avait un pli désapprobateur auquel faisaient écho ses sourcils froncés au-dessus de ses yeux noisette. Elle avait les cheveux bruns et ondulés, et, malgré ses efforts pour les nouer, quelques boucles s'étaient échappées à son front et sur sa nuque.

Loin de moi l'idée de défendre Burrich ; mais comme mon état présent n'avait rien à voir avec lui, je répondis que, se trouvant à plusieurs milles de là dans une autre ville, il ne pouvait guère être tenu pour responsable de ce que j'ingurgitais.

La dame fit deux pas en avant. « Mais il ne vous a jamais enseigné d'autres manières, n'est-ce pas ? Il ne vous a jamais mis en garde contre l'ivrognerie, n'est-ce pas ? »

Un dicton des Terres du sud prétend que la vérité se cache dans le vin. La bière doit en receler aussi un peu, car elle s'exprima par ma voix ce soir-là. « À vrai dire, ma dame, il serait fort mécontent de moi en ce moment. Tout d'abord, il me morigénerait pour rester assis devant une dame qui me parle. » Ici, je me levai en chancelant. « Ensuite, il me sermonnerait longuement et avec sévérité sur la conduite de qui jouit du sang d'un prince, sinon de ses titres. » Je tentai une révérence et, l'ayant réussie, me redressai en terminant par un grand geste élégant du bras. « Sur ce, bonne nuit, belle dame du jardin. Je vous souhaite une plaisante soirée et retire ma balourde personne de votre présence. »

J'étais à la porte voûtée qui perçait le mur quand elle m'interpella : « Attendez ! » Mais mon estomac émit un inaudible grondement de protestation et je fis semblant de ne pas l'avoir entendue. Elle ne me suivit pas ; cependant, elle ne devait pas me quitter des yeux et je gardai la tête droite et le pas assuré jusqu'à ce que je sorte de la cour des cuisines. Je descendis alors aux écuries où je vomis sur un tas de fumier, puis je m'endormis dans un box propre parce que, ce soir-là, l'escalier qui menait aux quartiers de Burrich était vraiment par trop escarpé.

Mais la jeunesse possède une résistance extraordinaire, surtout quand elle se sent menacée. Je me réveillai à l'aube le lendemain, car le retour de Burrich était prévu pour l'après-midi. Je fis ma toilette dans les écuries et jugeai qu'au bout de trois jours la tunique que je portais avait bien besoin d'être changée. Je fus doublement conscient de son état lorsque la dame m'accosta dans le couloir de ma chambre. Elle me toisa, puis, avant que j'aie pu rien dire, elle déclara :

« Changez de chemise. » Elle ajouta : « Ces jambières vous donnent l'air d'une cigogne. Dites à maîtresse Pressée qu'il faut les remplacer.

— Bonjour, ma dame », fis-je. Ce n'était pas une réponse, mais, pris au dépourvu, je n'avais rien trouvé d'autre. Je rangeai mon interlocutrice dans la catégorie des excentriques, encore plus que dame Thym ; mieux valait donc ne pas la contrarier. Je pensais qu'elle allait poursuivre son chemin, mais, loin de là, elle me maintint pétrifié sous son regard.

« Jouez-vous d'un instrument de musique ? » me demanda-t-elle.

Je fis non de la tête.

« Vous chantez, alors ?

— Non, ma dame. »

Elle parut troublée. « Dans ce cas, on vous aura peut-être enseigné à réciter les Épopées et les poèmes du savoir traditionnel, sur les simples, les vulnéraires, la navigation… des choses comme cela ?

— Seulement ceux qui portent sur les soins à donner aux chevaux, aux faucons et aux chiens », répondis-je presque en toute franchise. Burrich avait exigé que je les apprenne. Umbre m'en avait inculqué quelques autres sur les poisons et leurs antidotes, mais en m'avertissant qu'ils étaient peu connus et qu'il ne fallait pas les réciter étourdiment.

« Mais vous dansez, sûrement ? Et vous savez écrire des poèmes ? »

J'étais complètement perdu. « Ma dame, je crois que vous me confondez avec quelqu'un d'autre. Peut-être me prenez-vous pour Auguste, le neveu du roi. Il n'a qu'un an ou deux de moins que moi et…

— Je ne me trompe pas. Répondez à ma question ! » C'est tout juste si elle ne glapissait pas.

« Non, ma dame. L'enseignement dont vous parlez est réservé à ceux qui sont… bien nés. Je n'ai rien appris de tout cela. »

À chacune de mes dénégations, son trouble s'était accentué. Sa bouche se pinça et ses yeux noisette s'obscurcirent. « C'est intolérable ! » s'exclama-t-elle et, faisant demi-tour dans une envolée de jupes, elle s'éloigna d'un pas vif. Au bout d'un moment, j'entrai chez moi, changeai de chemise et enfilai la plus longue paire de jambières que je possédais. Puis je chassai la dame de mon esprit et m'absorbai dans les leçons et les corvées de la journée.

Il pleuvait cet après-midi-là pour le retour de Burrich. Je l'accueillis devant les écuries et pris le mors de sa monture pendant qu'il mettait pied à terre avec des mouvements raides, « Tu as grandi, Fitz », observa-t-il, sur quoi il m'examina d'un œil critique comme si j'étais un cheval ou un chien qui fait soudain preuve d'un potentiel inattendu. Il ouvrit la bouche comme pour ajouter quelque chose, puis secoua la tête et grogna. « Eh bien ? » dit-il et je lui fis mon rapport.

Il n'était resté absent qu'un mois, mais il aimait se tenir au courant de tout jusqu'au moindre détail. Il m'accompagna, attentif à mes paroles, tandis que je menais sa jument dans son box et me mettais à la panser.

Parfois je m'étonnais de sa ressemblance avec Umbre. Tous deux attendaient de moi que je me rappelle tout avec précision et sois capable de relater les événements de la semaine passée ou du mois précédent dans l'ordre chronologique. Apprendre à rendre compte devant Umbre ne m'avait guère posé de difficulté : il avait simplement formalisé ce que Burrich exigeait de moi depuis longtemps. Des années plus tard, je devais m'apercevoir qu'un homme d'armes faisant son rapport à son supérieur n'agissait pas différemment.

Tout autre que lui serait allé directement aux cuisines ou aux bains aussitôt après avoir entendu mon compte rendu ; mais Burrich tint à faire le tour de ses écuries, s'arrêtant ici pour bavarder avec un palefrenier, là pour parler à mi-voix à l'oreille d'un cheval. Arrivé au vieux palefroi de la dame, il fit halte encore une fois et le regarda en silence pendant quelques minutes.

« C'est moi qui ai dressé cette bête, fit-il soudain ; au son de sa voix le cheval se retourna dans son box et encensa doucement. Soyeux », murmura-t-il, et il lui caressa le museau. Il poussa subitement un soupir. « Ainsi, dame Patience est ici. Est-ce que tu as déjà fait sa connaissance ? »

J'eus du mal à répondre : mille pensées s'entrechoquaient soudain dans ma tête. Dame patience, l'épouse de mon père et, à divers titres, la grande responsable de son retrait loin de la cour et de moi ! Et c'est avec elle que j'avais bavardé dans les cuisines, elle à qui j'avais adressé un salut d'ivrogne, elle qui m'avait interrogé le matin même sûr mon éducation ! Je marmonnai : « Pas formellement. Mais nous nous sommes rencontrés, oui. »

À ma grande surprise, il éclata de rire. « Ta tête vaut tous les discours, Fitz ! Rien qu'à ta réaction, je sais qu'elle n'a pas beaucoup changé ! La première fois que je l'ai vue, c'était dans le verger de son père. Elle était installée dans un arbre ; elle m'a demandé de lui enlever une écharde du pied et, sans faire ni une ni deux, elle a ôté sa chaussure et son bas. Comme ça, devant moi ! Et sans savoir qui j'étais. Moi non plus, d'ailleurs, je ne savais pas qui c'était. Je l'avais prise pour la servante d'une dame. Ça se passait il y a des années, naturellement, avant même que mon prince fasse sa connaissance. Je ne devais pas être beaucoup plus vieux que toi. » Il se tut et son visage s'adoucit. « Elle avait un petit chien maladif, la respiration sifflante, toujours en train de vomir des paquets de ses propres poils ; il s'appelait Plumeau. » Il se tut à nouveau et sourit presque tendrement. « Dire que je me rappelle ça, au bout de tant d'années !

— Est-ce que tu lui as plu, la première fois que vous vous êtes rencontrés ? » demandai-je sans délicatesse.

Burrich se tourna vers moi et l'homme que j'avais entrevu disparut derrière son regard devenu opaque. « Plus qu'aujourd'hui, répondit-il d'un ton brusque. Mais c'est sans importance. Dis-moi plutôt ce qu'elle pense de toi, Fitz. »

Ça, c'était une autre paire de manches. Je me lançai dans le récit de nos entrevues en glissant sur les détails autant que je l'osais. J'en étais à notre confrontation au jardin quand Burrich leva une main.

« Arrête », dit-il d'un ton posé.

Je me tus.

« Quand tu retranches des bouts à la vérité pour éviter d'avoir l'air ridicule, tu finis par passer pour un crétin. Recommence. »

J'obéis sans rien omettre cette fois, ni ma conduite, ni les commentaires de la dame. Quand j'eus fini, j'attendis le verdict qui ne manquerait pas de tomber. Mais non ; Burrich tendit la main pour caresser le museau du palefroi. « Le

temps change certaines choses, dit-il enfin. D'autres non. »
Il soupira. « Mon vieux Fitz, tu as le don de te présenter aux
gens que tu ferais mieux d'éviter à tout prix. Il y aura des
conséquences, j'en suis sûr, mais lesquelles, je n'en ai pas la
moindre idée. Cela étant, inutile de s'inquiéter. Allons plutôt
voir les petits de la chienne ratière. Tu dis qu'elle en a eu six ?

— Et ils ont tous survécu, répondis-je avec orgueil, car la
chienne en question avait toujours des mises bas difficiles.

— Espérons que nous ferons aussi bien », fit Burrich entre
haut et bas ; je le regardai, surpris, mais ce n'était apparemment pas à moi qu'il s'adressait.

*
* *

« J'aurais cru que tu aurais le bon sens d'éviter cette
femme », grommela Umbre.

Ce n'était pas l'accueil que j'espérais après deux mois loin de
ses appartements. « Je ne savais pas que c'était dame Patience.
Je suis étonné que la rumeur n'ait pas signalé son arrivée.

— Elle désapprouve énergiquement les commérages »,
m'informa Umbre. Il était installé dans son fauteuil devant
le petit feu qui brûlait dans l'âtre. Il faisait toujours froid
chez lui et il y était sensible. Il paraissait fatigué, aussi, ce
soir, épuisé par ce qui l'avait retenu toutes ces semaines
où je ne l'avais pas vu ; ses mains en particulier semblaient
vieillies, osseuses, enflées au niveau des articulations. Il prit
une gorgée de vin et reprit : « Et elle a ses petites façons bien
à elle et tout à fait originales de s'occuper de qui clabaude
dans son dos. Elle a toujours exigé qu'on respecte sa vie
privée. C'est en partie pourquoi elle aurait fait une mauvaise
reine, ce qui était d'ailleurs parfaitement indifférent à Chevalerie, qui s'était marié pour lui-même et non pour des motifs
politiques. Ça a été, je crois, la première déception qu'il a
infligée à son père. Après cela, rien de ce qu'il pouvait faire
ne contentait complètement Subtil. »

Je ne faisais pas plus de bruit qu'une souris. Rôdeur vint se percher sur mon genou. Il était bien rare de trouver Umbre d'humeur aussi communicative, surtout à propos de la famille royale. J'osais à peine respirer de peur de l'interrompre.

« Parfois je me dis que Chevalerie avait besoin d'un petit quelque chose que, d'instinct, il savait trouver chez Patience. C'était un homme réfléchi, ordonné, toujours correct dans ses manières, toujours au courant de tout ce qui se passait autour de lui. Il était chevaleresque, mon garçon, au meilleur sens du terme. Il ne se laissait pas aller à des gestes ignobles ou mesquins ; cette attitude s'accompagnait naturellement d'un air un peu guindé qui ne le quittait jamais et qui le faisait passer, aux yeux de ceux qui ne le connaissaient pas bien, pour froid ou hautain.

« Et puis il a rencontré cette gamine… et, de fait, elle était à peine plus qu'une enfant. Elle n'avait guère plus de substance qu'une toile d'araignée ou l'écume des vagues. Son esprit et sa langue voletaient sans cesse d'un sujet à l'autre, papillonnaient de-ci, de-là, sans rime ni raison que je puisse discerner. Le simple fait de l'écouter m'épuisait. Mais Chevalerie, lui, souriait et s'émerveillait. Peut-être était-ce parce qu'il ne l'intimidait pas du tout, ou bien parce qu'elle ne semblait pas vouloir le conquérir à tout prix. Toujours est-il que, poursuivi par une vingtaine des meilleurs partis de naissance supérieure et d'intelligence plus brillante, il a choisi Patience. Et il n'y avait nulle urgence à ce qu'il se marie ; quand il l'a prise pour épouse, il a fermé la porte sur une bonne dizaine d'alliances qu'une autre femme aurait pu lui valoir. Il n'avait pas la moindre raison valable de se marier à ce moment-là. Pas une seule !

— Sauf qu'il en avait envie », dis-je, et je regrettai aussitôt de ne pas m'être plutôt coupé la langue, car Umbre hocha la tête, puis s'ébroua. Il détourna le regard du feu et le porta sur moi.

« Bien. Assez parlé de cela. Je ne vais pas te demander comment tu t'y es pris pour lui faire une telle impression ni ce qui l'a fait changer d'opinion à ton égard ; en tout cas, la semaine dernière, elle est allée trouver Subtil pour exiger qu'on te reconnaisse comme le fils et l'héritier de Chevalerie et qu'on te fournisse une éducation digne d'un prince. »

Je fus pris de vertige. Les tapisseries ondoyaient-elles sur les murs ou mes yeux me jouaient-ils des tours ?

« Il a refusé, naturellement, poursuivit Umbre, implacable. Il a essayé de lui expliquer l'impossibilité absolue d'accéder à sa requête, et elle ne faisait que répéter : "Mais vous êtes le roi ! Comment cela peut-il vous être impossible ?" "Les nobles ne l'accepteraient jamais ; ce serait aussitôt la guerre civile. Et songez à l'effet sur un jeune garçon qui ne s'y attend pas de se retrouver soudain dans cette situation." Voilà ce qu'il lui a dit.

— Ah ! » fis-je à mi-voix. Je n'arrivais pas à me rappeler ce que j'avais ressenti l'espace d'un instant. De l'exaltation ? De la colère ? De la peur ? Tout ce que je savais, c'est que cette émotion était déjà passée, et j'éprouvai une étrange impression de nudité et d'humiliation à l'idée d'avoir ressenti quelque chose.

« Bien entendu, Patience refusait de se laisser convaincre. "Eh bien, préparez-le, a-t-elle répondu au roi. Et lorsqu'il sera prêt, jugez vous-même." Il n'y a que Patience pour demander des choses pareilles, et devant Royal et Vérité, par-dessus le marché ! Vérité, qui connaissait la fin d'avance, écoutait calmement, mais Royal était livide. Il s'excite beaucoup trop facilement. Même un simple d'esprit aurait compris que Subtil ne pouvait accéder à la demande de Patience ; mais il sait quand faire des compromis. Sur les autres points, il lui a tout accordé, surtout pour la faire taire, je pense.

— Les autres points ? répétai-je stupidement.

— Certains à notre avantage, d'autres à notre détriment. Ou du moins qui n'iront pas sans de sacrés inconvénients. » Umbre parlait d'un ton à la fois exultant et agacé. « J'espère que tu te débrouilleras pour caser davantage d'heures dans une journée, mon garçon, parce que je ne tiens pas à sacrifier le moindre de mes plans à ceux de Patience. Elle a exigé que tu reçoives l'éducation qui convient à ton lignage et elle a juré de s'en charger personnellement. Musique, poésie, danse, chant, maintien… Je te souhaite d'avoir plus d'endurance que je n'en avais à ton âge pour ces choses-là. Il est vrai que Chevalerie n'a jamais paru en souffrir ; parfois même, il parvenait à en faire bon usage. Mais cela va occuper une bonne partie de tes journées ; de plus, tu vas jouer les pages auprès de Patience. Tu es un peu vieux pour ça, mais elle a insisté. Pour ma part, je pense que les regrets la travaillent et qu'elle cherche à rattraper le temps perdu, ce qui ne marche jamais. Tu vas devoir abandonner les exercices de maniement d'armes, toi, et Burrich se trouver un autre garçon d'écurie. »

Le maniement d'armes ne me manquerait pas ; comme Umbre me le répétait souvent, un véritable assassin officie de près et sans bruit. Si j'apprenais convenablement mon métier, jamais je n'agiterais d'épée sous le nez de personne. Mais les heures avec Burrich… Encore une fois, j'éprouvai cette étrange impression d'ignorer ce que je ressentais. Je détestais Burrich… parfois. Il était arrogant, tyrannique et insensible. Il me voulait parfait, tout en m'avertissant d'emblée que je n'y gagnerais jamais la moindre récompense. Mais il était franc, aussi, carré, et persuadé que j'étais capable de ce qu'il exigeait de moi.

« Tu te demandes sans doute quel avantage elle nous a obtenu », poursuivit Umbre sans prêter attention à mon silence. Je perçus de la jubilation dans sa voix. « Il s'agit de quelque chose que j'ai requis deux fois pour toi et qui m'a été deux fois refusé. Mais Patience a si bien noyé Subtil sous son bavardage qu'il a rendu les armes. Il s'agit de l'Art, mon garçon ! Tu dois être formé à l'Art !

— L'Art », répétai-je sans comprendre. Tout allait trop vite pour moi.

« Oui. » Je m'efforçai de rassembler mes pensées. « Burrich m'en a parlé une fois. Il y a longtemps. » Soudain, je retrouvai le contexte de la conversation. C'était après la trahison accidentelle de Fouinot ; Burrich avait décrit l'Art comme l'opposé du sens que j'avais en commun avec les animaux, ce même sens qui m'avait révélé le changement de nature chez les villageois de Forge. L'apprentissage de l'un me libérerait-il de l'autre ? Ou serait-ce pour moi une dépossession ? Je songeai à l'intimité que j'avais partagée avec les chevaux et les chiens lorsque je savais Burrich au loin. Je me rappelai Fouinot avec un sentiment mélangé de chaleur et de peine. Jamais je n'avais été plus proche d'une autre créature vivante, ni auparavant ni depuis. La formation qui m'attendait allait-elle me dépouiller de cette faculté ?

« Qu'y a-t-il, mon garçon ? » La voix d'Umbre était bien-veillante mais inquiète.

« Je ne sais pas. » J'hésitai, mais, même à Umbre, je n'osai dévoiler mes craintes. Ni ma tare. « Rien, je crois.

— On a dû te raconter de vieilles sornettes sur ton futur apprentissage », avança-t-il, et il se trompait complètement. « Écoute, mon garçon, ce n'est sûrement pas aussi difficile que ça en a l'air ; Chevalerie y est passé ; Vérité aussi. Et devant la menace des Pirates rouges, Subtil a décidé d'en revenir aux anciennes traditions et d'élargir le cercle des candidats potentiels. Il a besoin d'un clan, voire de deux, pour complé-ter ce que lui et Vérité peuvent déjà réaliser avec l'Art. Galen est loin d'être ravi, mais en ce qui me concerne c'est une excellente idée, bien que, bâtard moi-même, je n'aie jamais eu accès à l'apprentissage et ne me fasse donc qu'une vague idée de l'usage de l'Art pour défendre notre pays.

— Vous êtes un bâtard ? » La question avait jailli de mes lèvres sans crier gare. Cette révélation avait tranché le méli-mélo de mes pensées comme un rasoir. Umbre me dévisagea, aussi choqué par mes paroles que moi par les siennes.

« Évidemment ; je pensais que tu l'avais deviné depuis longtemps. Mon garçon, pour quelqu'un d'aussi perspicace, tu es curieusement aveugle par moments. »

Je le regardai comme si je le voyais pour la première fois. Les cicatrices de son visage, peut-être, avaient masqué la ressemblance, mais elle était bien là : le front, la forme des oreilles, la ligne de la lèvre inférieure… « Vous êtes le fils de Subtil ! » m'écriai-je, en me fondant sur son seul aspect.

Mais avant même qu'il réponde je me rendis compte du ridicule de ma déclaration.

« Son fils ? » Umbre eut un rire lugubre. « Oh, qu'il serait fâché ! Mais la vérité le fait grimacer encore davantage. C'est mon demi-frère cadet, mon garçon ; mais lui a été conçu dans un lit légitime et moi pendant une campagne militaire à Bord-du-Sable. » À mi-voix, il ajouta : « Ma mère était soldat lorsqu'elle m'a conçu ; mais elle est rentrée chez elle pour l'accouchement et, plus tard, elle a épousé un potier. Quand elle est morte, son mari m'a mis sur un âne et m'a donné un collier qu'elle portait souvent en me disant de le remettre au roi, à Castelcerf. J'avais dix ans. Le chemin était long et dur de Surgemas à Castelcerf, en ce temps-là. »

Je ne savais que dire.

« Assez parlé de ça. » Umbre se redressa, le visage austère. « C'est Galen qui va t'enseigner l'Art. Subtil a dû lui secouer les puces, mais il est arrivé à obtenir son accord, quoique avec des réserves : ses élèves ne doivent avoir d'autre professeur que lui pendant leur formation. J'aimerais qu'il en soit autrement, mais je n'y peux rien. Il te faudra être prudent. Tu connais Galen, n'est-ce pas ?

— Un peu, répondis-je. Seulement par ce qu'on en dit.

— Et personnellement, que sais-tu de lui ? »

Je pris une inspiration et réfléchis. « Il prend ses repas seul ; je ne l'ai jamais vu à table, ni avec les hommes d'armes, ni à la salle à manger. Je ne l'ai jamais vu s'arrêter un instant pour bavarder, que ce soit sur le terrain d'exercice, dans la cour de la laverie ou dans les jardins ; on dirait toujours qu'on l'attend quelque part et il est toujours pressé. Il traite mal les animaux ; les chiens ne l'aiment pas et il serre tellement la bride aux chevaux qu'il leur abîme la bouche et le tempérament. Il doit avoir l'âge de Burrich, je pense. Il s'habille bien, presque aussi coquettement que Royal. Une fois, j'ai entendu quelqu'un le qualifier d'homme de la reine.

— Pourquoi cela ? demanda vivement Umbre.

— Hum… il y a longtemps de ça. C'était Gage, un homme d'armes ; il était venu trouver Burrich un soir, un peu ivre et un peu amoché. Il s'était battu avec Galen, qui l'avait frappé au visage avec un petit fouet ou un truc comme ça. Gage voulait que Burrich le soigne parce qu'il était tard et qu'il n'aurait pas dû boire ce soir-là ; c'était bientôt son tour de garde, si je me souviens bien. Il avait surpris Galen en train de prétendre que Royal était deux fois plus noble que Chevalerie ou Vérité et que la coutume qui l'empêchait d'accéder au trône était ridicule ; d'après Galen, la mère de Royal était mieux née que la première épouse de Subtil, ce qui est de notoriété publique ; mais ce qui a chauffé les sangs de Gage au point d'engager la bagarre, c'est que Galen a soutenu que la reine Désir était plus royale que Subtil lui-même, car elle était de sang Loinvoyant par ses deux parents et Subtil par son père seulement. Du coup, Gage a voulu lui mettre son poing sur le nez, mais Galen s'est écarté et l'a frappé au visage. »

Je me tus.

« Ensuite ? m'encouragea Umbre.

— Et alors, Galen soutient Royal de préférence à Vérité ou même au roi. Et Royal, disons, l'accepte. Il a de meilleurs rapports avec lui qu'avec les serviteurs ou les soldats en général ; on dirait qu'il prend conseil auprès de lui, d'après les rares occasions où je les ai vus ensemble. D'ailleurs, c'était presque comique : Galen s'habille comme le prince et il a les mêmes gestes que lui, croire qu'il le singe. Parfois, ils ont presque l'air de jumeaux.

— Ah oui ? » Umbre se pencha vers moi. « Qu'as-tu encore remarqué ? »

Je fouillai ma mémoire en quête de détails que j'aurais observés. « C'est tout, je crois.

— T'a-t-il déjà adressé la parole ?

— Non.

— Je vois. » Umbre hocha la tête. « Et que sais-tu de lui par ouï-dire ? Que soupçonnes-tu ? » Il cherchait à m'amener à une certaine conclusion, mais je ne voyais pas laquelle.

« Il est originaire de Labour, de l'intérieur. Sa famille est venue à Castelcerf en même temps que la seconde reine du roi Subtil. J'ai entendu dire qu'il avait peur de l'eau, qu'il s'agisse de faire du bateau ou de nager. Burrich le respecte, mais ne l'aime pas ; selon lui, il connaît son travail et il le fait bien, mais Burrich ne peut pas s'entendre avec un homme qui maltraite les animaux ; même par ignorance. Les gens des cuisines ne l'apprécient pas ; il fait toujours pleurer les plus jeunes, il accuse les filles de laisser tomber des cheveux dans sa nourriture ou d'avoir les mains sales et il traite les garçons de voyous qui ne savent pas servir correctement. Du coup, les cuisinières ne l'aiment pas non plus, parce qu'après son passage, les apprentis sont dans tous leurs états et ils ne travaillent plus comme il faut. » Umbre ne me quittait pas des yeux, comme s'il attendait quelque chose de très important. Je me creusai la cervelle.

« Il porte une chaîne sur laquelle sont montées trois pierres précieuses ; c'est la reine Désir qui la lui a donnée en récompense d'un service particulier. Hum... Le fou le déteste ; une fois, il m'a raconté que, quand ils sont seuls, Galen le traite de monstre et lui jette des objets à la tête. »

Umbre haussa les sourcils. « Le fou te parle ? »

Il avait l'air abasourdi. Il se redressa si brutalement dans son fauteuil que du vin jaillit de sa coupe et lui éclaboussa le genou. Il l'essuya distraitement de la manche.

« Quelquefois, répondis-je, circonspect. Pas très souvent ; seulement quand l'envie lui en prend. Alors, il apparaît d'un coup devant moi et il me dit des trucs.

— Des trucs ? Quel genre de trucs ? »

Je pris soudain conscience que je n'avais jamais rapporté à Umbre le rébus du « Fitz débouche la bouche du bichon ». Je m'étais découragé devant la difficulté des explications. « Bah, des trucs bizarres. Il y a deux mois, il m'a abordé en me disant que le lendemain ne serait pas un bon jour pour la chasse. Pourtant, le temps était beau, et Burrich a tué un grand cerf ; vous devez vous en souvenir. C'est le même jour que nous sommes tombés sur un glouton. Il a salement amoché deux des chiens.

— Et, si j'ai bonne mémoire, il a bien failli t'avoir, toi aussi. » Umbre se pencha encore, l'air étrangement satisfait.

Je haussai les épaules. « Burrich l'a forcé et l'a abattu. Ensuite, il m'a enguirlandé comme si c'était ma faute et il m'a dit qu'il m'aurait assommé de ses propres mains si la bête avait blessé Suie. Comme si j'avais pu prévoir qu'elle s'en prendrait à moi ! » J'hésitai. « timbre, je sais que le fou est bizarre, mais j'aime bien quand il vient me parler. Il s'exprime par énigmes, il m'insulte, il se moque de moi, il se permet de me donner des conseils sur ce que je dois faire, me laver les cheveux ou ne pas porter de jaune, mais…

— Oui ? fit Umbre comme si ce que je disais était de la plus haute importance.

— Je l'aime bien. » Je ne trouvais pas de meilleure conclusion. « Il se paie ma tête, mais de sa part ce n'est pas méchant. Ça me donne l'impression d'être, comment dire… important, qu'il ait choisi de s'adresser à moi. »

Umbre se radossa. Il cacha un sourire derrière sa main, mais la plaisanterie m'échappait. « Fie-toi à ton instinct, dit-il enfin avec laconisme. Et suis les conseils que te donne le fou. Et enfin, continue à tenir secret le fait qu'il te parle. On pourrait le prendre en mauvaise part.

— Qui ça ? demandai-je avec inquiétude.

— Le roi Subtil, peut-être. Après tout, le fou est à lui. Il l'a acheté. »

Une dizaine de questions me vinrent aussitôt à l'esprit. Umbre dut déchiffrer mon expression, car il leva la main pour me faire taire. « Pas maintenant. Tu n'as pas besoin d'en savoir davantage pour le moment ; tu en sais d'ailleurs plus qu'assez. Je n'ai pas coutume de divulguer des secrets qui ne m'appartiennent pas, mais ta révélation m'a surpris. Si le fou désire t'en apprendre plus long, qu'il le fasse lui-même. Mais il me semble que nous parlions de Galen. »

Je me renfonçai dans mon fauteuil avec un soupir. « Galen… Donc, il est désagréable avec ceux qui ne peuvent pas lui répondre, il s'habille bien et il prend ses repas seul. Qu'est-ce que je dois savoir d'autre, Umbre ? J'ai déjà eu des professeurs sévères et d'autres désagréables ; je pense que j'apprendrai à m'arranger de lui.

— C'est ton intérêt. » Umbre était grave. « Parce qu'il te hait. Il te hait davantage qu'il n'aimait ton père. La profondeur du sentiment qu'il portait à ton père m'a toujours déconcerté ; personne, pas même un prince, ne mérite une dévotion aussi aveugle, surtout aussi subite. Et toi, il te hait avec encore plus de force. Cela m'effraie. »

Le ton d'Umbre fit naître une nausée glacée au creux de mon estomac. L'angoisse que j'en ressentis me mit au bord du malaise. « Comment le savez-vous ? demandai-je, alarmé.

— Parce qu'il l'a dit à Subtil quand le roi lui a ordonné de t'inclure parmi ses élèves. "Ne faut-il pas que le bâtard apprenne sa vraie place ? Ne doit-il pas se satisfaire de ce que vous avez décrété en sa faveur ?" Et là-dessus, il a refusé de t'accepter.

— Il a refusé ?

— Je te l'ai déjà raconté. Mais Subtil s'est montré inflexible ; c'est le roi, et Galen doit lui obéir, tout homme de la reine qu'il ait été. Il s'est incliné et a déclaré qu'il essaierait de te former. Tu suivras son enseignement tous les jours à compter d'un mois. D'ici là, tu es à Patience.

— Où ça ?

— Au sommet d'une tour se trouve ce qu'on appelle le jardin de la Reine. On t'y introduira. » Umbre se tut, comme s'il voulait me prévenir d'un danger sans m'affoler. « Sois prudent, dit-il enfin, car entre les murs du jardin je n'ai aucune influence. Je suis aveugle. »

C'était un étrange avertissement, que je n'eus garde d'oublier.

13

MARTEL

Dame Patience affirma son excentricité dès son plus jeune âge. Ses nourrices la décrivaient comme farouchement indépendante, mais sans assez de bon sens pour se débrouiller seule. L'une d'elles remarqua : « Elle se promenait souvent toute la journée les lacets défaits parce qu'elle ne savait pas les nouer elle-même, mais ne supportait pas non plus qu'on le fasse à sa place. » Avant l'âge de dix ans, elle avait décidé de se dispenser de l'éducation traditionnelle qui seyait aux enfants de son rang et s'absorba dans des arts d'une discutable utilité pour son avenir : poterie, tatouage, concoction de parfums, culture et multiplication des plantes, surtout exotiques.

Elle n'avait nul scrupule à s'absenter de longues heures loin de toute surveillance ; elle préférait les bois et les vergers aux cours et aux jardins de sa mère. On pourrait croire que tout cela produirait une enfant robuste à l'esprit pratique, mais rien ne saurait être plus éloigné de la réalité : elle était constamment victime d'éruptions, d'éraflures et de piqûres, s'égarait fréquemment et n'acquit jamais le moindre sens de la prudence, vis-à-vis des hommes comme des animaux.

Elle fut en grande partie autodidacte : maîtrisant très tôt la lecture et l'écriture, elle dévora dès lors tous les manuscrits, livres et tablettes qui lui tombaient sous la main avec un appétit insatiable et dépourvu de discrimination. Ses précepteurs s'exaspéraient de sa distraction et de ses fréquentes disparitions, qui ne semblaient aucunement affecter sa capacité à apprendre quasiment n'importe quoi, vite et bien. Cependant, mettre en pratique ses connaissances ne l'intéressait pas du tout. La tête pleine de fantaisies et de chimères, elle substituait la poésie et la musique à la logique et aux bonnes manières et ne manifestait aucun intérêt pour les mondanités ni pour les coquetteries.

Et pourtant, elle épousa un prince, courtisée par lui avec un enthousiasme et une obstination qui causèrent un vrai scandale ; ce n'était que le premier qu'il devait connaître.

*
* *

« Tiens-toi droit ! »

Je me raidis.

« Pas comme ça ! On dirait une dinde qui attend la hache, le cou étiré ! Plus détendu. Non, les épaules en arrière, ne te voûte pas. Tu te tiens toujours avec les pieds en canard comme ça ?

— Ma dame, ce n'est qu'un adolescent. Ils sont tous pareils, tout en os et en angles. Laissez-le entrer, qu'il trouve son aise.

— Très bien. Entre, alors. »

D'un hochement de tête, j'exprimai ma gratitude à la servante et un sourire creusa des fossettes dans son visage lunaire. Elle m'indiqua un banc recouvert d'une telle profusion de coussins et de châles qu'il y restait à peine la place de s'asseoir. Je m'y installai du bout des fesses et fis des yeux le tour de la chambre de dame Patience.

C'était encore pire que chez Umbre. J'y aurais vu le désordre de plusieurs années si je n'avais su que son occupante n'était arrivée que depuis peu. Même un inventaire complet de la pièce n'aurait pu la décrire, car c'était ta juxtaposition des objets qui la rendait remarquable : un éventail de plumes, un gant d'escrime et un bouquet de roseaux dépassaient d'une botte usagée ; une petite chienne terrier noire avec deux chiots rondelets dormait dans une panière garnie d'une capuche de fourrure et de bas de laine ; une famille de morses en ivoire taillé trônait sur une tablette traitant du ferrage des chevaux. Mais l'élément dominant, c'étaient les plantes : de grosses masses de végétation débordaient de pots en argile, des boutures, des fleurs et des feuilles coupées emplissaient des tasses, des coupes et des seaux, des plantes grimpantes jaillissaient de chopes sans anse et de verres ébréchés ; des tiges dénudées, résultats d'essais malheureux, pointaient de pots en terre ; les plantes se massaient partout où elles pouvaient capter le soleil du matin ou du soir. On avait l'impression d'un jardin qui se serait déversé par la fenêtre et qui aurait poussé au milieu de la pagaille générale.

« Il doit avoir faim, non, Brodette ? Il paraît que c'est fréquent chez les adolescents. Je crois qu'il y a du fromage et des biscuits sur l'étagère près de mon lit. Veux-tu lui en rapporter, mon amie ? »

Dame Patience se tenait à une longueur de bras de moi et s'adressait à sa chambrière pardessus mon épaule.

« Merci, mais je n'ai pas faim, vraiment, bredouillai-je avant que Brodette pût se lever. Je suis venu parce qu'on m'a dit de me mettre à votre disposition tous les matins pour aussi longtemps que vous le désireriez. »

C'était là une reformulation diplomatique des paroles du roi Subtil : « Va chez elle tous les matins et plie-toi à tous ses ordres, qu'elle me fiche enfin la paix ! Et continue jusqu'à ce qu'elle soit fatiguée de toi autant que je le suis d'elle. » Sa rudesse m'avait stupéfié ; il avait l'air aux abois et je ne l'avais jamais vu ainsi. Vérité était entré au moment où je me retirais discrètement et lui aussi paraissait tourmenté. À leurs gestes et à leur façon de parler, on aurait dit qu'ils avaient trop bu la veille, l'un comme l'autre, alors que le repas du soir avait justement brillé par une nette absence de gaieté et une tempérance presque absolue. Vérité m'avait ébouriffé les cheveux au passage. « Il ressemble de plus en plus à son père, celui-là », avait-il observé ; et, derrière lui, Royal s'était renfrogné. Il m'avait jeté un regard furieux avant de fermer bruyamment la porte des appartements du roi.

Je me retrouvais donc chez ma dame, qui tournait autour de moi à distance respectueuse et parlait sans s'adresser à moi, comme si j'étais un animal susceptible à tout instant de l'attaquer ou de souiller ses tapis. Visiblement, la scène réjouissait beaucoup Brodette.

« Oui. Je le sais, car, vois-tu, c'est moi qui ai demandé au roi qu'on t'envoie ; m'expliqua dame Patience d'un ton appliqué.

— Oui, ma dame. » Je m'agitai sur mon bout de banc en essayant de prendre l'air intelligent et bien élevé. Étant donné nos rencontres précédentes, je ne pouvais guère lui reprocher de me traiter comme un dadais.

Le silence retomba. Je promenais mon regard sur le fouillis de la pièce et dame Patience avait les yeux tournés vers une fenêtre. Brodette souriait par en dessous en feignant de faire des frivolités de dentelle.

« Ah ! Tiens ! » Tel le faucon qui fond sur sa proie, dame Patience se baissa soudain et saisit un des chiots, le noir, par la peau du cou. Il poussa un glapissement de surprise et sa mère leva un regard désapprobateur vers dame Patience qui me fourra l'animal dans les bras. « Celui-ci est pour toi. Il est à toi, maintenant. Tous les garçons doivent avoir une bête à eux. »

J'attrapai le chiot qui se tortillait et parvins à le soutenir avant qu'elle ne le lâche. « À moins que tu ne préfères un oiseau ? J'ai une cage de pinsons dans ma chambre à coucher. Tu peux en prendre un, si tu veux.

— Euh, non. Un petit chien, c'est très bien. C'est merveilleux. » Cette dernière phrase s'adressait à l'intéressé. Ma réaction instinctive à ses « Yi ! Yi ! Yi ! » suraigus avait été de tendre mon esprit pour l'apaiser. Sa mère avait senti mon contact et l'avait approuvé ; elle se réinstalla dans son panier aux côtés du chiot blanc avec une joyeuse insouciance. Celui que j'avais dans les bras leva le museau et me regarda droit dans les yeux. Selon mon expérience, c'était là une attitude inhabituelle : la plupart des chiens évitent de croiser trop longtemps les regards. Étonnante aussi, la vivacité d'esprit dont il faisait preuve. Je savais, par une pratique subreptice dans les écuries, qu'en général les chiots de son âge n'ont qu'une conscience très floue d'eux-mêmes et que leur mère, le lait et leurs besoins immédiats en constituent les seuls points fixes. Mais ce petit gaillard possédait déjà une identité solidement établie et un profond intérêt pour tout ce qui l'entourait. Brodette, qui lui donnait des petits bouts de viande, lui plaisait, mais il se méfiait de Patience, non parce qu'elle se montrait cruelle, mais parce qu'elle trébuchait sans cesse sur lui et qu'elle le remettait dans le panier chaque fois que, laborieusement, il parvenait à en sortir. Il me trouvait un fumet tout à fait passionnant, et l'odeur des chevaux, des oiseaux et des autres chiens était comme des couleurs dans son esprit, des images de choses encore sans forme ni réalité pour lui mais qui le fascinaient pourtant. Je lui fournis la représentation correspondant à chaque odeur et il se mit à escalader ma poitrine avec frénésie, puis à me renifler et à me lécher, tout excité. *Emmène-moi, montre-moi, emmène-moi !*

« ... m'écoutes ? »

Je tressaillis ; un instant, j'attendis la taloche de Burrich, puis je repris conscience de ce qui m'entourait et du petit bout de femme qui se tenait devant moi, les mains sur les hanches.

« J'ai l'impression qu'il n'est pas tout à fait normal, remarqua-t-elle à l'adresse de Brodette. As-tu vu cette façon de rester sans bouger à regarder le chiot ? J'ai cru qu'il allait nous faire une attaque ! »

Brodette sourit avec douceur, penchée sur son ouvrage. « Tout à fait comme vous, ma dame, lorsque vous commencez à bricoler avec des feuilles et des boutures, et que vous finissez par contempler la terre, les bras ballants.

— Allons, fit Patience, manifestement mécontente, il n'y a pas de commune mesure entre l'expression méditative d'un adulte et l'air bovin d'un adolescent ! »

Plus tard, promis-je au chiot. « Pardonnez-moi, dis-je en essayant de prendre une mine repentante. Je me suis laissé distraire parle petit chien. » Il s'était roulé en boule au creux de mon bras et mâchonnait négligemment l'ourlet de mon pourpoint. J'aurais du mal à expliquer ce que je ressentais : il fallait que j'accorde mon attention à dame Patience, mais ce petit être mussé contre moi irradiait le bonheur et la satisfaction. Il est vertigineux d'être subitement propulsé au centre du monde de quelqu'un, même si ce quelqu'un est un chiot de huit semaines. Je compris alors la profondeur de ma solitude, une solitude qui ne datait pas d'hier. « Merci, dis-je, surpris moi-même de la reconnaissance qui transparaissait dans ma voix. Merci beaucoup.

— Ce n'est qu'un chien », répondit dame Patience et, à mon grand étonnement, elle eut l'air presque honteuse. Elle se détourna et regarda par la fenêtre. Le chiot se lécha le museau et ferma les yeux. *Chaud : Sommeil.* « Parle-moi de toi », demanda soudain mon hôtesse.

Je fus pris au dépourvu. « Que désirez-vous savoir, ma dame ? »

Elle eut un petit geste agacé. « Eh bien, à quoi occupes-tu tes journées ? Qu'apprends-tu ? »

Je m'efforçai de répondre, mais je la sentais impatiente. Elle pinçait les lèvres à chaque mention du nom de Burrich et ma formation au maniement des armes la laissa de marbre. Je ne pouvais naturellement rien dire d'Umbre. D'un hochement de tête, elle approuva raidement mon apprentissage des langues, de l'écriture et du calcul.

« Bien, me coupa-t-elle brusquement. Au moins, tu n'es pas totalement ignare. Si tu sais lire, tu peux apprendre n'importe quoi. À condition que tu le veuilles. As-tu envie d'apprendre ?

« — Je crois. » Tiède réponse, mais dame Patience commençait à m'énerver. Même le chiot qu'elle m'avait donné ne suffisait pas à compenser son dénigrement systématique de mes connaissances.

« Dans ce cas, tu dois pouvoir apprendre. Car moi, j'ai l'intention de t'instruire, même si tu n'en as pas envie pour l'instant. » Son expression devint austère ; ce fut si soudain que j'en restai interloqué. « Et comment t'appelle-t-on, mon garçon ? »

Toujours cette question ! « Mon garçon. C'est très bien », marmonnai-je. Le chiot qui dormait dans mes bras s'agita en poussant un gémissement. Pour lui, je me contraignis au calme.

J'eus la satisfaction de voir une expression de détresse passer fugitivement sur les traits de Patience. « Je vais t'appeler, disons, Thomas. Tom pour tous les jours. Cela te convient-il ?

— Il faut bien », répondis-je effrontément. Burrich se donnait plus de mal qu'elle pour nommer un chien. Pas de Noiraud ni de Médor dans les écuries : Burrich baptisait chaque animal comme si c'était un roi, avec un nom qui le décrivait ou qui évoquait un caractère désirable. Même celui de Suie masquait un feu tranquille que j'avais appris à respecter. Mais cette femme me donnait le nom de Tom sans même avoir pris le temps de respirer ! Je baissai les yeux afin de les dissimuler à sa vue.

« Parfait, dit-elle avec une pointe de sécheresse. Reviens demain à la même heure ; j'aurai des choses à te faire faire. Je te préviens, j'attendrai de toi que tu travailles de bon cœur. Bonne journée, Tom.

— Bonne journée, ma dame. ».

Je fis demi-tour et m'en allai. Brodette me suivit des yeux, puis son regard revint rapidement sur sa maîtresse. Je sentis sa déception, mais sans pouvoir en déceler la raison.

Il était encore tôt : cette première entrevue avait pris moins d'une heure. Comme on ne m'attendait nulle part, j'avais tout mon temps libre, et je pris la direction des cuisines afin de soutirer à Mijote quelques restes pour mon chiot. J'aurais pu l'emmener aux écuries, mais Burrich aurait alors découvert son existence et j'étais sans illusions sur la suite : mon chien serait certes le bienvenu et demeurerait à moi, nominalement ; mais Burrich veillerait à trancher ce nouveau lien et cela, j'avais la ferme intention de l'éviter.

Je dressai mes plans. Je lui confectionnai une couche avec une panière empruntée aux lavandières et une vieille chemise jetée pardessus un lit de paille. Les saletés qu'il pourrait faire seraient pour l'instant réduites et, plus tard, mon lien avec lui me permettrait de le dresser sans mal. Pour le présent, il devrait rester seul une partie de la journée, mais en grandissant il pourrait m'accompagner. Naturellement, Burrich finirait par découvrir son existence, mais j'écartai résolument cette pensée : je m'en occuperais en son temps. Il lui fallait un nom. Je l'étudiai donc attentivement : il n'était pas de ces terriers à poil bouclé qui passent leur temps à japper ; il aurait un pelage court et lisse, un cou épais et une gueule comme un seau à charbon. Mais, adulte, il m'arriverait en dessous du genou, par conséquent il ne lui fallait pas un nom trop pesant. Je ne voulais pas en faire un chien de combat, donc, pas question d'Éventreur ni de Chargeur ; il serait tenace et vif : Étau, peut-être ? Ou Vigie ?

« Ou Enclume. Ou Forge. »

Je levai les yeux. Le fou sortit d'une alcôve et m'emboîta le pas dans le couloir.

« Pourquoi ? » demandai-je. Il y avait belle lurette que je ne m'interrogeais plus sur la faculté du fou à savoir ce que je pensais.

« Parce que ton cœur sera martelé contre lui et que ta force sera trempée dans son feu.

— Ça fait un peu mélodramatique, objectai-je ; par ailleurs, Forge est un nom malvenu, ces temps-ci ; je n'ai pas envie de l'imposer à mon chien. Tiens, encore l'autre jour, en ville, j'ai entendu un ivrogne gueuler à un malandrin :

"Que ta femme se fasse forgiser !" Tout le monde s'est retourné sur lui dans la rue. »

Le fou haussa les épaules. « Ça ne m'étonne pas. » Il me suivit dans ma chambre. « Marteau, alors. Ou Martel. Tu me le laisses voir ? »

À contrecœur, je lui passai le chiot qui se réveilla et se mit à se tortiller entre les mains du fou. *Pas d'odeur ! Pas d'odeur !* À ma grande surprise, je ne pus qu'être d'accord avec le chiot : même par le biais de son petit museau noir, je ne détectais aucune odeur émanant du fou. « Attention. Ne le lâche pas.

— Je suis un fou, pas un idiot. » Mais il s'assit néanmoins sur mon lit et posa l'animal près de lui. Martel se mit aussitôt à renifler et gratter mes draps. Je m'installai de l'autre côté afin de veiller à ce qu'il ne s'approche pas trop du bord.

« Alors, me demanda le fou d'un air dégagé, tu vas la laisser t'acheter avec des cadeaux ?

— Pourquoi pas ? » Je me voulais dédaigneux.

« Ce serait une erreur, pour l'un comme pour l'autre. » Il tortillait le petit bout de queue de Martel, qui se retourna avec un grondement de bébé chien. « Elle va essayer de te donner des choses et tu seras obligé de les accepter, parce qu'il n'y aura pas moyen de refuser poliment. Mais tu devras décider si ces présents bâtiront un pont entre vous, ou un mur.

— Est-ce que tu connais Umbre ? » demandai-je brusquement, car le fou et lui s'exprimaient de façon si semblable qu'il me fallait savoir. Je n'avais jamais parlé d'Umbre à personne, sauf à Subtil, et je n'avais jamais entendu mentionner son nom dans la forteresse.

« Ombre ou soleil, je sais quand tenir ma langue. Tu ferais bien d'apprendre à en faire autant. » Il se leva sans crier gare et se dirigea vers la porte. Il s'y arrêta un instant. « Elle ne t'a détesté que les premiers mois. Et ce n'était pas vraiment de la haine envers toi ; c'était une jalousie aveugle vis-à-vis de ta mère, capable de donner un enfant à Chevalerie alors qu'elle-même n'y parvenait pas. Après ça, son cœur s'est radouci. Elle voulait te faire venir auprès d'elle, t'élever comme son propre fils. D'aucuns diraient qu'elle désirait s'approprier tout ce qui touchait à Chevalerie. Ce n'est pas mon avis. »

J'étais incapable de détourner mon regard du fou.

« Tu as l'air d'un poisson, la bouche ouverte comme ça », observa-t-il. Puis il poursuivit : « Naturellement, ton père a refusé en arguant que ce pourrait être perçu comme une reconnaissance formelle de son bâtard. Mais ce n'était pas la vraie raison, je pense ; ç'aurait été dangereux pour toi, voilà ce que je crois. » Il fit un geste bizarre de la main et un bâton de viande séchée apparut entre ses doigts. Je savais qu'il le tenait dissimulé dans sa manche, mais du diable si j'avais vu comment il avait exécuté son tour ! Il jeta la viande sur mon lit et le chiot bondit avidement dessus.

« Tu peux lui faire mal, si tu en as envie, continua-t-il. Elle se sent terriblement coupable de la solitude dans laquelle tu as grandi ; et ta ressemblance avec Chevalerie est telle que, quoi que tu dises, ce sera comme si c'était lui qui parlait. Elle est comme un diamant qui aurait un défaut : un coup bien placé de ta part et elle éclatera en mille morceaux. Elle est moitié folle, tu sais, Si elle n'avait pas consenti à l'abdication de Chevalerie, on n'aurait jamais pu le tuer ; en tout cas, pas avec tant de désinvolture quant aux conséquences. Et elle le sait.

— Qui est ce "on" ? demandai-je d'une voix tendue.

— Qui sont ces "on" ? » corrigea-t-il avant de s'éclipser. Le temps que j'atteigne la porte, il avait disparu. Je tendis mon esprit à sa recherche, sans résultat ; à croire qu'il avait été forgisé. À cette idée, un frisson glacé me parcourut et je retournai auprès de Martel. Il mâchonnait la viande dont il répandait des petits bouts gluants sur le lit. Je l'observai. « Le fou est parti », lui dis-je enfin. Il agita vaguement la queue pour accuser réception du message sans s'arrêter de mordiller son jouet.

Il était à moi, on me l'avait donné. Pas un chien d'écurie confié à mes soins, mais un chien à moi, hors d'atteinte de l'autorité de Burrich. À part mes vêtements et le bracelet de cuivre, cadeau d'Umbre, je ne possédais pas grand-chose ; mais ce chiot compensait tout ce qui avait jamais pu me manquer.

Le poil luisant, il était en bonne santé ; pour l'instant, son pelage était lisse, mais il se hérisserait avec le temps. Je le portai devant la fenêtre et distinguai alors de légères variations de couleur dans sa robe ; il serait tacheté sombre, donc. Je lui découvris une marque blanche sur le menton et une autre sur la patte arrière gauche. Il referma ses petites mâchoires sur la manche de ma chemise et se mit à la tirailler violemment en poussant de féroces grondements de bébé chien, Je me bagarrai avec lui sur le lit jusqu'à ce qu'il sombre dans un profond sommeil, les membres flasques, après quoi je le déposai sur son coussin de paille et me forçai à m'acquitter de mes leçons et de mes corvées de l'après-midi.

Ma première semaine avec Patience fut pénible, autant pour Martel que pour moi. J'appris à maintenir un filet d'attention en contact permanent avec lui afin qu'il ne se sente jamais seul et ne se mette pas à hurler quand je le quittais ; mais cela demandait de la pratique, si bien que j'étais souvent distrait. Au début, Burrich fronça les sourcils, mais je le persuadai que cela provenait de mes leçons avec Patience. « Je n'ai aucune idée de ce qu'elle attend de moi, lui dis-je le troisième jour. Hier, c'était la musique ; en l'espace de deux heures, elle a tenté de m'enseigner à jouer de la harpe, du biniou de mer et enfin de la flûte. Et chaque fois que j'étais sur le point de comprendre comment tirer une ou deux notes de l'un, elle me l'arrachait des mains et m'ordonnait d'en essayer un autre. Elle a conclu la séance en déclarant que je n'avais aucun don musical. Ce matin, c'était la poésie ; elle a entrepris de m'apprendre le poème sur la reine Panacée et son jardin. Déjà qu'il y en a toute une tartine sur les simples qu'elle cultivait et leur usage, mais en plus Patience mélangeait tout et elle m'enguirlandait quand je lui répétais ce qu'elle venait de dire : soi-disant, je me moquais d'elle et je devais bien savoir qu'on ne se sert pas d'herbe à chat pour les cataplasmes ! J'ai été bien soulagé quand elle a dit que je lui avais donné une telle migraine qu'on allait s'en tenir là ; et lorsque j'ai proposé de lui cueillir des boutons de main-de-vierge pour calmer la douleur, elle s'est redressée d'un coup : "Là ! Je savais bien que tu te moquais de moi !" Je ne sais pas quoi faire pour lui plaire, Burrich !

— Quel intérêt ? » grogna-t-il, et j'abandonnai le sujet.

Ce soir-là, Brodette se présenta chez moi. Elle frappa à la perte, entra et plissa le nez. « Vous feriez bien de répandre des herbes par terre si vous comptez garder ce chien ici ; et de vous servir d'eau vinaigrée quand vous nettoyez ses saletés. On se croirait dans une écurie.

— Sûrement », répondis-je. Je la regardais d'un air interrogateur.

« Je vous ai apporté ceci. J'ai eu l'impression que c'est ce que vous préfériez. » Et elle me tendit le biniou de mer. J'examinai les tubes larges et courts maintenus ensemble par des lanières de cuir. En effet, des trois instruments que j'avais essayés, c'était celui avec lequel j'étais le plus à l'aise ; la harpe possédait beaucoup trop de cordes et j'avais trouvé strident le son de la flûte, même entre les lèvres de Patience.

« C'est dame Patience qui me l'envoie ? demandai-je, perplexe.

— Non. Elle ignore que je l'ai pris ; elle croira l'avoir égaré dans sa pagaille, comme d'habitude.

— Mais pourquoi me l'apporter ?

— Pour que vous vous y exerciez. Quand vous aurez les doigts un peu plus déliés, rapportez-le et montrez à dame Patience ce que vous savez faire.

— Pourquoi donc ? »

Brodette soupira. « Parce que cela apaisera sa conscience, et moi, cela me facilitera la vie. C'est un calvaire d'être servante auprès de quelqu'un d'aussi mélancolique que dame Patience : elle voudrait tant que vous soyez doué pour quelque chose ! Alors, elle vous teste dans tous les domaines en espérant vous voir manifester un talent subit, afin de pouvoir annoncer triomphalement à tout le monde : "Là, je vous avais bien dit qu'il avait un don !" Mais moi, j'ai eu des fils et je sais que les adolescents, ça ne marche pas comme ça : on dirait qu'ils n'apprennent rien, qu'ils ne mûrissent pas, qu'ils n'ont pas de manières, mais il suffit de tourner le dos et les voilà qui grandissent, qui prennent du plomb dans la cervelle et qui charment tout le monde sauf leur mère ! »

J'étais un peu perdu. « Vous voulez que j'apprenne à jouer de ce truc pour rendre le sourire à Patience ?

— Pour qu'elle ait l'impression de vous avoir donné quelque chose.

— Elle m'a déjà donné Martel ; elle ne peut pas me faire de plus beau cadeau. »

Elle parut désarçonnée par mon abrupte sincérité. J'étais dans le même cas. « Ah bon. Eh bien, vous pourriez le lui dire ; mais apprenez peut-être aussi à jouer du biniou, à réciter une ballade ou à chanter une prière traditionnelle. Elle comprendra peut-être mieux. »

Après son départ, je m'assis pour réfléchir, balançant entre la colère et le désenchantement. Patience souhaitait me voir réussir dans la vie et se croyait obligée de me découvrir un talent, comme si, avant elle, je n'avais jamais rien fait ni accompli. Cependant, en songeant à mon passé et à ce qu'elle savait de moi, je m'aperçus qu'elle devait avoir de moi une image assez plate : je savais lire, écrire et m'occuper d'un cheval ou d'un chien ; pas davantage. Certes, je savais aussi concocter des poisons, préparer des potions soporifiques, dérober des objets, mentir et faire des tours de passe-passe, mais rien de tout cela ne lui aurait plu, quand bien même en eût-elle eu vent. Alors, avais-je des talents cachés, autres que ceux d'espion et d'assassin ?

Le lendemain, je me levai tôt et allai trouver Geairepu, qui se montra ravi quand je demandai à lui emprunter des pinceaux et des couleurs ; le papier qu'il me fournit était meilleur que celui des feuilles d'exercice et il me fit promettre de lui soumettre le résultat de mon travail. Tout en remontant chez moi, j'essayais de m'imaginer faisant mon apprentissage auprès de lui ; ce ne pouvait pas être plus dur que ce qu'on m'imposait depuis quelques jours.

Mais la tâche que je m'étais fixée s'avéra plus compliquée que toutes celles de Patience. Je regardai Martel endormi sur son coussin : la courbe de son dos ne devait pas être différente de celle d'une rune, les ombres de ses oreilles pas très éloignées de celles des illustrations de plantes que je copiais avec tant d'application sous la férule de Geairepu. Et pourtant, si, et j'y gaspillai des feuilles et des feuilles avant de me rendre soudain compte que c'étaient les ombres autour du chiot qui créaient les courbes de son dos et la ligne de sa croupe : je devais soustraire, non ajouter, et peindre ce que voyait mon œil plutôt que mon esprit.

Il était tard lorsque je rinçai mes pinceaux avant de les ranger. J'avais deux dessins dont j'étais assez content et un troisième qui me plaisait vraiment, bien que vague et brouillé ; on aurait dit un chiot vu en rêve plutôt qu'en réalité. Il représentait davantage ce que je percevais par le Vif que par les yeux.

Mais devant la porte de Patience, je regardai les feuilles que je tenais à la main et je me vis soudain comme un petit enfant qui tend à sa maman des pissenlits fanés et tout froissés. Était-ce là un passe-temps pour un grand garçon ? Si j'étais vraiment l'apprenti de Geairepu, ce genre d'exercice serait tout à fait approprié, car un bon scribe doit savoir aussi bien tirer un trait rectiligne qu'illustrer et enluminer. Mais la porte s'ouvrit avant même que je ne frappe et je restai pétrifié sur place, mes dessins encore humides entre mes mains tachées de peinture.

J'obéis sans un mot lorsque Patience, d'un ton irrité, m'ordonna d'entrer en ajoutant que j'étais déjà bien assez en retard. Je m'assis au bord d'une chaise occupée par un manteau en bouchon et un ouvrage de broderie à demi achevé. Je posai mes œuvres à côté de moi sur un tas de tablettes.

« Je te crois capable d'apprendre à réciter de la poésie, si tu y mets du tien, dit-elle avec une certaine sécheresse dans la voix. Par suite, tu dois pouvoir apprendre à en composer, avec de la bonne volonté. Le rythme et la métrique ne sont jamais que… C'est ton petit chien ?

— C'était le but recherché », marmonnai-je, embarrassé comme je ne l'avais jamais été de ma vie.

Elle prit les feuilles et les examina l'une après l'autre, de près, puis à bout de bras. Elle s'arrêta longuement sur le dessin le plus flou. « Qui t'a donné ces peintures ? demanda-t-elle enfin. Note que ça n'excuse pas ton retard, mais j'aurais l'usage d'un artiste capable de reproduire ce que l'œil voit, avec des couleurs aussi naturelles C'est l'ennui de tous les herbiers que je possède : toutes les plantes sont du même vert, qu'elles deviennent grises ou rosées en grandissant. Inutile d'espérer apprendre quoi que ce soit avec ce genre de tablettes…

— J'ai l'impression qu'il les a peints lui-même, ma dame, la coupa Brodette d'une voix douce.

— Et ce papier, il est bien supérieur à celui que je dois… » Patience s'interrompit soudain. « Toi, Thomas ? (C'était la première fois, je crois, qu'elle pensait à employer le nom qu'elle m'avait octroyé.) Tu peins comme ça ? »

Devant son air incrédule, je parvins à hocher légèrement la tête. Elle leva de nouveau les dessins. « Ton père était incapable de tracer une courbe, sauf sur une carte. Ta mère dessinait-elle ?

— Je n'ai aucun souvenir d'elle. » J'avais répondu d'un ton revêche. Personne, à ma connaissance, n'avait jamais eu l'audace de me poser cette question.

« Quoi, aucun ? Mais tu avais six ans ! Tu dois bien te rappeler quelque chose – la couleur de ses cheveux, sa voix, comment elle t'appelait… » Il me sembla sentir dans sa voix un désir douloureux, une curiosité qu'elle n'osait pas tout à fait satisfaire.

L'espace d'un instant, la mémoire me revint presque : un parfum de menthe, ou peut-être de… Puis tout disparut. « Rien, ma dame. Si elle avait voulu que je me souvienne d'elle, elle m'aurait gardé auprès d'elle, je suppose. » Je verrouillai mon cœur. On ne pouvait pas exiger de moi un devoir de mémoire envers une mère qui m'avait abandonné sans jamais chercher à me revoir.

« Bien. » À cet instant, Patience se rendit compte, je crois, qu'elle avait mené la conversation vers un terrain difficile. Par la fenêtre, elle regarda le ciel gris. « Tu as eu un bon professeur de dessin, dit-elle tout à coup, d'un ton trop enjoué.

— C'est Geairepu. » Comme elle ne réagissait pas, j'ajoutai : « Le scribe de la cour, vous savez ; il voudrait me prendre comme apprenti. Mes lettres le satisfont et en ce moment il me fait travailler à copier ses images. Enfin, quand j'en ai le temps ; je suis souvent occupé et lui, il est souvent parti chercher des roseaux à papier.

— Des roseaux à papier ? répéta-t-elle d'un air distrait.

— Il a une petite provision de papier ; il en possédait plusieurs mesures, mais peu à peu la réserve baisse. Il l'avait achetée à un marchand qui l'avait obtenue d'un autre, qui lui-même la tenait d'un troisième, si bien qu'il ignore d'où vient le papier. Mais, à ce qu'il dit, c'était du roseau martelé ; ça donne un papier de bien meilleure qualité que celui que nous fabriquons, fin, souple, qui s'effrite moins vite avec le temps et qui prend bien l'encre, mais sans l'absorber au risque de brouiller les contours des runes. D'après Geairepu, s'il parvenait à trouver la formule, ça changerait pas mal de choses ; avec un bon papier bien solide, n'importe qui pourrait avoir chez soi une copie des tablettes du savoir traditionnel conservées à la forteresse ; et avec un papier bon marché, on pourrait apprendre à lire et à écrire à davantage d'enfants, selon lui en tout cas. Je ne comprends pas pourquoi il est si…

— J'ignorais que quelqu'un d'ici partageait mon intérêt. » Le visage de dame Patience s'illumina soudain. « A-t-il essayé de faire du papier à partir de racine de lis écrasée ? J'ai eu quelques réussites par ce moyen. Et aussi avec des brins d'écorce de kinoué tissés, puis pressés encore humides ; ça donne un matériau résistant et souple, quoique la surface laisse à désirer. En revanche, ce papier-ci… »

Son regard retomba sur les feuilles qu'elle tenait et elle se tut. Puis, d'un ton hésitant : « Tu aimes donc ce chiot à ce point ?

— Oui », répondis-je simplement, et nos yeux se croisèrent soudain. Elle me dévisagea avec la même expression distraite qu'elle avait souvent en regardant par la fenêtre. Tout à coup, des larmes perlèrent à ses yeux.

« Parfois, tu lui ressembles tant que… » Sa voix s'étrangla. « Tu aurais dû être de moi ! Ce n'est pas juste ! Tu aurais dû être de moi ! »

Elle jeta ces mots avec une telle violence que je crus qu'elle allait me frapper. Mais elle bondit vers moi et me serra dans ses bras, non sans piétiner sa chienne au passage ni renverser un vase contenant un bouquet de feuilles. L'animal se releva avec un glapissement, le vase se brisa en répandant de l'eau et des tessons dans toutes les directions, tandis que le front de ma dame prenait durement contact avec mon menton, si bien que, pendant quelques instants, je n'y vis plus que des étincelles. Avant que j'aie le temps de réagir, elle me lâcha et s'enfuit dans sa chambre en poussant un cri qui évoquait celui d'un chat ébouillanté. Elle claqua la porte derrière elle.

De toute la scène, Brodette n'avait pas cessé son ouvrage.

« Ça lui prend de temps en temps, fit-elle d'un ton calme, en m'indiquant la porte d'un signe de la tête. Revenez demain, me rappela-t-elle et elle ajouta : Vous savez, dame Patience s'est prise d'une grande affection pour vous. »

14

GALEN

Fils de tisserand, Galen était adolescent quand il arriva à Castelcerf. Son père était l'un des serviteurs personnels de la reine Désir qui avaient quitté Labour à sa suite. Sollicité était la maîtresse d'Art de Castelcerf, à l'époque. Elle avait formé le roi Bonté et son fils Subtil à l'Art, si bien qu'à l'adolescence des fils de Subtil, elle était déjà vieille ; aussi demanda-t-elle la permission au roi Bonté de prendre un apprenti et il y consentit Galen bénéficiait largement des faveurs de la reine et, sur les vigoureuses injonctions de la reine-servante Désir, Sollicité choisit le tout jeune Galen comme apprenti. En ce temps-là comme aujourd'hui, les bâtards de la maison des Loinvoyant n'avaient pas accès à l'Art, mais lorsque ce don fleurissait par hasard hors de la famille royale, on le cultivait et on le récompensait. Sans nul doute, Galen était dans ce cas, celui d'un garçon qui manifeste un talent étrange et inattendu et qui attire subitement l'attention d'un maître d'Art.

Le temps que les princes Chevalerie et Vérité soient en âge d'apprendre l'Art, Galen avait assez progressé pour prendre part à leur formation, bien qu'il eût à peine un an de plus qu'eux.

*
* *

Encore une fois, mon existence chercha son équilibre et le trouva brièvement. La gêne qui nous séparait, dame Patience et moi, s'éroda peu à peu en l'acceptation tacite que nous ne serions jamais tout à fait à l'aise ni d'une familiarité excessive l'un avec l'autre. Nous n'éprouvions aucun besoin de partager nos sentiments et nous nous côtoyions à distance respectueuse, ce qui ne nous empêcha pas, le temps passant, d'arriver à une certaine compréhension mutuelle. Quelquefois même, au cours de cette danse ritualisée qu'était notre relation, nous connûmes des moments de franche gaieté et il nous arriva en certaines occasions de danser au son de la même flûte.

Une fois qu'elle eut abandonné l'idée de m'enseigner tout ce que devait savoir un prince Loinvoyant, elle put m'apprendre beaucoup, mais moins, certes, qu'elle ne souhaitait à l'origine. J'acquis une certaine pratique musicale, mais en lui empruntant ses instruments et au bout de nombreuses heures d'exercices solitaires. Plus que son page, je devins son coursier, et, à force de faire ses commissions, j'accumulai un grand savoir dans l'art de la parfumerie et des plantes. Même Umbre se montra enthousiaste lorsqu'il découvrit mes nouveaux talents dans le domaine de la multiplication par les racines et les feuilles et il suivit avec intérêt les expériences, souvent infructueuses, que dame Patience et moi-même menions afin de convaincre les bourgeons d'un arbre de faire des feuilles quand on les insérait dans l'écorce d'un autre. C'était là une magie dont elle avait entendu parler par la rumeur mais qu'elle ne se faisait pas scrupule d'essayer ; d'ailleurs, encore aujourd'hui, on peut voir dans le Jardin des femmes un pommier dont une branche donne des poires. Le jour où j'exprimai ma curiosité pour l'art du tatouage, elle refusa de me laisser marquer mon corps en disant que j'étais trop jeune pour une telle décision ; mais, sans le moindre problème de conscience, elle me permit de l'observer, et finalement de l'assister, alors qu'à coups d'aiguille elle s'instillait lentement de l'encre sous la peau de la cheville et du mollet pour y dessiner une guirlande de fleurs.

Mais tout ceci se mit en place en plusieurs mois, voire plusieurs années, et non en quelques jours. Au bout de dix jours, nous étions francs mais polis l'un avec l'autre. Elle fit la connaissance de Geairepu et l'enrôla dans son projet de fabriquer du papier à partir de racines. Le chiot grandissait bien et me rendait plus heureux de jour en jour. Les courses que dame Patience m'envoyait faire en ville me donnaient de multiples occasions de voir mes amis, en particulier Molly, en qui je trouvai un guide irremplaçable pour me piloter jusqu'aux étals odoriférants où j'achetais les fournitures pour parfum de dame Patience. La menace des Pirates rouges et de leurs forgisations rôdait toujours à l'horizon, mais, ces quelques semaines durant, ce ne fut guère qu'une terreur lointaine, comme le souvenir des frimas de l'hiver pendant une journée d'été. Un bref espace de temps, je fus heureux et, cadeau plus rare encore, j'en étais conscient.

Puis commencèrent mes leçons avec Galen.

La veille au soir, Burrich m'envoya chercher et j'allai le trouver en me demandant quel travail j'avais mal fait pour me valoir ses réprimandes. Il m'attendait devant les écuries en dansant d'un pied sur l'autre, aussi nerveux qu'un étalon entravé ; il me fit aussitôt signe de le suivre et m'emmena dans ses quartiers.

« Du thé ? » me proposa-t-il, et, à mon hochement de tête, il prit une bouilloire tenue au chaud près de l'âtre et me remplit une chope.

« Qu'est-ce qu'il y a ? » demandai-je en la prenant. Je ne l'avais jamais vu aussi tendu ; c'était si peu dans sa nature que je me pris à redouter quelque terrible nouvelle : Suie était malade, ou morte, ou bien il avait découvert l'existence de Martel.

« Rien. » Il mentait et c'était si visible qu'il le reconnut lui-même. « Voilà, mon garçon, avoua-t-il soudain : Galen est venu me voir aujourd'hui ; il m'a dit que tu allais être formé à l'Art et que, tant que tu serais son élève, je devais rester à l'écart – ne te donner aucun conseil, ne te confier aucune tâche, ni même partager un repas avec toi. Il s'est montré très… clair là-dessus. » Il se tut et je me demandai à quelle expression plus nette il avait renoncé. Il détourna les yeux. « Fut un temps où j'espérais qu'on te donnerait cette chance, mais comme ça n'arrivait pas, je me suis dit, bon, c'est peut-être aussi bien. Galen peut être dur, comme professeur. Très dur. J'en ai eu des échos : il impose une discipline de fer à ses élèves, tout en prétendant ne pas exiger davantage d'eux que de lui-même. Tiens, tu me croiras si tu veux, il paraît qu'on dit la même chose de moi ! »

Je me permis un petit sourire qui m'attira un froncement de sourcils.

« Écoute donc ce que je te dis ! Galen n'a aucune affection pour toi et il n'en fait pas mystère. Naturellement, comme il ne te connaît pas, ce n'est pas ta faute ; ça tient seulement à… à ce que tu es, à ce que tu as déclenché, et Dieu sait que tu n'y étais pour rien. Mais si Galen l'admettait, ce serait reconnaître que c'était la faute de Chevalerie et je ne l'ai jamais entendu lui attribuer le moindre défaut ; pourtant, on peut aimer un homme tout en gardant les yeux ouverts. » D'un pas vif, Burrich fit le tour de la pièce, puis revint devant le feu.

« Et si tu vidais ton sac une bonne fois ? suggérai-je.

— J'essaie ! répondit-il d'un ton sec. Je ne sais pas ce que je dois te dire ; je ne suis même pas sûr de bien faire en t'en parlant. Est-ce que je suis en train de te donner des conseils ou de me mêler de ce qui ne me regarde pas ? Mais tes leçons n'ont pas encore commencé ; alors je te préviens dès maintenant : travaille d'arrache-pied ; ne sois pas insolent, montre-toi respectueux, poli ; écoute tout ce qu'il dit et apprends-le aussi vite et aussi bien que possible. » Il se tut à nouveau.

« Je n'avais pas l'intention d'agir, autrement, répondis-je d'un ton un peu revêche, car ce n'était manifestement pas ce qui lui pesait sur le cœur.

— Je le sais bien, Fitz ! » Soudain, il soupira, puis s'assit brusquement de l'autre côté de la table et se prit les tempes entre les mains comme s'il avait mal à la tête. Je ne l'avais jamais vu si agité. « Il y a longtemps, je t'ai parlé de cette autre… magie. Le Vif. Le fait d'être lié aux bêtes, de devenir presque un animal soi-même. » Des yeux, il fit le tour de la pièce, comme s'il craignait d'être entendu. Il se pencha vers moi et, à voix basse mais d'un ton pressant : « Garde-t'en. J'ai fait ce que j'ai pu pour te montrer que c'était honteux et mal ; mais j'ai toujours eu l'impression que tu n'étais pas tout à fait d'accord. Oh, je sais que tu m'as toujours obéi, la plupart du temps ; mais en certaines occasions j'ai senti, ou soupçonné, que tu bricolais avec des choses dont ne s'approche pas un honnête homme. Je te le jure, Fitz, j'aimerais mieux… j'aimerais mieux te voir forgisé ! Ne prends pas cet air outré : je te dis ce que je pense. Et quant à Galen… Écoute-moi bien, Fitz : ne lui en parle jamais. N'en parle pas, n'y pense même pas près de lui ! Je n'en sais pas bien long sur l'Art ni comment il marche ; mais parfois… oh, parfois, quand ton père me touchait avec l'Art, j'avais le sentiment qu'il connaissait mon cœur mieux que moi et qu'il y voyait des choses que je dissimulais, même à moi-même. »

Le rouge monta soudain aux joues tannées de Burrich et je crus presque voir des larmes frémir dans ses yeux noirs. Il détourna le visage vers le feu et je compris que nous en arrivions au cœur de ce qu'il devait me dire. Devait et non voulait : une profonde angoisse le taraudait, qu'il refusait de s'avouer. Un homme moins fort, moins dur envers lui-même, en aurait tremblé.

« … crains pour toi, mon garçon. » Il s'adressait à la hotte en pierre de la cheminée et sa voix était si grave que j'avais du mal à le comprendre.

« Pourquoi ? » Une question simple est le meilleur moyen pour déverrouiller une porte récalcitrante ; c'est Umbre qui me l'avait enseigné.

« Je ne sais pas s'il le percevra en toi, ni ce qu'il fera dans ce cas. Il paraît que… Non, je sais que c'est vrai : il y avait une femme, enfin, à peine plus qu'une enfant, à vrai dire, qui savait s'y prendre avec les oiseaux ; elle vivait dans les collines, à l'est d'ici, et on disait qu'elle pouvait faire venir à elle un faucon sauvage du haut du ciel. Certains l'admiraient et disaient qu'elle avait un don ; ils lui apportaient leurs volailles malades ou l'appelaient quand les poules refusaient de pondre. Elle ne faisait que du bien, à ce que j'ai entendu dire ; mais Galen s'en est pris publiquement à elle, l'a traitée d'abomination et a déclaré que rien ne saurait arriver de pire pour notre monde que de la laisser se reproduire. Et un matin, on a trouvé son cadavre ; elle avait été battue à mort.

— C'était Galen ? »

Burrich haussa les épaules, geste qui ne lui ressemblait guère. « Son cheval n'était pas à l'écurie la nuit précédente, voilà tout ce que je sais : Et il avait les mains pleines d'ecchymoses, et le cou et la figure tout éraflés. Mais ce n'étaient pas des éraflures qu'une femme aurait pu lui faire, mon garçon ; c'étaient des marques de serres, comme si un faucon l'avait attaqué.

— Et tu n'as rien dit ? » demandai-je, incrédule.

Son rire amer sonna comme un aboiement. « Un autre a parlé avant moi. Galen a été accusé du meurtre par le cousin de la fille, qui se trouvait travailler chez nous, aux écuries. Galen a refusé de se défendre et ils sont montés aux Pierres Témoins se battre pour la justice d'El, qui prévaut toujours là-haut. Le règlement d'un différend au pied des Pierres a préséance sur la décision du tribunal royal et nul n'a le droit de le remettre en cause. Le garçon s'est fait tuer. Pour tout le monde, El avait rendu sa justice, le garçon avait accusé Galen à tort ; on a rapporté ces propos à Galen, qui a répliqué que la justice d'El, c'était que la fille soit morte avant d'avoir conçu, ainsi que son cousin, impur lui aussi. »

Burrich se tut. Ses paroles m'avaient retourné l'estomac et je sentais une peur glacée s'infiltrer en moi. Une question une fois tranchée aux Pierres Témoins ne pouvait plus jamais être soulevée ; c'était au-delà de la loi : c'était la volonté même des dieux. Ainsi, j'allais avoir pour professeur un meurtrier, un homme qui chercherait à me tuer s'il me soupçonnait d'avoir le Vif.

« Oui, dit Burrich comme si j'avais parlé tout haut. Oh, Fitz, mon fils, sois prudent, sois avisé ! » Et je m'étonnai un instant, car on aurait dit qu'il craignait pour moi. Mais il ajouta : « Ne me fais pas honte, mon garçon, ni à ton père. Que Galen ne puisse pas dire que j'ai laissé le fils de mon prince devenir à demi animal. Montre-lui que le sang de Chevalerie n'est pas dénaturé dans tes veines !

— J'essaierai », marmonnai-je ; puis j'allai me coucher, inquiet et le moral au plus bas.

Le Jardin de la reine ne se situait pas près du Jardin des femmes, ni de celui des cuisines, ni d'aucun autre jardin de Castelcerf ; non, il se trouvait au sommet d'une tour ronde. Face à la mer, son enceinte avait été surélevée, mais au sud et à l'ouest, le muret était bas et bordé de sièges. Les pierres captaient la chaleur du soleil et protégeaient des rafales salées venues de la mer. L'air était immobile, presque comme si l'on se mettait les mains en coupe sur les oreilles ; pourtant, ce jardin créé sur le roc avait quelque chose de sauvage : il y avait des cuvettes creusées dans la pierre, autrefois destinées, peut-être, à servir de bains d'oiseaux ou de compositions aquatiques, et toutes sortes de bacs, de pots et d'abreuvoirs en terre au milieu desquels se dressaient des statues. En un autre temps, bacs et pots avaient dû déborder de verdure et de fleurs, mais de ces occupants, seuls demeuraient quelques tiges flétries et du terreau moussu. Le squelette d'une plante grimpante s'entortillait sur un treillis vermoulu. Ce spectacle m'inspirait une tristesse plus glacée que les premiers frimas de l'hiver approchant ; c'est Patience qui aurait dû s'en occuper, me disais-je ; elle y aurait fait renaître la vie.

Le jardin était désert quand j'y arrivai, mais Auguste se présenta peu après. Il possédait la large carrure de Vérité, de même que j'avais hérité de la taille de Chevalerie, et le teint sombre des Loinvoyant. Distant mais poli comme toujours, il me salua d'un hochement de tête, puis se mit à déambuler parmi les statues.

D'autres apparurent rapidement à sa suite. Leur nombre, plus d'une douzaine, me surprit. À part Auguste, fils de la sœur du roi, nul ne pouvait revendiquer davantage de sang Loinvoyant que moi. Il y avait là des cousins, germains ou au premier degré, des deux sexes, certains plus âgés, d'autres plus jeunes que moi. Auguste était sans doute le cadet du groupe, avec ses deux ans de moins que moi, et Sereine la doyenne, puisqu'elle avait dans les vingt-cinq ans. Ils se comportaient d'une façon étrangement réservée : certains parlaient doucement entre eux, mais la plupart se promenaient de-ci, de-là, en tâtant du doigt la terre vierge des bacs ou en admirant les statues.

Alors Galen arriva.

Il fit claquer la porte de l'escalier derrière lui et plusieurs élèves sursautèrent. Puis il posa sur nous un long regard, que nous lui rendîmes.

J'ai remarqué quelque chose chez les gens maigres : certains, tel Umbre, semblent si attirés par l'existence qu'ils en oublient de manger ou, au contraire, qu'ils brûlent jusqu'à la moindre miette de nourriture au feu de la fascination passionnée que leur inspire la vie. Mais il existe un autre type d'individus, ceux qui traversent les jours avec des allures de cadavre, les joues hâves, les os saillants ; on sent bien que ce bas monde les dégoûte tellement qu'ils n'en absorbent le moindre élément qu'avec la plus grande réticence. En voyant Galen, j'aurais juré qu'il n'avait jamais vraiment apprécié la plus infime bouchée de nourriture ni une seule gorgée de liquide de sa vie.

Sa tenue me laissa perplexe : riches, opulents, avec de la fourrure au col et une telle quantité de perles d'ambre sur sa veste qu'une épée n'aurait pu la transpercer, ses vêtements étaient pourtant si tendus, taillés si serrés sur sa silhouette qu'on en venait à se demander si le tailleur n'avait pas manqué de tissu pour terminer l'habit. À une époque où des manches bouffantes zébrées de couleurs vives étaient une marque de richesse, il portait une chemise aussi moulante que la peau d'un chat ; ses hautes bottes lui enserraient les mollets et il tenait à la main une petite cravache, comme s'il revenait de faire du cheval. Son costume d'aspect inconfortable s'ajoutait à sa maigreur pour donner une impression de pingrerie.

Ses yeux pâles et distants firent le tour du Jardin de la reine ; il nous soupesa du regard et nous rejeta aussitôt comme quantité négligeable. Il respirait par le nez – un nez de faucon – à la façon d'un homme devant une tâche désagréable. « Dégagez un bout de terrain, nous ordonna-t-il. Poussez tous ces rebuts de côté ; entassez-les là-bas, contre ce mur. Allons, dépêchons. Je n'ai nulle patience pour les lambins. »

Et ainsi les derniers vestiges du jardin furent détruits. Les arrangements de pots et de corbeilles, traces des petites allées et des tonnelles d'autrefois, furent balayés, les pots déposés dans un coin et les ravissantes statuettes entassées pêle-mêle par-dessus. Galen n'ouvrit la bouche qu'une fois, pour s'adresser à moi. « Dépêche-toi, bâtard ! » me dit-il alors que je m'escrimais à porter un pesant bac en terre, et il m'abattit sa cravache en travers des épaules ; le coup ne fut pas violent, guère plus qu'une tape, mais cela sentait tant sa préparation que je cessai tout effort pour regarder Galen. « Ne m'as-tu pas entendu ? » fit-il d'un ton hargneux. Je hochai la tête et me remis au travail. Du coin de l'œil, j'aperçus une curieuse expression de satisfaction sur son visage. Ce coup était un test, je n'en doutais pas, mais j'ignorais si je l'avais réussi ou non.

Le sommet de la tour fut bientôt nu ; seuls les traînées vertes de mousse et les cours d'eau miniatures depuis longtemps à sec indiquaient encore qu'il s'était trouvé là un jardin. Galen nous fit mettre sur deux colonnes, nous aligna par rang d'âge et de taille, puis il sépara les sexes, en plaçant les filles en retrait des garçons, sur la droite. « Je ne tolérerai ni la distraction ni les interruptions. Vous êtes ici pour apprendre, pas pour baguenauder », nous prévint-il, après quoi il nous fit prendre nos distances en nous faisant tendre les bras dans toutes les directions, pour être bien sûr que nous ne pouvions pas nous toucher, fût-ce du bout des doigts. J'y vis le prélude à des exercices physiques, mais non : il nous ordonna de rester sans bouger, les bras le long du corps, et de lui prêter attention. Nous écoutâmes donc son discours, debout dans l'air froid du sommet de la tour.

« Je suis le maître d'Art de cette forteresse depuis dix-sept ans. Jusqu'ici, je donnais mes leçons à de petits groupes, discrètement ; ceux qui ne manifestaient pas de talent étaient éconduits sans bruit. Les Six-Duchés n'avaient pas besoin de plus d'une poignée de personnes formées, et je n'enseignais qu'aux plus prometteurs, sans perdre mon temps avec ceux qui n'avaient pas de don ni de discipline. Ces quinze dernières années, je n'ai initié personne à l'Art.

« Mais les temps à venir s'annoncent difficiles. Les Outrîliens ravagent nos côtes et forgisent nos compatriotes ; le roi Subtil et le prince Vérité emploient leur Art à nous protéger ; grands sont leurs efforts et nombreux leurs succès, bien que le peuple ne se doute pas de ce qu'ils accomplissent. Croyez-moi contre des esprits par moi formés, les Outrîliens n'ont guère de chances de résister. Ils ont peut-être remporté quelques maigres victoires en nous prenant par surprise, mais les forces que j'ai créées contre eux les mettront en déroute ! »

Une flamme brûlait au fond de ses yeux délavés et il tendit les bras au ciel en point d'orgue à ses propos. Il resta un long moment silencieux, le regard levé, les bras dressés au-dessus de la tête, comme s'il arrachait du pouvoir au ciel lui-même.

« Je le sais, reprit-il d'un ton plus calme. Je le sais. Les forces que j'ai créées vaincront. Mais notre roi, que tous les dieux l'honorent et le bénissent, notre roi doute de moi ; et comme c'est mon roi, je m'incline devant sa volonté. Il veut que j'essaie de trouver parmi vous, qui êtes de sang inférieur, ceux qui auraient le talent et la force de caractère, la pureté d'intention et la rigueur d'âme qu'exige l'apprentissage de l'Art. Selon les légendes, nombreux étaient autrefois ceux que l'on formait à l'Art et qui œuvraient aux côtés de leur roi à détourner le péril de notre pays. Peut-être est-ce exact, peut-être les vieilles légendes exagèrent-elles ; toujours est-il que mon roi m'a ordonné de créer un surcroît d'artiseurs et que je m'y efforcerai. »

Il n'accordait strictement aucune attention à la demi-douzaine de filles que comptait notre groupe. C'était si criant que je me demandai en quoi elles l'avaient offensé. Je connaissais vaguement Sereine, elle aussi élève douée de Geairepu, et j'avais l'impression de sentir la chaleur de sa colère. Dans la colonne voisine de la mienne, un garçon fit un mouvement ; d'un bond, Galen fut devant lui.

« Eh bien, on s'ennuie ? On se lasse des bavardages du vieux ?

— J'avais une crampe au mollet, messire », répondit étourdiment l'intéressé.

Du revers de la main, Galen lui assena une gifle qui lui rejeta la tête en arrière. « Tais-toi et reste immobile. Ou va-t'en ; ça m'est égal. Il est déjà évident que tu ne possèdes pas le courage nécessaire pour prétendre à l'Art. Mais le roi t'a jugé digne d'être ici et je vais donc tenter de t'enseigner. »

Je tremblais intérieurement, car Galen s'adressait au garçon, mais c'est moi qu'il regardait, comme si sa victime avait bougé par ma faute. Je me sentis envahi d'une profonde répulsion à son égard. J'avais reçu des coups de la main de Hod pendant mes cours de maniement du bâton et de l'épée ; j'avais eu des malaises provoqués par Umbre lui-même lorsqu'il m'apprenait les points sensibles du corps, les techniques de strangulation et les divers moyens de réduire un homme au silence sans le blesser ; j'avais eu ma part de claques, de taloches et de coups de pied au cul de la part de Burrich, certains justifiés, d'autres motivés par l'énervement d'un homme occupé. Mais je n'avais jamais vu personne frapper avec un tel plaisir. Cependant, je m'efforçai de rester impassible et de regarder Galen sans donner l'impression de le dévisager ; car je savais que, si je détournais les yeux, il m'accuserait de ne pas l'écouter.

Avec un hochement de tête satisfait, il reprit son discours. Pour maîtriser l'Art, il devait d'abord nous apprendre à nous dominer nous-mêmes et la privation physique était la clé de son enseignement. Le lendemain, il nous faudrait arriver avant le lever du soleil ; nous ne devions porter ni chaussures, ni chausses, ni manteau, ni aucun vêtement de laine ; la tête devait être nue, le corps d'une propreté scrupuleuse ; il nous exhorta à prendre exemple sur ses habitudes, alimentaires et autres, à éviter les viandes, les fruits sucrés, les plats assaisonnés, le lait et les « nourritures frivoles » ; il fit l'éloge du gruau, de l'eau froide, du pain complet et des tubercules à l'étuvée ; nous nous abstiendrions de toute conversation inutile, surtout avec les représentants du sexe opposé ; il nous mit longuement en garde contre les appétits « sensuels » de toute espèce, qui incluaient l'envie de manger, de dormir et d'avoir chaud ; enfin, il avait demandé qu'on dresse pour nous une table à part dans la salle à manger, où nous nous sustenterions d'aliments idoines sans nous perdre en bavardages futiles ni en questions oiseuses. Il prononça cette dernière phrase presque sur un ton de menace.

Ensuite, il nous fit subir une série d'exercices : fermer les yeux et les basculer vers le haut aussi loin que possible ;

essayer de les faire rouler sur eux-mêmes comme pour voir l'intérieur de son propre crâne ; sentir la pression ainsi créée ; imaginer ce que l'on verrait si l'on pouvait les faire pivoter à ce point ; le spectacle ainsi révélé serait-il digne et juste ? Les yeux toujours clos, se tenir sur une jambe ; s'efforcer de rester parfaitement immobile ; trouver un équilibre, non seulement du corps, mais aussi de l'esprit ; en chassant toutes les pensées viles, on pouvait demeurer indéfiniment dans cette position.

Pendant ces divers exercices, il se déplaçait parmi nous ; je le suivais au bruit de sa cravache. « Concentrez-vous ! » ordonnait-il, ou : « Essayez au moins ! Essayez ! » Moi-même, j'eus droit à la badine au moins quatre fois ce jour-là ; ce n'était pas grand-chose, à peine une tape, mais, même sans douleur, le coup avait quelque chose d'effrayant. La dernière fois, ce fut sur l'épaule et la mèche s'enroula autour de mon cou tandis que l'extrémité venait me frapper au menton. Je tressaillis, mais je parvins à ne pas ouvrir les yeux et à conserver un équilibre précaire malgré mon genou qui me lançait. Comme Galen s'éloignait, je sentis une goutte de sang chaud me couler lentement sur le menton.

Il nous garda toute la journée et ne nous libéra qu'au moment où le soleil se dessinait comme une demi-pièce de cuivre à l'horizon et où les vents de la nuit se levaient. Pas une fois il ne nous avait permis d'aller manger, boire ni satisfaire aucun besoin. Il nous regarda passer en file indienne devant lui, un sourire sinistre aux lèvres, et ce n'est qu'après avoir franchi la porte que nous nous sentîmes libres de nous enfuir d'un pas incertain dans l'escalier.

J'avais une faim de loup, les mains rouges et enflées de froid et la bouche si sèche que je n'aurais pu parler même si je l'avais voulu. Mes compagnons étaient apparemment dans le même état, bien que certains eussent souffert davantage que moi ; pour ma part, j'étais accoutumé aux longues journées, souvent en pleine nature. Mais Joyeuse, qui avait un an de plus que moi, avait l'habitude d'aider maîtresse

Pressée dans ses travaux de tissage : son visage rond était plus blanc que rouge de froid, et je l'entendis murmurer quelque chose à Sereine, qui lui prit la main en descendant l'escalier. « Ç'aurait été moins affreux s'il nous avait prêté la moindre attention », répondit Sereine sur le même ton. Et, consterné, je les vis jeter un coup d'œil apeuré par-dessus leur épaule, de crainte que Galen ne les ait aperçues en train de se parler.

Je n'avais jamais connu de souper plus lugubre à Castelcerf que celui de ce soir-là. Au menu, gruau froid de grain bouilli, pain, eau et purée de navets. Galen, qui ne mangeait pas, présidait notre tablée. Nul d'entre nous ne pipa mot ; je crois même qu'aucun de nous n'osa regarder les autres. J'avalai les portions qui m'étaient allouées et quittai la table presque aussi affamé qu'avant le repas.

Je regagnais ma chambre lorsque je me rappelai Martel et je retournai aux cuisines prendre les os et les restes que Mijote me mettait de côté, ainsi qu'une carafe d'eau pour remplir son écuelle. Tous ces objets me semblaient peser un poids épouvantable pendant que je gravissais l'escalier, et je m'étonnai qu'une journée de relative inactivité dans le froid ait pu me fatiguer autant qu'une même période de travail harassant.

Une fois que je fus dans ma chambre, l'accueil chaleureux et l'appétit de Martel me mirent du baume au cœur, et, dès qu'il eut fini de manger, nous nous pelotonnâmes au fond du lit. Il avait envie de jouer, mais y renonça bien vite et je me laissai sombrer dans le sommeil.

Je me réveillai en sursaut, en pleine obscurité, craignant d'avoir dormi trop longtemps. Un coup d'œil par la fenêtre m'indiqua que je pouvais encore arriver sur la tour avant le lever du soleil, mais tout juste ; pas question de faire une toilette ni de nettoyer les saletés de Martel, et je bénis Galen d'avoir interdit chausses et chaussures, car je n'avais pas le temps d'enfiler les miennes. Trop fatigué pour me sentir ridicule, je traversai la forteresse en flèche et grimpai quatre à quatre l'escalier de la tour. À la lumière vacillante des torches, j'aperçus certains de mes condisciples qui se hâtaient devant moi, et lorsque j'émergeai des marches la cravache de Galen s'abattit sur mon dos.

Elle mordit à travers le tissu fin de ma chemise. Je poussai un cri autant de surprise que de douleur. « Redresse-toi comme un homme et maîtrise-toi, bâtard ! » me dit Galen d'un ton hargneux et la cravache claqua encore une fois. Tous les autres avaient repris leurs places de la veille ; ils paraissaient aussi épuisés que moi et la plupart avaient l'air aussi indignés que moi du traitement que m'infligeait Galen. Je ne comprends toujours pas pourquoi j'allai m'aligner dans ma colonne, face à Galen, sans rien dire.

« Le dernier arrivé est en retard et recevra la punition que vous venez de voir », nous avertit Galen. C'était une règle cruelle, selon moi, car la seule façon d'éviter la cravache le lendemain serait de me présenter assez tôt pour la voir s'abattre sur un de mes camarades.

Suivit une nouvelle journée d'inconfort et d'insultes distribuées au petit bonheur ; c'est ainsi, du moins, que je vois les choses aujourd'hui. C'est ainsi, également que je devais les voir alors, tout au fond de moi, mais Galen ne parlait que de prouver notre valeur, de nous rendre forts et endurants ; il décrivait comme un honneur de rester sans bouger dans le froid, les pieds nus engourdis par le contact de la pierre glacée ; il attisait en nous la rivalité, la volonté de nous mesurer non seulement les uns aux autres, mais aussi à l'image déplorable qu'il avait de nous. « Montrez-moi que je me trompe, allait-il répétant. Je vous en prie, montrez-moi que je me trompe, que je puisse au moins présenter au roi un élève digne de mon temps. » Et nous obéissions. En y repensant aujourd'hui, je m'étonne et je m'interroge sur moi-même ; mais en l'espace d'une journée, il avait réussi à nous couper du monde et à nous plonger dans une autre réalité, où les règles de la courtoisie et du sens commun n'avaient plus cours. Nous nous tenions exposés au vent, au froid, muets, dans diverses positions inconfortables, les yeux fermés, vêtus de guère plus que nos dessous ; et il déambulait parmi nous en distribuant des coups de sa ridicule petite cravache et des insultes de sa méchante petite langue. De temps en temps, il nous giflait ou nous bousculait brutalement, ce qui est beaucoup plus douloureux lorsqu'on est transi jusqu'aux os.

Ceux qui reculaient devant le coup ou trébuchaient étaient accusés de faiblesse. Tout le jour il critiqua notre indignité et nous répéta qu'il n'avait accepté de nous prendre comme élèves que pour obéir au roi. Il faisait comme si les filles n'étaient pas là et, bien qu'il évoquât souvent les princes et les rois du passé qui avaient manié l'Art pour défendre le royaume, pas une fois il ne mentionna les reines et les princesses qui en avaient fait autant ; jamais non plus il ne nous donna le moindre aperçu de ce qu'il tentait de nous apprendre. Il n'y avait que le froid, l'inconfort de ses exercices et l'attente du prochain coup de cravache. J'ignore pourquoi nous nous évertuions à supporter de telles conditions. Mais avec quelle rapidité nous nous étions faits les complices de notre propre dégradation !

Le soleil s'approcha enfin de l'horizon. Mais Galen nous avait réservé deux surprises ce jour-là ; d'abord, il nous permit d'ouvrir les yeux et de nous étirer librement pendant quelques instants ; puis il nous fit un dernier discours, celui-ci pour nous mettre en garde contre ceux qui, parmi nous, saperaient la formation des autres par un laisser-aller étourdi. Tout en parlant, il marchait lentement au milieu des rangs, et bien des yeux se levaient au ciel, bien des souffles étaient retenus sur son passage. Enfin, pour la première fois de la journée, il s'aventura du côté des filles.

« Certains, poursuivit-il, se croient au-dessus des lois. Ils s'imaginent avoir droit à une attention et une indulgence particulières. Vous devez chasser ce genre d'illusions de votre esprit avant de pouvoir apprendre quoi que ce soit. Mon temps a trop de valeur pour le passer à enseigner ces leçons aux fainéants et aux rustauds qui les ignorent encore. Le simple fait qu'ils aient réussi à s'introduire parmi nous est un affront ; mais ils sont là et, pour l'honneur de mon roi, j'essaierai de les instruire. Même si, à ma connaissance, il n'est qu'un, moyen d'éveiller ces esprits paresseux. »

Et il cravacha Joyeuse par deux fois ; quant à Sereine, d'une bourrade, il la fit tomber sur un genou et il la frappa à quatre reprises. À ma grande honte, je n'intervins pas plus que les autres ; je me contentai d'espérer qu'elle ne se mettrait pas à pleurer, au risque d'aggraver la sanction.

Mais elle se releva, vacilla un instant et enfin se tint d'aplomb, immobile, le regard au-dessus de la tête des filles devant elle. Je poussai un soupir de soulagement. Mais Galen était déjà revenu vers nous et tournait autour de nous comme un requin autour d'une barque de pêcheur tout en pérorant sur ceux qui se croyaient trop doués pour partager la discipline du groupe, qui se permettaient de la viande à volonté tandis que les autres se limitaient à de salubres céréales et à des aliments purs. Mal à l'aise, je me demandai qui avait été assez bête pour visiter les cuisines en cachette.

C'est alors que je sentis la caresse brûlante du fouet sur mes épaules. Si j'avais cru jusque-là que Galen y mettait toute sa force, j'étais désormais détrompé.

« Tu pensais pouvoir m'abuser ! Tu pensais que je ne saurais pas que Mijote mettait de côté une assiette de friandises pour son cher petit protégé ! Mais je suis au courant de tout ce qui se passe à Castelcerf ! Ne te fais pas d'illusions à ce sujet ! »

Je compris soudain qu'il parlait des restes de viande que j'avais récupérés pour Martel.

« Ce n'était pas pour moi », protestai-je ; et je regrettai aussitôt de ne pas m'être plutôt coupé la langue.

Les yeux de Galen étincelèrent d'un feu glacé. « Tu es prêt à mentir pour t'épargner une petite douleur bien méritée. Tu ne maîtriseras jamais l'Art ; tu n'en seras jamais digne.

Mais le roi a ordonné que j'essaie de te former et j'obéirai, malgré toi et ta basse naissance. »

Humilié, je subissais les coups qu'il m'assenait en expliquant aux autres que l'ancienne règle qui interdisait d'enseigner l'Art à un bâtard visait précisément à empêcher une telle situation.

Ensuite, je restai sans bouger, muet, honteux, tandis qu'il traversait les rangs en distribuant des coups de cravache de pure forme à chacun de mes condisciples, car, disait-il, la communauté devait payer pour les échecs de l'individu. Peu importait l'absurdité du raisonnement et la légèreté des coups à côté de ceux qu'il m'avait infligés : l'idée qu'on punît mes camarades à cause de ma faute me mortifiait à un degré jusque-là inconnu.

Enfin, il nous libéra et nous allâmes prendre un nouveau repas aussi lugubre que celui de la veille et presque semblable. Cette fois, le silence régna dans l'escalier et à table. Je montai ensuite tout droit dans ma chambre.

Bientôt de la viande, promis-je au chiot affamé qui m'y attendait. Malgré mon dos et mes muscles douloureux, je me contraignis à nettoyer la pièce, à ramasser les saletés de Martel, puis à m'en aller quérir des roseaux frais. Martel faisait un peu la tête à cause de ces deux journées de solitude et je me rendis compte avec inquiétude que j'ignorais combien de temps allait durer ce pénible apprentissage.

Je patientai jusqu'à l'heure tardive où tout le monde devait être couché avant de me risquer vers les cuisines. Je redoutais que Galen ne découvrit mon escapade, mais qu'y faire ? J'avais descendu la moitié du grand escalier quand j'aperçus la lumière d'une bougie, portée par quelqu'un qui montait. Je me plaquai au mur, certain qu'il s'agissait de Galen ; mais c'est le fou qui apparut, le teint aussi blanc et pâle que la cire de sa chandelle. De l'autre main, il tenait un seau rempli de nourriture et une carafe d'eau perchée dessus. Sans un mot, il me fit signe de rentrer dans ma chambre.

Une fois à l'intérieur, la porte fermée, il se tourna vers moi. « Je peux m'occuper du chien à ta place, me dit-il sèchement, mais pas de toi. Sers-toi de ta tête, petit : que peux-tu donc apprendre de ce qu'il t'inflige ? »

Je haussai les épaules, puis fis la grimace. « C'est pour nous endurcir, c'est tout. Ça ne devrait plus durer très longtemps ; après, il commencera pour de bon à nous former. Je peux le supporter. » Puis : « Attends un peu, dis-je tandis qu'il donnait de petits bouts de viande à Martel ; comment sais-tu ce que Galen nous fait subir ?

— Ah, ça, ce serait cafarder, répondit-il d'un ton badin, et je ne peux pas. Cafarder, je veux dire. » Il versa le reste du seau par terre, remplit d'eau l'écuelle du chien, puis se redressa.

« Je veux bien nourrir le chiot ; j'irai même jusqu'à essayer de le sortir un peu tous les jours. Mais je refuse de nettoyer ses saletés. » Il s'approcha de la porte. « C'est ma limite. Tu ferais bien de t'en imposer une aussi. Et vite ; très vite. Le danger est plus grand que tu ne l'imagines. »

Et il sortit, avec sa bougie et ses mises en garde. Aussitôt, je m'allongeai et m'endormis au bruit de Martel qui mâchonnait un os en grognant.

15

LES PIERRES TÉMOINS

L'Art, dans sa forme la plus élémentaire, jette un pont mental entre deux personnes. On peut l'employer de nombreuses façons : au combat, par exemple, un chef peut relayer des renseignements simples et donner des ordres directement à ses officiers subalternes, pour peu que ces derniers aient été formés à les recevoir. Quand l'Art est supérieurement développé, on peut l'utiliser à influencer les autres même s'ils ne sont pas exercés, ou l'esprit de ses ennemis en leur inspirant peur, confusion ou doute. Rares sont les hommes doués à ce point ; mais celui qui possède l'Art à un degré hors du commun peut aspirer à communiquer sans intermédiaire avec les Anciens, qui ne sont inférieurs qu'aux dieux eux-mêmes. Bien peu s'y sont risqués et, de ceux-là, un nombre plus restreint encore a obtenu ce qu'il cherchait. Car il est dit que, si l'on peut interroger les Anciens, il n'est pas sûr que leur réponse concerne la question posée, mais qu'elle porte plutôt sur celle qu'on aurait dû poser. Et un homme risque de ne pas survivre à l'audition de cette réponse.

Car c'est lorsqu'on parle aux Anciens que le bien-être ressenti à l'usage de l'Art est le plus fort et le plus périlleux. Tel est l'écueil dont doit toujours se garder tout pratiquant, fort ou faible : en utilisant l'Art, il perçoit la vie avec une acuité nouvelle, il ressent une telle élévation de l'être qu'il peut même en oublier de respirer ; c'est une attirance irrésistible, même dans les pratiques les plus courantes de l'Art, et assujet-

292

tissante pour qui n'est pas animé d'une volonté inébranlable. Quant à la communication avec les Anciens, elle procure une exaltation d'une intensité à nulle autre pareille ; l'homme qui parle à un Ancien risque l'annihilation totale de ses sens et de sa raison et il mourra délirant ; il est vrai, cependant, qu'il mourra délirant de bonheur.

*
* *

Le fou avait raison : je n'avais aucune idée du danger que j'affrontais et je continuai obstinément à m'y précipiter tête baissée. Je n'ai pas le courage de décrire les semaines qui suivirent ; qu'il suffise de dire que, chaque jour qui passait, Galen affermissait son emprise sur nous et se montrait plus cruel et plus manipulateur. Quelques élèves disparurent rapidement des rangs. Joyeuse en faisait partie ; elle cessa de venir après le quatrième jour ; la seule fois où je la revis, elle rasait les murs de la forteresse avec un air à la fois inconsolable et honteux. J'appris par la suite que, du moment où elle s'était désistée, Sereine et les autres filles lui avaient tourné le dos ; et quand, après cela, elles parlaient d'elle, on n'avait pas l'impression qu'elle avait échoué à un examen, mais plutôt qu'elle avait commis un acte abject et répugnant pour lequel il n'était pas de pardon. Elle finit par quitter Castelcerf ; j'ignore où elle s'en fut, mais elle ne revint jamais.

De même que l'océan trie les cailloux du sable et les dépose en strates sur la marque de marée d'une plage, Galen, à force de caresses et de brutalités, séparait ses étudiants. Au début, chacun de nous s'efforçait de donner le meilleur de lui-même, bien que nous ne ressentions ni affection ni admiration pour lui. Pour ma part, en tout cas, au fond de mon cœur je n'avais que haine à son égard. Mais c'était une haine si violente qu'elle avait généré en moi la résolution de ne pas me laisser briser par un homme comme lui. Après des jours et des jours d'insultes, lui arracher un seul mot favorable était comme recevoir un torrent d'éloges d'un autre maître. Constamment rabaissé, j'aurais dû finir par me montrer insensible à ses sarcasmes ; mais non : j'en arrivai à me convaincre qu'il avait en grande partie raison et je m'efforçai stupidement de changer.

La rivalité faisait rage entre nous pour obtenir son attention et des favoris se dégagèrent graduellement ; Auguste en était et Galen nous exhortait souvent à prendre exemple sur lui. Moi, j'étais sans conteste le plus méprisé, ce qui ne m'empêchait pas de brûler de me distinguer à ses yeux. Après la première fois, je ne fus plus jamais le dernier arrivé sur la tour et je ne bronchai jamais sous ses coups. Sereine non plus, qui partageait avec moi la distinction de son mépris ; et même, après le violent cravachage qu'elle avait subi, elle devint une sectatrice servile de Galen et ne prononça plus jamais la moindre critique à son encontre, alors qu'il se répandait sans cesse sur elle en sermons, réprimandes et injures. Il la battait bien davantage que les autres filles, mais cela ne faisait que la conforter dans sa détermination de supporter ses avanies et, après Galen, c'était elle qui se montrait la plus intolérante envers ceux qui perdaient courage ou mettaient notre apprentissage en question.

L'hiver s'intensifia. Il faisait froid au sommet de la tour, et sombre, hormis la vague clarté qui montait de l'escalier. Nous étions dans un lieu à l'écart du monde et Galen en était le dieu. Il forgea notre groupe en un bloc monolithique ; nous nous prenions pour une élite, des êtres supérieurs, privilégiés d'avoir accès à l'Art ; même moi, l'objet de tant de moqueries et de coups, j'en étais convaincu ; et nous méprisions ceux d'entre nous qu'il parvenait à briser. Durant cette période, nous restâmes entre nous et n'entendîmes que Galen. Umbre me manqua bien au début et je me demandais ce que faisaient Burrich et dame Patience ; mais, les mois passant, ces questions secondaires perdirent leur intérêt. Même le fou et Martel devinrent presque pour moi sources d'irritation, tant m'obsédait la volonté d'obtenir l'approbation de Galen. Le fou allait et venait sans mot dire. Il y avait cependant des moments, lorsque j'étais le plus endolori et le plus épuisé, où le museau de Martel contre ma joue était mon seul réconfort, et d'autres où j'avais honte du peu de temps que je lui accordais.

Au bout de trois mois de froid et de brimades, notre groupe se trouva réduit à huit candidats ; alors commença le véritable apprentissage et Galen nous rendit une petite mesure de confort et de dignité. Nous vîmes dans ce geste non seulement un luxe inouï mais un sujet de reconnaissance envers lui ; quelques fruits secs aux repas, la permission de porter des chaussures, l'autorisation d'échanger un ou deux mots à table – c'était tout, mais nous en ressentîmes une gratitude abjecte. Cependant, les vrais changements étaient encore à venir.

Tout remonte à ma mémoire, limpide comme le cristal, et je me rappelle la première fois où Galen me toucha avec l'Art. Nous étions sur la tour, encore plus écartés les uns des autres maintenant que le groupe s'était clairsemé ; il s'arrêtait devant chacun de nous un moment pendant que les autres attendaient dans un silence respectueux. « Préparez votre esprit au contact. Ouvrez-vous à lui, mais ne vous laissez pas aller au plaisir qu'il procure. Le but de l'Art n'est pas le plaisir. »

Il passait de l'un à l'autre sans suivre d'ordre particulier. Espacés comme nous l'étions, nous ne voyions pas le visage de nos voisins, et Galen n'aimait pas que nous le suivions des yeux ; aussi, nous n'entendions que ses paroles brèves et sèches, puis le hoquet de celui qu'il touchait. Devant Sereine, il lâcha d'un ton dégoûté : « J'ai dit de s'ouvrir, pas de reculer comme un chien battu ! »

Et enfin il se présenta devant moi. Je l'écoutai parler et, comme il nous l'avait recommandé, m'efforçai d'effacer mes perceptions sensorielles pour ne m'ouvrir qu'à lui. Je sentis son esprit effleurer le mien, comme un vague picotement sur mon front ; je demeurai ferme et le contact devint plus fort, se mua en chaleur, en lumière ; je refusai de m'y laisser entraîner. Galen se trouvait désormais dans mon esprit et m'observait avec sévérité ; en me servant des techniques de concentration qu'il nous avait apprises (imaginez un seau en bois du blanc le plus pur et déversez-vous dedans), je réussis à garder pied devant lui, en attente, conscient du lien créé par l'Art, mais sans m'y abandonner. Par trois fois la chaleur me traversa et par trois fois j'y résistai. Puis Galen se retira. À contrecœur, il m'adressa un hochement de tête approbateur ; pourtant, dans ses yeux je vis, non de la louange, mais une trace de peur.

Ce premier contact fut comme l'étincelle qui enflamme enfin l'amadou. J'avais compris le processus ; j'étais pour le moment incapable de le mettre en pratique, je ne savais pas encore transmettre mes pensées, mais je possédais maintenant un savoir que les mots étaient impuissants à exprimer. Je saurais artiser. Et, grâce à cette certitude, ma résolution se raffermit : rien de ce que pourrait m'infliger Galen désormais ne m'empêcherait d'apprendre.

Il le savait, je pense ; et, j'ignore pourquoi, cela l'effrayait, car, les jours suivants, il s'en prit à moi avec une férocité qui me paraît aujourd'hui incroyable. Paroles et coups violents pleuvaient, mais rien ne pouvait me détourner de mon but. Une fois, il me cingla le visage avec sa cravache et le coup me laissa une zébrure visible ; par hasard, Burrich se trouvait dans la salle à manger au moment où j'y descendis, et je vis ses yeux s'agrandir. Il se leva de table, les mâchoires crispées, avec une expression que je connaissais bien ; mais je baissai le regard et il resta un moment debout à dévisager Galen d'un air assassin, tandis que le maître d'Art le considérait avec hauteur. Enfin, les poings serrés, Burrich tourna les talons et quitta la salle. Je soufflai, soulagé que la confrontation eût été évitée ; mais à cet instant Galen me regarda et son expression triomphante me glaça le cœur. J'étais sa créature, à présent, et il le savait.

Souffrances et victoires se succédèrent la semaine suivante. Galen ne perdait jamais une occasion de me rabaisser, et pourtant je savais que je brillais à chaque exercice qu'il nous donnait. Je sentais mes condisciples tâtonner pour percevoir le contact de son Art, mais pour moi c'était aussi facile que d'ouvrir les yeux. Je connus cependant un moment d'intense terreur ; Galen avait pénétré dans mon esprit et m'avait transmis une phrase à répéter tout haut. « Je suis un bâtard et je déshonore le nom de mon père », dis-je sans broncher. Et soudain il reprit : *Tu tires ton énergie de quelque part, bâtard. Cet Art n'est pas le tien. Crois-tu que je ne saurai pas en découvrir la source ?* Alors je fléchis et m'écartai de son contact en dissimulant Martel au fond de mon esprit. Le sourire qu'il m'adressa lui découvrit toutes les dents.

Les jours suivants, nous nous livrâmes à une partie de cache-cache. J'étais obligé de le laisser pénétrer dans mon esprit pour apprendre l'Art, mais alors je devais jongler pour lui celer mes secrets, non seulement Martel, mais aussi Umbre et le fou, et Molly Kerry et Dirk, ainsi que d'autres secrets plus anciens que je refusais de révéler, y compris à moi-même. Il les cherchait tous et je me démenais comme un beau diable pour les maintenir hors de sa portée ; mais, en dépit de son harcèlement, ou peut-être à cause de lui, je me sentais devenir plus fort dans ma maîtrise de l'Art. « Ne te moque pas de moi ! » me hurla-t-il à la fin d'une séance, et sa fureur redoubla lorsqu'il vit les autres échanger des regards choqués. « Occupez-vous de vos exercices ! » rugit-il. Il s'éloigna de moi, puis fit brusquement demi-tour et se jeta sur moi. À coups de poing, à coups de pied, il se mit à me frapper et, comme Molly il y avait bien longtemps, mon seul réflexe fut de me protéger le visage et le ventre. Les horions qu'il faisait pleuvoir sur moi évoquaient plus une colère d'enfant que l'attaque d'un adulte ; je sentis leur manque d'efficacité et compris soudain que j'étais en train de le *repousser*, pas au point qu'il le remarque, mais juste assez pour dévier légèrement ses coups. Je sus aussi qu'il ne s'en rendait pas compte. Quand il baissa enfin les poings et que j'osai le regarder, je constatai que j'avais momentanément remporté la victoire : dans les yeux des autres étudiants se lisaient à la fois la désapprobation et la peur ; même pour Sereine, Galen avait été trop loin. Blême, il se détourna de moi et, en cet instant, je perçus qu'il prenait une décision.

Ce soir-là, bien qu'affreusement fatigué, j'étais trop énervé pour dormir. Le fou avait laissé de quoi manger à Martel et j'excitai le chien avec un gros os de bœuf ; il avait planté les crocs dans ma manche et la tiraillait pendant que je tenais l'objet de sa convoitise hors de sa portée. C'était le genre de jeu qu'il adorait et il grondait avec une feinte férocité tout en me secouant le bras. Il avait presque sa taille d'adulte et je palpais avec fierté les muscles de sa nuque épaisse ; de mon autre main, je lui pinçai la queue et il tourna sur lui-même en grognant pour répondre à cette nouvelle attaque. Puis je me mis à jongler avec l'os et il essaya, les yeux rivés dessus, de l'attraper en claquant des mâchoires. « Pas de cervelle, l'asticotai-je. Tu ne penses qu'à ce qui te fait envie ! Pas de cervelle ; pas de cervelle !

— Exactement comme son maître. »

Je sursautai et Martel en profita pour happer l'os au vol. Il se jeta au sol avec sa proie en n'accordant au fou qu'un battement de queue de pure forme. Je m'assis, hors d'haleine. « Je n'ai pas entendu la porte s'ouvrir ni se fermer. »

Le fou ne se perdit pas en vains détours. « Crois-tu que Galen te permettra de réussir ? »

J'eus un sourire suffisant. « Crois-tu qu'il puisse m'en empêcher ? »

Il s'assit à côté de moi avec un soupir. « J'en suis certain. Et lui aussi. Un seul point reste à déterminer : est-ce qu'il sera assez implacable pour le faire ? J'ai bien l'impression que oui.

— Eh bien, qu'il essaie, répondis-je avec désinvolture.

— Ça ne dépend pas de moi. » Le fou était mortellement grave. « J'avais espéré te dissuader, toi, de t'y risquer.

— Tu voudrais que j'abandonne ? Maintenant ? » Je n'en croyais pas mes oreilles.

« Oui.

— Mais pourquoi ? demandai-je d'une voix tendue.

— Parce que… » Il s'interrompit, agacé. « Je ne sais pas. Trop d'éléments convergent. Peut-être que, si j'arrive à détacher un fil, le nœud ne se formera pas. »

La fatigue m'envahit soudain et l'exaltation née de mon triomphe s'effrita devant ses sinistres mises en garde. L'irritation me gagna et je dis d'un ton cassant : « Si tu es incapable de t'exprimer clairement, pourquoi parler ? »

Il resta silencieux comme si je l'avais frappé. Puis : « C'est là un autre élément que j'ignore », fit-il enfin. Il se leva pour s'en aller.

Je l'appelai : « Fou…

— Oui. C'est bien ce que je suis. » Et il sortit.

Je persévérai donc et je m'améliorai. La lenteur de la formation me rendait impatient ; tous les jours nous répétions les mêmes exercices et peu à peu les autres commencèrent à maîtriser ce qui me semblait si naturel. Je m'étonnais : comment pouvaient-ils être à ce point coupés du reste du monde ? Comment pouvaient-ils avoir tant de mal à s'ouvrir à l'Art de Galen ? La difficulté, pour moi, n'était pas de m'ouvrir, mais plutôt de maintenir enfermé ce que je ne voulais pas partager. Souvent, alors qu'il m'effleurait avec l'Art, je sentais une vrille indiscrète s'introduire furtivement dans mon esprit. Mais je l'esquivais.

« Vous êtes prêts », nous annonça-t-il un jour où il faisait grand froid. C'était l'après-midi, mais les étoiles les plus brillantes se montraient déjà dans le bleu sombre du ciel ; je regrettais les nuages de neige de la veille qui avaient eu le mérite de nous éviter un froid trop intense. Je fis jouer mes orteils dans les chaussures de cuir que nous autorisait Galen dans l'espoir de les réchauffer. « Jusqu'à présent, je vous ai touchés avec l'Art afin de vous y habituer ; aujourd'hui, nous allons tenter un contact total. Vous vous projetterez vers moi pendant que je me tendrai vers vous. Cependant, attention ! Pour la plupart, vous avez réussi à surmonter la folie du contact de l'Art, mais elle n'a fait pour l'instant que vous effleurer. Aujourd'hui, ce sera plus fort. Résistez, mais restez ouverts à l'Art. »

Et à nouveau il se mit à circuler lentement parmi nous. Je me sentais faible mais sans peur et je pris patience. J'attendais cette expérience depuis longtemps. J'étais prêt.

À l'oreille, je sus que certains avaient échoué et ils se virent reprocher leur paresse ou leur stupidité. Auguste récolta des éloges, Sereine une gifle pour s'être projetée avec trop d'empressement. Enfin il arriva devant moi.

Je bandai mes muscles comme pour un concours de lutte. Son esprit effleura le mien et je répondis par une pensée curieuse. *Comme ceci ?*

Oui, bâtard. Comme ceci.

Et, l'espace d'un instant, nous restâmes en équilibre, tels des enfants sur une bascule. Je le sentis qui affermissait notre contact. Puis, sans crier gare, de toutes ses forces, il précipita son esprit contre le mien. J'eus la même impression que si mes poumons s'étaient vidés sous l'effet d'un choc, mais d'un choc mental plus que physique : au lieu d'être incapable de reprendre mon souffle, je me trouvai dans l'impossibilité de maîtriser mes pensées. Il se rua dans mon esprit, mit à sac mon intimité et je restai impuissant. Il avait gagné et il le savait. Mais son triomphe le rendit imprudent et je trouvai une ouverture ; je m'agrippai à lui, m'efforçai de m'emparer de son esprit comme il s'était emparé du mien, je m'accrochai et ne le lâchai plus, et en un éclair vertigineux je sus que j'étais plus fort que lui, que je pouvais lui imposer la pensée de mon choix. « Non ! » cria-t-il d'une voix suraiguë et, dans un brouillard, je compris qu'autrefois il avait mené le même combat contre quelqu'un qu'il méprisait, quelqu'un qui l'avait emporté sur lui comme j'en avais moi-même l'intention. « Si ! » répondis-je. « Meurs ! » m'ordonna-t-il, mais je savais que je n'obéirais pas. Je savais que j'allais gagner ; je concentrai ma volonté et j'assurai mon emprise.

L'Art ne se soucie pas de savoir qui sera le gagnant. En sa présence, nul ne doit s'accrocher à la moindre pensée, fût-ce un instant. Je commis cette faute ; et en la commettant, j'oubliai de me garder de cette extase qui est à la fois le miel et le poison de l'Art. L'euphorie déferla en moi, me submergea, et Galen, y sombrant lui aussi, cessa de piller mon esprit pour tenter de regagner le sien.

Je n'avais jamais rien ressenti de pareil.

Galen avait parlé de plaisir et je m'attendais à une sensation agréable, comme la chaleur en hiver, le parfum d'une rose ou un goût sucré au palais ; mais cela n'avait rien à voir. Le plaisir est un terme à connotation trop physique pour décrire ce que j'éprouvais ; il n'y avait là aucun rapport avec la peau ni avec le corps. Cette perception se répandit en moi, m'engloutit comme une vague que j'étais incapable de repousser ; l'exaltation m'envahit et se déversa à travers moi ; j'oubliai Galen et tout le reste ; je le sentis qui m'échappait et je savais que c'était important, mais je ne parvenais plus à m'y intéresser. J'oubliai tout pour une tâche unique : explorer cette sensation.

« Bâtard ! » cria Galen et il m'assena un coup de poing sur le côté du crâne. Je tombai, incapable de me défendre car la douleur n'avait pas suffi à me tirer de la transe de l'Art ; je sentis qu'il me bourrait de coups de pied, je reconnus le froid des pierres qui me meurtrissaient et m'éraflaient, mais j'avais l'impression d'être maintenu sous une couverture d'euphorie qui engourdissait mes sens et m'interdisait de prêter attention à la correction que je subissais. Mon esprit m'assurait, malgré la douleur, que tout allait bien, qu'il n'était pas nécessaire de me battre ni de me sauver.

Quelque part, une vague se retira, me laissant échoué, hoquetant. Galen se dressait au-dessus de moi, en sueur, les vêtements chiffonnés ; son haleine fumait dans l'air glacé quand il se pencha sur moi. « Meurs ! » dit-il, mais je n'entendis pas le mot : je le ressentis. Il me lâcha la gorge et je m'écroulai.

Et dans le sillage du ravissement dévorant de l'Art survint un déchirant sentiment d'échec et de culpabilité à côté duquel la souffrance physique n'était rien. Je saignais du nez, j'avais du mal à respirer et, sous la force des coups de pied de Galen, je m'étais arraché la peau sur le dallage de la tour ; les diverses douleurs qui m'assaillaient se contredisaient tant, elles tiraillaient mon attention dans tant de directions à la fois que j'étais incapable d'évaluer la gravité de mes blessures ; je n'arrivais même pas à me redresser. Mais une certitude me dominait de toute sa hauteur, m'écrasait de toute sa masse : celle d'avoir échoué. J'étais vaincu, j'étais indigne et Galen l'avait prouvé.

Comme de très loin, je l'entendis crier aux autres de prendre garde, car c'était ainsi qu'il traiterait ceux dont le manque de discipline les livrerait pieds et poings liés aux plaisirs de l'Art. Et il les avertit de ce qui attendait l'homme qui s'essayait à l'Art et succombait à ses sortilèges : il finissait décervelé, nourrisson dans un corps d'adulte, muet, aveugle, faisant sous lui, oublieux de la pensée, oublieux même du manger et du boire, jusqu'à se laisser mourir. Un tel individu passait les bornes mêmes du mépris.

Et j'étais de cette engeance. Je me noyai dans ma honte ; je me mis à sangloter ; je méritais le traitement que Galen m'avait infligé et je méritais pire encore. Seule une pitié mal placée l'avait empêché de me tuer ; je lui avais fait perdre son temps, j'avais utilisé son enseignement si soigneusement dispensé à des fins complaisamment égoïstes. Je me fuyais moi-même et m'enfonçais toujours davantage, mais je ne découvrais en moi que haine et dégoût envers ma personne. Mieux valait la mort ; me précipiter du haut de la tour ne serait encore pas suffisant pour détruire ma honte, mais au moins je n'en aurais plus conscience. Je restai tapi et pleurai à chaudes larmes.

Les autres commencèrent à s'en aller. Au passage, chacun me décochait une insulte, un crachat ou un coup, mais c'est à peine si je m'en rendais compte. L'écœurement que je m'inspirais à moi-même dépassait incommensurablement le leur. Enfin, seul demeura Galen, debout à côté de moi. Il me poussa du bout de sa botte, mais j'étais incapable de réagir. Soudain, il fut partout, au-dessus, en dessous, autour et à l'intérieur de moi et je ne pouvais le repousser. « Tu vois, bâtard, me dit-il calmement, un sourire mauvais aux lèvres, j'avais essayé de les prévenir que tu n'étais pas digne, que l'apprentissage te tuerait. Mais tu n'as pas voulu m'écouter ; tu as tenté de t'approprier ce qui avait été donné à un autre. Et, encore une fois, j'avais raison. Bah, je n'aurai pas perdu mon temps si cela me vaut d'être débarrassé de toi. »

J'ignore quand il partit. Au bout d'un certain temps, je pris conscience que c'était la lune, et non plus Galen, qui se trouvait au-dessus de moi. Je roulai sur le ventre ; incapable de me mettre debout, je parvins à ramper – lentement, sans même me soulever complètement, je me traînais sur les pierres. L'esprit ancré sur une seule idée, je me mis en route vers le mur bas ; j'avais l'intention de me hisser sur un banc et, de là, sur le sommet du mur. Ensuite, la chute. Et rideau.

Ce fut un long trajet dans le noir et le froid. Quelque part, j'entendais des gémissements et pour cela aussi je me méprisais. Mais, tandis que j'avançais au ras du dallage, ils s'intensifièrent, comme l'étincelle au loin devient un feu quand on s'approche. Insistants, ils devinrent plus forts dans mon esprit, s'opposant à mon sort, petite voix de résistance qui refusait que je meure, qui niait mon échec. Ils étaient chaleur et lumière, aussi, et ils grandissaient à mesure que j'en cherchais la source.

Je cessai de ramper.

Je ne bougeai plus.

C'était en moi. Plus je fouillais, plus la source devenait puissante. Elle m'aimait même si j'en étais incapable moi-même, même si je ne le voulais pas. Elle m'aimait même si je l'en détestais. Elle planta ses petits crocs dans mon âme, se raidit et m'empêcha d'avancer. Et quand je voulus passer outre, un hurlement de désespoir en jaillit qui me traversa comme un trait de feu, m'interdisant de trahir une confiance si sacrée.

C'était Martel.

Il pleurait à l'unisson de mes souffrances, physiques et mentales. Et lorsque je cessai de chercher à me rapprocher de l'enceinte, il explosa dans un paroxysme de bonheur et de victoire pour nous deux. Je ne pus rien faire d'autre pour le récompenser que ne plus bouger, ne plus essayer de me détruire ; et il m'assura que c'était assez, que c'était une plénitude, que c'était une joie. Je fermai les yeux.

La lune était haute quand Burrich me retourna doucement sur le dos. Le fou avait une torche à la main et Martel dansait en cabriolant à ses pieds. Burrich passa ses bras sous mon corps et me souleva comme si j'étais encore un enfant qu'on venait de lui confier. J'entr'aperçus son visage sombre, mais n'y reconnus aucune expression déchiffrable. Il me porta jusqu'en bas du long escalier de pierre, suivi du fou qui lui éclairait le chemin ; il sortit de la forteresse, traversa les écuries et me monta dans ses quartiers. Là, le fou nous quitta, Burrich, Martel et moi, sans qu'un mot eût été prononcé, autant que je me souvienne. Burrich me déposa sur son lit avant de le tirer près du feu, et avec la chaleur me vint une grande douleur ; je remis mon corps à Burrich, mon âme à Martel et je perdis connaissance pendant un long moment.

Quand je rouvris les yeux, c'était la nuit. Laquelle, je l'ignorais. Burrich était toujours assis près de moi, l'œil vif, même pas affaissé dans son fauteuil. Je sentis la compression d'un bandage sur mes côtes ; je levai une main pour le toucher et me découvris avec surprise deux doigts éclissés. Burrich avait suivi mon geste des yeux. « Ils étaient enflés et ce n'était pas seulement le froid ; trop pour que je me rende compte s'ils étaient fracturés ou simplement foulés. Je leur ai mis une attelle au cas où ; mais à mon avis, ce n'est qu'une foulure. S'ils avaient été cassés, la douleur t'aurait réveillé quand j'ai travaillé dessus. »

Il s'exprimait calmement, comme s'il me racontait qu'il venait de purger un nouveau chien contre les vers pour éviter la contagion ; et de même que son débit régulier et son contact assuré avaient plus d'une fois apaisé un animal affolé, ils m'apaisèrent à mon tour. Je me détendis, convaincu que s'il gardait son calme, la situation ne devait pas être bien grave. Il glissa un doigt sous le bandage qui me maintenait les côtes pour en vérifier la tension. « Qu'est-ce qui s'est passé ? » me demanda-t-il tout en se tournant pour attraper une tasse de thé, comme si sa question et ma réponse n'avaient guère d'importance.

Je passai en revue les dernières semaines en cherchant un moyen de m'expliquer. Les événements dansaient dans ma tête, me glissaient entre les doigts ; seul demeurait le souvenir de la défaite. « Galen m'a mis à l'épreuve, dis-je enfin, d'une voix lente. J'ai échoué. Et il m'a puni. » Et à ces mots, un mascaret d'abattement, de honte et de culpabilité déferla sur moi et balaya le bref réconfort que j'avais eu à retrouver un environnement familier. Près de l'âtre, Martel s'éveilla brusquement et se redressa ; sans réfléchir, je l'apaisai avant qu'il ne se mette à gémir. *Couché. Rendors-toi. Tout va bien.* À mon grand soulagement, il obéit. Et à mon soulagement plus grand encore, Burrich parut ne pas s'être rendu compte de notre échange. Il me tendit la tasse.

« Tiens, bois ça. Tu as besoin d'eau, et les herbes engourdiront la douleur et te feront dormir. Allez, bois tout.

— Ça sent mauvais », protestai-je ; il acquiesça et me tint la tasse autour de laquelle mes mains meurtries ne pouvaient se refermer. Je bus tout le contenu, puis me rallongeai.

« C'était tout ? » demanda-t-il d'un ton circonspect et je sus de quoi il parlait. « Il t'a fait passer un examen sur un sujet qu'il t'avait appris et tu n'as pas su répondre. Et du coup, il t'a mis dans cet état ?

— Je n'ai pas réussi. Je n'avais pas le… l'autodiscipline qu'il fallait. Alors il m'a puni. » Les détails m'échappaient. La honte me submergeait et je me noyais dans mon malheur.

« On n'enseigne pas l'autodiscipline en battant les gens à mort. » Burrich détachait soigneusement ses mots comme s'il s'adressait à un idiot. Avec des gestes très précis, il reposa la tasse sur la table.

« Ce n'était pas pour m'instruire… Il me croit incapable d'apprendre, je pense. C'était pour montrer aux autres ce qui les attendait s'ils échouaient.

— On n'enseigne pas grand-chose de valable par la peur », affirma Burrich, têtu. Puis, plus cordialement : « C'est un bien piètre professeur qui essaie d'enseigner par la violence et les menaces. Imagine qu'on veuille dresser un cheval comme ça, ou un chien. Le plus cabochard des chiens apprend mieux d'une main ouverte que d'un bâton.

— Pourtant, tu m'as bien frappé, toi, quand tu essayais de m'apprendre certaines choses.

— Oui. Oui, c'est vrai ; mais c'était pour te secouer, te mettre en garde, ou te réveiller ; pas pour te faire du mal, jamais pour casser un membre, crever un œil ni rendre une main inutilisable. Jamais ! Ne raconte jamais que je t'ai frappé, toi ni aucune créature dont je m'occupe, de cette façon, parce que c'est faux ! » Il était outré que je puisse seulement insinuer une telle idée.

« Non ; tu as raison. » Je cherchai un moyen de lui expliquer les causes de ma punition. « Mais là, ce n'était pas pareil, Burrich ; le sujet à enseigner était différent et, par conséquent, l'enseignement aussi. » Je me sentais obligé de défendre la justice de Galen. « Je le méritais, Burrich ; ce n'était pas sa façon de nous instruire qui était en faute : c'est moi qui n'avais pas su apprendre. J'ai essayé, j'ai fait des efforts ; mais, comme Galen nous l'a dit, je crois qu'il y a une bonne raison pour ne pas former les bâtards à l'Art ; j'ai une tare, un défaut rédhibitoire.

— Tu parles !

— Si. Réfléchis, Burrich : si tu fais saillir une jument de race inférieure par un étalon de pure race, le poulain aura autant de chances d'hériter des faiblesses de la mère que des qualités du père. »

Un long silence s'ensuivit Puis : « Ça m'étonnerait beaucoup que ton père ait partagé la couche d'une femme "inférieure" comme tu dis. Si elle n'avait aucun raffinement, aucun esprit ni aucune intelligence, ton père s'y serait refusé. Il n'aurait pas pu.

— On raconte qu'il aurait été enchanté par une sorcière des montagnes. » C'était la première fois que je rapportais une histoire que j'avais souvent entendue.

« Chevalerie n'était pas homme à se laisser prendre à ce genre de magicaillerie. Et son fils n'est pas un imbécile pleurnichard qui se traîne par terre en gémissant qu'il mérite de se faire rouer de coups. » Il se pencha vers moi et, du bout du doigt, appuya doucement juste en dessous de ma tempe. Une explosion de douleur fit vaciller ma conscience. « Tu vois ? Il s'en est fallu d'un cheveu que son "enseignement" te fasse perdre un œil ! » Il s'échauffait et je jugeai préférable de tenir ma langue. D'un pas vif, il fit le tour de la pièce, puis il pivota soudain face à moi.

« Le chien… il est de la chienne de Patience, n'est-ce pas ?

— Oui.

— Mais tu n'as pas… Ah, Fitz, dis-moi que tu n'as pas récolté ça parce que tu t'es servi du Vif ! Sinon, je n'oserai plus jamais adresser la parole à quiconque ni soutenir le regard de personne dans la forteresse ni dans tout le royaume !

— Non, Burrich, je te le promets, ça n'avait rien à voir avec le chien. C'est seulement que je n'ai pas su apprendre ce qu'on m'enseignait ; c'est ma tare.

« — Tais-toi, m'ordonna-t-il d'un ton impatient. Ta parole me suffit ; je te connais assez pour savoir que tu la tiendras toujours. Mais pour le reste, tu racontes n'importe quoi. Allez, rendors-toi. Je dois sortir, mais je serai bientôt revenu. Repose-toi ; c'est la meilleure façon de se soigner. »

Burrich avait pris un air résolu. Mes discours semblaient l'avoir enfin convaincu, avoir tranché une question. Rapidement, il enfila des bottes, changea sa chemise pour une plus ample sur laquelle il ne passa qu'un pourpoint de cuir ; Martel s'était levé et poussait des gémissements inquiets quand Burrich sortit, mais il ne parvint pas à me transmettre la raison de son angoisse. Alors, il s'approcha de mon lit, grimpa dessus et s'enfonça sous les couvertures pour se coller contre moi et me réchauffer le cœur de sa confiance. Dans l'humeur de noir désespoir qui était la mienne, il était la seule lumière qui brillât. Je fermai les yeux et les herbes de Burrich m'entraînèrent dans un sommeil sans rêve.

Je me réveillai dans l'après-midi. Une bouffée d'air froid précéda l'entrée de Burrich ; il vérifia mon état général, m'écarquilla négligemment les yeux et palpa d'une main compétente mes côtes et mes autres blessures ; enfin, il poussa un grognement de satisfaction, puis enfila une chemise propre à la place de l'autre, terreuse et déchirée. Il n'avait pas cessé de fredonner, apparemment d'une belle humeur qui contrastait fort avec mes souffrances, tant physiques que morales, et ce fut presque avec soulagement que je le vis s'en aller. À travers le plancher, je l'entendis siffloter et crier des ordres aux garçons d'écurie, et soudain ces bruits si familiers et si ordinaires déclenchèrent en moi une nostalgie dont la violence m'étonna ; je voulais tout retrouver, l'odeur chaude des chevaux, des chiens et de la paille, les travaux simples, faits avec soin et à fond, et le bon sommeil que procure la fatigue d'une journée bien remplie. Je mourais d'envie de m'y replonger, mais l'indignité dans laquelle je me roulais me disait que même à cette vie-là j'échouerais. Galen se gaussait souvent de ceux qui effectuaient ces tâches humbles dans la forteresse ; il n'avait que mépris pour les filles de salle et les cuisinières, dérision pour les garçons d'écurie, et, selon ses propres termes, les hommes d'armes qui nous protégeaient de l'arc et de l'épée n'étaient « que des ruffians et des rustres, condamnés à repousser le monde en agitant les bras comme des ailes de moulin et à mater avec une épée ce qu'ils ne peuvent dominer avec l'esprit ». Aussi me trouvais-je aujourd'hui étrangement écartelé : je rêvais de retourner à une existence que Galen décrivait comme méprisable, mais en même temps je doutais, désespéré, d'en être encore capable.

Je gardai le lit deux jours. Burrich me soigna pendant ce temps avec une humeur taquine et enjouée à laquelle je ne comprenais rien ; il se déplaçait d'un pas vif, avec des gestes assurés qui le rajeunissaient extraordinairement. Que mes blessures le mettent tellement en joie ne faisait qu'ajouter à mon abattement. Mais au bout de deux jours d'alitement, Burrich m'annonça que rester trop longtemps sans bouger nuisait à son homme et qu'il était temps de me lever si je voulais guérir convenablement ; et de me trouver aussitôt toutes sortes de petits travaux à effectuer, dont aucun ne m'obligeait à puiser dans mes forces, mais en nombre suffisant pour m'occuper, car je devais me reposer fréquemment. Je crois que c'était l'occupation qu'il recherchait pour moi davantage que l'exercice, car il avait bien vu qu'au lit, je ne faisais que rester le nez au mur, vautré dans mon mépris de moi-même. Face à mon humeur tenacement dépressive, Martel lui-même commençait à se détourner de son assiette ; pourtant, en lui seul je trouvais une vraie source de réconfort. Me suivre dans les écuries constituait pour lui la plus grande joie de son existence ; il me transmettait tout ce qu'il flairait, tout ce qu'il voyait avec une intensité qui, malgré ma morosité, réactivait en moi l'émerveillement que j'avais connu en pénétrant pour la première fois dans le monde de Burrich. Violemment possessif, le chien allait jusqu'à dénier à Suie le droit de me renifler et s'attira de la part de Renarde un claquement de mâchoires qui le fit revenir dare-dare entre mes jambes, glapissant et la queue basse.

J'obtins d'avoir le lendemain libre pour me rendre à Bourg-de-Castelcerf ; le trajet me prit plus de temps que jamais auparavant, mais Martel apprécia la lenteur de mon allure qui lui permettait d'aller fourrer son museau sur chaque touffe d'herbe et contre chaque arbre du chemin. Je pensais que voir Molly me remonterait le moral et m'aiderait à redonner un peu de sens à ma vie ; mais, quand j'arrivai à la chandellerie, elle était occupée à remplir trois grosses commandes pour des navires en partance et, en attendant, je m'installai près de l'âtre de la boutique. Son père, assis en face de moi, buvait en me lançant des regards furibonds ; son penchant l'avait affaibli, mais n'avait pas modifié son tempérament et les jours où il était assez en forme pour se tenir droit sur une chaise, il était assez en forme pour boire aussi. Au bout d'un moment, je renonçai à tout semblant de conversation et restai simplement à le regarder s'enivrer et à l'écouter débiner sa fille, tandis que Molly courait çà et là comme une affolée, s'efforçant d'être à la fois efficace et accueillante avec les clients. La tristesse et la médiocrité de cet aperçu de leur existence ne firent que renforcer mon abattement.

À midi, elle avertit son père qu'elle fermait la boutique pour aller livrer une commande. Elle me confia un portant de chandelles, se chargea elle-même les bras et nous sortîmes en refermant le loquet derrière nous, sans prêter l'oreille aux imprécations de son père. Une fois dans la brise piquante de la rue, j'accompagnai Molly à l'arrière de la maison. Elle me fit signe de ne pas faire de bruit, ouvrit la porte de derrière et déposa tout son chargement à l'intérieur, y compris mon portant de chandelles ; après quoi, nous nous mîmes en route.

Nous nous contentâmes tout d'abord de nous promener dans la ville en échangeant quelques menus propos ; elle m'interrogea sur mon visage contusionné et je lui répondis que j'avais fait une chute. Au marché, le vent froid qui soufflait sans désemparer vidait les étals de leurs vendeurs comme de leurs clients. Molly s'intéressa vivement à Martel qui se délecta de ses attentions ; sur le chemin du retour, nous fîmes halte dans une échoppe de thé ; elle m'offrit du vin chaud et prodigua tant de caresses à Martel qu'il finit par se mettre sur le dos en ne songeant plus qu'à se rouler dans son affection. Une idée me frappa soudain : Martel percevait très clairement les sentiments de Molly, alors que l'inverse n'était pas vrai, sinon à un niveau très superficiel. Je tendis délicatement mon esprit vers celui de ma compagne, mais la trouvai fuyante et vague, comme un parfum dont la fragrance croît et s'affaiblit dans la même bouffée d'air. Certes, j'aurais pu chercher plus profondément, mais je n'en vis pas l'utilité ; une sensation de solitude s'était abattue sur moi, l'impression mélancolique et accablante que Molly n'avait jamais été et ne serait jamais plus consciente de mes sentiments que de ceux de Martel. Aussi attrapai-je au vol les mots brefs qu'elle m'adressait, comme un oiseau picore des miettes de pain, sans chercher à écarter les rideaux de silence qu'elle glissait entre nous. Elle m'annonça bientôt qu'elle ne devait plus tarder à rentrer sous peine d'aggraver son cas, car si son père n'avait plus la force de la battre, il demeurait néanmoins capable de briser sa chope de bière par terre ou de renverser des étagères pour manifester son mécontentement de se voir négligé. En me disant cela, elle avait un curieux petit sourire qui semblait signifier que, si nous trouvions le comportement de son père amusant, sa situation perdrait de son horreur. Je fus incapable de lui rendre son sourire et elle détourna les yeux.

Je l'aidai à remettre son manteau et nous repartîmes vers la ville haute, face au vent, et je vis soudain dans cette lutte contre la pente et les éléments une métaphore de ma propre vie. À la porte de la boutique, Molly, à ma grande surprise, me serra dans ses bras et me déposa un baiser à l'angle de la mâchoire ; son étreinte avait été si brève que j'aurais pu croire m'être heurté à quelqu'un dans un marché. « Le Nouveau... », dit-elle, et puis : « Merci. Pour ta compréhension. »

Sur quoi, elle se faufila dans l'échoppe en refermant la porte derrière elle et je me retrouvai tout seul et abasourdi. Elle me remerciait de ma compréhension alors que jamais je ne m'étais senti plus coupé d'elle et de tout le monde. Tout le long du chemin jusqu'à la forteresse Martel babilla sur les odeurs qu'il avait flairées sur elle, sur sa façon de le gratter devant les oreilles, juste en ce point qu'il ne pouvait atteindre lui-même, et sur les adorables biscuits qu'elle lui avait donnés à la boutique de thé.

C'était le milieu de l'après-midi quand nous revînmes aux écuries ; j'effectuai quelques corvées, puis je remontai dans la chambre de Burrich où nous nous endormîmes, le chien et moi. À mon réveil, je découvris Burrich debout près de moi, les sourcils légèrement froncés.

« Lève-toi, que je jette un coup d'œil sur toi », m'ordonna-t-il ; j'obéis avec des mouvements las et me tins immobile pendant qu'il tâtait adroitement mes blessures. Satisfait de l'état de ma main, il m'annonça que le pansement était désormais inutile, mais que je devais conserver le bandage autour de mes côtes et venir tous les matins chez lui me le faire ajuster. « Pour les autres blessures, garde-les propres et sèches et n'arrache pas les croûtes ; s'il y en a une qui s'infecte, viens me trouver. » Il remplit un petit pot d'un onguent contre les douleurs musculaires et me le donna, ce dont je déduisis qu'il s'attendait à me voir partir.

Mais je ne bougeai pas, mon petit pot de pommade à la main. Une terrible tristesse s'enflait en moi, mais les mots me manquaient pour l'exprimer. Burrich me dévisagea, fronça les sourcils et se détourna. « Arrête de faire ça ! me dit-il d'un ton irrité.

— Quoi ?

— Parfois, tu me regardes avec les yeux de mon seigneur », répondit-il calmement ; puis avec une sécheresse renouvelée : « Alors, qu'est-ce que tu comptais faire ? Te planquer dans les écuries pour le restant de tes jours ? Non. Tu dois faire front ; faire front, relever le menton, prendre tes repas au milieu des gens de la forteresse, dormir dans ta chambre à toi et vivre ta propre vie. Et aussi terminer ton fichu apprentissage de l'Art ! »

Si ses premiers ordres m'avaient paru difficiles à mettre en pratique, ce dernier était quant à lui impossible à exécuter, c'était évident !

« Je ne peux pas, dis-je, incrédule devant tant de stupidité. Galen ne me laisserait jamais réintégrer le groupe ; et même s'il m'acceptait, je n'arriverais pas à rattraper les leçons perdues. J'ai échoué, Burrich. J'ai échoué, il n'y a pas à revenir dessus ; maintenant, il faut que je trouve à m'occuper. J'aimerais bien apprendre la fauconnerie, s'il te plaît. » Je m'entendis prononcer cette phrase avec stupéfaction, car en vérité cette idée ne m'avait jamais effleuré. La réponse de Burrich me parut tout aussi étrange.

« N'y compte pas : les faucons ne t'aiment pas. Tu as le tempérament trop bouillant et tu te mêles trop des affaires des autres. Écoute-moi plutôt : tu n'as pas échoué, imbécile que tu es. Galen a simplement essayé de te virer ; si tu n'y retournes pas, il aura gagné. Tu dois y retourner et tu dois apprendre l'Art. Mais (et il planta ses yeux dans les miens avec une expression de colère) tu n'es pas obligé de supporter ses coups comme la mule d'un charretier ; par ta naissance, tu as droit à son temps et à son savoir ; force-le à te donner ce qui t'est dû ; ne t'enfuis pas. Personne n'a jamais rien gagné dans la fuite. » Il se tut, s'apprêta à rajouter quelque chose, puis se ravisa.

« J'ai manqué trop de leçons. Je ne pourrai jamais…

— Tu n'as rien manqué du tout », affirma-t-il d'un air buté. Il se détourna de moi et ce fut d'un ton monocorde qu'il reprit : « Il n'y a pas eu de leçons depuis ton départ. Tu devrais pouvoir reprendre l'apprentissage là où tu l'as laissé.

— Je ne veux pas m'y remettre.

« — Ne me fais pas perdre mon temps en discutant, fit-il sèchement. Ne me pousse pas à bout ; je t'ai dit quoi faire. Fais-le. »

Soudain, j'eus de nouveau six ans et un homme subjuguait une foule d'un seul regard. Je frissonnai, soumis ; et tout à coup il me parut plus facile d'affronter Galen que de défier Burrich, même lorsqu'il ajouta : « Et tu vas me laisser ce chien jusqu'à la fin de ton apprentissage ; rester enfermé toute la journée dans une chambre, ce n'est pas une vie pour un animal. Son poil va s'abîmer et il ne va pas se muscler comme il faut. Mais veille à descendre ici tous les soirs pour t'occuper de lui et de Suie, ou tu auras affaire à moi. Et Galen peut bien en dire ce qu'il veut, je m'en fous. »

Et il me congédia. J'informai Martel qu'il devait rester avec Burrich, ce qu'il accepta avec une placidité qui m'étonna autant qu'elle me vexa. Abattu, je pris mon pot d'onguent et remontai d'un pas lourd à la forteresse ; je récupérai de quoi manger aux cuisines, car je n'avais pas le courage d'affronter quiconque à table, et je regagnai ma chambre. Il y faisait froid et noir ; il n'y avait pas de feu dans la cheminée, pas de chandelles dans les bougeoirs, et les roseaux répandus par terre sentaient le moisi. J'allai chercher des bougies et du bois, allumai une flambée, puis, en attendant qu'elle réchauffe un peu la pierre du sol et des murs, je me débarrassai des roseaux. Ensuite, comme Brodette me l'avait conseillé, je récurai la pièce à fond avec de l'eau chaude et du vinaigre ; par hasard, j'avais pris du vinaigre à l'estragon, si bien qu'à la fin de mon nettoyage, l'odeur de cette herbe imprégnait toute la chambre. Enfin, épuisé, je me jetai sur mon lit et m'endormis en me demandant pourquoi je n'avais jamais découvert comment ouvrir la porte qui menait aux appartements d'Umbre. Mais, dans le cas contraire, il m'en aurait sans doute refusé l'entrée, car c'était un homme de parole et il ne voudrait pas avoir affaire à moi avant que Galen en ait fini avec moi. Ou avant de découvrir que j'en avais fini avec Galen.

314

Je me réveillai à la lumière des bougies que portait le fou. J'ignorais l'heure qu'il était et où je me trouvais jusqu'à ce qu'il déclare : « Tu as juste le temps de faire ta toilette et de manger pour être le premier sur la tour. »

Il avait apporté de l'eau chaude dans un broc et des petits pains tout droit sortis des fours des cuisines.

« Je n'irai pas. »

Pour la première fois depuis que je le connaissais, le fou eut l'air surpris. « Pourquoi ?

— C'est inutile. Je n'arriverai à rien. Je n'ai absolument aucun talent et j'en ai assez de me taper la tête contre les murs. »

Les yeux du fou s'écarquillèrent encore. « Il me semblait pourtant que tu te débrouillais bien… »

Ce fut mon tour d'être surpris. « Bien ? Pourquoi est-ce que tu crois qu'il se moque de moi et qu'il me frappe ? Pour me récompenser de mes brillantes performances ? Non. Je n'ai même pas été fichu de comprendre comment on s'y prend ; tous les autres m'ont déjà surpassé. À quoi bon m'accrocher ? Pour que Galen démontre encore plus clairement qu'il avait raison ?

— Il y a quelque chose qui cloche, là-dedans », dit le fou d'une voix lente. Il réfléchit un instant. « Autrefois, je t'ai demandé de laisser tomber ton apprentissage ; tu as refusé. Tu t'en souviens ? »

Je m'en souvenais. « Je peux être têtu, quelquefois, avouai-je.

— Et si je te demandais aujourd'hui de le continuer ? De remonter sur la tour et de persévérer ?

— Pourquoi as-tu changé d'avis ?

— Parce que ce que je cherchais à empêcher s'est quand même produit, mais que tu y as survécu. Du coup, j'essaie à présent de… » Sa voix mourut. « C'est comme tu me l'as dit : pourquoi parler si je suis incapable de m'exprimer clairement ?

315

— Si j'ai dit ça, je le regrette. Ce n'est pas une phrase à sortir à un ami. Mais je ne m'en souviens pas. »

Il eut un vague sourire. « Si tu ne t'en souviens pas, moi non plus. » Il prit mes deux mains entre les siennes ; il avait la peau étrangement fraîche et un frisson me parcourut à ce contact. « Accepterais-tu de continuer si je te le demandais ? Comme un ami ? »

Ce dernier mot sonnait bizarrement dans sa bouche ; il n'y avait mis nulle moquerie et l'avait au contraire prononcé avec soin, comme si le dire tout haut risquait de lui faire perdre son sens. Ses yeux incolores étaient rivés aux miens. Je m'aperçus que j'étais incapable de refuser, et j'acquiesçai.

Néanmoins, je me levai avec réticence. Le fou m'observa, impassible, tandis que je réajustais les vêtements dans lesquels j'avais dormi, me passais de l'eau sur le visage, puis m'intéressais à mon petit déjeuner. « Je n'ai pas envie d'y aller, lui dis-je en finissant le premier petit pain et en attaquant le second. Je ne vois pas où ça va me mener.

— Je me demande pourquoi il se casse la tête avec toi, fit le fou, son cynisme habituel retrouvé.

— Galen ? Il y est bien obligé, le roi lui a…

— Non, Burrich.

— Ça l'amuse de me donner des ordres, c'est tout », fis-je d'un ton plaintif qui, même à mes oreilles, évoquait un gosse pleurnichard.

Le fou secoua la tête. « Tu n'es pas au courant, hein ?

— De quoi ?

— De la façon dont le maître des écuries a sorti de force Galen de son lit et dont il l'a traîné jusqu'aux Pierres Témoins. Je n'y étais pas, naturellement, sinon je te raconterais que Galen s'est débattu en sacrant et en tempêtant, ce qui ne faisait ni chaud ni froid au maître des écuries ; en réalité, il faisait le dos rond, tout simplement, sans répondre. Burrich tenait le maître d'Art par le col, si bien que l'autre était au bord de l'étouffement, et il le tirait à travers le château. Et les soldats, les gardes et les garçons d'écurie les

316

suivaient en un flot qui se transformait peu à peu en véritable torrent. Si j'avais été présent, je pourrais te dire que nul n'a osé s'interposer, car tous avaient l'impression que le maître des écuries était redevenu le Burrich d'autrefois, un homme aux muscles de fer, avec un tempérament noir qui était comme une folie quand il prenait le dessus ; à l'époque, personne ne se risquait à contrarier un tel caractère, et ce jour-là on aurait dit que Burrich était redevenu cet homme. S'il boitait encore, nul ne s'en est aperçu.

« Quant au maître d'Art, au début, il jurait en frappant des pieds et des poings, mais ensuite il s'est calmé et tous ont pensé qu'il rassemblait son savoir secret contre son ravisseur. Mais si c'est le cas, le seul effet visible en a été que le maître d'écurie a resserré sa prise sur sa gorge ; et si Galen a essayé d'inciter des spectateurs à prendre sa défense, ils n'ont pas réagi. Peut-être que se faire étrangler en même temps que remorquer avait suffi à troubler sa concentration, à moins que l'Art ne soit moins puissant que la rumeur ne le prétend ; ou bien trop nombreux étaient ceux qui gardaient le souvenir de ses mauvais traitements pour être sensibles à ses artifices. À moins encore que…

— Accouche, fou ! Que s'est-il passé après ? » Baigné d'une fine pellicule de sueur, je frissonnais sans trop savoir ce que j'espérais entendre.

« Je n'étais pas là, naturellement, répéta le fou d'un ton suave, mais j'ai entendu dire que le ténébreux a traîné le maigrichon jusqu'au pied des Pierres Témoins. Et là, sans lâcher le maître d'Art, de façon à lui couper le sifflet, il a énoncé son défi : ils allaient se battre, sans armes, à mains nues, tout comme le maître d'Art s'en était pris à certain jeune homme la veille. Et les Pierres attesteraient, si Burrich l'emportait, que Galen n'avait aucune raison de frapper le garçon et qu'il n'avait pas le droit de lui refuser son enseignement. Galen aurait volontiers rejeté le défi et serait allé trouver le roi lui-même ; malheureusement, le ténébreux avait déjà pris les Pierres à témoin. Ils ont donc engagé le combat, un combat qui n'était pas sans rappeler la façon dont un taureau lutte contre une botte de paille, la jette en l'air, la piétine et l'encorne. Quand il en a eu fini, le maître d'écuries s'est penché pour murmurer quelque chose à l'oreille du maître d'Art, avant de s'en retourner au château en compagnie de la foule, en laissant l'autre allongé par terre, tout sanguinolent devant les Pierres qui l'écoutaient gémir.

— Qu'est-ce qu'il lui avait dit ? demandai-je, haletant.

— Ah, mais je n'y étais pas ; je n'ai rien vu ni entendu. » Le fou se leva en s'étirant. « Tu vas finir par être en retard », me prévint-il avant de s'en aller. Des questions plein la tête, je sortis à mon tour, gravis le long escalier qui menait au Jardin dévasté de la reine et arrivai le premier au sommet.

16

Leçons

Selon les anciennes chroniques, les artiseurs d'autrefois étaient organisés en clans de six membres. Sans se faire une règle de n'inclure que des individus de pur sang royal, ces clans se limitaient pourtant aux cousins et aux neveux de la ligne directe de succession, en s'ouvrant parfois tout de même à ceux qui manifestaient une aptitude ou un mérite hors du commun. L'un des plus fameux, le clan de dame Feux-Croisés, fournit un parfait exemple de leur fonctionnement ; au service de la reine Vision, Feux-Croisés et ceux de son clan avaient été formés par un maître d'Art du nom de Tactique. Les membres s'étaient mutuellement choisis, puis avaient reçu un enseignement particulier sous la férule de Tactique pour les fondre en un bloc uni. Qu'il fût éparpillé aux quatre coins des Six-Duchés pour rassembler ou transmettre des renseignements, ou qu'il fût regroupé en un seul lieu afin de semer la confusion et le doute chez l'ennemi, le clan fut l'auteur de hauts faits devenus légendaires depuis. Son ultime acte d'héroïsme, que raconte la ballade du « Sacrifice de Feux-Croisés », fut l'union de toutes les énergies composites de ses membres pour les transmettre à la reine Vision durant la bataille de Besham. Sans que la reine épuisée s'en rendît compte, ils lui donnèrent plus qu'ils ne possédaient et ce n'est qu'au milieu des réjouissances de la victoire qu'on les découvrit dans leur tour, leurs forces taries, à l'agonie. Peut-être l'amour du peuple pour le clan de Feux-Croisés provient-il en partie des diverses infirmités dont ses membres se retrouvèrent frappés : l'un était aveugle, l'autre boiteux, le troisième affligé d'un bec-de-lièvre, un quatrième défiguré par le feu, bref, chacun avait sa tare ; cependant, dans le domaine de l'Art, leur puissance dépassait toujours celle du navire le mieux armé et elle crût en importance pour la défense de la reine.

Pendant les années paisibles du règne du roi Bonté, on cessa d'enseigner l'Art dans le but de créer des clans ; le vieillissement, la mort et, tout simplement, l'absence d'utilité finirent par dissoudre ceux qui existaient encore. L'apprentissage de l'Art fut peu à peu réservé aux seuls princes et se vit un temps considéré comme une pratique archaïque. À l'époque où commencèrent les attaques des Pirates rouges, il ne restait plus que le roi Subtil et son fils Vérité pour exercer activement l'Art ; Subtil s'efforça bien de retrouver et de recruter d'anciens pratiquants, mais la plupart étaient âgés ou avaient perdu toute compétence.

Galen, alors maître d'Art du roi, se vit confier la mission de former de nouveaux clans pour défendre le royaume, et il décida de se dégager des traditions : les candidats furent désignés au lieu de se choisir mutuellement, et il appliqua des méthodes d'enseignement sévères dont le but était de faire de chaque individu l'élément obéissant d'un tout, un outil dont le roi pourrait disposer à volonté. Cet aspect de l'apprentissage était une invention propre à Galen et, une fois créé son premier clan, il le présenta au roi Subtil comme un cadeau personnel ; un membre au moins de la famille royale exprima son indignation à cette idée. Mais l'époque était critique et le roi Subtil n'eut pas d'autre choix que d'utiliser l'arme qu'on lui avait remise.

*
* *

Tant de haine ! Oh, comme ils me haïssaient ! À mesure qu'ils émergeaient de l'escalier et me découvraient au sommet de la tour, les étudiants se détournaient avec un mépris ostensible ; leur dédain était aussi palpable que si chacun m'avait jeté un seau d'eau glacée. Lorsque le septième et dernier apparut, leur haine faisait comme une muraille autour de moi. Mais je restai à ma place habituelle, muet, impassible, et soutins chaque regard qui croisa le mien, raison pour laquelle, je pense, nul n'osa m'adresser la parole. Ils ne purent faire autrement que de se disposer autour de moi, ce qu'ils firent sans échanger le moindre mot.

Et nous attendîmes.

Le soleil se leva, puis éclaira le mur d'enceinte de la tour, et Galen ne venait pas. Mais les autres élèves ne bougeaient pas et je les imitais.

Enfin, j'entendis son pas hésitant dans l'escalier. Lorsqu'il apparut, il cligna les yeux à la lumière du pâle soleil, puis il les porta sur moi et sursauta. Je demeurai immobile. Nos regards se croisèrent et il sentit la charge de haine que les autres m'avaient imposée ; il s'en réjouit visiblement, ainsi que du bandage qui me ceignait la tête. Mais je soutins son regard sans ciller. Je n'osais pas.

Et je pris conscience de l'effarement de mes voisins. On ne pouvait manquer de remarquer sur Galen les traces de la sévère correction qu'il avait reçue ; il n'avait pas passé l'épreuve des Pierres Témoins et il suffisait de le regarder pour le savoir. Son visage décharné était une étude en violet et en vert parsemée de taches jaunâtres ; il avait la lèvre inférieure ouverte par le milieu et à un coin de la bouche. Il portait une robe à manches longues qui lui couvrait les bras, mais l'ampleur du vêtement contrastait si fort avec ses chemises et ses pourpoints habituellement tendus à craquer qu'on avait l'impression de le surprendre en linge de nuit. Ses mains aussi étaient violettes et couvertes d'hématomes, alors que je ne me rappelais pas avoir remarqué la moindre contusion sur Burrich ; j'en conclus qu'il avait essayé – en vain – de s'en protéger le visage. Son petit fouet ne l'avait pas quitté, mais je doutai qu'il ait pu s'en servir efficacement.

Nous nous examinâmes donc l'un l'autre. Je ne tirais nulle satisfaction de ses ecchymoses ni de son déshonneur ; j'en ressentais même une sorte de honte. J'avais cru si fort en son invulnérabilité et en sa supériorité que cette preuve de sa simple humanité me laissait penaud ; et lui-même y perdait son sang-froid : par deux fois, il ouvrit la bouche pour me parler ; la troisième fois, il nous tourna le dos et dit : « Commencez vos exercices d'assouplissement. Je vous observerai pour vérifier que vous les faites correctement. »

Il prononça ces derniers mots à mi-voix, d'une bouche manifestement douloureuse. Obéissants, nous nous mîmes tous ensemble à nous étirer, à nous pencher en avant et de côté, cependant qu'il se déplaçait maladroitement dans le jardin de la tour en tâchant de ne pas trop prendre appui sur le mur ni de se reposer trop souvent. Fini, le claquement rythmique de la cravache sur sa cuisse qui scandait autrefois nos efforts ; aujourd'hui, il la tenait fermement comme s'il craignait de la laisser tomber. Pour ma part, je bénissais Burrich de m'avoir obligé à me lever et à m'activer ; mes côtes encore pansées ne m'autorisaient certes pas toute la souplesse de mouvement qu'exigeait Galen, mais je fis d'honnêtes tentatives dans ce sens.

Il ne nous apprit rien de nouveau ce jour-là et se contenta de revenir sur ce qu'il nous avait déjà enseigné ; les leçons s'achevèrent très tôt, avant même le coucher du soleil. « Vous vous êtes bien comportés, nous dit Galen, en panne d'inspiration. Vous avez bien mérité ces quelques heures de liberté, car je suis heureux que vous ayez continué à étudier en mon absence. » Avant de nous congédier, il nous appela l'un après l'autre devant lui pour un bref toucher d'Art. Mes condisciples quittèrent la tour avec réticence et bien des regards en arrière, curieux qu'ils étaient de voir le traitement que Galen me réservait. À mesure que le nombre d'élèves présents allait décroissant, je rassemblais mes forces pour une confrontation solitaire.

Mais là encore, ce fut une déception. Il me fit venir devant lui et j'obéis sans mot dire, aussi respectueux que les autres.

Comme eux, je me tins face à lui et il fit quelques rapides passes des mains devant mon visage et au-dessus de ma tête, après quoi il déclara d'un ton froid : « Tu te protèges trop. Tu dois apprendre à baisser ta garde devant tes pensées si tu veux les envoyer ou recevoir celles des autres. Va-t'en. »

Et je m'en allai, mais avec regret, en me demandant s'il avait réellement essayé l'Art sur moi : je n'avais pas senti le moindre effleurement. Je descendis les marches, le cœur dolent et plein d'amertume, me demandant pourquoi je continuais cet apprentissage.

Je me rendis dans ma chambre, puis aux écuries où j'étrillai rapidement Suie sous le regard attentif de Martel. Je demeurais néanmoins énervé et insatisfait ; je savais que j'aurais dû me reposer et que je le regretterais si je m'en dispensais. *Promenade ?* proposa Martel, et j'acceptai de l'emmener en ville ; il décrivait des cercles autour de moi tout en reniflant le sol tandis que nous quittions la forteresse. Après une matinée calme, l'après-midi était venteux : une tempête se préparait au large, mais les rafales étaient curieusement tièdes pour la saison ; le grand air m'éclaircit la tête et le rythme régulier de la marche détendit mes muscles que les exercices de Galen avaient laissés noués et douloureux. Le mitraillage sensoriel de Martel m'ancrait fermement au monde immédiat, si bien qu'il me fut impossible de ruminer longtemps mes idées noires.

Je me convainquis que c'était Martel qui nous avait menés tout droit à la boutique de Molly ; jeune chien qu'il était, il revenait là où on lui avait fait bon accueil. Le père de Molly gardait le lit ce jour-là et le calme régnait dans l'échoppe ; un seul client s'attardait à bavarder avec la jeune fille, qui me le présenta sous le nom de Jade. Officier à bord d'un navire marchand de Baie-des-Phoques, il n'avait pas tout à fait vingt ans et s'adressa à moi comme si j'en avais dix, sans cesser de sourire à Molly par-dessus mon épaule. Il connaissait toutes sortes d'histoires de Pirates rouges et d'ouragans ; une pierre écarlate lui ornait l'oreille et une barbe fraîchement poussée bouclait à son menton. Il lui fallut beaucoup trop longtemps pour choisir ses bougies et une lampe de cuivre, mais il finit quand même par s'en aller.

« Ferme la boutique un moment, demandai-je à Molly avec insistance, et descendons à la plage. Il fait un vent adorable aujourd'hui. »

Elle secoua la tête d'un air de regret. « Je suis en retard dans mon travail ; si je n'ai pas de clients dans l'après-midi, il faut que je trempe des chandelles. Et s'il y a des clients, je dois rester ici. »

Je ressentis une déception disproportionnée à la réponse. Je tendis alors mon esprit et perçus l'envie qui la taraudait en réalité de sortir. « Il ne reste plus guère de jour, dis-je d'un ton persuasif. Tu pourras toujours tremper tes chandelles ce soir, et tes clients reviendront demain s'ils trouvent porte close. »

Elle pencha la tête de côté, parut réfléchir, puis posa soudain les mèches qu'elle tenait. « C'est vrai, tu as raison ! L'air frais me fera du bien ! » Et elle décrocha son manteau avec un empressement qui ravit Martel et me laissa interdit. Nous fermâmes la boutique à clé et nous en allâmes.

Molly marchait de son pas vif habituel, Martel cabriolait autour d'elle, enchanté, et nous bavardions à bâtons rompus. Le vent lui rosissait les joues et le froid paraissait donner un éclat nouveau à ses yeux. Il me sembla qu'elle me regardait plus souvent qu'à l'accoutumée et d'un air plus pensif.

La ville était calme et le marché quasi désert ; nous gagnâmes la plage et nous nous promenâmes d'un pas lent là où nous courions en criant à tue-tête quelques années plus tôt à peine. Elle me demanda si j'avais appris à allumer une lanterne avant de m'aventurer de nuit dans un escalier ; je restai un moment sans comprendre, avant de me rappeler que j'avais expliqué mes blessures par une chute dans des marches obscures ; elle voulut ensuite savoir si le maître d'école et le maître palefrenier étaient toujours en bisbille, d'où je conclus que le combat entre Burrich et Galen devant les Pierres Témoins avait déjà acquis le statut de légende ; je l'assurai que la paix était revenue. Nous passâmes quelque temps à ramasser certaine espèce d'algue dont elle souhaitait assaisonner sa soupe de poisson du soir ; puis, car j'étais essoufflé, nous nous assîmes au pied d'un groupe de rochers, à l'abri du vent, et nous observâmes les multiples tentatives de Martel pour débarrasser la plage des mouettes.

« Alors, il paraît que le prince Vérité va se marier ? fit Molly sur le ton de la conversation.

— Quoi ? » répondis-je, sidéré.

Elle éclata de rire. « Le Nouveau, je n'ai jamais connu personne d'aussi imperméable aux rumeurs que toi ! Comment fais-tu pour vivre là-haut sans rien savoir de ce dont toute la ville parle ? Vérité a consenti à prendre épouse pour assurer la succession ; mais, à ce qu'on dit, il est trop occupé pour faire sa cour lui-même, alors c'est Royal qui va lui trouver une dame.

— Oh, non ! » Mon effarement n'était pas feint : je voyais d'ici cette grande falaise de Vérité appariée à l'une des dames en sucre filé de Royal ! À chaque festivité organisée à la forteresse, Orée du Printemps, Cœur de l'Hiver ou Fête des Moissons, elles arrivaient de Chalcède, de Labour et de Béarns, en voiture, en litière ou montées sur des palefrois richement caparaçonnés ; elles arboraient des robes qui évoquaient des ailes de papillon, mangeaient aussi délicatement que des moineaux et semblaient toujours voleter et se poser dans le voisinage de Royal ; et lui, emplumé de ses soies et de ses velours de parade, trônait au milieu d'elles et faisait le beau, tandis que leurs voix musicales carillonnaient autour de lui et que leurs éventails et leurs ouvrages de broderie tremblaient entre leurs doigts. « Les chasseuses de prince », les avais-je entendu surnommer, dames de la noblesse qui s'exhibaient comme des marchandises à l'étal dans l'espoir d'épouser quelqu'un de la famille royale. Leur conduite n'était pas inconvenante, pas tout à fait ; mais elle me paraissait excessive, et celle de Royal cruelle : il souriait à l'une, puis dansait toute la soirée avec l'autre, pour, le lendemain, après un petit déjeuner tardif, se promener avec une troisième dans les jardins. Elles l'idolâtraient, littéralement. J'essayais d'imaginer l'une d'elles, lors d'un bal, au bras de Vérité tandis que, droit et raide, il regarderait les autres danser ; ou bien installée sans bruit au métier à tisser cependant que Vérité s'absorberait dans ses cartes qu'il aimait tant. Pas question de flâneries à deux dans les jardins : ses promenades, Vérité les faisait sur les quais et dans les champs, s'arrêtant souvent pour parler avec les marins et les fermiers derrière leur charrue ; chaussons délicats et jupes brodées ne l'y suivraient sûrement pas.

Molly me glissa un sou dans la main.

« Pourquoi me donnes-tu ça ?

— Pour connaître les pensées qui t'obsèdent au point de t'empêcher de te lever, alors que ça fait deux fois que je te signale que tu es assis sur ma jupe ! Je parie que tu n'as rien écouté de ce que je disais. »

Je soupirai. « Royal et Vérité sont tellement différents que je ne vois pas l'un choisir une femme pour l'autre. »

Molly prit l'air perplexe, et je continuai :

« Royal portera son choix sur une dame de belle tournure, avec de la fortune et de bonne naissance ; elle saura danser, chanter et jouer du carillon ; elle aura une splendide garde-robe, elle se mettra des joyaux dans les cheveux au petit déjeuner et elle sentira toujours les fleurs qui poussent dans les déserts des Pluies.

— Et Vérité ne serait pas content d'avoir une épouse comme ça ? » Molly avait une expression aussi déconcertée que si je lui avais assuré que la mer était en réalité du potage.

« Vérité mérite une compagne, pas un ornement qu'on porte à la manche, répondis-je avec dédain. À sa place, je voudrais une femme qui sache se servir de ses dix doigts, et pas seulement pour choisir ses bijoux ou se faire elle-même des nattes : je la désirerais capable de coudre une chemise, de soigner son propre jardin et d'avoir une occupation qui lui soit propre, comme la sculpture ou l'herboristerie.

— Le Nouveau, ce ne sont pas des passe-temps de dames raffinées, me gourmanda Molly. On leur demande d'être belles et décoratives ; et puis elles sont riches : ce n'est pas à elles de faire ce genre de travaux.

— Bien sûr que si ! Regarde dame Patience et sa servante, Brodette : elles sont constamment en train de bricoler à droite ou à gauche. Leurs appartements sont envahis par les plantes de la dame que c'en est une véritable jungle, les manches de ses robes sont parfois un peu collantes parce qu'elle fabrique du papier et elle a quelquefois des bouts de feuilles dans les cheveux à cause de ses travaux d'herboristerie, mais n'empêche qu'elle est belle ! Et être jolie, ce n'est pas ce qu'il y a de plus important chez une femme ; tiens, j'ai vu Brodette fabriquer pour un des enfants du château un filet de pêche avec un morceau de fil de jute : elle a les doigts aussi agiles et vifs que n'importe quelle fabricante de filets des quais ! Eh bien, voilà quelque chose de joli qui n'a rien à voir avec son apparence. Et Hod, qui enseigne les armes ? Elle adore l'orfèvrerie et la ciselure ! Elle a fait une dague pour l'anniversaire de son père avec un manche en forme de cerf bondissant, mais si habilement tourné qu'on le tient parfaitement dans la main, sans un redent ni une arête qui gêne. Voilà un objet dont la beauté perdurera longtemps après que ses cheveux auront grisonné et que ses joues se seront ridées ! Un jour, ses petits-enfants regarderont son œuvre et ils se diront qu'elle était douée.

— Tu crois vraiment ?

— J'en suis sûr. » Je me tortillai, soudain conscient que Molly était toute proche de moi ; je me tortillai mais ne m'écartai pas. En bas, sur la plage, Martel lançait une nouvelle attaque contre un vol de mouettes ; la langue lui pendait entre les pattes, mais il continuait à galoper.

« Mais si les dames nobles font ce que tu dis, le travail va leur abîmer les mains et le vent leur dessécher les cheveux et leur hâler le visage ; Vérité ne mérite quand même pas une épouse qui ressemble à un vieux loup de mer !

— Oh que si ! Bien plus, en tout cas, qu'il n'a besoin d'une épouse qui ressemble à une grosse carpe rouge dans un bocal ! »

Molly pouffa, et je poursuivis :

« Il lui faut une femme qui l'accompagne le matin à cheval quand il emmène Chasseur galoper, qui puisse comprendre, rien qu'en regardant un bout de carte qu'il vient de dessiner, la belle ouvrage que c'est. Voilà ce qu'il lui faut.

— Je ne suis jamais montée à cheval, fit brusquement Molly. Et je ne connais que quelques lettres. »

Je me tournai vers elle en me demandant pourquoi elle avait soudain l'air si abattue. « Et alors ? Tu es assez intelligente pour apprendre ce que tu veux. Regarde ce que tu as découvert toute seule sur les chandelles et les herbes ; ne me dis pas que c'est ton père qui te l'a enseigné. Parfois, quand j'arrive à la boutique, tes cheveux sentent les herbes fraîches et je sais alors que tu as fait des expériences pour trouver de nouveaux parfums pour les bougies. Si tu voulais savoir mieux lire ou écrire, tu apprendrais sans difficulté. Quant à monter à cheval, tu as un don inné ; tu as de la force et le sens de l'équilibre : il n'y a qu'à voir ta façon d'escalader les rochers de la falaise. Et tu plais aux animaux ; Martel te préfère à moi, maintenant…

— Peuh ! » Elle me donna un coup d'épaule amical. « À t'entendre, on croirait qu'un seigneur va descendre de la forteresse pour m'enlever sur son destrier ! »

J'imaginais dans ce rôle Auguste avec ses manières guindées, ou Royal avec sa bouche en cœur ! « Eda nous en préserve ! Ce serait du gaspillage. Ils n'auraient ni l'intelligence de te comprendre ni le cœur de t'apprécier ! »

Molly baissa les yeux sur ses mains usées par le travail. « Qui, alors ? » demanda-t-elle à mi-voix.

Les garçons sont des niais. La conversation avait pris son essor entre nous et les mots m'étaient venus aussi naturellement que le fait de respirer ; je n'avais pas cherché à la flatter ni à la courtiser subtilement. Le soleil commençait à s'enfoncer dans la mer ; nous étions assis côte à côte et la plage s'étendait comme le monde à nos pieds. Si, à cet instant, j'avais répondu « Moi », je crois que son cœur aurait roulé entre mes mains maladroites comme un fruit mûr tombant de l'arbre. Elle m'aurait peut-être embrassé et se serait promise à moi de son plein gré. Mais je venais de me rendre compte de mes sentiments envers elle et ils m'écrasaient de leur immensité ; la vérité toute simple fuyait mes lèvres et je demeurai muet. Et puis Martel arriva sur ces entrefaites, au triple galop, plein de sable et trempé, si bien que Molly dut se lever d'un bond pour sauver ses jupes, et l'instant propice disparut à jamais, emporté comme les embruns par le vent.

Nous nous étirâmes ; Molly s'exclama qu'il était très tard et je repris conscience des douleurs qui tiraillaient mes muscles convalescents : rester assis à me refroidir sur une plage glaciale, voilà une bêtise que je n'aurais jamais infligée à un cheval ! Je raccompagnai Molly chez elle et, après une seconde d'hésitation gênée à sa porte, elle se baissa pour serrer une dernière fois Martel dans ses bras. Et je me retrouvai à nouveau seul, avec un jeune chien curieux de savoir pourquoi je marchais si lentement, alors qu'il était à demi mort de faim et qu'il avait envie de courir et de se bagarrer tout en remontant au château.

Je gravis la pente d'un pas lourd, glacé au-dehors comme au-dedans. Je ramenai Martel aux écuries, souhaitai bonne nuit à Suie, puis regagnai la forteresse. Galen et ses disciples avaient déjà terminé leur frugal repas et réintégré leurs quartiers respectifs ; la plupart des résidents avaient fini de manger et je me surpris à revenir dans des lieux que je fréquentais autrefois. Il y avait toujours de quoi se nourrir aux cuisines et de la compagnie dans la salle de garde attenante ; comme des hommes d'armes y passaient à toute heure du jour et de la nuit, Mijote gardait toujours une marmite au chaud, suspendue à un crochet au-dessus du feu, et y rajoutait de l'eau, de la viande et des légumes à mesure que le niveau baissait ; on y trouvait aussi du vin, de la bière et du fromage, et l'humble société de ceux qui gardaient le château. Du jour où j'avais été confié à Burrich, ils m'avaient accepté comme l'un d'eux. Je me préparai donc un casse-croûte, pas aussi austère que celui que m'aurait fourni Galen, mais pas non plus aussi copieux que ma fringale l'aurait voulu. En cela, je suivais les préceptes de Burrich : je me nourrissais comme j'aurais nourri un animal blessé.

Et j'écoutai les bavardages autour de moi ; je m'intéressai à la vie du château comme cela ne m'était plus arrivé depuis des mois et je restai stupéfait de tout ce qui m'avait échappé à cause de mon immersion totale dans l'enseignement de Galen. Les futures épousailles de Vérité formaient l'essentiel des conversations ; j'eus droit aux plaisanteries paillardes des soldats, inévitables sur un tel sujet, mais j'entendis aussi plaindre le prince d'être obligé de se marier avec une femme choisie par Royal. Que l'union reposât sur des alliances politiques, cela allait de soi ; on ne gaspillait pas un prince en le laissant inconsidérément faire des choix personnels. En cela résidait une grande part du scandale qui avait entouré la cour obstinée de Chevalerie à Patience : elle venait de l'intérieur du royaume, fille d'un de nos nobles parfaitement disposé envers la famille royale. Aucun avantage politique n'était sorti de ce mariage.

Mais on ne dilapiderait pas ainsi Vérité, surtout alors que les Pirates rouges nous menaçaient tout le long de nos côtes ; aussi, les spéculations allaient bon train : qui serait la promise ? Une femme des îles Proches, au nord de chez nous, en mer Blanche ? Ces îles n'étaient guère plus que des esquilles rocheuses de l'ossature de la terre qui pointaient hors de la mer, mais un chapelet de tours installé parmi elles nous avertirait longtemps à l'avance des incursions de Pirates rouges dans nos eaux. Au sud-ouest de nos frontières, par-delà le désert des Pluies où nul ne régnait, se trouvaient les côtes des Épices ; une princesse issue de là-bas n'offrirait guère d'avantages défensifs, mais certains soulignaient les précieux accords commerciaux qu'elle apporterait avec elle. À plusieurs jours de mer en direction du sud-est s'étendaient les vastes et innombrables îles sur lesquelles poussaient des arbres qui faisaient rêver les charpentiers de marine ; y aurait-il là un roi dont la fille serait prête à échanger les tièdes zéphyrs et les fruits moelleux de chez elle contre une citadelle dans une contrée bordée de glaces ? Que demanderaient ces gens en échange d'une femme du sud accoutumée à un climat facile et à des arbres aux fûts élevés de ses îles natales ? Des fourrures, disait l'un, du grain, rétorquait l'autre. Et puis, derrière nous, il y avait les royaumes montagnards, avec leur emprise jalouse des cols qui donnaient accès aux toundras, par-delà les monts ; une princesse venue de là-bas apporterait en dot des guerriers de son peuple et des liens commerciaux avec les ivoiriers et les gardiens de rennes qui vivaient outre leur territoire ; par ailleurs, sur leur frontière du sud se situait la passe qui menait aux sources de l'immense fleuve de la Pluie, lequel traversait avec force méandres le désert des Pluies. Tous les soldats de chez nous connaissaient les vieilles légendes sur les trésors des temples abandonnés qui parsemaient les berges du fleuve, sur les grands dieux sculptés qui gardaient encore ses sources sacrées, et sur les paillettes d'or qui scintillaient dans les rivières de la région. Alors, peut-être une princesse des Montagnes ?

Ces simples soldats discutaient chaque possibilité avec un bon sens et une finesse dont Galen ne les aurait jamais crus capables. Je me levai pour m'en aller, gêné de la façon dont je les avais dédaignés ; en un rien de temps, Galen m'avait entraîné à les considérer comme des ferrailleurs ignorants, des tas de muscles sans cervelle. Pourtant, j'avais passé ma vie parmi eux et j'aurais dû savoir à quoi m'en tenir. Non, en vérité, je le savais ; mais à cause de mon ambition, de ma volonté de prouver indiscutablement mon droit d'accès à la magie royale, j'étais prêt à faire miennes toutes les absurdités que Galen voudrait nous assener. Un déclic se produisit en moi, comme si une pièce maîtresse d'un puzzle avait soudain trouvé sa place : on m'avait acheté en m'offrant le savoir comme un autre aurait pu être soudoyé à coups de pots-de-vin !

En gravissant les marches qui menaient à ma chambre, je ne me faisais pas une belle image de moi-même. Je me couchai résolu à ne plus permettre à Galen de me tromper ni de m'inciter à m'illusionner moi-même. Je pris aussi la ferme décision d'apprendre l'Art, si douloureux et difficile fût-il.

Et le lendemain matin, avant l'aube, je me replongeai donc corps et âme dans le train-train des leçons ; attentif au moindre mot de Galen, je m'encourageais à pratiquer chaque exercice, physique et mental, aux limites de mes capacités. Mais à mesure que la semaine s'écoulait, puis le mois, j'avais de plus en plus l'impression d'être un chien qui convoite un morceau de viande et le voit juste hors de portée de ses mâchoires ; chez mes condisciples, il se passait visiblement quelque chose : une trame de pensée partagée s'établissait entre eux, une communication qui les faisait se tourner les uns vers les autres avant même qu'un mot fût prononcé, qui leur permettait d'exécuter les exercices physiques comme s'ils formaient une seule entité. De mauvaise grâce, chacun à tour de rôle s'associait avec moi, mais je ne percevais rien d'eux, et ils se plaignaient à Galen que la force que j'exerçais vis-à-vis d'eux était soit comme un murmure imperceptible, soit comme un coup de bélier.

Dans un état proche du désespoir, je les regardais travailler par paires, prendre alternativement le contrôle des muscles l'un de l'autre, ou, les yeux fermés, se laisser guider au milieu d'un labyrinthe par le partenaire assis dans un coin. Parfois, je savais que je possédais l'Art, je le sentais grandir en moi, se développer comme une plante qui germe ; mais j'étais apparemment incapable de le diriger et de le maîtriser. Un instant, il était en moi et il tonnait comme les vagues contre les falaises, puis il s'évanouissait soudain, ne laissant qu'une grève sèche et déserte. Au plus fort de sa présence, je pouvais obliger Auguste à se lever, à s'incliner, à marcher ; mais une seconde plus tard, je me retrouvais devant mon partenaire qui me regardait d'un œil noir en attendant un contact, si faible fût-il.

De plus, personne ne parvenait à entrer dans mon esprit. « Baisse ta garde, abats tes murailles ! » m'ordonnait Galen, furieux, en essayant en vain de me transmettre les suggestions ou les instructions les plus simples. Je percevais un vague effleurement d'Art, mais je ne pouvais pas davantage lui laisser la voie libre que je n'aurais laissé sans réagir quelqu'un m'enfoncer une épée entre les côtes. Malgré tous mes efforts, j'évitais son contact, physique aussi bien que mental ; quant à celui de mes condisciples, je ne le sentais absolument pas.

Quotidiennement, ils progressaient tandis que j'en étais encore à essayer de maîtriser les plus simples rudiments. Vint un jour où Auguste put regarder une page de livre et où, à l'autre bout du sommet de la tour, son partenaire réussit à la lire à haute voix, cependant qu'un autre groupe formé de deux paires faisait une partie d'échecs dans laquelle ceux qui commandaient les mouvements étaient incapables de voir l'échiquier. Et Galen fut fort satisfait de tout le monde, sauf de moi. Chaque soir, il nous donnait congé sur un ultime contact mental, contact que je percevais rarement ; et chaque soir, j'étais le dernier libéré, après que Galen m'eut rappelé d'un ton glacial que c'était uniquement sur ordre du roi qu'il perdait son temps avec un bâtard.

Le printemps approchait et Martel était désormais adulte. Pendant que j'étais à mes leçons, Suie mit au monde une jolie pouliche due à l'étalon de Vérité. Je ne vis Molly qu'une fois et nous nous promenâmes dans le marché presque sans échanger une parole ; une nouvelle échoppe s'y était installée, dont le revêche propriétaire vendait des oiseaux et toutes sortes d'autres animaux, tous capturés dans la nature et encagés par ses soins. Il possédait des corbeaux, des moineaux, une hirondelle, et même un jeune renard si affaibli par les vers qu'il tenait à peine debout. La mort le libérerait plus vite que n'importe quel acheteur, et même si j'avais eu assez d'argent pour l'acquérir, il avait atteint un stade où les vermifuges l'empoisonneraient aussi sûrement que ses propres parasites. J'en étais malade et je tendis mon esprit vers les oiseaux en leur transmettant l'idée de taper du bec sur certains morceaux de métal brillant pour ouvrir les portes des cages ; mais Molly crut que je regardais les pauvres bêtes elles-mêmes et je la sentis se refroidir et s'éloigner de moi davantage encore. Tandis que nous la raccompagnions chez elle, Martel geignit pour attirer son attention et se vit récompensé par ses caresses avant que nous nous séparions. J'enviai à mon chien l'efficacité de ses gémissements ; les miens passaient inaperçus, apparemment.

Avec le printemps dans l'air, chacun au port rassemblait ses forces, car bientôt le temps serait aux raids des pirates. Je dînais désormais en compagnie des soldats en prêtant une oreille attentive aux rumeurs : les forgisés devenus brigands écumaient nos routes et les tavernes bruissaient des récits de leurs perversités et de leurs déprédations ; en tant que prédateurs, ils faisaient preuve d'encore moins de décence et de pitié que les animaux sauvages. Il était facile d'oublier qu'ils eussent pu être humains et de les haïr avec une férocité jusque-là inconnue.

La crainte de la forgisation augmentait en proportion ; il se vendait sur les marchés des boulettes de poison enrobées de sucre à donner aux enfants au cas où leur famille tomberait aux mains des Pirates ; on disait que des villages entiers de la côte avaient vu leurs habitants charger tous leurs biens dans des carrioles et se déplacer vers l'intérieur en abandonnant leurs métiers traditionnels de pêche et de négoce pour s'établir comme fermiers et chasseurs loin de la menace de la mer ; ce qui était sûr, c'est que le nombre des mendiants en ville augmentait. Un forgisé pénétra un jour dans Bourg-de-Castelcerf et se promena dans les rues, aussi intouchable qu'un fou, en se servant à volonté aux étals du marché. Avant la fin du deuxième jour, il disparut et de sinistres rumeurs annoncèrent la réapparition prochaine de son cadavre, échoué sur les grèves environnantes. D'autres potins prétendaient qu'on avait trouvé une épouse pour Vérité chez les Montagnards ; certains y voyaient le moyen de nous assurer l'accès aux cols, d'autres celui d'éliminer des ennemis potentiels dans notre dos alors que les Pirates rouges nous menaçaient déjà tout le long de nos côtes. D'autres ragots enfin, non, des mots échangés sous le manteau, trop brefs et décousus pour qu'on puisse seulement parler de ragots, insinuaient que le prince Vérité n'était pas au mieux ; fatigué, malade, assuraient certains, tandis que d'autres persiflaient un futur marié anxieux et circonspect. Quelques-uns disaient, moqueurs, qu'il s'adonnait à la boisson et qu'on ne le voyait que de jour, aux pires moments de ses migraines.

À mon propre étonnement, ces dernières rumeurs m'inspiraient une profonde inquiétude. Nul dans la famille royale ne m'avait jamais prêté grande attention, d'un point de vue personnel en tout cas. Subtil veillait à mon éducation et à mon confort et s'était assuré ma loyauté depuis longtemps, à tel point que je me considérais comme sa propriété sans même envisager d'autre possibilité ; Royal me méprisait et j'avais appris depuis belle lurette à éviter ses regards chafouins, ses coups de coude subreptices et ses bourrades furtives qui suffisaient autrefois, lorsque j'étais plus petit, à me faire trébucher. Mais Vérité, lui, m'avait toujours manifesté de la bonté, d'une façon distraite certes, et j'étais sensible à l'amour qu'il portait à ses chiens, à son cheval et à ses faucons. Je voulais le voir droit et fier à son mariage, et j'aspirais à me tenir derrière le trône qu'il occuperait comme Umbre se tenait derrière celui de Subtil. J'espérais qu'il allait bien, sans pouvoir rien y faire dans le cas contraire ; je ne pouvais même pas le voir car, pour autant que nous ayons eu des horaires compatibles, les cercles que nous fréquentions étaient trop rarement les mêmes.

Le printemps n'était, pas encore complètement établi lorsque Galen fit sa déclaration. Le reste du château se préparait pour la Fête du printemps : les étals de la place du marché seraient nettoyés au sable et repeints de couleurs vives, on prélèverait des branches aux arbres pour les forcer délicatement afin que leurs fleurs et leurs jeunes pousses égaient la table de banquet à la Vigile du printemps. Mais ce n'était pas le vert tendre des nouvelles feuilles, ni les gâteaux aux œufs garnis de graine de carris, ni les spectacles de marionnettes, ni les danses de chasse à quoi pensait Galen en s'adressant à nous ; pas du tout : la nouvelle saison approchant, il comptait nous mettre à l'épreuve afin de juger de notre valeur et, le cas échéant, nous éliminer.

« Éliminer », répéta-t-il et, s'il avait condamné à mort ceux qui échoueraient, nous n'aurions pas été plus attentifs. L'esprit brumeux, j'essayai de me représenter les conséquences du fiasco qui m'attendait ; car j'étais convaincu qu'il ne m'examinerait pas de façon équitable et, dans le cas contraire, que je ne réussirais de toute manière pas mon examen.

« Ceux d'entre vous qui passeront l'épreuve avec succès formeront un clan, un clan comme on n'en a jamais connu, je pense. Au plus fort de la Fête du printemps, je vous présenterai moi-même à votre roi et il verra le prodige que j'aurai forgé. Vous m'avez accompagné jusqu'ici et vous savez que je ne veux pas me trouver humilié devant lui ; aussi vais-je vous mettre à l'épreuve, vous pousser jusque dans vos derniers retranchements, afin de m'assurer que l'arme placée dans la main de mon roi possède un tranchant digne de son propos. Demain, je vous disséminerai comme graines au vent aux quatre coins du royaume ; j'ai pris mes dispositions pour que de rapides coursiers vous transportent chacun à votre destination, où l'on vous abandonnera, livrés à vous-mêmes. Aucun d'entre vous ne saura où se trouvent les autres. » Il se tut, afin, je pense, de nous permettre de percevoir la tension dont l'air était empreint. Mes condisciples, je le savais, vibraient à l'unisson d'une émotion partagée, presque comme s'ils recevaient leurs instructions d'un esprit unique. De la bouche de Galen, ils entendaient sûrement bien davantage que de simples mots. J'avais l'impression d'être un étranger en train d'écouter un discours prononcé dans une langue inconnue.

« Dans les deux jours, vous recevrez un appel, un appel de ma part. Je vous dirai avec qui vous mettre en contact et où ; chacun d'entre vous recevra les renseignements nécessaires pour revenir ici. Si vous avez bien travaillé, avec application, mon clan sera revenu à la Vigile du printemps, prêt à être présenté au roi. » Il se tut à nouveau. « N'allez cependant pas vous imaginer que votre seule tâche est de retrouver le chemin de Castelcerf avant la Vigile ; je veux un clan, pas une bande de pigeons voyageurs. Les moyens que vous emploierez et les gens avec lesquels vous voyagerez m'indiqueront si vous avez maîtrisé votre Art. Tenez-vous prêts à partir demain matin. »

Et il nous libéra l'un après l'autre, avec un toucher d'Art et un compliment pour chacun, sauf pour moi. Je me tenais devant lui, aussi ouvert que possible, aussi vulnérable que je l'osais, mais le frôlement de l'Art sur mon esprit me fut moins perceptible qu'un souffle d'air. Il me toisa de toute sa hauteur et je n'eus pas besoin de l'Art pour sentir son dégoût et son mépris. Avec un grognement dédaigneux, il détourna le regard et je m'apprêtai à quitter les lieux.

« Il aurait mieux valu, me dit-il soudain de sa voix caverneuse, que tu passes par-dessus ce mur l'autre nuit, bâtard. Beaucoup mieux. Burrich a cru que je t'avais maltraité, alors que je t'offrais une porte de sortie, un moyen aussi honorable que possible dans ton cas de te désister. Va-t'en et meurs, jeune godelureau, ou au moins va-t'en. Ton existence seule jette l'opprobre sur le nom de ton père. Par Eda, j'en suis encore à me demander comment tu as pu voir le jour !

Qu'un homme comme ton père ait pu déchoir au point de coucher avec une créature et te donner naissance dépasse mon imagination ! »

Comme toujours lorsqu'il parlait de Chevalerie, il y avait une note de fanatisme dans sa voix et son regard devenait presque inexpressif à force d'aveugle idolâtrie. D'un air quasi distrait, il s'éloigna de moi. Parvenu à l'entrée de l'escalier, il se retourna très lentement. « Je dois te demander (et dans son ton perçait une haine fielleuse) : es-tu son giton pour qu'il te laisse ainsi puiser dans son énergie ? Est-ce pour cela qu'il se montre si jaloux de toi ?

— Giton ? » répétai-je ; ce mot m'était inconnu.

Il sourit ; son visage cadavérique n'en ressembla que davantage à une tête de mort. « Croyais-tu donc que je n'avais pas découvert son existence ? T'imaginais-tu pouvoir prendre tes forces en lui pour cette épreuve ? Tu ne pourras pas. Sois-en sûr, bâtard, tu ne pourras pas. »

Il disparut dans l'escalier et me laissa seul au sommet de la tour. Je n'avais rien compris à ses dernières paroles, mais la puissance de sa haine m'avait mis le cœur au bord des lèvres et je me sentais faible comme s'il m'avait instillé du poison dans les veines. Je me rappelai la dernière fois où l'on m'avait ainsi abandonné seul sur la tour et le muret qui surplombait le vide m'attira irrésistiblement. De ce côté, la forteresse ne donnait pas sur la mer, mais il ne manquait pas de rochers déchiquetés au pied de la muraille. Une chute à cet endroit serait fatale. Si je parvenais à prendre une décision et à m'y tenir ne fût-ce qu'une seconde, je pourrais mettre un point final à mon histoire, et rien de ce que Burrich, Umbre ou qui que ce soit en penserait ne me dérangerait plus.

Alors j'entendis l'écho lointain d'un gémissement.

« Je viens, Martel », marmonnai-je, et je me détournai du vide.

17

L'ÉPREUVE

La cérémonie de l'Homme se déroule normalement durant la lunaison du quatorzième anniversaire d'un garçon. Tous n'ont pas droit à cet honneur ; il faut un Homme pour parrainer et baptiser le candidat, et Il doit trouver douze autres Hommes qui acceptent de reconnaître que le garçon est digne et prêt. Comme je vivais parmi les hommes d'armes, j'avais entendu parler de cette cérémonie et j'en savais assez sur sa gravité et sa sélectivité pour être sûr de n'y jamais participer ; d'abord, on ignorait ma date de naissance, et ensuite je ne connaissais pas d'Hommes, ni douze ni même un seul qui pût me juger digne.

Mais une certaine nuit, des mois après que j'eus subi l'épreuve de Galen, je me réveillai entouré de silhouettes en robes et en capuches. Sous les obscurs capuchons, je distinguai les masques des Piliers.

Nul n'est autorisé à décrire les détails de la cérémonie, mais je pense pouvoir en dire ceci : à mesure que chaque vie m'était déposée entre les mains, poisson, oiseau, animal terrestre, je choisis de la libérer, non en la tuant mais en la rendant à son existence sauvage. Il n'y eut donc pas de mort à ma cérémonie et par conséquent pas de festin ; mais même dans l'état d'esprit particulier qui était le mien en ces circonstances, je trouvais qu'il y avait eu assez de décès et d'effusion de sang autour de moi pour toute une existence, et je refusai de tuer de mes mains ou de mes dents. Mon parrain décida néanmoins de me donner un nom, signe qu'Il ne devait pas être trop mécontent ; c'est un nom tiré de la vieille langue qui n'a pas d'alphabet et qui ne s'écrit pas. Je n'ai rencontré personne avec qui j'aurais pu choisir de partager la connaissance de mon nom d'Homme ; mais je puis divulguer ici, je pense, son ancienne signification : il veut dire le Catalyseur. Le Modifieur.

*
* *

Je me rendis tout droit aux écuries voir Martel, puis Suie. D'abord mentale, mon angoisse à l'idée de ce qui m'attendait le lendemain devint physique et, pris de nausées, je m'appuyai le front contre le garrot de ma jument. C'est dans cette position que Burrich me découvrit ; j'entendis le martèlement régulier de ses bottes dans l'allée centrale, puis leur brusque arrêt devant le box de Suie, et je sentis qu'il me regardait.

« Qu'est-ce qu'il y a encore ? » fit-il d'un ton sec ; et je perçus dans sa voix à quel point il en avait par-dessus la tête de moi et de mes problèmes. Si j'avais été moins accablé, mon orgueil m'aurait poussé à me redresser et à répondre que tout allait bien.

Mais je murmurai, la bouche dans la crinière de Suie : « Demain, Galen a l'intention de nous mettre à l'épreuve.

— Je sais. Il a exigé, et sur quel ton ! que je lui fournisse des chevaux pour son plan imbécile ; j'aurais refusé s'il ne m'avait pas montré un sceau du roi qui lui en donnait l'autorité. Et ne me pose pas de questions ; je n'en sais pas plus, ajouta-t-il d'un ton revêche comme je levais soudain les yeux vers lui.

— Je n'en avais pas l'intention », rétorquai-je, vexé. Je prouverais ma valeur à Galen sans tricher ou pas du tout.

340

« Tu n'as aucune chance de réussir cette épreuve, n'est-ce pas ? » Il avait parlé d'un ton dégagé, mais je vis bien qu'il se raidissait dans l'attente d'une déception.

« Aucune », répondis-je sans ambages, et nous restâmes un moment sans rien dire, à goûter les accents définitifs de ce mot.

« Bon. » Il se racla la gorge et remonta sa ceinture d'un coup sec. « Alors, autant que tu te débarrasses de cette épreuve et que tu reviennes ici. » Et, dans un effort pour minimiser les conséquences de mon futur échec, il ajouta : « Après tout, tu te débrouilles plutôt bien dans les autres domaines ; on ne peut pas réussir dans tout ce qu'on entreprend.

— Sans doute pas. Tu veux bien t'occuper de Martel pendant mon absence ?

— D'accord. » Il fit mine de s'éloigner, puis se retourna presque à contrecœur. « Tu vas beaucoup manquer à ce chien ? »

J'entendis la question qu'il ne posait pas, mais j'essayai de l'esquiver. « Je n'en sais rien. J'ai dû le laisser seul si souvent pendant mes leçons que je ne lui manquerai pas beaucoup, j'en ai peur.

— Ça m'étonnerait », fit Burrich carrément. Il se détourna. « Ça m'étonnerait même beaucoup », ajouta-t-il en enfilant l'allée entre les boxes. Et je sus qu'il savait et qu'il était révolté, non seulement que Martel et moi soyons unis par un lien, mais aussi que j'aie refusé de le reconnaître.

« Comme si c'était possible, avec lui ! » murmurai-je à Suie. Je dis au revoir à mes animaux, en m'efforçant de transmettre à Martel que plusieurs repas et plusieurs nuits s'écouleraient avant que je revienne ; il se mit à ramper à mes pieds en se tortillant et en protestant que je devais l'emmener, que j'aurais besoin de lui. Il était désormais trop grand pour que je le prenne dans mes bras ; alors, je m'assis par terre, il s'installa sur mes genoux et je le serrai contre moi. Qu'il était chaud et massif, tout près de moi, bien réel ! L'espace d'un instant, je sentis qu'il avait parfaitement raison, que j'aurais besoin de lui pour survivre à mon échec. Mais je me forçai à me rappeler qu'il serait ici et qu'il m'attendrait à mon retour, et je lui promis de lui consacrer alors plusieurs jours entiers. Je l'emmènerais pour une longue chasse comme nous n'avions jamais eu le temps d'en faire jusque-là. *Tout de suite !* fit-il ; *bientôt*, promis-je. Puis je remontai au château me préparer des vêtements de rechange et quelques vivres.

La scène qui eut lieu le lendemain matin était grandiose et théâtrale à souhait, mais elle n'avait guère de sens, à mon avis. À part moi, tous les candidats avaient l'air aux anges ; des huit qui devaient se mettre en route, j'étais le seul, semblait-il, à rester indifférent au spectacle des chevaux qui piaffaient et des huit litières fermées. Galen nous fit mettre en rang et nous banda les yeux sous les regards d'une bonne soixantaine de personnes, la plupart parents des étudiants, amis ou simples commères. Galen se fendit d'un dernier discours qui s'adressait apparemment à nous, mais qui reprenait ce que nous savions déjà : on allait nous emmener à divers endroits et nous y laisser à nous-mêmes ; après quoi nous devions coopérer en nous servant de l'Art pour retrouver le chemin de la forteresse ; si nous réussissions, nous formerions un clan magnifique au service du roi, essentiel à la dispersion des Pirates rouges. Cette dernière assertion fit impression sur le public, car j'entendis des murmures tandis qu'on me conduisait à ma litière et qu'on m'y installait.

Le jour et demi qui suivit fut pénible : la litière tanguait sans arrêt et, sans air pour me rafraîchir ni paysage pour me distraire, j'eus rapidement le cœur au bord des lèvres. L'homme qui guidait les chevaux avait juré le silence et tenait parole. Nous fîmes une brève halte le soir, on me donna un maigre repas composé de pain, de fromage et d'eau, puis on me rembarqua et les cahots et le roulis reprirent de plus belle.

Le lendemain vers midi, la litière s'arrêta. Encore une fois, on m'aida sans un mot à en descendre et je me retrouvai debout, tout ankylosé, les tempes martelées par la migraine et les yeux bandés, battu par un vent violent. Lorsque j'entendis le pas des chevaux s'éloigner, je supposai que j'étais arrivé à destination et décidai d'enlever mon bandeau. Galen l'avait solidement noué et il me fallut un moment pour m'en débarrasser.

Je me trouvais sur le flanc herbu d'une colline ; mon escorte était déjà-loin et se dirigeait à vive allure vers une route en contrebas. Les herbes me montaient jusqu'aux genoux, la pointe jaunie par l'hiver, mais déjà vertes à la base ; j'aperçus d'autres buttes qui commençaient à virer au vert, leurs versants hérissés de rocs, des bosquets nichés à leur pied. Je haussai les épaules et tournai sur moi-même afin de m'orienter. La région était vallonnée, mais je perçus l'odeur de la mer et de la marée basse quelque part en direction de l'est ; ce paysage m'était curieusement familier, non pas le lieu précis où je me tenais, mais l'aspect général de la région. Opérant un demi-tour, je repérai à l'ouest la Sentinelle ; impossible de me tromper sur son sommet bifide : moins d'une année auparavant, j'avais recopié pour Geairepu une carte dont il avait choisi comme motif de bordure le dessin caractéristique de ce pic. Alors, voyons : la mer était par là, la Sentinelle de ce côté-ci... Avec une soudaine sensation de creux dans l'estomac, je sus où j'étais : pas très loin de Forge !

Aussitôt, je jetai un coup d'œil inquiet sur la colline autour de moi, sur les boqueteaux et sur la route : pas âme qui vive. Je tendis mon esprit, au bord de la panique, mais je ne perçus la présence que de quelques oiseaux, de petit gibier et d'un cerf, qui leva la tête et flaira l'air, intrigué par mon contact. L'espace d'un instant, je fus rassuré ; puis je me souvins que les forgisés que j'avais rencontrés autrefois étaient indétectables par le Vif.

Je descendis vers des rochers et m'abritai derrière eux, moins pour me protéger du vent – la journée annonçait l'arrivée prochaine du printemps – que pour m'adosser à du solide et ne plus avoir l'impression d'offrir une cible aussi parfaite qu'au sommet de la colline. Là, je m'efforçai de réfléchir posément à ce que j'allais faire ; Galen nous avait recommandé de rester sur place, de méditer et de garder les sens ouverts, en attendant son toucher.

Rien ne démoralise tant que la certitude de l'échec. Je n'étais pas du tout convaincu qu'il essaierait de me contacter et encore moins que j'en percevrais une claire impression ; par ailleurs, la région où j'avais été déposé ne paraissait pas sûre. Sans guère plus approfondir la question, je me levai, examinai à nouveau les alentours pour m'assurer que personne ne me guettait, puis me mis en route, guidé par l'odeur de la mer. Si je ne m'étais pas trompé, je devrais apercevoir l'île de l'Andouiller depuis la plage et peut-être même, si le jour était assez clair, celle du Canevas. L'une ou l'autre suffirait à m'indiquer à quelle distance je me trouvais de Forge.

Tout en marchant, je me persuadai que je voulais seulement estimer le temps qu'il me faudrait pour rejoindre Castelcerf à pied ; les forgisés ne constituaient plus une menace désormais et il faudrait être bien sot pour croire le contraire : l'hiver avait dû les décimer, ou les affamer et les réduire à un tel état de faiblesse qu'ils ne représentaient plus aucun danger. Je n'accordais nulle foi aux rumeurs qui couraient sur des forgisés organisés en bandes de coupe-jarret et de brigands. Je n'avais pas peur : je désirais savoir où j'étais, voilà tout. Si Galen avait vraiment l'intention de me contacter, le lieu importait peu ; il nous avait répété mainte et mainte fois que c'était sur la personne qu'il se repérait, pas sur sa situation géographique. Il me toucherait aussi bien sur la plage que sur la colline.

En fin d'après-midi, je contemplais la mer du haut d'une falaise rocheuse ; l'île de l'Andouiller était bien là, et plus loin, une brume sombre qui devait être Canevas. J'étais au nord de Forge ; la route côtière pour rentrer chez moi passait au milieu des ruines de la bourgade. C'était une idée qui ne laissait pas de m'inquiéter.

Bon, et maintenant ?

Le soir, de retour sur ma colline, je m'étais installé au fond d'une anfractuosité entre deux rochers ; autant attendre là qu'ailleurs. Malgré mes doutes, j'avais décidé de rester là où l'on m'avait déposé jusqu'à ce que le temps imparti pour un contact fût écoulé. Je mangeai du pain et du poisson séché, puis bus une gorgée d'eau parcimonieuse ; j'avais un manteau dans mes affaires de rechange ; je m'en enveloppai en rejetant fermement toute idée de feu : si petit fût-il, il serait aussi visible qu'un phare depuis la route de terre qui passait en contrebas.

Rien n'est plus cruellement pénible, je crois, qu'une inquiétude que rien ne vient soulager. Je m'efforçai de méditer, de m'ouvrir à l'Art de Galen, tout en tremblant de froid et en refusant de m'avouer ma peur. L'enfant en moi imaginait sans cesse de noires silhouettes dépenaillées en train de ramper sans bruit vers moi, des forgisés qui allaient me tomber dessus et m'assassiner pour s'emparer de mon manteau et de mes vivres. En retournant à la colline, je m'étais procuré un bâton et je le tenais à deux mains, mais il ne m'inspirait guère confiance. Parfois je m'endormais malgré ma terreur, mais dans mes rêves je voyais toujours Galen se réjouir de mon échec tandis qu'un cercle de forgisés se refermait sur moi, et je me réveillais alors en sursaut et jetais des coups d'œil frénétiques autour de moi pour m'assurer que mes cauchemars étaient purement imaginaires.

Je regardai le soleil se lever à travers les arbres, puis passai la matinée à somnoler par à-coups ; avec l'après-midi me vint une sorte de paix et je m'amusai à projeter mon esprit dans celui des animaux de la colline. Les souris et les oiseaux ne m'apparaissaient que comme de brillantes étincelles de faim, les lapins à peine davantage, mais un renard brûlait d'envie de se trouver une compagne et, plus loin, un cerf s'arrachait le velours des bois en les tapant contre un arbre avec la régularité d'un forgeron frappant sur son enclume. La soirée n'en finit pas et, la nuit tombant, je m'étonnai de constater combien il m'était difficile d'accepter de n'avoir rien senti, pas le moindre effleurement d'Art. Galen ne m'avait pas appelé, ou alors je ne l'avais pas entendu. Je mangeai mon pain et mon poisson dans le noir en me disant que c'était sans importance ; pendant quelque temps, j'essayai de me revigorer en me mettant en colère, mais mon désespoir formait une masse trop pâteuse et sombre pour se dissoudre à la flamme de la fureur. J'étais certain que Galen m'avait trompé, mais je ne serais jamais en mesure de le prouver, pas même à moi-même, et la question demeurerait éternellement en suspens : son mépris pour moi était-il justifié ? Plongé dans l'obscurité complète, je m'adossai au rocher, mon bâton en travers des genoux, et résolus de dormir.

Je fis des rêves confus et angoissants. Royal me dominait de toute sa taille et j'étais redevenu un enfant endormi sur la paille ; il riait, un poignard à la main ; Vérité haussait les épaules et me souriait d'un air d'excuse. Umbre se détournait de moi, déçu ; Molly adressait un sourire à Jade par-dessus mon épaule, oublieuse de ma présence ; Burrich me saisissait par le devant de ma chemise et me secouait comme un prunier en m'intimant l'ordre de me conduire comme un homme, pas comme une bête ; mais je restais couché sur un lit de paille recouvert d'une vieille chemise, et je mâchonnais un os. La viande était très bonne et je ne pensais à rien d'autre.

Je savourais un confort douillet lorsque quelqu'un ouvrit une des portes des écuries et la laissa entrebâillée ; un méchant petit courant d'air traversa le bâtiment pour venir me chatouiller et je levai les yeux en grognant. Je flairai Burrich et une odeur de bière. Il passa lentement devant moi dans le noir en murmurant : « Tout va bien, Martel », et je laissai mon museau retomber tandis qu'il gravissait les marches.

Il y eut un cri soudain et des hommes dégringolèrent l'escalier en se battant. Je me dressai d'un bond, mi-grondant, mi-aboyant, et ils faillirent tomber sur moi ; un coup de pied essaya de m'atteindre et je saisis la jambe du propriétaire entre mes dents et refermai les mâchoires ; j'avais attrapé davantage de botte et de chausse que de chair, mais l'homme émit un sifflement de colère et de douleur et il se jeta sur moi.

Un poignard s'enfonça dans mon flanc.

Je resserrai ma prise en grondant. D'autres chiens s'étaient réveillés et aboyaient, les chevaux tapaient des sabots dans leurs boxes. *Maître ! Maître !* criai-je ; je sentis qu'il était avec moi, mais il ne vint pas. L'inconnu me rouait de coups de pied, mais je refusai de le lâcher. Burrich était étendu dans la paille et je flairai l'odeur de son sang. Il ne bougeait plus. Je grondai. J'entendais la vieille Renarde qui se jetait contre la porte, à l'étage au-dessus, dans l'espoir vain de rejoindre son maître. Le poignard plongea et plongea encore dans ma chair. J'appelai une dernière fois mon maître au secours, puis il me fut impossible de tenir prise plus longtemps ; d'une ruade, l'homme se débarrassa de moi et me projeta contre la cloison d'un box. Le sang qui me coulait dans la bouche et les narines m'étouffait. Une course précipitée. Douleur et obscurité. Je me traînai jusqu'à Burrich, lui soulevai la main du bout du museau. Il ne réagissait pas. Des voix, des lumières qui s'approchaient, s'approchaient, s'approchaient…

Je me réveillai sur le versant d'une colline sombre, les doigts serrés si fort autour de mon bâton que j'en avais les mains engourdies. Pas un instant je ne crus avoir rêvé : je sentais toujours la lame entre mes côtes et le sang dans ma bouche ; refrain d'une chanson d'épouvante, les souvenirs revenaient sans cesse, le courant d'air glacé, le poignard, la botte, le goût du sang de mon adversaire et le goût du mien sur ma langue. Je m'efforçai de comprendre ce qu'avait vu Martel ; quelqu'un attendait Burrich en haut de l'escalier, armé d'un poignard ; et Burrich était tombé, Martel avait flairé le sang…

Je me levai et rassemblai mes affaires. La chaude petite présence de Martel était faible et ténue dans mon esprit. Faible, mais bien là. Je tendis prudemment ma conscience, mais m'arrêtai en percevant ce qu'il lui en coûtait de me répondre. *Calme. Reste tranquille. J'arrive.* J'avais les jambes qui tremblaient de froid, mais le dos poisseux de sueur. Sans tergiverser sur la conduite à tenir, je descendis le coteau jusqu'à la route de terre ; c'était une petite voie de commerce, une piste pour les colporteurs, et je savais qu'en la suivant je finirais par tomber sur la route de la côte. Alors je prendrais la direction de Castelcerf et, si Eda me souriait, j'arriverais à temps pour secourir Martel. Et Burrich.

Je marchais à grands pas en me retenant de courir. Un pas régulier me mènerait plus loin et plus vite qu'une course éperdue dans le noir ; la nuit était claire, le chemin droit. Il me vint à l'esprit que j'étais en train de gâcher ma dernière chance de prouver mon aptitude à l'Art ; tout ce que j'y avais investi, mon temps, mes efforts, mes souffrances, tout cela était perdu. Mais il n'était pas question de rester tranquillement assis en attendant encore toute une journée que Galen essaie de me contacter ; pour m'ouvrir à un hypothétique toucher d'Art, j'aurais été obligé de couper le fil fragile qui me reliait à Martel. Ça, jamais ! Tout bien pesé, l'Art était bien moins important que Martel. Et Burrich.

Pourquoi s'en est-on pris à Burrich ? m'étonnai-je. Qui pouvait le détester au point de lui tendre un piège ? Et à sa porte, qui plus est ! Avec la même minutie que si je faisais un rapport à Umbre, j'entrepris de rassembler les faits : l'agresseur était quelqu'un qui le connaissait assez pour savoir où il habitait ; cela éliminait toute personne que Burrich aurait pu insulter par accident dans une taverne de Bourg-de-Castelcerf. Il avait apporté un poignard, il ne voulait donc pas seulement lui flanquer une correction. Le poignard était tranchant et l'homme savait s'en servir. Le souvenir des coups me fit grimacer.

Tels étaient donc les faits. Je me mis à bâtir de prudentes hypothèses à partir de là : quelqu'un qui connaissait les habitudes de Burrich avait de sérieux griefs contre lui, suffisamment pour vouloir le tuer. Je ralentis soudain le pas : pourquoi Martel n'avait-il pas senti la présence de l'homme en haut de l'escalier ? Pourquoi Renarde n'avait-elle pas aboyé derrière la porte ? Si l'homme avait pu passer sans se faire remarquer sur le propre territoire des chiens, c'est qu'il était formé à œuvrer en toute discrétion.

Galen !

Non. J'avais envie que ce soit Galen, c'est tout ; je repoussai fermement cette conclusion. Physiquement, Galen ne pouvait pas se mesurer à Burrich et il le savait, même avec un poignard, dans le noir, et même en prenant Burrich par surprise et à moitié ivre. Non. Galen en avait peut-être eu l'idée, mais il ne serait jamais passé aux actes. Pas en personne, en tout cas.

Aurait-il pu en charger un homme de main ? Je réfléchis : je n'en savais rien. J'essayai de pousser la réflexion un peu plus loin : Burrich avait un tempérament impatient ; Galen était son ennemi le plus récent, mais pas le seul… Je passai en revue les faits à plusieurs reprises en m'efforçant de parvenir à une conclusion indiscutable, mais les éléments étaient insuffisants.

Je longeai un ruisseau où je me désaltérai sans excès, après quoi je repris ma route. Les bois de part et d'autre s'épaississaient et les arbres dissimulaient presque entièrement la lune, mais je refusais de rebrousser chemin ; enfin, la piste que je suivais se fondit dans la route côtière comme une rivière qui se jette dans un fleuve. Je pris vers le sud sur la large voie à laquelle la lune mettait des reflets d'argent.

Je marchai toute la nuit sans cesser de réfléchir. Lorsque les premières lueurs de l'aube rendirent quelque couleur au paysage, j'étais exténué, mais rien n'aurait pu me contraindre à m'arrêter. Mon inquiétude était un fardeau dont je ne pouvais me délester ; je m'accrochais au mince fil tiède qui m'indiquait que Martel vivait toujours et je me rongeais les sangs pour Burrich ; je n'avais aucun moyen de connaître la gravité de ses blessures. Martel avait senti l'odeur de son sang : le poignard avait dû le toucher au moins une fois. Et la chute dans l'escalier ? Je m'efforçai de mettre mes angoisses de côté. Je n'avais jamais imaginé que Burrich pût être blessé de cette façon, ni ce que j'en ressentirais ; l'émotion qui m'étreignait échappait à toute description ; c'était comme une sensation de creux, de vide. Et de lassitude.

Je mangeai un peu en marchant et remplis mon outre dans un ruisseau. En milieu de matinée, le ciel se couvrit et il se mit à pleuvoir, mais les nuages se déchirèrent subitement en début d'après-midi. J'avançais toujours. J'avais pensé trouver du passage sur la route côtière, mais je ne vis pas un chat. En fin de journée, la piste se rapprocha des falaises et j'aperçus, en contrebas, de l'autre côté d'une baie, ce qui restait de Forge. Il y régnait un calme effrayant : nulle fumée ne montait des cheminées, nul bateau ne mouillait dans le port. Mon chemin m'obligeait à traverser le village ; cette idée ne me souriait guère, mais le fil tiède de la vie de Martel m'obligeait à continuer.

Le frottement d'un pied sur la pierre me fit lever la tête et seuls les réflexes acquis pendant les exercices de Hod me sauvèrent la vie. Je pivotai sur moi-même en faisant tournoyer mon bâton autour de moi en un cercle défensif ; il s'arrêta en brisant la mâchoire de l'homme qui se trouvait derrière moi. Ses compères reculèrent ; ils étaient trois, tous forgisés, aussi vides que des pierres. Celui que j'avais frappé se roulait par terre en hurlant, mais personne ne lui prêtait attention, à part moi. Je lui assenai rapidement un nouveau coup dans le dos et il redoubla de cris, convulsé de douleur ; malgré le peu de choix que j'avais, mon geste m'étonna : il était certes prudent de veiller à ce qu'un adversaire mis hors de combat le demeure, mais jamais je n'aurais frappé un chien comme j'avais frappé cet homme. Cependant, se battre contre des forgisés me donnait l'impression de lutter contre des fantômes : je ne sentais aucune présence, je ne percevais pas la douleur que j'avais infligée au blessé, aucun écho de colère ni de peur ne m'effleurait l'esprit. C'était comme quand on claque une porte : de la violence, mais pas de victime. Je le cognai une dernière fois afin d'être sûr qu'il n'essaierait pas de m'attraper au vol, puis je sautai pardessus pour gagner l'espace dégagé de la route.

Je fis danser mon bâton autour de moi pour maintenir les autres à distance ; ils étaient dépenaillés et apparemment affamés, mais j'avais le sentiment qu'ils me rattraperaient sans mal si je cherchais à m'enfuir ; j'étais fatigué et ils étaient comme des loups au ventre vide : ils me poursuivraient jusqu'à ce que je m'effondre d'épuisement. L'un d'eux s'approcha un peu trop et je lui décochai un coup en oblique sur le poignet ; il laissa tomber son couteau à écailler rouillé et serra sa main contre son cœur en poussant un cri aigu. Cette fois encore, les deux autres ne se préoccupèrent nullement du blessé. Je reculai en faisant tournoyer mon arme.

« Qu'est-ce que vous voulez ? leur demandai-je.

— Qu'est-ce que tu possèdes ? » rétorqua l'un d'eux. Il avait la voix rauque et hésitante, comme s'il ne s'en était plus servi depuis longtemps, et le ton monocorde. Il se déplaça lentement autour de moi en un grand cercle qui m'obligeait à tourner sur moi-même. Des morts qui parlent, me dis-je, et je ne pus empêcher cette pensée de se répercuter longuement dans ma tête.

« Rien, répondis-je enfin, le souffle court, avec un coup d'estoc à l'intention d'un des hommes qui cherchait à se rapprocher. Je n'ai rien qui vous intéresse. Ni argent ni vivres, rien ; j'ai perdu toutes mes affaires plus haut sur la route.

— Rien », répéta l'autre, et je me rendis compte soudain que cet être avait été une femme, autrefois. Aujourd'hui, ce n'était plus qu'une marionnette vide et malveillante, dans les yeux de laquelle une lueur de cupidité s'alluma quand elle s'écria : « Manteau ! Je veux ton manteau ! »

Elle parut se réjouir d'avoir formulé cette pensée et je profitai de cet instant de distraction pour la frapper au tibia. Elle regarda sa jambe d'un air perplexe, puis se remit à s'approcher en claudiquant.

« Manteau ! » dit l'autre à son tour. Un instant, ils se dévisagèrent avec des yeux furieux, soudain vaguement conscients de leur rivalité. « Moi. À moi ! ajouta l'homme.

— Non. Je te tue, énonça-t-elle calmement. Je te tue aussi », me rappela-t-elle, et elle revint dans ma direction. Je lui balançai un coup de bâton, mais elle sauta en arrière tout en essayant de s'en saisir ; je fis demi-tour, juste à temps pour frapper l'homme dont j'avais déjà mis le poignet à mal, puis le dépassai d'un bond et m'enfuis sur la route. Je courais maladroitement, mon arme dans une main, de l'autre essayant de dégrafer l'attache de mon manteau ; j'y arrivai enfin et je laissai mon vêtement tomber derrière moi sans cesser de courir. La faiblesse de mes jambes m'avertit que c'était là ma dernière manœuvre ; quelques instants plus tard, mes poursuivants durent trouver mon manteau, car je les entendis se le disputer avec des cris et des hurlements de colère. Je fis le vœu que cela suffise à les occuper tous les quatre et continuai de courir. La route faisait un coude, guère prononcé, mais assez pour me dissimuler à leurs regards ; néanmoins, je persistai à courir, puis à trotter aussi longtemps que je le pus avant d'oser jeter un coup d'œil en arrière. La route était déserte ; je me forçai à avancer encore, puis je quittai la piste dès que j'aperçus un endroit où me cacher.

C'était un roncier excessivement rébarbatif au cœur duquel je me frayai un chemin, non sans mal. Exténué, tremblant, je m'accroupis au milieu du buisson épineux et tendis l'oreille pour capter d'éventuels bruits de poursuite, tout en buvant de petites gorgées d'eau à ma gourde et en m'efforçant de me calmer. Ce retard était très malvenu, car il me fallait impérativement retourner à Castelcerf ; mais je n'osais pas me montrer.

Encore aujourd'hui, il me paraît incroyable que j'aie pu m'endormir dans ces conditions ; c'est pourtant ce qui m'arriva.

Je me réveillai peu à peu. Hébété, j'eus d'abord l'impression d'avoir été victime d'une grave blessure ou d'une longue maladie et d'être seulement en train de m'en remettre ; j'avais les yeux chassieux, la langue pâteuse et un goût âcre dans la bouche. Avec effort, j'écarquillai les paupières et regardai mon environnement d'un œil égaré : la lumière baissait et des nuages cachaient la lune.

J'étais dans un tel état de fatigue que je m'étais assoupi appuyé à une multitude, d'épines aiguës. Je m'extirpai du roncier avec beaucoup de difficultés, en y laissant des morceaux de vêtements, des cheveux et des bouts de peau. J'émergeai de ma cachette avec la prudence d'un animal pourchassé : je projetai mon esprit le plus loin possible, mais je reniflai également l'air et scrutai soigneusement les alentours. Le Vif ne me permettrait de repérer aucun forgisé, mais j'espérais que, s'il y en avait dans le coin, les animaux sauvages réagiraient à leur présence. Cependant, tout était tranquille.

Je m'aventurai sur la route avec circonspection, mais elle était déserte. Après avoir jeté un coup d'œil au ciel, je pris la direction de Forge en marchant au bord de la piste, là où les ombres étaient les plus épaisses. J'essayais de me déplacer à la fois vite et en silence, sans y parvenir aussi bien que je l'aurais souhaité. Il n'y avait plus rien dans mon esprit que de la vigilance et la nécessité de rentrer à Castelcerf ; le fil vital de Martel n'était plus qu'une fibrille à peine perceptible. La seule émotion encore vivace en moi, je crois, était la peur qui m'obligeait à jeter des coups d'œil par-dessus mon épaule et à examiner attentivement les fourrés de part et d'autre de la route.

Il faisait nuit quand j'arrivai sur la colline qui dominait Forge ; je restai un moment à observer le village, en quête de signes de vie, puis, non sans réticence, je me remis en marche. Le vent s'était levé et la lune jouait à cache-cache avec les nuages ; elle me dispensait par intermittence une lumière traîtresse, à la fois révélatrice et trompeuse, qui faisait bouger les ombres dans les recoins des maisons abandonnées et créait de soudains reflets, comme des scintillements de couteau, dans les flaques des rues. Mais nul ne déambulait plus dans Forge ; le port était vide de bateaux, aucune fumée ne s'élevait des cheminées. Les habitants indemnes avaient quitté le village peu de temps après l'attaque, et les forgisés aussi, à l'évidence, une fois taries les sources de nourriture et de confort. Rien n'avait été rebâti après le raid, et une longue saison de tempêtes et de marées hivernales avait presque achevé ce qu'avaient commencé les Pirates rouges. Seul le port conservait un aspect quasi normal, si l'on exceptait les cales désertes. Les digues s'incurvaient toujours autour de la baie, telles des mains en coupe protégeant les quais ; mais il ne restait plus rien à protéger.

Je traversai les vestiges désolés de Forge ; des picotements me parcouraient la peau lorsque, à pas de loup, je passais devant des portes bâillantes accrochées de guingois à des chambranles défoncés et à demi calcinés ; c'est avec soulagement que je m'éloignai des maisons vides aux relents moisis pour m'avancer sur les quais qui surplombaient la mer. La route y menait tout droit avant de faire le tour de la baie. Un épaulement de pierres dégrossies essayait de défendre la chaussée contre l'avidité des vagues, mais un hiver de marées et de tempêtes sans intervention de l'homme l'avait sérieusement abîmée ; des moellons s'en détachaient et les bois flottants dont la mer s'était servie comme béliers jonchaient la plage en contrebas. Autrefois, des charrois descendaient la route pour apporter leurs chargements de lingots de fer aux navires qui mouillaient au port. En longeant la digue, je constatai que, sans entretien, l'ouvrage qui paraissait si solide du haut de la colline ne résisterait en réalité qu'un ou deux hivers encore avant d'être balayé par la mer.

Dans le ciel, les nuages galopaient devant les étoiles ; les éclats intermittents de la lune m'offraient de brefs aperçus du port et le bruissement des vagues m'évoquait le souffle d'un géant rassasié. Cette nuit avait quelque chose d'onirique et, lorsque je regardai la mer, le spectre d'un Navire rouge coupa le reflet de la lune en pénétrant dans le port de Forge. Il avait la coque longue, élancée, les mâts exempts de toile, et il s'avançait sans bruit entre les digues. Le rouge de sa coque et de sa proue luisait comme du sang frais, comme s'il taillait sa route dans des ruisseaux sanglants et non dans de l'eau salée. Nul cri d'alarme ne s'éleva de la ville morte derrière moi.

Je restai sans bouger comme un ahuri, bien dessiné sur la digue, tremblant devant cette apparition, jusqu'au moment où le craquement et l'éclaboussement argenté des rames rendirent sa réalité au Navire rouge.

Je me jetai alors à plat ventre sur la chaussée, puis m'écartai en rampant de sa surface lisse pour m'abriter parmi les rochers et les morceaux de bois qui s'entassaient contre la digue. Terrifié, c'est à peine si j'osais respirer ; le sang me martelait la tête et l'air fuyait mes poumons ; je dus courber la tête entre mes bras et fermer les yeux pour reprendre mon sang-froid. À ce moment, les petits bruits que même le plus discret des vaisseaux ne peut s'empêcher de produire me parvinrent, faibles mais distincts : un raclement de gorge, un aviron qui cogne au blocage, un objet lourd qui tombe sur le quai. J'attendis le cri ou l'ordre qui trahirait ma découverte, mais rien ne vint. Je relevai prudemment la tête et observai le port à travers les racines blanchies d'un arbre rejeté par les vagues : tout était immobile à part le navire qui s'approchait au rythme de ses bancs de nage ;

les rames montaient et descendaient à l'unisson dans un silence presque complet.

Bientôt, j'entendis les hommes se parler dans une langue proche de la nôtre, mais avec un accent si rude que je les comprenais à peine. L'un d'eux sauta par-dessus bord avec une ligne et gagna la plage en pataugeant ; il amarra le navire à deux longueurs de bateau tout juste de ma cachette. Deux autres marins bondirent à leur tour, poignard à la main, et escaladèrent la digue, après quoi chacun partit de son côté en courant sur la route pour se poster en sentinelle ; l'un d'eux s'installa juste au-dessus de moi et je me fis tout petit en me contraignant à l'immobilité. Je me raccrochai à Martel comme un enfant s'agrippe à son jouet préféré pour se protéger des cauchemars : il fallait que je le rejoigne, par conséquent je ne devais pas me faire prendre. Me savoir tenu de réaliser la première partie de la proposition rendait miraculeusement la seconde moins invraisemblable.

Des hommes descendirent rapidement du navire ; leurs manières d'agir indiquaient qu'ils étaient en terrain connu, et je compris pourquoi ils s'étaient amarrés à cet endroit précis en les voyant décharger des barriques vides ; elles roulèrent avec des échos caverneux sur la chaussée, et je me rappelai être passé devant un puits en descendant au port. La portion de mon esprit qui ressortissait à l'enseignement d'Umbre nota qu'ils connaissaient bien Forge pour avoir mouillé presque exactement en face du puits : ce n'était pas la première fois que ce navire s'y arrêtait pour faire de l'eau. « Empoisonne le puits », me suggéra l'esprit d'Umbre ; mais je n'avais ni les ingrédients nécessaires ni le courage de faire autre chose que rester caché.

D'autres Pirates avaient quitté le bord pour se dérouiller les jambes. Je surpris une dispute entre une femme et un homme ; il voulait l'autorisation d'allumer un feu avec des morceaux de bois de la plage afin de faire cuire de la viande, et elle refusait en disant qu'ils n'étaient pas assez loin et qu'un feu serait trop visible. Ils avaient donc récemment effectué un raid non loin de Forge pour se procurer de la viande fraîche. Elle donna sa permission pour quelque chose que je ne compris pas jusqu'à ce que je voie débarquer deux tonnelets pleins ; un homme descendit à terre avec un jambon entier sur l'épaule qui fit un bruit charnu lorsqu'il le laissa tomber sur une des barriques dressées ; il sortit un couteau et entreprit d'en couper des tranches tandis qu'un autre homme mettait un tonnelet en perce. Manifestement, ils n'avaient pas l'intention de lever le camp tout de suite ; et s'ils se ravisaient et allumaient un feu, ou bien s'ils restaient jusqu'à l'aube, la pénombre de l'entrelacs de bois où j'étais tapi serait insuffisante pour me dissimuler.

Sur ces réflexions, je sortis de ma cachette et me mis à ramper au milieu des nids de chiques, des tas d'algues entortillées, sur le sable et le gravier, sous les bouts de bois et entre les pierres. Je suis prêt à jurer m'être empêtré dans toutes les racines que je rencontrai et heurté à tous les blocs de rocher déplacés par la mer. La marée avait tourné, les vagues s'écrasaient bruyamment sur les moellons, le vent chassait les embruns et je ne tardai pas à me retrouver trempé. Je m'efforçais de synchroniser mes mouvements avec les bruits des vagues qui déferlaient afin d'y noyer les miens. Les rochers étaient hérissés de bernacles et le sable emplissait les entailles qu'elles me faisaient aux mains et aux genoux ; mon bâton se transforma en un fardeau d'un poids extraordinaire, mais je refusai d'abandonner mon unique arme. Longtemps après que les Pirates furent hors de portée de vue et d'oreille, je continuai à me traîner au sol et à me pelotonner derrière pierres et racines. Enfin, je me risquai à remonter sur la route et je la traversai à plat ventre ; une fois dans l'ombre d'un entrepôt à la charpente à demi affaissée, je me redressai, me collai au mur et scrutai les environs.

Tout était silencieux. Je m'enhardis à faire un pas ou deux sur la route : le navire et les sentinelles restaient invisibles ; peut-être ne pouvait-on pas me voir non plus, dans ce cas ? Je pris une profonde inspiration pour me calmer, puis me projetai vers Martel, un peu comme on se tâte les poches pour s'assurer qu'on n'a pas perdu son argent. Je le trouvai, mais son esprit était vague et muet, immobile comme un lac. « J'arrive », murmurai-je, craignant de le réveiller. Et je me remis en route.

Sous le vent incessant, mes vêtements imprégnés d'eau saline collaient à la peau et l'irritaient ; j'avais faim, froid et envie de dormir, mes chaussures mouillées étaient dans un état lamentable ; mais je n'imaginai pas une seconde de faire halte. Je trottais comme un loup, les yeux toujours en alerte, les oreilles attentives au moindre bruit de poursuite. Soudain, devant moi, dans l'obscurité de la route apparurent deux hommes. Deux devant et (je me retournai brusquement) un troisième derrière. Le fracas des vagues avait couvert leurs pas et je les distinguais mal dans la lumière capricieuse de la lune, tandis qu'ils réduisaient la distance qui nous séparait. Je m'adossai au mur d'un entrepôt, soupesai mon bâton et attendis.

Je les regardai s'approcher, muets et furtifs, et je m'étonnai : pourquoi ne lançaient-ils pas l'alarme, pourquoi l'équipage entier ne venait-il pas assister à ma capture ? Mais ces hommes s'observaient mutuellement autant qu'ils me surveillaient, moi ; ils ne chassaient pas en bande, mais chacun avec l'espoir que les autres trouveraient la mort en me tuant et lui laisseraient la prise. C'étaient des forgisés, pas des Pirates.

Une terreur glacée m'envahit. Le moindre écho d'une échauffourée attirerait immanquablement les hommes du bateau ; par conséquent, si les forgisés ne me réglaient pas mon compte, les Pirates s'en chargeraient. Mais quand tous les chemins mènent à la mort, aucun n'est préférable à l'autre : je prendrais les événements tels qu'ils se présenteraient. Mes assaillants étaient trois et l'un d'eux avait un couteau ; mais moi, j'avais un bâton et j'étais entraîné à son maniement. Ils étaient maigres, dépenaillés et ils avaient au moins aussi faim et froid que moi ; l'un des trois était, me sembla-t-il, la femme de la veille. Je supposai qu'ils étaient au courant de la présence des Pirates et qu'ils les redoutaient autant que moi, mais je me refusai à me perdre en conjectures sur le désespoir qui les poussait à m'attaquer malgré tout ; une question me vint d'ailleurs aussitôt à l'esprit : les forgisés étaient-ils capables de désespoir ou d'une quelconque émotion ? Ils étaient peut-être trop hébétés pour avoir conscience du danger.

Soudain, tout le savoir secret d'Umbre, toutes les stratégies à la brutale élégance de Hod pour faire face à deux adversaires ou plus, tout cela se perdit au vent ; car, alors que les deux premiers assaillants arrivaient à ma portée, je sentis décliner le petit point de chaleur qui était Martel. « Martel ! » chuchotai-je, supplique éperdue pour qu'il ne me quitte pas ; je crus voir un bout de queue frémir dans un ultime effort pour me faire fête. Puis le fil se rompit et l'étincelle disparut. J'étais seul.

Un noir mascaret de force jaillit en moi comme un accès de folie. Je fis un pas en avant, enfonçai violemment l'extrémité de mon bâton dans le visage d'un des hommes, ramenai vivement l'arme à moi et la balançai dans la mâchoire de la femme ; la violence du coup lui déchira la moitié inférieure de la figure ; je continuai à la frapper tandis qu'elle s'effondrait et j'avais l'impression de taper sur un requin pris dans une nasse avec une matraque à poissons. Le troisième du groupe se précipita sur moi, se croyant, j'imagine, trop près de moi pour que je puisse employer mon bâton ; peu m'importait : je lâchai mon arme et me colletai avec lui. Il était décharné et il dégageait une odeur pestilentielle. D'une poussée brutale, je le fis tomber sur le dos et l'air qui jaillit de ses poumons puait la charogne ; j'entrepris de le mettre en pièces à l'aide de mes mains et de mes dents seules, devenu soudain aussi bestial que lui. Lui et ses acolytes m'avaient retenu alors que Martel se mourait ! Je n'avais plus qu'une envie : le faire souffrir le plus possible. Il ne se laissa pas faire : je lui raclai la face sur le pavage de la route, lui enfonçai un pouce dans l'œil, il me planta les dents dans le poignet et m'ensanglanta la joue à coups d'ongles ; quand enfin il cessa de se débattre entre mes mains qui l'étranglaient, je le traînai sur la digue et jetai son cadavre aux rochers.

Ensuite, je restai sur place, pantelant, les poings toujours serrés. Je lançai un regard plein de fureur en direction du campement des Pirates pour les mettre au défi de s'approcher, mais rien ne vint troubler la nuit, sinon le bruit continu des vagues et du vent, et le léger gargouillis de la femme en train d'agoniser. Ou bien les Pirates n'avaient rien entendu, ou bien ils tenaient trop à ne passe faire remarquer pour s'intéresser à quelques échos nocturnes. Debout dans le vent, j'attendis que quelqu'un vienne, poussé par la curiosité, et me tue, mais rien ne bougeait. Une impression de vide m'envahit et ma démence s'effaça. Tant de morts au cours de cette seule nuit, et sans guère de sens, sauf pour moi !

Je déposai les deux autres cadavres au sommet de la digue qui s'effritait, en laissant le soin aux vagues et aux mouettes de les faire disparaître, puis je m'éloignai. Je n'avais rien perçu en les tuant, ni peur, ni colère, ni douleur, ni même désespoir. Ce n'étaient que des choses inanimées. Et tandis que je reprenais ma longue marche pour regagner Castelcerf, je m'aperçus que je ne ressentais rien non plus au fond de moi-même. Peut-être, pensai-je, que la forgisation est contagieuse et que je l'ai attrapée. Mais j'eus beau faire, cela m'était égal.

Il ne me reste guère de souvenirs de mon trajet. Je marchai et marchai, glacé, exténué, affamé ; je ne rencontrai pas d'autres forgisés, et les voyageurs que j'aperçus sur la route ne tenaient pas plus que moi à parler à un inconnu. Je n'avais qu'une idée : rentrer à Castelcerf. Retrouver Burrich. Je parvins à destination deux jours après le début de la fête du Printemps ; quand les gardes voulurent m'arrêter à l'entrée du château, je les regardai dans les yeux.

« C'est le Fitz ! s'exclama l'un d'eux avec un hoquet de surprise. On te disait mort !

— La ferme ! » aboya l'autre. C'était Gage, que je connaissais depuis longtemps, et il ajouta rapidement : « Burrich a été blessé. Il est à l'infirmerie, mon garçon. »

Je hochai la tête et franchis les portes.

De toutes mes années à Castelcerf, je n'avais jamais mis les pieds à l'infirmerie : c'était Burrich et lui seul qui avait toujours soigné mes maladies et mes bobos d'enfant ; mais je savais où elle se trouvait. Je traversai la forteresse, aveugle aux groupes de fêtards, grands ou petits, et soudain j'eus l'impression d'avoir à nouveau six ans et d'arriver pour la première fois à Castelcerf. J'avais parcouru la longue route depuis Œil-de-Lune accroché à la ceinture de Burrich, alors qu'il avait une jambe ouverte et pansée à la diable ; mais pas une fois il ne m'avait transféré sur le cheval d'un autre, ni confié à ses compagnons de route. Je me frayai un chemin parmi la foule des bambocheurs avec leurs carillons, leurs fleurs et leurs friandises, et je pénétrai dans la citadelle intérieure ; derrière les casernements se dressait un bâtiment en pierre blanchie à la chaux. Il n'y avait pas âme qui vive à l'entrée et je traversai sans encombre le vestibule pour accéder à la salle principale.

Des herbes fraîches avaient été répandues par terre et les grandes fenêtres laissaient entrer un flot d'air et de lumière printaniers, néanmoins j'eus une sensation de confinement et d'insalubrité. Burrich n'était pas à sa place, ici. Tous les lits étaient vides à part un ; aucun soldat ne restait alité pendant la fête du Printemps, sauf cas de force majeure. Burrich était couché sur un étroit lit de camp éclaboussé de soleil ; jamais encore je ne l'avais vu dans une telle immobilité ; il avait repoussé ses couvertures de côté et des bandages lui emmaillotaient le torse. Je m'approchai sans bruit et m'assis par terre à côté de lui. Il ne bougeait pas, mais je percevais sa présence et ses pansements s'élevaient et s'abaissaient lentement au rythme de sa respiration. Je lui pris la main.

« Fitz », dit-il sans ouvrir les yeux. Et ses doigts se crispèrent sur les miens.

« Oui.

— Tu es revenu. Tu es vivant.

— Oui. Je suis rentré le plus vite possible. Oh, Burrich, j'avais peur que tu sois mort !

— Moi, je te croyais mort. Tous les autres sont de retour depuis plusieurs jours. » Il reprit son souffle avec difficulté. « Naturellement, ce corniaud leur avait laissé des chevaux à tous.

— Non, fis-je sans lui lâcher la main. C'est moi, le corniaud, tu sais bien.

— Excuse-moi. » Il ouvrit les yeux. Le gauche était injecté de sang. Il essaya de sourire et je vis alors que toute la partie gauche de son visage était tuméfiée. « Eh bien, dit-il, nous faisons une belle paire, tous les deux. Tu devrais te passer de la pommade sur la joue, ça s'infecte. On dirait qu'un animal t'a griffé.

— Des forgisés. » Je ne pus pas en dire davantage. J'ajoutai seulement, à mi-voix : « Il m'a fait déposer au-dessus de Forge, Burrich. »

Un spasme de fureur déforma ses traits. « Il a refusé de me dire où tu étais ! Lui comme tout le monde, d'ailleurs ! J'ai même envoyé quelqu'un chez Vérité, pour lui demander d'obliger Galen à nous avouer ce qu'il avait fait de toi, mais je n'ai pas eu de réponse. Je devrais le tuer !

— Laisse tomber, répondis-je, et j'étais sincère. Je suis de retour et bien vivant. J'ai raté l'épreuve, mais je ne suis pas mort. Et, comme tu me l'as dit toi-même, il y a d'autres choses dans la vie. »

Burrich se déplaça légèrement mais, visiblement, sa nouvelle position ne le soulagea guère. « Ah bon. Il va être déçu. » Il laissa échapper un soupir haché. « Je me suis fait attaquer ; le gars avait un poignard. Je ne sais pas qui c'est.

— C'est grave ?

— Assez, pour quelqu'un de mon âge ; naturellement, un jeune brocard comme toi s'ébrouerait un bon coup et on n'en parlerait plus. Heureusement, il n'a fait mouche qu'une fois avec sa lame ; mais je suis tombé et je me suis cogné la tête. Je suis resté dans les pommes deux jours entiers. Et puis, Fitz… ton chien… C'est idiot, il n'avait aucune raison de le faire, mais il a tué ton chien.

— Je sais.

— Il est mort rapidement », dit Burrich, en guise de consolation.

Son mensonge me hérissa. « Il est mort héroïquement, corrigeai-je. Sinon, le poignard t'aurait atteint plus d'une fois. »

Burrich se figea. « Tu étais là », fit-il enfin. Ce n'était pas une question et le sens de sa phrase était sans équivoque.

« Oui, m'entendis-je répondre simplement.

— Tu étais avec le chien, cette nuit-là, au lieu d'essayer de pratiquer l'Art ? » L'indignation lui faisait hausser le ton.

« Burrich, ce n'est pas la… »

Il retira sa main de la mienne et il se détourna de moi.

« Va-t'en.

— Burrich, Martel n'avait rien à y voir ! Je n'ai pas de don pour l'Art, c'est tout ! Alors, laisse-moi ce que je possède, laisse-moi être ce que je suis. Je ne m'en sers pas pour faire du mal ; même sans ça, je suis bon pour les animaux ; tu m'as élevé comme ça. Si je m'en sers, je peux…

— Ne t'approche plus de mes écuries. Et ne t'approche plus de moi. » Il se retourna vers moi et, à ma stupéfaction, je vis une larme rouler sur sa joue hâlée. « Tu as échoué ? Non, Fitz : c'est moi qui ai échoué. J'ai été trop tendre ; au premier signe du Vif, j'aurais dû te rosser sans pitié pour te l'extirper. "Élève-le bien", m'avait dit Chevalerie ; c'est le dernier ordre qu'il m'avait donné. Et je l'ai trahi. Et je t'ai trahi, toi aussi. Si tu ne t'étais pas frotté au Vif, Fitz, tu aurais pu apprendre l'Art ; Galen aurait pu te l'enseigner. Pas étonnant qu'il t'ait envoyé à Forge ! » Il se tut un instant. « Bâtard ou pas, tu aurais pu être le digne fils de Chevalerie ; mais tu as tout gâché, et pour quoi ? Pour un chien ! Je sais ce que peut représenter un chien dans la vie d'un homme, mais on ne fout pas son existence en l'air pour un...

— Ce n'était pas qu'un chien ! l'interrompis-je presque violemment. C'était Martel, c'était mon ami ! Et il n'était pas seul en cause ! Si j'ai renoncé à attendre, si je suis revenu, c'est pour toi ! Je croyais que tu pouvais avoir besoin de moi. Martel est mort il y a des jours et je le savais. Mais je suis revenu pour toi, au cas où je pourrais t'aider ! »

Il demeura si longtemps sans rien dire que je crus qu'il refusait de me répondre. « Ce n'était pas nécessaire, fit-il enfin à mi-voix. Je m'occupe moi-même de mes affaires. » Et, d'un ton hargneux : « Tu le sais ! Je l'ai toujours fait !

— Oui. Et tu t'es toujours occupé de moi.

— Pour le bien que ça nous a fait... dit-il d'une voix lente. Regarde ce que tu es devenu par ma faute ; aujourd'hui, tu n'es plus que... Ah, ça ne sert à rien ! Va-t'en. Va-t'en. »

À nouveau, il me tourna le dos et je sentis quelque chose qui s'enfuyait de lui.

Je me levai. « Je vais te préparer une infusion de feuilles d'Hélène pour ton œil. Je te l'apporterai cet après-midi.

— Ne m'apporte rien. Ne t'occupe pas de moi. Va ton chemin et fais-toi la vie que tu veux. J'en ai soupé de toi. » Il parlait au mur et dans sa voix ne perçait nulle compassion ni pour lui ni pour moi.

Je me retournai une dernière fois en quittant l'infirmerie. Burrich n'avait pas bougé, mais même de dos il paraissait plus vieux et plus fragile.

Et c'est ainsi que se passa mon retour à Castelcerf. Je n'étais plus l'adolescent naïf qui en était parti ; on fit peu de cas du fait que j'aie survécu contrairement à l'opinion générale, et je ne donnai d'ailleurs à personne l'occasion de s'en réjouir : du chevet de Burrich, je montai tout droit à ma chambre, fis ma toilette et changeai de vêtements ; puis je dormis, mais mal. Durant toute la fête du Printemps, je pris mes repas la nuit, seul dans les cuisines ; je rédigeai une note au roi Subtil pour l'informer de la possibilité que les Pirates fissent souvent relâche à Forge pour refaire leurs provisions d'eau douce. Il n'y donna pas suite et j'en fus soulagé : je n'avais envie de voir personne.

En grande pompe, Galen présenta son clan définitif au roi. À part moi, un seul candidat n'était pas revenu à temps ; j'ai honte aujourd'hui d'être incapable de me rappeler son nom et d'avoir oublié ce qu'il advint de lui, si je le sus jamais. À l'instar de Galen, j'ai dû l'écarter de mon esprit comme une chose sans valeur.

De tout cet été-là, Galen ne m'adressa qu'une fois la parole, et encore, de façon indirecte. Nous nous croisâmes dans la cour peu après la fête du Printemps ; il était en train de bavarder avec Royal lorsqu'il me jeta un coup d'œil et fit d'un ton sarcastique : « Il a davantage de vies qu'un chat ! »

Je m'arrêtai et les dévisageai jusqu'à ce qu'ils soient obligés de me regarder ; je plantai mes yeux dans ceux de Galen, puis je souris et hochai la tête. Jamais je ne lui parlai de sa tentative pour m'envoyer à la mort ; quant à lui, de ce jour, il fit comme s'il ne me voyait pas : son regard glissait sur moi quand il me rencontrait, ou bien il s'éclipsait lorsque j'apparaissais dans une pièce où il se trouvait.

En perdant Martel, j'avais l'impression d'avoir tout perdu ; à moins que, désespéré, je n'eusse moi-même cherché à détruire le peu qui me restait ; toujours est-il que j'errai des semaines durant dans la forteresse en m'ingéniant à insulter tous ceux qui avaient la naïveté de m'accoster. Le fou finit par m'éviter, Umbre ne m'appela pas une seule fois ; je vis Patience à trois reprises ; les deux premières, je répondis à son invitation mais restai à la limite de la politesse ; la troisième, assommé par son babillage sur la taille des rosiers, je me levai et pris la porte, tout simplement. Elle ne me fit plus jamais mander.

Vint un moment, pourtant, où je sentis le besoin d'avoir de la compagnie. La disparition de Martel avait laissé un gouffre béant dans mon existence et je n'avais pas prévu que mon exil loin des écuries pût me causer une telle douleur ; mes rencontres de hasard avec Burrich étaient affreusement tendues, car nous apprenions péniblement chacun à faire semblant de ne pas voir l'autre.

Je mourais d'envie d'aller trouver Molly, de lui raconter tout ce qui m'était advenu, toute ma vie depuis mon arrivée à Castelcerf. Je me représentais assis sur la plage avec elle, occupé à vider mon sac, et quand j'aurais fini, loin de me juger ou de me donner des conseils, elle me prendrait simplement la main et resterait sans bouger, là, près de moi. Enfin, quelqu'un saurait tout et je ne serais plus obligé de lui cacher quoi que ce soit ; et elle ne se détournerait pas de moi… Je n'osais pas imaginer plus loin que cela. Je me languissais de ce moment, tout en le redoutant, rongé par la peur d'un adolescent face à une bien-aimée de deux ans plus âgée que lui. Si je lui rapportais toutes mes infortunes, ne verrait-elle pas en moi qu'un enfant malheureux et ne m'offrirait-elle que sa pitié ? M'en voudrait-elle de tout ce que je lui avais dissimulé ? Dix fois cette pensée détourna mes pas de Bourg-de-Castelcerf.

Mais deux mois plus tard, lorsque je m'aventurai enfin dans la ville, mes pieds perfides m'entraînèrent jusqu'à la chandellerie. J'avais comme par hasard un panier au bras contenant une bouteille de vin de cerise et quatre ou cinq petites roses jaunes et fort épineuses, obtenues au prix de maints lambeaux de peau dans le Jardin des femmes, où leur parfum éclipsait même celui des parterres de thym. Je m'étais convaincu de n'avoir aucun plan : rien me m'obligeait à raconter à Molly quoi que ce soit sur moi, rien ne m'obligeait même à la voir ; bref, je déciderais selon les circonstances. Mais je devais m'apercevoir que toutes les décisions avaient déjà été prises et que je n'y avais aucune part.

J'arrivai au moment où Molly quittait la boutique au bras de Jade ; ils étaient penchés l'un vers l'autre et elle s'appuyait sur lui tandis qu'ils se parlaient à mi-voix. Dans la rue, il se tourna vers elle et elle leva les yeux vers lui ; et lorsqu'il avança une main hésitante pour lui toucher la joue, Molly devint soudain une femme, une femme que je ne connaissais pas. Notre différence d'âge était un gouffre immense que je serais à jamais incapable de combler. Je reculai derrière le coin de la rue avant qu'elle puisse m'apercevoir et me détournai, le visage baissé. Ils passèrent devant moi sans me remarquer plus qu'un arbre ou une pierre. Elle avait posé sa tête sur l'épaule de son compagnon et ils marchaient à pas lents. Il fallut une éternité avant qu'ils ne disparaissent à ma vue.

Ce soir-là, je m'enivrai comme jamais et je me réveillai le lendemain dans un fourré, le long de la route du château.

18

Assassinats

Umbre Tombétoile, conseiller privé du roi Subtil, effectua une étude approfondie de la forgisation durant la période précédant les guerres contre les Pirates rouges. Le texte suivant est tiré de ses tablettes : « Netta, fille de Gill, pêcheur, et de Ryda, fermière, fut capturée vivante dans son village de Bonne-Eau le dix-septième jour après la fête du Printemps ; les Pirates rouges la forgisèrent et la renvoyèrent chez elle trois jours plus tard ; son père avait été tué lors du raid et sa mère, qui avait cinq autres enfants plus jeunes, ne put guère s'occuper d'elle. À l'époque de sa forgisation, elle avait quatorze étés. Je la pris en charge six mois plus tard.

« Quand on me l'amena, elle était sale, dépenaillée et gravement affaiblie par le manque de nourriture et une existence quasi sauvage. Selon mes instructions, on la nettoya, on l'habilla et on lui fournit un logement voisin du mien. Je procédai avec elle comme avec un animal indompté : chaque jour je lui apportais moi-même ses repas et je demeurais auprès d'elle pendant qu'elle mangeait ; je veillais à ce qu'il fît toujours bon dans sa chambre, que sa literie fût propre et qu'elle disposât des commodités qu'apprécie la gent féminine : de l'eau pour la toilette, des brosses et des peignes, bref tout ce qui est nécessaire à une femme. De plus, je lui fis apporter diverses fournitures de broderie, car j'avais appris qu'avant d'être forgisée elle aimait beaucoup ce genre d'ouvrages d'agrément et qu'elle en avait exécuté plusieurs

de façon fort habile. Mon intention, derrière tout cela, était de vérifier si, dans un cadre apaisant, un individu forgisé ne pouvait retrouver un semblant de son ancienne personnalité.

« Même une bête sauvage aurait perdu de sa rétivité dans ces circonstances ; mais Netta, elle, réagissait à tout avec indifférence. Elle avait perdu non seulement ses manières féminines, mais également le bon sens le plus primaire : elle mangeait à satiété, avec ses doigts, puis laissait choir la nourriture en excès sans se soucier de marcher dessus ; elle ne se lavait pas et ne prenait en aucune façon soin d'elle-même ; les animaux, pour la plupart, ne souillent qu'un coin réservé de leurs tanières, mais Netta agissait comme une souris qui lâche ses déjections n'importe où, jusques et y compris dans la literie.

« Elle était capable de parler intelligemment si elle en avait envie ou si elle désirait suffisamment quelque objet. Quand elle s'exprimait d'elle-même, c'était en général pour m'accuser de la dépouiller ou pour émettre des menaces contre moi si je tardais à lui donner l'objet de sa convoitise. Elle ne manifestait habituellement que haine et suspicion envers moi ; elle ne réagissait nullement à mes efforts de conversation et ce n'est qu'en échange de nourriture que je réussissais à lui arracher des réponses. Elle se souvenait parfaitement de sa famille, mais ne s'inquiétait pas de son sort et me répondait sur ce sujet comme elle m'aurait parlé du temps qu'il faisait la veille. De l'époque de sa forgisation, elle disait seulement que les prisonniers étaient enfermés dans le ventre du navire et qu'il y avait peu à manger et tout juste assez d'eau. Autant qu'elle s'en souvînt, on ne lui avait pas donné d'aliments insolites et on ne lui avait rien fait de particulier. Elle ne put donc me fournir aucun indice sur le mécanisme de la forgisation proprement dite ; ce fut pour moi une profonde déception, car j'avais espéré qu'en découvrant le principe, je pourrais découvrir l'antidote.

« Je tentai de réintroduire en elle un comportement humain en la raisonnant, mais ce fut un échec. Elle comprenait mes paroles, apparemment, mais elle n'en tenait pas compte ; même lorsque je lui remettais deux morceaux de pain en la prévenant qu'elle devait en garder un pour le lendemain car elle n'en aurait pas d'autre, elle laissait tomber le second par terre, le piétinait par négligence, et le jour suivant elle mangeait ce qu'il en restait sans se soucier de sa saleté. Elle ne témoignait pas le moindre intérêt pour la broderie ni pour aucun autre passe-temps, ni même pour les jouets d'enfant aux couleurs vives. Quand elle n'était pas en train de manger ou de dormir, elle restait simplement assise ou allongée, l'esprit aussi inerte que le corps. Placée devant des friandises ou des pâtisseries, elle dévorait jusqu'à s'en faire vomir, puis recommençait à se goinfrer.

« Je la traitai avec toutes sortes d'élixirs et d'infusions ; je la fis jeûner, je lui fis prendre des bains de vapeur, je la purgeai ; je la douchai à l'eau brûlante et à l'eau glacée, sans autre effet que de la mettre en colère ; je la droguai pour la faire dormir un jour et une nuit d'affilée, sans résultat ; je lui fis boire de l'écorce elfique, ce qui l'empêcha de fermer l'œil pendant deux nuits de rang et ne fit que la rendre irritable ; je la comblai pendant un temps de cadeaux et de gentillesses, mais, de même que quand je lui imposai les restrictions les plus draconiennes, elle ne réagit pas et conserva la même attitude envers moi. Lorsqu'elle avait faim, j'obtenais des sourires et des marques de politesse quand je les demandais, mais dès lors qu'elle avait de quoi manger, ordres et prières demeuraient lettre morte.

« Elle était violemment jalouse de son territoire et de ses biens. Plus d'une fois, elle fit mine de m'attaquer, tout simplement parce que je m'étais trop approché de sa nourriture, et, en une occasion, parce qu'elle avait eu soudain envie d'un anneau que je portais au doigt. Elle tuait régulièrement les souris attirées par la malpropreté des lieux en les saisissant avec une vivacité stupéfiante et en les projetant de toutes ses forces contre les murs. Un chat qui s'était aventuré un jour dans ses appartements connut un sort semblable.

370

« Elle semblait n'avoir qu'une très vague notion du temps écoulé depuis sa forgisation. Elle était capable, si on le lui ordonnait alors qu'elle avait faim, de parler avec précision de son existence antérieure, mais la période d'après sa capture n'était plus pour elle qu'un long "hier".

« En étudiant Netta, je ne parvins pas à déterminer si, pour la forgiser, on lui avait ajouté ou ôté quelque chose ; j'ignorais s'il s'agissait d'un principe qu'elle avait consommé, inhalé, entendu ou vu ; je ne savais même pas si c'était l'œuvre d'un homme ou celle d'un démon marin comme certains habitants des Confins s'en prétendent maîtres. De cette longue et fastidieuse expérience, je n'appris rien.

« Un soir, je mélangeai une triple dose de potion soporifique à l'eau de Netta ; puis je la fis toiletter, peigner, et renvoyer à son village pour y être enterrée décemment. Au moins une famille pouvait mettre un point final à une histoire de forgisation ; bien d'autres se demanderont encore pendant des mois et des années ce qu'il a pu advenir d'êtres qui leur étaient chers ; mieux vaut dans bien des cas qu'elles n'en sachent rien. »

Plus d'un millier d'âmes avaient, à l'époque, subi la forgisation.

*
* *

Burrich n'avait pas parlé en l'air : il ne voulait plus rien avoir à faire avec moi ; je n'étais plus le bienvenu aux écuries ni aux chenils, ce dont Cob se réjouissait avec une satisfaction mauvaise ; il accompagnait souvent Royal dans ses déplacements, mais lorsqu'il se trouvait aux écuries, il était toujours là pour m'en barrer l'entrée : « Permettez-moi de vous amener votre monture, maître, me disait-il d'un ton obséquieux. Le maître d'écuries préfère que ce soient les palefreniers qui s'occupent des animaux dans les stalles. » Et je devais rester à la porte comme un hobereau incompétent, pendant qu'on sellait et qu'on sortait Suie à ma place. C'était Cob en personne qui nettoyait son box, qui lui apportait son fourrage et qui la pansait, et j'avais l'impression qu'un acide me rongeait le cœur quand je voyais avec quelle joie elle l'accueillait. Je me répétais que ce n'était qu'un cheval, qu'on ne pouvait pas lui en vouloir ; mais je me sentais encore une fois abandonné.

Du coup, je me retrouvai avec trop de temps libre ; j'avais toujours passé toutes mes matinées à travailler avec Burrich et voici qu'elles étaient à moi. Hod entraînait des novices aux techniques de défense et elle accepta que je m'exerce avec eux, mais c'étaient des leçons que j'avais apprises depuis longtemps ; Geairepu était absent pour l'été, comme tous les ans ; Patience ? Je ne voyais aucun moyen satisfaisant de m'excuser auprès d'elle ; quant à Molly, je n'y pensai même pas. Jusqu'à mes soirées dans les tavernes de Castelcerf qui se passaient dans la solitude : Kerry était entré en apprentissage auprès d'un marionnettiste et Dirk s'était fait matelot. J'étais seul et désœuvré.

Ce fut un triste été, et pas uniquement pour moi. J'avais beau être seul, aigri, aboyer au nez des imprudents qui m'adressaient la parole et m'enivrer à mort plusieurs fois par semaine, je restais néanmoins conscient des tourments que subissaient les Six-Duchés. Les Pirates rouges, avec une audace jusque-là inconnue, mettaient nos côtes à sac et, cet été-là, en plus de leurs menaces, ils commencèrent à formuler des exigences : ils demandaient du grain, du bétail, le droit de prendre ce qui leur plaisait dans nos ports, d'accoster sur notre littoral et de rançonner le pays et ses habitants pendant l'été, de réduire nos compatriotes en esclavage… Chaque revendication était plus intolérable que la précédente, et plus insupportables encore les forgisations qui suivaient chaque nouveau refus du roi.

Les gens fuyaient les ports et les villes côtières ; on ne pouvait guère le leur reprocher, mais cet exode laissait nos côtes d'autant plus vulnérables. De nouveaux soldats furent engagés, puis d'autres encore, si bien qu'il fallut augmenter les impôts pour les payer et le peuple se mit à murmurer, écartelé entre le poids des taxes et la peur des Pirates rouges. Plus étrange, des Outrîliens se présentèrent à nos côtes à bord de leurs bateaux familiaux, ayant délaissé leurs navires de combat pour demander asile à notre peuple, et ils rapportèrent des récits effarants sur le chaos et la tyrannie qui régnaient dans les îles d'Outre-mer, où la domination des Pirates rouges était désormais absolue. Leur arrivée fut perçue avec des sentiments mêlés, et s'ils grossirent les rangs de l'armée pour une solde de misère, rares furent ceux qui leur accordèrent toute leur confiance ; mais au moins, si certains avaient envisagé de céder aux exigences des pillards, les descriptions pitoyables que les immigrants firent des îles d'Outre-mer sous la botte des Pirates les en détournèrent promptement.

Environ un mois après mon retour, Umbre m'ouvrit sa porte. Maussade de n'avoir pas été appelé plus tôt, je montai les marches plus lentement que jamais. Mais quand je parvins en haut, il leva un visage las du mortier où il broyait des graines. « Je suis content de te voir, dit-il d'une voix où ne perçait nul plaisir.

— C'est sans doute pour ça que vous vous êtes empressé de m'accueillir quand je suis rentré », remarquai-je d'un ton mordant.

Il interrompit son ouvrage. « Je m'excuse. J'ai pensé que tu avais peut-être besoin de rester seul un moment, pour te remettre. » Ses yeux revinrent sur les graines. « Pour moi non plus, l'hiver et le printemps n'ont pas été cléments. Veux-tu bien que nous laissions le temps passé derrière nous et que nous nous mettions au travail ? »

Il avait fait cette proposition sur un ton calme et raisonnable, et je la savais sage.

« Ai-je le choix ? » demandai-je, sarcastique.

Umbre acheva de moudre ses graines ; il fit tomber la poudre dans un crible fin qu'il posa sur une tasse. « Non, dit-il enfin, comme s'il avait soigneusement réfléchi à ma question. Et moi non plus. Dans bien des domaines, nous n'avons jamais le choix. » Il me regarda, m'examina de pied en cap, puis touilla sa mouture. « Tu vas cesser de boire autre chose que de l'eau ou du thé pour le restant de l'été ; ta sueur pue le vin. Et pour quelqu'un d'aussi jeune, tu as les muscles flasques. Un hiver à pratiquer les méditations de Galen n'a fait aucun bien à ton organisme ; occupe-toi de lui donner de l'exercice. Oblige-toi, dès aujourd'hui, à grimper quatre fois par jour au sommet de la tour de Vérité ; tu lui apporteras à manger et les infusions que je t'apprendrai à préparer ; et tu ne te présenteras jamais la mine renfrognée, mais toujours avenant et enjoué. Peut-être qu'au bout de quelques jours à t'occuper de Vérité tu comprendras que j'avais de bonnes raisons pour te négliger un peu. Voilà ce que tu feras chaque jour que tu passeras à Castelcerf ; à certains autres moments, tu exécuteras des missions que je te confierai. »

Umbre n'avait pas eu besoin d'un long discours pour éveiller en moi un sentiment de honte. La perception que j'avais de mon existence tomba en quelques instants de son piédestal tragique dans une commisération typiquement adolescente. « C'est vrai, je n'ai pas fait grand-chose, ces derniers temps, reconnus-je.

— Tu as fait l'imbécile, renchérit Umbre. Tu disposais de tout un mois pour prendre en charge ta propre vie. Tu t'es conduit comme… comme un enfant gâté. Je comprends le dégoût que tu inspires à Burrich. »

Depuis longtemps, je ne m'étonnais plus de ce qu'Umbre parvenait à savoir ; mais cette fois j'étais certain qu'il ignorait la vraie raison de ma brouille avec Burrich et je n'avais aucune envie de la lui apprendre.

« As-tu découvert qui a voulu le tuer ?

— À vrai dire, je… je n'ai pas cherché. »

Umbre eut une expression méprisante, qui se mua bientôt en perplexité. « Mon garçon, tu n'es plus toi-même. Il y a six mois, tu aurais mis les écuries sens dessus dessous pour résoudre ce mystère ; et, avec un mois de vacances devant toi, tu aurais trouvé à t'occuper tous les jours ! Qu'est-ce qui te perturbe ainsi ? »

Je baissai les yeux, touché par la vérité de ses paroles. J'avais envie de lui révéler tout ce qui m'était arrivé ; mais en même temps je ne me résolvais pas à en parler à quiconque. « Je vais vous dire tout ce que je sais sur l'attaque dont Burrich a été victime. » Et je m'exécutai.

« Et le témoin de la scène, demanda Umbre quand j'eus fini, connaissait-il l'homme qui s'en est pris à Burrich ? »

Je biaisai. « Il ne l'a pas bien vu. » Inutile d'aller lui raconter que je savais exactement quelle était son odeur, mais que je n'avais de lui qu'une vague image visuelle.

Umbre se tut un moment. « Eh bien, laisse traîner tes oreilles autant que tu le peux. J'aimerais savoir qui a trouvé le courage de vouloir tuer le maître des écuries du roi dans son propre fief.

— Vous ne pensez donc pas que c'est à cause d'une querelle personnelle de Burrich ? demandai-je.

— Si, peut-être. Mais gardons-nous de sauter aux conclusions ; pour moi, cela sent sa manœuvre. Quelqu'un est en train d'édifier quelque chose, mais il a raté la pose de la première pierre ; c'est à notre avantage, du moins je l'espère.

— Vous pouvez me dire ce qui vous le fait croire ?

— Je le pourrais, mais je n'en ferai rien. Je veux que tu gardes l'esprit libre, que tu parviennes à tes propres hypothèses, indépendantes des miennes. Et maintenant, viens, je vais te montrer les infusions. »

Je le suivis, vexé qu'il ne m'ait pas posé de questions sur mon apprentissage auprès de Galen ni sur mon épreuve ; j'avais l'impression que, pour lui, mon échec était de toute façon inéluctable. Mais la susceptibilité fit place en moi à l'horreur quand il m'indiqua les ingrédients qu'il avait choisis pour Vérité : c'étaient des stimulants terriblement puissants.

Je ne voyais plus guère Vérité ces derniers temps, alors que Royal n'était que trop visible à mon goût : il avait passé le mois précédent à voyager ; il venait toujours d'arriver de quelque part, il était toujours sur le point d'aller ailleurs, et chacun de ses cortèges était plus somptueux et plus riche que le précédent. À mes yeux, il prenait prétexte de faire sa cour au nom de son frère pour se parer de plumes plus éclatantes que celles de n'importe quel paon ; l'opinion générale n'y trouvait rien à redire : il fallait impressionner les gens avec qui il négociait ; à mon avis, c'était gaspiller de l'argent qui aurait dû servir à la défense du royaume. Je soufflais pendant les absences de Royal, car son aversion pour moi avait franchi un nouveau palier et il avait inventé toutes sortes de petites façons de me l'exprimer.

Les rares fois où j'avais aperçu Vérité ou le roi, ils m'avaient tous deux paru tourmentés et exténués ; Vérité surtout semblait presque hébété. Inexpressif et distrait, il n'avait remarqué ma présence qu'en une seule occasion, et alors il avait souri d'un air las en disant que j'avais grandi. Notre conversation n'était pas allée plus loin. Mais j'avais observé qu'il mangeait comme un malade, sans appétit, et qu'il ne se nourrissait que de gruau et de soupe en évitant la viande et le pain, comme s'il n'avait plus la force de les mâcher.

« Il se sert trop de l'Art, dit Umbre. C'est tout ce que Subtil a pu me révéler. Mais pourquoi cela l'épuise à ce point, pourquoi cela lui consume la chair sur les os, il ne peut pas me l'expliquer. Aussi, je lui prescris des toniques et des élixirs et j'essaie d'obtenir qu'il se repose, mais en vain. Il n'ose pas, me dit-il. Il prétend devoir mettre toute son énergie à tromper les navigateurs de Navires rouges, à envoyer leurs vaisseaux sur les rochers, à démoraliser leurs capitaines. Et puis il se relève de son lit, il s'assoit dans son fauteuil près de la fenêtre et il y reste toute la journée.

— Et le clan de Galen ? Il ne lui sert donc à rien ? » J'avais posé la question presque avec jalousie, en espérant à demi que mes anciens condisciples étaient inutiles.

Umbre soupira. « Je crois que Vérité utilise ses membres comme j'emploierais des pigeons voyageurs : il les a disséminés dans les différentes tours de guet pour qu'ils transmettent ses avertissements aux soldats et lui relaient les alertes aux Pirates. Mais il se réserve la défense des côtes ; lui seul possède l'expérience nécessaire, me répète-t-il ; d'autres trahiraient leur présence à ceux qu'ils essaieraient d'influencer. Je ne comprends pas bien, mais ce que je sais, c'est qu'il ne peut pas continuer ainsi. J'appelle de tous mes vœux la fin de l'été, le retour des tempêtes d'hiver qui chasseront les Pirates rouges. Il faudrait quelqu'un pour le relever dans cette tâche, car j'ai peur qu'il ne s'y consume. »

Je pris cela pour un reproche de mon échec et je gardai un silence maussade tout en allant et venant dans la pièce ; après tous ces mois d'absence, elle m'apparaissait à la fois familière et insolite. Comme d'habitude, l'attirail d'herboristerie d'Umbre était éparpillé, en pagaille, dans tous les coins ; la présence de Rôdeur se manifestait partout par de petits bouts d'os à l'odeur nauséabonde ; et toujours une profusion de tablettes et de rouleaux de parchemin qui s'amoncelaient au pied de divers fauteuils et dont la plupart traitaient apparemment des Anciens. Je passai de l'un à l'autre, intrigué par les illustrations en couleurs ; sur une tablette, plus vieille et plus travaillée que les autres, était représenté un Ancien sous la forme d'une espèce d'oiseau doré pourvu d'une tête humaine, elle-même surmontée d'une coiffure qui évoquait des piquants de porc-épic. J'essayai de déchiffrer le texte qui accompagnait le dessin ; c'était du piche, un antique idiome de Chalcède, le duché le plus méridional du royaume. La peinture de nombreux symboles avait pâli ou s'était écaillée et je n'avais jamais lu le piche couramment. Umbre vint à mes côtés.

« Tu sais, dit-il avec douceur, cela ne m'a pas été facile, mais j'ai dû tenir parole. Galen exigeait un contrôle absolu de ses étudiants ; il avait expressément stipulé que nul ne devait avoir de rapport avec toi ni intervenir en aucune façon dans ton apprentissage de l'Art et de sa discipline. Et, comme je t'en avais averti, dans le Jardin de la reine, je suis aveugle et sans influence.

— Je le savais, marmonnai-je.

— Néanmoins, je n'ai pas condamné le geste de Burrich. Seule la parole que j'avais donnée au roi m'a empêché de t'appeler chez moi. » Il se tut, puis, lentement : « Ça n'a pas été agréable, je le sais, et je regrette de n'avoir pu t'aider ; mais ne prends pas trop au tragique d'avoir…

— Échoué », terminai-je à sa place, tandis qu'il cherchait un terme plus édulcoré. Je soupirai, et j'acceptai soudain la souffrance qui me rongeait. « N'en parlons plus, Umbre. Je ne peux rien y changer.

— Je sais. » Puis, avec circonspection : « Mais peut-être pouvons-nous tirer profit de ce que tu as appris de l'Art. Si tu m'aides à le comprendre, je serai peut-être plus à même de soutenir Vérité. C'est un savoir qui a été gardé secret pendant tant et tant d'années… On en parle à peine dans les anciens manuscrits, sinon pour dire que l'Art du roi a donné la victoire à ses soldats lors de telle ou telle bataille, ou que l'Art du roi a désorienté tel ou tel ennemi ; mais rien sur ses principes ni… »

L'étau du désespoir m'enserrait à nouveau. « C'est inutile. Ce n'est pas le rôle d'un bâtard de savoir ces choses. Je crois l'avoir prouvé. »

Il y eut un long silence, puis Umbre poussa un profond soupir. « Possible… Bien : je me suis également penché sur la forgisation, ces derniers mois, mais tout ce que j'ai appris, c'est ce que ce n'est pas et ce qui n'est pas efficace pour lutter contre ce fléau. Le seul traitement que j'aie trouvé est le plus ancien que l'on connaisse et celui qui guérit de tout. »

Je roulai, puis ficelai le manuscrit que je tenais avec le sentiment de savoir ce qui allait suivre. Je ne me trompais pas.

« Le roi m'a confié une mission pour toi. »

En l'espace de trois mois cet été-là, je tuai dix-sept fois pour le roi. Si cela ne m'était pas déjà arrivé, volontairement ou pour me défendre, j'y aurais peut-être eu plus de mal.

Ma mission était simple, en apparence : je partais avec un cheval et des paniers de pain empoisonné et j'empruntais les routes où des voyageurs disaient avoir été attaqués ; lorsque les forgisés s'en prenaient à moi, je me sauvais en semant des pains derrière moi. Si j'avais été un homme d'armes ordinaire, j'aurais peut-être eu moins peur ; mais toute mon existence j'avais compté sur mon Vif pour m'avertir de la présence d'intrus et cette mission revenait, pour moi, à travailler sans me servir de mes yeux. De plus, je m'aperçus rapidement que tous les forgisés n'avaient pas été autrefois cordonniers ou tisserands : la deuxième bande que j'empoisonnai comptait plusieurs soldats et j'eus de la chance que la plupart fussent occupés à se disputer les morceaux de pain lorsqu'on m'arracha de ma selle. Je reçus un bon coup de poignard dont je garde encore aujourd'hui la cicatrice à l'épaule gauche. Ces hommes étaient vigoureux, efficaces, et ils semblaient se battre de façon organisée, peut-être à cause de la formation militaire qu'ils avaient reçue à l'époque où ils étaient encore complètement humains. J'étais près d'y laisser la vie lorsque je me mis à crier qu'ils étaient stupides de lutter avec moi pendant que les autres dévoraient tout le pain ; du coup, ils me lâchèrent, je remontai à cheval tant bien que mal et m'enfuis.

Les poisons employés n'étaient pas plus cruels que nécessaire, mais pour qu'ils soient efficaces même à toute petite dose, nous n'utilisions que les plus violents ; les forgisés ne mouraient donc pas paisiblement, mais Umbre s'efforçait de leur procurer une mort rapide. À les voir se jeter avidement sur l'instrument de leur destin, je n'avais pas besoin d'assister à leurs convulsions écumantes ni même de constater la présence de leurs cadavres sur le bord de la route. Lorsque la nouvelle du décès de plusieurs forgisés parvint à Castelcerf, Umbre avait déjà fait courir la rumeur qu'ils étaient sans doute morts d'avoir voulu manger du poisson gâté trouvé dans une rivière à frai. Les familles récupérèrent les corps pour leur donner une sépulture décente ; elles étaient sûrement soulagées et les forgisés, eux, avaient connu une fin plus rapide que la mort par manque de nourriture pendant l'hiver. Ainsi, je m'habituai peu à peu à tuer, et j'avais près d'une vingtaine de victimes à mon tableau de chasse lorsque je dus regarder un homme en face avant de l'abattre.

Cette mission-là ne fut pas non plus aussi difficile qu'elle aurait pu l'être. Il s'agissait du seigneur d'un petit territoire non loin de Turlac qui, dans un accès de colère et selon l'histoire qui parvint à Castelcerf, aurait frappé la fille d'une servante, ce qui l'aurait rendue idiote. Il n'en avait pas fallu plus pour faire froncer les sourcils au roi Subtil ; mais le hobereau avait proposé de payer la dette du sang et, en acceptant, la servante avait renoncé à toute intervention de la justice du roi. Cependant, quelques mois plus tard, un cousin de la fille s'était présenté à la cour et avait demandé une audience privée au roi.

On m'envoya vérifier ses dires et je constatai que le hobereau maintenait la jeune fille attachée comme un chien au pied de son fauteuil et, de plus, qu'elle avait le ventre qui s'arrondissait ; je trouvai facilement l'occasion, profitant de ce qu'il m'offrait du vin tout en me demandant les dernières nouvelles de la cour, de lever sa coupe de cristal face à la lumière pour m'extasier sur la qualité du contenant comme du contenu. Je pris congé quelques jours plus tard, ma mission achevée, avec les échantillons de papier que j'avais promis à Geairepu et les souhaits de bon retour du hobereau ; ce même jour, il fut pris d'indisposition et, un mois plus tard, il mourait dans le sang et la folie, l'écume à la bouche. Le cousin recueillit la fille et son enfant. Aujourd'hui encore, je n'ai aucun regret, ni de mon geste ni de mon choix d'une lente agonie.

Quand je ne travaillais pas à éliminer les forgisés, je m'occupais de mon seigneur le prince Vérité. Je me rappelle la première fois où je gravis l'interminable escalier qui menait chez lui, un plateau entre les mains ; je m'attendais à trouver un garde ou une sentinelle à l'entrée, mais il n'y avait personne. Je toquai à la porte et, ne recevant pas de réponse, j'entrai sans bruit. Vérité était assis dans un fauteuil près de la fenêtre par laquelle soufflait une brise d'été venue de l'océan ; la pièce aurait pu être agréable, ainsi aérée par cette chaude journée pleine de lumière, pourtant elle m'évoqua aussitôt une prison : le fauteuil près de la fenêtre, une petite table à côté, les coins poussiéreux et remplis de petits bouts de roseaux grisâtres ; et puis Vérité lui-même, le menton sur la poitrine comme s'il dormait, alors que mes sens percevaient l'intense vibration de ses efforts ; il avait les cheveux ébouriffés, les joues bleues d'une barbe d'un jour, et il flottait dans ses vêtements.

Je refermai la porte du bout du pied et déposai le plateau sur la table, après quoi je me redressai et attendis sans mot dire. Et, quelques minutes plus tard, Vérité revint de là où il était parti. Il leva les yeux vers moi avec l'ombre de son sourire d'autrefois, puis il regarda le plateau. « Qu'est-ce que c'est ?

— Le petit déjeuner, messire. Tout le monde a mangé il y a des heures, sauf vous.

— Je l'ai déjà pris, mon garçon, tôt ce matin ; une espèce de soupe de poisson infecte. On devrait pendre les cuisinières ; on n'impose pas ça aux gens dès le matin. » Il parlait d'un ton hésitant, comme un vieillard tremblant qui cherche à se rappeler son jeune temps.

« C'était hier, messire. » J'ôtai les couvercles des plats : pain chaud fourré de miel et de raisins secs, viande froide, une assiettée de fraises accompagnée d'un pot de crème, le tout en petites portions, presque comme pour un enfant. Je versai le thé fumant dans une chope ; il était abondamment aromatisé au gingembre et à la menthe poivrée pour couvrir le goût de l'écorce elfique broyée.

Vérité regarda le breuvage, puis leva les yeux vers moi. « Umbre n'abandonne jamais, hein ? » Il avait dit cela d'un air détaché, comme si l'on prononçait le nom d'Umbre tous les jours dans le château.

« Il faut manger si vous voulez continuer à travailler, fis-je d'un ton neutre.

— Sûrement », répondit-il d'un air las, et il se tourna vers le plateau ; on aurait dit que le repas artistement préparé n'était pour lui qu'une tâche assommante de plus à expédier. Il mangea sans goût et but le thé vaillamment, d'une seule gorgée, comme un médicament, sans que le gingembre ni la menthe ne le trompent un instant. Son repas à demi achevé, il fit une pause, soupira et resta un moment à regarder par la fenêtre ; puis il parut encore une fois revenir d'ailleurs et se contraignit à terminer tous les plats. Enfin, il poussa le plateau de côté et se radossa, l'air épuisé. Je le contemplai avec stupéfaction : j'avais préparé moi-même l'infusion et, avec la quantité d'écorce elfique que j'y avais mise, Suie aurait volé par-dessus les cloisons de son box !

« Mon prince ? » fis-je ; il ne réagit pas et je posai ma main sur son épaule. « Vérité ? Vous allez bien ?

— Vérité, répéta-t-il, comme hébété. Oui. Et je préfère ça à "messire" ou "mon prince" ou "monseigneur". C'est une manœuvre de mon père, de t'envoyer ici. Oui… Je peux peut-être encore le surprendre. Mais, oui, appelle-moi Vérité. Et dis bien que j'ai mangé. Toujours obéissant, j'ai mangé. Va-t'en, maintenant, mon garçon. J'ai du travail. »

Il sembla faire un effort pour se réveiller et à nouveau son regard devint lointain. J'empilai les plats sur le plateau en faisant le moins de bruit possible et me dirigeai vers la porte. Mais alors que je soulevais le loquet, il m'appela.

« Mon garçon ?

— Messire ?

— Ah-ah ! fit-il sur le ton de la mise en garde.

— Vérité ?

— Léon est dans mes appartements ; emmène-le faire un tour pour moi, veux-tu ? Il se languit. Inutile que nous dépérissions tous les deux.

— Oui, messire. Euh, Vérité. »

Et c'est ainsi que le mâtin, qui de fait n'était plus de première jeunesse, me fut confié. Tous les jours j'allais le chercher dans la chambre de Vérité et nous arpentions les collines noires, les falaises et les plages à la recherche de loups qui n'y couraient plus depuis vingt ans. Comme Umbre l'avait remarqué, j'étais dans une forme physique déplorable et au début j'eus le plus grand mal à rester à la hauteur du chien, pourtant âgé ; mais, les jours passant, nous nous remîmes l'un et l'autre en état et Léon me rapporta même un ou deux lapins. À présent que j'étais banni du domaine de Burrich, je ne me faisais plus scrupule d'utiliser le Vif quand je le désirais ; mais, comme je l'avais découvert depuis longtemps, nul lien ne se créait entre le molosse et moi, bien que je pusse communiquer avec lui. S'il s'était agi d'un chiot, il en eût sans doute été autrement ; mais il était vieux et son cœur appartenait pour toujours à Vérité. Le Vif ne donnait pas le pouvoir sur les bêtes, seulement un aperçu de leur vie intime.

Trois fois par jour, je gravissais le raide escalier en colimaçon pour encourager Vérité à se nourrir et à échanger quelques mots avec moi ; parfois, j'avais l'impression de m'adresser à un enfant ou un vieillard dodelinant ; en d'autres occasions, il me demandait des nouvelles de Léon et me posait des questions précises sur ce qui se passait à Bourg-de-Castelcerf. À certaines périodes enfin, je m'absentais des journées entières pour exécuter mes autres missions ; d'habitude, à mon retour, il ne paraissait s'être rendu compte de rien, mais une fois, après l'excursion qui m'avait valu une blessure au couteau, il m'observa pendant que je rassemblais avec des gestes maladroits ses assiettes vides sur le plateau. « Ils riraient bien, s'ils savaient que nous assassinons les nôtres. »

Je me pétrifiai en me demandant que répondre, car à ma connaissance, seuls Subtil et Umbre étaient au courant de mes activités. Mais le regard de Vérité était à nouveau perdu au loin et je sortis sans bruit.

Je me mis, presque inconsciemment, à introduire des changements autour de lui : un jour qu'il était en train de manger, je balayai la pièce et, dans la soirée, je fis un voyage spécial pour lui apporter un sac de roseaux et d'herbes. Je craignais un peu de le déranger, mais Umbre m'avait appris à me déplacer discrètement. Je travaillai sans lui parler et il ne manifesta par aucun signe qu'il remarquât mes allées et venues ; mais la pièce fut enfin rafraîchie et les fleurs de vervère se mêlaient aux herbes répandues pour donner un parfum revigorant ; une autre fois, je le trouvai endormi dans son fauteuil au dossier raide et je lui apportai des coussins ; il les dédaigna, jusqu'au jour pourtant où il les disposa à son goût. La pièce demeurait nue, mais, je sentais que cela lui était nécessaire afin de préserver la constance de ses efforts ; aussi ne lui fournissais-je que le strict minimum, ni tapisseries ni tentures murales, ni vases de fleurs ni carillons éoliens, mais des pots de thym en fleur pour apaiser les migraines qui le taraudaient et, un jour de tempête, une couverture pour le garder de la pluie et du froid qui l'assaillaient par la fenêtre ouverte.

Une fois, je le trouvai endormi dans son fauteuil, les membres aussi flasques que ceux d'un cadavre. Je bordai la couverture autour de lui comme je l'aurais fait pour un invalide et posai le plateau devant lui, sans découvrir les plats afin de les maintenir au chaud. Puis je m'assis par terre à côté de lui, adossé à un coussin qu'il avait négligé, et j'écoutai le silence de la pièce. Tout semblait presque paisible ce jour-là, malgré la pluie battante qui tombait au ras de la fenêtre ouverte et les rafales de vent qui y pénétraient par instants. Je dus m'assoupir, car c'est la main de Vérité dans mes cheveux qui me réveilla.

« T'a-t-on commandé de veiller sur moi-même quand je dors, mon garçon ? Que redoute-t-on donc pour moi ?

— Rien que je sache, Vérité. On m'a seulement dit de vous apporter vos repas et de veiller à ce que vous les preniez. Pas davantage.

— Et la couverture, les coussins, les pots de fleurs ?

— C'est de mon propre chef, mon prince. Ce n'est pas bon de vivre dans un tel dénuement. » Et en cette seconde, je pris conscience que nous communiquions, mais pas par la voix ; je me redressai brusquement et le regardai.

Vérité aussi parut soudain reprendre connaissance. Il changea de position dans son fauteuil inconfortable. « Bénie soit cette tempête qui me permet de me reposer. Je l'ai dissimulée à trois de leurs bateaux en persuadant les vigies qu'il ne s'agissait que d'un petit coup de tabac ; maintenant, ils appuient sur les avirons et ils scrutent la mer à travers la pluie pour essayer de maintenir leur cap. Et moi, j'en profite pour dormir enfin pour de bon. » Il se tut. Puis : « Je te demande pardon, mon garçon ; ces derniers temps, l'Art me paraît parfois plus naturel que la parole. Je ne voulais pas m'imposer à toi.

— C'est sans importance, mon prince ; j'ai été surpris, c'est tout. Je suis incapable d'attiser par moi-même, sinon de façon déficiente et très erratique. J'ignore comment j'ai fait pour m'ouvrir à vous.

— "Vérité", mon garçon, pas "mon prince". Ce n'est le prince de personne qui est assis dans ce fauteuil, avec une chemise imprégnée de sueur et une barbe de deux jours. Mais qu'est-ce que c'est que ces bêtises que tu me débites ? On t'a bien fait apprendre l'Art, non ? Je me rappelle encore comment la langue de Patience a mis en pièces l'obstination de mon père. » Il s'autorisa un sourire las.

« Galen a essayé de me l'enseigner, mais je n'avais pas de don. Il paraît qu'avec les bâtards, c'est souvent…

« — Attends, grommela-t-il, et l'instant d'après, il était dans mon esprit. Ça va plus vite, comme ça », s'excusa-t-il, puis il marmonna : « Mais qu'est-ce qui t'obscurcit donc à ce point ? Ah ! » Et il ressortit aussitôt, aussi efficace et adroit que Burrich arrachant une tique de l'oreille d'un chien. Il resta longtemps sans rien dire et je l'imitai, des questions plein la tête.

« Je suis doué pour l'Art, comme ton père. Pas Galen.

— Mais comment a-t-il pu devenir maître d'Art, alors ? » demandai-je à mi-voix. Vérité cherchait-il seulement à minimiser mon échec ?

Il hésita, comme s'il cherchait le meilleur abord pour un sujet délicat. « Galen était un… familier de la reine Désir, un favori. Elle a lourdement insisté pour que Sollicité le prenne comme apprenti ; je songe souvent que notre vieille maîtresse d'Art devait être aux abois lorsqu'elle a accepté : elle se savait près de la mort, elle a dû agir avec précipitation et elle l'a regretté à la fin de ses jours. Et je pense qu'il n'avait pas la moitié de la formation nécessaire lorsqu'il est passé "maître". Mais ce qui est fait est fait et nous n'avons que lui. »

Vérité s'éclaircit la gorge d'un air embarrassé. « Je vais te parler le plus franchement possible, mon garçon, car je vois que tu sais tenir ta langue lorsque c'est nécessaire. Galen a obtenu cette place alors qu'il ne la méritait pas et il n'y voit qu'une sinécure ; il n'a jamais vraiment appréhendé, je crois, le rôle du maître d'Art. Bien sûr, il sait qu'il y a du pouvoir à la clé et il s'en sert sans le moindre scrupule ; mais Sollicité, elle, ne se contentait pas de prendre des airs importants, bien à l'abri de sa position : elle était conseillère du roi Bonté, et il existe un lien entre le roi et tous ceux qui pratiquent l'Art pour lui ; elle s'était donné pour mission de rechercher et d'instruire tous ceux qui manifesteraient un réel talent et le discernement nécessaire pour bien l'employer. Le clan auquel tu as participé est le premier que Galen ait créé depuis notre adolescence, à Chevalerie et moi ; et ses membres, il les a mal formés, je trouve. Il les a

386

dressés, voilà, comme on dresse des perroquets et des singes à imiter l'homme, sans comprendre ce qu'ils font. Mais je n'ai qu'eux sous la main. » Vérité se tourna vers la fenêtre et poursuivit un ton plus bas : « Galen n'a aucune finesse ; il est aussi grossier que sa mère, et tout aussi présomptueux. » Il se tut soudain et rougit comme s'il avait parlé sans réfléchir. Il reprit à mi-voix : « L'Art, c'est comme la parole, mon garçon ; je n'ai pas besoin de crier pour te faire savoir ce que je désire : je peux m'adresser à toi poliment, ou faire une allusion, ou me faire comprendre d'un signe de tête et d'un sourire. Je puis artiser un homme et le persuader que c'est de sa propre volonté qu'il veut me rendre service. Mais tous ces raffinements échappent à Galen, dans l'emploi comme dans l'enseignement de l'Art : il ne connaît que la force pour s'imposer. La privation et la douleur sont certes un moyen d'abaisser les défenses d'un individu, mais Galen ne croit en aucun autre. Sollicité, elle, utilisait la ruse : elle me faisait observer un cerf-volant ou une poussière dans le soleil, elle me faisait me concentrer dessus comme si rien d'autre n'existait au monde, et d'un seul coup elle était là, dans mon esprit, le sourire aux lèvres, et elle me complimentait. C'est elle qui m'a enseigné qu'être ouvert, c'est tout simplement ne pas être fermé. Et pour pénétrer dans l'esprit de quelqu'un, il suffit en grande partie de vouloir sortir du sien. Tu comprends, mon garçon ?

— Plus ou moins, biaisai-je.

— Plus ou moins. » Il soupira. « Je pourrais t'enseigner l'Art si j'en avais le temps. Mais je ne l'ai pas. Une dernière chose, quand même : progressais-tu bien avant qu'il ne te mette à l'épreuve ?

— Non. Je n'avais aucun talent… Attendez ! Ce n'est pas vrai ! Mais qu'est-ce que je raconte ? Qu'est-ce que j'ai dans la tête ? » Bien qu'assis, je vacillai soudain et ma tête heurta le bras du fauteuil. Vérité posa la main sur mon épaule.

« J'ai dû aller trop vite ; calme-toi, mon garçon. Quelqu'un t'a embrumé le cerveau, t'a embrouillé comme je le fais avec les navigateurs et les hommes de barre des Pirates, pour les convaincre qu'ils ont déjà relevé leur position et qu'ils suivent le bon cap, alors qu'ils se dirigent sur un courant de travers, les persuader qu'ils ont passé un amer alors qu'en réalité ils ne l'ont pas encore vu. De la même façon, quelqu'un t'a fait croire que tu ne pouvais pas artiser.

Galen. » Ma certitude était absolue. Je savais même presque à quel moment il avait opéré : c'était le jour où il avait précipité son esprit contre le mien ; de cet instant, plus rien n'avait été pareil. Depuis, je vivais dans le brouillard…

« C'est probablement lui. Mais si tu l'as artisé si peu que ce soit, tu as dû voir ce que Chev lui a fait. Galen éprouvait une haine passionnelle pour ton père, avant que Chev n'en fasse son chien de manchon ; ça ne nous plaisait pas du tout et nous aurions volontiers réparé son geste si nous avions su comment nous y prendre, et ce avant que Sollicité s'en aperçoive. Mais Chev était très fort à l'Art, et puis nous n'étions que de grands gosses à l'époque et Chev était dans une colère noire quand il a agi, à cause de quelque chose que Galen m'avait fait. Mais même quand il n'était pas en colère, se faire artiser par lui, c'était comme se faire piétiner par un étalon ; ou plutôt, comme se faire enfoncer la tête sous l'eau dans un fleuve impétueux. Il te rentrait dedans comme une masse, il larguait son renseignement et il repartait aussi vite qu'il était venu ! » Il s'interrompit le temps de soulever le couvercle de sa soupe. « Je supposais que tu étais au courant de tout ça, quoique ; maintenant que j'y pense, je ne voie fichtre pas comment tu aurais pu le savoir. Qui aurait pu te le dire ? »

Je revins au vol sur une phrase qu'il avait prononcée : « Vous pourriez m'apprendre l'Art ?

— Si j'avais du temps, oui. Beaucoup de temps. Tu nous ressembles beaucoup, à Chev et à moi, à l'époque de notre apprentissage : instable et doué, mais incapable de comprendre comment maîtriser ce don. Et Galen t'a… marqué, balafré, disons. Il y a en toi des murailles que je n'arrive pas à franchir, et pourtant je suis doué, moi aussi. Il faudrait que tu apprennes à les abattre ; c'est difficile, mais je pourrais t'y aider, oui. Si nous disposions d'une année sans rien d'autre à faire. » Il repoussa son assiette de soupe. « Mais nous n'avons pas le temps. »

Mes espoirs s'écroulèrent à nouveau. Cette seconde vague de déception m'engloutit et me broya contre les rochers de la frustration. Mes souvenirs se réordonnèrent et, dans une brusque montée de colère, je compris tout ce qu'on m'avait fait subir. Sans Martel, je me serais jeté du haut de la tour ; Galen avait essayé de me tuer, c'était aussi évident que s'il avait eu un poignard à la main, et nul n'aurait su qu'il m'avait battu à mort, sauf les membres loyaux de son clan ; et bien qu'il ne fût pas arrivé à ses fins, il m'avait privé de la possibilité d'apprendre l'Art. Il m'avait rendu infirme et j'allais… Je me levai d'un bond, fou de rage.

« Holà ! fit Vérité. Doucement, sois prudent. On t'a fait du tort, mais ce n'est pas le moment de semer la discorde dans le château. Pour le bien du royaume, mets tes griefs de côté en attendant le jour où tu pourras les résoudre discrètement. » D'une inclinaison de la tête, je reconnus la sagesse de ses paroles. Il découvrit un plat qui contenait une petite volaille rôtie. Il laissa retomber le couvercle. « D'ailleurs, pourquoi veux-tu apprendre l'Art ? Ça n'a aucun intérêt. Ce n'est pas un métier pour un homme.

— Pour vous aider », dis-je sans réfléchir ; mais c'était vrai. Autrefois, c'eût été pour me montrer le digne fils de Chevalerie, pour impressionner Burrich ou Umbre, pour accroître ma position dans le château. Mais maintenant que j'avais vu, jour après jour, ce que faisait Vérité, sans louanges ni reconnaissance de la part de ses sujets, je désirais lui apporter mon soutien et rien de plus.

« Pour m'aider », répéta-t-il. La tempête faiblissait et, avec une résignation lasse, il leva les yeux vers la fenêtre. « Remporte ces plats, mon garçon. Je n'ai pas le temps d'y toucher.

— Mais vous avez besoin de force ! » protestai-je. Je me sentis coupable : le temps qu'il m'avait accordé, il aurait dû l'employer à manger et à dormir.

« Je sais ; mais je n'ai pas le temps. Manger demande de l'énergie – c'est bizarre, quand on y pense – et je n'en ai pas à gaspiller pour ça. » Ses yeux se faisaient lointains, perdus dans les rideaux de pluie de moins en moins violents.

« Je vous donnerais ma force, Vérité, si je le pouvais. »

Il se tourna vers moi avec un regard étrange. « C'est vrai ? Tu en es bien sûr ? »

La raison de sa véhémence m'échappait, mais ma réponse ne faisait pas de doute. « Naturellement que c'est vrai ! » Puis, plus calmement : « Je suis l'homme lige du roi.

— Et tu es de mon sang », renchérit-il. Il soupira ; l'espace d'un instant, il parut se sentir mal. Ses yeux se portèrent à nouveau sur son repas, puis sur la fenêtre. « Il y a tout juste le temps, murmura-t-il. Et ça pourrait suffire. Maudit soyez-vous, Père ! Faut-il toujours que vous l'emportiez ? Enfin… Approche-toi, mon garçon. »

Il y avait dans sa voix une tension qui m'effrayait, mais j'obéis. Alors, il leva la main et la posa sur mon épaule, comme s'il avait besoin d'un appui pour se redresser.

Je me retrouvai allongé par terre, un oreiller sous ma tête et la couverture que j'avais apportée quelques jours auparavant jetée sur moi. Vérité était debout, appuyé au rebord de la fenêtre, et il regardait dehors. La concentration le faisait trembler et je percevais presque l'Art qu'il pratiquait comme les coups de bélier des vagues contre une falaise. « Droit sur les rochers », fit-il avec une profonde satisfaction, et il se détourna brusquement de la fenêtre. Il m'adressa un grand sourire, un sourire carnassier qui s'effaça tandis qu'il m'observait.

« Un vrai veau à l'abattoir, dit-il d'un ton lugubre. J'aurais dû me douter que tu ne savais pas de quoi tu parlais.

— Qu'est-ce qui m'est arrivé ? » demandai-je non sans mal. J'avais les dents qui claquaient et des tremblements dans tout le corps comme si j'avais la grippe. J'avais l'impression que mon squelette allait se disloquer.

« Tu m'as offert ton énergie. Je l'ai prise. » Il remplit une tasse d'infusion, puis s'agenouilla pour la porter à mes lèvres. « Doucement. J'étais pressé. Je t'ai dit tout à l'heure que Chevalerie artisait comme un taureau ? Que dire de moi, alors ? »

Il avait retrouvé sa cordialité bourrue et sa bonne nature d'autrefois ; c'était Vérité tel que je ne l'avais plus vu depuis des mois. J'avalai une gorgée d'infusion ; l'écorce elfique me piqua la bouche et la gorge, et mes tremblements se calmèrent. Vérité en prit une lampée à son tour d'un air absent.

« Dans l'ancien temps, fit-il sur le ton de la conversation, le roi puisait sa force dans son clan : une demi-douzaine d'hommes, voire davantage, tous accordés les uns aux autres, capables d'unir toutes leurs énergies et de les mettre à la disposition du souverain. Telle était leur véritable raison d'être : fournir leur puissance à leur roi ou à un de leurs membres désigné. Je crois que ça, Galen a du mal à le concevoir ; son clan est une création artificielle, et ses membres sont comme des chevaux, des bouvillons et des mulets qu'on aurait harnachés ensemble. Ce n'est pas un vrai clan. Il leur manque l'unité d'esprit.

— Vous m'avez pris de l'énergie ?

— Oui. Crois-moi, mon garçon, en temps ordinaire je m'en serais bien gardé, mais j'en avais un besoin urgent et j'ai cru que tu savais ce que tu faisais. Tu t'es présenté comme l'homme lige du roi, selon l'ancienne dénomination ; et nous sommes si proches par le sang que je savais pouvoir puiser en toi. » Il reposa brutalement la chope sur le plateau. Le dégoût rendit sa voix plus grave. « Subtil ! Toujours en train de déplacer des pions, de faire tourner des rouages, de mettre des balanciers en mouvement ! Ce n'est pas un hasard si c'est toi qui m'apportes mes repas, mon garçon. Il te mettait ainsi à ma disposition. » Il tourna un moment dans la pièce, puis il s'arrêta devant moi. « Ça ne se reproduira plus.

— Ce n'était pas si terrible, répondis-je d'une voix faible.

— Ah non ? Eh bien, qu'est-ce que tu attends pour te lever, alors ? Ou seulement pour t'asseoir ? Non : tu n'es qu'un jeune garçon tout seul, pas un clan. Si je ne m'étais pas aperçu de ton ignorance et si je ne m'étais pas retiré à temps, j'aurais pu te tuer. Ton cœur et tes poumons auraient cessé de fonctionner, tout simplement. Je refuse de puiser encore en toi, au nom de qui que ce soit. Tiens. » Il se baissa, me souleva sans effort et me déposa dans son fauteuil. « Repose-toi un peu. Et mange ; moi, je n'en ai pas besoin pour le moment. Quand tu te sentiras mieux, va trouver Subtil et dis-lui de ma part que ta présence me distrait et que dorénavant je souhaite que ce soit un garçon de cuisine qui m'apporte mes repas. »

Je voulus protester : « Vérité…

— Non : "mon prince". Car, sur ce sujet, je suis ton prince et j'entends que tu m'obéisses. Mange, maintenant. »

J'inclinai la tête, accablé, mais je mangeai néanmoins et l'écorce elfique me ragaillardit plus vite que je ne l'avais prévu. Bientôt, je pus me lever et j'empilai les plats sur le plateau avant de me diriger vers la porte. Je soulevai le loquet.

« FitzChevalerie Loinvoyant. »

Ces mots me pétrifièrent. Je me retournai lentement.

« C'est ton nom, mon garçon. Je l'ai inscrit moi-même dans le journal militaire le jour où on t'a amené devant moi. Ça aussi, je croyais que tu le savais. Cesse de te considérer comme un bâtard, FitzChevalerie Loinvoyant. Et n'oublie pas d'aller voir Subtil aujourd'hui même.

— Au revoir », dis-je à mi-voix, mais il regardait déjà par la fenêtre.

Voilà où nous en étions au cœur de l'été : Umbre absorbé dans ses tablettes, Vérité assis à sa fenêtre, Royal occupé à courtiser une princesse au nom de son frère, et moi à tuer discrètement pour mon roi. Les ducs de l'intérieur et ceux des côtes s'opposaient autour des tables de conseil, feulaient et se crachaient à la figure comme des chats autour d'un poisson. Et au-dessus de la mêlée, Subtil, telle une araignée, tenait les fils de sa toile bien tendus, attentif à la moindre vibration de l'un ou de l'autre. Les Pirates nous harcelaient comme des poissons-rats une pièce de viande au bout d'un hameçon, nous arrachant des lambeaux de notre peuple pour les forgiser. Et les forgisés à leur tour devenaient un tourment pour notre terre, mendiants, prédateurs ou charges pour les familles. Les gens redoutaient de pêcher, de commercer ou de labourer dans les plaines alluviales du bord de mer ; pourtant, il fallait augmenter les impôts pour nourrir les soldats et les guetteurs, bien qu'ils parussent incapables de défendre le pays malgré leur nombre sans cesse croissant. À contrecœur, Subtil m'avait libéré de mon service auprès de Vérité. Il y avait plus d'un mois que le roi ne m'avait pas fait venir chez lui lorsqu'il me fit soudain convoquer un matin.

« Le moment est mal choisi pour me marier », disait Vérité. Je regardai le teint plombé de l'homme décharné qui partageait la table du petit déjeuner du roi, en me demandant s'il s'agissait bien du prince vigoureux et enjoué de mon enfance. Que son état avait donc empiré en l'espace d'un mois ! Il tripotait un morceau de pain, le reposait, puis le reprenait. Ses joues avaient perdu leurs couleurs, il avait les cheveux ternes, les muscles amollis et le blanc des yeux jaune ; si ç'avait été un chien, Burrich lui aurait administré un vermifuge.

Sans y avoir été invité, je dis : « J'ai chassé avec Léon il y a deux jours ; il m'a rapporté un lapin. »

Vérité se tourna vers moi et l'ombre de son sourire d'autrefois joua sur ses lèvres. « Tu as emmené mon chien de loup chasser le lapin ?

— Il s'est bien amusé ; mais vous lui manquez. Il m'a rapporté le lapin et je l'ai complimenté, mais il n'avait pas l'air satisfait. » Je ne pouvais pas lui raconter que tout, dans le regard que m'avait adressé Léon et dans son attitude, criait : *Pas pour toi !*

Vérité prit son verre. Un infime tremblement agitait sa main. « Je suis content qu'il sorte avec toi, mon garçon. Ça vaut mieux que... »

Subtil l'interrompit : « Le mariage redonnera du courage au peuple. Je me fais vieux. Vérité, et l'époque est troublée. Les gens ne voient plus la fin de leurs tracas et je n'ose pas leur promettre de solutions que nous ne possédons pas. Les Outrîliens ont raison, Vérité : nous ne sommes plus les guerriers qui se sont installés sur cette terre ; nous sommes devenus un peuple rangé, et un peuple rangé est sensible à certains dangers que ne connaissent pas les nomades ni les vagabonds, et qui peuvent l'anéantir. Quand des gens installés recherchent la sécurité, ils recherchent la continuité. »

J'adressai au roi un regard perçant : c'était une citation d'Umbre, j'en aurais parié mon sang. Fallait-il en déduire qu'Umbre participait à la conclusion de ce mariage ? Avec un intérêt nouveau, je me demandai encore une fois pourquoi j'avais été convoqué.

« Il s'agit de rassurer notre peuple, Vérité. Tu n'as pas le charme de Royal ni la prestance qui permettait à Chevalerie de convaincre tout le monde qu'il était capable de régler tous les problèmes ; ce n'est pas un défaut : de toute notre lignée, tu es un des plus doués pour l'Art et, en bien des époques, tes talents de soldat auraient eu davantage de poids que toute la diplomatie de Chevalerie. »

Cela sentait nettement son discours appris par cœur. Subtil s'interrompit pour se préparer une tartine de fromage et de confiture dans laquelle il mordit d'un air pensif. Vérité ne disait rien, les yeux fixés sur son père ; il paraissait à la fois attentif et troublé, épuisé, en réalité, comme un homme qui essaie de toutes ses forces de rester éveillé alors qu'il n'a qu'une envie : poser la tête sur l'oreiller et fermer les yeux. Mes brèves expériences de l'Art et de la concentration divisée qu'il fallait exercer pour résister à sa séduction tout en le pliant à sa volonté, tout cela m'emplissait de stupéfaction quand je pensais que Vérité le maniait quotidiennement.

Le regard de Subtil se porta un instant sur moi, puis revint sur son fils. « Pour employer des termes simples, tu dois te marier ; et, plus encore, tu dois avoir un enfant. Cela redonnera du cœur au peuple ; les gens diront : "Bah, les choses ne vont pas si mal, puisque notre prince n'a pas peur de se marier et d'avoir un enfant. Il ne ferait pas ça si le royaume était au bord de l'effondrement."

— Mais ni vous ni moi ne serions dupes, n'est-ce pas, Père ? » Le ton de Vérité avait quelque chose de grinçant et j'y perçus une rancœur nouvelle.

« Vérité…, fit le roi, mais son fils lui coupa la parole.

— Mon roi, dit-il avec solennité, nous savons vous et moi que le désastre nous guette. Il ne peut pas, il ne doit pas y avoir le moindre relâchement de notre vigilance à l'heure où nous sommes ; je n'ai pas le temps de jouer les jolis cœurs et encore moins de m'occuper des subtiles négociations visant à trouver une fiancée royale. Tant que le climat sera doux, les Pirates continueront d'attaquer ; et, quand il se dégradera et que les tempêtes chasseront leurs vaisseaux vers leurs ports d'attache, il faudra tourner nos pensées et nos énergies sur la fortification de nos côtes et la formation d'équipages pour garnir nos navires d'attaque. C'est de cela que je veux discuter avec vous : construisons notre propre flotte, non pas de gros navires marchands pour tenter les pirates, mais des bateaux de guerre élancés tels que nous en possédions autrefois et tant que nos charpentiers de marine savent encore les fabriquer ; ensuite, déplaçons le combat chez les Outrîliens eux-mêmes – oui, même au milieu des tempêtes d'hiver. Nous avions des marins et des guerriers de ce tempérament, il n'y a pas si longtemps. Si nous nous mettons aux navires et à l'entraînement des hommes dès maintenant, nous pourrons au moins garder les pirates à distance de nos côtes au printemps prochain et peut-être, l'hiver suivant, pourrons-nous…

— Cela exigera de l'argent ; et une population terrifiée ne donne pas facilement. Pour obtenir les fonds nécessaires, il faut que nos marchands aient assez confiance pour continuer à travailler, que nos fermiers ne redoutent pas de faire paître leurs troupeaux sur les herbages et les prés côtiers. On en revient toujours au fait que tu dois prendre femme, Vérité. »

Ce dernier, si animé lorsqu'il parlait de navires de guerre, se renfonça dans son fauteuil ; il parut se tasser, comme si une pièce de sa charpente intérieure avait cédé. Je m'attendais presque à le voir s'effondrer sur lui-même. « Comme il vous plaira, mon roi », dit-il ; mais en même temps il secouait la tête, niant son propre acquiescement. « Je ferai comme vous le jugerez avisé ; tel est le devoir d'un prince envers son roi et son royaume. Mais pour l'homme que je suis, Père, c'est une affaire bien triste et bien insipide que de prendre une épouse choisie par mon frère cadet ; je gage que lorsqu'elle se tiendra devant moi, elle ne me considérera pas comme un bien grand cadeau, après avoir vu Royal. » Vérité baissa les yeux sur ses mains dont la pâleur faisait ressortir les cicatrices du labeur et de la guerre. J'entendis son nom dans les paroles qu'il prononça ensuite : « J'ai toujours été votre second fils, d'abord derrière Chevalerie, le beau, le fort, le sage, et à présent derrière Royal, le fin, le charmant, le maniéré. Je sais que vous voyez en lui un meilleur successeur que moi, et je ne suis pas toujours loin de le penser moi-même. Je suis né second, j'ai été élevé pour être second. Je croyais que ma place serait derrière le trône, pas dessus ; et cela ne me dérangeait pas que Chevalerie doive un jour vous succéder, car mon frère m'estimait grandement ; sa confiance en moi était comme un honneur, elle me donnait l'impression de participer à ses succès ; être le bras droit d'un tel roi valait mieux qu'être le roi de maints pays de moindre importance. J'avais foi en lui comme il avait foi en moi. Mais il est mort, et je ne vous apprendrai rien en vous disant qu'il n'existe aucun lien de même nature entre Royal et moi. Peut-être trop d'années nous séparent-elles ; peut-être Chevalerie et moi étions-nous si proches qu'il ne restait pas place entre nous pour un troisième. Mais je ne crois pas que Royal ait cherché une femme qui sache m'aimer, ni qui…

— Il t'a choisi une reine ! » dit Subtil d'un ton tranchant. Je compris alors que cette discussion entre eux n'était pas la première sur ce sujet et je sentis le roi agacé que j'en sois témoin. « Royal n'a choisi une femme ni pour toi, ni pour lui, ni pour aucune raison imbécile de ce genre ! Il a choisi une femme qui doit devenir la reine de notre pays, des Six-Duchés, une femme susceptible de nous apporter l'argent, les hommes et les accords commerciaux dont nous avons besoin en ce moment si nous voulons survivre aux Pirates rouges. Ce n'est pas avec des mains douces et un parfum suave que tu bâtiras tes navires, Vérité ; tu dois te déprendre de ta jalousie envers ton frère : tu ne vaincras pas l'ennemi si tu n'as pas confiance en ceux qui te soutiennent.

— Précisément », répondit Vérité à mi-voix. Il repoussa sa chaise.

« Où vas-tu ? demanda Subtil d'un ton irrité.

— Faire mon devoir. Que me reste-t-il d'autre ? »

L'espace d'un instant, Subtil parut désarçonné. « Mais tu n'as presque rien mangé… » Sa voix mourut.

« L'Art tue tous les autres appétits. Vous le savez comme moi.

— Oui. » Subtil se tut. Puis : « Et je sais aussi, tout comme toi, que quand cela arrive, c'est qu'on est au bord du gouffre. L'appétit de l'Art est de ceux qui dévorent l'homme, pas de ceux qui le nourrissent. »

Tous deux semblaient avoir oublié ma présence. Je me fis tout petit et grignotai discrètement mon gâteau comme une souris dans son coin.

« Mais quelle importance qu'un homme se fasse dévorer, s'il sauve ainsi un royaume ? » Vérité ne cherchait pas à dissimuler son amertume et, pour moi, il était clair qu'il ne faisait pas allusion seulement à l'Art. Il écarta son assiette.

« Après tout, poursuivit-il d'un ton lourd de sarcasme, il vous reste un autre fils pour porter votre couronne, un fils qui n'est pas défiguré par les cicatrices de l'Art ; un fils libre de se marier comme il lui plaît.

— Ce n'est pas la faute de Royal s'il ne possède pas l'Art ! C'était un enfant chétif, trop pour que Galen le forme. Et puis, qui aurait pu prévoir que deux princes artiseurs seraient insuffisants ? »

Subtil se leva brusquement et traversa toute la longueur de la salle jusqu'à une fenêtre ; il s'accouda au rebord et regarda la mer en contrebas. « Je fais ce que je peux, ajouta-t-il d'un ton plus calme. Crois-tu que je suis indifférent, que je ne vois pas comme tu te consumes ? »

Vérité poussa un long soupir. « Non. Je sais. C'est l'épuisement de l'Art qui parle, pas moi. L'un de nous au moins doit garder la tête claire et s'efforcer d'appréhender la situation dans son, ensemble. Moi, je dois me concentrer sur ma tâche, envoyer mon esprit au loin, puis trier mes perceptions, départager le navigateur des rameurs, flairer les peurs secrètes que l'Art peut magnifier, trouver les cœurs faibles parmi l'équipage et m'attaquer à eux en premier. Quand je dors, c'est d'eux que je rêve, et quand je mange, c'est encore eux qui m'obstruent la gorge. Je n'ai jamais aimé cela, vous le savez, Père ; cela ne m'a jamais paru digne d'un guerrier, de fureter, d'espionner ainsi dans l'esprit des hommes ; qu'on me donne une épée et j'irai joyeusement leur explorer la tripe, ça oui ! Je préfère désarmer un homme avec du bon acier que d'obliger les molosses de son esprit à lui déchirer les talons.

Je sais, je sais », dit Subtil d'un ton apaisant, mais je crois qu'il ne comprenait pas vraiment. Moi, par contre, j'étais sensible au dégoût que sa tâche inspirait à Vérité ; je ne pus m'empêcher de lui dire que je le partageais, et je perçus qu'il s'en sentait bizarrement souillé ; mais mon visage et mes yeux n'exprimaient aucun jugement lorsqu'il me regarda. À un niveau plus profond de moi-même rôdait un insidieux sentiment de culpabilité : celui d'avoir échoué à apprendre l'Art et de n'être d'aucun secours à mon oncle en cette période troublée. Je me demandai s'il songeait à puiser à nouveau dans mon énergie ; cette pensée m'effrayait, pourtant je m'armai de courage et attendis qu'il m'en fasse la requête ; mais il se contenta de m'adresser un sourire bienveillant, bien qu'absent, comme si, pas un instant, il n'avait envisagé la chose. Et en passant derrière mon siège, il me tapota gentiment les cheveux de la même façon qu'il aurait caressé la tête de Léon.

« Sors mon chien pour moi, même s'il ne s'agit que de chasser le lapin. Ça me crève le cœur de l'abandonner dans ma chambre le matin, mais son air misérable de supplication muette me distrayait de ma tâche. »

J'acquiesçai, surpris de ce que je sentais émaner de lui : l'ombre de la même douleur que j'avais connue en étant séparé de mes chiens.

« Vérité. »

Il se retourna au son de la voix de Subtil.

« J'allais oublier de te dire ce pour quoi je t'ai fait venir. Il s'agit naturellement de la princesse montagnarde. Ketkin, je crois...

— Kettricken. Je me rappelle au moins ça. C'était une petite fille maigrichonne, la dernière fois que je l'ai vue. C'est donc elle que vous avez choisie ?

— Oui, pour toutes les raisons dont nous avons parlé. Et une date a été arrêtée : dix jours avant notre Fête de la moisson. Il faudra que tu partes au début de la Saison de récolte pour être chez elle à temps ; là, il y aura une cérémonie, devant tout son peuple, qui vous unira et scellera nos différents accords, et un mariage formel plus tard, à votre retour ici. Royal s'occupe de faire savoir que tu dois... »

L'agacement assombrissait le visage de Vérité. « C'est impossible ; vous le savez bien ! Si je quitte mon poste à la Saison de récolte, je n'aurai plus de royaume où ramener une promise ! Les Outrîliens sont toujours le plus rapaces et le plus téméraires pendant les derniers mois avant les tempêtes d'hiver qui les chassent sur leurs malheureuses côtes ! Croyez-vous qu'il en ira différemment cette année ? En ramenant Kettricken, j'aurais toutes les chances de trouver les Pirates en train de festoyer ici, à Castelcerf, avec votre tête au bout d'une pique pour m'accueillir ! »

Le roi Subtil était manifestement en colère, mais il se contint pour demander calmement : « Penses-tu vraiment qu'ils nous mettraient à ce point aux abois si tu cessais tes efforts une vingtaine de jours ?

— J'en suis certain, répondit Vérité avec lassitude. Autant que du fait que je devrais être à mon poste au lieu de discuter avec vous. Père, dites-leur qu'il faut remettre la cérémonie à plus tard. J'irai chercher Kettricken dès qu'il y aura une bonne épaisseur de neige sur le sol et un bon coup de tabac qui repoussera les Pirates dans leurs ports.

— Ce n'est pas possible, dit Subtil avec regret. Ils ont certaines croyances à eux, là-haut dans les montagnes : un mariage conclu en hiver empêche le grain de lever ; tu dois prendre ta femme à l'automne, lorsque la terre donne, ou en fin de printemps, lorsqu'ils labourent leurs petits champs.

— C'est hors de question. Quand le printemps parvient dans leurs montagnes, il fait déjà un temps splendide chez nous et les Pirates sont depuis longtemps à nos portes. Ils peuvent comprendre ça, tout de même ! » Vérité secoua la tête, comme un cheval nerveux au bout d'une bride trop courte. Visiblement, il voulait s'en aller ; aussi haïssable que fût son travail avec l'Art, il y était irrésistiblement attiré. Il avait envie de s'y remettre, une envie qui n'avait rien à voir avec la protection du royaume. Subtil s'en rendait-il compte ? Et Vérité lui-même ?

« Leur faire comprendre, c'est une chose, répondit le roi ; exiger qu'ils marchent sur leurs traditions, c'en est une autre. Vérité, cette cérémonie doit avoir lieu, et au jour dit. » Subtil se massa les tempes comme s'il avait mal à la tête. « Nous avons besoin de cette union. Nous avons besoin des soldats que cette jeune fille nous amènera, nous avons besoin de ses présents de mariage, nous avons besoin du soutien de son père. Ça ne peut pas attendre. Ne pourrais-tu voyager en litière fermée, pour ne pas avoir de monture à surveiller, et continuer à œuvrer avec l'Art ? Cela te ferait peut-être même du bien de mettre le nez dehors, de respirer un peu d'air frais, et…

— NON ! » vociféra Vérité, et Subtil se retourna brusquement, si bien qu'on l'eut dit acculé à la fenêtre. Vérité assena un violent coup de poing à la table avec un emportement que je n'aurais jamais suspecté en lui. « Non, non et non ! Je ne peux accomplir mon travail et repousser les Pirates de nos côtes, cahoté en tous sens dans une litière ! Et non, je ne me présenterai pas devant cette épouse que vous m'avez choisie, devant cette femme que je me rappelle à peine, dans une litière, comme un invalide ou un crétin bavant ! Je ne veux pas qu'elle me voie ainsi, ni que mes hommes ricanent dans mon dos en disant : "Ah, voilà où en est le vaillant Vérité ! Réduit à voyager comme un vieillard tremblant, offert dans une litière comme une putain outrîlienne !" Qu'avez-vous fait de votre intelligence pour inventer des plans aussi stupides ? Vous avez été chez les Montagnards, vous connaissez leurs coutumes ! Croyez-vous qu'une de leurs femmes accepterait un homme qui viendrait la trouver avec des airs souffreteux ? Même dans leur famille royale, on abandonne un enfant s'il lui manque quoi que ce soit à la naissance. Vous flanqueriez en l'air votre propre plan et vous laisseriez par la même occasion les Six-Duchés exposés aux coups des Pirates rouges.

— Alors, peut-être…

— Alors peut-être rien du tout ! Il y a un navire rouge en ce moment même qui arrive en vue de l'île de l'Œuf et son capitaine commence à ne plus tenir compte du mauvais présage qu'il a vu en rêve la nuit dernière, et son navigateur corrige son cap en se demandant comment il a pu rater les repères de la terre. Déjà, tout le travail que j'ai fait cette nuit pendant que vous dormiez et que Royal buvait et dansait avec ses courtisanes, tout ce travail est en train de se gâcher alors que nous sommes ici à bavasser ! Père, arrangez cette affaire, débrouillez-vous comme vous l'entendez et comme vous le pouvez, du moment que je n'ai rien d'autre à faire qu'artiser tant que le beau temps persécute nos côtes. » Tout en parlant, Vérité s'était approché de la sortie, et le claquement de la porte noya presque ses derniers mots.

Subtil demeura sans rien dire pendant quelques instants. Puis il se frotta les yeux, mais j'ignore si c'était par lassitude, pour essuyer des larmes ou à cause d'une poussière. Ensuite, il promena ses regards sur la chambre et fronça les sourcils lorsqu'ils tombèrent sur moi, comme perplexe devant un objet qui ne serait pas à sa place. Puis il se rappela la raison de ma présence, apparemment, car il dit d'un ton sec : « Eh bien, ça s'est bien passé, finalement. Mais il faut trouver un moyen… Quand Vérité ira chercher son épouse, tu l'accompagneras.

— Si tel est votre souhait, mon roi, répondis-je d'un ton uni.

— C'est mon souhait. » Il s'éclaircit la gorge, puis se retourna vers la fenêtre. « La princesse n'a qu'un frère, plus âgé qu'elle. Il n'est pas en bonne santé ; autrefois, il était bien-portant et vigoureux, mais il a pris une flèche en pleine poitrine dans les Champs de glace. Il a été transpercé de part en part, d'après ce que Royal a entendu dire. Devant et derrière, la blessure s'est cicatrisée, mais l'hiver, il tousse et crache le sang, et l'été, il est incapable de tenir sur un cheval et d'entraîner ses hommes plus d'une demi-matinée. Connaissant les Montagnards, il est très surprenant qu'il soit leur roi-servant. »

Je réfléchis un instant. « Chez eux, la coutume est la même que la nôtre : homme ou femme, c'est le premier-né qui hérite.

— Oui. C'est ainsi », dit Subtil à mi-voix, et je sus ce qu'il pensait : sept duchés seraient plus forts que six.

« Et le père de la princesse Kettricken, demandai-je, comment se porte-t-il ?

— Aussi bien qu'on peut le souhaiter, pour un homme de son âge. Je suis sûr qu'il aura un règne long et sage, au moins pour la décennie à venir, et qu'il préparera un royaume uni et confiant pour son héritier.

— Nos ennuis avec les Pirates rouges seront alors probablement réglés depuis longtemps, et Vérité aura tout le temps de s'intéresser à d'autres sujets.

— Sans doute. » Les yeux du roi croisèrent enfin les miens. « Quand Vérité ira chercher son épouse, tu l'accompagneras, répéta-t-il. Tu saisis quels seront tes devoirs ? Je compte sur ta discrétion. »

J'inclinai la tête. « Comme il vous plaira, mon roi. »

19

Voyage

Décrire le royaume des Montagnes comme un royaume, c'est partir sur une piste fondamentalement fausse pour la compréhension du pays et de ses habitants. Il est également erroné de donner le nom de Chyurda à la région, même si les Chyurda composent la majorité de la population. Plutôt que d'un territoire unifié, le Royaume est composé de maints hameaux accrochés à flanc de montagne, d'étroites vallées tapissées de terre arable, de villages commerçants poussés çà et là le long des routes cahoteuses qui mènent aux cols, et de clans d'éleveurs et de chasseurs nomades qui arpentent les terres inhabitables du pays. Il est impossible d'agréger en un tout tant de modes de vie différents, car leurs intérêts sont souvent divergents ; mais, curieusement, il existe une force plus puissante que la farouche indépendance et les mœurs autarciques de chaque groupe : c'est la loyauté que ces gens ressentent pour le « roi » des Montagnards.

Les traditions nous apprennent que la lignée a pris naissance avec une juge-prophétesse, femme non seulement sage, mais également philosophe qui avait élaboré une théorie du gouvernement dont la pierre angulaire était que le chef est le serviteur suprême du peuple et que, de ce point de vue, il doit être absolument altruiste. On ignore l'époque précise où les juges sont devenus rois ; ce fut une mutation qui se fit graduellement, à mesure que se répandait le bruit de la sagesse et de l'équité de la sainte femme ou du saint homme qui résidait à Jhaampe. Le flux ne cessait de grossir de ceux qui venaient chercher conseil auprès du juge, prêts à se soumettre à sa décision, aussi les lois de la ville finirent-elles tout naturellement par être respectées dans toute la région des montagnes et de plus en plus de gens adoptèrent le code de Jhaampe. Et c'est ainsi que les juges devinrent rois ; mais, aussi stupéfiant que cela paraisse, ils continuèrent à se soumettre au décret qu'ils s'étaient imposé à eux-mêmes : servitude et sacrifice de soi pour le bien du peuple. La tradition jhaampienne regorge d'histoires de rois et de reines qui se sacrifièrent pour leur peuple de toutes les façons imaginables, depuis celui qui protégea de son corps de petits bergers contre des bêtes féroces jusqu'à tel autre qui s'offrit en otage en temps de guerre.

On dit souvent des Montagnards qu'ils sont rudes, presque sauvages ; mais en vérité le pays où ils vivent est implacable et leurs lois reflètent ce caractère. Il est vrai qu'on y abandonne les enfants mal formés ou, plus couramment, qu'on les noie ou qu'on les endort sans espoir de réveil. Les vieux choisissent souvent le Retrait, exil volontaire dans des lieux où le froid et la faim mettent un terme à toutes les infirmités. L'homme qui enfreint sa parole court le risque d'avoir la langue entaillée en plus de l'obligation de rembourser le double de la valeur du marché d'origine. De telles coutumes peuvent sembler barbares et prêter à sourire pour qui est habitué à l'existence paisible des Six-Duchés, mais elles sont particulièrement bien adaptées au monde du royaume des Montagnes.

*
* *

Vérité eut finalement gain de cause. Ce fut, je n'en doute pas, une victoire amère pour lui, car sa résistance obstinée avait trouvé un appui dans la soudaine recrudescence des raids. En l'espace d'un mois, deux villages furent brûlés et trente-deux habitants capturés pour être forgisés. Dix-neuf d'entre eux, semble-t-il, étaient munis des fioles de poison désormais courantes et avaient préféré se donner la mort. Une troisième bourgade, plus peuplée, avait été défendue avec succès, non par les troupes royales, mais par une milice mercenaire que les gens de la ville avaient engagée eux-mêmes. Par une ironie du destin, nombre des combattants étaient des Outrîliens immigrés qui mettaient ainsi à profit l'un de leurs rares talents. Et les murmures contre la passivité apparente du roi grandirent.

Essayer d'expliquer le travail de Vérité et du clan n'était guère utile ; ce qu'il fallait au peuple, ce qu'il voulait, c'étaient des bateaux de guerre pour défendre les côtes. Mais bâtir des vaisseaux, cela prend du temps, et les navires marchands reconvertis qui naviguaient déjà étaient des sabots pansus qui pataugeaient lourdement comparés aux fins bâtiments rouges qui nous harcelaient. Les promesses de nouveaux navires pour le printemps n'étaient qu'un piètre réconfort pour les paysans et les éleveurs qui s'efforçaient de protéger leurs moissons et leurs troupeaux de l'année. Et les Duchés de l'intérieur se plaignaient de plus en plus ouvertement d'avoir à payer des impôts toujours plus lourds pour défendre des côtes qui ne leur appartenaient pas ; pour leur part, les gouvernants des Duchés côtiers se demandaient ironiquement comment se débrouilleraient les gens de l'intérieur sans leurs ports et leurs navires de commerce pour écouler leurs marchandises. Au cours d'une réunion du Grand conseil parmi bien d'autres, il y eut une vive altercation durant laquelle le duc Bélier de Labour émit l'idée que céder les îles Proches et le cap Lointain représenterait une perte minime si cela permettait de diminuer les attaques, à quoi le duc Brondy de Béarn réagit en menaçant d'interdire toute circulation commerciale le long du fleuve de l'Ours, pour voir si Labour considérerait cela comme une perte minime. Le roi Subtil parvint à ajourner le conseil avant qu'ils en viennent aux mains, mais seulement après que le duc de Bauge eut clairement pris parti pour Labour. La ligne de fracture ne faisait que s'élargir à chaque mois qui passait et à chaque répartition des impôts ; il fallait à l'évidence ressouder le royaume, et Subtil était convaincu qu'un mariage princier y parviendrait.

Royal exécuta donc ses pas de danse diplomatiques et il fut convenu qu'il accepterait l'engagement de la princesse Kettricken à la place de son frère, avec son peuple pour témoin, et qu'il transmettrait à son tour la parole de Vérité ; une seconde cérémonie suivrait, naturellement, à Castelcerf, avec des représentants du peuple de Kettricken comme témoins. Pour la circonstance, Royal demeura dans la capitale du Royaume des montagnes ; sa présence dans cette ville créa un flot régulier d'émissaires, de présents et de fournitures entre Castelcerf et Jhaampe, et il se passait rarement une semaine sans qu'un cortège n'arrive ou ne s'en aille. Castelcerf bruissait d'activité.

Pour moi, c'était un mariage maladroitement bricolé ; les deux intéressés seraient unis depuis presque un mois lorsqu'ils se rencontreraient pour la première fois. Mais les artifices politiques prenant le pas sur les sentiments, les cérémonies séparées furent planifiées.

Je m'étais depuis longtemps remis de la ponction d'énergie que m'avait fait subir Vérité ; j'avais plus de mal, en revanche, à définir clairement ce que Galen m'avait infligé en m'obscurcissant l'esprit. Je l'aurais sans doute défié, en dépit des recommandations de Vérité, s'il n'avait pas quitté Castelcerf ; il était parti en compagnie d'un convoi à destination de Jhaampe, qu'il avait l'intention d'abandonner à Bauge où il avait de la famille à visiter. Le temps qu'il s'en revienne, je serais moi-même en route pour les montagnes ; c'est ainsi que Galen resta hors de ma portée.

Encore une fois, je me retrouvais avec trop de temps libre : je continuais à m'occuper de Léon, mais cela ne me prenait pas plus d'une heure ou deux par jour ; je n'avais rien appris de nouveau sur l'agression dont Burrich avait été victime, et Burrich ne faisait pas mine d'atténuer son ostracisme envers moi. J'avais fait une petite sortie à Bourg-de-Castelcerf, mais lorsque mes pas me menèrent par hasard vers la chandellerie, je la trouvai close, volets mis et silencieuse. Quelques questions à l'échoppe voisine me révélèrent que la boutique était fermée depuis une bonne dizaine de jours et qu'à moins de vouloir faire l'emplette d'un harnais de cuir, je pouvais prendre la porte et cesser d'enquiquiner le monde. Je repensai au jeune homme que j'avais vu en compagnie de Molly et leur souhaitai mes meilleurs vœux de malheur.

Sans autre raison que mon esseulement, je décidai de me mettre en quête du fou ; jamais encore je n'avais cherché à provoquer une rencontre et il s'avéra plus insaisissable que je ne l'avais imaginé.

Après quelques heures passées à errer au hasard dans la forteresse dans l'espoir de tomber sur lui, je pris mon courage à deux mains et entrepris de monter à sa chambre. Il y avait des années que je savais où elle était située, mais je n'y avais jamais mis les pieds, et pas seulement parce qu'elle était dans un coin reculé du château : le fou n'invitait pas à l'intimité, sauf à celle qu'il choisissait d'offrir lui-même, et uniquement lorsqu'il le voulait bien. Sa chambre se trouvait au sommet d'une tour. Geairepu m'avait dit que c'était autrefois une salle d'observation qui offrait une vue exceptionnelle sur les alentours de Castelcerf ; mais des ajouts ultérieurs au château avaient bloqué les perspectives et de nouvelles tours, plus élevées, avaient supplanté la pièce dans sa fonction. Depuis longtemps, elle n'avait plus d'utilité, sinon pour loger un fou.

J'y montai un jour, vers le début de la saison des moissons. L'air était déjà chaud et poisseux ; la tour était close, à l'exception des meurtrières qui n'illuminaient guère que les grains de poussière soulevés par mes pas. J'avais eu l'impression, tout d'abord, que l'obscurité du bâtiment était plus fraîche que l'atmosphère étouffante du dehors, mais, à mesure que je grimpais, l'air semblait devenir de plus en plus chaud et confiné, au point qu'à l'arrivée sur le dernier palier j'avais la sensation qu'il n'y avait plus rien à respirer. D'un poing léthargique, je frappai à la porte épaisse. « C'est moi, Fitz ! » criai-je, mais l'air chaud et immobile étouffa ma voix comme une couverture humide éteint une flamme.

Fut-ce un prétexte ? Aujourd'hui, puis-je prétendre que, croyant ne pas avoir été entendu, j'entrai pour voir si le fou était chez lui ? Ou bien que j'avais si chaud et soif que je poussai la porte dans l'espoir de trouver chez lui un peu d'air et d'eau ? La raison importe peu, je pense. Le fait est que je saisis le loquet, le soulevai et pénétrai dans la chambre.

« Fou ? » appelai-je ; pourtant je sentais qu'il n'était pas là, non pas à la façon dont je percevais habituellement la présence ou l'absence des gens, mais à cause du silence absolu qui m'accueillit. Cependant, je passai la porte et là, devant mes yeux ébahis, c'est une âme à nu qui s'offrit à moi.

C'était une débauche de lumière, de fleurs et de couleurs ; il y avait un métier à tisser dans un coin avec des paniers débordant d'écheveaux de fil fin et soyeux aux teintes vives, éclatantes ; le dessus-de-lit et les tentures devant les fenêtres ouvertes ne ressemblaient à rien que je connusse, tissés en motifs géométriques qui évoquaient, je ne sais comment, des champs de fleurs sous des ciels bleus. Dans une grande coupe en terre remplie d'eau flottaient des corolles et un mince saumoneau argenté nageait entre les tiges et parmi les cailloux aux teintes vives du fond. J'essayai d'imaginer le fou, pâle et cynique, au milieu de cette profusion de couleurs et d'ornements. Je m'avançai d'un pas et je vis quelque chose qui me fit bondir le cœur.

Un bébé ! Ce fut du moins ce que je crus d'abord et, sans réfléchir, je fis encore deux pas pour m'agenouiller auprès du panier qui l'abritait. Ce n'était pas un enfant vivant, en réalité, mais une poupée, façonnée avec un art si extraordinaire que je m'attendais presque à voir la respiration gonfler sa petite poitrine. J'approchai la main du visage pâle et délicat, mais n'osai pas le toucher ; la courbe du front, les paupières fermées, la légère ombre rose des joues minuscules, même la petite main posée sur les couvertures miniatures, tout cela était d'une perfection que je n'aurais pas crue possible. Avec quelle argile raffinée cette poupée avait été créée, je l'ignorais, ni quelle main avait encré les cils qui se recourbaient sur la joue du nourrisson. Le couvre-lit était entièrement brodé de pensées, et l'oreiller était en satin. Je ne sais combien de temps je restai là, à genoux, le souffle retenu comme s'il s'agissait d'un véritable bébé endormi ; mais je finis par me relever, sortis de la chambre du fou et tirai sans bruit la porte derrière moi. Je descendis lentement les marches interminables, l'esprit hésitant entre la crainte de rencontrer le fou dans l'escalier et la conscience qu'il y avait un habitant du château qui était au moins aussi seul que moi.

Umbre m'appela cette nuit-là, mais lorsque je me présentai à lui, il semblait ne m'avoir invité que dans le simple but de me voir. Nous nous installâmes devant l'âtre obscur et je lui trouvai l'air plus âgé que jamais : si Vérité était dévoré, Umbre, lui, était consumé ; ses mains maigres paraissaient presque desséchées et le blanc de ses yeux était strié de rouge. Il avait besoin de dormir, mais il avait préféré m'appeler ; pourtant, il restait muet et se contentait de grignoter vaguement la nourriture qu'il avait placée devant nous. N'y tenant plus, je décidai de l'aider.

« Vous avez peur que je n'y arrive pas ? demandai-je à mi-voix.

— À quoi ? répondit-il d'un air absent.

— À tuer le prince montagnard, Rurisk. »

Umbre se tourna vers moi : Le silence se prolongea un bon moment.

« Vous n'étiez pas au courant que le roi Subtil m'avait confié cette mission ? » fis-je enfin d'une voix hésitante.

Lentement, son regard revint à la cheminée vide et il l'examina avec autant d'attention que s'il s'y trouvait des

410

flammes qu'il pût déchiffrer. « Je ne suis que le fabricant d'outils, dit-il calmement. Un autre se sert de ce que je crée.

— Vous pensez que ce n'est pas une bonne… mission ? Que ce n'est pas bien ? » Je pris une inspiration. « À ce qu'on m'a dit, il n'en a plus pour très longtemps à vivre, de toute façon. Ce serait presque une bénédiction, peut-être, que la mort le prenne tranquillement dans son sommeil, au lieu de… »

Umbre m'interrompit d'une voix douce : « Mon garçon, ne cherche jamais à te croire autre chose que ce que tu es, tout comme moi : un assassin. Nous ne sommes pas les agents miséricordieux d'un roi plein de sagesse, mais des assassins politiques qui donnent la mort pour permettre à notre monarchie de se maintenir. Voilà ce que nous sommes. »

À mon tour, je plongeai les yeux dans les flammes inexistantes. « Vous ne me facilitez pas la tâche ; et elle n'était déjà pas facile. Pourquoi ? Pourquoi avez-vous fait de moi ce que je suis, si vous essayez maintenant de saper ma détermination… ? » Ma question mourut sur mes lèvres, à demi formée.

« Je pense… peu importe. C'est peut-être une espèce de jalousie de ma part, mon garçon ; je me demande sans doute pourquoi Subtil t'emploie de préférence à moi ; est-ce que je crains d'être trop vieux pour son service ? Possible ; et, maintenant que je te connais, peut-être que je regrette d'avoir fait de toi… » Et ce fut au tour d'Umbre de se taire, en laissant ses pensées s'aventurer là où ses paroles ne pouvaient les suivre.

Nous demeurâmes assis côte à côte, perdus dans nos réflexions sur la besogne qui m'attendait. Il ne s'agissait pas d'appliquer la justice du roi ; il ne s'agissait pas d'une condamnation à mort à cause d'un crime ; il s'agissait simplement de se débarrasser d'un homme afin d'acquérir un surcroît de pouvoir. Je restai sans bouger jusqu'au moment où j'en vins à me demander si j'allais obéir ; alors j'ouvris les yeux et vis un couteau à fruit en argent planté dans le manteau de la cheminée d'Umbre ; du coup, je crus savoir la réponse.

« Vérité a exprimé des plaintes en ton nom, dit soudain Umbre.

— Des plaintes ? demandai-je d'une voix faible.

— Devant Subtil. D'abord, il a affirmé que Galen t'avait maltraité et trompé ; cette plainte-ci, il l'a déposée en toute formalité, en disant que Galen avait privé le royaume de ton Art, en des circonstances où ton concours aurait été des plus utiles. Il a ensuite suggéré à Subtil, officieusement, de régler la question avec Galen avant que tu ne t'en occupes toi-même. »

Devant l'expression d'Umbre, je compris qu'on l'avait mis au courant de toute ma discussion avec Vérité ; je n'étais pas très sûr que cela me plaise. « Il n'est pas question que je me venge de Galen, maintenant que Vérité m'a demandé de ne rien faire », répondis-je.

Umbre approuva du regard. « C'est ce que j'ai affirmé à Subtil ; mais il m'a néanmoins ordonné de te dire qu'il se chargeait de l'affaire. En cette occasion, le roi applique lui-même sa justice. Tu n'as qu'à attendre et être satisfait.

— Que va-t-il faire ?

— Je l'ignore. Je pense qu'il n'en sait encore rien lui-même ; Galen a besoin d'une réprimande, mais il ne faut pas oublier que, s'il s'avère nécessaire de former d'autres clans, Galen ne doit pas se sentir trop brimé. » Umbre toussota, puis reprit un ton plus bas : « Vérité a déposé une autre plainte ; sans prendre de gants, il nous a accusés, Subtil et moi, d'être prêts à te sacrifier pour le royaume. »

Nous y étions ! Voilà donc pourquoi Umbre m'avait appelé cette nuit. Je gardai le silence.

Umbre poursuivit plus lentement : « Subtil s'est récrié qu'il n'y avait jamais songé ; pour ma part, je n'avais jamais eu l'idée que ce fût possible. » Il soupira encore une fois, comme s'il lui en coûtait de prononcer ces mots. « Subtil est roi, mon garçon. Son premier souci doit toujours être le royaume. »

Il se tut. Le silence se prolongea longtemps. Puis je dis : « Vous prétendez qu'il serait prêt à me sacrifier. Sans remords. »

Ses yeux ne quittèrent pas l'âtre. « Toi, moi, même Vérité, s'il le jugeait nécessaire pour la survie du royaume. » Enfin, il me regarda. « Ne l'oublie jamais. »

La veille du jour où la caravane devait quitter Castelcerf, Brodette vint frapper à ma porte. Il était tard et lorsqu'elle m'annonça que Patience désirait me voir, je demandai bêtement : « Tout de suite ?

— Ma foi, vous partez demain », observa Brodette, et je la suivis docilement comme si sa réponse était logique.

Je trouvai Patience installée dans un fauteuil rembourré, une robe aux broderies extravagantes passée sur sa chemise de nuit. Ses cheveux défaits tombaient sur ses épaules et, comme je m'asseyais là où elle me l'avait indiqué, Brodette se remit à les brosser.

« J'attendais que tu viennes me faire tes excuses », dit Patience.

J'ouvris aussitôt la bouche pour m'exécuter, mais elle me fit signe de me taire d'un air irrité.

« En parlant avec Brodette, je me suis rendu compte que je t'avais déjà pardonné. Les garçons, me suis-je dit, ont en eux une certaine rudesse qu'ils doivent exprimer ; j'estime qu'il n'y avait nulle méchanceté dans ta conduite, par conséquent tu n'as pas à t'en excuser.

— Mais je la regrette ! protestai-je. C'est que je ne voyais pas comment…

— Il est trop tard pour t'excuser, je t'ai déjà pardonné, fit-elle d'un ton enjoué. D'ailleurs, nous n'en avons plus le temps. Tu devrais déjà dormir à l'heure qu'il est, j'en suis sûre. Mais comme tu vas faire tes premiers pas dans la vraie vie de la cour, je voulais te donner quelque chose avant ton départ. »

J'ouvris la bouche, puis la refermai. Si elle voulait considérer ce voyage comme mes premiers pas dans la vie de la cour, je n'allais pas discuter.

« Assieds-toi ici », m'ordonna-t-elle en m'indiquant le sol à ses pieds.

Je m'approchai et obéis. Je remarquai alors sur ses genoux une petite boîte en bois foncé, décorée d'un cerf en bas-relief sur le couvercle. Lorsqu'elle l'ouvrit, je sentis l'odeur du bois aromatique, et elle fit apparaître une boucle d'oreille, à peine plus grosse qu'un clou, qu'elle plaça près de mon visage. « Trop petit, marmonna-t-elle. À quoi bon porter des bijoux si personne ne les voit ? » Elle en essaya plusieurs autres et les rejeta avec des commentaires de la même veine. Enfin, elle en prit une à motif de minuscule résille d'argent dans laquelle une pierre bleue était emprisonnée. Elle fit une grimace, puis hocha la tête de mauvais gré. « Cet homme a du goût. Quels que soient ses défauts par ailleurs, il a du goût. » Elle présenta la boucle devant mon oreille, puis, sans le moindre avertissement, elle enfonça le clou, qui traversa le lobe de part en part.

Je poussai un glapissement aigu et me plaquai la main sur l'oreille, mais Patience l'écarta d'une tape. « Ne fais pas l'enfant ! Ça ne picote qu'une minute. » Il y avait une espèce de fermoir à l'arrière et elle me tordit impitoyablement l'oreille pour le mettre en place. « Voilà. Ça lui va bien, tu ne trouves pas, Brodette ?

— Très bien », acquiesça l'intéressée sans lever le nez de son éternel ouvrage.

Patience me congédia d'un geste. Comme je me levais, elle dit : « Rappelle-toi, Fitz : que tu saches artiser ou non, que tu portes ce nom ou pas, tu es le fils de Chevalerie. Veille à te conduire honorablement. Et maintenant, va dormir un peu.

— Avec l'oreille dans cet état ? » répondis-je, en lui montrant le bout de mes doigts taché de sang.

Elle rougit. « Je n'avais pas réfléchi… Je suis navrée… »

414

Je l'interrompis : « Trop tard pour les excuses. Je vous ai déjà pardonnée. Et merci. » Brodette riait encore sous cape quand je sortis.

Je me réveillai tôt le lendemain pour prendre ma place dans la caravane nuptiale ; elle emportait des présents somptueux, témoignages des liens nouveaux entre les familles. D'abord, ceux pour la princesse Kettricken elle-même : une jument de grande race, des bijoux, des tissus fins, des servantes et des parfums rares ; ensuite, pour sa famille et son peuple : des chevaux, des faucons et de l'orfèvrerie pour son père et son frère, naturellement, mais les cadeaux les plus importants étaient offerts pour le royaume, car selon les traditions de Jhaampe, la princesse appartenait davantage à son peuple qu'à sa famille ; il y avait donc des animaux reproducteurs, bovins, ovins, chevaux et volailles, de puissants arcs en bois d'if tels que les montagnards n'en possédaient pas, des outils en bon acier de Forge pour travailler le métal, et d'autres présents jugés propres à améliorer la vie des gens des montagnes. Et puis, il y avait des ouvrages savants, sous la forme de plusieurs herbiers parmi les mieux illustrés de Geairepu, de tablettes médicales et d'un manuscrit sur la fauconnerie, reproduction fidèle et soignée de celui qu'avait rédigé Fauconnier lui-même. Ces derniers articles constituaient mon prétexte pour accompagner la caravane.

Ils me furent confiés en même temps qu'une généreuse provision des herbes et des racines mentionnées dans l'ouvrage, et de graines à planter pour les espèces qui ne se conservaient pas. Ce n'était pas un présent insignifiant et je prenais la responsabilité de le livrer en parfait état avec autant de sérieux que mon autre mission. Tout fut minutieusement emballé, puis placé dans un coffre de cèdre ouvragé. Je vérifiais une dernière fois les différents paquets avant de descendre le coffre dans la cour lorsque la voix du fou s'éleva derrière moi.

« Je t'ai apporté ça. »

Je me retournai et le vis encadré dans ma porte. Il n'avait fait aucun bruit. Il me tendait une bourse de cuir. « Qu'est-ce que c'est ? » demandai-je, en m'efforçant d'effacer de ma voix les fleurs et la poupée.

« De la purge marine. »

Je haussai les sourcils. « Un cathartique ? Comme cadeau de mariage ? On peut considérer ça comme approprié, j'imagine, mais les herbes que j'emporte conviennent au climat des montagnes, tandis que ça…

— Ce n'est pas un cadeau de mariage. C'est pour toi. »

Je pris la bourse avec des sentiments mêlés : le dépuratif qu'elle contenait était extrêmement puissant. « Merci de penser à moi ; mais d'ordinaire, quand je voyage, je ne suis pas sujet aux indispositions, et…

— D'ordinaire, quand tu voyages, tu ne risques pas de te faire empoisonner.

— Chercherais-tu à me dire quelque chose ? » J'essayais d'adopter un ton léger et badin : je trouvais qu'il manquait à la conversation les grimaces et les moqueries habituelles du fou.

« Seulement que tu ferais bien de toucher le moins possible, voire pas du tout, aux aliments que tu n'auras pas préparés toi-même.

— À tous les banquets et à tous les festins qu'il y aura ?

— Non. Uniquement à ceux auxquels tu voudras survivre. » Et il s'apprêta à s'en aller.

« Je m'excuse, bredouillai-je en hâte. Je ne voulais pas être indiscret. Je te cherchais, il faisait une chaleur à mourir et comme ta porte n'était pas verrouillée, je suis entré. Je ne venais pas t'espionner. »

Il était de dos et il ne se retourna pas pour me demander : « Et tu as trouvé le spectacle amusant ?

— Je… » Les mots me fuyaient pour lui assurer que ce que j'avais vu resterait entre nous. Il fit deux pas et commença de refermer la porte derrière lui. Je bafouillai rapidement : « Ça m'a fait regretter de n'avoir pas un coin qui

416

me ressemble autant que ta chambre te ressemble, un jardin secret comme le tien. »

La porte resta entrebâillée d'un empan. « Suis mes conseils et tu survivras peut-être à ton voyage. Lorsque tu cherches à percer les motivations d'un homme, n'oublie pas que tu ne dois pas mesurer son grain avec ton boisseau. Il ne se sert peut-être pas du même que toi. »

La porte se ferma ; le fou était parti. Mais ses derniers mots étaient assez sibyllins et troublants pour me laisser penser que, peut-être, il m'avait pardonné mon intrusion.

Je fourrai la purge marine sous mon pourpoint, à contre-cœur, mais trop inquiet désormais pour ne pas la prendre. Je jetai un dernier coup d'œil à ma chambre, mais c'était toujours la même pièce nue et fonctionnelle. Maîtresse Pressée s'était occupée de mes bagages sans vouloir me laisser le soin de plier mes vêtements neufs ; j'avais remarqué que le cerf barré de mon écusson avait été remplacé par un cerf avec les andouillers baissés, prêt à charger. « Ordre de Vérité, m'avait-elle seulement répondu quand je l'avais questionnée. Personnellement, je préfère cet emblème à l'ancien. Pas toi ?

— Si, sans doute », avais-je dit, et on n'en avait plus parlé. Un nom et un emblème. Je hochai la tête, hissai le coffre aux herbes et aux manuscrits sur mon épaule et descendis rejoindre la caravane.

Dans l'escalier, je croisai Vérité. J'eus d'abord du mal à le reconnaître, car il montait les marches comme un vieillard, l'air revêche ; je m'écartai pour lui laisser le passage et je le reconnus alors, quand il me jeta un regard. Cela fait une impression bizarre de voir quelqu'un de familier alors qu'on s'attend à des traits inconnus. Je notai ses vêtements désormais trop larges pour lui, et la broussaille de ses cheveux, autrefois noire, aujourd'hui saupoudrée de gris. Il m'adressa un sourire distrait, et puis, comme si une idée lui était subitement venue, il m'arrêta.

417

« Tu pars au royaume des Montagnes ? Pour la cérémonie de mariage ?

— Oui.

— Tu veux bien me rendre un service, mon garçon ?

— Naturellement, dis-je, déconcerté par sa voix rauque.

— Parle de moi en bien à la princesse ; sans mentir, attention, ce n'est pas ce que je te demande. Mais présente-moi sous un jour favorable. J'ai toujours pensé que tu me considérais comme quelqu'un de bien.

— C'est vrai, fis-je alors qu'il m'avait déjà tourné le dos. C'est vrai, messire. » Mais il ne me regarda pas et ne me répondit pas ; je restai avec un sentiment proche de celui que le départ du fou m'avait laissé.

La cour grouillait de gens et d'animaux. On n'emmenait pas de chariots, cette fois-ci ; de notoriété publique, les routes des montagnes étaient exécrables et des animaux de bât ralentiraient moins l'expédition : il ne serait pas convenable que la suite royale fût en retard pour le mariage, alors que déjà le marié n'y participait pas.

Les troupeaux étaient partis en avance depuis plusieurs jours ; le voyage devait durer deux semaines, mais on en avait prévu trois par précaution. Je m'occupai de faire attacher le coffre de cèdre sur une bête, puis allai rejoindre Suie pour attendre le départ. Bien que la cour fût pavée, une poussière épaisse flottait dans l'air brûlant, et, malgré les soigneux préparatifs auxquels elle avait donné lieu, la caravane paraissait en proie à la plus grande confusion. J'aperçus Sevrens, le valet préféré de Royal ; ce dernier l'avait renvoyé à Castelcerf un mois auparavant, porteur d'instructions précises à propos de certains habits qu'il voulait qu'on lui fabrique ; Sevrens marchait sur les talons de Pognes ; il était très agité et avait l'air de se plaindre de quelque chose, ce qui semblait singulièrement énerver le garçon d'écurie. Lorsque maîtresse Pressée m'avait fait ses ultimes recommandations sur les soins à donner à mes nouveaux vêtements, elle m'avait appris que Sevrens emportait une telle quantité de tenues, de coiffes et d'affûtiaux tout neufs pour Royal qu'on lui avait alloué trois animaux de bât pour les convoyer. Je supposais que l'entretien des trois bêtes avait été confié à Pognes, car Sevrens, bien qu'excellent valet, se montrait craintif avec les grands animaux. Chahu, l'homme à tout faire de Royal, suivait les deux hommes, massif, l'air de mauvaise humeur et impatient. Sur une de ses larges épaules, il portait une malle – encore une ! –, objet peut-être des plaintes de Sevrens. Je les perdis rapidement de vue parmi la foule.

J'eus la surprise de découvrir Burrich en train de régler les guides des chevaux de reproduction et de la jument destinée à la princesse. Le responsable de ces animaux est bien capable de s'en occuper tout seul, quand même ! me dis-je. Et puis, en le voyant se mettre en selle, je compris soudain qu'il faisait lui aussi partie de la caravane. J'examinai les alentours pour repérer qui l'accompagnait, mais je n'aperçus aucun garçon d'écurie que je connaisse, à part Pognes ; quant à Cob, il se trouvait à Jhaampe avec Royal. Burrich avait donc décidé de faire le travail seul. Ça ne m'étonnait pas.

Auguste était là aussi, monté sur une belle jument grise, et il attendait avec une impassibilité presque inhumaine. Déjà sa participation au clan l'avait changé : autrefois, c'était un garçon rondouillard, peu bavard mais sympathique ; il avait les mêmes cheveux noirs et broussailleux que Vérité, et j'avais entendu dire qu'enfant, il ressemblait à son cousin. Je songeai qu'à mesure que ses devoirs d'artiseur grandiraient, ses points communs avec Vérité ne feraient que s'accentuer. Il serait présent au mariage et servirait en quelque sorte de fenêtre à Vérité cependant que Royal prononcerait les vœux au nom de son frère. Royal donnait sa voix à Vérité, Auguste ses yeux, me dis-je ; et moi, qu'étais-je ? Son poignard ?

Je m'installai sur Suie, autant pour m'écarter des gens qui échangeaient des au revoir et des recommandations de dernière minute que pour quantité d'autres raisons. J'aurais voulu que nous soyons déjà loin sur la route, mais une éternité parut s'écouler avant que la procession ne se forme tant bien que mal et qu'on ne termine de resserrer sangles et courroies. Et puis, presque brutalement, les étendards furent levés, une trompe sonna et la file de chevaux, d'animaux de bât et d'hommes se mit en branle. Je regardai en l'air et vis que Vérité était monté au sommet de sa tour pour assister à notre départ. Je lui fis un signe de la main, sans espoir qu'il me reconnaisse parmi tant de monde, puis nous franchîmes les portes et nous engageâmes sur la route montueuse qui s'en allait de Castelcerf vers l'ouest.

Notre trajet nous emmènerait le long des rives du fleuve Cerf, que nous traverserions au large gué près de la frontière entre les duchés de Cerf et de Labour. De là, nous passerions les vastes plaines de Labour, dans une chaleur écrasante comme je n'en avais jamais connu, jusqu'au lac Bleu ; ensuite, nous suivrions une rivière nommée Froide, tout simplement, qui prenait sa source dans le royaume des Montagnes. Au gué de la Froide, la route commerciale commençait, s'enfonçait dans l'ombre des montagnes et montait de plus en plus haut jusqu'au col des Tempêtes d'où elle redescendait vers les forêts luxuriantes du désert des Pluies. Nous n'irions pas si loin ; nous nous arrêterions à Jhaampe, qui était ce qui se rapprochait le plus d'une ville dans le royaume des Montagnes.

À certains points de vue, ce fut un voyage sans rien d'extraordinaire, si l'on excepte les incidents qui émaillent inévitablement ce genre de trajets. Au bout de trois jours à peu près, la caravane s'installa dans une routine remarquablement monotone, où seuls les paysages que nous traversions apportaient une note de changement. Dans chaque village, dans chaque hameau, on nous retardait par des cérémonies de bienvenue, de bons vœux et de félicitations pour les festivités de mariage du prince héritier.

Mais une fois dans les grandes plaines de Labour, les agglomérations se firent rares et espacées ; les riches fermes et les cités marchandes de Labour se situaient bien loin au nord de notre route, sur les berges de la Vin ; nous, nous traversions des plaines dont les habitants étaient surtout des éleveurs nomades qui n'édifiaient de villages qu'en hiver, lorsqu'ils s'installaient le long des voies commerciales pour ce qu'ils appelaient la « saison verte ». Nous croisâmes des troupeaux de moutons, de chèvres, de chevaux et, moins souvent, de porcs, de cette race dangereuse et de grande taille qu'ils nommaient haragars, mais nos contacts avec les indigènes se limitaient généralement à la vision de leurs tentes coniques au loin, ou d'un berger assis très droit sur sa selle, sa houlette haut levée en signe de salut.

Pognes et moi tissâmes de nouveaux liens d'amitié. Nous partagions nos repas du soir autour d'un petit feu de camp, et il me régalait d'anecdotes sur les soucis sans fin de Sevrens, lequel s'inquiétait de la poussière qui risquait de se mettre dans les robes de soie, des mites qui pouvaient s'installer dans les cols de fourrure, des mauvais plis qui menaçaient d'abîmer les velours durant ce long voyage. Moins enjouées étaient les plaintes de Pognes au sujet de Chahu, dont je n'avais pas moi-même un souvenir agréable : Pognes le décrivait comme un pénible compagnon de route, car il paraissait constamment soupçonner le garçon d'écurie de vouloir chaparder dans les paquetages de Royal. Un soir, Chahu vint même nous trouver auprès de notre feu et nous délivra laborieusement un avertissement des plus vagues et des plus indirects à l'intention de qui comploterait de dépouiller son maître. Mais à part ce genre de petits désagréments, nos soirées étaient paisibles.

Le temps restait au beau et, si nous transpirions dans la journée, les nuits étaient douces ; je dormais sur ma couverture sans rien d'autre que mes vêtements pour me protéger. Chaque soir, je vérifiais le contenu de mon coffre et m'employais à empêcher les racines de se dessécher complètement et les cahots d'endommager les manuscrits et les tablettes. Une nuit, je fus réveillé par un grand hennissement de Suie et il me sembla que le coffre n'était plus exactement dans la position où je l'avais laissé ; mais un rapide coup d'œil à l'intérieur me convainquit que rien ne manquait et, quand j'en parlai à Pognes, il se contenta de me demander si je n'étais pas en train d'attraper la maladie de Chahu.

Les hameaux et les bergers que nous rencontrions souvent nous fournissaient généreusement en aliments frais, si bien que, de ce point de vue, le voyage se passait sans encombre ; en revanche, l'eau était moins abondante que nous n'aurions pu le souhaiter, mais chaque jour nous trouvions quand même une source ou un puits à la limpidité douteuse où nous abreuver, et, tout bien considéré, nous n'étions pas malheureux.

Je voyais rarement Burrich : il se levait avant tout le monde et précédait le gros de la caravane afin que ses bêtes disposent des meilleurs pâturages et de l'eau la plus propre ; je le connaissais : il voulait présenter des chevaux en parfaite condition à notre arrivée à Jhaampe. Auguste aussi était quasiment invisible ; techniquement responsable de l'expédition, il en laissait dans la pratique le commandement au capitaine de sa garde d'honneur ; était-ce par sagesse ou par flemme ? je n'arrivais pas à le savoir ; quoi qu'il en fût, il se tenait en général à l'écart, bien qu'il permît à Sevrens de le servir et de partager sa tente et ses repas.

Pour moi, j'avais presque l'impression de retomber en enfance : mes responsabilités étaient très limitées et j'avais trouvé en Pognes un compagnon plein d'entrain qui n'avait guère besoin d'encouragements pour puiser dans son immense réserve d'histoires et de commérages. Je passais souvent des jours entiers sans me rappeler qu'à la fin du voyage, j'allais assassiner un prince.

Ce genre de pensées ne me venaient en général que lorsque je me réveillais en pleine nuit ; dans le ciel de Labour, les étoiles semblaient bien plus nombreuses qu'à Castelcerf et, les yeux perdus dans leur fourmillement, je passais en revue tous les moyens de tuer Rurisk. Je possédais un autre coffre, tout petit, que j'avais soigneusement rangé dans le sac qui contenait mes vêtements et mes objets personnels, avec beaucoup d'anxiété, car la mission qui m'incombait devait être exécutée à la perfection, sans soulever l'ombre d'un soupçon. De plus, le minutage était crucial : le prince ne devait surtout pas mourir alors que j'étais encore à Jhaampe, ni avant que les cérémonies fussent achevées à Castelcerf et le mariage consommé, car cela pourrait être perçu comme de mauvais augure pour le couple. Ç'allait être un meurtre délicat à organiser.

Parfois, je me demandais pourquoi c'était à moi qu'on l'avait confié, et non à Umbre. Était-ce une espèce d'épreuve qui me vaudrait d'être exécuté si j'échouais ? Ou bien Umbre était-il simplement trop vieux pour relever le défi, ou trop précieux pour qu'on l'y risque ? À moins qu'il dût en priorité s'occuper de la santé de Vérité ? Et lorsque, par un effort de volonté, je me détournais de ces questions, je me retrouvais à m'interroger sur la pertinence d'employer une poudre qui irriterait les poumons fragiles de Rurisk, afin d'accentuer sa toux jusqu'à l'en faire mourir ; je pourrais en saupoudrer ses oreillers et sa literie. Je pouvais également lui proposer un remède contre la douleur qui l'intoxiquerait lentement et le mènerait à un sommeil dont il ne se réveillerait pas. Je disposais aussi d'un tonique qui fluidifiait le sang ; si le prince souffrait déjà d'une hémorragie pulmonaire chronique, cela pourrait suffire à l'expédier. Enfin, j'avais un poison rapide, mortel et insipide comme de l'eau ; il suffisait d'imaginer un moyen sûr pour que Rurisk ne l'ingurgite qu'à un moment suffisamment éloigné dans le temps pour écarter de moi tous les soupçons. Toutes ces réflexions n'étaient guère propices au sommeil ; cependant, le grand air et l'exercice les contraient d'habitude efficacement et je me réveillais souvent le matin en me réjouissant d'avance de la journée qui m'attendait.

Quand nous arrivâmes enfin en vue du lac Bleu, ce fut comme un miracle dans le lointain ; il y avait des années que je n'avais pas passé tant de temps si loin de la mer, et je fus surpris du plaisir avec lequel j'aperçus l'étendue d'eau. Mon esprit fut envahi par les perceptions des animaux du convoi qui sentaient l'odeur de l'eau pure. Le paysage devint verdoyant et moins âpre à mesure que nous nous rapprochions du grand lac et, le soir, nous eûmes du mal à empêcher les chevaux de s'empiffrer d'herbe grasse.

Des armadas de bateaux marchands circulaient sur le lac Bleu et les teintes de leurs voiles indiquaient non seulement ce qu'ils vendaient mais aussi à quelle famille ils appartenaient ; les bâtiments qui bordaient l'eau se dressaient sur des pilotis. On nous y accueillit chaleureusement et on nous régala de poisson d'eau douce, au goût exotique pour mon palais accoutumé aux produits de la mer, ce qui me donna l'impression d'être un explorateur en terre inconnue ; d'ailleurs, notre opinion de nous-mêmes, à Pognes et moi, faillit ne plus connaître de bornes lorsque des jeunes filles aux yeux verts, issues d'une famille de marchands de grains, vinrent en pouffant de rire se joindre à nous, un soir, autour de notre feu de camp. Elles avaient apporté de petits tambours vivement colorés et accordés sur des notes différentes, et elles en jouèrent en chantant jusqu'au moment où leurs mères vinrent les chercher, la réprimande aux lèvres. Ç'avait été une expérience enivrante et je ne pensai pas une seule fois au prince Rurisk cette nuit-là.

Nous traversâmes le lac en direction du nord-ouest sur des bacs à fond plat qui ne m'inspiraient nulle confiance. Sur la rive d'en face, nous nous retrouvâmes soudain en territoire boisé et la chaleur accablante des plaines de Labour se transforma en souvenir nostalgique. Notre route nous fit traverser d'immenses forêts de cèdres piquetées çà et là de bosquets de bouleaux blancs à papier, et mêlées, dans les zones brûlées, d'aunes et de saules. Les sabots des chevaux faisaient un bruit mat sur l'humus noir de la piste forestière et les douces odeurs de l'automne nous enveloppaient. Nous vîmes des oiseaux étranges et, une fois, j'aperçus un grand cerf d'une couleur et d'une espèce que je ne connaissais pas et que je n'ai jamais rencontrées depuis. Les chevaux ne trouvaient guère à brouter, la nuit, et nous nous félicitâmes d'avoir acheté du grain aux habitants du lac. Le soir, nous allumions des feux et Pognes et moi partagions la même tente.

Nous gagnions désormais régulièrement de l'altitude ; notre route contournait les pentes les plus abruptes, mais nous montions indiscutablement dans les montagnes. Un après-midi, nous rencontrâmes une délégation venue de Jhaampe pour nous accueillir et nous guider ; du coup, nous voyageâmes plus rapidement et nos soirées étaient illuminées par les musiciens, les poètes et les jongleurs, sans oublier les mets délicats, que nos hôtes avaient apportés dans leurs bagages. Ils ne ménageaient pas leurs efforts pour nous mettre à l'aise et nous honorer, mais je trouvais leurs différences avec nous extrêmement étranges et presque inquiétantes, et je devais souvent me rappeler ce que Burrich et Umbre m'avaient enseigné sur les bonnes manières, tandis que le pauvre Pognes se coupait presque totalement de ces nouveaux compagnons.

Physiquement, ils étaient chyurdas, pour la plupart, et tels que je m'y attendais : grands, le teint pâle, les cheveux et les yeux clairs, certains même roux comme des renards. C'étaient des gens bien bâtis, les femmes comme les hommes ; tous portaient apparemment un arc ou une fronde et ils étaient visiblement plus à l'aise à pied qu'à cheval ; ils étaient vêtus de laine et de cuir, et même les plus humbles d'entre eux arboraient des fourrures somptueuses comme s'il s'agissait du drap le plus grossier. Ils marchaient à côté de nous, qui étions à cheval, et paraissaient n'avoir aucun mal à soutenir notre allure toute la journée. Ils chantaient, au rythme de leurs pas et dans une langue ancienne, de vieux chants presque plaintifs, mais entrecoupés de cris de victoire ou de joie. Je devais apprendre par la suite qu'ils nous narraient ainsi leur histoire, afin que nous sachions mieux à quel peuple notre prince nous alliait. Je compris peu à peu que nos compagnons étaient pour la plupart des ménestrels et des poètes, des « accueillants », si l'on traduisait littéralement leur terme, envoyés selon la tradition recevoir les hôtes et les rendre heureux d'être venus avant même leur arrivée.

Au cours des deux jours suivants, notre piste s'élargit, car d'autres routes et chemins venaient s'y fondre à mesure que nous approchions de Jhaampe, et elle se transforma enfin en une vaste voie commerciale, parfois revêtue de pierre blanche concassée. Et plus Jhaampe approchait, plus notre procession devenait considérable, car nous étions rejoints par des masses d'hommes et de femmes envoyés par leurs villages et leurs tribus, des plus lointains confins du royaume des Montagnes, pour voir leur princesse se promettre au puissant prince des basses terres. Bientôt, enfin, suivis par une légion de chiens, de chevaux et d'espèces de chèvres utilisées comme bêtes de somme, d'une cohorte de charrettes pleines de présents et d'une foule de gens d'allure et de condition variées qui avançaient en familles ou en groupes, nous arrivâmes à Jhaampe.

20

JHAAMPE

« … Et qu'il vienne donc, ce peuple auquel j'appartiens, et quand il arrivera dans la cité, que tous puissent toujours dire : "Ceci est notre cité et notre foyer pour tout le temps que nous voudrons rester". Qu'il y ait toujours de l'espace, que (mots illisibles) des troupeaux. Alors, il n'y aura pas d'étrangers à Jhaampe, mais seulement des voisins et des amis qui iront et viendront à leur gré. » Et, en cela comme en toutes choses, la volonté de l'Oblat fut respectée.

*
* *

Ce texte, je le lus des années plus tard sur le fragment d'une tablette sacrée des Chyurdas, et je compris enfin Jhaampe. Mais lors de ce premier contact, alors que nous montions vers la ville, j'eus un sentiment à la fois de déception et de stupéfaction devant ce que je vis.

Les temples, les palais et les édifices publics m'évoquèrent d'immenses tulipes fermées, tant par leurs formes que par leurs couleurs ; ils doivent leur conformation particulière aux abris de peau traditionnels des nomades qui fondèrent la cité, et leurs couleurs au seul goût des Montagnards qui aiment les teintes vives. Tous les bâtiments avaient été repeints de frais pour notre venue et les épousailles de la princesse, ce qui leur donnait un aspect presque criard ;

les dégradés de violet semblaient dominer, rehaussés de diverses teintes de jaune, mais toutes les couleurs étaient représentées. Un carré de crocus qui pousseraient dans une terre noire parsemée de neige, voilà quelle serait peut-être la meilleure évocation de ce spectacle, car, par contraste, les rochers et les conifères sombres des montagnes avivaient encore les teintes éclatantes des maisons. En outre, la ville se dresse sur un terrain au moins aussi escarpé que celui de Bourg-de-Castelcerf, si bien que, lorsqu'on la contemple d'en bas, ses couleurs et ses lignes apparaissent étagées, comme des fleurs artistement disposées dans un panier.

Mais de plus près, nous vîmes entre les grands édifices des tentes, des huttes temporaires et toutes sortes de petits abris ; car à Jhaampe, seuls les bâtiments publics et les demeures royales sont permanents : tout le reste varie au gré des marées de pèlerins venus visiter leur capitale, requérir un jugement de la part de l'Oblat, comme ils appellent le roi ou la reine, admirer les édifices où sont conservés leurs trésors et leurs ouvrages savants, ou plus simplement commercer et renouer avec d'autres nomades. Les tribus vont et viennent, on monte des tentes, on y habite un mois ou deux, et puis, un beau matin, il n'y a plus que de la terre nue là où elles se dressaient, jusqu'à ce qu'un autre groupe s'approprie provisoirement l'endroit. Pourtant, on n'a nul sentiment de confusion, car les rues sont bien définies et pourvues de marches de pierre dans les pentes les plus raides ; il y a des puits, des établissements de bains et de sudation répartis régulièrement dans toute la ville et les lois les plus strictes sont observées concernant les ordures et les déchets. C'est également une cité verdoyante, car entourée de pâtures pour ceux qui voyagent avec leurs troupeaux et leurs chevaux, pâtures pourvues de puits et d'arbres aux ramures ombreuses pour délimiter les zones où planter les tentes ; et dans la cité elle-même se trouvent des étendues de jardins mieux soignés que tous ceux de Castelcerf et décorés de fleurs et d'arbres sculptés. Les visiteurs de passage laissent là leurs créations, sculptures sur pierre, bois gravé ou chimères en terre cuite peintes de couleurs vives. D'un certain point de vue, cela me rappelait la chambre du fou, car dans les deux cas, couleurs et formes n'avaient d'autre but que le plaisir des yeux.

Nos guides nous menèrent à une pâture à l'extérieur de la cité en nous faisant comprendre qu'elle nous était réservée ; au bout d'un moment, il devint évident qu'ils pensaient nous voir laisser chevaux et mules sur place et poursuivre notre route à pied. À cette occasion, Auguste, chef nominal de notre caravane, ne fit guère preuve de diplomatie et je fis la grimace en l'entendant expliquer d'un ton irrité que nous avions apporté beaucoup trop d'affaires pour les transporter à pied dans la ville, et qu'après notre voyage beaucoup d'entre nous étaient trop fatigués pour envisager de gaieté de cœur une ascension jusqu'au sommet de la cité. Je me mordis la lèvre et observai sans rien dire la confusion respectueuse de nos hôtes. Royal devait être au courant de ces coutumes ; pourquoi ne nous en avait-il pas averti, afin de nous éviter de passer dès notre arrivée pour des rustres et des faiseurs d'embarras ?

Mais le comité d'accueil s'adapta rapidement à nos étranges manières, et nous pria de nous reposer et de faire montre de patience. Nous demeurâmes quelques minutes à tourner en rond, en essayant vainement de paraître à l'aise. Chahu et Sevrens vinrent nous rejoindre, Pognes et moi, et nous partageâmes un fond d'outre de vin qui restait à mon camarade, tandis que Chahu nous rendait la pareille, un peu à contrecœur, avec quelques lanières de viande fumée ; nous bavardâmes, mais je dois avouer que j'étais un peu distrait : j'aurais voulu avoir le courage d'aller trouver Auguste pour lui conseiller de se montrer plus souple avec ces gens et leurs coutumes ; nous étions leurs hôtes et il était déjà bien assez ennuyeux que le marié ne soit pas présent en personne pour emmener son épouse. De loin, je l'aperçus en train de consulter plusieurs doyens de la noblesse qui nous accompagnaient, mais, d'après leurs gestes et leurs hochements de tête, ils approuvaient sa conduite.

Quelques instants plus tard, une colonne de jeunes Chyur-das robustes, garçons et filles, apparut sur la route au-dessus de nous : on avait fait venir des porteurs pour nous aider à convoyer nos affaires dans la cité et, surgies je ne sais d'où, des tentes furent dressées pour les serviteurs qui resteraient sur place afin de s'occuper des chevaux et des mules. À mon grand regret, Pognes devait être de ceux-là et je lui confiai Suie, après quoi je hissai le coffre de cèdre sur une épaule et suspendis à l'autre mon sac avec mes objets personnels. En rejoignant la procession, je sentis des odeurs de viande grillée et de tubercules cuits à l'eau, et je vis nos hôtes en train de dresser un pavillon à flancs ouverts sous lequel ils assemblèrent des tables. Je songeai que Pognes ne ferait pas mauvaise chère et je regrettai presque de ne pouvoir rester simplement à soi-gner les animaux et à explorer la cité aux mille couleurs.

Nous étions à peine engagés dans la rue sinueuse qui mon-tait à travers la ville qu'une troupe de grandes Chyurdas vint à notre rencontre avec des litières ; on nous pressa d'accepter d'y prendre place, avec maintes excuses sur le fait que notre voyage nous ait épuisés. Auguste, Sevrens, les nobles âgés et la plupart des dames ne furent que trop heureux de profiter de l'offre, mais, pour moi, c'était une humiliation d'être ainsi trimbalé à travers la cité ; cependant, il eût été encore plus grossier de dédaigner leur insistance polie ; je remis donc mon coffre à un garçon visiblement plus jeune que moi et m'installai dans une litière portée par des femmes assez vieilles pour être mes grand-mères. Je rougis en voyant les regards curieux des gens dans les rues et en remarquant qu'ils cessaient soudain de bavarder sur notre passage. Nous ne croisâmes que peu d'autres litières, et toutes étaient occupées par des vieillards infirmes. Je serrai les dents en m'efforçant de ne pas songer à la réaction qu'aurait eue Vérité devant un tel étalage d'ignorance ; au contraire, j'essayai de présenter un visage avenant aux gens qui nous regardaient et de refléter sur mes traits le ravissement où me plongeaient leurs jardins et leurs gracieux édifices.

Je dus y parvenir, car bientôt ma litière se mit à se déplacer plus lentement afin de me laisser le temps d'admirer le décor et les femmes me désigner tout ce que je risquais de manquer. Elles s'adressèrent à moi en chyurda et parurent enchantées de découvrir que je comprenais grossièrement leur langue ; Umbre m'en avait enseigné les rudiments qu'il connaissait, mais il ne m'avait pas préparé à la musicalité de leur accent et il m'apparut vite évident que la hauteur du ton était aussi importante que la prononciation. Heureusement, j'avais un don pour les langues et je me lançai vaillamment dans une conversation avec mes porteuses, résolu, lorsque je parlerais avec les nobles du palais, à ne point trop passer pour un lourdaud d'étranger. Une des femmes entreprit de commenter ma visite de la ville ; elle s'appelait Jonqui, et quand je lui dis que mon nom était FitzChevalerie, elle le répéta plusieurs fois à mi-voix comme pour le fixer dans sa mémoire.

Non sans de grandes difficultés, je persuadai mes porteuses de s'arrêter une fois au moins et de me laisser descendre pour examiner certain jardin. Ce n'étaient pas les fleurs aux vives couleurs qui m'attiraient, mais une espèce de saule qui poussait en spirales et en boucles à la différence des saules droits auxquels j'étais accoutumé ; je passai le doigt sur l'écorce souple d'une branche avec la certitude de pouvoir en faire une bouture réussie, mais je n'osai pas en couper le moindre morceau, de peur qu'on y voie une inélégance de ma part. Une vieille femme s'accroupit près de moi avec un grand sourire, puis fit courir sa main dans le minuscule feuillage d'une plante basse dont un parterre s'étendait à mes pieds ; le parfum qui s'éleva des feuilles ainsi agitées était extraordinaire, et elle éclata de rire en voyant ma mine extatique. J'aurais aimé m'attarder, mais mes porteuses insistèrent avec force gestes pour que nous nous hâtions de rattraper les autres avant qu'ils n'arrivent au palais ; j'en conclus qu'il devait y avoir une cérémonie d'accueil que je ne devais pas manquer.

Notre procession gravit les tours et les détours d'une rue en terrasse et nos litières furent enfin déposées devant un palais, véritable conglomérat d'édifices en forme de boutons de fleur. Les principaux bâtiments étaient violets avec la pointe blanche, ce qui m'évoqua les lupins du bord des routes et les fleurs de pois de plage qui poussaient à Castelcerf. Debout près de ma litière, je contemplai le palais, mais quand je me retournai vers mes porteuses pour leur faire part de mon admiration, elles avaient disparu ; elles revinrent quelques instants plus tard, en robes safran, azur, pêche et rose, comme leurs consœurs servantes, et circulèrent parmi nous en nous présentant des bols d'eau parfumée et des tissus doux pour effacer de notre visage et de notre cou toute trace de poussière et de fatigue ; puis des adolescents et de jeunes hommes en tuniques bleues à ceinture nous apportèrent du vin de baie et de petits gâteaux au miel. Lorsque le dernier invité se fut lavé et eut reçu le vin et le miel de bienvenue, nos hôtes nous prièrent de les accompagner dans le palais.

L'intérieur du bâtiment me parut aussi étrange que le reste de Jhaampe. Un énorme pilier central soutenait la charpente principale, et un examen plus attentif me révéla qu'il s'agissait du tronc d'un arbre immense, dont les racines se manifestaient d'ailleurs, à son pied, par un exhaussement du pavage ; de même, les membrures des murs gracieusement incurvés étaient des arbres, et j'appris plusieurs jours après qu'on avait mis presque un siècle à faire « pousser » le palais : on avait choisi un arbre central, dégagé la zone, puis planté le cercle de baliveaux de soutènement ; on avait imposé leur forme à ces derniers à l'aide de cordes et par la taille afin qu'ils se courbent tous vers leur centre commun ; à un moment donné, toutes leurs basses branches avaient été coupées et leurs couronnes entrelacées pour former un dôme, après quoi on avait créé les murs, avec une épaisseur d'étoffe finement tissée, puis vernie jusqu'à la rendre rigide, et recouverte de plusieurs couches de tissu résistant à base d'écorce. On avait ensuite enduit les murs d'une argile particulière à la région qu'on avait elle-même recouverte d'une peinture résineuse de teinte vive. Je ne pus savoir si tous les bâtiments de la cité avaient été fabriqués de cette laborieuse façon, mais le fait de faire « pousser » le palais avait permis à ses créateurs de lui donner une grâce vivante que la pierre ne pouvait atteindre.

L'immensité de l'espace intérieur n'était pas sans rappeler la Grand-Salle de Castelcerf, avec d'ailleurs un nombre similaire de cheminées ; des tables y étaient dressées, et on remarquait des zones clairement réservées à la cuisine, au tissage, au filage, à la conservation des aliments et à toutes les autres nécessités d'une vaste maisonnée. Les chambres privées n'étaient apparemment que des alcôves munies de rideaux ou des sortes de petites tentes appuyées au mur extérieur. Il y avait également quelques pièces en hauteur, accessibles grâce à un système d'escaliers de bois à claire-voie, et qui m'évoquèrent des tentes dressées sur des plates-formes à pilotis, pilotis qui n'étaient autres, là encore, que des troncs d'arbre. Devant ce spectacle, je compris avec découragement que je ne disposerais de guère d'intimité pour le travail « discret » dont j'étais chargé.

On me mena rapidement à ma tente, où m'attendaient déjà mon coffre de cèdre et mon sac de vêtements, ainsi que de l'eau tiède et parfumée et une coupelle de fruits ; je me débarrassai vivement de mes vêtements poussiéreux et enfilai une robe brodée avec des manches à crevés, puis des jambières du même vert, costume que maîtresse Pressée avait décrété approprié pour l'occasion. Je m'interrogeai une fois de plus sur le cerf menaçant que j'y trouvai cousu, puis écartai fermement ces questions de mon esprit : peut-être Vérité Considérait-il ce nouvel emblème comme moins humiliant que celui qui proclamait si clairement mon illégitimité ? En tout cas, cela me serait utile. Soudain, j'entendis un son de carillons et de tambourins en provenance de la grande salle centrale et je m'y précipitai pour voir ce qui se passait.

Sur une estrade installée devant le vaste tronc et décorée de guirlandes de fleurs et de branches de sapin, Auguste et Royal faisaient face à un vieil homme flanqué de deux serviteurs, un homme et une femme, tout de blanc vêtus. Une foule s'était rassemblée en un large cercle autour de l'estrade et je m'y joignis rapidement ; une de mes porteuses de litière, à présent habillée d'une robe rose et coiffée d'une tresse en lierre, apparut bientôt à mes côtés. Elle me sourit de tout son haut.

« Que se passe-t-il ? me risquai-je à lui demander.

— Notre Oblat… euh, vous dire, roi Eyod va accueillir vous. Et il va montrer vous toute sa fille pour être votre Oblat… euh… reine. Et son fils, qui régnera ici pour elle. » Elle se débrouillait tant bien que mal, avec bien des interruptions et de nombreux signes d'encouragement de ma part.

Avec difficulté, elle m'expliqua que la femme debout derrière le roi Eyod était sa nièce à elle et je parvins à bricoler un compliment maladroit sur sa vigueur et sa bonne santé apparentes ; sur le moment, je n'avais rien trouvé de plus aimable à dire sur l'impressionnante femme qui se tenait d'un air protecteur près de son roi. Elle possédait une énorme masse de ces cheveux blonds que je commençais à m'habituer à observer à Jhaampe, dont une partie s'enroulait en nattes sur sa tête, tandis que le reste pendait librement dans son dos ; son visage était grave, ses bras nus musculeux. L'homme qui se tenait de l'autre côté du roi Eyod était plus âgé, mais il ressemblait à la femme comme un jumeau, mis à part le fait qu'il avait les cheveux coupés sévèrement courts, au ras du cou : il avait les mêmes yeux jade, le même nez droit et la même expression solennelle. Quand je demandai, non sans mal, à la vieille femme s'il était aussi de sa famille, elle sourit comme elle aurait souri à un attardé : bien sûr, c'était son neveu. Puis elle me fit taire, comme si je n'étais qu'un enfant, car le roi Eyod avait pris la parole.

Il parlait lentement, en articulant avec soin, mais je me félicitai néanmoins de mes conversations avec mes porteuses, car je pus ainsi comprendre le gros de son discours mieux que mes compatriotes. Il nous souhaita formellement la bienvenue à tous, y compris à Royal, car, dit-il, s'il avait accueilli précédemment en lui l'émissaire du roi Subtil, il recevait aujourd'hui le symbole de la présence du prince Vérité. Auguste eut droit lui aussi à des paroles de bienvenue, et tous deux se virent offrir plusieurs présents, des dagues incrustées de pierreries, une précieuse huile parfumée et de somptueuses étoles de fourrure : lorsque ces dernières leur furent placées sur les épaules, je songeai, consterné, qu'ils ressemblaient plus à des décorations ambulantes qu'à des princes, car la tenue simple du roi Eyod et de ses suivants contrastait fort avec l'accoutrement d'Auguste et de Royal, parés de bagues, de cercles d'or dans les cheveux et de tissus opulents taillés sans considération d'économie ni de commodité. Pour ma part, je n'y voyais qu'affectation et vanité, mais j'espérais que nos hôtes mettraient simplement leur apparence extravagante sur le compte de nos coutumes étrangères.

Enfin, et à ma vive contrariété, le roi fit s'avancer son suivant et nous le présenta comme le prince Rurisk ; la femme était donc, naturellement, la princesse Kettricken, la fiancée de Vérité.

Et je compris soudain que les femmes qui avaient porté nos litières et nous avaient accueillis avec du vin et des gâteaux n'étaient pas des servantes, mais des membres de la famille royale, grand-mères, tantes et cousines de la promise de Vérité, qui toutes observaient la tradition de Jhaampe : elles servaient leur peuple. Je défaillis en songeant avec quelle familiarité, avec quelle désinvolture je m'étais adressé à elles, et je maudis encore une fois Royal de ne pas nous avoir mis au courant de ces coutumes plutôt que de nous envoyer ses listes interminables de vêtements et de bijoux à lui rapporter ! La femme âgée qui se trouvait à côté de moi était donc la propre sœur du roi ! Elle dut percevoir ma confusion, car elle me tapota gentiment l'épaule et sourit au fard que je piquai tandis que je bredouillais des excuses.

« Vous n'avez rien fait dont vous deviez avoir honte », me dit-elle, avant de me prier de ne pas l'appeler « ma dame », mais Jonqui.

Je regardai Auguste offrir à la princesse les bijoux que Vérité avait choisis pour elle : il y avait une résille en chaîne d'argent finement tissée, incrustée de petits rubis pour retenir ses cheveux, un collier d'argent incrusté de rubis plus gros, un arceau d'argent travaillé en forme de vigne auquel étaient accrochées des clés qui tintinnabulaient et dont Auguste lui expliqua qu'il s'agissait des clés de sa demeure lorsqu'elle rejoindrait son mari à Castelcerf, et enfin huit bagues toutes simples, toujours en argent, pour orner ses mains. Elle se tint parfaitement immobile pendant que Royal lui-même l'apprêtait ; à part moi, je songeai que des rubis à monture d'argent auraient mieux convenu à une femme au teint plus sombre, mais le sourire ébloui de Kettricken exprimait un ravissement de petite fille et, autour de moi, les gens échangeaient des murmures approbateurs à voir leur princesse ainsi parée. Peut-être, dans ces conditions, apprécierait-elle nos couleurs et nos accoutrements étrangers.

Suivit un discours du roi Eyod, heureusement bref ; il se contenta de répéter qu'il nous souhaitait la bienvenue et nous invita à nous reposer, à nous détendre et à profiter de la cité. Si nous avions quelque désir que ce soit, nous n'aurions qu'à nous adresser à qui nous rencontrerions et l'on s'efforcerait de les exaucer. Le lendemain à midi commencerait la cérémonie de l'Union, prévue pour durer trois jours, et il tenait à ce que nous soyons frais et dispos pour en jouir au mieux. Puis il descendit de l'estrade, suivi de ses enfants, pour se mêler en toute simplicité à la foule, comme

436

si nous étions les uns et les autres des soldats affectés au même service.

Jonqui avait manifestement décidé de ne pas me quitter et, comme je ne voyais aucun moyen d'échapper à sa compagnie sans paraître malgracieux, je résolus d'en apprendre le plus et le plus vite possible sur leurs coutumes ; mais son premier geste fut de me présenter au prince et à la princesse. Ils étaient avec Auguste qui leur expliquait apparemment comment, par son biais, Vérité assisterait à la cérémonie ; il parlait fort comme si cela devait permettre à ses auditeurs de mieux le comprendre. Jonqui l'écouta un moment, puis estima, sembla-t-il, qu'il avait fini son exposé. Elle s'exprima comme si nous étions tous des enfants réunis autour de friandises pendant que nos parents conversaient entre eux. « Rurisk, Kettricken, ce jeune homme est fort intéressé par nos jardins ; peut-être plus tard pourrons-nous faire en sorte qu'il bavarde avec ceux qui s'en occupent. » Elle parut s'adresser spécialement à Kettricken lorsqu'elle ajouta : « Il s'appelle Fitz-Chevalerie. » Auguste fronça aussitôt les sourcils et corrigea : « Fitz ; le Bâtard. »

Kettricken eut l'air choqué en entendant ce sobriquet, et le visage de Rurisk s'assombrit. Il se détourna légèrement d'Auguste pour me regarder ; si infime fût-il, son geste n'avait besoin d'aucune explication dans aucune langue. « Oui, dit-il en chyurda en me regardant droit dans les yeux. Votre père m'a parlé de vous, la dernière fois que je l'ai vu. L'annonce de sa mort m'a rempli de tristesse. Il a fait beaucoup pour préparer la voie qui nous permet de forger ce lien entre nos peuples.

— Vous avez connu mon père ? » demandai-je stupidement.

Il me sourit, les yeux baissés vers moi. « Naturellement. Lui et moi étions en pourparlers au sujet du col de Roc-bleu, à Œil-de-Lune, au nord-est d'ici, lorsqu'il a appris votre existence. Quand le temps de parler en tant qu'ambassadeurs de cols et de négoce fut passé, nous nous sommes assis

437

ensemble pour partager la viande et nous avons discuté, en tant qu'hommes, de ce qu'il devait faire. J'avoue que je ne comprends toujours pas pourquoi il pensait devoir refuser de devenir roi. Les coutumes d'un peuple ne sont pas celles de l'autre. Néanmoins, grâce à ce mariage, nous sommes encore plus près de ne plus former qu'un seul peuple. Croyez-vous qu'il en serait heureux ? »

J'avais l'attention sans partage de Rurisk, et son emploi du chyurda excluait Auguste de la conversation. Kettricken semblait fascinée. Derrière l'épaule du prince, je vis le visage d'Auguste se figer ; puis, avec un rictus de pure haine à mon adresse, il se détourna et rejoignit le groupe qui entourait Royal, lequel discutait avec le roi Eyod. Pour une raison qui m'échappait, Rurisk et Kettricken ne s'intéressaient qu'à moi.

« Je connaissais mal mon père, mais je crois qu'il serait heureux de voir… » Je m'interrompis, car la princesse Kettricken venait de me faire un sourire radieux.

« Mais bien sûr ! dit-elle. Comment ai-je pu être aussi sotte ? Vous êtes celui qu'on appelle Fitz ! N'accompagnez-vous pas habituellement dame Thym en voyage, l'empoisonneuse du roi Subtil ? Et n'êtes-vous d'ailleurs pas son apprenti ? Royal a parlé de vous !

— Très aimable de sa part », fis-je niaisement ; j'ignore ce qu'on me dit ensuite, et ce que je répondis : je ne pouvais que remercier le ciel de ne pas m'être évanoui sur-le-champ. Et tout au fond de moi, pour la première fois de ma vie, je compris que ce n'était pas seulement de l'aversion que m'inspirait Royal. D'un froncement de sourcil fraternel, Rurisk gourmanda Kettricken, puis il se tourna vers un serviteur qui lui demandait des instructions pour une affaire urgente. Autour de moi, les gens conversaient aimablement au milieu des couleurs et des parfums estivaux, mais j'avais l'impression d'avoir un bloc de glace à la place des viscères.

Je revins à moi en sentant Kettricken me tirer par la manche. « Ils sont par là, me dit-elle. Mais peut-être êtes-vous trop fatigué pour en profiter ? Si vous souhaitez vous retirer, personne ne s'en offensera. J'ai cru comprendre que beaucoup d'entre vous étaient trop las pour traverser la cité à pied.

— Mais beaucoup ne l'étaient pas et auraient volontiers saisi l'occasion de se promener à loisir dans Jhaampe. J'ai entendu parler de la Fontaine bleue et j'attends avec impatience de pouvoir l'admirer. » J'avais à peine hésité avant de répondre et j'espérais que mes propos avaient un rapport avec ce dont elle parlait. Au moins, cela n'avait rien à voir avec le poison.

« Je veillerai à ce qu'on vous y conduise, ce soir peut-être. Mais pour l'instant, venez par ici. » Et sans autre formalité, elle m'entraîna à l'écart de la foule. Auguste nous regarda nous éloigner et je vis Royal glisser un mot à l'oreille de Chahu. Le roi Eyod s'était retiré sur une plate-forme élevée et posait sur ses invités un regard empreint de bienveillance. Je me demandai pourquoi Chahu n'était pas resté avec les chevaux et les autres serviteurs, mais Kettricken écarta un paravent peint qui révéla une ouverture par laquelle nous quittâmes la salle principale du palais.

Nous nous retrouvâmes à l'extérieur, dans une allée empierrée sous les frondaisons voûtées de grands arbres, des saules, dont les branches avaient été entrelacées, entre-tissées pour former un écran de verdure contre le soleil de midi. « Et cela protège le chemin de la pluie, aussi ; du moins, en grande partie, me dit Kettricken qui avait remarqué mon intérêt. L'allée conduit aux jardins d'ombrage, mes préférés. Mais peut-être désirez-vous d'abord visiter le jardin sec ?

— Je serai ravi d'admirer tous vos jardins, sans restriction, ma dame », répondis-je, et cela, au moins, était sincère. Ici, loin de la foule, je serais plus à même de mettre de l'ordre dans mes pensées et de réfléchir à ma position devenue intenable ; je songeai un peu tardivement, que le prince Rurisk n'avait présenté aucun des symptômes de faiblesse et de maladie rapportés par Royal. Il fallait prendre du recul par rapport à la situation et la réévaluer : il y avait anguille sous roche, et une grosse, à laquelle je n'avais pas été préparé.

Avec effort, je détournai mes pensées de mes embarras personnels et me concentrai sur ce que me disait la princesse ; elle articulait avec soin et je suivais sans mal sa conversation maintenant que je n'étais plus gêné par le bruit de fond de la grande salle. Elle semblait très ferrée sur l'horticulture et elle me fit comprendre que ce n'était pas un passe-temps pour elle, mais un véritable savoir, qu'en tant que princesse elle se devait d'avoir.

Tandis que nous nous promenions en échangeant divers propos, je devais sans cesse me rappeler qu'elle était princesse et promise à Vérité, car jamais je n'avais rencontré de femme comme elle : elle possédait une dignité discrète très différente de la conscience de leur rang qu'avaient habituellement les personnages mieux nés que moi, et elle n'hésitait pas à sourire, à manifester son enthousiasme, ni à s'accroupir pour fouiller la terre au pied d'une plante pour me montrer un certain type de racine qu'elle venait de me décrire. Elle frottait la racine pour en ôter la terre, puis, à l'aide du couteau qu'elle portait à sa ceinture, elle en prélevait un morceau du cœur pour me le faire goûter ; elle m'indiqua certaines plantes à l'arôme piquant qui servaient à relever les viandes et me fit mordre dans une feuille de chacune des trois variétés, car si elles étaient d'aspect très semblable, elles avaient des saveurs bien distinctes. En un sens, elle me rappelait Patience, moins l'excentricité ; d'un autre côté, elle ressemblait à Molly, mais sans la dureté dont celle-ci avait dû se caparaçonner pour survivre. Comme Molly, elle s'adressait à moi sans détour, avec franchise, comme si nous étions des égaux, et je me pris à penser que Vérité allait peut-être bien trouver cette femme plus à son goût qu'il ne l'espérait.

Dans le même temps, une autre partie de moi-même s'inquiétait de ce qu'il allait penser de son épouse sans être un coureur de jupon, il avait des préférences évidentes pour qui avait vécu longtemps auprès de lui : celles auxquelles il adressait ses sourires étaient en général petites, rondes et brunes, souvent avec des cheveux bouclés, un rire de gamine et de petites mains douces ; qu'allait-il dire de cette grande femme au teint pâle, qui s'habillait aussi simplement qu'une servante et déclarait prendre grand plaisir à soigner ses jardins ? La conversation déviant, je m'aperçus qu'elle était capable de discourir sur la fauconnerie et l'élevage de chevaux avec autant de compétence que n'importe quel ouvrier des écuries ; et lorsque je m'enquis de ses loisirs personnels, elle me parla de sa petite forge et des outils avec lesquels elle travaillait le métal, et elle écarta ses cheveux pour me montrer les boucles d'oreilles qu'elle s'était fabriquées : les pétales délicatement martelés d'une fleur en argent enserraient une minuscule pierre précieuse qui ressemblait à une goutte de rosée. J'avais dit un jour à Molly que Vérité méritait une femme active et dégourdie, mais je me demandais à présent s'il allait trouver celle-ci attirante ; il la respecterait, j'en étais sûr ; cependant, le respect suffisait-il entre un roi et sa reine ?

Plutôt que d'aller au-devant du malheur, je résolus de tenir la promesse que j'avais faite à Vérité, et je demandai à Kettricken si Royal lui avait parlé de son futur époux. Elle prit alors un air réservé, et je la sentis puiser dans ses forces lorsqu'elle me répondit : elle savait qu'il était le roi-servant d'un royaume en butte à de nombreux problèmes ; Royal l'avait avertie que Vérité était beaucoup plus âgé qu'elle, et que c'était un homme simple et sans apprêt qui risquait de ne guère s'intéresser à elle. Royal lui avait promis de rester toujours auprès d'elle pour l'aider à s'acclimater et de faire son possible pour qu'elle ne se sente pas seule à la cour. Comme je le voyais, elle était prévenue...

« Quel âge avez-vous ? fis-je sans réfléchir.

— Dix-huit ans, répondit-elle avant de sourire en remarquant mon expression étonnée. Parce que je suis grande, les gens de votre peuple ont l'air de me croire beaucoup plus vieille, me confia-t-elle.

— Ma foi, vous êtes plus jeune que Vérité, mais pas beaucoup plus que bien d'autres épouses. Il aura trente-trois ans au printemps.

— Je l'imaginais nettement plus vieux, fit-elle, surprise. Royal m'a expliqué qu'ils sont frères seulement de père.

— Chevalerie et Vérité étaient tous deux fils de la première reine de Subtil, c'est exact, mais il n'y a pas une si grande différence que ça entre Vérité et Royal. Et Vérité, lorsque les problèmes de l'État ne l'écrasent pas, n'est pas aussi triste et sévère que vous vous le représentez peut-être. C'est un homme qui sait rire. »

Elle me jeta un coup d'œil en biais, comme pour se rendre compte si j'essayais de peindre Vérité sous un meilleur jour qu'il ne le méritait.

« C'est vrai, princesse ! Je l'ai vu rire comme un gosse devant les spectacles de marionnettes à la fête du Printemps ; et quand tout le monde va actionner, pour se porter chance, la presse à fruits lorsqu'on prépare le vin d'automne, il n'est pas le dernier à donner un coup de main. Mais, depuis toujours, son plus grand plaisir, c'est la chasse. Il a un chien de loup, Léon, pour qui il a plus d'affection que certains hommes n'en ont pour leur fils.

— Mais... fit Kettricken d'une voix hésitante, c'est comme ça qu'il était autrefois, n'est-ce pas ? Car Royal le décrit comme un homme vieilli prématurément, courbé sous le fardeau du soin qu'il prend de son peuple.

— Courbé comme un arbre aux branches chargées de neige et qui se redresse à la venue du printemps. Ses derniers mots avant que je parte, princesse, ont été pour me prier de vous parler de lui en bien. »

Elle baissa vivement les yeux, comme pour me dissimuler le bond soudain qu'avait fait son cœur. « Je vois un autre homme quand c'est vous qui le dépeignez. » Elle se tut, puis serra les lèvres pour s'interdire de poser une question que j'entendis néanmoins.

442

« Je l'ai toujours considéré comme un homme bon, aussi bon qu'on peut l'être lorsqu'on exerce les responsabilités qui sont les siennes. Il prend ses devoirs très au sérieux et ne s'épargne pas pour donner à son peuple ce dont il a besoin ; c'est ce qui l'a empêché de venir auprès de vous, car il est engagé dans un combat contre les Pirates rouges qu'il ne pourrait mener d'ici ; il renonce aux intérêts de l'homme pour accomplir les devoirs du prince, mais pas par froideur d'esprit ni par manque d'envie de vivre. »

Elle me lança un regard oblique en s'efforçant de ne pas sourire, comme si mes discours étaient de suaves flatteries qu'une princesse ne doit pas croire.

« Il est plus grand que moi, mais de peu ; il a les cheveux très sombres, tout comme sa barbe quand il la laisse pousser ; il a les yeux plus noirs encore, mais brillants lorsqu'il se laisse emporter par l'enthousiasme ; il est vrai que ses cheveux sont saupoudrés d'un gris que vous n'y auriez pas vu il y a encore un an ; il est aussi exact que son travail le tient écarté du soleil et du vent, si bien que ses épaules ne tendent plus les coutures de ses chemises. Mais mon oncle n'a rien perdu de sa virilité et je suis certain que, quand la menace des Pirates rouges aura été repoussée loin de nos côtes, il remontera à cheval pour chasser à grands cris avec son molosse.

— Vous me rendez courage », murmura-t-elle ; puis elle se redressa, comme si elle venait d'avouer une faiblesse. Le regard grave, elle me demanda : « Pourquoi Royal ne parle-t-il pas de son frère de la même façon ? Je croyais me donner à un vieillard aux mains tremblantes, trop écrasé par ses devoirs pour considérer une épouse comme autre chose qu'une charge supplémentaire.

— Peut-être qu'il... » Je me tus, incapable de trouver une formulation polie pour dire que Royal mentait souvent pour servir ses buts. Mais que je sois pendu si j'avais la moindre idée de ce que pouvait lui rapporter de donner à Kettricken une image repoussante de Vérité !

« Alors, peut-être y a-t-il… d'autres sujets sur lesquels… il a été aussi peu flatteur », dit Kettricken, prise d'un doute soudain ; quelque chose parut l'effrayer et elle prit sa respiration : « Il y a eu un soir où nous avions dîné dans ma chambre et où Royal avait peut-être un peu trop bu. Il m'a raconté des histoires sur vous, disant que vous étiez autrefois un enfant buté, gâté, trop ambitieux pour votre naissance, mais que depuis le jour où le roi avait fait de vous son empoisonneur, vous paraissiez satisfait de votre sort. Il a dit que cet emploi semblait vous convenir, car petit déjà, vous aimiez écouter aux portes, fureter dans tous les coins et vous livrer à toutes sortes d'activités sournoises. Je ne vous dis pas cela pour semer la discorde, comprenez-moi bien, mais seulement pour vous exposer ce que je croyais de vous ; le lendemain, d'ailleurs, Royal m'a prié de voir dans ses propos les chimères du vin plutôt que des faits ; mais il a dit une chose, ce soir-là, qui m'a trop glacée de peur pour que je l'écarte aisément : il a prétendu que si le roi vous envoyait chez nous, vous ou dame Thym, ce serait dans le but d'empoisonner mon frère, afin que je demeure seule héritière du Royaume des montagnes.

— Vous parlez trop vite, lui reprochai-je gentiment, en espérant que mon sourire ne laissait rien paraître de mon épouvante. Je n'ai pas tout compris. » Entre-temps, je m'efforçai héroïquement de trouver quelque chose à répondre ; même pour un menteur accompli comme moi, une confrontation aussi directe était inconfortable.

« Pardonnez-moi, mais vous parlez si bien notre langue, presque comme l'un de nous, qu'on dirait presque que vous vous la rappelez petit à petit et non que vous l'apprenez. Je vais aller plus lentement : il y a quelques semaines… non, il y a plus d'un mois, Royal s'est présenté chez moi et m'a demandé s'il pouvait dîner avec moi en tête-à-tête afin que nous fassions mieux connaissance ; et…

— Kettricken ! » C'était Rurisk qui remontait l'allée dans notre direction. « Royal aimerait que tu viennes pour te présenter les seigneurs et les dames qui ont fait un si long voyage pour ton mariage. »

Jonqui pressait le pas derrière lui et, comme une seconde vague de vertige me frappait, je lui trouvai un air trop rusé. Quelles mesures, me demandai-je, prendrait Umbre si un empoisonneur avait été envoyé à la cour de Subtil pour éliminer Vérité ? La réponse n'était que trop évidente.

« Peut-être, proposa soudain Jonqui, FitzChevalerie aimerait-il voir les Fontaines bleues, à présent ? Litress s'est dite disposée à l'y conduire.

— Plus tard dans l'après-midi, éventuellement, parvins-je à répondre. Je me sens subitement fatigué. Je crois que je vais regagner ma chambre. »

Personne n'eut l'air étonné. « Voulez-vous que je vous fasse envoyer du vin ? demanda gracieusement Jonqui. Ou de la soupe, peut-être ? Les autres vont bientôt être conviés à un repas, mais, si vous êtes las, on peut très bien vous apporter à manger. »

Mes années d'entraînement vinrent à mon secours et je parvins à conserver les épaules droites, malgré le feu qui venait soudain d'éclater dans mes entrailles et me dévorait le ventre. « Ce serait très aimable de votre part », dis-je tant bien que mal. La courbette que je me forçai à faire fut un supplice raffiné. « Je ne tarderai pas à vous rejoindre. »

Puis je pris congé et je réussis à ne pas courir ni à me rouler en boule pour gémir de douleur comme j'en avais envie. Je retraversai le jardin jusqu'à la porte de la grande salle en manifestant ostensiblement mon plaisir devant les parterres ; et mes trois compagnons, pendant ce temps, parlaient entre eux à mi-voix de ce que nous savions tous.

Il ne me restait plus qu'une planche de salut et bien peu d'espoir qu'elle soit efficace. De retour dans ma chambre, je sortis la purge marine que le fou m'avait donnée. Depuis combien de temps avais-je avalé les gâteaux au miel ? Car c'était ce moyen-là que j'aurais choisi, personnellement. Avec fatalisme, je décidai de courir le risque de me servir de l'eau contenue dans le broc ; une petite voix au fond de moi me criait que c'était stupide, mais comme le vertige me martelait en vagues incessantes, je me sentis incapable de penser davantage et j'effritai la purge marine dans l'eau entre mes doigts tremblants. L'herbe séchée absorba le liquide et forma une espèce de pâte d'un vert écœurant que je me forçai à ingurgiter, afin de me nettoyer l'estomac et les intestins. Il n'y avait plus qu'une question : l'herbe agirait-elle à temps ou bien le poison chyurda s'était-il déjà trop répandu dans mon organisme ?

C'est dans un état pitoyable que je passai la soirée. Nul ne vint m'apporter ni vin ni soupe ; dans mes moments de lucidité, je supposai qu'on n'enverrait personne tant qu'on ne serait pas sûr que le poison avait agi ; sans doute pas avant le matin. Alors, on dépêcherait un serviteur pour me réveiller et il découvrirait mon cadavre. J'avais donc jusqu'au matin.

Il était minuit passé quand je réussis à me lever. Je quittai ma chambre aussi discrètement que mes jambes flageolantes me le permettaient et je sortis dans le jardin ; là, je trouvai une citerne pleine d'eau et j'y bus à m'en faire éclater. Ensuite, je poursuivis mon chemin, à pas lents et précautionneux, car je souffrais comme si j'avais été roué de coups et ma tête résonnait douloureusement chaque fois que je posais un pied par terre ; mais je finis par découvrir un verger aux arbres gracieusement palissés contre un mur et comme je l'avais espéré, chargés de fruits. J'en mangeai tant que je pus et m'en fis une provision dont je bourrai mon pourpoint ; je les dissimulerais dans ma chambre afin d'avoir sous la main des aliments à consommer sans risque. Le lendemain, je prétexterais de descendre voir comment se portait Suie pour récupérer du pain dur et de la viande séchée dans mes fontes. J'espérais que cela suffirait à me sustenter pendant mon séjour.

Et, tout en revenant vers ma chambre, je me demandai quelle serait la prochaine manœuvre lorsqu'on s'apercevrait que le poison avait été inefficace.

21

LES PRINCES

Au sujet du carryme, une plante chyurdienne, voici leur dicton : « Une feuille pour dormir, deux pour apaiser la douleur, trois pour une tombe miséricordieuse. »

Vers l'aube, je finis par m'assoupir, pour être aussitôt réveillé par le prince Rurisk qui écarta violemment le paravent qui servait de porte à ma chambre et bondit dans la pièce en grandissant une carafe débordante. L'ampleur du vêtement qui flottait autour de lui indiquait qu'il devait s'agir d'une robe de nuit ; je roulai vivement à bas de mon lit et réussis à me mettre debout en laissant la table de nuit entre nous : j'étais coincé, malade et sans arme, à part mon couteau de ceinture.

« Vous êtes encore vivant ! s'exclama-t-il, stupéfait ; puis il s'approcha de moi en me tendant le récipient. Vite, buvez ça !

— Je préférerais m'en abstenir », répondis-je en reculant.

Me voyant méfiant, il s'arrêta. « Vous avez avalé du poison, me dit-il en détachant ses mots. C'est un véritable miracle de Chranzuli que vous soyez encore en vie. Cette carafe contient une purge qui vous nettoiera l'organisme ; prenez-la et vous aurez peut-être une chance de survivre.

— Il ne reste plus rien dans mon corps à nettoyer »,
répondis-je ; saisi de tremblements, je dus me rattraper à la
table. « Je savais que j'avais été empoisonné quand je vous
ai quittés hier soir.

— Et vous ne m'avez rien dit ? » Il était sidéré. Il se
retourna vers la porte, où venait d'apparaître le visage
craintif de Kettricken. Elle avait les nattes ébouriffées et les
yeux rouges d'avoir pleuré. « Le danger est passé, et ce n'est
pas grâce à toi, lui annonça son frère d'un ton sévère. Va
lui préparer un bouillon avec de la viande d'hier soir. Et
apporte aussi des pâtisseries ; pour nous deux. Et du thé.
Va, va donc, petite idiote ! »

Kettricken déguerpit comme une enfant, et Rurisk fit un
geste vers le lit. « Allons, faites-moi assez confiance pour
vous asseoir avant de renverser la table à force de trembler.
Je vais vous parler franchement ; nous n'avons plus le temps
de jouer au chat et à la souris, Fitz-Chevalerie. Nous devons
discuter de beaucoup de choses, vous et moi. »

Je m'assis, moins par confiance que par crainte de
m'écrouler si je restais debout. En toute simplicité, Rurisk
prit place à l'autre bout du lit. « Ma sœur est impétueuse,
dit-il gravement ; Vérité, le pauvre, la découvrira plus enfant
que femme, j'en ai peur, et c'est en grande partie ma faute,
car je l'ai trop gâtée. Mais si cela explique son affection
pour moi, cela ne l'excuse pas d'avoir voulu empoisonner
un hôte. Surtout à la veille d'épouser son oncle.

— Vous savez, j'aurais partagé cet avis même en d'autres
circonstances, dis-je, et Rurisk éclata de rire.

— Vous tenez beaucoup de votre père ! Il n'aurait pas
dit autre chose, j'en suis sûr ! Mais que je m'explique :
Kettricken est venue me trouver il y a plusieurs jours pour
m'annoncer que vous veniez m'éliminer ; je lui ai répondu
que cela ne devait pas l'inquiéter et que je m'en occuperais. Mais, je le répète, elle est impulsive ; or, hier, elle a
repéré une occasion et l'a saisie, sans se soucier de l'impact
que le meurtre d'un invité pourrait avoir sur un mariage

448

soigneusement négocié ; elle n'avait qu'une idée en tête : se débarrasser de vous avant que ses vœux ne la lient aux Six-Duchés et ne rendent son acte inconcevable. J'aurais dû me douter de quelque chose lorsque je l'ai vue vous entraîner si vite dans les jardins.

— C'étaient les feuilles qu'elle m'a fait mâcher ? »

Il hocha la tête et je me sentis très bête. « Mais ensuite, vous lui avez tenu de si nobles discours qu'elle a fini par douter que vous soyez tel qu'on vous décrivait ; elle vous a donc posé la question, mais comme vous l'avez esquivée en feignant de ne pas comprendre, ses soupçons l'ont reprise. Quoi qu'il en soit, elle n'aurait pas dû attendre toute la nuit pour me raconter son geste et ses doutes sur son bien-fondé. Pour cela, je vous présente mes excuses.

— Trop tard pour les excuses. Je vous ai déjà pardonné », m'entendis-je répondre.

Rurisk me jeta un coup d'œil curieux. « C'était une des phrases favorites de votre père. » Il se tourna vers la porte à l'instant où Kettricken la franchissait. Il referma le paravent derrière elle et lui prit le plateau des mains. « Assieds-toi, commanda-t-il d'un ton sévère. Et observe une autre façon de traiter un assassin. » Là-dessus, il s'empara d'une lourde chope sur le plateau et y but longuement avant de me la passer. Il jeta un nouveau coup d'œil à Kettricken : « Et s'il y avait du poison là-dedans, tu viens aussi d'assassiner ton frère. » Il rompit une pâtisserie à la pomme en trois morceaux. « Choisissez », me dit-il ; il prit pour lui la part que je lui désignai et donna la suivante à sa sœur. « Ceci pour que vous constatiez que ces aliments sont inoffensifs.

— De toute façon, je ne vois guère pourquoi vous me donneriez du poison ce matin après m'avoir averti que j'avais été empoisonné hier soir », remarquai-je. Néanmoins, j'étais sur mes gardes et je cherchai la plus infime trace de goût étrange dans ma bouche : rien. C'était une excellente pâtisserie feuilletée que je mangeais, fourrée de pommes bien mûres et d'épices. Même si je n'avais pas eu l'estomac aussi vide, elle aurait été délicieuse.

« Exactement, dit Rurisk, la bouche pleine. Et, si vous étiez un assassin (il lança un regard d'avertissement à Kettricken pour la faire taire), vous vous trouveriez dans la même position. Certains meurtres ne sont profitables que si nul ne sait que ce sont des meurtres ; ce serait le cas du mien. Si vous deviez me tuer sur-le-champ, ou même si je mourais dans le courant des six prochains mois, Kettricken et Jonqui crieraient sur tous les toits que j'ai été assassiné. Ce serait un bien mauvais départ pour une alliance entre deux peuples. Êtes-vous d'accord ? »

J'acquiesçai. Le brouet chaud contenu dans la chope avait en grande partie calmé mes tremblements et la pâtisserie avait un goût digne d'un dieu.

« Bien. Nous nous accordons à reconnaître, donc, que, si vous étiez un assassin, ma mort n'aurait aucun intérêt ; plus encore, ce serait une très grande perte pour vous, car mon père n'envisage pas cette alliance d'un œil aussi favorable que moi. Certes, il la sait avisée, mais pour moi elle est plus qu'avisée : elle est nécessaire.

« Répétez ceci au roi Subtil : notre population croît, mais l'étendue de nos terres arables est limitée, et la chasse ne peut nourrir qu'un nombre réduit de gens. Un temps vient toujours où un pays doit s'ouvrir au commerce, surtout un pays aussi montagneux et rocailleux que le mien. On vous a peut-être expliqué la coutume jhaampienne qui veut que le souverain soit le serviteur de son peuple ? Eh bien, moi, je le sers de cette façon. Je donne ma petite sœur bien-aimée en mariage dans l'espoir d'obtenir en retour du grain, des voies commerciales et des biens venus des basses terres pour mon peuple, ainsi que des droits de pâture pendant les saisons froides, lorsque nos pacages sont sous la neige. En échange de cela aussi, je suis prêt à vous fournir du bois, de ces grands fûts rectilignes dont Vérité aura besoin pour ses navires de guerre ; dans nos montagnes poussent des chênes blancs comme vous n'en avez jamais vu. Cela, mon père s'y opposerait, car il partage le sentiment ancestral de certains sur l'abattage d'arbres vivants ; et, à l'instar de Royal, il considère vos côtes comme un désavantage et l'océan comme une barrière. Moi, j'y vois ce qu'y voyait votre père : une vaste route qui mène dans toutes les directions, et vos côtes sont notre accès à cette route. Et il n'y a pour moi aucun mal à se servir d'arbres déracinés par les crues et les tempêtes annuelles. »

Je retins mon souffle : c'était là une concession énorme. Je ne pus qu'acquiescer à ses propos :

« Eh bien, acceptez-vous de rapporter mes paroles au roi Subtil et de lui dire que je suis un meilleur allié vif que mort ? »

Je ne voyais aucune raison de refuser.

« Tu ne lui demandes pas s'il avait l'intention de t'empoisonner ? fit Kettricken d'une voix tendue.

— S'il me répond oui, tu ne lui feras jamais confiance ; s'il répond non, tu ne le croiras sans doute pas et tu le considéreras comme un menteur en plus d'un assassin. Par ailleurs, ne suffit-il pas d'une empoisonneuse reconnue dans cette pièce ? »

Kettricken baissa le nez et vira au cramoisi.

« Allons, viens, lui dit Rurisk en lui tendant une main conciliante. Notre hôte doit se reposer autant qu'il le peut avant les festivités de la journée ; quant à nous, retournons dans nos chambres avant que tout le palais se demande pourquoi nous nous promenons en vêtements de nuit. »

Et ils me laissèrent allongé sur mon lit, la tête fourmillant de questions. Qui étaient donc ces gens ? Pouvais-je me fier à leur franchise, ou bien n'était-ce qu'une énorme comédie qu'ils jouaient dans Eda savait quel but ? J'aurais voulu qu'Umbre fût là ; de plus en plus, j'avais l'impression que les apparences étaient trompeuses. Je n'osais pas somnoler, car je savais que si je m'endormais pour de bon, rien ne pourrait me réveiller avant le soir. Des serviteurs se présentèrent bientôt avec des carafes d'eau chaude et d'autres d'eau froide, et un plat rempli de fruits et de fromage ; conscient que ces « serviteurs » étaient peut-être mieux nés que moi, je les traitai tous avec la plus grande courtoisie, et je me demandai par la suite si en cela ne résidait pas le secret de l'harmonie qui régnait dans le palais : que tous, domestiques comme membres de la famille royale, fussent traités avec la même déférence.

Ce fut une journée de grandes festivités ; les entrées du palais avaient été ouvertes toutes grandes et les gens étaient venus de toutes les vallées, de toutes les combes du Royaume des montagnes pour assister à la déclaration de vœux. Poètes et ménestrels donnèrent leurs spectacles, on échangea encore une fois des cadeaux – à cette occasion, j'offris solennellement les herbiers et les plantules qu'on m'avait confiés les animaux de reproduction envoyés des Six-Duchés furent exhibés, puis donnés à ceux qui en avaient le plus besoin, ou le plus de chances d'en tirer le meilleur parti ; ainsi, un bélier ou un taureau, accompagné d'une ou deux femelles, pouvait être remis à un village comme présent commun à tous les habitants. Tous les cadeaux, volailles, bestiaux, grain ou métal, furent apportés au palais afin que tous puissent les admirer.

Burrich était là ; c'était la première fois que je le voyais depuis des jours. Il avait dû se lever avant l'aube, pour que les bêtes dont il avait la charge soient aussi resplendissantes ; chaque sabot était huilé de frais, chaque crinière, chaque queue était tressée et entrelacée de rubans aux couleurs vives et de grelots. La jument destinée à Kettricken arborait une selle et un harnais du cuir le plus fin, et tant de clochettes d'argent pendaient à sa crinière et à sa queue que le moindre de ses mouvements déclenchait une symphonie carillonnante. Nos chevaux étaient des bêtes différentes de la race courtaude et hirsute des montagnes et ils attiraient la foule ; Kettricken passa un bon moment à contempler sa jument, admirative, et je vis la réserve de Burrich fondre devant sa courtoisie et sa déférence. Lorsque je m'approchai, j'eus la surprise d'entendre le maître d'écuries s'exprimer dans un chyurda hésitant mais clair.

Cependant, une surprise plus grande encore m'attendait cet après-midi-là. Des plats avaient été disposés sur de longues tables et tous, résidents du palais et visiteurs, se servaient à volonté ; une grande partie de ce que nous mangions provenait des cuisines du palais, mais bien plus encore des gens des montagnes : ils s'avançaient sans hésiter et déposaient des roues de fromage, des miches de pain noir, des viandes séchées ou fumées, des condiments ou des bols de fruits. Cet étalage aurait été tentant si mon estomac n'avait pas été si susceptible ; mais ce qui m'impressionna, c'était la façon dont cette nourriture était donnée : la royauté et ses sujets prenaient et offraient sans réserve ni murmure. Je notai aussi qu'il n'y avait ni sentinelles ni gardes aux portes. Et tous se mêlaient et bavardaient en mangeant.

À midi précis, le silence tomba sur la foule et la princesse Kettricken, seule, monta sur l'estrade centrale. En termes simples, elle annonça qu'elle appartenait désormais aux Six-Duchés et qu'elle espérait les servir au mieux. Elle remercia son pays de tout ce qu'il avait fait pour elle, de la nourriture qu'il avait produite pour la nourrir, de l'eau de ses neiges et de ses rivières, de l'air des brises des montagnes. Elle rappela qu'elle ne changeait pas d'allégeance par manque d'affection pour son pays, mais plutôt dans l'espoir d'un bénéfice pour les deux peuples. L'assistance garda le silence pendant son discours, puis pendant qu'elle descendait de l'estrade, après quoi les festivités reprirent.

Rurisk s'approcha de moi pour prendre de mes nouvelles ; je fis mon possible pour l'assurer que j'étais complètement remis, bien qu'en vérité je n'eusse qu'une envie : me coucher et dormir. Les vêtements que maîtresse Pressée m'avait imposés étaient à la dernière mode de la cour et comportaient des manches et des pendeloques éminemment encombrantes qui trempaient dans tout ce que j'essayais de manger, et un cintrage inconfortable à la taille. Je me languissais de pouvoir m'éclipser loin de la presse et de pouvoir enfin desserrer quelques laçages et me débarrasser de mon col ; mais je savais que, si je m'en allais dès maintenant, Umbre froncerait les sourcils lorsque je lui ferais mon rapport et qu'il exigerait de savoir, par je ne sais quel miracle de ma part, tout ce qui s'était produit pendant mon absence. Rurisk dut percevoir mon envie de calme, car il me proposa tout à coup une promenade jusqu'à ses chenils. « Que je vous montre ce que l'apport de sang des Six-Duchés il y a quelques années a fait pour mes chiens. »

Nous quittâmes donc le palais et suivîmes une courte allée jusqu'à un bâtiment de bois long et bas. L'air pur m'éclaircit les idées et me remonta le moral ; une fois à l'intérieur du chenil, Rurisk m'indiqua un enclos où une chienne surveillait une nichée de chiots roux, petites créatures pleines de vie, au poil luisant, qui se mordillaient et se culbutaient dans la paille. Ils s'approchèrent de nous promptement, sans la moindre trace de crainte. « Ceux-ci descendent d'une lignée de Castelcerf et ils sont capables de suivre une piste même s'il pleut des cordes », me dit fièrement le prince. Il me montra d'autres races, dont un tout petit chien aux pattes sèches et nerveuses qui, prétendit-il, savait grimper aux arbres à la poursuite du gibier.

Quittant les chenils, nous ressortîmes au soleil, aux rayons duquel un chien plus âgé se chauffait, paresseusement étendu sur un tas de paille. « Dors, mon vieux, lui dit Rurisk d'un ton enjoué. Tu as engendré assez de chiots pour te passer de chasser, bien que tu adores ça. » Au son de sa voix, le vieux molosse se redressa et vint s'appuyer affectueusement contre les jambes de Rurisk. Il leva les yeux vers moi. C'était Fouinot.

Je le regardai, ébahi, et ses yeux cuivrés me rendirent mon regard. Je tendis prudemment mon esprit vers lui et ne perçus, l'espace d'un instant, que de la perplexité ; puis soudain un raz de marée de chaleur et d'affection partagée remonta de sa mémoire. Il ne faisait aucun doute que c'était désormais le chien de Rurisk ; l'intensité du lien qui nous unissait avait disparu ; mais il m'offrit une grande tendresse et des souvenirs chaleureux de l'époque où nous étions chiots ensemble. Je mis un genou en terre, caressai la robe rousse devenue rude et hérissée avec les années et plongeai mes yeux dans les siens, qu'une taie blanche commençait à brouiller. Une seconde durant, grâce à ce contact physique, notre lien redevint ce qu'il avait été ; je sus qu'il adorait somnoler au soleil, mais qu'il ne fallait pas le pousser beaucoup pour qu'il reparte chasser, surtout si Rurisk l'accompagnait. Je lui tapotai affectueusement le dos, puis m'écartai de lui. Quand je relevai les yeux, Rurisk me dévisageait d'un air curieux. « Je l'ai connu quand ce n'était qu'un bébé chien, lui expliquai-je.

— Burrich me l'a envoyé, aux bons soins d'un scribe itinérant, il y a bien des années, répondit le prince. Il m'a donné beaucoup de plaisir, tant par sa compagnie qu'à la chasse.

— Vous vous en êtes bien occupé, je vois », dis-je, et nous repartîmes vers le palais ; mais à peine Rurisk m'eut-il quitté que j'allai tout droit trouver Burrich. Lorsque j'arrivai près de lui, il venait de recevoir l'autorisation de sortir les chevaux au grand air, car même la bête la plus placide devient nerveuse dans des quartiers confinés, au milieu d'inconnus. Je saisis son dilemme : tandis qu'il emmènerait certains chevaux à l'extérieur, il serait obligé de laisser les autres seuls. Il me regarda venir d'un air circonspect.

« Avec ta permission, je vais t'aider à les déplacer », proposai-je.

Burrich conserva une expression d'impassibilité polie ; mais avant qu'il pût ouvrir la bouche, une voix s'éleva derrière moi : « Je suis là pour ça, maître ; vous risquez de vous salir les manches ou de vous fatiguer à travailler avec des bêtes. » Je me retournai lentement, surpris du fiel qui perçait dans le ton de Cob. Je jetai un coup d'œil à Burrich, mais il ne pipa mot ; alors, je le regardai franchement.

« Dans ce cas, je vais t'accompagner, si tu veux bien, car nous devons parler de quelque chose d'important. » Je m'étais volontairement montré formel ; Burrich me dévisagea encore un moment, puis il dit : « Occupe-toi de la jument de la princesse et de cette pouliche baie ; moi, je prends les gris. Cob, veille sur les autres en attendant. Je n'en ai pas pour longtemps. »

Ainsi, je pris la jument par le harnais et la pouliche par la bride et suivis Burrich qui, prudemment, faisait traverser la foule aux chevaux et les menait à l'extérieur. « Il y a un pré par là », dit-il, laconique, et nous marchâmes un moment en silence. La presse se faisait moins dense à mesure que nous nous éloignions du palais ; les sabots des chevaux frappaient la terre avec un bruit agréablement mat. Nous arrivâmes enfin au pré qui s'étendait devant une petite grange pourvue d'une sellerie ; à certains moments, j'eus presque une impression de normalité à retravailler aux côtés de Burrich. Je dessellai la jument, puis essuyai la sueur de nervosité sur ses flancs, cependant que Burrich versait du grain dans une mangeoire. Il s'approcha de moi tandis que je finissais de bouchonner la jument. « C'est une beauté, fis-je, admiratif. Elle vient de chez le Seigneur Forestier ?

— Oui. » La sécheresse de sa voix coupa court à la conversation. « Tu voulais me parler. »

J'inspirai profondément, puis dis simplement : « Je viens de voir Fouinot. Il va bien. Il a vieilli, mais il a eu une existence heureuse. J'avais toujours cru que tu l'avais tué, Burrich, cette nuit-là, que tu lui avais fracassé le crâne, que tu l'avais égorgé, étranglé… J'ai imaginé des dizaines de moyens, des milliers de fois. Toutes ces années ! »

Il me regardait d'un air incrédule. « Tu croyais que j'aurais tué un chien à cause de ta conduite ?

— Il n'était plus là, c'est tout ce que je savais. Je ne voyais pas d'autre possibilité ; je croyais que c'était ma punition. »

Il resta un long moment sans rien dire. Quand il me regarda de nouveau, il avait le visage tourmenté. « Comme tu as dû me détester...

— Et te craindre.

— Pendant tout ce temps ? Et tu n'as jamais appris à mieux me connaître, tu n'as jamais songé : "Jamais il ne ferait une chose pareille ?" »

Je secouai lentement la tête.

« Oh, Fitz ! » s'exclama-t-il avec tristesse. Un des chevaux vint le pousser du museau et il le caressa distraitement. « Moi, je croyais que tu avais une nature morose et entêtée ; et toi, tu t'imaginais que je t'avais fait un tort injuste. Pas étonnant qu'on se soit si mal entendus !

— Ça peut se réparer, fis-je à mi-voix. Tu me manques, tu sais ; tu me manques affreusement, malgré nos différends. »

Je le vis devenir songeur et, l'espace d'un ou deux battements de cœur, je crus qu'il allait sourire, m'assener une claque sur l'épaule et m'ordonner d'aller chercher les autres chevaux. Mais soudain son visage se figea, puis s'assombrit. « N'empêche que ça ne t'a pas arrêté ; tu pensais que j'étais capable de tuer un animal sur lequel tu t'étais servi du Vif, mais ça ne t'a pas empêché de continuer à t'en servir.

— Je n'ai pas le même point de vue que toi sur le Vif..., dis-je, mais il secoua la tête.

— Mieux vaut que nous restions chacun de notre côté. C'est mieux pour tous les deux ; il ne peut pas y avoir de malentendu là où il n'y a pas d'entente. Je ne pourrai jamais approuver ce que tu fais, ni fermer les yeux dessus. Jamais. Reviens me voir quand tu pourras dire que tu ne le feras plus ; je te croirai, car tu as toujours tenu ta parole avec moi. Mais jusque-là, chacun de son côté ; ça vaut mieux. »

Et il me laissa au bord du pré pour aller chercher ses chevaux. Je restai un long moment sans bouger, épuisé, l'estomac retourné, et ce n'était pas seulement à cause du poison de Kettricken. Mais je finis par regagner le palais, et je circulai parmi la foule, je bavardai avec les gens, je mangeai et je supportai même sans rien dire les sourires moqueurs et triomphants que Cob m'adressait.

La journée me parut plus longue que toutes celles que j'avais pu connaître ; pourtant, sans mon estomac qui me brûlait en gargouillant, je l'aurais trouvée passionnante : l'après-midi et le début de soirée furent consacrés à des tournois amicaux de tir à l'arc, de lutte et course à pied ; jeunes et vieux, hommes et femmes, tous participèrent à ces joutes, d'autant qu'apparemment, une tradition montagnarde voulait que celui ou celle qui les remportait en une occasion de si bon augure jouît de chance toute l'année. Ensuite, on se restaura encore, il y eut des spectacles de chant et de danse, et un divertissement qui rappelait les marionnettes mais entièrement joué avec des ombres projetées sur un écran de soie. Lorsque la foule commença de s'éclaircir, j'étais plus que mûr pour aller me coucher et c'est avec soulagement que je tirai le paravent de ma chambre et me retrouvai seul ; j'étais en train de m'extraire de ma chemise malcommode tout en songeant que la journée avait été bien étrange quand on frappa à mon huis.

Avant même que je puisse répondre, Sevrens écarta mon paravent et entra. « Royal désire vous voir, dit-il.

— Maintenant ? demandai-je en clignant des yeux comme une chouette.

— Pourquoi m'aurait-il envoyé à cette heure, sinon ? » répliqua Sevrens.

Avec lassitude, je renfilai ma chemise et suivis le valet. Les appartements de Royal se trouvaient à un étage supérieur du palais ; ce n'était d'ailleurs pas vraiment un étage, mais plutôt une sorte de terrasse en bois élevée sur un côté de la grande salle, avec des paravents en guise de murs et une manière de balcon du haut duquel on pouvait contempler la salle. Les pièces, sur cette terrasse, étaient superbement décorées ; certaines œuvres étaient manifestement chyurdiennes – oiseaux aux couleurs vives peints sur des panneaux de soie et statuettes d'ambre –, mais nombre de tapisseries, de statues et de tentures devaient être, à mon avis, des acquisitions de Royal pour son plaisir et son confort personnels. J'attendis debout dans l'antichambre qu'il eût fini de prendre son bain ; lorsqu'il parut enfin en chemise de nuit, j'avais le plus grand mal à garder les yeux ouverts.

« Eh bien ? » fit-il d'un ton hautain.

Je le regardai, le visage inexpressif. « Vous m'avez fait demander, lui rappelai-je.

— Oui, en effet ; et j'aimerais savoir pourquoi j'ai dû le faire. Il me semblait que tu avais reçu une sorte de formation dans ces choses-là. Combien de temps comptais-tu encore attendre avant de me faire ton rapport ? »

Je restai coi : jamais il ne m'était venu à l'idée de faire un rapport à Royal. À Subtil et à Umbre, oui, naturellement, ainsi qu'à Vérité ; mais à Royal ?

« Dois-je te remettre ton devoir en mémoire ? Ton rapport ! »

En hâte, je rassemblai mes esprits. « Désirez-vous entendre mes observations sur les Chyurdas en tant que peuple ? Ou voulez-vous des renseignements sur les plantes médicinales qu'ils cultivent ? Ou bien…

— Je veux savoir où en est ta… mission. As-tu déjà agi ? As-tu un plan ? Quand pouvons-nous espérer des résultats, et de quel ordre ? Je n'ai nulle envie de voir le prince tomber raide mort à mes pieds sans que j'y sois préparé. »

Je n'en croyais pas mes oreilles. Jamais Subtil n'avait parlé aussi crûment ni aussi ouvertement de mon travail ; même lorsque notre intimité était assurée, il tournait autour du pot, il procédait par allusions et me laissait tirer mes propres conclusions. J'avais vu Sevrens se retirer dans l'autre chambre, mais j'ignorais où il se trouvait à présent et à quel point les cloisons nous isolaient. Et Royal qui bavardait comme s'il s'agissait de ferrer un cheval !

« Es-tu insolent ou stupide ? fit-il d'un ton cinglant.

— Ni l'un ni l'autre, répondis-je aussi poliment que possible. Je suis prudent… mon prince, ajoutai-je dans l'espoir de placer la conversation sur un niveau plus formel.

— Ta prudence est ridicule. J'ai confiance en mon valet et il n'y a personne d'autre ici. Alors, ton rapport… assassin bâtard », fit-il comme si cette dénomination était le comble de l'humour et de l'ironie.

Je pris mon souffle et fis un effort pour me rappeler que j'étais l'homme lige du roi et qu'en l'occurrence, Royal était ce qui se rapprochait le plus d'un roi. Je pesai soigneusement mes mots : « Hier, la princesse Kettrickeri m'a rapporté vous avoir entendu dire que j'étais un empoisonneur et que ma cible était son frère Rurisk.

— Mensonge, répliqua Royal. Je n'ai rien dit de tel. Soit tu t'es maladroitement trahi, soit elle te sondait à l'aveuglette dans l'espoir d'obtenir des renseignements. Tu n'as pas tout gâché en lui avouant ton rôle, au moins ? »

J'aurais su mentir mille fois mieux que lui ; je laissai passer sa question et poursuivis. Je lui fis un rapport complet de mon empoisonnement et de la visite matinale de Rurisk et Kettricken, dont je lui répétai la conversation mot pour mot ; quand j'en eus terminé, Royal resta de longues minutes à s'examiner les ongles. Enfin : « As-tu déjà déterminé la méthode et l'heure ? »

Je me contraignis à ne pas montrer ma surprise. « Étant donné les circonstances, il me semblait qu'il valait mieux renoncer à la mission.

— Aucun cran ! observa Royal avec dégoût. J'avais pourtant demandé à Père d'envoyer cette vieille putain de dame Thym ! Avec elle, Rurisk serait déjà dans la tombe !

— Messire ? » fis-je. S'il parlait d'Umbre sous le nom de dame Thym, c'est qu'il ne savait rien, j'en étais presque sûr. Il avait des soupçons, naturellement, mais il n'était pas de mon ressort de les confirmer.

« Messire ? » répéta Royal en m'imitant et soudain je me rendis compte qu'il était ivre ; physiquement, il tenait bien l'alcool et je n'avais senti aucune odeur suspecte ; mais l'ébriété faisait remonter son esprit mesquin à la surface. Il poussa un long soupir, comme si le dégoût que je lui inspirais lui ôtait les mots de la bouche, puis il s'affala sur sa couche au milieu des couvertures et des coussins. « Rien n'a changé, me dit-il : on t'a confié une mission, remplis-la. Si tu es malin, tout le monde n'y verra qu'un accident, d'autant plus que tu t'es montré franc et naïf avec Kettricken et Rurisk : ils ne s'y attendront pas. Mais je veux que le travail soit fait, et avant demain soir.

— Avant le mariage ? demandai-je, abasourdi. Ne croyez-vous pas que la mort du frère de la mariée risque de la pousser à annuler la cérémonie ?

— Dans ce cas, ce ne serait que temporaire ; je la tiens au creux de ma main, petit, elle est facile à éblouir. Mais c'est moi qui m'occupe de cet aspect-là de l'affaire ; toi, tu te débarrasses de son frère, et tout de suite. Comment vas-tu t'y prendre ?

— Je n'en ai aucune idée. » Cela valait mieux que de lui répondre que je n'avais pas l'intention de lui obéir. Je rentrerais à Castelcerf faire mon rapport à Subtil et Umbre ; s'ils considéraient que j'avais mal choisi, qu'ils fassent de moi ce qu'ils voulaient. Mais je me rappelais Royal lui-même, il y avait bien longtemps, citant une phrase de son père : *Ne fais jamais ce que tu ne peux défaire avant d'avoir réfléchi à ce que tu ne pourras plus faire une fois que tu l'auras fait.*

« Quand le sauras-tu ? demanda-t-il d'un ton sarcastique.

— Je ne sais pas, biaisai-je. Dans ce genre d'opérations, il faut agir avec prudence et avec soin. Je dois étudier l'homme, connaître ses habitudes, explorer ses appartements, apprendre les horaires de ses serviteurs. Je dois trouver un moyen de… »

Royal m'interrompit :

« Le mariage a lieu dans deux jours. » Son regard se brouilla. « Tout ce que tu dis devoir découvrir, je le sais déjà ; mieux vaut donc que je prépare un plan moi-même.

Reviens demain soir et je te donnerai tes ordres. Et fais bien attention, bâtard : je ne veux pas que tu agisses sans m'en informer. Une surprise me serait désagréable. Et pour toi, elle serait fatale. » Il me regarda, mais je conservai un visage prudemment impassible.

« Tu peux te retirer, me dit-il d'un ton hautain. Fais-moi ton rapport ici, demain soir à la même heure. Et ne m'oblige pas à envoyer Sevrens te chercher ; il a mieux à faire. En outre, ne va pas t'imaginer que mon père n'entendra pas parler de ton incurie. J'y veillerai ; il regrettera de n'avoir pas envoyé cette garce de Thym faire son petit travail. » Il s'allongea en bâillant, et je sentis une odeur de vin mêlée d'une trace de fumée. Je me demandai s'il n'était pas en train de prendre les habitudes de sa mère.

Je regagnai ma chambre, résolu à peser soigneusement toutes les possibilités et à formuler un plan ; mais j'étais si fatigué et affaibli par le poison qu'à peine étendu sur mon lit, je m'endormis.

22

Dilemmes

Dans mon rêve, le fou se tenait près de mon lit et me regardait ; il secoua la tête : « Pourquoi ne puis-je parler clairement ? Parce que tu mélanges tout. Je vois une croisée de chemins dans le brouillard, et qui se trouve toujours au milieu ? Toi. Crois-tu que je m'efforce de te garder en vie pour tes beaux yeux ? Non. C'est à cause de toutes les possibilités que tu crées. Tant que tu es vivant, nos options sont plus nombreuses, et plus il y a de choix possibles, plus nous avons de chances de nous diriger vers des eaux plus calmes. Ce n'est donc pas pour ton bien, mais pour celui des Six-Duchés, que je protège ton existence. Et tu as le même devoir : vivre afin de continuer à ouvrir des possibilités. »

*
* *

Je me réveillai dans la même impasse que celle où je m'étais endormi : je n'avais aucune idée de ce que j'allais faire. Je restai allongé à écouter les bruits du palais qui émergeait de la nuit. J'avais besoin de parler à Umbre, mais c'était impossible ; aussi, je fermai les yeux et m'efforçai de réfléchir à la façon qu'il m'avait enseignée. « Que sais-tu ? » m'aurait-il demandé, puis : « Que soupçonnes-tu ? » Eh bien, allons-y.

Royal avait menti au roi Subtil à propos de la santé de Rurisk et de son attitude envers les Six-Duchés ; à moins encore que Subtil ne m'ait menti sur ce que Royal lui avait dit ; ou que Rurisk ait menti au sujet de sa position favorable envers les Six-Duchés… Je ruminai un moment et décidai de suivre ma première hypothèse : Subtil ne m'avait pas menti, j'en étais certain, et Rurisk aurait très bien pu me laisser mourir au lieu de se précipiter chez moi. Et d'une.

Donc, Royal voulait la mort de Rurisk. À moins que… ? Si tel était son but, pourquoi m'avoir trahi auprès de Kettricken ? Oui, mais peut-être avait-elle menti à ce sujet ? Je réfléchis : c'était peu probable. Elle s'était peut-être demandé si Subtil n'avait pas envoyé un assassin, mais pourquoi aurait-elle aussitôt porté ses accusations sur moi ? Non ; elle avait reconnu mon nom. Et elle avait entendu parler de dame Thym. Et de deux.

Royal, la veille, avait affirmé à deux reprises avoir demandé à son père d'envoyer dame Thym, mais il avait aussi révélé son nom à Kettricken ; alors, de qui souhaitait-il la mort ? Du prince Rurisk ? Ou bien de dame Thym ? Ou encore la mienne, après la découverte d'une tentative d'assassinat ? Et quel en serait l'avantage, pour lui et pour ce mariage qu'il avait agencé ? Et pourquoi exiger que je tue Rurisk alors que l'intérêt politique voulait qu'il vive ?

Il fallait que je parle à Umbre, mais c'était impossible. J'en étais donc réduit à trancher moi-même la question. À moins que…

Des serviteurs m'apportèrent de l'eau et des fruits ; je me levai, enfilai à nouveau mes habits malcommodes, je déjeunai et je sortis. La journée s'annonçait fort semblable à celle de la veille et cette ambiance de vacances commençait à déteindre sur moi. Je décidai de faire bon usage de mon temps et d'en apprendre plus long sur le palais, ses habitudes et sa disposition ; je situai les appartements d'Eyod, de Kettricken et de Rurisk, et j'examinai soigneusement aussi l'escalier et la charpente de soutènement de ceux de Royal. Je découvris que Cob dormait dans les écuries, tout comme Burrich ; de ce dernier, cela ne m'étonna pas : il tenait à s'occuper lui-même des chevaux de Castelcerf jusqu'à son départ de Jhaampe ; mais pourquoi Cob habitait-il avec lui ? Pour l'impressionner, ou pour le surveiller ? Sevrens et Chahu passaient leurs nuits dans l'antichambre de Royal, bien que le palais recelât quantité d'autres pièces habitables. Quand je voulus étudier la répartition et les horaires des gardes et des sentinelles, je ne trouvai d'hommes d'armes nulle part. Et pendant tout ce temps, je guettai Auguste du coin de l'œil et ce n'est qu'en fin de matinée que je pus le prendre à part. « Il faut que je te parle en privé », lui dis-je.

Il eut l'air agacé et jeta des regards autour de lui pour voir si l'on nous regardait. « Pas ici, Fitz. Peut-être à Castelcerf, après notre retour. J'ai des devoirs officiels et… »

J'avais prévu cette réponse ; j'ouvris la main pour lui montrer l'épingle que le roi m'avait donnée bien des années plus tôt. « Tu vois cet objet ? Je l'ai eu du roi Subtil il y a longtemps, avec sa promesse que, si j'avais besoin de lui parler, il me suffisait de le brandir pour être aussitôt introduit chez lui.

— C'est très touchant, fit Auguste avec ironie. Et tu as une raison pour me raconter cette histoire ? Tu veux m'écraser de ton importance, peut-être ?

— J'ai besoin de parler au roi. Tout de suite.

— Il n'est pas ici. » Auguste se détourna pour s'en aller.

Je lui pris le bras et le forçai à faire demi-tour. « Tu peux le contacter par l'Art. »

D'un geste furieux, il se dégagea de ma poigne et jeta de nouveau des coups d'œil autour de nous. « C'est absolument impossible. Et je refuserais même si je le pouvais ; crois-tu que tous ceux qui savent artiser ont le droit d'interrompre le roi ?

— Je t'ai montré l'épingle ; je te promets qu'il n'y verra pas d'intrusion.

— Je ne peux pas.

— Vérité, alors !

— Je ne m'adresse à Vérité que lorsqu'il me contacte, lui. Bâtard, tu ne comprends pas : tu as suivi l'apprentissage, tu as échoué et tu n'as pas la moindre idée de ce qu'est l'Art.

Il ne s'agit pas de faire coucou à un ami de l'autre côté d'une vallée ; c'est un talent sérieux, à n'utiliser que dans des circonstances sérieuses. » Et il se détourna de nouveau.

« Reviens, Auguste, ou tu le regretteras longtemps. » Je pris le ton le plus menaçant que je pus pour prononcer cette phrase, bien que ce fût pure rodomontade : je ne disposais d'aucun moyen réel de lui faire regretter son refus, sinon en le prévenant que j'allais le cafarder auprès du roi. « Subtil n'appréciera pas que tu aies méprisé son gage. »

Auguste se retourna lentement vers moi, l'œil noir. « Très bien. J'accepte, mais tu dois me promettre d'en prendre toute la responsabilité.

— C'est promis. Viens dans ma chambre pour artiser, veux-tu ?

— On ne peut pas faire ça ailleurs ?

— Chez toi ? proposai-je.

— Non, c'est encore pire. Ne le prends pas en mauvaise part, bâtard, mais je n'ai pas envie qu'on te croie de mes fréquentations.

— Ne le prends pas en mauvaise part, nobliau, mais la réciproque est vraie. »

Finalement, nous nous installâmes sur un banc de pierre dans un coin tranquille du jardin de simples de Kettricken ; Auguste ferma les yeux. « Quel message dois-je artiser au roi Subtil ? »

Je réfléchis. J'allais devoir recourir aux devinettes si je voulais empêcher Auguste de connaître mon véritable problème. « Dis-lui que la santé du prince est excellente et que nous pouvons tous espérer le voir atteindre un âge avancé. Royal souhaite toujours lui remettre son cadeau, mais je ne crois pas que ce soit approprié. »

Auguste rouvrit les yeux. « L'Art n'est pas une plaisanterie…

— Je sais. Contacte-le. »

Il referma les yeux et respira profondément à plusieurs reprises. Au bout de quelques instants, il me regarda. « Il dit d'écouter Royal.

— C'est tout ?

— Il était occupé. Et très mécontent. Fiche-moi la paix, maintenant ; j'ai bien peur que tu ne m'aies fait me ridiculiser devant mon roi. »

J'aurais pu trouver une dizaine de réponses spirituelles, mais je le laissai s'en aller sans rien dire. Avait-il seulement artisé au roi Subtil ? Je m'assis sur le banc de pierre en songeant que je n'avais rien gagné à cet essai, et que j'y avais même perdu beaucoup de temps. La tentation me prit et j'y cédai : je fermai les yeux, respirai profondément, me concentrai et m'ouvris. *Subtil, mon roi.*

Rien. Pas de réponse. Je n'avais même pas dû artiser. Je me levai et je regagnai le palais.

Ce jour-là, encore une fois, Kettricken monta seule sur l'estrade et, en termes toujours aussi simples, elle annonça qu'elle se liait au peuple des Six-Duchés. De cet instant, elle était leur Oblat, en toute chose, pour quelque raison qu'ils lui ordonnent de se sacrifier. Puis elle remercia son propre peuple, sang de son sang, qui l'avait élevée en la traitant si bien, et lui rappela qu'elle ne changeait pas d'allégeance par manque d'affection pour lui, mais seulement dans l'espoir que cela profiterait aux deux peuples. Enfin elle redescendit les marches dans un silence total. Le lendemain, elle devait se donner à Vérité, de femme à homme ; d'après ce que j'avais compris, Royal et Auguste se tiendraient à ses côtés en tant que représentants de Vérité, et Auguste artiserait afin que le prince puisse voir sa fiancée prononcer ses vœux.

La journée n'en finissait pas ; Jonqui m'emmena voir les Fontaines bleues et je fis de mon mieux pour me montrer agréable et paraître intéressé. Nous retournâmes au palais où nous eûmes de nouveau droit à des spectacles de ménestrels, à un banquet et à des présentations des différents arts pratiqués par les montagnards ; il y eut des tours de jonglerie et d'acrobatie, puis des chiens savants et enfin des bretteurs qui firent étalage de leur adresse dans des duels pour rire. De la fumée bleue flottait partout ; beaucoup s'y adonnaient

467

sans se cacher et agitaient leurs petits encensoirs devant eux tout en marchant et en bavardant. Je compris que, pour eux, cette drogue était l'équivalent du gâteau à la graine de carris pour nous, un plaisir de vacances, mais j'évitai tout de même les volutes de fumée qui s'échappaient des brûloirs : je devais garder la tête claire ; Umbre m'avait donné une potion qui dégageait l'esprit des vapeurs du vin, mais contre la fumée, à laquelle je n'étais pas habitué, je n'en possédais pas, et n'en connaissais d'ailleurs pas. Je trouvai un coin moins embrumé que les autres et me tins là, apparemment sous le charme de la voix d'un ménestrel, mais en réalité l'œil fixé, par-dessus son épaule, sur Royal.

Il était installé à une table avec deux brûloirs de part et d'autre de lui ; Auguste, l'air très réservé, était assis un peu plus loin et ils se parlaient de temps en temps, Auguste avec sérieux, Royal avec indifférence. Je n'étais pas assez près pour les entendre, mais je lus sur les lèvres d'Auguste mon nom et le mot « Art » ; je vis Kettricken aborder Royal et notai qu'elle faisait attention de ne pas se trouver sous le flot direct de fumée. Le prince parla longtemps avec elle, la bouche souriante et molle, et tapota une fois la main ornée de bagues d'argent de Kettricken. Apparemment, il était de ceux que la fumée rend prolixes et vantards ; quant à la princesse, tel un oiseau sur une branche, elle se rapprochait parfois de lui avec un sourire, puis se reculait en prenant une attitude plus formelle. Rurisk apparut derrière sa sœur, parla brièvement à Royal, puis saisit le bras de la jeune fille et l'entraîna plus loin ; Sevrens survint alors et refit le plein des brûloirs, sur quoi Royal le remercia d'un sourire niais et dit quelque chose en indiquant la salle de la main. Sevrens éclata de rire et s'en alla. Peu après, Cob et Chahu se présentèrent pour parler à Royal ; Auguste se leva et s'en fut d'un air indigné, mais Royal, la mine mécontente, envoya Cob le chercher. Auguste revint, visiblement à contrecœur ; Royal le réprimanda et Auguste eut une expression furieuse, mais il baissa finalement les yeux et se soumit. J'aurais donné tout l'or du monde pour entendre ce qui se disait entre eux. Il se tramait manifestement quelque chose ; cela n'avait peut-être rien à voir avec moi ni avec ma mission, mais j'en doutais fort.

Je passai en revue ma maigre récolte de faits, avec la certitude que l'importance de l'un d'eux m'échappait ; mais je me demandai aussi si je ne me trompais pas moi-même : peut-être ma réaction face à la situation était-elle exagérée ; ne ferais-je pas mieux d'obéir tout simplement à Royal en le laissant endosser la responsabilité de ses ordres ? Ou encore de gagner du temps en me tranchant tout de suite la gorge ?

Naturellement, je pouvais toujours aller trouver Rurisk, lui annoncer que malgré tous mes efforts Royal persistait à vouloir le faire assassiner et lui demander asile. Après tout, qui n'accueillerait avec plaisir un assassin entraîné qui avait déjà trahi un maître ?

Je pouvais aussi raconter à Royal que j'allais tuer Rurisk, et en réalité n'en rien faire. Je réfléchis soigneusement à cette possibilité.

Je pouvais encore aller voir Burrich, lui révéler que j'étais un assassin et solliciter ses conseils sur la situation.

Je pouvais enfin prendre la jument de la princesse et m'enfuir dans les montagnes.

« Alors, vous vous amusez bien ? » me demanda Jonqui en me prenant le bras.

Je m'aperçus que j'avais les yeux fixés sur un homme qui jonglait avec des poignards et des torches. « Je ne suis pas près d'oublier cette expérience », répondis-je, puis je lui proposai une promenade dans la fraîcheur des jardins. Je sentais que la fumée m'abrutissait.

Tard ce soir-là, je me présentai devant la porte de Royal. Ce fut Chahu qui m'ouvrit cette fois avec un sourire accueillant. « Bonne soirée », me fit-il, et je pénétrai dans l'anti-chambre comme dans l'antre d'un ogre. Mais l'air était bleu de fumée, ce qui expliquait sans doute l'enjouement de Chahu ; à nouveau, Royal me fit attendre, et j'eus beau me coller le menton contre la poitrine et respirer à petits coups, je savais que la fumée commençait à m'affecter. Garde la tête claire, me dis-je, et je m'efforçai de repousser le vertige qui m'envahissait. Je m'agitai sur mon siège et me résignai finalement à me couvrir franchement la bouche et le nez de la main, ce qui n'eut guère d'effet.

Je levai les yeux lorsque le paravent qui fermait la chambre s'écarta, mais ce n'était que Sevrens. Après un coup d'œil à Chahu, il vint s'asseoir à côté de moi. Comme il ne disait rien, je demandai au bout d'un moment : « Est-ce que Royal va me recevoir bientôt ? »

Sevrens fit non de la tête. « Il est... il a de la compagnie. Mais il m'a chargé de vous dire tout ce qu'il vous faut savoir. » Et il ouvrit la main sur le banc entre nous pour me montrer une petite papillote blanche. « Voici ce qu'il a obtenu pour vous ; il ne doute pas que cela vous conviendra. Un peu de cette poudre mêlée à du vin cause la mort, mais à longue échéance. Il n'y a aucun symptôme pendant plusieurs semaines, puis une léthargie s'installe qui s'accroît peu à peu. La victime ne souffre pas », ajouta-t-il comme si c'était là mon souci premier.

Je fis appel à ma mémoire. « C'est de la gomme de kex ? » J'avais entendu parler de ce genre de poison, mais je n'en avais jamais vu. Si Royal avait une source d'approvisionnement, Umbre voudrait la connaître.

« J'ignore son nom et c'est sans importance. Voici ce qui compte : le prince Royal dit que vous devez l'utiliser cette nuit. Vous n'aurez qu'à vous créer une occasion favorable.

— Mais que croit-il donc ? Que je vais me rendre chez Rurisk, frapper à la porte et entrer en lui offrant une coupe de vin empoisonné ? Ça ne serait pas un peu gros ?

— Exécuté de cette façon, certainement. Mais votre formation vous a sûrement donné plus de finesse que ça ?

— Ma formation me dit qu'on ne discute pas de ce genre de choses avec un valet. Je dois entendre l'ordre de la bouche de Royal ou je ne bouge pas. »

Sevrens soupira. « Mon maître l'avait prévu ; voici son message : Par l'épingle que vous portez et par l'écusson sur votre poitrine, tels sont ses ordres. Refusez et c'est au roi que vous refusez ; vous commettrez alors une trahison et il vous fera condamner à la pendaison.

— Mais je…

— Prenez ce papier et allez-vous-en. Plus vous attendrez, plus il se fera tard et plus votre visite paraîtra suspecte. »

Sevrens se leva brusquement et sortit ; assis tel un crapaud dans un coin, Chahu me regardait en souriant. Je serais obligé de les tuer tous les deux avant notre retour à Castelcerf, si je voulais préserver mon utilité en tant qu'assassin ; je me demandai s'ils le savaient. Je rendis son sourire à Chahu, en me sentant un goût de fumée au fond de la gorge, puis je pris le poison et m'en allai.

En bas de l'escalier de Royal, je reculai contre le mur, parmi les ombres, puis escaladai aussi vite que possible un des étais qui soutenaient les appartements de Royal ; souple comme un chat, je m'installai sur un des supports du plancher et j'attendis. J'attendis longtemps, au point de me demander, entre la fumée qui tourbillonnait dans ma tête, ma fatigue propre et les effets qui se prolongeaient des herbes de Kettricken, si je ne rêvais pas et si mon piège maladroit allait donner un résultat quelconque. Finalement, après réflexion, je songeai que Royal m'avait dit avoir spécifiquement requis les services de dame Thym ; or Subtil m'avait envoyé, moi ; je me rappelai la perplexité d'Umbre à ce sujet et, enfin, les accusations de Vérité qu'il m'avait rapportées. Mon roi m'avait-il livré à Royal ? Et, dans ce cas, quelle loyauté leur devais-je, à l'un et à l'autre ? À un moment, je vis Chahu sortir, puis, après un laps de temps qui me parut très long, revenir en compagnie de Cob.

J'entendais mal à travers le plancher, mais assez quand même pour reconnaître la voix de Royal : il était en train de révéler à Cob mes plans pour la nuit. Quand j'en fus certain, je me faufilai hors de ma cachette, descendis et regagnai ma chambre, où je m'assurai de la présence dans mes affaires de certains articles spécialisés, tout en me répétant fermement que j'étais l'homme lige du roi ; c'est ce que j'avais dit à Vérité. Je quittai ma chambre et m'aventurai sans bruit dans le palais ; dans la Grande Salle, les gens du commun dormaient sur des paillasses à même le sol, en cercles concentriques autour de l'estrade, de façon à se réserver les meilleures places pour la prononciation de vœux de leur princesse, le lendemain. Pas un ne bougea tandis que je déambulais parmi eux. Tant de confiance, et si mal placée !

Les appartements de la famille royale étaient situés tout au fond du palais, à l'opposé de l'entrée, et ils n'étaient pas gardés. Je passai la porte qui donnait sur la chambre à coucher du roi, puis celle de Rurisk, et m'arrêtai devant celle de Kettricken, décorée d'oiseaux-mouches et de chèvrefeuille. Elle aurait plu au fou. J'y toquai légèrement et attendis. Le temps s'écoula lentement. Je frappai à nouveau.

J'entendis des pieds nus marcher sur le plancher, puis le paravent peint s'écarta. Kettricken avait les cheveux tressés de frais, mais déjà quelques mèches s'étaient libérées autour de son visage ; sa longue robe de nuit blanche accentuait son teint de blonde, si bien qu'elle paraissait aussi pâle que le fou. « Vous voulez quelque chose ? me demanda-t-elle d'une voix endormie.

— Rien que la réponse à une question. » La fumée s'entortillait encore autour de mes pensées ; j'aurais voulu sourire, me montrer spirituel et brillant devant elle, devant cette beauté pâle. Je repoussai cette impulsion : la princesse attendait patiemment. « Si je tuais votre frère ce soir, dis-je pesant mes mots, que feriez-vous ? »

Elle n'eut pas le moindre geste de recul. « Je vous tuerais, naturellement. En tout cas, j'exigerais votre exécution par la justice. Étant désormais liée à votre famille, je ne pourrais pas prendre votre sang moi-même.

— Mais accepteriez-vous encore le mariage ? Épouse-riez-vous quand même Vérité ? »

472

— Désirez-vous entrer ?

— Je n'ai pas le temps. Épouseriez-vous Vérité ?

— Je suis promise aux Six-Duchés en tant que future reine. Je suis engagée envers leur peuple. Demain, je me promets au roi-servant, pas à un homme du nom de Vérité. Mais même en serait-il autrement, qu'est-ce qui est le plus contraignant ? Posez-vous la question. Je suis déjà engagée, et pas seulement par ma parole, mais par celle de mon père. Et de mon frère. Je ne voudrais pas épouser un homme qui a ordonné la mort de mon frère ; mais ce n'est pas à l'homme que je suis promise : c'est aux Six-Duchés. C'est à eux qu'on me donne en espérant que mon peuple en tirera profit et c'est là que je dois aller. »

Je hochai la tête. « Merci, ma dame. Pardonnez-moi d'avoir troublé votre sommeil.

— Où allez-vous, maintenant ?

— Voir votre frère. »

Elle demeura immobile pendant que je retournais à la porte de Rurisk. Je frappai. Le prince devait mal dormir, car il m'ouvrit beaucoup plus vite que sa sœur.

« Puis-je entrer ?

— Certainement », répondit-il avec grâce, comme je m'y attendais, et les prémisses d'un éclat de rire firent trembler ma résolution sur ses bases. Umbre ne serait pas fier de toi, me gourmandai-je, et je réprimai mon sourire.

J'entrai et il referma le paravent derrière moi. « Voulez-vous nous servir du vin ? demandai-je.

— Si vous le désirez », répondit-il, intrigué mais poli. Je m'assis dans un fauteuil pendant qu'il débouchait une carafe et nous servait. Il y avait un brûloir sur sa table, encore tiède ; je ne l'avais pas vu inhaler de fumée plus tôt dans la soirée : il avait dû juger moins risqué d'attendre d'être seul dans sa chambre. Mais on ne peut jamais savoir quand un assassin va se présenter, la mort en poche. Je contins un sourire niais. Rurisk avait rempli deux verres ; je me penchai et lui montrai ma papillote de papier, puis, délicatement, je versai la poudre dans son vin, pris le verre et fis tourner le liquide pour bien dissoudre le produit. Enfin, je le lui tendis.

« Je suis venu vous empoisonner, voyez-vous ; vous mourez ; alors Kettricken me tue, et puis elle épouse Vérité. » Je levai mon verre et y trempai les lèvres. Du vin de pomme, importé de Labour, probablement ; sans doute un cadeau de mariage. « Qu'est-ce que Royal y gagne ? »

Rurisk regarda son verre d'un air dégoûté avant de le mettre de côté ; il me prit le mien des mains et en but une gorgée. Puis, d'une voix parfaitement assurée : « Il est débarrassé de vous ; j'ai cru comprendre qu'il n'appréciait guère votre compagnie. Il s'est montré extrêmement gracieux avec moi et m'a offert de nombreux présents en plus de ceux qu'il avait apportés pour le royaume ; mais si je mourais, Kettricken se retrouverait seule héritière du trône des montagnes. Ce serait avantageux pour les Six-Duchés, non ?

— Nous avons déjà du mal à protéger les territoires que nous possédons. Et, à mon avis, aux yeux de Royal, ce serait à l'avantage de Vérité, pas du royaume. » J'entendis du bruit derrière la porte. « Ce doit être Cob qui vient me surprendre en train de vous empoisonner. » Je me levai et allai pousser le paravent, mais ce fut Kettricken qui entra en coup de vent. Je refermai rapidement derrière elle.

« Il est venu t'empoisonner ! dit-elle à Rurisk.

— Je sais, répondit-il gravement. Il a mis le produit dans mon vin. C'est pourquoi je bois le sien. » Il remplit à nouveau le verre et le tendit à sa sœur. « C'est de la pomme, fit-il d'un ton enjôleur lorsqu'elle refusa.

— Je ne vois rien de drôle là-dedans ! » s'exclama-t-elle d'un ton sec. Rurisk et moi échangeâmes un regard, puis un grand sourire idiot. La fumée nous faisait de l'effet.

D'un ton doux, le prince dit : « Je vais t'expliquer : Fitz-Chevalerie s'est rendu compte ce soir qu'il est un homme mort. Trop de gens ont appris que c'est un assassin ; s'il me tue, tu le tues ; s'il ne me tue pas, comment peut-il encore se présenter devant son roi ? Et même si son roi lui pardonne, la moitié de la cour saura que c'est un assassin, et du coup il ne servira plus à rien. Et un bâtard inutile est un poids mort pour la royauté. » Rurisk termina son discours en vidant le verre.

« Kettricken m'a dit que, même si je vous tuais cette nuit, elle se promettrait quand même à Vérité demain. »

Il ne parut pas surpris. « Que gagnerait-elle à refuser ? L'inimitié des Six-Duchés, rien d'autre ; elle serait parjure à votre peuple, ce qui serait une grande humiliation pour le nôtre, et deviendrait une paria, ce qui ne profiterait à personne. Ça ne me ressusciterait pas.

— Et votre peuple ne se soulèverait pas à l'idée de la donner au responsable de votre mort ?

— Nous lui cacherions la vérité ; du moins, Eyod et ma sœur s'en chargeraient. Un royaume tout entier doit-il se jeter dans la guerre à cause de la mort d'un seul homme ? N'oubliez pas qu'ici, je suis un Oblat. »

Pour la première fois, j'eus une vague perception de ce que ce mot recouvrait, et je voulus le prévenir.

« Je risque de devenir rapidement gênant pour vous. On m'a dit qu'il s'agissait d'un poison lent, or je l'ai examiné et c'est faux : c'est un simple extrait de morte racine, un produit assez rapide, en réalité, s'il est pris en quantité suffisante. D'abord, la victime est prise de tremblements (Rurisk tendit les mains au-dessus de la table et elles tremblaient ; Kettricken nous regarda d'un air furibond), et la mort survient peu après. Je suppose qu'il est prévu de me prendre la main dans le sac et de m'éliminer en même temps que vous. »

Rurisk s'agrippa la gorge, puis laissa rouler sa tête sur sa poitrine. « Je meurs empoisonné ! déclama-t-il.

— J'en ai assez ! s'écria Kettricken, à l'instant où Cob jaillissait dans la pièce.

— Trahison ! » hurla-t-il. Il pâlit soudain en voyant Kettricken. « Princesse, dites-moi que vous n'avez pas bu de ce vin ! Ce bâtard perfide l'a empoisonné ! »

Sa déclaration dramatique fut un peu gâchée par l'absence de réaction des protagonistes : Kettricken et moi échangeâmes un regard ; Rurisk dégringola de sa chaise et roula au sol. « Ah, ça suffit ! fit sa sœur d'une voix sifflante.

— J'ai mis le poison dans le vin, dis-je aimablement à Cob, comme on me l'avait ordonné. »

Et alors le dos de Rurisk s'arqua sous l'effet de la première convulsion.

En une fraction de seconde aveuglante, je compris comment on m'avait dupé : du poison dans le vin, le vin de pomme de Labour, cadeau sans doute remis le soir même ! Royal ne m'avait pas fait confiance pour l'y mettre, mais cela n'avait pas dû présenter de difficulté dans ce palais où la défiance était inconnue. Rurisk se cambra de nouveau et je savais que je ne pouvais rien pour lui ; déjà, je sentais ma propre bouche devenir insensible, et je me demandai presque distraitement quelle dose de produit j'avais avalée ; je n'avais pris qu'une petite gorgée de vin. Allais-je mourir ici ou sur l'échafaud ?

Un instant plus tard, Kettricken comprit que son frère agonisait pour de bon. « Ordure sans âme ! me lança-t-elle avant de tomber à genoux près de Rurisk. Le bercer de plaisanteries et de fumée, sourire avec lui alors qu'il se meurt ! » Elle leva des yeux étincelants vers Cob. « J'exige sa mort ! Allez chercher Royal, vite ! »

Je me précipitai vers la porte, mais Cob me prit de vitesse. Naturellement : il s'était bien gardé d'inhaler de la fumée ce soir ! Plus vif et plus musclé que moi, il avait aussi la tête plus claire ; ses bras se refermèrent sur moi et il me fit tomber sous son poids. Il avait le visage tout près du mien lorsqu'il m'enfonça son poing dans l'estomac, et je reconnus son haleine, son odeur de sueur : Martel avait senti les mêmes avant de mourir. Mais cette fois-ci la dague était dans ma manche, aiguisée comme un rasoir et traitée avec le poison le plus expéditif que connût Umbre. Après que je la lui eus plantée dans le corps, il parvint à m'assener encore deux coups solides avant de retomber en arrière, agonisant. Adieu, Cob. Comme il s'effondrait, je revis soudain un garçon d'écurie, le visage plein de taches de rousseur, qui disait : « Allez, venez, voilà, c'est bien, vous êtes braves ! » Tout aurait pu se passer si différemment ! J'avais connu ce garçon ; en le tuant, je tuais une partie de ma vie.

Burrich allait m'en vouloir à mort.

Toutes ces pensées m'avaient traversé l'esprit en un clin d'œil ; la main tendue de Cob n'avait pas encore touché le plancher que je me ruais à nouveau vers la porte.

Mais Kettricken eut plus de réflexes. Je pense que c'était un broc d'eau en bronze, mais je ne vis qu'un éclair blanc de lumière.

Quand je revins à moi, j'avais mal partout. La douleur la plus immédiate se situait dans mes poignets, car les cordes qui me les maintenaient noués ensemble dans le dos étaient abominablement serrées. On me transportait. Enfin, plus ou moins : ni Sevrens ni Chahu ne semblaient se soucier que certaines parties de moi-même traînent par terre. Royal était présent, une torche à la main, ainsi qu'un Chyurda que je ne connaissais pas et qui ouvrait le chemin, lui aussi avec une torche. J'ignorais où nous étions, sinon que nous nous trouvions à l'extérieur.

« N'y a-t-il pas d'autre endroit où nous puissions le mettre ? Un lieu particulièrement sûr ? » demandait Royal ; je perçus une réponse marmonnée, et Royal dit : « Non, vous avez raison. Inutile de déclencher un émoi général dès maintenant ; demain, ce sera bien assez tôt. De toute façon, cela m'étonnerait qu'il vive jusque-là. »

Une porte fut ouverte et on me balança la tête la première sur de la terre battue à peine couverte de paille ; j'avalai de la poussière et de la balle de grain, mais je ne pus tousser. Royal fit un geste avec sa torche. « Va chez la princesse, ordonna-t-il à Sevrens. Dis-lui que j'arrive bientôt ; vois si tu peux faire quelque chose pour améliorer le confort du prince. Toi, Chahu, va chercher Auguste dans sa chambre ; nous aurons besoin de son Art pour faire savoir au roi Subtil qu'il a réchauffé un scorpion dans son sein. Il me faudra son approbation pour la mise à mort du bâtard, s'il vit assez longtemps pour être condamné. Allez, maintenant. Allez. »

Et ils partirent, accompagnés de Chyurdas pour leur éclairer le chemin. Royal resta, le regard posé sur moi. Il attendit que les bruits de pas fussent inaudibles, et alors il me donna un violent coup de pied dans les côtes. « Voici une scène que nous avons déjà vécue, non ? Toi vautré dans la paille, et moi en train de te regarder en me demandant quelle mauvaise fortune t'a placé sur mon chemin. C'est curieux comme bien des choses s'achèvent comme elles ont commencé.

« Jusqu'à la boucle de la justice qui est enfin bouclée. Vois comme tu es tombé victime du poison et de la traîtrise : exactement comme ma mère. Ah, tu sursautes ? Croyais-tu que je n'étais pas au courant ? Non, je savais tout. Je sais beaucoup de choses que tu me crois ignorer ; tout, depuis l'odeur pestilentielle de dame Thym jusqu'à ton Art que tu as perdu lorsque Burrich a refusé de te laisser continuer à puiser dans son énergie. Ah ça, il t'a vite laissé tomber quand il s'est rendu compte que cela risquait de lui coûter la vie ! »

Une crise de tremblements me convulsa. Royal éclata de rire, la tête rejetée en arrière ; puis il se détourna en poussant un soupir. « Dommage que je ne puisse pas rester pour assister au spectacle ; mais j'ai une princesse à consoler. La pauvre, promise à un homme qu'elle hait déjà ! »

Et Royal s'en alla, à moins que je ne me fusse évanoui ; je ne sais pas très bien. J'eus l'impression que le ciel s'ouvrait et que je m'y déversais. « Être ouvert, m'avait dit Vérité, c'est simplement ne pas être fermé. » Puis je rêvai, je crois, du fou, et aussi de Vérité, endormi les bras autour de la tête, comme pour empêcher ses pensées de s'échapper ; et encore de la voix de Galen qui se répercutait dans une salle noire et glacée. « Demain, c'est mieux. Lorsqu'il artise, en ce moment, c'est à peine s'il a conscience de la pièce où il se trouve. Notre lien n'est pas assez substantiel pour que j'opère à distance. Il faudra un contact. »

Il y eut un couinement dans l'obscurité, une désagréable musaraigne mentale que je ne reconnus pas. « Agis tout de suite ! insista-t-elle.

— Ne sois pas sot, la gourmanda Galen. Veux-tu risquer de tout perdre par trop de hâte ? Demain, ce sera bien assez tôt ; laisse-moi m'occuper de cet aspect des choses. Toi, tu as du nettoyage à faire là-bas ; Chahu et Sevrens en savent trop, et le maître d'écuries nous embête depuis trop longtemps.

— Tu m'abandonnes au milieu d'un bain de sang ! couina la musaraigne avec colère.

— Eh bien, patauge jusqu'à un trône !

— Et Cob est mort ! Qui va prendre soin de mes chevaux pendant le voyage de retour ?

— D'accord, laisse le maître d'écuries de côté », répondit Galen avec mépris. Puis, après réflexion : « Je me chargerai de lui personnellement lorsque vous serez revenus ; cela ne me dérange pas. Mais les autres, mieux vaut t'en débarrasser rapidement ; peut-être le bâtard avait-il empoisonné d'autres carafes de vin dans vos appartements ? Quelle tristesse que tes serviteurs s'en soient servie.

— D'accord. Mais il faudra me trouver un autre valet.

— Nous demanderons à ton épouse d'y veiller ; d'ailleurs, tu devrais être auprès d'elle : elle vient de perdre son frère. Tu dois te montrer horrifié de ce qui s'est passé ; essaie d'accuser le bâtard plutôt que Vérité, mais n'y mets pas trop de conviction. Et demain, lorsque tu manifesteras autant d'affliction qu'elle, eh bien nous verrons à quoi peut mener une compassion mutuelle.

— Elle est grande comme une vache et pâle comme un poisson !

— Mais avec les territoires des Montagnes, tu auras un royaume défendable à l'intérieur des terres. Tu sais bien que les Duchés côtiers ne te soutiendront pas et que Labour et Sillon ne peuvent pas se dresser seuls, coincés entre les Montagnes et les Duchés des côtes. Par ailleurs, elle n'est pas obligée de survivre à la naissance de son premier enfant.

— FitzChevalerie Loinvoyant », dit Vérité dans son sommeil. Le roi Subtil et Umbre jouaient aux dés ensemble. Patience s'agita en dormant. « Chevalerie ? fit-elle à mi-voix. Est-ce toi ?

— Non, dis-je. Ce n'est personne. Personne. »

Elle hocha la tête et continua de dormir.

Lorsque je retrouvai l'usage de mes yeux, il faisait sombre et j'étais seul. J'avais les mâchoires qui tremblaient et le menton et le devant de la chemise trempés de ma propre salive. Je me sentais moins engourdi et je me demandai si cela signifiait que le poison n'allait pas me tuer. C'était sans doute sans importance : je n'aurais guère l'occasion de parler pour ma défense. Mes mains étaient complètement insensibles ; au moins, elles ne me faisaient plus mal. J'avais horriblement soif. Rurisk était-il déjà mort ? Il avait bu beaucoup plus de vin que moi et, d'après Umbre, le poison utilisé était rapide.

Comme en réponse à ma question, un cri qui exprimait le chagrin le plus absolu monta vers la lune. Il me parut durer une éternité et m'arracher le cœur en s'élevant. Le maître de Fouinot était mort.

Je me projetai vers lui et l'enveloppai du Vif. Je sais, je sais, et nous frissonnâmes ensemble tandis que celui qu'il aimait s'en allait, inaccessible. La grande solitude se referma sur nous.

Petit maître ? C'était faible mais sincère. Une patte, un museau, et une porte s'entrebâilla. Il s'approcha et son nez me dit à quel point je sentais mauvais ; fumée, sang et sueur d'angoisse. Arrivé près de moi, il s'allongea et posa sa tête sur mon dos ; avec le contact physique, le lien resurgit, plus fort à présent que Rurisk était mort.

Il m'a quitté. Ça fait mal.

Je sais. Un long moment passa. *Tu me détaches ?* Le vieux chien leva la tête. Les hommes ne pleurent pas les morts avec l'intensité des chiens ; nous devrions nous en réjouir. Mais du fond de sa détresse, il se dressa malgré tout et entreprit de cisailler mes cordes avec ses dents usées. Je sentis les brins lâcher les uns après les autres, mais je n'avais pas la force de tirer dessus pour les rompre. Fouinot tourna la tête pour s'y attaquer avec les molaires.

Enfin les liens se défirent et je ramenai mes bras devant moi ; j'avais toujours mal partout, mais différemment. Je ne sentais pas mes mains, mais je pus enfin me rouler sur le dos pour ne plus avoir le visage dans la paille. Fouinot et moi soupirâmes à l'unisson ; il posa sa tête sur ma poitrine et je passai un bras ankylosé autour de son cou. Je fus soudain pris de tremblements ; mes muscles se mirent à se raidir et à se détendre si violemment que ma vision se remplit de points lumineux. Mais la crise finit par s'apaiser et je respirais toujours.

J'ouvris à nouveau les yeux. Une lumière m'éblouit, mais je n'étais pas sûr qu'elle fût réelle. À côté de moi, la queue de Fouinot battait la paille. Burrich s'agenouilla lentement près de nous. Il caressa doucement l'échine de Fouinot. Mes yeux s'habituèrent à la clarté de la lanterne et je lus de la douleur dans les traits de Burrich. « Tu es en train de mourir ? » me demanda-t-il. Sa voix était si neutre que j'eus l'impression d'entendre une pierre parler.

« Je ne sais pas. » Du moins, c'est ce que j'essayai de répondre, mais ma bouche ne m'obéissait pas bien. Burrich se releva et s'en alla en emportant la lanterne. Je restai allongé dans le noir.

Puis la lumière revint avec Burrich qui portait un seau d'eau. Il me souleva la tête et me versa du liquide dans la bouche. « N'avale pas », m'avisa-t-il, mais j'étais incapable de commander les muscles concernés, de toute façon. Il me rinça encore deux fois la bouche, puis faillit m'étouffer en essayant de me faire boire. Je repoussai le seau d'une main de bois. « Non », réussis-je à dire.

Au bout d'un moment, mon esprit parut s'éclaircir. Je me passai la langue sur les dents et je perçus leur contact. « J'ai tué Cob, fis-je.

— Je sais. On a rapporté son corps dans les écuries. Personne n'a rien voulu m'expliquer.

— Comment as-tu su où me trouver ? »

Il soupira. « J'avais un pressentiment.

— Tu as entendu Fouinot.

— Son hurlement. Oui.

— Ce n'est pas ce que je voulais dire. »

Il resta quelques secondes sans répondre. « Sentir une chose, ce n'est pas la même chose que s'en servir. »

Je ne vis rien à rétorquer. Finalement, je dis : « C'est Cob qui t'a poignardé dans les escaliers.

— Ah ? » Il réfléchit. « Je m'étais demandé pourquoi les chiens avaient si peu aboyé : c'est qu'ils le connaissaient. Il n'y a que Martel qui avait réagi. »

Avec une violence soudaine, mes mains retrouvèrent leur sensibilité. Je les serrai contre ma poitrine et me roulai sur elles. Fouinot se mit à gémir.

« Arrête ! siffla Burrich.

— Je ne peux pas ! haletai-je. Ça fait si mal que je n'arrive pas à me contrôler ! »

Burrich ne dit rien.

« Tu vas m'aider ? demandai-je finalement.

— Je n'en sais rien », fit-il à mi-voix ; puis, d'un ton presque suppliant : « Fitz, qu'est-ce que tu es ? Qu'est-ce que tu es devenu ?

— Je suis ce que tu es, répondis-je avec sincérité : l'homme lige du roi. Burrich, ils vont tuer Vérité. S'ils y arrivent, Royal deviendra roi.

— Qu'est-ce que tu racontes ?

— Si je reste ici à te l'expliquer, c'est ce qui va se passer. Aide-moi à sortir d'ici. »

J'eus l'impression qu'il lui fallait une éternité pour se décider ; mais, pour finir, il me soutint pendant que je me levais, puis, cramponné à sa manche, je quittai les écuries d'un pas chancelant et m'enfonçai dans la nuit.

23

LE MARIAGE

Tout l'art de la diplomatie, c'est de connaître plus de secrets sur votre rival qu'il n'en connaît sur vous. Toujours traiter en position de pouvoir. Telles étaient les maximes de Subtil. Et Vérité s'y conformait.

*
* *

« Il nous faut Auguste. C'est le seul espoir pour Vérité. »

Nous étions installés sur le flanc d'une colline qui dominait le palais dans la grisaille obscure d'avant l'aube. Nous n'étions pas allés loin : le terrain était escarpé et je n'étais pas en état de marcher longtemps, d'autant que je commençais à me demander si le coup de pied de Royal n'avait pas brisé les côtes que Galen m'avait déjà endommagées, car chaque inspiration me faisait l'effet d'un coup de poignard. Le poison de Royal continuait à me convulser et mes jambes me faisaient souvent défaut sans prévenir ; seul, j'étais incapable de tenir debout, car mes jambes ne me soutenaient plus ; j'étais même incapable de m'accrocher au tronc d'un arbre tant mes bras manquaient de force. Autour de nous, dans l'aurore qui pointait, les oiseaux des forêts chantaient, les écureuils faisaient leurs provisions pour l'hiver et les insectes stridulaient ; il était rude, au milieu de tant de vie, de chercher à estimer jusqu'à quel point mes lésions physiques seraient permanentes. Les jours et la force de ma jeunesse étaient-ils déjà finis, et ne me restait-il plus que tremblements et faiblesse ? Je m'efforçais de chasser cette question de mon esprit et de me concentrer sur les problèmes autrement graves qui menaçaient les Six-Duchés. Je m'apaisai intérieurement comme Umbre m'avait enseigné à le faire ; les arbres qui nous entouraient étaient immenses et leur présence irradiait la paix ; je compris qu'Eyod ne voulût pas les couper pour en faire du bois de charpente. Leurs aiguilles formaient un tapis moelleux sur le sol et leur parfum était rasséérénant. Je regrettai de ne pouvoir simplement m'étendre et m'endormir, comme Fouinot contre moi ; nos douleurs se mêlaient toujours, mais au moins Fouinot pouvait s'échapper dans le sommeil.

« Qu'est-ce qui te fait croire qu'Auguste nous aiderait ? demanda Burrich. Si même j'arrivais à le convaincre de venir ici ? »

Je recentrai mes pensées sur notre problème. « Je n'ai pas l'impression qu'il trempe dans le complot ; à mon avis, il est toujours fidèle au roi. » J'avais présenté mes renseignements à Burrich comme des conclusions personnelles soigneusement pesées ; il n'était pas homme à se laisser convaincre par des voix fantômes dans ma tête. Je ne pouvais donc lui révéler que Galen n'avait pas parlé de tuer Auguste, et qu'en conséquence ce dernier était sans doute hors du coup. D'ailleurs, je ne comprenais pas très bien moi-même ce qui s'était passé ; Royal ne savait pas artiser et, dans le cas contraire, comment aurais-je pu surprendre une conversation par l'Art entre deux personnes ? Non, il devait s'agir d'autre chose, d'une autre magie. Dont l'auteur serait Galen ? Était-il capable d'une magie aussi puissante ? Je l'ignorais. Il y avait tant de choses que j'ignorais ! Mais, avec un effort, j'écartai ces spéculations : pour l'instant, ma première hypothèse rendait compte des faits connus mieux que toute autre.

« S'il est loyal au roi et s'il ne soupçonne pas Royal, c'est qu'il est aussi fidèle à Royal, me fit remarquer Burrich du ton dont on s'adresse à un demeuré.

— Alors il faut trouver un moyen de le forcer à nous obéir. Vérité doit être prévenu.

— Ben tiens ! Je vais trouver Auguste, je le menace de mon poignard et je le ramène ici sans que personne n'intervienne. Tu parles ! »

Je me creusai la cervelle. « Graisse la patte de quelqu'un pour qu'il le conduise jusqu'à nous ; ensuite, tu lui sautes dessus.

— Même si je connaissais quelqu'un à qui graisser la patte, avec quoi est-ce que je le soudoierais ?

— J'ai ceci. » Je touchai ma boucle d'oreille.

Burrich l'examina et sursauta presque. « Où as-tu eu ça ?

— C'est Patience qui me l'a donnée, juste avant le départ.

— Elle n'avait pas le droit ! » Puis, plus calmement : « Je croyais qu'on l'avait enterrée avec lui. »

J'attendis qu'il poursuive.

Burrich détourna les yeux. « C'était à ton père. Je lui en avais fait cadeau. » Sa voix était basse.

« Pourquoi ?

— Parce que j'en avais envie, évidemment. » Le sujet était clos.

Je commençai à détacher la boucle.

« Non, fit-il d'un ton bourru. Laisse-la où elle est. De toute manière, on ne se sert pas d'un objet comme ça pour acheter les gens, et ces Chyurdas sont incorruptibles. »

Il avait raison. J'essayai d'imaginer divers autres plans. Le soleil se levait ; nous arrivions au matin, où Galen se proposait d'agir, à moins qu'il n'eût déjà agi. J'aurais voulu savoir ce qui se passait dans le palais, à nos pieds. Avait-on remarqué ma disparition ? Kettricken se préparait-elle à se donner à un homme qu'elle haïrait toujours ? Sevrens et Chahu étaient-ils déjà morts ? Sinon, pouvais-je les retourner contre Royal en les prévenant ?

« Quelqu'un vient ! » Burrich s'aplatit au sol. Je m'allongeai, résigné à mon sort, quel qu'il dût être : je n'avais plus les moyens physiques de me défendre. « Tu la connais ? » fit Burrich à voix basse.

Je tournai la tête. C'était Jonqui, précédée d'un petit chien qui ne grimperait plus jamais aux arbres pour Rurisk. « C'est la sœur du roi. » Je ne m'étais pas donné la peine de baisser le ton : elle avait une chemise de nuit à moi entre les mains et, un instant plus tard, le petit chien bondissait joyeusement autour de nous, essayant d'inviter Fouinot à jouer avec lui ; mais le vieux chien se contenta de l'observer d'un air triste. Jonqui arriva peu après.

« Vous devez revenir, me dit-elle sans préambule. Et vous hâter.

— Difficile de revenir, répondis-je, sans me hâter vers ma mort. » Je regardai derrière elle au cas où d'autres l'auraient accompagnée. Burrich s'était relevé et placé au-dessus de moi dans une posture défensive.

« Pas la mort, fit-elle calmement. Kettricken vous a pardonné. J'ai essayé toute la nuit de la convaincre, mais je n'y suis parvenue que ce matin. Elle a invoqué son droit de parenté pour pardonner un tort fait par un parent à un parent. Selon notre loi, si le parent pardonne au parent, nul ne peut plus intervenir. Votre Royal a cherché à l'en dissuader, mais il a seulement réussi à la mettre en colère. Tant que je suis dans ce palais, je puis invoquer la loi du peuple des Montagnes", lui a-t-elle dit. Le roi Eyod l'a soutenue, non parce qu'il ne pleure pas Rurisk, mais parce que la force et la sagesse de la loi de Jhaampe doivent être respectées par tous. Donc, vous devez revenir. »

Je réfléchis. « Et vous, m'avez-vous pardonné ?

— Non, gronda-t-elle. Je ne pardonne pas au meurtrier de mon neveu. Mais je n'ai pas à vous pardonner un acte que vous n'avez pas commis. Je ne crois pas que vous auriez bu du vin que vous auriez empoisonné, fût-ce une petite gorgée. Ceux qui connaissent le mieux les dangers des poisons sont ceux qui s'y exposent le moins : vous auriez seulement fait semblant d'en boire et vous vous seriez bien gardé d'en parler. Non : ce crime a été commis par quelqu'un qui se croit très intelligent et qui croit les autres très stupides. »

Je sentis Burrich baisser sa garde plus que je ne le vis. Mais, pour ma part, je ne pouvais me détendre. « Pourquoi, maintenant que Kettricken m'a pardonné, ne puis-je simplement m'en aller ? Pourquoi dois-je revenir ?

— Nous n'avons pas le temps de tergiverser ! siffla Jonqui, et c'était la première fois que je voyais un Chyurda se mettre presque en colère. Dois-je passer des mois et des années à vous apprendre ce que je sais sur l'équilibre ? Comment il réagit à une poussée, à une traction, à un souffle, à un soupir ? Croyez-vous que personne ne sent que le pouvoir dérive et bascule en ce moment même ? Une princesse doit supporter de faire l'objet d'un troc, comme une vache ; mais ma nièce n'est pas un pion dont on s'empare dans un jeu de dés ! Celui qui a tué mon neveu voulait aussi votre mort, manifestement. Dois-je le laisser remporter ce jet de dés ? Je ne crois pas. J'ignore qui je désire voir gagner et, tant que je ne le saurai pas, je ne laisserai pas un seul joueur se faire éliminer.

— Ça, c'est de la logique comme je la comprends ! » fit Burrich d'un ton approbateur et, se baissant, il me mit brusquement sur pied. Le monde se mit à danser de façon effrayante. Jonqui vint placer son épaule sous mon autre bras, puis ils se mirent tous deux en route ; mes jambes ballaient entre eux comme celles d'une marionnette. Fouinot se leva péniblement et nous emboîta le pas, et c'est ainsi que nous regagnâmes le palais de Jhaampe.

Burrich et Jonqui me firent traverser la foule assemblée sur les terrains et dans le bâtiment et se dirigèrent vers ma chambre. Je suscitai peu de curiosité : je n'étais qu'un étranger qui avait pris trop de vin et de fumée la veille, et les gens étaient plus occupés à chercher des places avec une bonne vue sur l'estrade. L'ambiance ne semblait pas au deuil ; j'en conclus que la nouvelle de la mort de Rurisk n'avait pas encore été rendue publique. Lorsque nous entrâmes enfin dans ma chambre, le visage placide de Jonqui s'assombrit.

« Ce n'est pas moi qui ai fait ça ! J'ai seulement pris une chemise de nuit pour la faire sentir à Ruta ! »

« Ça », c'était la pagaille qui régnait dans la pièce. Elle avait été retournée de fond en comble et sans chercher à le cacher. Jonqui se mit aussitôt à ranger et, au bout d'un moment, Burrich lui prêta main-forte ; de mon côté, assis sur une chaise, j'essayai de trouver un sens à la situation. Discrètement, Fouinot se roula en boule dans un coin ; sans réfléchir, je le réconfortai mentalement. Immédiatement, Burrich me jeta un coup d'œil, puis il regarda le chien accablé de chagrin, et il détourna les yeux. Quand Jonqui s'en alla chercher de l'eau pour la toilette et de quoi me sustenter, je demandai à Burrich : « As-tu trouvé un petit coffre en bois ? Avec des glands gravés dessus ? »

Il me fit signe que non. Ainsi, on avait mis la main sur ma cachette à poisons ; j'aurais aimé préparer une nouvelle dague ou une poudre à projeter : Burrich ne pouvait pas être toujours auprès de moi pour me protéger et je n'étais pas en état de repousser un assaillant ni de m'enfuir. Mais mes produits avaient disparu ; il ne me restait plus qu'à espérer ne pas en avoir besoin. Je suspectai Chahu d'être l'auteur de la fouille ; avait-ce été son dernier acte ? Jonqui revint avec de l'eau et de quoi manger, puis elle prit congé de nous. Burrich et moi partageâmes l'eau pour nous laver succinctement, puis, avec un peu d'aide, je réussis à enfiler des vêtements propres, quoique simples. Burrich mangea une pomme ; mon estomac se soulevait à la seule idée d'absorber de la nourriture, mais je bus l'eau glacée que Jonqui avait tirée d'un puits. Il me fallut faire un effort pour obliger les muscles de ma gorge à la faire descendre et j'eus ensuite l'impression qu'elle clapotait désagréablement dans mes tréfonds. Mais cela devait être bon pour moi.

Les minutes s'écoulaient inéluctablement et je me demandais quand Galen allait agir.

Le paravent s'écarta ; je levai les yeux, pensant voir Jonqui, mais ce fut Auguste qui entra, porté sur une vague de mépris. Il se mit aussitôt à parler, pressé de remplir sa mission et de s'en aller : « Je ne suis pas ici de ma propre volonté ; je suis venu à la demande du roi-servant Vérité, pour exprimer sa parole. Voici exactement son message : il est infiniment attristé de…

— Tu lui as artisé ? Aujourd'hui ? Allait-il bien ? »

Ma question fit bouillir Auguste. « On ne peut pas dire, non. Il est infiniment attristé de la mort de Rurisk et de ta trahison. Il t'invite à puiser des forces dans ceux qui te sont loyaux, car tu en auras besoin quand tu seras face à lui.

— C'est tout ? demandai-je.

— Du roi-servant Vérité, oui. Le prince Royal ordonne que tu viennes le voir, et promptement, car la cérémonie commence dans quelques heures à peine et il doit s'habiller en conséquence. Et comme ton insidieux poison, sans doute destiné à Royal, a tué les infortunés Sevrens et Chahu, il doit s'arranger d'un valet inexpérimenté ; il lui faudra plus longtemps pour se vêtir, aussi ne le fais pas attendre. Il est aux bains de vapeur où il s'efforce de se revigorer. Tu l'y trouveras.

— Quelle tragédie ! Un valet inexpérimenté ! » fit Burrich d'un ton acide.

Auguste s'enfla comme un crapaud. « Ce n'est pas drôle ! Cette canaille ne vous a-t-elle pas privé de Cob ? Comment pouvez-vous accepter de l'aider ?

— Si votre ignorance ne vous protégeait pas, Auguste, je vous en débarrasserais volontiers. » Burrich se leva d'un air menaçant.

« Vous aussi, vous aurez à répondre de certaines accusations ! le prévint Auguste en battant en retraite. Je dois vous dire, Burrich, que le roi-servant Vérité sait que vous avez tenté d'aider le bâtard à s'échapper et que vous l'avez soutenu comme si c'était lui, et non Vérité, votre roi. Vous serez jugé.

— C'est Vérité qui a dit ça ? fit Burrich d'un ton empreint de curiosité.

— Oui. Il a ajouté que vous étiez autrefois le meilleur des hommes liges de Chevalerie, mais qu'apparemment vous avez oublié comment aider ceux qui servent sincèrement le roi. Rappelez-le-vous, vous commande-t-il, et il vous assure de son grand courroux si vous ne revenez pas vous présenter devant lui pour recevoir ce que méritent vos actes.

— Je ne me le rappelle que trop bien. J'amènerai Fitz à Royal.

— Tout de suite ?

— Dès qu'il aura mangé. »

Auguste lui lança un regard furibond et sortit. On ne peut pas claquer un paravent, mais il essaya quand même.

« Je ne pourrai rien avaler, Burrich, fis-je.

— Je sais, mais nous avons besoin de temps. J'ai noté le choix des mots de Vérité et j'y ai entendu un tout autre message qu'Auguste. Et toi ? »

Je hochai la tête avec un sentiment de défaite. « Moi aussi, j'ai compris. Mais c'est au-delà de mes capacités.

— Tu en es sûr ? Vérité ne le croit pas et il s'y connaît. D'ailleurs, c'est pour ça que Cob a essayé de me tuer, à ce que tu m'as dit : parce qu'on te soupçonnait de puiser dans mes forces ; par conséquent, Galen t'en croit capable, lui aussi. » Il s'approcha de moi et, avec des mouvements raides, mit un genou en terre, sa mauvaise jambe étendue gauchement derrière lui. Il prit ma main molle et la plaça sur son épaule. « J'étais l'homme lige de Chevalerie, déclara-t-il calmement ; Vérité le sait. Je ne possède pas l'Art, tu comprends, mais Chevalerie m'a expliqué que, pour un échange d'énergie, c'était moins important que l'amitié qui nous liait. J'ai de la force et, les rares fois où il en a eu besoin, je la lui ai donnée de bon cœur. J'y suis donc déjà passé, dans des

490

circonstances bien pires, et j'y ai résisté. Essaie, mon garçon ; si ça doit rater, ça ratera, mais au moins on aura essayé.

— Mais je ne sais pas comment faire ! Je ne sais pas artiser et encore moins puiser dans les forces de quelqu'un pour y arriver ! Et même si je le savais, si ça marchait, je risquerais de te tuer !

— Si ça marche, notre roi survivra peut-être. C'est à ça que m'engage le serment que j'ai prêté. Et le tien ? » Tout paraissait si simple avec lui !

J'essayai donc : j'ouvris mon esprit, je le tendis vers Vérité ; je m'efforçai, à l'aveuglette, de tirer de la force de Burrich. Mais tout ce que j'entendis, ce fut le gazouillis des oiseaux dans les jardins du palais, et l'épaule de Burrich resta simplement l'endroit où reposait ma main. J'ouvris les yeux. Je ne dis rien ; c'était inutile : il savait que j'avais échoué. Il poussa un profond soupir.

« Bon, eh bien, il va falloir que je t'amène devant Royal, dit-il.

— Si nous n'y allions pas, nous passerions le restant de nos jours à nous demander ce qu'il voulait. »

Burrich ne sourit pas. « Tu es d'une drôle d'humeur, je trouve. On croirait entendre le fou.

— Il te parle, quelquefois ? fis-je avec curiosité.

— Quelquefois, oui. » Il me prit par le bras pour m'aider à me lever.

« C'est bizarre, dis-je, mais j'ai l'impression que plus je m'approche de la mort, plus la situation me paraît comique.

— À tes yeux, peut-être, répondit-il d'un ton sec. J'aimerais savoir ce qu'il veut.

— Négocier. Ça ne peut pas être autre chose ; et s'il veut négocier, on peut trouver à y gagner.

— Tu parles comme si Royal suivait les règles du bon sens comme nous autres : à ma connaissance, ça ne lui est jamais arrivé. Et j'ai toujours eu horreur des intrigues de cour, ajouta-t-il d'un ton plaintif. Je préfère nettoyer les boxes ! » Et il me redressa sur mes jambes.

Si je m'étais un jour demandé quel était l'effet de la morte-racine sur ses victimes, je le savais désormais. Je ne pensais pas en mourir, mais j'ignorais quelle existence elle allait me laisser. J'avais les genoux tremblants et la poigne incertaine ; je sentais des muscles se crisper spasmodiquement dans tout mon corps ; mon souffle et les battements de mon cœur n'avaient plus aucune régularité. J'aurais voulu me retrouver seul afin de me mettre à l'écoute de mon organisme et faire un état des lieux ; mais Burrich guidait patiemment mes pas et Fouinot marchait derrière nous, le dos voûté.

Je n'avais jamais été aux bains, contrairement à Burrich ; c'était un bouton de tulipe à l'écart du palais, qui renfermait une source chaude et bouillonnante, captée de façon à la rendre utilisable. Un Chyurda se tenait devant l'édifice ; je reconnus le porteur de torche de la nuit précédente. S'il trouva mon aspect curieux, il n'en montra rien et s'écarta pour nous laisser passer. Burrich me traîna jusqu'à l'entrée en haut des marches.

Des nuages de vapeur tourbillonnaient à l'intérieur et imprégnaient l'air d'une odeur minérale ; Burrich avança prudemment sur le carrelage lisse et, laissant un ou deux bancs de pierre derrière nous, il m'amena vers l'origine de la vapeur. L'eau chaude jaillissait au milieu d'un bâti de briques et, de là, des rigoles la conduisaient vers des bassins plus petits, où sa température variait selon la longueur du conduit et la profondeur du bain. La vapeur et le bruit du jet d'eau emplissaient l'air ; c'était désagréable : j'avais déjà du mal à respirer. Mes yeux s'accoutumèrent à la pénombre et je distinguai Royal qui trempait dans un des grands bassins. Il tourna le regard vers nous à notre approche.

« Ah ! dit-il comme s'il se réjouissait de nous voir. Auguste m'avait prévenu que Burrich t'amènerait. Je suppose que tu sais que la princesse t'a pardonné le meurtre de son frère ? Du coup, et dans ce pays du moins, elle te soustrait à la justice ; à mon avis, c'est du temps perdu, mais il faut honorer les coutumes locales. Elle dit qu'elle te considère désormais comme faisant partie de son groupe familial et que je dois te traiter comme un parent ; ce qu'elle ne comprend pas, c'est que tu n'es pas né d'une union légitime et que, par conséquent, tu n'as aucun droit familial. Enfin, bref ! Veux-tu renvoyer Burrich et venir me rejoindre dans les sources ? Ça te ferait peut-être du bien ; tu n'as pas l'air à l'aise, ainsi tenu en l'air comme une chemise accrochée à une corde à linge. » Il parlait d'un ton parfaitement naturel et affable, comme s'il ne se rendait pas compte de ma haine pour lui.

« Qu'avez-vous à me dire, Royal ? » J'avais parlé d'une voix monocorde.

« Ne veux-tu pas te débarrasser de Burrich d'abord ? demanda-t-il à nouveau.

— Je ne suis pas idiot.

— Ça pourrait se discuter, mais, très bien, j'imagine que je dois m'en charger, dans ce cas. »

La vapeur et le bruit des eaux avaient bien dissimulé le Chyurda. Il était plus grand que Burrich et son gourdin s'abattait déjà lorsque Burrich réagit ; s'il n'avait pas été obligé de me soutenir, il aurait pu éviter le coup, mais, au moment où il tournait la tête, le gourdin frappa son crâne avec un son terrible, comme celui d'une hache qui mord dans le bois. Burrich s'écroula et moi avec lui ; je me retrouvai à demi plongé dans un petit bassin rempli d'une eau quasi bouillante. Je parvins à rouler sur le rebord, mais pas à me redresser : mes jambes refusaient de m'obéir. Non loin de moi, Burrich gisait immobile. Je tendis la main vers lui, mais ne pus l'atteindre.

Royal se dressa hors de l'eau et, d'un geste, attira l'attention du Chyurda. « Il est mort ? »

L'homme poussa Burrich du bout du pied et hocha la tête.

« Tant mieux. » Une expression de satisfaction passa sur les traits de Royal. « Mets-le derrière cette grosse cuve, là, dans le coin. Ensuite, tu peux t'en aller. » Puis, à moi : « Il y a peu de chances que quelqu'un vienne ici avant la cérémonie ; tout le monde est trop occupé à se trouver de bonnes places. Et puis, caché dans ce coin… ma foi, ça m'étonnerait qu'on découvre son corps avant le tien. »

Je fus incapable de répondre. Le Chyurda prit Burrich par les chevilles et le tira derrière lui ; le pinceau noir des cheveux de Burrich laissa une traînée de sang sur le carrelage. Un mélange étourdissant de haine et de désespoir s'amalgama au poison qui m'intoxiquait et une résolution glacée m'envahit : je n'escomptais plus survivre et cela n'avait aucune importance. L'essentiel, c'était de prévenir Vérité. Et de venger Burrich. Je n'avais ni plan, ni arme, ni aucun moyen ; dans ce cas, gagne du temps, me conseilla l'enseignement d'Umbre ; plus tu en obtiens, meilleures sont les chances qu'il se présente quelque chose. Fais durer la discussion ; quelqu'un viendra peut-être voir pourquoi le prince n'est pas encore habillé ; ou bien quelqu'un voudra profiter des bains avant la cérémonie. Occupe Royal.

« La princesse… », fis-je.

Il m'interrompit. « Elle ne pose pas de problème. Elle n'a pas pardonné à Burrich, seulement à toi, et ce que j'ai fait était mon droit le plus strict : c'était un traître, il devait payer. Et l'homme qui l'a exécuté avait la plus grande affection pour son prince, Rurisk. Il est parfaitement d'accord avec tout cela. »

Le Chyurda quitta les bains sans un regard en arrière. Mes doigts sans force griffaient le carrelage, mais je ne trouvais aucun point d'appui. Pendant ce temps, Royal se séchait ; une fois l'homme parti, il s'approcha de moi. « Tu n'appelles pas à l'aide ? » me demanda-t-il d'un ton enjoué.

Je pris une inspiration, refoulai ma peur, et rassemblai tout le mépris que j'avais pour Royal. « Qui répondrait ? Qui m'entendrait au milieu du bruit de l'eau ?

— Ainsi, tu économises tes forces. C'est avisé. Inutile mais avisé.

— Croyez-vous que Kettricken ne saura pas ce qui s'est passé ?

— Tout ce qu'elle saura, c'est que tu t'es rendu aux bains, ce qui était imprudent dans ton état, et que tu t'es noyé dans l'eau trop chaude. Quel dommage !

— Royal, c'est de la folie ! Combien de cadavres pensez-vous pouvoir laisser derrière vous ? Comme allez-vous expliquer la mort de Burrich ?

— Pour répondre à la première question : un bon nombre de cadavres, tant qu'il s'agit de personnes sans influence. » Il se baissa, agrippa ma chemise, puis se mit à me tirer sur le carrelage tandis que je me débattais faiblement tel un poisson hors de l'eau. « Et à la seconde, eh bien, la même chose. À ton avis, qui va se mettre en émoi pour la mort d'un maître d'écuries ? Tu es tellement plein de ton importance de plébéien que tu l'étends à tes serviteurs. » Il me laissa tomber sans douceur sur le corps encore chaud de Burrich, étendu à plat ventre. Du sang se figeait sur le sol près de son visage et des gouttes lui coulaient encore du nez. Une bulle rouge se forma lentement au coin de sa bouche, puis éclata sous l'effet d'une infime exhalaison. Il était vivant ! Je me déplaçai pour dissimuler ses lèvres à Royal ; si j'arrivais à m'en tirer, Burrich aurait peut-être une chance de survivre.

Royal n'avait rien remarqué. Il me retira mes bottes et les rangea de côté. « Tu vois, bâtard, dit-il en reprenant son souffle, être impitoyable exige de créer ses propres règles ; c'est ma mère qui me l'a enseigné. Les gens craignent celui qui agit apparemment sans considération des conséquences ; comporte-toi comme si on n'avait pas le droit de te toucher et personne n'osera te toucher. Prends la situation où nous sommes : ta mort va en irriter certains, c'est vrai ; mais suffisamment pour les inciter à prendre des mesures qui mettraient en danger la sécurité des Six-Duchés ? Je ne pense pas. Par ailleurs, ta mort sera éclipsée par bien d'autres événements. Je serais bien bête de ne pas profiter de l'occasion. » Il parlait d'un ton affreusement calme et hautain ; j'essayai de le repousser, mais il possédait une force étonnante eu égard à la vie de débauche qu'il menait.

J'avais l'impression d'être un chaton entre ses mains tandis qu'il me déshabillait brutalement ; il plia proprement mes vêtements et les posa dans un coin. « Un alibi minime suffira ; mieux vaut que je ne me donne pas trop de mal pour paraître innocent, sans quoi on risque de s'imaginer que je m'inquiète et de devenir un peu trop curieux. Donc, je ne suis au courant de rien, tout simplement ; mon serviteur t'a vu entrer dans les bains en compagnie de Burrich après mon départ, et moi, je m'en vais de ce pas me plaindre à Auguste que tu ne t'es pas présenté devant moi pour que je puisse te pardonner, comme je l'avais promis à la princesse Kettricken. Je compte réprimander Auguste avec la plus grande sévérité de ne pas t'avoir amené lui-même. » Il promena son regard sur la salle. « Voyons… Un joli bassin bien chaud et bien profond… Ah, là ! » Je refermai mes mains sur sa gorge lorsqu'il me hissa sur le rebord, mais il se dégagea sans difficulté.

« Adieu, bâtard, fit-il calmement. Excuse ma hâte, mais tu m'as beaucoup retenu ; je dois m'habiller, sinon je vais être en retard pour le mariage. »

Et il me poussa dans l'eau.

Le bassin était plus profond que je n'étais grand, conçu pour que, debout, un Chyurda de bonne taille ait de l'eau jusqu'au cou. Le contact subit de l'eau bouillante fut atroce ; je relâchai brusquement tout l'air que j'avais dans les poumons et je coulai. Je donnai un coup de talon sans force au fond et réussis à sortir mon visage de l'eau. « Burrich ! » Mais je gaspillais mon souffle à appeler quelqu'un qui ne pouvait pas m'aider. L'eau se referma de nouveau sur moi ; mes bras et mes jambes refusaient de se mouvoir à l'unisson ; je heurtai une paroi et retombai vers le fond avant d'avoir pu prendre une goulée d'air. L'eau brûlante amollissait mes muscles déjà flaccides ; je crois que j'aurais été en train de me noyer même si je n'avais eu de l'eau qu'aux genoux.

Je perdis le compte du nombre de fois où j'émergeai tant bien que mal pour reprendre mon souffle ; mes doigts tremblants ne trouvaient aucune prise sur la pierre polie des parois et mes côtes m'élançaient quand j'essayais d'inspirer profondément ; mes forces m'abandonnaient, la fatigue m'envahissait ; l'eau était trop chaude, trop profonde... Noyé comme un chien nouveau-né, me dis-je en sentant les ténèbres se refermer sur moi. *Petit maître ?* fit quelqu'un, mais tout était noir.

Tant d'eau, si chaude, si profonde... Je ne trouvais plus le fond, ni les côtés. Je me débattais faiblement contre l'eau, mais je ne rencontrais aucune résistance. Plus de haut, plus de bas ; inutile de continuer à lutter pour rester vivant dans mon corps ; plus rien à défendre : autant abaisser mes protections et voir s'il n'y a pas un dernier service à rendre à mon roi. Les murailles de mon existence s'abattirent et je m'élançai comme une flèche soudain libérée. Galen avait raison : dans l'Art, il n'y avait pas de distance, aucune. Castelcerf se dressait autour de moi. *Subtil !* m'écriai-je éperdument. Mais l'attention de mon roi était concentrée ailleurs ; son esprit était fermé, et j'eus beau tempêter et me déchaîner, il me resta barricadé. Aucun secours de ce côté-là.

Mes forces déclinaient. Quelque part, j'étais en train de me noyer ; mon corps dépérissait, le fil qui m'y rattachait se faisait de plus en plus ténu. Une dernière possibilité. *Vérité ! Vérité !* criai-je. Je le trouvai, tentai de m'accrocher à lui, mais mon esprit n'avait pas prise sur lui ; il était ailleurs, ouvert à quelqu'un d'autre, fermé à moi. Accablé de désespoir, je gémis : *Vérité !* Et soudain, ce fut comme si des mains puissantes s'emparaient des miennes alors que j'escaladais une falaise glissante, et me retenaient à l'instant où j'allais tomber.

Chevalerie ! Non, c'est impossible ! C'est le petit ! Fitz !

Votre imagination vous joue des tours, mon prince. Il n'y a personne. Soyez attentif à ce que nous faisons. Galen me repoussa, calme et insidieux comme un poison. Je ne pouvais lui résister ; il était trop fort.

Fitz ? Vérité hésitait à présent que je m'affaiblissais.

Je ne sais où je trouvai de la force ; quelque chose céda et l'énergie afflua en moi. Je m'accrochai à Vérité comme un faucon à son poignet. J'étais avec lui, je voyais par ses yeux : la salle du trône redécorée de frais, le Livre des chroniques ouvert sur la grande table devant le prince, prêt à recevoir les minutes du mariage de Vérité. Autour de lui, parés de leurs plus beaux atours et de leurs bijoux les plus coûteux, se tenaient les quelques privilégiés invités à voir Vérité assister à la prononciation de vœux de sa fiancée par les yeux d'Auguste. Et Galen, censé, en tant qu'homme lige du roi, offrir sa force au prince, se trouvait légèrement en retrait de Vérité et attendait de le saigner à blanc. Et Subtil, coiffé de sa couronne et vêtu d'une longue robe, assis sur son trône, Subtil ne se doutait de rien : son Art était émoussé, consumé à force de ne pas servir, mais le roi était trop fier pour le reconnaître.

Comme par un phénomène d'écho, je vis, par les yeux d'Auguste, Kettricken, pâle comme cire de bougie, dressée sur l'estrade devant son peuple réuni. Elle expliquait, en termes simples et d'un ton empreint d'affection, que la veille au soir Rurisk avait fini par succomber à la blessure qu'il avait reçue aux Champs de glace. Elle espérait honorer sa mémoire en se donnant, comme il avait lui-même contribué à l'arranger, au roi-servant des Six-Duchés. Elle se tourna face à Royal.

À Castelcerf, la serre de Galen se posa sur l'épaule de Vérité.

Je fis irruption dans le lien qui les unissait et repoussai le maître d'Art. *Méfiez-vous de Galen, Vérité ! Attention au traître qui veut vous vider de votre énergie ! Ne le laissez pas vous toucher !*

La main de Galen se resserra sur l'épaule du prince et soudain ce fut un maelström qui aspirait, suçait, essayait de tout arracher à Vérité. Et il ne restait plus grand-chose à prendre ; l'Art de Vérité était habituellement puissant, mais uniquement parce qu'il le jetait tout entier dans les batailles ;

un autre homme en aurait retenu une partie par simple souci de se préserver, mais, depuis des mois, tous les jours, Vérité s'en servait sans s'épargner pour écarter les Pirates rouges de nos côtes.

Il en subsistait donc bien peu pour la cérémonie, et Galen était en train de l'absorber, Galen dont la puissance s'en trouvait accrue ! Je m'agrippai à Vérité en m'efforçant désespérément de réduire l'hémorragie d'énergie. *Vérité !* lui criai-je. *Mon prince !* Je sentis un bref sursaut en lui, mais tout se brouillait devant ses yeux. Un murmure effrayé s'éleva dans la salle lorsqu'il s'effondra en se rattrapant à la table. Le félon Galen, sans le lâcher, s'agenouilla et se pencha sur lui, puis chuchota sur un ton plein de sollicitude : « Mon prince ? Allez-vous bien ? »

Je projetai toutes mes forces en Vérité, toutes mes réserves que j'ignorais posséder ; je m'ouvris et les lâchai, comme Vérité faisait lorsqu'il artisait. Je ne me doutais pas que j'en avais tant à donner. « Prenez tout ; de toute façon, je vais mourir. Et vous avez toujours été bon pour moi quand j'étais enfant. » J'entendis mes paroles comme si je les avais prononcées tout haut, et je sentis un lien mortel se briser tandis que l'énergie, passant à travers moi, se déversait en Vérité. Il devint soudain très fort, d'une force animale, et la colère l'envahit.

Il leva la main pour s'emparer de celle de Galen et ouvrit les yeux. « Je vais bien », dit-il à voix haute au maître d'Art. Il promena ses regards sur la salle tout en se relevant. « Mais c'est pour toi que je m'inquiète, Galen. On dirait que tu trembles. Es-tu sûr d'être assez fort ? Il ne faut pas tenter un exploit trop grand pour toi. Imagine ce qui risquerait d'arriver. » Et, comme un jardinier arrache une mauvaise herbe de la terre, Vérité sourit et arracha tout ce qui se trouvait dans le traître. Galen s'écroula en portant ses mains à sa poitrine, enveloppe vide à forme humaine. Les spectateurs se précipitèrent pour lui porter secours tandis que Vérité, rassasié, levait les yeux vers une fenêtre et projetait son esprit.

Auguste ! Écoute-moi attentivement. Avertis Royal que son demi-frère est mort. L'Art de Vérité tonnait comme l'océan et je sentis Auguste se faire tout petit devant sa puissance. *Galen était trop ambitieux ; il a tenté ce qui était au-delà de son pouvoir. Dommage que le bâtard de la reine n'ait pu se satisfaire de la position qu'elle lui avait fournie ; dommage aussi que mon frère cadet n'ait pas su détourner son demi-frère de ses ambitions mal placées. Galen a outrepassé ses propres limites, et mon jeune frère devrait tirer leçon du résultat de sa témérité. Encore une chose, Auguste : veille à rapporter ceci à Royal en privé ; peu de gens savaient que Galen était le fils de la reine et le demi-frère de Royal ; je suis sûr qu'il n'a pas envie de voir le nom de sa mère entaché de scandale, ni le sien. Ces secrets de famille doivent rester bien gardés.*

Puis, avec une puissance qui jeta Auguste à genoux, Vérité se servit de lui pour s'introduire dans l'esprit de Kettricken et se présenter à elle. Je perçus l'effort qu'il faisait pour se montrer aimable. *Je vous attends, ma reine-servante. Et, par mon nom, je vous jure que je n'avais aucune part dans la mort de votre frère. J'en ignorais tout et je partage votre deuil. Je ne veux pas que vous veniez à moi en me croyant son sang sur les mains.* Un joyau qui se déploie : telle était la lumière du cœur de Vérité lorsqu'il l'ouvrit devant elle afin qu'elle se rende compte qu'elle ne se donnait pas à un assassin. Sans égards pour lui-même, il s'exposa entièrement, dans toute sa vulnérabilité, devant elle, donnant sa confiance pour bâtir la confiance. Kettricken chancela, mais ne recula pas. Auguste s'évanouit et le contact s'effaça.

Vérité me secouait. *Va-t'en, repars, Fitz ! C'est trop, tu vas mourir ! Va-t'en, lâche prise !* Comme un ours, il me propulsa d'un revers et je me retrouvai brutalement dans mon corps silencieux et aveugle.

24

Ensuite...

Dans la grande Bibliothèque de Jhaampe se trouve une tapisserie qui, dit-on, représente une carte de la route à suivre à travers les montagnes pour accéder au Désert des Pluies. Comme pour nombre de cartes et de livres de Jhaampe, ces informations avaient été jugées si vitales qu'elles furent codées sous forme d'énigmes et de rébus. Parmi bien d'autres images apparaissent sur la tapisserie celle d'un homme aux cheveux noirs et au teint sombre, massif et musclé, qui porte un bouclier rouge, et, dans le coin opposé, celle d'une créature à la peau dorée ; là, le tissage a été victime des mites et s'est effiloché, mais on peut encore se rendre compte qu'à l'échelle de l'œuvre, l'être est beaucoup plus grand qu'un homme et que, par ailleurs, il est peut-être pourvu d'ailes. Selon la légende de Castelcerf, le roi Sagesse chercha et découvrit les Anciens en suivant un chemin secret à travers les montagnes. Ces deux images représentent-elles un Ancien et le roi Sagesse ? La tapisserie indique-t-elle la route qui permet d'accéder, au-delà des monts, au pays des Anciens, au Désert des Pluies ?

*
* *

Beaucoup plus tard, j'appris qu'on m'avait trouvé sans connaissance, couché contre le corps de Burrich sur le carrelage des bains ; je tremblais comme si j'avais la fièvre et on ne put me réveiller. C'est Jonqui qui nous avait découverts, bien que je n'aie jamais su comment elle avait pensé à chercher dans les bains. Je la soupçonne d'avoir été à Eyod ce qu'Umbre était à Subtil : peut-être pas un assassin, mais quelqu'un qui avait les moyens de savoir ou d'apprendre presque tout ce qui se passait dans le palais. Quoi qu'il en fût, elle prit la situation en main : Burrich et moi fûmes isolés dans un appartement séparé du palais et je crois bien que, pendant quelques jours, personne de Castelcerf ne sut où nous étions ni si nous étions encore vivants. Elle nous soigna elle-même avec l'aide d'un vieux serviteur.

Je repris conscience deux jours après le mariage, et je passai les quatre suivants, les pires de toute ma vie, au lit, les membres convulsés de spasmes incontrôlables. Je somnolais souvent, abruti d'une fatigue désagréable, et je faisais des rêves où je voyais Vérité comme s'il était devant moi, ou bien je le sentais m'artiser ; ces rêves d'Art me restaient hermétiques : je percevais seulement son inquiétude pour moi, plus quelques vagues bribes, telle la couleur des rideaux de la pièce où il se tenait ou le contact d'une bague qu'il tournait distraitement à son doigt tout en essayant de m'atteindre. Parfois, un spasme plus violent que les autres me jetait hors du sommeil et les convulsions me tourmentaient jusqu'à ce que je m'assoupisse à nouveau, épuisé.

Les périodes de conscience n'étaient pas plus plaisantes, car Burrich était étendu sur une paillasse non loin de moi et ne se manifestait guère que par sa respiration rauque et laborieuse ; son visage était enflé et décoloré au point d'en être méconnaissable. Dès le début, Jonqui m'avait laissé peu d'espoir : ou bien il ne survivrait pas, ou bien, dans le cas contraire, il était peu probable qu'il fût le même.

Mais Burrich avait déjà trompé la mort auparavant : ses enflures diminuèrent progressivement, ses ecchymoses violacées disparurent et, une fois qu'il eut repris connaissance, il se remit rapidement. Il n'avait plus aucun souvenir de ce qui s'était passé après qu'il m'avait emmené des écuries, et je ne lui en révélai que le strict nécessaire ; c'était déjà plus qu'il n'aurait dû en savoir pour sa propre sécurité, mais je le lui devais bien. Il fut capable de se lever longtemps avant moi, bien qu'au début il fût pris d'accès de vertige et de migraines ; mais bientôt il put aller visiter les écuries de Jhaampe et explorer la ville à loisir ; il revenait le soir et nous bavardions longuement, paisiblement. Nous évitions les sujets sur lesquels nous nous savions en désaccord et il y avait des parties de ma vie, telles celles qui concernaient Umbre, que j'étais obligé de lui cacher. La plupart du temps, nous discutions des chiens qu'il avait connus, de ses jours d'autrefois avec Chevalerie. Un soir, je lui parlai de Molly ; il resta silencieux un moment, puis me dit qu'à ce qu'il savait, le propriétaire de la chandellerie Baume-d'Abeille était mort criblé de dettes et que sa fille, qui avait espéré hériter, s'en était allée vivre chez des parents dans un autre village ; il ne se rappelait pas lequel, mais connaissait quelqu'un qui le saurait. Il ne se moqua pas de moi et me conseilla gravement d'être sûr de mes sentiments avant de la revoir.

Auguste n'artisa plus jamais. On l'emporta inconscient de l'estrade, mais dès qu'il sortit de son évanouissement, il exigea de voir Royal sans délai ; je pense qu'il lui délivra le message de Vérité, car, si Royal ne vint pas à notre chevet, à Burrich ni à moi, Kettricken le fit, elle, et elle nous apprit que Royal s'inquiétait fort de notre santé et souhaitait que nous nous remettions complètement de nos accidents, car il m'avait pardonné comme il l'avait promis à la princesse. Elle m'expliqua que Burrich avait glissé et s'était cogné la tête en essayant de me tirer du bassin où j'étais tombé, pris de convulsions ; j'ignore qui avait concocté cette fable, Jonqui peut-être, mais je crois qu'Umbre lui-même n'en aurait pas inventé de meilleure. Par ailleurs, le message de Vérité marqua pour Auguste la fin de son rôle de chef de clan et de toute pratique de l'Art, autant que je le sache. Je ne sais pas si c'était par peur ou bien si son talent avait été pulvérisé par la puissance du prince ; en tout cas, il quitta la cour et s'en fut à Flétribois, où régnaient autrefois Chevalerie et Patience. Je crois que c'est devenu un homme sage.

Après son mariage, Kettricken et tout Jhaampe portèrent pendant un mois le deuil de Rurisk. De mon lit de convalescence, c'était perceptible surtout par des sons de carillon, des psalmodies et le parfum des encens qu'on brûlait par toute la ville. Tous les biens de Rurisk furent distribués. Eyod vint me voir en personne pour me remettre un anneau d'argent tout simple que portait son fils et la pointe de la flèche qui lui avait transpercé la poitrine ; il ne parla guère, sinon pour m'expliquer ce qu'étaient ces objets et m'enjoindre de chérir ces souvenirs d'un homme exceptionnel ; lorsqu'il s'en fut, je me demandais encore pourquoi c'était à moi qu'on avait décidé de les donner.

Le mois passé, Kettricken mit fin à son deuil et elle vint nous souhaiter, à Burrich et à moi, une prompte guérison et nous faire ses adieux jusqu'à ce que nous nous revoyions à Castelcerf. Son bref contact d'Art avec Vérité avait dissipé toutes ses réserves à son sujet ; elle parlait désormais de son époux avec fierté et se rendait de bon cœur à Castelcerf, sachant qu'on la donnait à un homme honorable.

Ce n'était pas à moi de chevaucher à ses côtés à la tête de la procession qui l'amenait à son nouveau foyer, ni d'entrer dans Castelcerf précédé de trompes sonnantes, de jongleurs et d'enfants agitant des clochettes : c'était le rôle de Royal et il s'y prêta gracieusement : il semblait prendre très au sérieux l'avertissement de Vérité. Je ne crois pas que son frère lui pardonna entièrement, mais il classa les complots de Royal comme s'il s'agissait des mauvais tours d'un enfant mal élevé, ce qui, je pense, effraya bien plus son cadet qu'une réprimande publique. L'empoisonnement fut mis sur le compte de Chahu et de Sevrens par ceux qui étaient au courant de l'affaire : après tout, c'était Sevrens qui s'était procuré le produit et Chahu qui avait livré le vin de pomme à Rurisk. Kettricken feignit d'être convaincue que les deux hommes avaient agi, portés par une ambition déplacée, au nom d'un maître qui ne savait rien ; et, officiellement, la mort de Rurisk n'eut jamais rien à voir avec un empoisonnement. Quant à moi, mon métier d'assassin demeura secret ; quelles que fussent les prétentions de Royal, il se conduisit extérieurement comme un jeune prince qui escortait gracieusement l'épouse de son frère vers son nouveau foyer.

Ma convalescence fut longue ; Jonqui me soignait avec des herbes qui, disait-elle, répareraient ce qui avait été endommagé. J'aurais dû essayer d'apprendre le nom de ces plantes et les techniques qu'elle employait, mais, comme mes doigts, mon esprit laissait tout lui échapper ; d'ailleurs, je n'ai guère de souvenirs de cette période. Je me remettais de mon empoisonnement avec une lenteur exaspérante ; Jonqui s'efforça de me distraire en m'obtenant du temps de visite à la grande Bibliothèque, mais mes yeux se fatiguaient rapidement et j'avais souvent des crises de tremblements oculaires. Je passais donc la plupart de mes journées dans mon lit à réfléchir. Je me demandai un temps si j'allais revenir à Castelcerf : pouvais-je encore être l'assassin de Subtil ? Et puis, si je retournais à la forteresse, je serais obligé d'occuper une place inférieure à celle de Royal à table et, lorsque je regarderais mon roi, je le verrais à sa droite ; je devrais le traiter comme s'il n'avait jamais essayé de me tuer, ni de m'utiliser pour empoisonner un homme que j'admirais. Je m'en ouvris un soir à Burrich ; il m'écouta calmement, puis il dit : « À mon avis, ce ne sera pas plus facile pour Kettricken que pour toi. J'aurai du mal, moi aussi, d'ailleurs, à regarder un homme qui a voulu m'assassiner et à lui donner du "mon prince". C'est à toi de décider. Je n'aimerais pas qu'il ait l'impression que nous nous cachons de lui par crainte, mais si tu préfères aller ailleurs, nous irons ailleurs. » C'est à cet instant, je crois, que je compris ce que signifiait la boucle d'oreille que je portais.

L'hiver n'était plus une menace, mais une réalité, quand nous quittâmes les montagnes. Burrich, Pognes et moi arrivâmes bien après tout le monde à Castelcerf, car nous prîmes notre temps pour voyager ; je me fatiguais facilement et mon énergie passait par des hauts et des bas imprévisibles : je m'écroulais aux moments les plus inattendus et je tombais de ma selle comme un sac de grain ; alors, les autres s'arrêtaient pour me remettre à cheval et je me forçais à tenir bon. Bien des nuits, je me réveillais tremblant comme une feuille, incapable fût-ce d'émettre un cri, et ces crises étaient lentes à s'apaiser ; mais pires, je crois, étaient les nuits où je n'arrivais pas à me réveiller, perdu dans un cauchemar où je me noyais interminablement. De l'un d'eux, j'émergeai face à Vérité.

Tu fais un vacarme à réveiller les morts, me dit-il d'un ton enjoué. *Il faut qu'on te déniche un maître qui t'apprenne au moins à te contrôler. Kettricken commence à trouver bizarre que je rêve si souvent de noyade. Je dois remercier le ciel, j'ai l'impression, que tu aies dormi à poings fermés pendant ma nuit de noces.*

« *Vérité ?* » fis-je, abruti de sommeil.

Rendors-toi, répondit-il. *Galen est mort et j'ai serré la bride à Royal. Tu n'as rien à craindre. Rendors-toi et cesse de rêver si fort.*

Vérité, attendez ! Mais mes tâtonnements pour l'atteindre rompirent le contact ténu de l'Art et il ne me resta plus qu'à suivre son conseil.

Notre voyage se poursuivit et le temps se détraqua de plus en plus ; nous mourions tous d'envie d'être arrivés, bien longtemps avant d'être parvenus à destination. Burrich avait jusque-là apparemment négligé les compétences de Pognes ; le jeune homme faisait montre d'un savoir-faire discret qui inspirait confiance aux chevaux et aux chiens, et il finit par remplacer Cob et moi-même aux écuries de Castelcerf ; mais l'amitié qui fleurit entre Burrich et lui me rendit sensible à ma propre solitude plus que je n'ose l'avouer.

À la cour de Castelcerf, la mort de Galen était passée pour une tragédie ; ceux qui le connaissaient le moins étaient ceux qui parlaient de lui avec le plus de bienveillance : manifestement, il avait dû se surmener pour que son cœur le lâche si jeune ; on envisagea même de baptiser un navire de guerre de son nom, comme s'il s'agissait d'un héros mort pour le royaume, mais Vérité ne donna jamais droit à cette idée et elle ne se réalisa pas. Sa dépouille fut renvoyée à Labour pour y être inhumée avec tous les honneurs. Si Subtil soupçonna jamais ce qui s'était joué entre Vérité et Galen, il le dissimula bien et ni lui ni Umbre ne m'en parlèrent jamais. La disparition de notre maître d'Art, sans même un apprenti pour le remplacer, était une affaire grave, surtout avec les Pirates rouges sur notre ligne d'horizon ; cela, on en discutait ouvertement, mais Vérité refusa toujours catégoriquement d'envisager comme successeur Sereine ni aucun autre élève formé par Galen.

Je n'ai jamais su si Subtil m'avait ou non livré en pâture à Royal ; je ne lui posai jamais la question, je ne fis même jamais part de mes soupçons à Umbre : je suppose que je n'avais pas envie de le savoir. J'évitais autant que possible que ma loyauté en soit affectée, mais, au fond de mon cœur, quand je disais « mon roi », je pensais à Vérité.

Le bois que nous avait promis Rurisk parvint à Castelcerf ; les troncs avaient été convoyés par voie de terre jusqu'à la Vin, sur laquelle ils avaient navigué jusqu'à Turlac et, de là, jusqu'à Castelcerf par la Cerf. Ils arrivèrent en milieu d'hiver ; ils étaient tels que Rurisk les avait décrits et le premier bateau de guerre achevé fut baptisé de son nom ; je crois qu'il aurait compris le geste, mais qu'il ne l'aurait pas tout à fait approuvé.

Le plan de Subtil avait fonctionné : depuis bien des années, Castelcerf n'avait plus de reine, et l'arrivée de Kettricken suscita l'intérêt du peuple pour la cour ; le décès tragique de son frère la veille du mariage et sa vaillante façon de l'affronter avaient capté l'imagination des gens. Son admiration évidente pour son nouvel époux faisait de Vérité un héros romantique même aux yeux de ses propres sujets.

Ils formaient un couple remarquable, par le contraste de la jeune et pâle beauté de Kettricken et de la force sereine de Vérité. Subtil les exhiba lors de bals qui attiraient tous les nobliaux de tous les duchés, et, en ces occasions, Kettricken parla avec éloquence de la nécessité de s'unir pour vaincre les Pirates rouges ; alors, Subtil débloqua des fonds et, malgré les tempêtes d'hiver, la fortification des Six-Duchés commença : de nouvelles tours furent bâties et les volontaires affluèrent pour les garnir ; les charpentiers de marine se battaient pour avoir l'honneur de travailler sur les navires de guerre et Bourg-de-Castelcerf était envahi de volontaires prêts à s'embarquer. Pendant une brève période, cet hiver-là, les gens crurent aux légendes qu'ils inventaient et l'on eut l'impression de pouvoir triompher des Pirates par la seule force de la volonté. Je me défiais de cette humeur et, en regardant Subtil l'encourager, je me demandais comment il pourrait encore l'entretenir lorsque les forgisations reprendraient.

Je dois encore parler d'un autre protagoniste de ce récit, qui se trouva mêlé aux conflits et aux intrigues par pure loyauté envers moi. Jusqu'à mon dernier jour, je porterai les cicatrices des blessures qu'il m'a infligées. Il avait planté profondément et à plusieurs reprises ses crocs usés dans ma main avant de parvenir à me sortir du bassin ; comment il y a réussi, je ne le saurai jamais. Mais sa tête reposait sur ma poitrine quand on nous découvrit ; les liens qui le rattachaient à ce monde s'étaient rompus. Fouinot était mort. Je crois qu'il avait donné sa vie librement, en se rappelant notre affection mutuelle lorsque nous étions chiots. Les hommes ne pleurent pas leurs morts avec l'intensité des chiens. Mais nous pleurons de longues années.

ÉPILOGUE

« *Vous êtes épuisé* », me dit le garçon. Il se tient près de mon coude et j'ignore depuis combien de temps il est là. Il tend lentement la main pour prendre la plume entre mes doigts sans force. Fatigué, je regarde la ligne tremblée qu'elle a laissée en travers de ma page. J'ai déjà vu cette forme, il me semble, mais ce n'était pas de l'encre. Une traînée de sang coagulé sur le pont d'un Navire rouge, et ma main celle qui l'a versé ? Ou bien était-ce une volute de fumée qui s'élevait, noire sur le fond bleu du ciel, alors j'arrivais trop tard pour avertir un village d'une attaque imminente des Pirates ? Ou encore un poison jaune qui se diluait en tournoyant dans un verre d'eau pure et que je donnais à boire à quelqu'un sans cesser de sourire ? Une mèche de femme abandonnée sur mon oreiller ? Ou les sillons laissés par les talons d'un homme dans le sable lorsque nous tirions les cadavres des vestiges fumants de la tour de Baie-aux-Phoques ? La trace d'une larme sur la joue d'une mère qui étreignait son enfant forgisé malgré ses cris furieux ? Comme les Navires rouges, les souvenirs surgissent sans prévenir, sans pitié. « *Vous devriez vous reposer* », dit encore le garçon et je m'aperçois que je regarde fixement la ligne d'encre sur la page. C'est stupide. Encore une feuille de papier gâchée, un effort pour rien.

« *Range-les* », dis-je et je le regarde en silence rassembler les feuilles et les empiler sans ordre. Herbiers, histoires, cartes et rêvasseries, tout cela se confond pêle-mêle entre ses mains comme dans mon esprit. Je ne me rappelle plus à quelle tâche je m'étais attelé. La douleur est revenue et il serait si facile de l'apaiser. Mais cette voie mène à la folie, comme bien d'autres avant moi en ont fait la preuve. Alors, j'envoie simplement le garçon me chercher deux feuilles de carryme, de la racine de gingembre et de la menthe poivrée pour me préparer une infusion. Je me demande si, un jour, je le prierai de m'apporter trois feuilles de cette plante chyurdienne.

Quelque part, un ami répond doucement : « Non. »

TABLE

5632

Composition
NORD COMPO

Achevé d'imprimer en Slovaquie
par NOVOPRINT SK
le 22 février 2017

1er dépôt légal : janvier 2001
EAN 9782290352625
L21EPGNJ04111G014

ÉDITIONS J'AI LU
87, quai Panhard-et-Levassor, 75013 Paris

Diffusion France et étranger : Flammarion